LUCINDA RILEY

Der Lavendelgarte

GOLDMANN
Lesen erleben

Weitere Informationen zu Lucinda Riley,
zum Hintergrund des Romans sowie zu lieferbaren Titeln
der Autorin finden Sie am Ende des Buches.

Lucinda Riley
Der Lavendelgarten

Roman

Aus dem Englischen
von Sonja Hauser

GOLDMANN

Die englische Originalausgabe erschien 2012 unter dem Titel
»The Light Behind the Window« bei Pan Books,
an imprint of Pan Macmillan,
a division of Macmillan Publishers Limited, London.

Dieses Buch ist auch als E-Book erhältlich.

MIX
Papier aus verantwortungsvollen Quellen
FSC® C014496
www.fsc.org

Verlagsgruppe Random House FSC® N001967

Sonderausgabe
Erstmals erschienen 2013 bei Goldmann
Neuausgabe August 2018

Umschlaggestaltung: UNO Werbeagentur, München
Umschlagmotiv: GettyImages/billnoll
Redaktion: Irmgard Perkounigg
KS · Herstellung: kw
Satz: Uhl + Massopust, Aalen
Druck und Bindung: GGP Media GmbH, Pößneck
Printed in Germany
ISBN: 978-3-442-48860-5
www.goldmann-verlag.de

Besuchen Sie den Goldmann Verlag im Netz

Für Olivia

»Was Sie sind, sind Sie durch den Zufall der Geburt;
was ich bin, bin ich durch mich selbst.«

Ludwig van Beethoven

Das Licht hinter dem Fenster

Endlose Nacht;
Finsternis ist meine Welt.
Schwere Last;
Kein Licht, das die Fenster erhellt.

Grauer Tag;
Eine Hand, die sich im Dunkel zu mir streckt.
Sanfte Berührung;
Wärme, die den Raum erweckt.

Dämmerstunden;
Dein Schatten löst sich aus der Nacht.
Geheime Sehnsucht;
Herz, das erwacht.

Endloses Licht;
Finsternis war meine Welt.
Helles Glühen;
Liebe zu dir mich erhellt.

Sophia de la Martinières,
Juli 1943

1

Gassin, Südfrankreich, Frühjahr 1998

Als Emilie spürte, wie der Druck auf ihre Hand nachließ, sah sie ihre Mutter an. Mit Valéries Seele schien auch der Schmerz zu verschwinden, der ihre Züge verzerrt hatte, und Emilie konnte hinter dem ausgezehrten Gesicht die frühere Schönheit ihrer Mutter erkennen.

»Sie hat uns verlassen«, murmelte Philippe, der Arzt.

»Ja.«

Er sprach leise ein Gebet. Emilie kam nicht auf die Idee einzustimmen, sondern betrachtete in morbider Faszination die schlaffe, fahle Haut der Frau, die ihr Leben dreißig Jahre lang beherrscht hatte. Fast wollte Emilie ihre Mutter aufwecken, da sie den Übergang vom Leben zum Tod angesichts der Naturgewalt, die Valérie de la Martinières gewesen war, noch nicht fassen konnte.

Obwohl sie diesen Moment in den vergangenen Wochen oft genug durchgespielt hatte, wusste sie nicht so genau, was sie empfinden sollte. Emilie wandte sich von ihrer toten Mutter ab und schaute hinaus zu den Wolken, die wie Meringues am blauen Himmel hingen. Durch das offene Fenster hörte sie den Gesang einer Lerche, der vom Frühling kündete.

Sie streckte ihre von den langen Nachtwachen steifen Beine, erhob sich und trat ans Fenster. Der frühe Morgen ließ nichts von der Schwere erahnen, die die folgenden Stunden mit sich bringen würden. Die Natur hatte ein frisches Bild gemalt wie bei jeder Morgendämmerung; die weichen provenzalischen Umbra-, Grün- und Azurtöne leiteten sanft den neuen Tag ein. Emilie blickte über die Terrasse und den französischen Garten zu den Weinbergen hinüber, die sich erstreckten, so weit das Auge reichte, ein phantastischer Ausblick, seit Jahrhunderten unverändert. Das Château de la Martinières war in ihrer Kindheit eine Zuflucht für sie gewesen, ein Ort des Friedens und der Sicherheit; seine Ruhe hatte sich unauslöschlich in ihr Gehirn eingebrannt.

Und nun gehörte es ihr – doch ob nach den finanziellen Exzessen ihrer Mutter noch etwas übrig war, um es zu halten, wusste Emilie nicht.

»Mademoiselle Emilie, ich lasse Sie jetzt allein, damit Sie Abschied nehmen können«, riss die Stimme des Arztes sie aus ihren Gedanken. »Ich gehe nach unten, um das Formular auszufüllen. Es tut mir sehr leid«, fügte er hinzu, verbeugte sich kurz und verließ den Raum.

Tut es mir leid …?

Ungebeten schoss der Gedanke Emilie durch den Kopf. Sie kehrte zu ihrem Stuhl zurück, setzte sich und versuchte, Antworten auf die zahlreichen Fragen zu finden, die der Tod ihrer Mutter aufwarf. Sie hätte sich eine klare Lösung gewünscht, gern ihre Emotionen verglichen und gegeneinander aufgerechnet, um zu einem eindeutigen Gefühl zu gelangen, doch das war natürlich nicht möglich. Die Frau, die jetzt so harmlos dalag, hatte sie zu Lebzeiten so oft verunsichert und würde in ihr immer unangenehm widersprüchliche Emotionen erzeugen.

Valérie hatte ihrer Tochter das Leben geschenkt, sie genährt und gekleidet und Emilie ein Dach über dem Kopf gegeben. Sie hatte sie nie geschlagen oder gescholten.

Sie hatte sie einfach nicht wahrgenommen.

Valérie war – Emilie suchte nach dem passenden Wort – *desinteressiert* gewesen. Was sie als ihre Tochter unsichtbar machte.

Emilie legte ihre Hand auf die ihrer Mutter.

»Du hast mich nicht gesehen, Maman … du hast nicht gesehen …«

Emilie war sich schmerzlich bewusst, dass ihre Mutter sich mit ihrer Geburt widerwillig in die Notwendigkeit gefügt hatte, die Linie der de la Martinières fortzusetzen, was eher der Erfüllung einer Pflicht als der Verwirklichung eines Kinderwunsches entsprach. Als Valérie dann mit einer »Erbin«, nicht mit einem männlichen Stammhalter, konfrontiert gewesen war, hatte sie sich noch weniger für das Kind interessiert. Zu alt, um ein weiteres Mal schwanger zu werden – sie hatte Emilie mit dreiundvierzig zur Welt gebracht –, hatte Valérie ihr Leben als charmante, großzügige und schöne Gastgeberin weitergeführt. Emilies Geburt und spätere Anwesenheit waren für sie etwa so wichtig gewesen wie der Erwerb eines vierten Chihuahua. Wie die Hunde wurde Emilie aus ihrem Zimmer geholt und vor Gästen liebkost, wenn Maman Lust darauf verspürte. Die Hunde hatten wenigstens einander gehabt, dachte Emilie, während sie lange Phasen ihrer Kindheit allein verbringen musste.

Es war auch wenig hilfreich gewesen, dass sie die Züge der de la Martinières und nicht das Zierliche, Blonde der slawischen Vorfahren ihrer Mutter geerbt hatte. Sie war ein pummeliges Kind mit olivfarbener Haut und dichtem mahagonifarbenem Haar gewesen, das alle sechs Wochen zu einem strengen Bob geschnitten wurde, der Pony eine harte Linie über den dunklen Augenbrauen. – Das Erbe ihres Vaters Édouard.

»Wenn ich dich so ansehe, meine Liebe, kann ich es manchmal gar nicht glauben, dass du das Kind bist, das ich geboren habe!«, bemerkte ihre Mutter einmal vor einem Opernbesuch bei einem ihrer seltenen Ausflüge ins Kinderzimmer. »Aber immerhin hast du meine Augen.«

Manchmal hätte sich Emilie gewünscht, ihre tiefblauen Augen aus den Höhlen reißen und durch die schönen haselnussbraunen ihres Vaters ersetzen zu können. Sie fand, dass sie nicht in ihr Gesicht passten, und außerdem sah sie in ihnen jedes Mal, wenn sie in den Spiegel schaute, ihre Mutter.

Emilie hatte oft das Gefühl, ohne jede Eigenschaft zur Welt gekommen zu sein, die ihre Mutter wertschätzen konnte. Bei den Ballettstunden, die sie im Alter von drei Jahren nehmen musste, stellte Emilie fest, dass ihr Körper sich nicht wie verlangt verrenken wollte. Während die anderen kleinen Mädchen wie Schmetterlinge durchs Studio flatterten, mühte sie sich ab, Anmut zu entwickeln. Ihre kleinen, breiten Füße standen gern fest auf dem Erdboden, und jeder Versuch, sie davon zu lösen, ging unweigerlich schief. Klavierstunden hatten sich als genauso aussichtslos erwiesen, und weil sie keinerlei musikalisches Gehör besaß, war auch das Singen zum Scheitern verurteilt.

Ihr Körper brachte die femininen Kleider nicht gut zur Geltung, die sie tragen musste, wenn eine der vielen beliebten Soireen in dem herrlichen Rosengarten hinter dem Pariser Haus stattfand. Von ihrem Platz in einer Ecke aus bewunderte Emilie diese elegante, charmante, schöne Frau, die sich so anmutig und selbstsicher zwischen ihren Gästen bewegte. Bei den zahlreichen sozialen Anlässen im Pariser Haus und im Sommer im Château in Gassin fühlte Emilie sich unwohl und brachte keinen Ton heraus. Leider schien sie die gesellschaftliche Gewandtheit ihrer Mutter auch nicht geerbt zu haben.

Und doch wirkte ihre Kindheit für Außenstehende bestimmt märchenhaft – ein Leben in einem prächtigen Haus in Paris, Tochter einer französischen Adelsfamilie, deren Stammbaum Jahrhunderte zurückreichte und deren Wohlstand auch nach dem Krieg noch intakt war. Von alledem konnten viele andere junge Französinnen nur träumen.

Wenigstens hatte sie ihren geliebten Papa gehabt. Obwohl er sich aufgrund seiner Passion für seine stetig wachsende Sammlung seltener Bücher im Château nicht mehr um sie kümmerte als Maman, schenkte er Emilie die Liebe und Zuneigung, nach der sie sich so sehnte, wenn es ihr gelang, seine Aufmerksamkeit auf sich zu ziehen.

Papa war bei ihrer Geburt sechzig gewesen und in ihrem vierzehnten Lebensjahr gestorben. Die gemeinsam verbrachte Zeit war kurz gewesen, doch Emilie wusste, dass sie einen Großteil ihrer Persönlichkeit ihm zu verdanken hatte. Édouard war ruhig und nachdenklich und zog seine Bücher und die Stille des Châteaus dem steten Strom von Mamans Gästen und Bekannten vor. Emilie hatte sich oft gefragt, wie zwei so gegensätzliche Charaktere sich überhaupt ineinander verlieben konnten. Aber Édouard, der seine jüngere Frau zu vergöttern schien, betrachtete ihre Schönheit und Beliebtheit in der Pariser Gesellschaft voller Stolz und beklagte sich nie über ihren ausschweifenden Lebensstil, obwohl er selbst bedeutend genügsamer war.

Am Ende des Sommers, wenn es für Valérie und Emilie Zeit wurde, nach Paris zurückzukehren, hatte Emilie ihren Vater oft angebettelt, bleiben zu dürfen.

»Papa, mir gefällt es hier auf dem Land bei dir. Im Ort gibt es eine Schule … Die könnte ich besuchen. Du bist doch sicher einsam, so ganz allein im Château.«

Édouard hatte dann zärtlich ihr Kinn angehoben und den Kopf geschüttelt. »Nein, meine Kleine. So lieb ich dich habe: Du musst zurück nach Paris, für die Schule lernen und eine Dame werden wie deine Mutter.«

»Aber Papa, ich will nicht mit Maman zurück, ich will bei dir bleiben, hier …«

Und dann, als sie dreizehn gewesen war … Emilie blinzelte die Tränen weg, weil es ihr immer noch schwerfiel, an den Moment zu denken, an dem aus dem Desinteresse ihrer Mutter Gleichgültigkeit geworden war. Unter den Folgen hatte sie den Rest ihres Lebens zu leiden.

»Wie konntest du nicht mitbekommen und dir nichts daraus machen, was mit mir passiert ist, Maman? Ich war doch deine Tochter!«

Plötzlich zuckte eines von Valéries Augen, und Emilie bekam es mit der Angst zu tun, dass Maman noch am Leben war und ihre Worte gehört hatte. Sie fühlte Valéries Puls und ertastete keinen. Es war nur ein Nachhall des Lebens, als sich Valéries Muskeln im Tod entspannten.

»Maman, ich werde versuchen, dir zu vergeben und dich zu verstehen, aber momentan weiß ich nicht, ob ich glücklich oder traurig über deinen Tod bin.« Emilie spürte, wie ihr Atem schwerer ging, eine Reaktion auf den Schmerz, den es ihr bereitete, die Worte laut auszusprechen. »Ich habe dich so sehr geliebt, so sehr versucht, dir alles recht zu machen, deine Liebe und Aufmerksamkeit zu gewinnen, mich als deine Tochter *würdig* zu erweisen. Mein Gott, ich habe wirklich alles getan!« Emilie ballte die Hände zu Fäusten. »Du warst meine *Mutter*!«

Der Klang ihrer eigenen Stimme, die in dem riesigen Schlafzimmer widerhallte, ließ sie verstummen. Ihr Blick fiel auf das Familienwappen der de la Martinières, das zweihundertfünfzig Jahre zuvor auf das imposante Kopfteil des Betts gemalt worden war. Inzwischen waren die beiden ineinander verkeilten wilden Eber, die allgegenwärtige bourbonische Lilie und das Motto »Sieg ist alles« verblichen und kaum noch zu erkennen.

Trotz der Wärme im Raum erschauderte Emilie. Die Stille im Château war ohrenbetäubend. Das Haus, früher so voller Leben, nun eine leere Hülle, beherbergte nur noch die Vergangenheit. Sie betrachtete den Siegelring am kleinen Finger ihrer rechten Hand, auf dem das Familienwappen in Miniatur prangte. Emilie war der letzte lebende Spross der de la Martinières.

Plötzlich spürte Emilie die Last der Jahrhunderte auf ihren Schultern und die Traurigkeit darüber, dass eine große, vornehme Linie sich auf eine unverheiratete, kinderlose Dreißigjährige reduziert hatte. Die Familie hatte Jahrhunderte der Zerstörung überdauert, doch nach dem Zweiten Weltkrieg war nur noch ihr Vater übrig gewesen.

Wenigstens würde es nicht die üblichen Erbstreitigkeiten geben. Aufgrund eines alten napoleonischen Gesetzes erbten alle Geschwister das Hab und Gut ihrer Eltern zu gleichen Teilen. Viele Familien hatte es an den Rand des Ruins gebracht, wenn ein Kind sich weigerte, seinen Anteil zu veräußern. In ihrem Fall war sie die einzige *héritière en ligne directe.*

Emilie seufzte. Gut möglich, dass sie verkaufen musste, doch mit dem Gedanken würde sie sich ein andermal beschäftigen. Jetzt war die Zeit des Abschiednehmens.

»Ruhe in Frieden, Maman.« Sie drückte einen leichten Kuss auf Valéries fahle Stirn und bekreuzigte sich. Dann erhob sie sich müde, verließ den Raum und schloss die Tür hinter sich.

2

Zwei Wochen später

Emilie trat mit Café au lait und Croissant durch die Küchentür in den Lavendelgarten hinter dem Haus. Das Château ging direkt nach Süden, so dass sich die Morgensonne hier am besten genießen ließ. Es war ein lauer Frühlingstag, mild genug, um sich im T-Shirt draußen aufzuhalten.

Bei der Beerdigung ihrer Mutter in Paris achtundvierzig Stunden zuvor hatte es unaufhörlich geregnet. Während des Empfangs hinterher – der auf Valéries Wunsch im Ritz stattfand – hatte Emilie Beileidsbezeigungen von den Großen und Wichtigen erhalten. Die Frauen, meist im Alter ihrer Mutter, hatten alle Schwarz getragen und Emilie an einen Schwarm Krähen erinnert. Altmodische Hüte hatten ihr licht gewordenes Haar verborgen, als sie an ihrem Champagner nippten, die Körper vom Alter ausgezehrt, das Make-up maskenähnlich auf ihrer faltigen Haut.

In ihrer Blütezeit waren sie die schönsten und mächtigsten Frauen von Paris gewesen, doch die Zeit hatte frisches Blut hervorgebracht. Die alten Frauen warteten nur noch auf den Tod, hatte Emilie traurig gedacht, als sie das Ritz verließ und ein Taxi heranwinkte, das sie zurück zu ihrer Wohnung bringen sollte. In ihrem Kummer hatte sie bedeutend mehr Wein getrunken als sonst und war am folgenden Morgen mit einem Kater aufgewacht.

Immerhin war das Schlimmste vorbei, tröstete Emilie sich, als sie einen Schluck Kaffee nahm. In den vergangenen beiden Wochen war wenig Zeit gewesen, sich auf etwas anderes als die Organisation der Beisetzung zu konzentrieren. Ihr war klar, dass sie ihrer Mutter zumindest den Abschied schuldete, den Valérie selbst so perfekt arrangiert hätte. Emilie hatte sich dabei ertappt, wie sie sich Gedanken machte, ob sie Cupcakes oder Petits fours zum Kaffee reichen sollte und ob die cremefarbenen Rosen mit den riesigen Blüten, die ihre Mutter so geliebt hatte, dramatisch genug für die Tischdekoration waren. Solche Entscheidungen hatte Valérie jede Woche getroffen. Dafür zollte ihr Emilie im Nachhinein widerwillig Respekt.

Aber jetzt – Emilie hielt das Gesicht in die wärmende Sonne – musste sie an die Zukunft denken.

Gerard Flavier, der *notaire* der Familie, der sich um die juristischen Belange und das Grundeigentum der de la Martinières kümmerte, war auf dem Weg zum Château. Solange er ihr nicht dargelegt hatte, wie es finanziell um das Anwesen bestellt war, hatte es keinen Sinn, Pläne zu schmieden. Emilie hatte sich einen Monat für die Erledigung der komplexen und zeitaufwendigen Aufgaben freigenommen. Sie hätte sich Geschwister gewünscht, damit die Last auf mehreren Schultern verteilt gewesen wäre; Finanzen und juristische Finessen waren nicht ihre Stärke. Verantwortung machte ihr Angst.

Als Emilie weiches Fell an ihrem nackten Knöchel spürte, schaute sie hinunter und sah, wie Frou-Frou, der letzte verbliebene Chihuahua ihrer Mutter, sie mit traurigem Blick betrachtete. Sie nahm das altersschwache Hündchen auf den Schoß und kraulte es hinter den Ohren.

»Scheinen nur noch du und ich übrig zu sein, Frou«, murmelte sie. »Wir werden wohl oder übel aufeinander aufpassen müssen.«

Der ernste Ausdruck in Frou-Frous halbblinden Augen ließ Emilie schmunzeln. Sie hatte keine Ahnung, wie sie sich in Zukunft um den Hund kümmern sollte. Obwohl sie davon träumte, irgendwann viele Tiere um sich zu haben, waren ihre winzige Wohnung im Quartier Marais und ihre langen Arbeitszeiten nicht gerade dazu angetan, sich eines Schoßhündchens anzunehmen.

Beruflich kümmerte sie sich jedoch um Tiere. Emilie lebte für die Patienten, die ihr nicht sagen konnten, wie sie sich fühlten oder was ihnen wehtat.

»Wie traurig, dass meine Tochter sich lieber mit Tieren als mit Menschen zu umgeben scheint …«

Dieser Satz fasste Valéries Einstellung Emilies Lebensweise gegenüber zusammen. Als Emilie verkündet hatte, sie wolle Veterinärmedizin studieren, hatte Valérie verächtlich den Mund verzogen. »Ich begreife nicht, wieso du dein Leben damit verbringen willst, arme kleine Tiere aufzuschneiden und dir ihr Innenleben anzuschauen.«

»Maman, das ist der Versuch, sie zu heilen, kein Selbstzweck. Ich liebe Tiere, ich möchte ihnen helfen«, hatte sie sich verteidigt.

»Wenn schon ein Beruf, warum dann nicht in der Modebranche? Ich habe eine Freundin bei *Marie Claire*, die dir bestimmt eine Stelle besorgen kann. Sobald du verheiratet bist, wirst du sowieso nicht mehr arbeiten wollen und nur noch Ehefrau sein.«

Obwohl Emilie ihrer Mutter die überkommenen Vorstellungen nicht verübeln konnte, hätte sie sich gewünscht, dass Valérie ein wenig stolz auf die Leistungen ihrer Tochter gewesen wäre. Immerhin hatte diese die Universität als Jahrgangsbeste abgeschlossen und anschließend sofort in einer bekannten Pariser Veterinärpraxis angefangen.

»Vielleicht hatte Maman recht, Frou-Frou«, sagte Emilie seufzend. »Möglicherweise sind Tiere mir tatsächlich lieber als Menschen.«

Als Emilie das Knirschen von Reifen auf Kies hörte, setzte sie Frou-Frou auf den Boden und ging vors Haus, um Gerard zu begrüßen.

»Emilie, wie geht es Ihnen?« Gerard küsste sie auf beide Wangen.

»Gut, danke«, antwortete Emilie. »Hatten Sie eine angenehme Reise?«

»Ich bin nach Nizza geflogen und habe dort einen Wagen gemietet«, erklärte Gerard, als er den riesigen, der geschlossenen Fensterläden wegen dunklen Eingangsbereich betrat. »Es freut mich, von Paris wegzukommen und einen meiner Lieblingsorte in Frankreich aufsuchen zu können. Frühling im Var ist immer etwas Besonderes.«

»Ich habe mir gedacht, dass es das Beste ist, wenn wir uns hier im Château treffen«, pflichtete Emilie ihm bei. »Die Papiere meiner Eltern befinden sich im Schreibtisch in der Bibliothek. Die wollen Sie bestimmt einsehen.«

»Ja.« Gerard schritt über die ausgetretenen Marmorfliesen und betrachtete einen feuchten Fleck an der Decke. »Das Château könnte ein wenig Zuwendung gebrauchen, stimmt's?« Er seufzte. »Es wird älter, wie wir alle.«

»Sollen wir in der Küche einen Kaffee trinken?«, fragte Emilie.

»Genau das, was ich jetzt brauche«, antwortete Gerard lächelnd, als er ihr in den hinteren Teil des Hauses folgte.

»Setzen Sie sich doch.« Emilie deutete auf einen Stuhl an dem langen Eichentisch, während sie selbst zum Herd ging, um Wasser heiß zu machen.

»Sehr viel Luxus bietet das Château nicht gerade«, stellte

Gerard fest und sah sich in dem karg und zweckmäßig eingerichteten Raum um.

»Nein«, bestätigte Emilie. »Die Küche wurde nur von den Bediensteten genutzt, um für unsere Familie und Gäste Essen zuzubereiten. Ich bezweifle, dass meine Mutter je einen Teller gespült hat.«

»Wer kümmert sich jetzt um das Château und den Haushalt?«, erkundigte sich Gerard.

»Margaux Duvall, die Haushälterin, seit mehr als fünfzehn Jahren. Sie kommt jeden Nachmittag aus dem Ort her. Nach dem Tod meines Vaters hat Maman allen anderen gekündigt und ist nicht mehr wie früher jeden Sommer hergekommen. Ich glaube, sie war lieber auf der Jacht, die sie gemietet hatte.«

»Ihre Mutter hat jedenfalls gern Geld ausgegeben«, bemerkte Gerard, als Emilie den Kaffee auf den Tisch stellte. »Für die Dinge, die ihr wichtig waren«, fügte er hinzu.

»Wozu dieses Château nicht gehörte«, stellte Emilie fest.

»Stimmt«, pflichtete er ihr bei. »Nach allem, was ich bisher über ihre Finanzen weiß, scheint sie den Freuden des Hauses Chanel den Vorzug gegeben zu haben.«

»Ja, Maman liebte Haute Couture.« Emilie setzte sich mit ihrem Kaffee ihm gegenüber. »Sogar letztes Jahr, als sie schon sehr krank war, hat sie noch die Modenschauen besucht.«

»Valérie war tatsächlich eine eigenwillige Person – und berühmt. Ihr Dahinscheiden hat zahlreiche Kolumnen in den Zeitungen inspiriert. Natürlich überrascht mich das nicht. Die de la Martinières zählen zu den bekanntesten Familien von Frankreich.«

»Ich weiß.« Emilie verzog das Gesicht. »Die Zeitungsberichte habe ich auch gelesen. Ich scheine ein Vermögen zu erben.«

»Ihre Familie war früher tatsächlich sehr reich. Aber leider haben sich die Zeiten geändert, Emilie. Der vornehme Name Ihrer Familie existiert noch, nicht aber das Vermögen.«

»Das hatte ich mir schon fast gedacht.«

»Ihnen dürfte aufgefallen sein, dass Ihr Papa kein Geschäftsmann war«, fuhr Gerard fort, »sondern ein Intellektueller, den Geld nicht sonderlich interessierte. Meine Versuche, ihn zu zukunftsträchtigen Investitionen zu bewegen, waren leider nicht von Erfolg gekrönt. Vor zwanzig Jahren hat das keine Rolle gespielt – da war das Vermögen noch groß genug. Aber aufgrund des mangelnden Interesses Ihres Vaters und der Schwäche Ihrer Mutter für schöne Dinge ist das Vermögen beträchtlich geschrumpft.« Gerard seufzte. »Tut mir leid, wenn ich schlechte Nachrichten überbringe.«

»Das hatte ich schon erwartet, und es ist mir nicht wichtig«, versicherte Emilie ihm. »Ich möchte hier nur das Nötige organisieren und dann zu meiner Arbeit nach Paris zurückkehren.«

»Bedauerlicherweise ist das nicht so einfach. Wie eingangs erwähnt habe ich bisher noch nicht die Zeit gehabt, mich in die Einzelheiten zu vertiefen, doch so viel steht fest: Es gibt Gläubiger, sogar ziemlich viele. Die Schulden müssen so schnell wie möglich beglichen werden. Ihre Mutter hat das Haus in Paris mit fast zwanzig Millionen Francs beliehen. Darüber hinaus hatte sie zahlreiche andere Außenstände.«

»Zwanzig Millionen Francs?«, wiederholte Emilie entsetzt. »Wie konnte das passieren?«

»Ganz einfach. Als die Mittel versiegten, hat Valérie sich nicht eingeschränkt und viele Jahre auf Pump gelebt. Bitte, Emilie …«, Gerard sah ihren Gesichtsausdruck, »… geraten Sie nicht in Panik. Diese Schulden lassen sich leicht begleichen, etwa durch den Verkauf des Pariser Hauses, der meiner Ansicht nach um die siebzig Millionen Francs erbringen dürfte, sowie zahlreicher Wertgegenstände. Dazu gehören die prächtige

Schmucksammlung Ihrer Mutter, die in einem Banksafe ruht, und die Gemälde und wertvollen Kunstobjekte im Gebäude. Glauben Sie, Emilie, Sie sind keineswegs arm, doch es müssen Entscheidungen getroffen werden, um den Verfall zu stoppen und die Weichen für die Zukunft zu stellen.«

»Verstehe. Sie müssen verzeihen, Gerard, aber in dieser Hinsicht komme ich nach meinem Vater. Ich habe wenig Interesse an und Erfahrung mit der Verwaltung von Finanzen.«

»Ich weiß. Ihre Eltern haben Ihnen eine schwere Last aufgebürdet, die ausschließlich auf Ihren Schultern ruht.« Gerard hob die Augenbrauen. »Erstaunlich ist nur, wie viele Verwandte Sie plötzlich zu haben scheinen.«

»Wie meinen Sie das?«

»Nach solchen Todesfällen beginnen immer die Aasgeier zu kreisen. Bisher sind bei mir mehr als zwanzig Briefe eingegangen von Leuten, die behaupten, in irgendeiner Weise mit den de la Martinières verwandt zu sein. Vier bis dato unbekannte Geschwister, die Ihr Vater außerhalb der Ehe gezeugt haben soll, zwei Cousins, ein Onkel und eine Pariser Hausangestellte Ihrer Eltern aus den sechziger Jahren, die schwört, dass Ihre Mutter ihr einen Picasso versprochen hat.« Gerard lächelte. »Das alles kommt nicht unerwartet, doch leider muss nach französischem Recht jeder dieser angeblichen Ansprüche überprüft werden.«

»Glauben Sie, dass irgendeiner davon berechtigt ist?«, fragte Emilie mit großen Augen.

»Das wage ich zu bezweifeln. Falls Sie das tröstet: Das ist noch bei jedem von der Öffentlichkeit wahrgenommenen Todesfall so gewesen, mit dem ich bisher zu tun hatte.« Er zuckte mit den Achseln. »Überlassen Sie das mir, und machen Sie sich keine Gedanken. Konzentrieren Sie sich lieber auf das Château. Wie gesagt: Die Schulden Ihrer Mutter lassen sich leicht durch die

Veräußerung des Pariser Hauses und seines Inhalts begleichen. Dann bleibt noch dieses prächtige Anwesen, das, soweit ich das beurteilen kann, dringend saniert werden muss. Egal, zu welchem Entschluss Sie gelangen: Sie sind und bleiben eine wohlhabende Frau. Wollen Sie das Château verkaufen?«

Emilie seufzte tief. »Offen gestanden wäre es mir am liebsten, wenn sich diese Fragen einfach in Luft auflösen würden, Gerard. Wenn jemand anders die Entscheidung für mich träfe. Und was ist mit den Weinbergen? Wirft die *cave* etwas ab?«

»Damit muss ich mich noch eingehender beschäftigen«, antwortete Gerard. »Falls Sie beschließen sollten, das Château zu verkaufen, ließe sich der Weinhandel als laufendes Geschäft inkludieren.«

»Das Château verkaufen …«, wiederholte Emilie Gerards Worte. Sie laut ausgesprochen zu hören verdeutlichte ihr, wie groß ihre Verantwortung war. »Dieses Haus befindet sich seit zweihundertfünfzig Jahren im Besitz unserer Familie. Und nun soll ich so eine Entscheidung treffen.« Sie seufzte. »Ich habe keine Ahnung, was das Beste ist.«

»Das kann ich mir denken. Es ist schwierig, weil Sie allein sind.« Gerard schüttelte den Kopf. »Leider können wir es uns nicht immer aussuchen. Ich versuche, Ihnen zu helfen, wo ich kann, Emilie, weil ich weiß, dass Ihr Vater das unter den gegebenen Umständen von mir erwartet hätte. Ich mache mich jetzt frisch, und später könnten wir zum Weinberg hinübergehen und mit dem Verwalter sprechen.«

»Gut«, antwortete Emilie müde. »Ich habe die Fensterläden in dem Zimmer links von der Haupttreppe aufgemacht. Von dort aus hat man einen sehr schönen Blick. Soll ich es Ihnen zeigen?«

»Nein, danke. Wie Sie wissen, bin ich nicht das erste Mal hier. Ich finde mich schon zurecht.«

Gerard stand auf, nickte Emilie zu und verließ die Küche. Auf halber Höhe der Treppe blieb er stehen und betrachtete das verblichene Gesicht eines Vorfahren der de la Martinières. So viele der französischen Adelsfamilien starben aus, ohne nennenswerte Spuren zu hinterlassen. Gerard fragte sich, wie der große Giles de la Martinières auf dem Porträt – Kriegsherr, Adeliger und, wie manche behaupteten, Geliebter von Marie Antoinette – sich fühlen würde, wenn er wüsste, dass die Zukunft seines Geschlechts auf den schmalen Schultern einer einzelnen jungen Frau ruhte. Einer Frau, die Gerard immer merkwürdig gefunden hatte.

Während seiner zahlreichen Besuche bei den de la Martinières hatte Gerard ein schüchternes, selbstgenügsames Kind kennengelernt, das nicht auf Zuneigung von ihm oder anderen reagierte. Ein Kind, das distanziert, fast schon mürrisch wirkte. Gerard war der Meinung, dass seine Arbeit als *notaire* nicht nur den Umgang mit Zahlen umfasste, sondern auch die Fähigkeit, die Gefühle seiner Mandanten zu ergründen.

Emilie de la Martinières war ihm ein Rätsel.

Bei der Beerdigung ihrer Mutter hatte ihre Miene nichts über ihre Emotionen verraten. Immerhin war sie als Erwachsene deutlich attraktiver als in ihrer Kindheit. Doch selbst jetzt, da sie mit dem Verlust ihrer Mutter sowie mit einer ganzen Reihe schwieriger Entscheidungen konfrontiert war, erlebte Gerard sie nicht verletzlich. Das Leben, das sie in Paris trotz ihrer adeligen Herkunft führte, hätte sich nicht stärker von dem ihrer Vorfahren unterscheiden können.

Gerard stieg, ein wenig verärgert über ihre zurückhaltende Reaktion, weiter die Treppe hinauf. Irgendetwas machte sie unerreichbar. Er hatte keine Ahnung, wie er an sie herankommen sollte.

Als Emilie sich erhob und die Kaffeetassen in die Spüle stellte, öffnete sich die Küchentür, und Margaux, die Haushälterin des Châteaus, trat ein. Ein Strahlen ging über ihr Gesicht.

»Mademoiselle Emilie!« Margaux drückte sie. »Ich wusste gar nicht, dass Sie kommen! Sie hätten Bescheid sagen sollen. Dann hätte ich alles für Sie vorbereitet.«

»Ich bin gestern spät von Paris eingetroffen«, erklärte Emilie. »Schön, Sie zu sehen, Margaux.«

Margaux trat einen Schritt zurück, um Emilie zu mustern. »Wie geht es Ihnen?«

»Ich komme zurecht«, antwortete Emilie ehrlich, weil der Anblick von Margaux, die sich um sie gekümmert hatte, wenn Emilie als junges Mädchen den Sommer im Château verbrachte, ihr die Kehle zuschnürte.

»Sie sind dünn. Essen Sie genug?«

»Natürlich, Margaux! Es ist eher unwahrscheinlich, dass ich verhungere.« Emilie ließ lächelnd die Hände über ihren Körper gleiten.

»Sie haben eine gute Figur – kein Vergleich zu mir!« Margaux deutete schmunzelnd auf ihre eigenen Rundungen.

Emilie betrachtete ihre wässrig blauen Augen und die blonden, von grauen Strähnen durchzogenen Haare. Fünfzehn Jahre zuvor war Margaux noch eine schöne Frau gewesen. Emilie wurde traurig bei dem Gedanken, wie die Zeit alles zerstörte.

Da öffnete sich erneut die Küchentür, und herein kam ein kleiner, schmaler Junge, dessen riesige blaue Augen sein zartes Gesicht beherrschten. Er sah Emilie überrascht an und wandte sich unsicher seiner Mutter zu.

»Maman? Ist es in Ordnung, dass ich hier bin?«, fragte er Margaux.

»Haben Sie etwas dagegen, wenn Anton bei mir im Château ist, während ich arbeite, Mademoiselle Emilie? Wir haben Osterferien, und ich möchte ihn nicht allein zu Hause lassen. Er beschäftigt sich normalerweise still mit einem Buch.«

»Kein Problem«, antwortete Emilie und schenkte dem Jungen ein beruhigendes Lächeln. Margaux hatte ihren Mann acht Jahre zuvor bei einem Autounfall verloren und zog ihren Sohn seitdem allein auf. »Hier ist doch Platz für uns alle, nicht wahr?«

»Ja, Mademoiselle Emilie. Danke«, sagte Anton und ging zu seiner Mutter.

»Gerard Flavier, unser *notaire*, ist oben. Er bleibt über Nacht, Margaux«, teilte Emilie der Haushälterin mit. »Wir wollen zum Weinberg hinüber, zu Jean und Jacques.«

»Dann richte ich sein Zimmer her, während Sie weg sind. Soll ich etwas zu Abend kochen?«

»Nein, danke. Zum Essen gehen wir später in den Ort«, sagte Emilie.

»Da wären einige Rechnungen fürs Haus, Mademoiselle. Darf ich Ihnen die geben?«, fragte Margaux verlegen.

»Ja, natürlich.« Emilie seufzte. »Es gibt ja keinen sonst, der sie zahlen könnte.«

»Nein. Mein Beileid, Mademoiselle. Es muss schwer sein für Sie, so allein. Ich weiß gut, wie sich das anfühlt.«

»Danke. Wir sehen uns später, Margaux.« Emilie nickte Mutter und Sohn zu und verließ die Küche, um sich zu Gerard zu gesellen.

Am Nachmittag begleitete Emilie Gerard zum Weinkeller. Der Weinberg der de la Martinières war klein, umfasste gerade einmal zehn Hektar und warf zwölftausend Flaschen sehr hellen Rosé-, Rot- und Weißwein pro Jahr ab, der hauptsächlich an örtliche Läden, Lokale und Hotels verkauft wurde.

Im Innern der *cave* war es dunkel und kühl, und in der Luft lag der Geruch des in den riesigen russischen Eichenfässern gärenden Weins.

Als sie eintraten, erhob sich Jean Benoit, der Verwalter des Weinkellers, von seinem Stuhl hinter dem Schreibtisch.

»Mademoiselle Emilie! Was für eine Freude, Sie zu sehen!« Jean begrüßte sie herzlich mit Küsschen auf beide Wangen. »Papa, schau, wer da ist!«

Jacques Benoit, der trotz seiner über achtzig Jahre und seiner vom Rheuma steifen Glieder noch jeden Tag an einem Tisch in der *cave* saß und sorgfältig jede Flasche Wein in lilafarbenes Papier wickelte, hob lächelnd den Blick. »Mademoiselle Emilie, wie geht es Ihnen?«

»Gut, danke, Jacques. Und Ihnen?«

»Nun ja, auf die Eberjagd wie früher mit Ihrem Papa könnte ich heute nicht mehr.« Er schmunzelte. »Aber immerhin wache ich noch jeden Tag auf.«

Emilie freute sich über die herzliche Begrüßung. Ihr Vater war mit Jacques befreundet gewesen, und Emilie war oft mit dem acht Jahre älteren Jean, den sie damals sehr erwachsen fand, zum Schwimmen an den nahe gelegenen Strand von Gigaro geradelt. Manchmal hatte Emilie sich ausgemalt, er sei ihr großer Bruder, der sie beschützte. Er hatte seine Mutter Francesca in jungen Jahren verloren und war dann von Jacques allein aufgezogen worden.

Vater und Sohn waren wie ihre Vorfahren in dem kleinen, dem Weinkeller angeschlossenen Häuschen aufgewachsen. Jean verwaltete den Weinberg, eine Aufgabe, die er von seinem Vater übernommen hatte, nachdem dieser davon überzeugt gewesen war, sein ganzes Wissen an Jean weitergegeben zu haben.

Gerard stand mit verlegenem Gesichtsausdruck hinter ihnen.

»Das ist Gerard Flavier, der *notaire* der Familie«, stellte Emilie ihn vor.

»Ich glaube, wir sind uns vor Jahren begegnet, Monsieur«, sagte Jacques und reichte ihm seine zitternde Hand.

»Ja, und ich habe noch in Paris den feinen Geschmack Ihres Weins auf der Zunge«, bemerkte Gerard mit einem Lächeln.

»Sehr freundlich, Monsieur«, bedankte sich Jacques. »Aber ich glaube, mein Sohn beherrscht die Kunst, provenzalischen Rosé herzustellen, noch besser als ich.«

»Ich vermute, Sie sind hier, um die finanzielle Lage unserer *cave* zu beurteilen, nicht die Qualität unserer Erzeugnisse, Monsieur Flavier?« Jean wirkte unsicher.

»Natürlich würde mich interessieren, ob der Weinkeller finanziell profitabel ist«, bestätigte Gerard. »Ich fürchte, Mademoiselle Emilie wird einige Entscheidungen treffen müssen.«

»Ich habe das Gefühl, dass ich im Moment hier nicht viel tun kann«, sagte Emilie. »Also werde ich einen kleinen Spaziergang durch die Weinberge machen.« Sie nickte den Männern zu und verließ die *cave*.

Draußen merkte sie, wie unangenehm es ihr war, dass ihre Beschlüsse die Familie Benoit gefährden konnten, deren Lebensstil jahrhundertelang praktisch unverändert geblieben war. Sie wusste, dass besonders Jean sich Sorgen machte, weil ihm klar war, was passieren würde, wenn sie verkaufte. Der neue Eigentümer würde möglicherweise einen anderen Verwalter einsetzen und Jean und Jacques zwingen, ihr Zuhause zu verlassen. Eine solche Veränderung konnte sie sich kaum vorstellen, weil die Benoits so fest mit der heimischen Erde verwurzelt waren.

Die Sonne stand bereits tief, als Emilie über den steinigen Boden zwischen den Rebstöcken dahinschlenderte. In den folgenden Wochen würden sie wie Unkraut wuchern und die dicken, süßen Früchte hervorbringen, die im Spätsommer bei der *vendanges* für den nächsten Jahrgang geerntet wurden.

Sie wandte sich mit einem verzweifelten Seufzen zum Château um, das in etwa dreihundert Metern Entfernung lag. Die hellen, rötlichen Mauern, die traditionell in Hellblau gehaltenen Fensterläden, die hohen Zypressen zu beiden Seiten – all das verschmolz im milden Licht des Sonnenuntergangs. Das schlichte, im Einklang mit der ländlichen Umgebung entworfene Gebäude spiegelte die bescheidene, aber vornehme Linie, deren letzter Spross Emilie war.

Wir sind als Einzige noch übrig …

Plötzlich empfand Emilie eine merkwürdige innere Verbundenheit mit dem gleich ihr verwaisten Gemäuer, das sich, in seinen Grundbedürfnissen vernachlässigt, auch in schweren Zeiten eine Aura anmutiger Würde bewahrte.

»Wie kann ich dir geben, was du brauchst?«, flüsterte sie dem Château zu. »Was soll ich mit dir anfangen? Mein Leben spielt sich anderswo ab, ich …« Emilie seufzte. Da hörte sie, wie jemand ihren Namen rief.

Gerard, der sich zu ihr gesellte, folgte ihrem Blick zum Château.

»Schön, nicht?«, fragte er.

»Ja. Aber ich habe keine Ahnung, was ich damit machen soll.«

»Dazu könnte ich Ihnen auf dem Rückweg ein paar Gedanken unterbreiten«, schlug Gerard vor.

»Danke.«

Zwanzig Minuten später, als die Sonne ganz hinter dem Hügel mit der mittelalterlichen Ortschaft Gassin verschwand, hörte Emilie sich Gerards Ausführungen an.

»Der Weinberg wirft nicht so viel ab, wie er könnte, weder was die Produktionsmenge noch was den Profit anbelangt. In den vergangenen Jahren ist die internationale Nachfrage nach

Rosé stark gestiegen. Er wird nicht mehr als der kleine Bruder seiner weißen und roten Geschwister angesehen. Jean rechnet für den Fall, dass das Wetter in den kommenden Wochen hält, mit einer Rekordernte. Und nun zum Wesentlichen, Emilie: Die *cave* ist für die de la Martinières nie mehr als ein Hobby gewesen.«

»Das weiß ich.«

»Jean – der mich übrigens sehr beeindruckt – sagt, seit dem Tod Ihres Vaters vor sechzehn Jahren sei nicht mehr in den Weinberg investiert worden. Er wurde seinerzeit aufgebaut, um das Château mit hausgemachtem Wein zu versorgen. In seiner Blütezeit, als Ihre Vorfahren im damals üblichen großen Stil Gesellschaften gaben, wurde der Löwenanteil des Weins von ihnen und ihren Gästen getrunken. Jetzt ist das natürlich anders, doch der Weinberg wird immer noch geführt wie vor hundert Jahren.«

Als Gerard auf eine Reaktion Emilies wartete, aber keine erhielt, fuhr er fort.

»Was die *cave* braucht, um ihr Potenzial auszuschöpfen, ist eine Geldspritze. Jean sagt zum Beispiel, dass genug Grund vorhanden wäre, um die Ausdehnung des Weinbergs zu verdoppeln. Er benötigt außerdem moderne Ausrüstung zur Ankurbelung der Weinproduktion, damit sie Gewinn abwerfen kann. Die Frage ist«, fasste Gerard zusammen, »ob Sie den Weinberg und das Château in die Zukunft führen wollen. Bei beiden handelt es sich um zeitintensive, kostspielige Projekte.«

Emilie lauschte in die Stille. Nicht der leiseste Windhauch war zu spüren. Zum ersten Mal seit dem Tod ihrer Mutter empfand sie so etwas wie innere Ruhe.

»Danke für Ihre Hilfe, Gerard. Ich glaube nicht, dass ich Ihnen schon eine Antwort geben kann«, erklärte sie. »Wenn

Sie mich vor zwei Wochen gefragt hätten, wäre ich wohl der Meinung gewesen, dass ich verkaufen will. Aber jetzt …«

»Verstehe.« Gerard nickte. »Ich kann Sie nicht emotional beraten, Emilie, nur finanziell. Vielleicht beruhigt es Sie, wenn ich Ihnen sage, dass der Verkauf des Pariser Hauses und der Dinge darin sowie des Schmucks Ihrer Mutter nicht nur die Kosten für die Sanierung des Châteaus decken, sondern darüber hinaus genug abwerfen würde, um Ihnen den Rest Ihres Lebens ein beträchtliches Einkommen zu sichern. Außerdem wäre da noch die hiesige Bibliothek«, fügte er hinzu. »Ihr Papa hat sich nicht sonderlich für die Erhaltung seiner Häuser interessiert; sein wahres Erbe steckt darin. Er hat auf einer bereits bestehenden Sammlung seltener Bücher aufgebaut. Nach einem Blick in seine Unterlagen glaube ich behaupten zu können, dass er den Bestand verdoppelt hat. Ich kenne mich nicht mit alten Büchern aus, nehme jedoch an, dass die Sammlung sehr wertvoll ist.«

»Davon würde ich mich nie trennen«, erklärte Emilie mit für sie selbst überraschend fester Stimme. »Sie sind das Lebenswerk meines Vaters. Als Kind habe ich viele Stunden mit ihm in der Bibliothek verbracht.«

»Es gibt auch keinen Grund, warum Sie sich davon trennen sollten. Aber falls Sie das Château nicht behalten wollen, müssten Sie sich vermutlich einen geräumigeren Ort als Ihre Pariser Wohnung suchen, um die Bibliothek unterzubringen.« Gerard schmunzelte. »Ich habe Hunger. Begleiten Sie mich zum Abendessen nach Gassin? Ich breche morgen früh auf und muss, mit Ihrer Erlaubnis, die Papiere im Schreibtisch Ihres Vaters durchgehen, um mich weiter über die finanzielle Lage zu informieren.«

»Gern«, sagte Emilie.

»Zuerst werde ich einige Anrufe erledigen«, entschuldigte er sich. »Wir sehen uns in einer halben Stunde unten.«

Emilie sah Gerard nach, wie er im Haus verschwand. Obwohl sie ihn ihr ganzes Leben lang kannte, fühlte sie sich in seiner Gegenwart befangen. Als Kind war sie mit ihm umgegangen wie mit jedem Erwachsenen. Die direkten Gespräche mit ihm waren eine neue, ungewohnte Erfahrung.

Als sie ebenfalls ins Haus ging, wurde Emilie klar, dass sie sich bevormundet fühlte, obwohl sie wusste, dass Gerard ihr nur helfen wollte. Manchmal erkannte sie in seinem Blick etwas, das sie nur als Ressentiments deuten konnte. Vielleicht hatte er das Gefühl – wer konnte ihm das verübeln –, dass sie nicht in der Lage war, das Erbe der de la Martinières mitsamt dem Ballast der Geschichte anzutreten. Emilie war sich schmerzlich bewusst, dass sie nicht den Glamour ihrer Vorfahren besaß. Obwohl sie in eine außergewöhnliche Familie hineingeboren worden war, hatte sie nur den Wunsch, ganz normal zu erscheinen.

3

Früh am nächsten Morgen hörte Emilie von dem Bett aus, in dem sie seit ihrer Kindheit schlief, wie sich Gerards Wagen vom Château entfernte. Weil die Fenster des Raums nach Nordwesten gingen, drangen nur wenige Strahlen der Morgensonne herein. Eigentlich, dachte sie, gab es nun keinen Grund mehr, warum sie nicht in eines der großen, schönen Zimmer an der Vorderseite des Hauses mit Blick auf den Garten und die Weinberge umziehen sollte.

Frou-Frou, die am Abend zuvor so lange gewinselt hatte, bis sie bei ihr im Bett schlafen durfte, signalisierte Emilie mit einem Bellen, dass es Zeit war für die morgendlichen Verrichtungen.

Emilie machte sich in der Küche einen Kaffee und ging damit in die Bibliothek. Der Raum mit der hohen Decke, in dem die Vorhänge immer zugezogen waren, um die Bücher zu schützen, roch auf vertraute Weise muffig. Emilie stellte die Kaffeetasse auf die Lederarbeitsfläche des verschrammten Schreibtischs, trat an ein Fenster und öffnete einen der Läden. Unzählige Wollmäuse wurden durch den unvermittelten Lufthauch aufgewirbelt.

Von der Fensternische aus ließ Emilie den Blick über die vom Boden bis zur Decke reichenden Bücherregale wandern. Sie hatte keine Ahnung, wie viele Bände sich in der Bibliothek befanden. Ihr Vater hatte den größten Teil seiner späteren Jahre damit verbracht, die Sammlung zu katalogisieren und zu erweitern. Sie erhob sich und durchquerte einmal langsam den Raum, dessen Wände bis in vierfache Höhe ihrer Körpergröße mit Büchern bedeckt waren. Dabei hatte sie das Gefühl, von ihnen beobachtet zu werden.

Emilie erinnerte sich an das Spiel mit ihrem Vater, bei dem sie zwei Buchstaben des Alphabets in beliebiger Kombination wählen musste. Dann sah sich ihr Vater in der Bibliothek nach einem Werk um, das mit diesen Buchstaben begann. Nur sehr selten war es ihm nicht gelungen, ein Buch mit den von Emilie genannten Initialen zu finden. Selbst wenn sie es mit X und Z versuchte, zog ihr Vater irgendwo einen verblichenen, abgegriffenen Band mit chinesischer Philosophie oder eine schmale Anthologie von einem lange vergessenen russischen Poeten hervor.

Emilie wünschte sich nun, dass sie besser auf die eklektischen Methoden ihres Vaters, die Bücher zu katalogisieren und zu sortieren, geachtet hätte. Beim Betrachten der Regale wurde ihr klar, dass die Ordnung nicht einfach nur alphabetisch war. In dem vor ihr standen Bücher von Dickens bis Platon und Guy de Maupassant.

Die Sammlung war so groß, dass die Katalogisierung in den Kladden ihres Vaters mit Sicherheit nur die Spitze des Eisbergs darstellte. Édouard hatte fast immer gewusst, wo er nach einem Buch suchen musste, dieses Wissen jedoch mit ins Grab genommen.

»Was soll ich nur mit euch anfangen, wenn ich dieses Haus tatsächlich verkaufe?«, flüsterte sie den Büchern zu.

Sie erwiderten stumm ihren Blick; Tausende verlassener Kinder, deren Zukunft in ihren Händen lag. Emilie riss sich von ihren Vergangenheitsträumen los. Sie durfte sich nicht von ihren Emotionen leiten lassen. Wenn sie beschloss, das Château zu verkaufen, musste sie für die Bücher ein neues Zuhause finden. Sie schloss den Fensterladen, so dass die Bände wieder in düsteren Schlummer versanken, und verließ den Raum.

Den Rest des Morgens brachte Emilie damit zu, die zahllosen Nischen und Winkel des Châteaus zu erforschen. Plötzlich wusste sie ein zweihundert Jahre altes Fries an der Decke des prächtigen Salons ebenso zu würdigen wie die eleganten, aber abgenutzten französischen Möbel und die zahlreichen Gemälde an den Wänden.

Mittags holte Emilie sich ein Glas Wasser aus der Küche. Als sie es durstig leerte, merkte sie, wie aufgeregt sie war, als wäre sie aus einem Albtraum erwacht. Die Schönheit, die ihr an jenem Vormittag so klar bewusst geworden war, hatte sie ihr ganzes Leben lang umgeben, ohne dass sie sie geschätzt hätte. Zum ersten Mal empfand sie ihr Erbe und ihre Herkunft nicht mehr als Last, von der sie sich befreien wollte.

Dieses wunderbare Haus mit seinen unzähligen herrlichen Objekten gehörte *ihr*.

Hungrig geworden suchte Emilie in Kühlschrank und Küchenschränken nach etwas Essbarem, ohne Erfolg. Also klemmte sie Frou-Frou unter den Arm, setzte sie neben sich in den Wagen und fuhr nach Gassin. Nachdem sie das Auto abgestellt hatte, erklomm sie die uralten, steilen Stufen durch den Ort zu der Hauptstraße, an der sich die Bars und Lokale befanden, und setzte sich an einen Tisch am Rand der Terrasse, von wo aus sie den spektakulären Blick auf die Küste genießen konnte. Sie bestellte eine kleine Karaffe Rosé sowie den Salat nach Art des Hauses und dachte in der mittäglichen Sonne nach.

»Entschuldigen Sie, Mademoiselle, sind Sie Emilie de la Martinières?«

Emilie beschattete ihre Augen mit der Hand und hob den Blick.

»Ja.« Sie sah den Mann, der neben ihrem Tisch stand, erstaunt an.

»Freut mich, Ihre Bekanntschaft zu machen.« Der Mann streckte ihr die Hand hin. »Ich heiße Sebastian Carruthers.«

Emilie nahm zögernd seine Hand. »Kenne ich Sie?«

»Nein.« Er sprach ausgezeichnet Französisch, wenn auch mit englischem Akzent.

»Darf ich fragen, woher *Sie mich* kennen?«, erkundigte sie sich, vor Nervosität ein wenig herrisch.

»Das ist eine lange Geschichte, die ich Ihnen gerne erzähle. Erwarten Sie jemanden?« Er deutete auf den leeren Stuhl ihr gegenüber.

»Ich … nein.« Emilie schüttelte den Kopf.

»Darf ich mich setzen und Ihnen alles erklären?«

Er gab ihr keine Gelegenheit, Nein zu sagen, und zog den Stuhl heraus. Als das Licht der Sonne sie nicht mehr blendete, sah sie, dass er etwa so alt wie sie und schlank war und qualitativ hochwertige, lässige Kleidung trug. Er hatte ein paar Sommersprossen auf der Nase, kastanienbraune Haare und schöne haselnussbraune Augen.

»Mein herzliches Beileid zum Tod Ihrer Mutter«, sagte er.

»Danke.« Emilie nahm einen Schluck Wein und fragte, ganz wohlerzogene Französin: »Darf ich Ihnen ein Glas Rosé anbieten?«

»Danke, gern.« Sebastian winkte den Kellner heran, der ihm ein Glas brachte. Emilie schenkte ihm aus ihrer Karaffe ein.

»Wie haben Sie vom Tod meiner Mutter erfahren?«

»Der dürfte in Frankreich kein Geheimnis sein. Sie war ziemlich bekannt. Es ist bestimmt schwierig für Sie.«

»Ja«, antwortete sie steif. »Sie sind also Engländer?«

»Wie konnten Sie das nur erraten?« Sebastian verdrehte in gespieltem Entsetzen die Augen. »Dabei bemühe ich mich so, meinen Akzent loszuwerden. Ja, ich komme aus England, habe aber ein Jahr lang Kunst in Paris studiert und gestehe, ausgesprochen frankophil zu sein.«

»Verstehe«, murmelte Emilie. »Aber …«

»Ja«, unterbrach er sie, »das erklärt nicht, woher ich weiß, dass Sie Emilie de la Martinières sind. Die Verbindung zwischen Ihnen und mir reicht weit in die Vergangenheit zurück.«

»Sind wir verwandt?« Emilie musste an Gerards Worte denken.

»Nein, ganz sicher nicht«, antwortete er lächelnd. »Meine Großmutter war Halbfranzösin. Vor Kurzem habe ich erfahren, dass sie im Zweiten Weltkrieg eng mit Ihrem Vater Édouard de la Martinières zusammengearbeitet hat.«

»Aha.« Ihr Vater hatte praktisch nie über seine Vergangenheit gesprochen. Was wollte dieser Engländer nur von ihr? »Ich weiß wenig über diese Zeit im Leben meines Vaters.«

»Ich wusste auch nur wenig, bis meine Großmutter mir vor ihrem Tod erzählt hat, dass sie während der Besetzung hier war. Sie hat Édouards Tapferkeit gelobt«, fügte Sebastian hinzu.

Emilie schnürte sich die Kehle zu. »Tatsächlich? Ich bin mehr als zwanzig Jahre nach Kriegsende zur Welt gekommen; da war mein Vater sechzig.«

Sebastian nickte.

»Außerdem …« Emilie nahm einen großen Schluck Wein. »… neigte er nicht zum Prahlen.«

»Constance, meine Großmutter, scheint ihn jedenfalls sehr geschätzt zu haben. Sie hat mir von dem schönen Château erzählt, in dem sie während ihres Aufenthalts in Frankreich war. Es befindet sich doch in der Nähe von Gassin, nicht wahr?«

»Ja«, antwortete Emilie, als ihr Salat serviert wurde. »Möchten Sie auch etwas essen?«, fragte sie, wieder aus Höflichkeit.

»Wenn ich Sie nicht störe, gern.«

»Nein, nein.«

Sebastian bestellte, und der Kellner zog sich zurück.

»Was führt Sie nach Gassin?«, erkundigte sich Emilie.

»Gute Frage. Nach dem Abschluss meines Kunststudiums in Paris habe ich mich dem Kunsthandel zugewandt. Ich bin viel für meine kleine Galerie in London unterwegs, um Gemälde für wohlhabende Kunden aufzustöbern. Nach Frankreich bin ich gekommen, um den Eigentümer eines Chagall zu überreden, dass er ihn mir überlässt. Der Mann lebt in Grasse, also nicht weit von hier. Als ich in der Zeitung vom Tod Ihrer Mutter gelesen habe, ist mir die Verbindung meiner Großmutter zu Ihrer Familie eingefallen. Ich wollte selbst einen Blick auf das Château werfen, von dem ich so viel gehört habe. Die Gegend hier ist wirklich sehr hübsch.«

»Ja, das stimmt«, bestätigte sie, verwirrt über diese merkwürdige Unterhaltung.

»Wohnen Sie in dem Château, Emilie?«, erkundigte sich Sebastian.

»Nein«, antwortete sie mit einem unbehaglichen Gefühl wegen seiner direkten Frage. »In Paris.«

»Wo ich viele Freunde habe. Ich hoffe, eines Tages mehr Zeit in Frankreich verbringen zu können, aber momentan bin ich noch dabei, mir in meiner Heimat einen Ruf zu erwerben. Dass es mir nicht gelungen ist, den Chagall für meinen Kunden zu erstehen, ärgert mich. Das wäre mein erster großer Deal gewesen.«

»Tut mir leid für Sie«, sagte Emilie.

»Danke. Ich werde es verwinden. Sie haben in Ihrem Château nicht zufällig ein paar wertvolle Bilder, die Sie loswerden wollen?«, scherzte Sebastian.

»Das weiß ich nicht so genau«, antwortete Emilie wahrheitsgemäß. »Den Wert der Kunstwerke im Château bestimmen zu lassen steht auf meiner Liste zu erledigender Dinge.«

»Für die Expertisen werden Sie sicher anerkannte Pariser Kunsthändler zu Rate ziehen. Doch wenn Sie jemanden gebrauchen können, der Ihnen hier und jetzt mit Fachwissen unter die Arme greift, helfe ich Ihnen gern.« Als der Croque Monsieur für Sebastian serviert wurde, nahm er eine Visitenkarte aus seiner Brieftasche und gab sie Emilie. »Keine Sorge, ich bin kein Schwindler«, sagte er. »Ich kann Kundenreferenzen vorweisen.«

»Sehr freundlich, aber darum kümmert sich der *notaire* der Familie«, erklärte sie ein wenig herablassend.

»Natürlich.« Sebastian schenkte ihnen Wein nach, machte sich über seinen Croque Monsieur her und wechselte das Thema. »Was machen Sie in Paris?«

»Ich arbeite als Tierärztin in einer großen Praxis im Quartier Marais. Sonderlich einträglich ist diese Arbeit nicht, aber ich liebe sie.«

»Ach.« Sebastian hob eine Augenbraue. »Das überrascht mich. Bei der Familie, aus der Sie stammen, hatte ich etwas Glamouröses, offen gestanden überhaupt keine Brotarbeit erwartet.«

»Ja, so denken alle … Tut mir leid, ich muss jetzt gehen.« Emilie winkte den Kellner heran.

»Entschuldigen Sie meine Unverfrorenheit, Emilie. Ich wollte Ihnen nicht zu nahe treten.«

Plötzlich verspürte sie den Wunsch, von diesem Mann mit seinen neugierigen Fragen wegzukommen. Emilie griff nach ihrer Handtasche, nahm einige Scheine aus ihrem Geldbeutel und legte sie auf den Tisch. »Freut mich, Ihre Bekanntschaft gemacht zu haben«, sagte sie, hob Frou-Frou hoch und ging, den Tränen nahe, die steilen Steinstufen zu ihrem Wagen hinunter, so schnell sie konnte.

»Emilie! Bitte warten Sie!«

Wenig später holte Sebastian sie ein.

»Tut mir wirklich leid, wenn ich Sie beleidigt habe«, keuchte er. »Dafür scheine ich eine Begabung zu haben. Wenn Sie das tröstet: Ich bin auch mit jeder Menge schwerem Gepäck zur Welt gekommen. Darunter ein verfallenes Herrenhaus im Yorkshire-Moor, das ich irgendwie sanieren und erhalten soll, ohne das dafür nötige Geld zu haben.«

Als sie den Wagen erreichten, blieb Emilie nichts anderes übrig, als stehen zu bleiben. »Warum verkaufen Sie es nicht?«, fragte sie ihn.

»Weil es zu meinem Erbe gehört und …«, er zuckte mit den Achseln. »… es ist kompliziert. Ich will nicht auf die Tränendrüsen drücken, sondern versuche nur, Ihnen zu erklären, dass ich weiß, wie es ist, wenn man seiner Vergangenheit nicht entkommt. Mir geht es genauso.«

Emilie kramte in ihrer Handtasche nach dem Autoschlüssel.

»Ich will mein Leid nicht mit dem Ihren vergleichen«, fuhr Sebastian fort. »Sie sollen nur wissen, dass ich mich in Sie hineinversetzen kann.«

»Danke.« Sie fand den Autoschlüssel. »Ich muss jetzt los.«

»Nehmen Sie meine Entschuldigung an?«

Sie wandte sich ihm zu. »Ich bin nur …«, sie ließ den Blick über die grünen Hügel schweifen und versuchte, die richtigen Worte zu finden: »… ich möchte um meiner selbst willen wahrgenommen werden.«

»Das kann ich verstehen. Ich will Sie nicht länger aufhalten. Es war mir ein Vergnügen, Sie kennenzulernen.« Sebastian streckte ihr die Hand hin. »Viel Glück.«

»Danke. Auf Wiedersehen.« Emilie schloss die Wagentür auf und setzte Frou-Frou auf den Beifahrersitz. Dann stieg sie ein, ließ den Motor an und fuhr langsam den Hügel hinunter. Dabei überlegte sie, warum sie so heftig reagiert hatte. Vielleicht hatte Sebastians Direktheit sie, die sie an die französische Etikette gewöhnt war, aus der Fassung gebracht. Doch er hatte lediglich freundlich sein wollen. Das Problem lag bei ihr. Sebastian hatte ihren empfindlichsten Punkt getroffen. Emilie bekam ein schlechtes Gewissen.

Sie war dreißig Jahre alt, ermahnte Emilie sich selbst, und konnte mit dem Besitz der de la Martinières machen, was sie wollte. Allmählich wurde es Zeit, sich wie eine Erwachsene zu benehmen, nicht wie ein launenhaftes Kind.

Als sie Sebastian erreichte, holte sie tief Luft und kurbelte das Fenster herunter.

»Wenn Sie schon hergefahren sind, um das Château zu sehen, sollten Sie nicht unverrichteter Dinge wieder abreisen. Kommen Sie mit.«

»Wenn Sie meinen …« Sebastian sah sie erstaunt an. »Natürlich würde ich es gern sehen, besonders mit jemandem, der das Haus so gut kennt wie Sie.«

»Dann steigen Sie ein.« Sie beugte sich hinüber und entriegelte die Beifahrertür.

»Danke«, sagte er, als er sie hinter sich schloss. »Ich habe ein schrecklich schlechtes Gewissen, weil ich Sie aus der Fassung gebracht habe. Können Sie mir vergeben?«

»Sebastian«, seufzte sie, »es war nicht Ihre Schuld, sondern meine. Jegliche Erwähnung meiner Familie in diesem Zusammenhang wirkt bei mir wie ein Trigger. Ich muss lernen, damit umzugehen.«

»Solche Trigger haben wir alle, besonders wenn wir mit berühmten, mächtigen Verwandten und Vorfahren gesegnet sind.«

»Meine Mutter hatte tatsächlich eine starke Persönlichkeit«, pflichtete Emilie ihm bei. »Ich muss in ziemlich große Fußstapfen treten. Und mir ist seit jeher klar, dass ich sie nicht ausfüllen kann.«

Emilie fragte sich, ob die zwei Gläser Wein ihre Zunge gelöst hatten, denn plötzlich fühlte sie sich nicht mehr unwohl bei ihren Geständnissen.

»Das kann ich von meiner Mum oder ›Victoria‹, wie wir sie nennen mussten, nicht behaupten«, erklärte Sebastian. »Ich erinnere mich nicht einmal richtig an sie. Sie hat mich und meinen Bruder in einer Hippie-Kommune in den Staaten zur Welt gebracht. Als ich drei und mein Bruder zwei war, ist sie mit uns nach England gereist und hat uns bei unseren Großeltern in Yorkshire abgeladen. Ein paar Wochen später ist sie verschwunden. Seitdem habe ich nichts mehr von ihr gehört oder gesehen.«

»O Sebastian!«, rief Emilie schockiert aus. »Sie wissen nicht einmal, ob Ihre Mutter noch lebt?«

»Nein. Aber unsere Großmutter Constance war wie eine Mutter für uns. Meine leibliche Mutter würde ich wohl, wenn sie sich mit mir in einem Raum voller Menschen befände, nicht erkennen.«

»Sie können von Glück sagen, dass Sie eine solche Großmutter hatten, aber trotzdem ist es eine traurige Geschichte«, meinte Emilie. »Und Sie wissen nicht, wer Ihr Vater ist?«

»Nein. Nicht einmal, ob mein Bruder und ich denselben Vater haben. Wir sind sehr unterschiedlich. Aber egal …« Sebastian blickte aus dem Fenster.

»Haben Sie Ihren Großvater gekannt?«

»Er ist gestorben, als ich fünf war. Er war ein guter Mann, im Krieg in Nordafrika und durch seine Verwundungen aus der Zeit ziemlich eingeschränkt. Meine Großeltern haben einander sehr geliebt. Meine arme alte Oma hat nicht nur ihren Mann verloren, sondern auch ihre Tochter. Ich glaube, wir Enkel haben sie am Leben erhalten«, erklärte Sebastian. »Sie war eine erstaunliche Frau, hat noch mit fünfundsiebzig Bruchsteinmauern hochgezogen und war bis kurz vor ihrem Tod gesund und munter. Menschen wie sie sind selten«, stellte er traurig fest. »Tut mir leid, ich rede zu viel.«

»Nein, nein. Es tröstet mich zu hören, dass auch andere Leute ihr Päckchen zu tragen haben. Manchmal …«, Emilie seufzte, »… habe ich das Gefühl, dass zu viel Vergangenheit genauso schlimm ist wie gar keine.«

»Da pflichte ich Ihnen bei.« Sebastian schmunzelte. »Oje, wenn jemand dieses Gespräch belauschen könnte, würde er uns bestimmt für verwöhnte, larmoyante Snobs halten. Immerhin haben wir beide ein Dach über dem Kopf.«

»Ja. Solche Gedanken kann ich den Menschen nicht verdenken. Sie sehen nicht, was sich hinter der Fassade verbirgt. Schauen Sie …«, sie deutete. »… da drüben ist das Château.«

Als Sebastians Blick auf das elegante, rötliche Gebäude in dem Tal unter ihnen fiel, stieß er einen leisen Pfiff aus. »Es ist wunderschön und genau so, wie meine Großmutter es mir beschrieben hat. Ganz anders als unser Familienanwesen im düsteren Moor von Yorkshire. Obwohl die Kargheit der Umgebung Blackmoor Hall auf andere Weise spektakulär macht«, fügte er rasch hinzu.

Emilie lenkte den Wagen am Château vorbei, stellte ihn dahinter ab und stieg aus.

»Sind Sie sicher, dass Sie Zeit für mich haben?« Sebastian sah sie an. »Ich kann auch gern ein andermal vorbeikommen.«

»Das ist schon in Ordnung«, versicherte Emilie ihm, als sie mit Frou-Frou und Sebastian das Château betrat.

Sie führte Sebastian von Raum zu Raum und beobachtete, wie er immer wieder stehen blieb, um Gemälde, Möbel und Kunstgegenstände zu bewundern, die unbeachtet auf Kaminsimsen, Kommoden, Sekretären und Tischen verstaubten. Im Frühstückszimmer steuerte Sebastian schnurstracks auf ein Gemälde zu.

»Das erinnert mich an *Luxe, calme et volupté*, das Matisse 1904 während seines Aufenthalts in St. Tropez gemalt hat. Die Farbtupfentechnik ist ähnlich.« Sebastian zeichnete mit dem Finger die Linien nach. »Nur dass dies hier eine reine Landschaft mit Felsen und Meer, ohne Menschen, ist.«

»›Luxus, Ruhe und Sinnlichkeit‹«, übersetzte Emilie. »Mein Vater hat mir einmal Baudelaires Gedicht vorgelesen.«

Sebastian war begeistert, dass sie es kannte. »Matisse hat sich von *L'Invitation au voyage* zu dem Gemälde inspirieren lassen. Es hängt jetzt im Musée National d'Art Moderne in Paris.« Er konzentrierte sich wieder auf das Bild. »Soweit ich sehe, ist es nicht signiert, es sei denn, die Signatur verbirgt sich unter dem Rahmen. Möglicherweise handelt es sich um eine Studie für das eigentliche Gemälde. Darauf deutet hin, dass sich Matisse zu der Zeit, in der er in diesem Stil gemalt hat, in St. Tropez aufhielt. Und das ist nur einen Katzensprung von hier weg.«

»Mein Vater hat Matisse in Paris kennengelernt«, erzählte Emilie. »Er war Gast in den Salons, die Papa für Künstler und Intellektuelle der Stadt führte. Papa mochte Matisse sehr und hat oft von ihm gesprochen, aber ich weiß nicht, ob der Maler je im Château gewesen ist.«

»Wie so viele Maler und Schriftsteller war Matisse während des Zweiten Weltkriegs hier unten im Süden, aus der Schusslinie. Matisse ist meine große Leidenschaft«, erklärte Sebastian begeistert. »Darf ich es kurz von der Wand nehmen, um nachzusehen, ob sich auf der Rückseite eine Widmung befindet? Damals haben Künstler ihre Werke häufig großzügigen Gönnern wie Ihrem Vater geschenkt.«

»Ja, gern.« Emilie verfolgte, wie Sebastian das Bild vorsichtig von der Wand entfernte und darunter dunklere Tapete zum Vorschein kam. Er drehte das Gemälde um, doch die Rückseite war leer.

»Auch kein Weltuntergang«, versicherte Sebastian ihr. »Wenn Matisse es signiert hätte, wäre es nur leichter gewesen, ihm das Werk zuzuordnen.«

»Glauben Sie wirklich, dass es von ihm ist?«

»Aufgrund der Geschichte, die Sie mir gerade erzählt haben, und der Farbtupfentechnik, mit der Matisse in der Phase experimentierte, in der er *Luxe, Calme et Volupté* malte, würde ich Ihre Frage bejahen. Aber natürlich bräuchten Sie eine Expertise.«

»Wie viel wäre es wert, wenn es sich tatsächlich um einen Matisse handelte?«, fragte sie.

»Ohne Signatur … Das zu beurteilen, bin ich nicht erfahren genug. Matisse war ausgesprochen fleißig und ist sehr alt geworden. Würden Sie das Bild denn verkaufen wollen?«

»Wieder eine Frage, die auf meine Liste muss.« Emilie zuckte müde mit den Achseln.

Er hängte das Gemälde vorsichtig an seinen Platz zurück. »Ich kenne einige Experten, die ein fachmännisches Urteil über die Echtheit abgeben könnten, aber Ihr *notaire* möchte bestimmt seine eigenen Leute damit betrauen. Danke, dass Sie mir das Gemälde und das wundervolle Château gezeigt haben.«

»Es war mir ein Vergnügen.« Emilie verließ mit ihm das Frühstückszimmer.

»Was ich Sie noch fragen wollte …«, Sebastian kratzte sich am Kopf, »… ich bin mir ziemlich sicher, dass meine Großmutter etwas von einer erstaunlichen Sammlung seltener Bücher erwähnt hat, die sie einmal hier gesehen hat …«

Bei dem Rundgang hatte Emilie tatsächlich die Bibliothek vergessen. »Hier lang. Ich zeige sie Ihnen.«

»Wenn Sie die Zeit dafür noch erübrigen können.«

»Ja.«

Sebastian war gebührend beeindruckt. »Gütiger Gott!«, rief er beim Betreten der Bibliothek aus und ging langsam zwischen den Regalen hindurch. »Was für eine außergewöhnliche Sammlung. Der Himmel allein weiß, wie viele Bücher hier stehen. Fünfzehn- oder zwanzigtausend?«

»Ich habe nicht die geringste Ahnung.«

»Sind sie katalogisiert? In irgendeiner Art von Ordnung?«, fragte er.

»Die Ordnung stammt von meinem Vater und dessen Vater. Die Sammlung wurde vor über zweihundert Jahren begonnen. Die neueren Erwerbungen sind katalogisiert.« Emilie deutete auf die ledergebundenen Kladden auf dem Schreibtisch ihres Vaters.

Sebastian schlug eine auf und ließ den Blick über die Einträge in Édouards gestochener Handschrift wandern. »Ich weiß, dass mich das nichts angeht, Emilie, aber dies ist wirklich eine spektakuläre Sammlung. Zu den bereits vorhandenen Bänden hat Ihr Vater seltene Erstausgaben erworben, das sehe ich hier. Es dürfte sich um eine der erlesensten Sammlungen seltener Bücher in Frankreich handeln. Sie sollten professionell mit dem Computer erfasst werden.«

Emilie setzte sich erschöpft in den Ledersessel ihres Vaters. »O Gott«, stöhnte sie. »Es türmen sich immer mehr Arbeiten auf. Allmählich wird mir klar, dass das Ordnen meines Erbes eine Ganztagsbeschäftigung ist.«

»Die sich aber lohnt«, versuchte Sebastian sie aufzubauen.

»Ich habe ein anderes Leben, das mir gefällt. Ein ruhiges und …«, Emilie hätte fast »sicheres« gesagt, wusste jedoch, dass das seltsam geklungen hätte, »… strukturiertes.«

Sebastian kniete neben ihr nieder und stützte sich an der

Armlehne ihres Sessels ab. »Ich kann Sie verstehen, Emilie. Wenn Sie zu diesem Leben zurückkehren wollen, müssen Sie Menschen finden, denen Sie die Organisation des Ganzen hier anvertrauen können.«

»Nur: Wem *kann* ich vertrauen?«, fragte sie.

»Sie haben gerade Ihren *notaire* erwähnt«, meinte Sebastian. »Vielleicht sollten Sie alles ihm überlassen.«

»Aber…« Emilie traten Tränen in die Augen. »Ich bin es meiner Familie schuldig, das selbst zu erledigen. Ich kann nicht einfach weglaufen.«

»Emilie«, sagte Sebastian mit sanfter Stimme, »Sie haben eine gewaltige Aufgabe vor sich, natürlich fühlen Sie sich überfordert. Ihre Mutter ist erst ein paar Wochen tot. Sie stehen unter Schock, sind noch in Trauer. Warum lassen Sie sich nicht ein wenig Zeit für die Entscheidungen?« Er tätschelte ihre Hand und erhob sich. »Ich muss jetzt los. Sie haben meine Visitenkarte. Selbstverständlich bin ich gern bereit, Ihnen zu helfen, soweit ich kann. Für mich ist dieses Château ein Gottesgeschenk, besonders die Gemälde.« Er lächelte. »Ich werde mich mit ziemlicher Sicherheit eine Weile in Gassin aufhalten. Wenn ich also alles für eine Expertise des Matisse in die Wege leiten soll, wählen Sie einfach die Handynummer auf meiner Karte.«

»Danke«, sagte Emilie und überprüfte, ob sich die Visitenkarte noch in der Tasche ihrer Jeans befand.

»Über meine Kontakte in Paris würde ich auch die besten Antiquitätenhändler und Antiquariate in Erfahrung bringen können. Egal, was Sie am Ende mit dem Château machen wollen: Es wäre auf jeden Fall sinnvoll, den Wert Ihres Besitzes zu kennen. Ihre Eltern hatten doch bestimmt irgendeine Art von Versicherung?«

»Das weiß ich nicht.« Sie zuckte mit den Achseln. So, wie sie ihren Vater kannte, bezweifelte sie es. Sie nahm sich vor,

Gerard danach zu fragen. »Herzlichen Dank für Ihre Ratschläge.« Sie lächelte matt, stand auf und ging mit Sebastian zum Wagen hinaus. »Tut mir leid, wenn ich ein bisschen … emotional wirke. Das sieht mir gar nicht ähnlich. Vielleicht können wir uns ein andermal über das unterhalten, was Ihre Großmutter Ihnen über die Kriegszeit und meinen Vater erzählt hat.«

»Gern. Kein Grund, sich zu entschuldigen«, fügte er hinzu, als er in den Wagen stieg. »Sie haben nicht nur geliebte Menschen verloren, sondern auch einen Riesenberg Pflichten vor sich.«

»Ich schaffe das schon. Das muss ich.« Emilie ließ den Motor an und lenkte den Wagen die Auffahrt hinunter.

»Bestimmt. Wie gesagt: Sie wissen, wie Sie mich erreichen können, wenn ich Ihnen irgendwie helfen soll.«

»Danke.«

»Mein *gîte* ist gleich da drüben links …« Sebastian deutete auf eine Abzweigung. »Lassen Sie mich bitte hier raus, den Rest des Weges kann ich zu Fuß gehen. Es ist so schönes Wetter.«

»Gut.« Sie hielt den Wagen an. »Danke noch mal.«

»Passen Sie auf sich auf, Emilie.« Sebastian stieg aus und schlenderte mit einem letzten Winken die Straße entlang.

Emilie wendete und fuhr zum Château zurück, wo sie unruhig von Raum zu Raum wanderte.

Als die Nacht hereinbrach und die Temperatur zurückging, zog Emilie sich an den Herd in der Küche zurück und aß von dem Cassoulet, den Margaux für sie bereitgestellt hatte. Leider war ihr der Appetit vergangen, doch davon profitierte Frou-Frou.

Nach dem Essen schob sie den Riegel an der hinteren Tür vor und verschloss sie. Oben ließ sie nur mäßig warmes Wasser in die uralte, mit Kalk bedeckte Wanne ein, legte sich hinein und wälzte morbide Gedanken darüber, dass sie genau ihre Länge hatte und somit eine gute Vorlage für ihren Sarg abgegeben hätte. Wenig später stieg sie heraus, trocknete sich ab und stellte sich vor den Ganzkörperspiegel.

Sie zwang sich, ihren nackten Körper zu betrachten, den sie immer als höchst unvollkommen empfunden hatte. In der Kindheit war sie pummelig gewesen und in der Teenagerzeit rund. Trotz der Ermahnungen ihrer Mutter, gesund und weniger zu essen, hatte Emilie im Alter von siebzehn Jahren die endlosen Gurken- und Melonendiäten aufgegeben, nur noch locker sitzende, bequeme Kleidung getragen und der Natur ihren Lauf gelassen.

Etwa zur selben Zeit hatte sie sich geweigert, weitere Feste zu besuchen, die dazu dienen sollten, sie mit der Crème de la Crème junger Männer und Frauen in ihrem Alter zusammenzubringen. *Le Rallye* wurde von Müttern organisiert, die sichergehen wollten, dass ihre Sprösslinge geeignete Freunde und potenzielle künftige Partner aus derselben Gesellschaftsschicht kennenlernten. Solche *Rallyes* waren sehr gefragt. Und Valérie konnte als eine de la Martinières jeden in ihrer Gruppe haben. Sie war verzweifelt gewesen, als Emilie verkündet hatte, sie wolle nicht mehr an den Cocktailpartys in den vornehmen Häusern teilnehmen.

»Wie kannst du nur deine Herkunft verleugnen?«, hatte Valérie entsetzt gefragt.

»Ich hasse das alles, Maman. Ich bin mehr als mein Familienname und ein Bankkonto. Tut mir leid, aber ich mag nicht mehr.«

Als Emilie im Spiegel ihre vollen Brüste, die weiblichen Hüften und die wohlgeformten Beine betrachtete, stellte sie fest, dass sie in den vergangenen Wochen abgenommen hatte. Was sie sah, überraschte sie. Obwohl ihre Knochenstruktur sie nie zu einer grazilen Nymphe werden lassen würde, war sie keinesfalls dick.

Bevor sie anfangen konnte, an sich herumzumäkeln, schlüpfte Emilie in ihr Nachthemd, legte sich ins Bett, schaltete das Licht aus und lauschte in die undurchdringliche Stille. Sie überlegte, was sie zu ihrer Freimütigkeit Sebastian gegenüber verführt hatte.

Es war sechs Jahre her, dass sie das letzte Mal so etwas wie einen Freund gehabt hatte. Die Sache mit Olivier, einem attraktiven neuen Tierarzt in ihrer Pariser Praxis, hatte nicht länger als ein paar Wochen gedauert. Es war nicht die große Liebe gewesen, aber ein warmer Körper in der Nacht und jemand, mit dem man sich gelegentlich beim Abendessen unterhalten konnte, half nun einmal gegen Einsamkeit. Am Ende war Olivier gegangen, weil sie sich zu wenig Mühe gegeben hatte, das wusste sie.

Letztlich hatte Emilie keine Ahnung, wie Liebe beschaffen war – eine Mischung aus körperlicher Anziehung, Geistesverwandtschaft … dazu vielleicht so etwas wie *Faszination*. Ihr war klar, dass sie sich noch nie richtig verliebt hatte. Wer sollte sie auch lieben?

In jener Nacht wälzte Emilie sich im Bett herum, weil die anstehenden Entscheidungen und die Verantwortung, um die sie sich nicht herumdrücken konnte, ihr keine Ruhe ließen. Doch noch mehr beschäftigte sie die Erinnerung an Sebastian.

Obwohl er nur kurz im Château gewesen war, hatte sie sich in seiner Gegenwart geborgen gefühlt. Er wirkte tüchtig, solide und … sie fand ihn attraktiv. Sie war in der Bibliothek nicht vor der Berührung seiner Hand zurückgezuckt, wie sonst, wenn jemand ihr zu nahe kam.

Wie traurig und einsam sie sein musste, wenn eine Zufallsbekanntschaft sie so beeindruckte! Warum sollte ein Mann, der auf den ersten Blick so weltgewandt und attraktiv erschien wie Sebastian, sie überhaupt eines zweiten Blickes würdigen? Er spielte in einer anderen Liga als sie, und es war ziemlich wahrscheinlich, dass sie ihn nie wieder sah. Es sei denn, sie wählte die Nummer auf seiner Visitenkarte und bat ihn, ihr bei der Bewertung des Matisse behilflich zu sein …

Emilie schüttelte grimmig den Kopf, weil sie wusste, dass sie den Mut dazu nie aufbringen würde.

Dieser Pfad führte ins Nichts. Sie war schon vor Jahren zu dem Schluss gekommen, dass man im Leben am besten allein blieb. So konnte man weder verletzt noch enttäuscht werden. Mit diesem Gedanken schlief Emilie endlich ein.

4

Nach einer unruhigen Nacht wachte Emilie spät auf. Beim Kaffee legte sie eine schier endlose Liste zu erledigender Dinge an. Auf einem zweiten Blatt Papier notierte sie Fragen, die sie sich selbst stellen musste. Anfangs hatte sie nur beide Häuser so schnell wie möglich verkaufen, ihr kompliziertes Erbe auflösen und zu ihrem sicheren Leben in Paris zurückkehren wollen. Doch jetzt …

Emilie kratzte sich mit dem Stift an der Nase und sah sich hilfesuchend in der Küche um. Das Haus in Paris wollte sie loswerden, denn es barg keine angenehmen Erinnerungen für sie. Ihre Einstellung zum Château jedoch hatte sich in den vergangenen Tagen verändert. Es war nicht nur der ursprüngliche Familiensitz – 1750 erbaut von Comte Louis de la Martinières –, sondern strahlte auch eine Atmosphäre der Ruhe aus, in der sie sich immer wohl gefühlt hatte und die sie an glückliche Zeiten mit ihrem Vater erinnerte.

Sollte sie in Betracht ziehen, es zu behalten?

Emilie stand auf und ging in der Küche auf und ab, während sie über diese Frage nachgrübelte. War es für eine alleinstehende Frau nicht lächerlich, ja unmoralisch, ein Gebäude dieser Größe zu behalten?

Ihre Mutter war offenbar nicht dieser Meinung gewesen, doch Valérie hatte sich in der allerbesten Gesellschaft bewegt. Emilie, die sich längst aus diesen Kreisen verabschiedet hatte, kannte den Alltag ganz normaler Menschen. Trotzdem wurde der Gedanke, in Ruhe und Frieden in dem Château leben zu können, für sie immer attraktiver. Obwohl sie sich innerhalb ihrer Familie stets wie eine Außenseiterin vorgekommen war, hatte sie nun, Ironie des Schicksals, zum ersten Mal das Gefühl, wirklich zu Hause zu sein. Es verblüffte sie, wie sehr sie sich plötzlich wünschte hierzubleiben.

Emilie setzte sich wieder an den Küchentisch, um an der Fragenliste für Gerard zu arbeiten. Wenn es ihr gelänge, den früheren Glanz des Châteaus wiederherzustellen, würde sie nicht nur sich selbst nutzen, sondern sogar der Nation einen Dienst erweisen. Mit diesem tröstlichen Gedanken wählte sie Gerards Nummer.

Nach einem langen Gespräch ging sie die Notizen, die sie dabei gemacht hatte, durch. Gerard hatte ihr noch einmal versichert, dass ihr Vermögen für die Sanierung des Châteaus reichen würde, auch wenn keine flüssigen Mittel zur Verfügung standen. Ihre Pläne mussten allerdings durch das finanziert werden, was sie so bald wie möglich verkaufte.

Gerard schien über ihren jähen Sinneswandel erstaunt gewesen zu sein. »Emilie, es ist löblich, dass Sie das Erbe Ihrer Familie erhalten wollen, aber die Renovierung eines Gebäudes solcher Größe ist ein gewaltiges Unterfangen; ich würde behaupten, zwei Jahre lang eine Vollzeitbeschäftigung. Es wird alles an Ihnen hängen bleiben. Sie sind auf sich allein gestellt.«

Fast hatte Emilie erwartet, dass er »und eine Frau« hinzufügen würde, aber zum Glück hatte er es sich verkniffen. Vermutlich fragte Gerard sich, wie viele der Aufgaben sie auf ihn abwälzen würde, da es für ihn auf der Hand lag, dass sie nicht allein zurechtkam. Verärgert über seine Herablassung, aber wissend, dass sie kaum etwas getan hatte, seine Einstellung zu ändern, nahm Emilie ihren Laptop aus der Tasche, um ins Internet zu gehen. Kein Signal. Über ihre Annahme schmunzelnd, dass sie in einem Haus, in dem die elektrischen Leitungen vermutlich in den vierziger Jahren des vergangenen Jahrhunderts verlegt worden waren, Empfang hätte, fuhr sie mit Frou-Frou nach Gassin, wo sie Damien, den freundlichen Inhaber der Brasserie Le Pescadou, fragte, ob sie seinen Internetzugang nutzen könne.

»Natürlich, Mademoiselle de la Martinières«, antwortete er und führte sie in das kleine Büro hinter dem Lokal. »Tut mir leid, dass ich Sie nicht früher begrüßen konnte, aber ich war in Paris. Im Ort sind alle traurig über den Tod Ihrer Maman. Wie Ihre Familie lebt die meine seit Jahrhunderten hier. Wollen Sie das Château, jetzt, wo sie nicht mehr ist, verkaufen?«

Emilie wusste, dass seine Bar und sein Restaurant das Zentrum des Dorfklatsches waren.

»Das kann ich im Moment noch nicht sagen«, antwortete sie. »Ich muss mich zuerst über alles informieren.«

»Natürlich. Ich hoffe, dass Sie nicht verkaufen, aber wenn Sie sich dazu entschließen sollten, könnte ich Ihnen Bauunternehmer nennen, die bereit wären, ein Vermögen zu investieren, um Ihr herrliches Château in ein Hotel zu verwandeln. Im Lauf der Jahre sind viele Anfragen bei mir eingegangen.« Damien deutete durchs Fenster auf das unter Ihnen liegende Château, auf seine Terrakottadächer, die in der Sonne schimmerten.

»Wie gesagt, Damien, ich habe mich noch nicht entschieden.«

»Mademoiselle, rufen Sie uns bitte an, wenn Sie irgendetwas brauchen. Wir mochten Ihren Vater alle sehr. Er war ein guter Mensch. Nach dem Krieg waren wir im Ort sehr arm«, erklärte Damien. »Der Comte hat die Regierung dazu gebracht, ordentliche Straßen zu bauen und die Touristen aus St. Tropez hierherzulocken. Meine Familie hat dieses Restaurant in den fünfziger Jahren eröffnet, als Gassin sich zu entwickeln begann. Ihr Vater hat auch die Anlage von Weinbergen für den Anbau des köstlichen Weins, den wir jetzt hier erzeugen, gefördert.« Damien machte eine ausladende Handbewegung. »In meiner Kindheit hatten wir Maisfelder und Kühe. Heute ist unser provenzalischer Rosé weltberühmt.«

»Es freut mich zu hören, dass mein Vater dem Gebiet geholfen hat, das er liebte«, sagte Emilie.

»Die de la Martinières gehören zu Gassin, Mademoiselle. Ich hoffe, Sie beschließen, bei uns zu bleiben.«

Damien brachte ihr eine Karaffe Wasser, Brot und eine *plat au fromage*. Sobald Emilie ihren Laptop angeschlossen hatte, ließ er sie allein. Sie überprüfte ihre E-Mails, holte Sebastians Visitenkarte heraus und informierte sich im Internet über seine Galerie.

»Arté« befand sich in der Londoner Fulham Road und zeigte hauptsächlich moderne Gemälde. Emilie, die es beruhigte, dass sie existierte, wählte Sebastians Nummer und hinterließ eine kurze Nachricht auf seiner Mailbox, in der sie ihn bat, sich wegen ihres Gesprächs am Vortag bei ihr zu melden.

Wenig später bedankte Emilie sich bei Damien für die Internet-Nutzung und den Mittagsimbiss und fuhr zum Château zurück. Sie fühlte sich energiegeladener und motivierter als seit Jahren. Mit ziemlicher Sicherheit würde sie ihren Beruf als Tierärztin in Paris aufgeben und hierherziehen müssen, um die Sanierung des Gebäudes zu überwachen. Vielleicht war es genau das, was sie brauchte – ironischerweise das Letzte, was sie noch ein paar Tage zuvor in Betracht gezogen hätte. Das Projekt würde ihrem Leben einen neuen Sinn geben.

Ihre Begeisterung wich Angst, als sie sich dem Château näherte und einen Polizeiwagen davor stehen sah. Emilie stellte hastig das Auto ab, packte Frou-Frou und stieg aus. Im Eingangsbereich unterhielt sich Margaux mit einem Gendarm.

»Mademoiselle Emilie …« Margaux war der Schreck deutlich anzusehen. »Ich glaube, bei uns ist eingebrochen worden. Als ich wie üblich um zwei Uhr hergekommen bin, stand die Haustür weit offen. O Mademoiselle, es tut mir ja so leid.«

Emilie erinnerte sich, dass sie in der Aufregung über ihre Renovierungspläne vor der Fahrt in den Ort vergessen hatte, die hintere Tür zu verschließen.

»Margaux, das ist nicht Ihre Schuld. Ich glaube, ich habe die hintere Tür offen gelassen. Fehlt irgendetwas?« Emilie dachte an das möglicherweise wertvolle Gemälde im Frühstücksraum.

»Ich bin alle Zimmer durchgegangen und konnte keine Verluste feststellen. Aber vielleicht sollten Sie sich selbst vergewissern«, sagte Margaux.

»Gelegenheit macht Diebe«, erklärte der Gendarm. »Manchmal dringen Zigeuner, die ein leeres Haus sehen, ein und suchen nach Schmuck und Bargeld.«

»Das haben sie hier sicher nicht gefunden«, erklärte Emilie mit grimmiger Miene.

»Mademoiselle Emilie, haben Sie zufällig den Haustürschlüssel dabei?«, fragte Margaux. »Er scheint zu fehlen. Vielleicht haben Sie ihn ja an einem sichereren Ort aufbewahrt, statt ihn wie üblich im Schloss zu lassen.«

»Nein.« Emilie betrachtete das große Schlüsselloch, das ohne den rostigen Schlüssel sehr leer wirkte. Sie blinzelte, versuchte, sich zu erinnern, ob der Schlüssel am Morgen im Schloss gesteckt hatte, doch das war ihr auf dem Weg in die Küche nicht aufgefallen.

»Wenn sich der Schlüssel nicht findet, sollten Sie sofort das Schloss auswechseln lassen«, riet ihr der Gendarm. »Möglicherweise haben die Diebe den alten Schlüssel mitgenommen, um zu einem späteren Zeitpunkt wiederzukommen.«

»Ja, natürlich.« Emilies Traum von einem sicheren Paradies begann sich in Luft aufzulösen.

Margaux sah auf ihre Uhr. »Entschuldigen Sie, Mademoiselle, aber ich muss nach Hause. Anton ist allein. Kann ich gehen?«, fragte sie den Gendarmen.

»Ja. Wenn ich weitere Informationen brauchen sollte, melde ich mich«, antwortete er.

»Danke.« Margaux wandte sich Emilie zu. »Mademoiselle, es macht mich nervös, wenn Sie allein hier sind. Vielleicht wäre es besser, die kommenden Nächte in einem Hotel zu verbringen?«

»Keine Sorge, Margaux. Ich rufe einen Schlüsseldienst, und mein Schlafzimmer kann ich ja abschließen, zumindest heute Nacht.«

»Bitte holen Sie mich, wenn Sie Bedenken haben sollten. Und vergessen Sie in Zukunft nicht, die hintere Tür abzusperren.« Margaux eilte mit einem besorgten Winken zu ihrem Fahrrad.

»Bitte gehen Sie das Château noch einmal durch für den Fall, dass Ihre Haushälterin und ich etwas übersehen haben«, bat der Gendarm Emilie, nahm einen Block aus seiner Hemdtasche und schrieb eine Nummer darauf. »Setzen Sie sich mit mir in Verbindung, wenn Sie feststellen sollten, dass etwas gestohlen wurde. Dann verfolgen wir das weiter. Ansonsten …«, er seufzte, »… kann ich nicht viel tun.«

»Danke, dass Sie gekommen sind.« Emilie hatte ihrer Nachlässigkeit wegen ein schlechtes Gewissen. »Wie gesagt, es war meine Schuld.«

»Keine Ursache. Weil das Château so oft unbewohnt ist, würde ich vorschlagen, so bald wie möglich eine Alarmanlage installieren zu lassen.« Der Gendarm ging mit einem Nicken zu seinem Wagen.

Sobald er weg war, eilte Emilie nach oben, um zu überprüfen, ob nichts fehlte. Auf halbem Weg hörte sie ein Auto die Auffahrt heraufkommen und nach hinten weiterfahren. Mit klopfendem Herzen hastete Emilie in die Küche, um die Tür dort gegen ungebetene Gäste abzuschließen. Aber es war Sebastians Gesicht, das sie durch die Glasscheibe in der Tür anblickte. Emilie zog den Riegel zurück und öffnete sie.

»Hallo!« Sebastian sah sie fragend an. »Darf ich reinkommen?«

»Ja. Tut mir leid, hier ist gerade eingebrochen worden, und Ihren Wagen kannte ich nicht.«

»Wie schrecklich!«, rief er aus und trat über die Schwelle. »Ist etwas gestohlen worden?«

»Margaux glaubt nicht, aber ich wollte gerade nach oben, mich vergewissern.«

»Soll ich Ihnen helfen?«

»Ich …« Plötzlich bekam sie weiche Knie und musste sich auf einen Küchenstuhl setzen.

»Emilie, Sie sind sehr blass«, stellte Sebastian fest. »Darf ich Ihnen, bevor Sie die Runde durchs Haus machen, das Allheilmittel des Engländers kredenzen: eine schöne Tasse Tee? Sie stehen unter Schock. Bleiben Sie sitzen, beruhigen Sie sich. Ich mache inzwischen Wasser heiß.«

»Danke.« Sie hob zitternd Frou-Frou, die gestreichelt werden wollte, auf ihren Schoß.

»Wie sind die Eindringlinge hereingekommen?«, fragte Sebastian.

»Vermutlich durch die hintere Tür, aber sie sind vorne hinaus. Der Schlüssel fehlt«, erklärte Emilie. »Ich muss so schnell wie möglich das Schloss auswechseln lassen.«

»Gibt es im Haus ein Telefonbuch?« Sebastian stellte eine große Tasse Tee vor ihr auf den Tisch. »Während Sie den Tee trinken, rufe ich für Sie den Schlüsseldienst an.« Er nahm sein Handy aus der Tasche.

»Ja, in der Schublade da drüben.« Emilie deutete auf eine große Kommode. »Wirklich, Sebastian, das ist nicht Ihr Problem. Ich schaffe das schon …«

Doch Sebastian hatte die Schublade bereits geöffnet, nahm das Telefonbuch heraus und blätterte es durch.

»In St. Tropez gibt es drei, in La Croix-Valmer einen. Ich frage mal, wer Zeit hat.« Er wählte die erste Nummer. »Hallo, ja, ich rufe vom Château de la Martinières aus an und wollte mich erkundigen, ob …«

Emilie trank ihren Tee und genoss es, dass jemand ihr die Verantwortung abnahm.

»Leider kann der Schlüsseldienst erst morgen früh kommen«, teilte Sebastian ihr nach Beendigung des Gesprächs mit. »Aber der Mann hat mir versichert, dass er in der Gegend schon viele alte Schlösser ausgetauscht hat.« Sebastian musterte sie. »Sie haben wieder ein bisschen Farbe. Fühlen Sie sich stark genug, vor Einbruch der Dunkelheit durch die Räume zu gehen? Das sollten Sie wirklich tun. Wenn Sie wollen, begleite ich Sie.«

»Sebastian, Sie haben doch sicher Wichtigeres zu tun. Ich möchte Sie nicht aufhalten.«

»Unsinn. Ein englischer Gentleman würde niemals eine Frau in Not im Stich lassen.« Er half ihr vom Stuhl auf. »Kommen Sie, bringen wir's hinter uns.«

»Danke. Ich habe Angst, dass die Eindringlinge noch hier sind, sich irgendwo verstecken.« Emilie biss sich auf die Lippe. »Margaux hat niemanden flüchten gesehen.«

Alle Räume waren so, wie Emilie sie in Erinnerung hatte,

und obwohl sie unmöglich sicher sein konnte, dass nichts fehlte, weil sie keinen Überblick über das Inventar hatte, kehrte sie fürs Erste beruhigt mit Sebastian in den Eingangsbereich zurück.

»So, das Haus wäre überprüft«, erklärte Sebastian. »Könnten sie sich sonst noch irgendwo verstecken?«

»Vielleicht im Keller? Aber da bin ich noch nie gewesen«, gestand Emilie.

»Dann sollten Sie jetzt hinunter. Wissen Sie, wie man hinkommt?«

»Ich glaube, über den Vorraum der Küche.«

»Kommen Sie, sehen wir nach.«

»Halten Sie das wirklich für nötig?«, fragte Emilie, die Angst vor dunklen, engen Räumen hatte.

»Wäre es Ihnen lieber, wenn ich allein gehe?«

»Nein, Sie haben recht. Ich sollte mir den Keller selbst anschauen.«

»Keine Sorge, ich beschütze Sie«, meinte er grinsend, als sie den Vorraum betraten. »Diese Tür?«

»Ja, ich glaube schon.«

Sebastian zog die rostigen Riegel zurück. Er hatte Mühe, den Schlüssel im Schloss zu drehen. »Die Tür ist seit Jahren nicht mehr aufgemacht worden, weswegen ich bezweifle, dass sich jemand da unten versteckt hält.« Nachdem es ihm gelungen war, die Tür zu öffnen, suchte er nach einem Lichtschalter und ertastete einen groben Strick über seinem Kopf. Als er daran zog, drang von unten ein Lichtschimmer herauf. »Ich gehe voran.«

Emilie folgte Sebastian zögernd in den kühlen Raum mit niedriger Decke und abgestandener, feuchter Luft.

»Wow!«, rief Sebastian aus, als sein Blick auf die Weinregale fiel, die bis obenhin mit verstaubten Flaschen gefüllt waren. Er zog eine heraus, wischte das Etikett ab und las vor: »*Château Lafite-Rothschild 1949*. Ich bin ja kein Weinkenner, aber das hier könnte der Traum eines Weinhändlers sein. Oder …«, er legte die Flasche achselzuckend zurück, »… sie sind alle ungenießbar.«

Sie gingen im Keller herum, zogen Flaschen heraus und begutachteten sie.

»Ich finde keine einzige Flasche nach 1969. Sie?«, fragte Sebastian. »Sieht aus, als hätte sich danach niemand mehr die Mühe gemacht weiterzusammeln. Moment …«

Sebastian stellte die zwei Flaschen, die er in der Hand hielt, auf den Boden und zog weitere heraus. »Da ist etwas hinter diesem Regal. Eine Tür.«

Emilie lugte durch das Regal. »Wahrscheinlich führt sie zu einem ungenutzten Bereich des Kellers«, erklärte sie hastig, weil sie so schnell wie möglich wieder nach oben wollte.

»Ja, ein Haus wie dieses ist mit Sicherheit weitläufig unterkellert. Aha …« Sebastian entfernte die letzte Flasche und stellte das wacklige Weinregal in die Mitte des Raums. »Es ist tatsächlich eine Tür.« Er wischte die Spinnweben beiseite und drückte die Klinke herunter. Die Tür öffnete sich nur schwer, weil der Rahmen sich in der feuchten Luft verzogen hatte. »Soll ich nachschauen, was sich da drin verbirgt?«

»Ich …« Emilie zögerte. »Wahrscheinlich ist der Raum leer.«

»Das werden wir sehen«, sagte Sebastian und zog mit aller Kraft an der Tür, um sie vollends zu öffnen, tastete wieder nach einem Lichtschalter, fand jedoch keinen.

»Warten Sie hier«, wies er Emilie an. »Von irgendwoher scheint Licht zu kommen …« Sebastian verschwand in der Dunkelheit. »Ja, hier ist ein kleines Fenster. Aua! Ich hab mir das Schienbein angestoßen.« Er kehrte zu Emilie zurück. »Haben Sie irgendwo eine Taschenlampe?«

»Ich schaue oben in der Küche nach.« Emilie hastete, dankbar, aus dem Keller herauszukommen, zur Treppe.

»Wenn es keine Taschenlampe gibt, bringen Sie bitte eine oder zwei Kerzen mit«, rief er ihr nach.

Die Taschenlampe, die sie fand, hatte leider keine Batterien. Also holte sie eine alte Schachtel mit Kerzen und Streichhölzer aus der Vorratskammer, atmete tief durch und kehrte in den Keller zurück.

»Hier«, rief sie. Sebastian nahm zwei der Kerzen aus der Box und hielt sie so, dass Emilie sie anzünden konnte. Dann reichte er ihr eine und wandte sich erneut dem dunklen Raum zu. Emilie folgte ihm widerwillig.

Als der kleine Raum vom schaurigen Schein ihrer Kerzen erhellt wurde, verschlug es ihnen die Sprache.

»Bitte korrigieren Sie mich, falls ich mir Dinge einbilden sollte, aber es sieht mir ganz so aus, als hätte einmal jemand hier gewohnt«, sagte Sebastian schließlich. »Die Pritsche da drüben mit dem Tischchen daneben, der Stuhl beim Fenster, so nahe wie möglich beim Licht, die Kommode …« Er hielt die Kerze näher hin. »Auf der Matratze liegt sogar noch eine Decke.«

»Ja«, pflichtete Emilie ihm bei, als ihre Augen sich an die Dunkelheit gewöhnt hatten. »Und eine Matte auf dem Boden. Aber wer würde hier unten leben wollen?«

»Ein Bediensteter vielleicht?«, mutmaßte Sebastian.

»Unsere Bediensteten hatten Zimmer im Speicher. Meine Familie wäre nie so grausam gewesen, Personal in einem solchen Raum unterzubringen.«

»Nein, natürlich nicht. Schauen Sie, da drüben ist eine weitere kleine Tür.«

Er ging hin und öffnete sie. »Ich würde sagen, das war der Waschbereich. An der Wand befindet sich ein Wasserhahn und auf dem Boden darunter ein großes Emailwaschbecken. Und ein Nachtstuhl.« Beim Heraustreten senkte er vorsichtig den Kopf. »Der Raum wurde eindeutig von jemandem genutzt, aber von wem?« Seine Augen leuchteten. »Gehen wir hinauf, gönnen wir uns ein Glas Wein aus einer der Flaschen und überlegen wir gemeinsam.«

5

In der Küche begann Emilie plötzlich heftig zu zittern, ob wegen der Kälte im Keller oder zeitverzögert wegen des Schocks, wusste sie nicht.

»Holen Sie sich einen Pullover, während ich versuche, ein Feuer zu machen. Es ist kühl heute Abend«, sagte Sebastian. »Hören Sie draußen den Wind heulen?«

»Das ist der Mistral«, erklärte sie. »Abends wird es immer kühl. Ich glaube, wir haben kein Brennholz.«

»Was? In einem Haus inmitten von Bäumen?« Sebastian zwinkerte ihr zu. »Bin gleich wieder da.«

Emilie holte eine Strickjacke von oben, nahm eine Decke von ihrem Bett und vergewisserte sich, dass die Fensterläden den stärker werdenden Wind abhielten. Viele Bewohner der Gegend fürchteten den Mistral, der oft unerbittlich durchs Tal der Rhône fegte. Alte Volkssagen berichten von der Zauberkraft des Windes, davon, dass er den Monatszyklus der Frau oder das Verhalten der Tiere beinflusse. Doch Emilie hatte stets seine Kraft bewundert und die Frische der Luft genossen, sobald er sich erschöpfte.

Zehn Minuten später kam Sebastian mit einer Schubkarre voll abgebrochener Zweige aus dem Garten und Holzscheiten, die er im Schuppen gefunden hatte, in die Küche. »Frisch ans Werk«, sagte er. »Wo ist der Kamin?«

Emilie führte ihn ins Frühstückszimmer, und schon bald prasselte ein munteres Feuer.

»Toller Kamin«, bemerkte Sebastian anerkennend und wischte sich die Hände an den Hosenbeinen ab. »Damals wussten die Leute noch, wie man so was baut.«

»Ich hätte keine Ahnung, wie man ihn anschürt«, gestand Emilie. »In unserem Haus haben das die Bediensteten gemacht, und in meiner Wohnung gibt es keinen Kamin.«

»Wo ich herkomme, meine kleine Prinzessin«, erklärte Sebastian grinsend, »gehören Kamine zum täglichen Leben. Ich mache jetzt die Flasche Wein auf, die wir aus dem Keller mitgenommen haben. Mal sehen, ob sie trinkbar ist. Und wenn es Ihnen recht ist, sehe ich mich in der Küche um, was sie zum Kochen hergibt. Ich habe den ganzen Tag noch nichts Richtiges gegessen und könnte mir vorstellen, dass Sie hungrig sind.«

»Ja, aber …« Emilie wollte aufstehen, doch Sebastian schob sie aufs Sofa zurück.

»Bleiben Sie sitzen, und wärmen Sie sich erst mal auf. Ich schaue, was ich finden kann.«

Emilie zog die Decke enger um den Leib und starrte ins knisternde Feuer. Sie fühlte sich warm und behaglich. Seit ihrer Kindheit, seit ihrem Lieblingskindermädchen, hatte sich niemand mehr so um sie gekümmert. Sie schlug die Beine unter, legte den Kopf auf den verschlissenen Seidendamaststoff der Sofaarmlehne und schloss die Augen.

»Emilie!« Sie spürte, wie eine Hand sie sanft rüttelte. »Aufwachen, meine Liebe.«

Sie öffnete die Augen.

»Es ist fast neun. Sie haben zwei Stunden geschlafen. Das Essen wäre fertig.«

Emilie richtete sich verlegen auf. »Entschuldigung, Sebastian.«

»Kein Grund, sich zu entschuldigen. Sie sind erschöpft. Ich

habe hier aufgedeckt, weil es in der Küche ziemlich kalt ist. Der Mistral hat sich ordentlich ausgetobt, als ich im Spar war. Guten Appetit.« Er deutete auf den Teller mit den dampfenden Spaghetti auf dem Tischchen vor ihr. »Der Wein aus dem Keller riecht, als wäre er in Ordnung. Lassen Sie uns testen, ob er genießbar ist.« Sebastian hob das Glas an den Mund, nahm einen Schluck und nickte erfreut. »Wow. Hoffentlich habe ich keinen sündteuren Tropfen aufgemacht zu unseren Spaghetti bolognese!«

»Da unten sind so viele Flaschen, da macht es nichts aus, wenn wir eine köpfen«, sagte Emilie, griff nach ihrem Glas und probierte den Wein. »Ja, er schmeckt wirklich gut.« Als sie eine Gabel voll Spaghetti zum Mund führte, stellte sie plötzlich fest, dass sie einen Bärenhunger hatte. »Es war sehr nett von Ihnen, für mich zu kochen. Es schmeckt wunderbar.«

»Ein paar einfache Rezepte beherrsche ich. Während Sie geschlafen haben, bin ich gedanklich die Möglichkeiten für den potenziellen Matisse durchgegangen. Ich habe einen Freund bei Sotheby's in London angerufen, und er hat mir die Nummer eines Bekannten in Paris gegeben. Vielleicht wollen Sie ihn morgen kontaktieren.«

»Danke, Sebastian. Ich setze mich mit ihm in Verbindung.«

»Er ist einer der Topauktionäre von Paris und wurde mir wärmstens von meinem Freund empfohlen. Ich wäre wirklich gern ein Mäuschen, wenn er das Bild begutachtet, und bin gespannt, ob ich recht habe«, erklärte Sebastian lächelnd.

»Sie können selbstverständlich dabei sein«, sagte Emilie. »Wann müssen Sie nach England zurück?«

»Ende nächster Woche, was bedeutet, dass ich Ihnen bis dahin zur Verfügung stehe. Sie haben so viel um die Ohren. Im Moment ist es das Wichtigste, für Ihre eigene und die Sicherheit des Hauses zu sorgen. Wenn Sie wollen, frage ich den

Mann, der morgen das Schloss an der Haustür auswechselt, wen er für den Einbau einer Alarmanlage empfehlen kann.«

»Gern. Ich wüsste gar nicht, wo ich anfangen soll.«

»Gut. Aber jetzt zu einem anderen Thema, das mich weit mehr interessiert«, sagte Sebastian zwischen zwei Bissen Spaghetti. »Haben Sie eine Ahnung, wieso sich in Ihrem Keller ein geheimer Raum befindet?«

»Nein.« Emilie schüttelte den Kopf. »Ich fürchte, ich weiß sehr wenig über die Geschichte meiner Familie.«

»Möglich, dass der Raum im Krieg als Versteck genutzt wurde. Himmel, ein paar Minuten da unten würden reichen, mich in den Wahnsinn zu treiben.« Sebastian runzelte die Stirn. »Können Sie sich vorstellen, wie es gewesen sein muss, Tage, Wochen oder sogar Monate dort zu verbringen?«

»Nein. Ich wünschte, mein Vater wäre noch am Leben, damit ich ihn fragen könnte. Es ist mir peinlich, dass ich so wenig über die Vergangenheit weiß. Vielleicht erfahre ich beim Sortieren der Sachen mehr.«

»Bestimmt.« Sebastian räumte die Teller ab.

»Bitte, Sie haben genug getan. Lassen Sie mich das machen«, bat Emilie. »Sie müssen jetzt sicher los.«

»Wie bitte?« Sebastian sah sie entsetzt an. »Glauben Sie wirklich, ich lasse Sie heute Nacht allein mit einer Haustür, die man nicht verschließen kann? Ich würde kein Auge zutun. Nein, Emilie, erlauben Sie mir zu bleiben. Ich kann auf dem Sofa vor dem Kamin schlafen, das ist kein Problem.«

»Sebastian, ich komme zurecht, wirklich. Der Blitz trifft einen nur selten zweimal hintereinander, stimmt's? Wie ich dem Gendarm erklärt habe, kann ich meine Schlafzimmertür absperren. Ich habe Ihnen schon zu viele Umstände gemacht. Bitte fahren Sie nach Hause.«

»Wenn ich Ihnen lästig bin, gehe ich natürlich.«

»Nein, das ist es nicht. Ich habe nur ein schlechtes Gewissen, weil ich Ihnen die Zeit stehle«, erwiderte Emilie hastig. »Schließlich kennen wir uns kaum.«

»Nicht nötig. Das Bett in meinem *gîte* ist sowieso hart wie ein Brett.«

»Nun, wenn Sie sicher sind, danke«, gab Emilie sich geschlagen. »Selbstverständlich schlafen Sie in einem der Zimmer oben. Es wäre albern, wenn Sie hier unten blieben.«

»Gut, abgemacht.« Sebastian griff nach dem Schürhaken. »Den lege ich neben das Bett, für alle Fälle.«

Nach dem gemeinsamen Abwasch verschloss Emilie die hintere Tür und führte Sebastian hinauf. »Margaux hält dieses Zimmer immer für unerwartete Gäste bereit. Ich hoffe, Sie fühlen sich darin wohl«, sagte sie.

Sebastian sah sich in dem großen Raum mit den herrlichen alten französischen Möbeln um. »Danke, Emilie. Ich wünsche Ihnen eine gute Nacht.«

»Ich Ihnen auch.«

Sebastian machte einen Schritt auf sie zu. Instinktiv schloss Emilie die Tür und eilte zu ihrem eigenen Zimmer, wo sie die Tür verriegelte und sich atemlos aufs Bett warf.

Warum hatte sie die Flucht ergriffen? Wahrscheinlich hatte Sebastian ihr nur einen keuschen Gutenachtkuss geben wollen. Sie boxte frustriert in die Kissen. Das würde sie nun nie erfahren.

Nach einer unruhigen Nacht, in der sie sich der Tatsache, dass Sebastian wenige Meter von ihr entfernt schlief, sehr bewusst war, ging Emilie am folgenden Morgen hinunter, um Kaffee zu kochen. Da sie angenommen hatte, dass Sebastian noch schlief, war sie überrascht, als sie einen Wagen hörte und Sebastian kurze Zeit später zur Hintertür hereinkam.

»Guten Morgen«, begrüßte er sie. »Ich war in der Bäckerei, Frühstück holen. Weil ich nicht wusste, was Sie morgens essen, habe ich Baguette, Croissants und Pains au Chocolat mitgebracht. Und meine französische Lieblingsmarmelade.« Er stellte seine Einkäufe auf den Küchentisch.

Wieder einmal bedankte Emilie sich. »Ich habe Kaffee gemacht.«

»Ich liebe es, in Frankreich am Morgen frisches Brot zu holen. Eine Tradition, die es in England schon lange nicht mehr gibt«, erklärte er. »Ach, und der Mann vom Schlüsseldienst hat angerufen, um zu sagen, dass er in einer Stunde hier sein wird.«

»Ich komme mir so dumm vor.« Sie seufzte. »Ich hätte die hintere Tür gestern beim Gehen zusperren sollen.«

»Emilie.« Sebastian legte ihr eine Hand auf die Schulter. »In den vergangenen beiden Wochen standen Sie unter gewaltigem Druck. Schock und Trauer können einen auf den unterschiedlichsten Ebenen beeinflussen.« Die Hand begann sich auf und ab zu bewegen. »Gehen Sie nicht so streng mit sich selbst ins Gericht. Zum Glück ist nichts wirklich Schlimmes passiert. Verstehen Sie es als Warnung für die Zukunft. Also, was mögen Sie zum Frühstück?«

»Baguette, Croissant… Egal.« Sie schenkte den Kaffee ein und lauschte vom Küchentisch aus, wie Sebastian nacheinander die Unternehmen anrief, die der Schlüsseldienst ihm für den Einbau der Alarmanlage empfohlen hatte.

»Okay.« Er legte den Hörer weg und notierte etwas auf einem Blatt Papier. »Sie sagen alle, sie könnten ein für das Gebäude geeignetes System installieren, müssten es sich aber ansehen, um Ihnen einen Kostenvoranschlag machen zu können. Wollen Sie sie für morgen herbestellen?«

»Ja, danke.« Sie sah ihn an. »Warum helfen Sie mir?«

»Was für eine merkwürdige Frage. Wahrscheinlich, weil ich

Sie mag und merke, wie schwierig das hier alles für Sie ist. Außerdem würde Großmuter Constance sicher erwarten, dass ich das für die Tochter ihres Freundes Édouard mache. Wollen Sie selber mit dem Mann, der aus Paris herkommt, um den Matisse zu begutachten, sprechen, oder soll ich das tun?«

Emilie war nach dem üppigen Frühstück ein wenig übel. »Das machen besser Sie, weil Sie seine Sprache sprechen.«

»Gut. Ich würde vorschlagen, dass er sich, wenn er schon mal hier ist, auch die anderen Gemälde im Château ansieht. Es ist nie schlecht, mehrere Meinungen zu hören.«

»Ja. Und die Kunstwerke in dem Pariser Haus müssten ebenfalls unter die Lupe genommen werden.«

»Wann wollen Sie nach Paris zurück?«, fragte Sebastian.

»Bald.« Sie seufzte. »Aber Sie haben recht: Es ist gut, so viel wie möglich zu erledigen, solange ich hier bin. Wenn ich beschließen sollte, das Château zu behalten, ist das erst der Anfang.«

»Könnte es sein, dass Sie es behalten?«

»Ja. Obwohl es möglicherweise vermessen ist, mir ein solches Projekt aufzuhalsen, wenn ich nicht einmal in der Lage bin, die hintere Tür zu verschließen.«

»Ich gehe Ihnen zur Hand, so gut ich kann«, versprach Sebastian.

»Das ist wirklich freundlich von Ihnen. Ich bin Ihnen sehr dankbar.«

Frou-Frou winselte an der Küchentür, weil sie hinauswollte. Emilie stand auf, um sie ihr aufzumachen.

»Sie haben doch sicher ein eigenes Leben?«

»Ja. Doch weil schöne Gemälde nun mal meine Leidenschaft sind, ist das hier keine unangenehme Aufgabe. Was ist nun mit der Bibliothek? Soll ich für Sie einen Fachmann suchen, der sich die Sammlung anschaut?«

»Nein, danke«, antwortete Emilie, der der Kopf schwirrte, hastig. »Das hat keine Eile, weil ich die Bücher niemals verkaufen werde. Ich muss Gerard, meinen *notaire*, anrufen. Er hat mir gestern Nachmittag drei Nachrichten auf die Mailbox gesprochen, und ich habe mich noch nicht bei ihm gemeldet.«

»Während Sie das erledigen, fahre ich zu meinem *gîte*, duschen und die Kleidung wechseln. Wir sehen uns später. Und vergessen Sie nicht«, erinnerte er sie, »der Mann vom Schlüsseldienst müsste jeden Augenblick kommen.«

»Danke, Sebastian.«

Nachdem Emilie den Mann vom Schlüsseldienst zur vorderen Tür gebracht hatte, empfand sie ein kurzes Gefühl der Befriedigung, als sie Gerard mitteilen konnte, dass sie im Château alles im Griff habe. Sie vereinbarte mit ihm für die folgende Woche ein Treffen im Pariser Haus ihrer Eltern, überprüfte, wie weit der Mann vom Schlüsseldienst war, und zog sich in die Bibliothek zurück. Zwischen den Regalen versuchte sie, sich darüber klar zu werden, wie viel Arbeit es bedeuten würde, die unzähligen Bücher im Fall eines Verkaufs oder einer Sanierung einzulagern.

Ihr fiel auf, dass zwei der Bücher ein wenig hervorstanden. Sie zog sie ganz heraus und sah, dass es sich um Bände über die Pflanzung von Bäumen handelte. Nachdem sie sie zurückgeschoben hatte, ging sie in die Küche. Dort hörte sie, wie Sebastians Wagen sich über den Kies der Auffahrt näherte.

Er stürmte zur hinteren Tür herein. »Emilie! Ich habe versucht, Sie telefonisch zu erreichen!« Er fuhr sich mit der Hand durch die Haare. »Ich fürchte, ich habe gerade Ihren Hund am Straßenrand gefunden. Die Kleine ist ziemlich schwer verletzt und muss sofort zum Tierarzt. Sie liegt auf dem Rücksitz meines Wagens. Kommen Sie.«

Entsetzt rannte Emilie mit Sebastian hinaus zu seinem Wagen und setzte sich neben die blutende, flach atmende Frou-Frou. Sebastian raste zu dem Tierarzt im etwa zehn Minuten entfernten La Croix-Valmer, von dem Emilie ihm erzählt hatte. Emilie liefen die Tränen übers Gesicht, als sie die reglose Frou-Frou auf ihrem Schoß streichelte.

»Ich hab sie heute Morgen rausgelassen«, schluchzte sie. »Dann ist der Mann vom Schlüsseldienst gekommen, und ich habe vergessen, sie wieder reinzurufen. Sonst treibt sie sich nicht draußen herum, aber vielleicht ist sie Ihrem Wagen nachgelaufen… und auf der Straße… Sie ist so gut wie blind… Mein Gott! Wie konnte ich sie nur vergessen?«

»Emilie, versuchen Sie, ruhig zu bleiben. Möglicherweise kann der Tierarzt sie noch retten«, bemühte Sebastian, sie zu trösten.

Doch ein Blick in das ernste Gesicht des Tierarztes bestätigte das, was Emilie aufgrund ihrer Berufserfahrung bereits wusste.

»Tut mir leid, Mademoiselle, sie hat schwere innere Verletzungen. Wir könnten sie operieren, aber sie ist alt und schwach. Wahrscheinlich ist es das Beste, wenn wir ihr helfen, sanft einzuschlafen. Das würden Sie jemandem, der zu Ihnen in die Praxis kommt, doch vermutlich auch raten«, sagte er mit sanfter Stimme.

»Ja.« Emilie nickte traurig.

Zwanzig Minuten später, nachdem Emilie Frou-Frou einen Kuss aufs Fell gedrückt, der Tierarzt ihr eine Spritze gegeben und ihr kleiner Körper ein letztes Mal gezuckt hatte, verließ Emilie mit wackligen Knien, gestützt von Sebastian, die Praxis.

»Meine Mutter hat sie geliebt, und ich hatte ihr versprochen, auf sie aufzupassen…«

»Kommen Sie, meine Liebe, ich bringe Sie nach Hause«, sagte Sebastian, als er sie zum Wagen führte.

Während der Fahrt saß Emilie wie gelähmt vor Trauer und Schuldgefühlen neben ihm auf dem Beifahrersitz. Im Château gingen sie in die Küche, wo sie sich an den Tisch setzte und in ihrer Verzweiflung den Kopf auf die Unterarme legte.

»Ich schaffe es nicht mal, mich um einen kleinen Hund zu kümmern! Ich bin ein hoffnungsloser Fall. Meine Mutter hatte schon recht. Ich mache nichts richtig, überhaupt nichts. Und das als Letzte eines großen Geschlechts! So viele Helden in der Familie, darunter auch mein Vater, und nun ich … Ich tauge zu nichts!«

Emilie schluchzte, den Kopf in den Armen vergraben, wie ein Kind.

Als sie den Blick schließlich hob, sah sie, dass Sebastian am Tisch saß und sie betrachtete.

»Bitte«, rief sie, peinlich berührt über ihren Ausbruch, aus. »Entschuldigen Sie, ich bin völlig durcheinander! Wie immer«, presste sie hervor.

Sebastian erhob sich, ging neben ihr in die Hocke und reichte ihr ein Taschentuch. »Emilie, das Bild, das Sie von sich selbst haben und das sich offenbar an dem Ihrer Mutter von Ihnen orientiert, ist vollkommen falsch.« Er schob ihr eine Haarlocke hinters Ohr. »Obwohl ich Sie noch nicht lange kenne, halte ich Sie für eine mutige, starke und intelligente Frau. Und für eine schöne obendrein.«

»Schön!«, wiederholte Emilie spöttisch. »Sebastian, ich weiß es zu schätzen, dass Sie mich aufmuntern wollen, aber so offensichtliche Lügen empfinde ich als herablassend. Ich bin nicht ›schön‹!«

»Das hat Ihnen vermutlich auch Ihre Mutter eingeredet, oder?«

»Ja, und es stimmt«, erklärte sie mit Nachdruck.

»Entschuldigen Sie, wenn ich Ihnen widerspreche. Ich habe

Sie vom ersten Moment an attraktiv gefunden. Und was den Punkt ›Versagerin‹ angeht: Einen solchen Unsinn habe ich selten gehört. Nach allem, was ich bisher weiß, haben Sie Aufgaben, die andere Menschen in die Verzweiflung getrieben hätten, mit Bravour und praktisch allein bewältigt. Emilie, egal, was Ihre Mutter von Ihnen gehalten haben mag: Sie dürfen sich nicht mit ihren Augen sehen. Denn sie hat sich getäuscht. Sogar sehr. Jetzt, wo es sie nicht mehr gibt, ist es an Ihnen, sich zu bewähren. Sie kann Ihnen nichts mehr anhaben.« Sebastian zog sie an sich, und sie weinte sich an seiner Schulter aus. »Alles wird gut. Ich bin da, wenn Sie mich brauchen.«

Sie hob den Blick. »Sie kennen mich doch gar nicht!«

Sebastian schmunzelte. »Die letzten Tage waren ziemlich dramatisch. Wenn ich Sie in Paris kennengelernt hätte und wir einfach nur ein paarmal zum Essen ausgegangen wären, dürfte ich mir vermutlich kein solches Urteil erlauben. Aber schwierige Situationen haben manchmal etwas Positives. Hindernisse, die normalerweise erst nach Wochen beseitigt werden, verschwinden unter solchen Umständen viel schneller. Außerdem glaube ich, Sie zu verstehen. Und wenn es Ihnen recht ist, würde ich gern mehr Zeit mit Ihnen verbringen.« Er schob sie ein wenig von sich weg, damit er ihr in die Augen schauen konnte. »Emilie, ich weiß, das geht jetzt alles ziemlich schnell, und Sie haben Angst. Ich möchte Sie wirklich nicht bedrängen. Aber ich muss gestehen, dass ich Lust hätte, Sie zu küssen.«

Emilie verzog den Mund zu einem Lächeln. »*Mich* küssen?«

»Ja. Ist das so schockierend? Keine Sorge, ich werde mich nicht auf Sie stürzen. Ich wollte nur ehrlich sein.«

»Danke.« Sie nahm allen Mut zusammen und berührte vorsichtig seine Lippen mit den ihren. »Danke, Sebastian, für alles. Du bist so lieb, ich …«

Er wölbte die Hände um ihr Gesicht, erwiderte ihren Kuss, löste sich unvermittelt von ihr und verschränkte seine Finger mit den ihren. »Bitte sag mir, ob du dich damit wohlfühlst. Ich will dich nicht überrumpeln. Du bist durcheinander, mit ziemlicher Sicherheit kannst du deine Gefühle im Moment nicht richtig einschätzen …«

»Sebastian, es ist in Ordnung. Ich weiß genau, was ich tue. Ich bin eine erwachsene Frau. Also mach dir keine Gedanken.«

»Gut«, sagte er mit sanfter Stimme.

Als Sebastian sie wieder in seine Arme nahm, spürte Emilie, wie der Schmerz von seiner Zärtlichkeit weggespült wurde, und sie gab sich ganz ihren Gefühlen hin.

6

Paris, Januar 1999 – neun Monate später

Emilie verfolgte vom hinteren Teil des Auktionsraums aus, wie schicke Pariser Frauen die manikürten Hände hoben, um für eine herrliche Diamanthalskette und die dazugehörigen Ohrringe zu bieten. Sie warf einen Blick in den Katalog, in dem am Rand Zahlen standen, und schätzte, dass die Verkäufe bisher fast zwölf Millionen Francs erbracht hatten.

In den folgenden zwei Wochen würde, abgesehen von ein paar Gemälden und ausgewählten Möbelstücken, die sie behalten und zum Château bringen lassen wollte, der gesamte Inhalt des Pariser Hauses versteigert werden. Das Gebäude selbst hatte bereits neue Eigentümer gefunden, die bald einzogen.

Als Emilie spürte, wie ihre Hand berührt wurde, wandte sie sich um.

»Alles in Ordnung?«, flüsterte Sebastian.

Sie nickte und verfolgte weiter, wie die Schmucksammlung ihrer Mutter unter den Hammer kam. Der Erlös würde einen großen Teil der Schulden begleichen, die Valérie hinterlassen hatte, und das Geld, das das Pariser Haus brachte, würde es Emilie ermöglichen, endlich mit der Sanierung des Châteaus zu beginnen. Der Matisse war mit Sebastians Hilfe begutachtet und für echt befunden worden. Sebastian hatte binnen kürzester Zeit einen Privatkunden dafür gewinnen können und ihr stolz einen Scheck über fünf Millionen Francs überreicht.

»Nur schade, dass Matisse das Bild nicht signiert hat. Dann wäre es mindestens das Dreifache wert gewesen«, hatte er geseufzt.

Emilie musterte Sebastian, der den fieberhaften Wettbewerb der Bieter um die Halskette und die Ohrringe belustigt-interessiert beobachtete. Sie ertappte sich oft dabei, wie sie ihn erstaunt darüber anstarrte, dass er einfach so in ihrem Leben aufgetaucht war, es gründlich verändert, sie gerettet hatte.

Jetzt war alles anders; es schien ihr, als wäre sie aus einem langen, quälenden Traum erwacht und hinaus in die Sonne getreten. In den ersten Wochen hatte sie noch nicht so recht an seine Gefühle für sie glauben wollen und Angst gehabt, dass er jeden Augenblick verschwinden und sie allein lassen könnte, doch seine unerschütterliche Zuneigung hatte schließlich alle ihre Bedenken zerstreut. Nun, neun Monate später, blühte sie in seiner Liebe auf wie eine welkende Blume, der man unerwartet Wasser gegeben hatte. Wenn sie in den Spiegel schaute, entdeckte sie darin nichts Hoffnungsloses mehr; sie sah vielmehr, dass ihre Augen leuchteten und ihre Haut neuen Glanz bekommen hatte … An manchen Tagen glaubte Emilie sogar, dass man sie hübsch finden konnte.

Sebastian hatte ihr geholfen, den Besitz der de la Martinières zu ordnen. Obwohl sie immer wieder getrennt gewesen waren, weil Sebastian zwischen Frankreich und der Galerie in England pendeln musste, hatte er sie so gut wie möglich bei der Begutachtung und beim Ausräumen des Pariser Hauses unterstützt. Und dann noch bei den Gesprächen mit Architekten und Bauunternehmern über den Ablauf und die Kosten der Sanierung.

Emilie wusste, dass sie immer abhängiger von Sebastian wurde, nicht nur emotional, sondern auch in komplizierten finanziellen und praktischen Fragen. Wahrscheinlich wäre sie allein mit dem endlosen Papierkram und Gerards Vorschlägen, wie sie das Geld investieren sollte, wenn es erst einmal da war, zurechtgekommen, aber wie ihr Vater brachte sie dafür kein Interesse auf. Solange es für die Renovierung des Châteaus und ihr künftiges Leben reichte, war es ihr egal, wo und wie jemand das Geld verwaltete. Emilie war viel zu glücklich, um sich darüber Gedanken zu machen.

Als sie hörte, wie das aktuelle Gebot die eine Million zweihunderttausend Francs überstieg, die sie für die Halskette und die Ohrringe erwartete, schwor Emilie sich, mit Sebastian ihre Finanzen durchzugehen, sobald das Pariser Haus mit allem Drum und Dran veräußert wäre. Sie wusste, dass es wichtig war, den Überblick zu behalten, aber Sebastian kannte sich in solchen Dingen bedeutend besser aus als sie. Sie vertraute ihm blind, und bisher hatte er sie nie enttäuscht.

Der Hammer des Auktionators sauste hernieder, und Sebastian sah sie lächelnd an.

»Wow, dreihunderttausend Francs mehr als erwartet. Gratuliere, Schatz.« Er küsste sie zärtlich auf die Wange.

»Danke.«

Als der Auktionator sich einer einreihigen, cremefarbenen Perlenkette und den dazugehörigen Ohrringen zuwandte, stieg Emilie plötzlich ein galliger Geschmack in den Mund. Sie senkte den Blick.

»Was ist los, Emilie?«, fragte Sebastian sofort.

»Die Kette hat meine Mutter fast jeden Tag getragen. Ich … entschuldige.« Emilie stand auf und hastete in die Toilette, wo sie auf einen geschlossenen Sitz sank und den Kopf in die Hände stützte, weil ihr schwindlig und übel war. Es überraschte sie, wie heftig sie auf den Anblick der Perlen reagierte, denn bis dahin hatte der Verkauf von Valéries Habseligkeiten sie emotional nicht berührt. Kummer hatte sie dabei kaum verspürt; sie war eher erleichtert gewesen, endlich von der Vergangenheit befreit zu werden.

Emilie hob den Blick zu der mit Schnitzwerk verzierten Tür der Toilette. War sie zu hart mit Maman ins Gericht gegangen? Immerhin hatte Valérie sie nie körperlich gezüchtigt. Dass sie in der Welt ihrer Mutter bestenfalls eine Nebenrolle gespielt hatte, bedeutete nicht, dass diese ein schlechter Mensch gewesen war. Valérie war der Nabel von Valéries Welt gewesen, für andere hatte es da keinen Platz gegeben.

Als Emilie so krank geworden und in ihrem dreizehnten Lebensjahr diese schreckliche Sache passiert war, hatte ihre Mutter nur einfach wieder nichts mitbekommen.

Emilie stand auf, verließ die Kabine und erfrischte sich mit Wasser aus dem Hahn.

»Sie hat sich redlich bemüht. Du musst ihr vergeben«, ermahnte Emilie ihr Spiegelbild. »Und in die Zukunft blicken.«

Nachdem sie ein paarmal tief durchgeatmet hatte, trat Emilie aus der Toilette, vor der Sebastian auf sie wartete.

»Alles in Ordnung?«, fragte er besorgt und nahm sie in die Arme.

»Ja. Mir war ein bisschen flau, aber jetzt geht's mir wieder besser.«

»Schatz, das da draußen würde jeden umhauen«, sagte er und deutete in Richtung Auktionsraum. »Zuzusehen, wie die Aasgeier das, was vom Leben deiner Mutter noch übrig ist, zerpflücken. Lass uns was essen gehen. Du musst dich nicht weiter quälen.«

»Ja, gute Idee.«

Sebastian führte sie im frischen Januarwind durch die Pariser Straßen zu einem Lokal, das er kannte.

»Es ist eher rustikal, aber sie machen eine tolle Bouillabaisse. An einem kalten Tag wie diesem ist das genau das Richtige.«

Sie setzten sich an einen nackten Holztisch. Emilie, die vor Kälte zitterte, war dankbar für das Feuer, das im Kamin brannte. Sebastian bestellte die Fischsuppe und nahm Emilies Hände in die seinen, um sie zu wärmen.

»Gott sei Dank ist es bald vorbei, dann kannst du dich auf die Zukunft konzentrieren und die Vergangenheit hinter dir lassen.«

»Ohne dich hätte ich es nicht geschafft, Sebastian. Ganz herzlichen Dank für alles.« Emilies Augen wurden feucht.

»Es war mir eine Freude. Vielleicht ist dies der geeignete Zeitpunkt, über *unsere* Zukunft zu sprechen.«

Als sie seine Worte hörte, begann Emilies Herz schneller zu schlagen. Da sie bisher so beschäftigt gewesen war, die Vergangenheit zu ordnen, hatte sie von einem Tag auf den anderen gelebt und es kaum gewagt, sich Gedanken über die Zukunft zu machen. Sie hatte keine Ahnung, wie Sebastian ihre Beziehung sah, und wollte ihn auch nicht direkt fragen.

»Du weißt, dass ich von England aus arbeite, Emilie. In den letzten Monaten habe ich so gut wie möglich versucht, meine Geschäfte von hier aus weiterzuführen, dabei aber leider das große Ganze aus dem Blick verloren.«

»Das ist meine Schuld«, sagte Emilie sofort. »Du hast so viel für mich getan; darunter hat dein eigenes Leben gelitten.«

»So schlimm ist das nicht«, versicherte er ihr. »Doch in Zukunft muss ich mich tatsächlich wieder stärker darauf konzentrieren. Ich werde mehr Zeit für mich brauchen und nicht immer da sein können.«

»Verstehe …« Sie glaubte zu wissen, worauf Sebastian hinauswollte. Er hatte ihr in einer sehr schwierigen Phase ihres Lebens beigestanden. Dachte er, dass das Schlimmste überstanden war und sie ihn jetzt nicht mehr brauchte? Emilie bekam ein flaues Gefühl im Magen.

Sebastian nahm ihre Hand und küsste sie. »Dummerchen. Ich weiß, was du denkst. Ja, ich muss zurück nach England, zumindest vorerst, aber ich hatte nicht vor, dich hierzulassen.«

»Wie sehen deine Pläne aus?«

»Ich möchte, dass du mich begleitest, Emilie.«

»Nach England?«

»Ja. Wie ist dein Englisch? Wir sprechen ja immer Französisch miteinander.« Er schmunzelte.

»Gar nicht so schlecht. Meine Mutter wollte unbedingt, dass ich es lerne, und in die Tierarztpraxis kamen auch Engländer.«

»Wunderbar. Also wäre es kein Problem, wenn du bei mir leben würdest, wenigstens eine Weile. Deine Pariser Wohnung könntest du vermieten und mit mir das köstliche englische Bier und den Yorkshire Pudding probieren.«

»Aber was ist mit dem Château? Ich muss doch hier sein, die Arbeiten überwachen.«

»Sobald die Renovierung beginnt, ist das Gebäude monatelang eine Baustelle. Strom- und Wasserleitungen müssen neu verlegt werden, und ein modernes Dach kommt auch drauf. Solange die Handwerker im Haus sind, kannst du nicht dort wohnen, schon gar nicht in den Wintermonaten. Natürlich könntest du von Paris nach Gassin pendeln, aber nach Nizza kommst du von einem britischen Flughafen aus fast genauso schnell wie von Paris. Außerdem könnten wir dann zusammen sein. Vorausgesetzt …«, er sah sie an, »… du willst das.«

»Ich …«

»Denk darüber nach. Für mich wäre es selbstverständlich bequemer, wenn du in England wärst und ich nicht die ganze Zeit hin und her fliegen müsste. Aber natürlich ist das deine Entscheidung. Ich könnte es verstehen, wenn du in Frankreich bleiben möchtest.«

»Nun …« Emilie wusste nicht so genau, was er wollte. Dass

sie ganz nach England übersiedelte? Oder nur, bis die Renovierungsarbeiten am Château abgeschlossen waren?

»Emilie«, Sebastian seufzte, »ich kann dir deine Gedanken von der Stirn ablesen. Mein Vorschlag hat weniger praktische Gründe als emotionale. Ich liebe dich und möchte mein Leben mit dir verbringen. Wo und wie, können wir im Lauf der Zeit klären. Eine Frage wollte ich dir jedoch noch stellen...« Er nahm ein Etui aus der Innentasche seines Jacketts. »Willst du meine Frau werden?«

»Wie bitte?«

»Bitte schau nicht so entsetzt«, sagte Sebastian und verdrehte die Augen. »Dies war als romantischer Moment geplant, und ich erwarte eine angemessene Reaktion von dir.«

»Tut mir leid, das habe ich nicht erwartet.« Emilie traten Tränen in die Augen. »Bist du sicher?«

»Natürlich! Frauen fragen, ob sie mich heiraten wollen, und einen Ring aus der Tasche ziehen... das mach ich nicht jeden Tag.«

»Wir kennen einander doch kaum.«

»Emilie, wir haben die letzten neun Monate praktisch zusammengelebt, miteinander gearbeitet, geschlafen, gegessen und geredet.« Sebastian senkte traurig den Blick. »Wenn du dir deiner Gefühle für mich allerdings nicht sicher bist, kann ich das natürlich verstehen.«

»Nein, nein! Sebastian, du bist wunderbar, und ich... ich liebe dich. Wenn es dir ernst ist: Ja.«

»Sicher?« Sebastian hielt den Ring nach wie vor in der Hand.

»Ja«, antwortete Emilie.

»Dann«, erklärte Sebastian und steckte Emilie den Ring an den Finger, »machst du mich zum glücklichsten Menschen der Welt.«

Emilie betrachtete den Ring. »Er ist wunderschön.«

»Der Verlobungsring meiner Großmutter. Ich finde ihn auch sehr hübsch, obwohl er weit weniger extravagant ist als der Schmuck deiner Mutter. Mich würde es übrigens nicht verletzen, wenn du deinen Mädchennamen behalten möchtest«, fügte er hinzu und trank einen Schluck Wein. »Immerhin bist du die Letzte der de la Martinières.«

Über solche Fragen hatte Emilie sich noch nie Gedanken gemacht. »Ich weiß es nicht«, sagte sie, als ihr die Tragweite ihrer Entscheidung bewusst wurde.

»Natürlich nicht«, beruhigte Sebastian sie, während die Fischsuppe serviert wurde. »Tut mir leid, wenn ich dich überrumple, aber ich hatte schon lange vor, dich zu fragen. Wo und wann möchtest du den Bund fürs Leben schließen?«

»Wenn du nichts dagegen hast, irgendwo in Frankreich. Im allerengsten Kreis.«

»Das hatte ich fast erwartet. Und wann?«

Emilie zuckte mit den Schultern. »Mir ist alles recht. Was meinst du?«

»Je eher, desto besser«, antwortete Sebastian. »Ich würde es mir schön vorstellen, mit meiner frisch Angetrauten nach England zurückzukehren. Sollen wir in ein paar Wochen heiraten, gleich hier in Paris?«

Einige Tage später traf Emilie im Château ein, um die Einlagerung der Möbel zu überwachen. Nach der Hochzeit und dem anschließenden Umzug nach Yorkshire würde sie zurückkehren, um die Verpackung der Bücher vor dem Beginn der Renovierungsarbeiten zu organisieren. Sebastian war nach England geflogen, um seine Geburtsurkunde für die Behörden in Frankreich zu holen.

Ihre Pariser Wohnung hatte Emilie für sechs Monate vermietet und mit schlechtem Gewissen Leon, ihren Chef in der Tierarztpraxis, angerufen, um ihm mitzuteilen, dass sie nun doch nicht wiederkommen würde.

»Wir bedauern es sehr, Sie zu verlieren«, hatte Leon gesagt. »Und Ihren Patienten werden Sie auch fehlen. Bitte lassen Sie es mich wissen, falls Sie je wieder bei uns anfangen wollen. Viel Glück mit der Ehe und Ihrem neuen Leben in England. Ich freue mich für Sie, Emilie.«

Die wenigen Freunde, denen Emilie erzählt hatte, dass sie alles aufgeben und der Stimme ihres Herzens nach England folgen wolle, waren überrascht gewesen.

»Solche überstürzten Entscheidungen sehen dir überhaupt nicht ähnlich«, hatte Sabrina, eine Freundin aus Studienzeiten, gesagt. »Hoffentlich bin ich zur Hochzeit eingeladen, damit ich den Ritter in glänzender Rüstung kennenlerne, der dich entführt.«

»Bei der Feier werden nur Sebastian, ich und unsere Trauzeugen anwesend sein. Das habe ich mir gewünscht.«

»Du bist wirklich komisch, Emilie«, hatte Sabrina geseufzt. »Ich hatte ein großes Fest erwartet. Na schön, melde dich mal und viel Glück.«

Als Emilie sich dem Château näherte, erwartete Margaux sie bereits an der Haustür. Sie überwachte sichtbar nervös, wie die Umzugsleute Louis-quatorze-Schränkchen und vergoldete Spiegel herausschleppten.

»Ich habe sie gebeten, vorsichtig zu sein, aber an einer wertvollen Kommode ist schon eine Ecke abgeschlagen«, beklagte sie sich, als sie Emilie in der Küche eine Tasse Kaffee reichte.

»So etwas kann passieren«, erklärte Emilie achselzuckend. »Margaux, ich muss Ihnen etwas sagen.« Sie zeigte ihr lächelnd die Hand mit dem Verlobungsring. »Ich werde heiraten.«

»Heiraten?«, fragte Margaux überrascht. »Wen?«

»Natürlich Sebastian.«

»Natürlich.« Margaux nickte. »Mademoiselle, das geht alles sehr schnell. Sie kennen ihn erst seit ein paar Monaten. Sind Sie sich sicher?«

»Ja. Ich liebe ihn, Margaux. Er hat mir sehr geholfen.«

»Ja, das stimmt.« Margaux küsste Emilie auf beide Wangen. »Dann freue ich mich für Sie. Schön, dass Sie nun jemanden an Ihrer Seite haben.«

»Danke.«

»Wenn Sie mich jetzt entschuldigen würden. Durch das Entfernen der Möbel wird schrecklich viel Staub aufgewirbelt. Bis später, Mademoiselle.«

Als Emilie nach dem Essen feststellte, dass sie nicht helfen konnte und beim Ausräumen des Châteaus auch gar nicht dabei sein wollte, schlenderte sie zu den Weinbergen, um Jean und Jacques von ihren Heiratsplänen zu berichten und ihnen zu versichern, dass sie, sobald ihr neues Leben in England begann, an der *cave* und der Renovierung des Châteaus festhalten werde.

Jean bestand darauf, eine Flasche Champagner zu öffnen, die ein befreundeter Weinhändler ihm geschenkt hatte.

»Ich habe sowieso nach einem Grund gesucht, sie aufzumachen«, erklärte er lächelnd, als sie ins warme Wohnzimmer gingen, wo Jacques in einem Sessel beim Kamin vor sich hindöste. »Papa, Emilie hat Neuigkeiten! Sie wird heiraten!«

Jacques öffnete blinzelnd ein Auge.

»Hast du gehört, Papa? Emilie wird heiraten.« Mit gedämpfter Stimme erklärte er Emilie: »Er hatte wieder eine schlimme Bronchitis. Die kriegt er immer im Winter.«

»Ja.« Jacques öffnete auch das andere Auge. »Wen?«

»Den jungen Engländer, der neulich mit Emilie hier war. Sebastian …?«

»Carruthers«, ergänzte Emilie. »Er kommt aus Yorkshire in England. Nach der Hochzeit werde ich dort hinziehen, solange das Château renoviert wird. Aber ich werde oft hierherkommen«, versprach sie.

»›Carruthers‹ sagen Sie?« Jacques sah Emilie an. »Aus Yorkshire?«

»Ja, Papa«, bestätigte Jean.

Jacques schüttelte ungläubig den Kopf. »Das ist bestimmt ein Zufall, aber vor vielen Jahren habe ich eine Carruthers aus Yorkshire gekannt.«

»Tatsächlich, Papa? Wie das?«, fragte Jean.

»Constance Carruthers war während des Kriegs hier«, antwortete Jacques.

»So heißt seine Großmutter! Sebastian hat mir erzählt, dass sie damals in Frankreich war.« Aufgeregt fügte Emilie hinzu: »Ich trage ihren Verlobungsring.« Sie streckte Jacques die Hand hin, der den Ring genau betrachtete.

»Ja, das ist ihr Ring«, bestätigte er und schaute Emilie mit einer Mischung aus Erstaunen und Freude an. »Sie werden Constances Enkel heiraten?«

»Ja.«

»*Mon dieu*!« Jacques suchte in seiner Hosentasche nach einem Taschentuch. »Ist das zu fassen? Constance …«

»Hast du sie gut gekannt, Papa?« Jean war genauso überrascht wie Emilie.

»Ja, sogar sehr gut. Sie hat viele Monate bei mir in dem Häuschen gelebt. Sie war …«, Jacques musste schlucken, »… eine einfühlsame, unerschrockene Frau. Lebt sie noch?« In seinen wässrig blauen Augen flackerte Hoffnung auf.

»Leider nein. Sie ist vor zwei Jahren gestorben«, antwortete Emilie. »Jacques, wie hat es Constance Carruthers hierher verschlagen? Würden Sie mir das erzählen?«

Jacques starrte ziemlich lange schweigend vor sich hin, bevor er nachdenklich die Augen schloss.

»Papa, Champagner?«, fragte Jean und hielt ihm ein Glas hin.

Jacques nahm es mit zitternder Hand und nippte daran. »Wie haben Sie Constances Enkel kennengelernt, Emilie?«, erkundigte er sich.

»Constance hat Sebastian kurz vor ihrem Tod von ihrer Zeit im besetzten Frankreich erzählt. Daraufhin hat er recherchiert, wo sich das Château unserer Familie befindet, und ist hergefahren, um es sich anzusehen«, erklärte Emilie. »Aber wie ich hat er keine Ahnung, warum sie hier war. Wir würden beide gern erfahren, was damals passiert ist.«

Jacques seufzte. »Das ist eine lange Geschichte.«

»Bitte, Jacques«, bettelte Emilie. »Ich würde sie wirklich gern hören. Mir wird mit jedem Tag klarer, wie wenig ich über meinen Vater weiß.«

»Édouard war ein wunderbarer Mensch und sollte für seinen Mut und seine Verdienste um Frankreich einen Ordre de la Libération erhalten, aber …«, Jacques zuckte traurig mit den Achseln, »… er hat ihn nicht angenommen, weil er das Gefühl hatte, dass andere ihn eher verdienen.«

»Jacques, könnten Sie nicht wenigstens den Anfang erzählen?«, drängte Emilie ihn. »Ich werde Constances Enkel heiraten und würde gern mehr über unsere Verbindung in der Vergangenheit erfahren.«

»Sie haben recht. Sie sollten Bescheid wissen. Schließlich handelt es sich um die Geschichte Ihrer Familie. Aber wo soll ich beginnen …?« Jacques überlegte kurz. »Ich glaube, bei Constance. Es gibt nicht viel, was ich nicht über sie weiß.« Er lächelte. »An den langen Abenden hier in der Hütte hat sie oft von ihrem Leben in England erzählt. Und wie es sie nach Frankreich verschlagen hat …«

Ich würd gern sehen

Ich würd gern sehen das Rot
Der Rosen im Garten.
Ich würd gern sehen das Silber
Des Mondes, wenn wir den Morgen erwarten.

Ich würd gern sehen das Blau
Des Meeres, wenn es rauscht.
Ich würd gern sehen das Braun
Des Adlers, wenn der Wind sein Gefieder bauscht.

Ich würd gern sehen das Lila
Der Trauben am Stock.
Ich würd gern sehen das Gelb
Der Sonne auf meinem Sommerrock.

Ich würd gern sehen das Rostbraun
Der Kastanien am Baum.
Ich würd gern sehen die Gesichter
Der Menschen, die mich lächelnd anschaun.

Sophia de la Martinières
1927, neun Jahre

7

London, März 1943

Constance Carruthers öffnete den einfachen braunen Umschlag, den sie auf ihrem Schreibtisch vorgefunden hatte, und las das Schreiben darin, in dem sie aufgefordert wurde, am Nachmittag zu einem Gespräch in Raum 505a des War Office zu erscheinen. Als sie aus ihrem Mantel schlüpfte, fragte sie sich, ob eine Verwechslung vorlag. Connie war zufrieden in der Registratur – als »snagger«, wie die Büroangestellten beim MI5 liebevoll genannt wurden – und wollte nirgendwo anders arbeiten. Sie klopfte an der Tür zum Büro ihrer Chefin.

»Herein.«

»Tut mir leid, wenn ich störe, Miss Cavendish. Ich habe eine Einladung ins War Office bekommen und wollte fragen, ob Sie wissen, worum es sich handelt.«

»Solche Fragen zu stellen steht uns nicht zu«, knurrte Miss Cavendish und hob kurz den Blick von den Aktenstapeln auf ihrem Schreibtisch. »Bestimmt wird man Ihnen in dem Gespräch alles erklären.«

»Aber …« Connie biss sich auf die Lippe. »Ich hoffe, Sie sind mit meiner Arbeit hier zufrieden.«

»Ja, Mrs Carruthers, das bin ich. Ich würde vorschlagen, Sie sparen sich Ihre Fragen für heute Nachmittag auf.«

»Dann muss ich also hin?«

»Natürlich. Wäre das alles?«

»Ja, danke.« Connie schloss die Tür hinter sich, kehrte zu ihrem Schreibtisch zurück und setzte sich. Offenbar war es beschlossene Sache.

Am Nachmittag, als sie durch das Labyrinth aus unterirdischen Gängen im Kellergeschoss des War Office geführt wurde, in dem sich das Kriegshauptquartier der britischen Regierung befand, war Connie klar, dass es sich nicht um ein gewöhnliches Gespräch handeln würde. Sie wurde in einen kleinen, karg möblierten Raum mit einem Tisch und zwei Stühlen gebracht.

»Guten Tag, Mrs Carruthers. Ich bin Mr Potter.« Ein korpulenter Mann mittleren Alters erhob sich hinter dem Tisch, um ihr die Hand zu reichen. »Bitte setzen Sie sich doch.«

»Danke.«

»Man hat mir gesagt, dass Sie fließend Französisch sprechen. Stimmt das?«

»Ja, Sir.«

»Dann können wir das weitere Gespräch auf Französisch führen?«

»Ich … *oui*«, antwortete Connie.

»Würden Sie mir verraten, warum Sie so gut Französisch können?«, fragte Mr Potter.

»Meine Mutter ist Französin, und ihre Schwester, meine Tante, hat ein Haus in St. Raphaël, wo ich jeden Sommer bin.«

»Dann lieben Sie Frankreich also?«

»Ja. Ich fühle mich im gleichen Maße französisch wie britisch, auch wenn ich in England zur Welt gekommen bin«, erklärte sie.

Mr Potter begutachtete Connies dichte kastanienbraune Haare, ihre braunen Augen und ihren kräftigen gallischen Knochenbau. »Ja, Sie sehen tatsächlich aus wie eine Französin.

Ihrer Akte hier entnehme ich, dass Sie an der Sorbonne französische Kulturwissenschaften studiert haben?«

»Ja, ich habe drei Jahre in Paris gelebt – und mich dort sehr wohl gefühlt«, fügte Connie mit einem Lächeln hinzu.

»Warum sind Sie nach Abschluss Ihres Studiums nach England zurückgekehrt?«

»Um meinen Jugendfreund zu heiraten.«

»Aha. Ihr Wohnsitz befindet sich in Yorkshire?«

»Ja, das Anwesen der Familie meines Mannes steht im Hochmoor von North Yorkshire. Wegen meiner Arbeit in Whitehall lebe ich momentan allerdings in unserer Londoner Wohnung. Mein Mann ist im Ausland, in Nordafrika.«

»Er ist Hauptmann der Scots Guards?«

»Ja. Im Augenblick leider vermisst.«

»Das habe ich gehört. Tut mir leid für Sie. Sie haben noch keine Kinder?«, erkundigte sich Mr Potter.

»Nein. Der Krieg ist dazwischengekommen.« Connie seufzte. »Lawrence musste ein paar Wochen nach unserer Hochzeit an die Front. Und weil ich nicht in Yorkshire Socken stricken wollte, habe ich mir eine sinnvolle Beschäftigung gesucht und bin hierhergekommen.«

»Sind Sie Patriotin, Mrs Carruthers?«

»Ja, Mr Potter.« Connie hob fragend eine Augenbraue.

»Und bereit, Ihr Leben für die Länder zu geben, die Sie lieben?«

»Wenn nötig, ja.«

»Es heißt, Sie seien eine ausgezeichnete Schützin«, stellte Mr Potter fest.

Connie sah ihn überrascht an. »Das würde ich nicht gerade behaupten, aber ich hatte in der Tat bereits in jungen Jahren Gelegenheit, auf dem Anwesen meines Mannes auf die Jagd zu gehen, und halte mich gern im Freien auf.«

»Sie erfreuen sich bester Gesundheit?«

»Ja, zum Glück.«

»Danke, Mrs Carruthers.« Mr Potter schloss die Akte und erhob sich. »Wir melden uns. Auf Wiedersehen.«

Er reichte Connie die Hand.

»Danke. Auf Wiedersehen«, sagte sie, erstaunt über das abrupte Ende des Gesprächs. Sie hatte keine Ahnung, was für einen Eindruck sie gemacht hatte.

Connie trat aus dem stickigen Kellergeschoss in die Frühlingsluft der belebten Londoner Straße. Auf dem Weg zu ihrem Büro blickte sie hinauf zu den Sperrballons, die bedrohlich am Londoner Himmel schwebten, und fragte sich, warum sie zu Mr Potter gerufen worden war.

Drei Tage später wurde Connie erneut in das harte Kunstlicht von Raum 505a beordert, wo man sie noch einmal aufs Ausführlichste befragte: Wurde ihr im Auto oder im Flugzeug übel, wie sahen ihre Schlafzyklen aus, kannte sie sich mit dem französischen Eisenbahnnetz aus, fand sie sich in Paris zurecht …?

Obwohl kein Wort über ihre mögliche Aufgabe verloren worden war, ahnte Connie, worum es ging. An jenem Abend kehrte sie in dem Wissen in ihre Wohnung am Sloane Square zurück, dass sich ihr Leben, wenn sie einen guten Eindruck hinterlassen hatte, mit ziemlicher Sicherheit unwiderruflich ändern würde.

»Schön, Sie wiederzusehen, Mrs Carruthers. Bitte nehmen Sie doch Platz.«

Connie spürte, dass Mr Potter, der sie mit einem Lächeln bedachte, deutlich entspannter war als bei ihrem ersten Treffen.

»Mrs Carruthers, inzwischen können Sie sich bestimmt vorstellen, warum Sie hier sind.«

»Vermutlich glauben Sie, dass ich mich möglicherweise für einen Einsatz in Frankreich eigne, nicht wahr?«

»Genau. Im Verlauf Ihrer Arbeit für den MI5 haben Sie sicher von Sektion F und der Special Operations Executive, der SOE, gehört?«, fragte er.

»Akten darüber sind schon durch meine Hände gegangen, ja«, bestätigte Connie. »Hinsichtlich der Überprüfung in Frage kommender Mädchen.«

»In den vergangenen Tagen haben wir auch Sie überprüft«, erklärte Mr Potter. »Dabei sind wir auf nichts gestoßen, was Anlass zur Sorge gäbe. Unserer Ansicht nach besitzen Sie die Eignung zur SOE-Agentin. Allerdings haben wir bislang noch nicht über das Vertrauen gesprochen, das Briten und Franzosen Ihnen gleichermaßen entgegenbringen müssten, und über die sehr reale Todesgefahr, in die Sie sich begeben würden, Mrs Carruthers.« Mr Potter wirkte ernst. »Welche Einstellung haben Sie dazu?«

Connie, die ahnte, worum man sie bitten würde, hatte eine schlaflose Woche voller Grübelei hinter sich. »Mr Potter, ich glaube aus tiefstem Herzen an die Sache, für die die Alliierten kämpfen. Und ich würde mich bemühen, Sie nicht zu enttäuschen. Allerdings ist mir klar, dass ich bisher noch nie wirklich auf die Probe gestellt worden bin. Ich bin fünfundzwanzig Jahre alt, ohne jegliche Erfahrung in solchen Dingen, und muss noch viel über mich selbst und das Leben lernen.«

»Ich weiß Ihre ehrliche Selbsteinschätzung zu würdigen, Mrs Carruthers, darf Ihnen jedoch versichern, dass Ihre Unerfahrenheit kein Problem darstellt. Die meisten Frauen, die wir für so heikle Aufgaben einsetzen, besitzen nicht mehr Erfahrung als Sie. Momentan haben wir eine Verkäuferin, eine Schauspielerin, eine Ehefrau und Mutter und eine Hotelrezeptionistin. Selbstverständlich werden wir alles in unserer

Macht Stehende tun, um Sie vor Ihrer Abreise vorzubereiten. Sie werden eine intensive Ausbildung durchlaufen, die Sie so weit wie möglich befähigt, mit den mannigfaltigen gefährlichen Situationen umzugehen, in die Sie geraten könnten. Am Ende dieser Ausbildung werden sowohl Sie selbst als auch die Leiter von SOE wissen, ob Sie in der Lage sind, die auf Sie zukommenden Aufgaben zu bewältigen. Ich muss Sie also noch einmal fragen, ob Sie im Ernstfall bereit sind, Ihr Leben für Ihr Land zu geben.«

»Ja, das bin ich«, antwortete Connie mit fester Stimme.

»Wunderbar, dann wäre das also geklärt. Als Mitarbeiterin des MI5 haben Sie bereits den Official Secrets Act unterzeichnet, weswegen ich Sie deswegen nicht weiter belästigen muss. In den nächsten Tagen werden Sie direkt von Sektion F hören. Gratuliere, Mrs Carruthers.« Mr Potter stand auf, und diesmal ging er um den Tisch herum, um ihr die Hand zu reichen, bevor er sie zur Tür brachte. »Großbritannien und Frankreich sind dankbar für Ihre Einsatzbereitschaft.«

»Danke, Mr Potter. Darf ich fragen …«

»Keine Fragen mehr, Mrs Carruthers. Alles, was Sie wissen müssen, werden Sie schon bald erfahren. Es versteht sich von selbst, dass unsere Gespräche hier sowie Ihr künftiger Werdegang vertraulich bleiben müssen.«

»Natürlich.«

»Viel Glück, Mrs Carruthers.« Mr Potter schüttelte ihr noch einmal die Hand und öffnete die Tür.

»Danke.«

Als sie am folgenden Morgen ins Büro kam, war klar, dass ihre Chefin Miss Cavendish bereits informiert war.

»Sie wollen also zu neuen Gefilden aufbrechen«, begrüßte sie Connie mit dem Anflug eines Lächelns. »Hier.« Miss Cavendish reichte ihr einen Umschlag. »Bitte melden Sie sich morgen früh um neun bei dieser Adresse. Danke für Ihr Engagement hier. Es tut mir leid, Sie zu verlieren.«

»Und mir tut es leid, Sie zu verlassen.«

»Sie schaffen das, was vor Ihnen liegt, Mrs Carruthers, davon bin ich überzeugt.«

»Ich tue mein Bestes«, antwortete Connie.

»Wunderbar. Enttäuschen Sie mich nicht«, sagte Miss Cavendish, als Connie zur Tür ging. »Ich habe Sie empfohlen.«

Am folgenden Morgen um neun Uhr meldete sich Connie wie befohlen am Orchard Court in der Nähe der Baker Street. Sie nannte dem Portier ihren Namen, worauf dieser nickte und die mit Gold verzierten Türen des Aufzugs für sie öffnete, sie in den zweiten Stock begleitete und in einen Raum führte.

»Miss, bitte warten Sie hier.«

Zu ihrer Überraschung fand Connie sich nicht in einem Büro, sondern in einem Badezimmer wieder.

»Es wird nicht lang dauern, Miss«, teilte der Portier ihr mit, als er die Tür hinter sich schloss. Connie setzte sich auf den Rand der pechschwarzen Badewanne neben dem Onyx-Bidet und fragte sich, was nun passieren würde. Endlich ging die Tür wieder auf.

»Bitte folgen Sie mir, Miss«, sagte der Portier und führte sie zu einem Zimmer, in dem ein groß gewachsener blonder Mann sie auf seinem Schreibtisch sitzend erwartete.

Er streckte ihr lächelnd die Hand hin, und der Portier entfernte sich.

»Mrs Carruthers, ich bin Maurice Buckmaster, der Leiter der Sektion F. Freut mich, Sie kennenzulernen. Ich habe viel Gutes über Sie gehört.«

»Und ich über Sie, Sir.« Connie erwiderte seinen festen

Händedruck, um ihre Nervosität zu kaschieren. Der Name dieses Mannes war beim MI5 allgemein bekannt. Hitler hatte angeblich über ihn gesagt: »Ich weiß nicht, wen ich zuerst aufhängen soll, wenn ich nach London komme – Churchill oder diesen Buckmaster.«

»Wollen Sie die Unterhaltung lieber auf Englisch oder auf Französisch weiterführen?«, fragte Buckmaster.

»Wie Sie möchten«, antwortete Connie.

»Wunderbar. Dann also auf Französisch. Sie wollen sicher mehr darüber erfahren, was wir in der Sektion F so treiben. Zu diesem Zweck übergebe ich Sie an Miss Atkins, die Sie von nun an begleiten wird.« Buckmaster stand vom Schreibtisch auf und ging zur Tür. Als Connie ihm in einen anderen Raum folgte, in dem es stark nach Zigarettenrauch roch, spürte sie die Energie und Tatkraft, die er ausstrahlte. »Vera …« Er begrüßte die Frau mittleren Alters, die hinter einem Schreibtisch saß, mit einem Lächeln. »Das ist Constance Carruthers, die ich nun Ihnen überlasse. Constance, darf ich Ihnen Miss Atkins vorstellen, das Herz der Sektion F? Bis bald.« Buckmaster nickte und verließ das Zimmer.

»Bitte nehmen Sie Platz, meine Liebe«, sagte Miss Atkins und richtete den durchdringenden Blick ihrer blauen Augen auf Connie. »Schön, dass Sie sich uns anschließen wollen. Ich beantworte Ihnen alle Fragen, die Sie möglicherweise haben, und erkläre Ihnen, was als Nächstes geschieht. Was haben Sie Ihrer Familie bisher erzählt?«

»Nichts, Miss Atkins. Mein Mann wird in Afrika vermisst, und ich telefoniere einmal die Woche, immer sonntags, mit meinen Eltern. Heute ist erst Freitag«, erklärte sie.

»Ihre Eltern leben in Yorkshire, und Sie haben keine Geschwister«, entnahm Miss Atkins der vor ihr liegenden Akte. »Das macht es einfacher. Sie sagen Ihren Eltern und allen

Freunden, die Sie danach fragen, dass Sie zu FANY versetzt worden sind, das ist, wie Sie vielleicht wissen, die Abkürzung für First Aid Nursing Yeomanry. Sie erklären, Sie seien zu Fahrdiensten nach Frankreich abgestellt. Auf keinen Fall dürfen Sie ihnen die Wahrheit verraten.«

»Nein, Miss Atkins.«

»Sie werden bald zur Ausbildung außerhalb von London aufbrechen. Dort verbringen Sie einige Wochen, während derer ich Ihre Fortschritte genauestens überwache.«

»Wie wird die Ausbildung aussehen?«, fragte Connie.

»Sie werden alle Fähigkeiten erlernen, die Sie benötigen, Mrs Carruthers. Zigarette?« Sie hielt Connie das Päckchen hin.

»Danke.« Connie nahm eine Zigarette aus der Packung, und Miss Atkins tat es ihr gleich.

»Sie wohnen allein in Ihrem Apartment in London?«, erkundigte sich Miss Atkins.

»Ja.«

»Dann besteht keine Notwendigkeit, die Adresse zu ändern. Allerdings sind Mr Buckmaster und ich der Meinung, dass Sie lieber Ihren Mädchennamen, der, soweit ich weiß, Chapelle lautet, verwenden sollten. Ihre Tante mütterlicherseits, die in St. Raphaël lebt, ist die Baroness du Montaine?«

»Ja.« Connie nickte.

»Dann werden Sie in Frankreich Ihre Identität als Nichte Ihrer Tante beibehalten. Sie sollten sich so schnell wie möglich an Ihren neuen Namen gewöhnen«, erklärte Miss Atkins. »Können Sie sich vorstellen, Constance Chapelle zu sein?«

»Ja«, antwortete Connie. »Wie lange wird es dauern, bis ich nach Frankreich fahre?«

»Normalerweise erhalten unsere Agenten eine mindestens achtwöchige Ausbildung, aber angesichts der prekären Lage in

Frankreich könnten es in Ihrem Fall weniger sein«, erklärte Miss Atkins seufzend. »Wir wissen es sehr zu schätzen, dass Sie und Ihre Mitagenten bereit sind, so gefährliche Arbeit auf sich zu nehmen. Noch Unklarheiten, meine Liebe?«

»Mich würde interessieren, wie genau meine Aufgaben in Frankreich aussehen werden.«

»Gute Frage«, lobte Miss Atkins sie. »Viele der Mädchen, die hierherkommen, scheinen zu glauben, dass wir sie als Spioninnen benötigen, aber damit hat Sektion F nichts zu tun. Unsere Agenten werden für Nachrichtendienst und Sabotage eingesetzt. Unser Ziel ist es, das Naziregime in Frankreich zu schwächen. Die SOE unterstützt die französische Résistance, die Maquisards, so gut sie kann.«

»Gibt es dafür denn keine besser qualifizierten Leute als mich?« Connie runzelte die Stirn.

»Das bezweifle ich, Constance«, versicherte Miss Atkins ihr. »Ihr akzentfreies Französisch sowie Ihre Kenntnis von Paris und Südfrankreich und Ihr französisches Aussehen prädestinieren Sie für diese Aufgabe.«

»Wären Männer nicht besser geeignet?«

»Nein. Jeder französische Mann kann routinemäßig von der örtlichen Miliz oder dem Gestapo-Hauptquartier zu Befragungen geholt oder einer Leibesvisitation unterzogen werden. Wogegen eine Frau, die mit Bahn, Bus oder Fahrrad durch Frankreich unterwegs ist, weit weniger Aufmerksamkeit erregt.« Miss Atkins hob die Augenbrauen. »Und so hübsch, wie Sie sind, Constance, wissen Sie bestimmt, wie Sie sich aus schwierigen Situationen charmant herausreden können.« Sie sah auf ihre Uhr. »Wenn Sie keine Fragen mehr haben, würde ich vorschlagen, dass Sie in Ihre Wohnung zurückkehren, Ihren Eltern einen Brief schreiben, in dem Sie ihnen mitteilen, was wir besprochen haben, und dann Ihr möglicherweise vorläufig letztes Wochenende als Zivilistin genießen.« Miss Atkins musterte sie mit ihren blauen Augen. »Ich glaube, Sie werden sich sehr gut schlagen, Constance. Sie können stolz auf sich sein: Sektion F nimmt nur die Besten.«

8

Am Montagmorgen wurde Connie vor Wanborough Manor abgesetzt, einem großen Herrenhaus außerhalb von Guildford in Surrey, und nach oben in einen Raum mit vier Einzelbetten gebracht, von denen nur eines belegt zu sein schien. Connie packte ihren kleinen Koffer aus und hängte ihre Sachen in den geräumigen Mahagonischrank, wobei ihr auffiel, dass ihre Zimmergenossin, wer auch immer sie sein mochte, einen deutlich unkonventionelleren Kleidungsstil pflegte als sie selbst. Ein goldfarbenes Etuikleid für den Abend hing neben einer Seidenhose und einem langen, bunten Schal.

»Du musst Constance sein«, hörte sie da eine Stimme hinter sich. »Schön, dass du da bist – dann bin ich die nächsten Wochen nicht das einzige Mädel hier. Venetia Burroughs, oder besser: Claudette Dessally!«

Als Constance sich zu der jungen Frau umdrehte, war sie verblüfft über ihr dramatisches Äußeres. Sie hatte glänzende, pechschwarze Haare, die ihr fast bis zur Taille reichten, elfenbeinfarbene Haut, riesige, mit Kajalstift umrandete grüne Augen und rot geschminkte Lippen. Der Kontrast zwischen ihrem auffälligen Aussehen und ihrer FANY-Uniform hätte nicht größer sein können. Connie wunderte es, dass man diese Frau, die sofort aus jeder Gruppe herausstach, als tauglich erachtete.

»Constance Carruthers, oder besser: Chapelle.« Connie ergriff Venetias ausgestreckte Hand. »Weißt du, ob noch andere Frauen mit von der Partie sind?«

»Angeblich sind wir die Einzigen. Wir werden mit den Jungs ausgebildet«, antwortete Venetia, ließ sich auf ihr Bett plumpsen und zündete sich eine Zigarette an. »Den Vorteil hat dieser Job immerhin.« Sie sog den Rauch ein. »Wir müssen beide komplett verrückt sein!«

»Vielleicht«, pflichtete Connie ihr bei, trat vor den Spiegel und überprüfte, ob ihr Haarknoten richtig saß.

»Wo haben sie dich aufgestöbert?«, erkundigte sich Venetia.

»Ich habe beim MI5 in der Registratur gearbeitet. Man ist der Meinung, dass ich mich eigne, weil ich fließend Französisch spreche und mich im Land auskenne.«

»Das Einzige, was ich in puncto Frankreich zu bieten habe, sind ein paar Cocktails auf einer Terrasse am Cap Ferrat«, gestand Venetia lachend. »Außerdem habe ich eine deutsche Oma, was bedeutet, dass ich ordentlich Deutsch kann. Angeblich ist mein Französisch auch nicht so schlecht. Ich komme von Bletchley Park… Wenn du beim MI5 gearbeitet hast, weißt du darüber Bescheid, oder?«

»Ja«, antwortete Connie. »Enigma.«

»Tja, das war ein großer Wurf.« Venetia stippte ihre Asche in den Kübel einer Pflanze auf dem Fensterbrett. »Anscheinend brauchen sie in Frankreich dringend Funker. Aufgrund meiner Chiffriererfahrung bin ich die Richtige.« Sie ging zu ihrem Bett und warf sich ausgestreckt darauf. »Weißt du, dass die gegenwärtige Lebenserwartung von Funkern bei etwa sechs Wochen liegt?«

»O nein!«

»Überrascht dich das?«, fragte Venetia. »Ein Funkgerät kann man wohl kaum in der Unterwäsche verstecken, oder?«

Connie war erstaunt, wie lässig Venetia über dieses Thema sprach. »Hast du denn keine Angst?«

»Keine Ahnung. Ich weiß nur, dass man die Nazis aufhalten muss. Meinem Vater ist es kurz vor Beginn des Kriegs gelungen, meine Oma aus Berlin herauszukriegen, aber der Rest seiner deutschen Familie ist verschwunden. Sie sind Juden«, erklärte Venetia. »Wir vermuten, dass sie in eines dieser Todeslager, über die gemunkelt wird, transportiert worden sind.« Venetia seufzte. »Deswegen tue ich alles in meiner Macht Stehende, um sie aufzuhalten. So wie ich das sehe, wird das Leben für uns erst wieder lebenswert, wenn es Hitler und seine Schergen nicht mehr gibt. Je früher, desto besser. Schade nur, dass ich mir die Haare abschneiden lassen muss.« Sie setzte sich auf und schüttelte ihre glänzende pechschwarze Mähne aus.

»Deine Haare sind wunderschön«, stellte Connie fest. Wenn irgendwer in der Lage war, die Nazis zu überlisten, dachte sie, dann diese außergewöhnliche Frau.

»Wie schnell sich das Leben ändern kann«, sagte Venetia, sank aufs Bett zurück und stützte den Kopf auf die Hände. »Vor vier Jahren bin ich als Debütantin in die Londoner Gesellschaft eingeführt worden. Damals war das Leben ein einziges großes Fest. Und jetzt …« Sie wandte sich Connie seufzend zu. »Du siehst ja, wo wir gelandet sind.«

»Ja«, pflichtete Connie ihr bei. »Bist du verheiratet?«

»I wo!« Venetia lachte. »Ich habe beschlossen, das Leben auszukosten, bevor ich mich fest binde. Sieht fast so aus, als würde ich das gerade machen. Und du?«

»Mein Mann Lawrence ist Hauptmann der Scots Guards. Im Moment in Afrika, leider vermisst.«

»Das tut mir leid. Schrecklich, dieser verdammte Krieg. Bestimmt taucht er wieder auf.«

»An dieser Hoffnung muss ich mich festhalten«, erklärte Connie gefasster, als ihr zumute war.

»Fehlt er dir?«

»Sehr, aber ich habe mich an das Leben ohne ihn gewöhnt«, antwortete Connie. »Wie so viele Frauen, deren Männer an der Front sind.«

»Irgendwelche Liebschaften?«, fragte Venetia mit einem wissenden Lächeln.

»Himmel, nein! Ich würde nie … Ich meine …« Connie spürte, wie sie rot wurde. »Nein«, sagte sie mit fester Stimme.

»Natürlich nicht. Du bist ja der Typ treue Ehegattin.«

Connie wusste nicht so genau, ob sie das als Kompliment oder als Beleidigung auffassen sollte.

»Ich bin jedenfalls froh, dass ich in den letzten vier Jahren allein war«, erklärte Venetia. »Das war ein Riesenspaß. In diesen schwierigen Zeiten lautet mein Motto: Carpe diem. Schließlich weißt du nicht, ob's dein letzter Tag ist. Bei dem, was dir und mir bevorsteht …«, sie drückte ihre Zigarette in der Pflanzenerde aus, »… könnte das gut sein.«

Später am Nachmittag wurden die beiden Frauen in den großen Salon gerufen, wo man ihnen Tee und Gebäck reichte und die anderen im Kurs vorstellte.

»Wer wohl in diesem Herrenhaus gelebt hat, bevor es requiriert wurde?«, fragte Venetia Connie.

»Ein schönes Haus«, stellte Connie fest und betrachtete die hohen Decken, den prächtigen Marmorkamin und die georgianischen Fenster, die auf eine elegante Terrasse gingen.

»Genauso schön wie *er*.«

Connie folgte Venetias Blick zu einem jungen Mann, der, ins Gespräch mit einem Ausbilder vertieft, am Kamin lehnte. »Ja, er sieht nicht schlecht aus«, pflichtete sie Venetia bei.

»Komm, schauen wir ihn uns genauer an.«

Venetia ging, Connie im Schlepptau, zu dem Mann hinüber und stellte sie beide vor.

»Freut mich, euch kennenzulernen, Mädels. Ich bin Henry du Barry«, antwortete er in makellosem Französisch.

Connie, die voller Neid mitverfolgte, wie Venetia ihre Charmeoffensive startete, fühlte sich wie das fünfte Rad am Wagen.

»Das scheint die Mata Hari der Gruppe zu sein«, spottete eine Stimme hinter ihr. »James Frobisher alias Martin Coste. Und wer bist du?«

Als Connie sich umdrehte, entdeckte sie einen Mann, der nicht größer war als sie selbst, schütteres Haar hatte und eine Hornbrille trug. »Constance Carruthers – ich meine Chapelle.« Sie streckte ihm die Hand hin, die er schüttelte.

»Wie ist dein Französisch?«, erkundigte sich James.

»Meine Mutter ist Französin, deshalb spreche ich die Sprache fließend.«

»Ich leider nicht«, erklärte James seufzend. »Durch den Intensivkurs habe ich Fortschritte gemacht, aber die Gestapo darf mich nicht erwischen. Am meisten Kopfzerbrechen bereitet mir, ob mir einfällt, wann es *vous* oder *tu* heißt!«

»Sie würden dich bestimmt nicht losschicken, wenn sie mit deinen Sprachkenntnissen nicht zufrieden wären«, tröstete Connie ihn.

»Stimmt, obwohl in Frankreich ein solches Chaos herrscht, dass sie verzweifelt Agenten suchen. Im Moment scheinen ziemlich viele verhaftet zu werden.« James runzelte die Stirn. »Egal, wir sind alle unserer unterschiedlichen Fähigkeiten wegen ausgewählt worden. Ich kann besonders gut Dinge in die Luft jagen. Mit einer Dynamitstange muss man zum Glück nicht viel reden.« Er schmunzelte. »Ich bewundere die Frauen, die sich freiwillig bei der SOE melden. Das ist ganz schön gefährlich.«

»›Freiwillig gemeldet‹ habe ich mich nicht gerade, aber es

freut mich, wenn ich meinem Land einen Dienst erweisen kann«, erklärte Connie.

Beim Abendessen im eleganten Speisesaal lernte Connie die vier männlichen Agenten kennen, die mit ihr ausgebildet werden sollten. Sie unterhielt sich mit Francis Mont-Clare und Hugo Sorocki, beide wie sie Halbfranzosen, mit James natürlich und mit Henry dem Jagdflieger, dem Schwarm der Gruppe. Je mehr Wein floss, desto surrealer erschien Connie die Situation; wenn sie die Leute am Tisch so betrachtete, hätte es sich gut und gern um eine x-beliebige Abendgesellschaft irgendwo in Großbritannien handeln können.

Nach dem Dessert klatschte Hauptmann Bean, der leitende Ausbilder, in die Hände, um die Anwesenden zur Ruhe zu ermahnen.

»Meine Damen und Herren, ich hoffe, dieser Abend hat Ihnen Gelegenheit gegeben, einander ein wenig kennenzulernen. In den kommenden Wochen werden Sie eng zusammenarbeiten. Leider endet das Vergnügen hier. Gefrühstückt wird morgen früh um sechs, danach überprüfen wir Ihre Gesundheit und Fitness. Von morgen an müssen Sie jeden Tag vor dem Frühstück acht Kilometer laufen.«

Allgemeines Stöhnen.

»Es geht hauptsächlich darum, Ihre körperliche Ausdauer zu erhöhen. Ich kann gar nicht genug betonen, wie wichtig es ist, dass Sie so fit wie möglich nach Frankreich fahren. Die Kraft, die Sie sich hier erwerben, könnte lebensrettend sein.«

»Sir, ein bewaffneter Nazi würde mir auf jeden Fall Beine machen«, scherzte James.

Venetia kicherte, und der Hauptmann schmunzelte.

»Einige von Ihnen haben bereits eine militärische Ausbildung hinter sich und sind körperliche Anstrengung gewöhnt. Anderen, besonders den Damen …«, er sah Venetia und Connie an, »… dürfte dieser Teil nicht leichtfallen. Die kommenden Wochen werden sehr hart. Aber wenn Ihnen Ihr Leben lieb ist, sollten Sie Ihre ganze Konzentration und Energie auf das verwenden, was wir Ihnen beibringen. Der Tagesplan hängt jeden Abend ab sechs Uhr am Anschlagbrett im Eingangsbereich. In den Wochen hier werden Sie Schießen, den Umgang mit Dynamit, Morsen, Überleben in der Wildnis und Fallschirmspringen lernen, um Sie auf die Herausforderungen vorzubereiten, die auf Sie warten. Ihnen allen dürfte klar sein, dass SOE-Agenten unter den Landsleuten, die in Frankreich für unser Grundrecht auf Freiheit gegen die Nazis kämpfen, mit dem Schlimmsten rechnen müssen.«

Im Raum herrschte Stille. Alle Augen waren auf den Hauptmann gerichtet.

»Diesen Krieg könnten wir ohne Männer und Frauen wie Sie, die der Gefahr furchtlos begegnen, nie siegreich beenden. Deshalb danke ich Ihnen allen im Namen der britischen und französischen Regierung. Wer noch Lust auf Kaffee und Brandy hat, kann beides im Salon bekommen. Denen, die sich zurückziehen möchten, wünsche ich eine gute Nacht.«

James und Connie, die Einzigen, die das Angebot ausschlugen, blieben im Eingangsbereich, während die anderen in den Salon wechselten.

»Gehst du nicht rüber?«, fragte James.

»Nein, ich bin müde.« Eigentlich hatte sie »überwältigt« sagen wollen, doch das verkniff sie sich.

»Mir geht's genauso.«

Sie bewegten sich zur Treppe. James blieb auf der untersten Stufe stehen.

»Hast du Angst?«, erkundigte er sich.

»Ich weiß es nicht«, antwortete Connie.

»Ich schon«, gestand James. »Aber wir müssen alle unsere Pflicht tun. Gute Nacht, Constance.« Er stieg die Treppe hinauf.

»Gute Nacht.« Connie verschränkte fröstelnd die Arme vor dem Körper und trat an eines der riesigen Fenster, um den Vollmond draußen zu betrachten. *Hatte* sie Angst? Sie wusste es nicht. Vielleicht hatte der Krieg, der nun schon mehr als vier Jahre dauerte, sie abgestumpft. Seit Lawrence wenige Wochen nach ihrer Hochzeit eingerückt war, hatte Connie das Gefühl, als wäre ihr Leben angehalten worden, zu einer Zeit, in der eigentlich alles hätte beginnen sollen. Anfangs war sie vor Sehnsucht fast gestorben. In dem riesigen zugigen Haus in Yorkshire, in dem ihr nur seine mürrische Mutter und ihre beiden altersschwachen schwarzen Labradore Gesellschaft leisteten, hatte sie viel zu viel Muse zum Nachdenken gehabt. Ihrer Schwiegermutter war es nicht recht gewesen, dass sie nach London ging, um das Jobangebot des MI5 anzunehmen, das ihr ein Bekannter ihres Vaters vermittelt hatte, weil er sah, dass sie im düsteren Hochmoor verkümmerte.

Viele ihrer jungen Kolleginnen beim MI5 hatten die merkwürdig fröhliche Atmosphäre in London genossen und sich von Offizieren auf Heimaturlaub zum Essen und in Klubs einladen lassen. Etliche dieser Frauen waren verlobt oder sogar verheiratet, und ihre Männer kämpften irgendwo im Ausland, doch das schien sie nicht vom Ausgehen abzuhalten.

Connie sah das anders. Lawrence war, seit sie ihn im Alter von sechs Jahren bei einem Tennismatch in Yorkshire kennengelernt hatte, der einzige Mann, den sie liebte, und würde es immer bleiben. Obwohl sie klug genug gewesen war, nach der Sorbonne einen Beruf zu erlernen, und obwohl Frankreich ihr besser gefiel als das düstere North Yorkshire, hatte sie sich bereiterklärt, irgendwann einmal die Hausherrin von Blackmoor

Hall und für immer die Ehefrau ihres geliebten Lawrence zu sein.

Doch ein paar Wochen nach dem glücklichsten Tag ihres Lebens, an dem sie die kleine katholische Kapelle auf dem Anwesen von Blackmoor Hall betreten und ihr Ehegelübde abgelegt hatte, war ihr der Mann, den sie seit vierzehn Jahren liebte, einfach weggenommen worden.

Connie seufzte. Vier Jahre lang hatte sie jeden Tag in der Angst vor dem Telegramm gelebt, das ihr mitteilte, dass ihr Mann vermisst sei. Irgendwann war es tatsächlich eingetroffen. Aufgrund ihrer Tätigkeit beim MI5 wusste sie nur zu gut, dass die Aussicht, Lawrence lebend wiederzusehen, nach zwei Monaten von Tag zu Tag geringer wurde.

Sie ging zur Treppe. Solange sie nichts über den Verbleib von Lawrence wusste, war es ihr letztlich egal, ob sie lebte oder starb.

Als sie sich ins Bett legte, ließ sie das Nachtlicht für Venetia an. Es war schon fast Morgen, als sie sie kichernd hereinkommen und über etwas am Boden stolpern hörte.

»Bist du wach, Con?«, flüsterte Venetia.

»Ja.«

»Mensch, war das ein Spaß heute! Henry ist ein Traum, findest du nicht?«

»Er ist sehr attraktiv, ja.«

»Schätze, die nächsten Wochen werden viel angenehmer, als ich befürchtet hatte«, sagte Venetia gähnend. »Gute Nacht, Con.«

Doch die folgenden Wochen brachten alle an ihre Grenzen. Jeder Tag war ausgefüllt mit harten körperlichen und geistigen Übungen. Wenn sie nicht gerade in einem Graben den Umgang mit Dynamit lernten, kletterten sie Bäume hinauf und verbargen sich zwischen den Ästen. Sie prägten sich ein, wie essbare Nüsse, Beeren, Pilze und Blätter aussahen, absolvierten endlose Schießübungen und ihren allmorgendlichen Acht-Kilometer-Lauf. Venetia, die genauso viel Energie auf ihre Affäre mit Henry verwendete wie auf die täglichen Übungen und oft erst nach vier Uhr morgens ins Bett kroch, keuchte am Ende der Gruppe.

Connie hingegen überraschte es, dass sie selbst die Anforderungen der Ausbildung so gut bewältigte. Nun machte es sich bezahlt, dass sie in Yorkshire so oft im Hochmoor unterwegs gewesen war. Sie spürte, wie ihre Körperkräfte von Tag zu Tag wuchsen. Connie war die beste Schützin der Gruppe und konnte mittlerweile auch mit Dynamit umgehen, deutlich besser als Venetia, die sie einmal alle beinahe in die Luft gejagt hätte, als sie eine Handgranate im Graben zündete.

»Immerhin zeigt das, dass ich es kann«, hatte sie gesagt, als sie anschließend nach Wanborough Manor zurückgestapft war.

»Glaubst du wirklich, dass unsere Venetia für die Aufgaben in Frankreich geeignet ist?«, fragte James Connie eines Abends bei Kaffee und Brandy im Salon. »Sonderlich diskret ist sie ja nicht gerade, was?« Er musste lachen, als Venetia und Henry einander auf der Terrasse für alle sichtbar umarmten.

»Venetia wird sich prima schlagen«, verteidigte Connie ihre Freundin. »Sie hat gesunden Menschenverstand, und darauf kommt es im Notfall an, behaupten sie doch die ganze Zeit.«

»Attraktiv, wie sie ist, wird sie sich mit ihrem Charme aus den meisten schwierigen Situationen herausreden können«, pflichtete James ihr bei. Anders als ich«, fügte er traurig hinzu. »Das ist die Ruhe vor dem Sturm, oder, Con? Ehrlich, ich hab schreckliche Angst, besonders vor dem Fallschirmspringen. Meine Knie tun mir so schon weh genug.«

»Keine Sorge.« Connie tätschelte seine Hand. »Möglicherweise kommst du in den Genuss eines Festlandflugs mit der Lizzy.«

»Das hoffe ich«, sagte James. »Wenn ich mich aus den Ästen eines Baums befreien muss, wo ich bei meinem Glück bestimmt lande, erregt das garantiert Aufmerksamkeit.«

James war der Einzige der Gruppe, der seine Zweifel offen aussprach, und weil Connie und er die ruhigsten, rationalsten der jungen Agenten waren, verstanden sie sich gut.

»Sind die Pfade des Schicksals nicht verschlungen?«, fragte James und nahm einen Schluck Brandy. »Wenn ich mich frei hätte entscheiden können, hätte ich ein völlig anderes Leben gewählt.«

»So geht's im Moment wahrscheinlich den meisten Menschen«, meinte Connie. »Wenn kein Krieg wäre, würde ich vermutlich im Hochmoor von North Yorkshire kugelrund werden und jedes Jahr einen Sprössling zur Welt bringen.«

»Neuigkeiten?« James wusste über Lawrence Bescheid.

»Nein.« Connie seufzte.

»Du darfst die Hoffnung nicht aufgeben, Con.« Nun war es an ihm, ihre Hand zu tätscheln. »Gott, ist das ein Durcheinander auf der Welt. Aber die Wahrscheinlichkeit, dass dein Mann noch lebt, ist nicht geringer als die Alternative.«

»Ich versuche, die Hoffnung nicht aufzugeben«, sagte Connie, doch jeder Tag, der verging, fühlte sich an wie eine Schaufel Erde auf des Grab von Lawrence. »Vorausgesetzt, dieser verdammte Krieg findet irgendwann ein Ende: Was hast du dann vor?«, versuchte sie, das Thema zu wechseln.

»Oje!« James lachte. »Im Moment kann ich mir das gar nicht vorstellen. Meine Pläne ähneln den deinen: Ich werde einfach nach Hause zurückkehren und das Familienerbe antreten. Heiraten, die nächste Generation zeugen …« Er zuckte mit den Achseln. »Du weißt ja, wie es ist.«

»Immerhin kannst du deinen Kindern einmal Französisch beibringen. In den letzten Wochen bist du deutlich besser geworden«, versuchte sie, ihn aufzumuntern.

»Danke, Con, das ist nett von dir. Vorher habe ich zufällig ein Telefonat des Hauptmanns mit Buckmaster mitgekriegt. Ja, ich habe gelauscht.« James grinste. »Sollen wir nicht immer die Ohren offen halten? Jedenfalls hat der Hauptmann in den höchsten Tönen von dir geschwärmt und gesagt, du wärst die große Überraschung der Gruppe, eine Musterschülerin. Die Sektion F erwartet Großes von dir, meine Liebe.«

»Danke für die Information. Ich war immer eine Streberin«, erklärte Connie lachend. »Leider konnte ich mein Wissen bisher im wirklichen Leben nie anwenden.«

»Keine Sorge, Con. Ich glaube, deine Chance kommt noch.«

Einen Monat später war die erste Stufe der Ausbildung zu Ende. Die Agenten wurden zu langen, zermürbenden Einzelsitzungen mit dem Hauptmann einberufen, der ihnen unverblümt ihre Stärken und Schwächen aufzeigte.

»Sie haben sich ausgesprochen gut geschlagen, Constance. Wir sind alle sehr zufrieden mit Ihren Fortschritten«, sagte der Hauptmann. »Als einzige Kritik haben die Ausbilder anzubringen, dass Sie Entscheidungen manchmal ein bisschen zu zögerlich treffen. Im Einsatz kann Ihr Schicksal von Ihrer sofortigen Reaktion auf eine Situation abhängen. Können Sie das nachvollziehen?«

»Ja, Sir.«

»Sie haben guten Instinkt bewiesen. Vertrauen Sie ihm; ich glaube nicht, dass er Sie täuscht. Wir schicken Sie jetzt mit den anderen Agenten, die diese Stufe geschafft haben, nach Schottland«, schloss der Hauptmann. »Dort werden Sie weitere für Ihre Aufgabe wichtige Dinge lernen.« Er erhob sich und reichte ihr die Hand. »Viel Glück, Madame Chapelle«, sagte er und bedachte sie mit einem Lächeln.

»Danke, Sir.«

Als Connie die Tür hinter sich schloss, fügte er hinzu: »Gott schütze Sie.«

Connie, Venetia, James und zu Venetias Freude auch Henry hatten den Kurs bestanden und wurden ins schottische Hochland geschickt, um dort in fortgeschrittenen Guerillatechniken unterwiesen zu werden. Fern jeglicher Zivilisation übten die vier Brückensprengen, lernten, kleine Boote zu manövrieren und wie man deutsche, britische und amerikanische Waffen bediente und in der Dunkelheit auf Lastwagen lud. Die Bedeutung der von den Deutschen gezogenen Linie, die Frankreich in die 1940 besetzte Zone im Norden und den Süden unter der Vichy-Regierung teilte, wurde ihnen in allen Einzelheiten erklärt.

Die Überlebensstrategien, die man ihnen in Wanborough Manor beigebracht hatte, wurden nun im schottischen Hochmoor erprobt, wo man sie aussetzte und sie tagelang von dem leben mussten, was die Natur hergab. Außerdem lernten sie von einem Profikiller, Angreifer effektiv und lautlos auszuschalten.

Zwei Wochen nach Beginn der Ausbildung in Schottland wurde Venetia plötzlich aus der Gruppe genommen.

»Gott sei Dank«, lautete Venetias Kommentar, als sie hastig ihre Sachen packte. »Ich werde nach Thame Park geschickt, meine Funkerfähigkeiten auf Vordermann bringen. Jenseits des Ärmelkanals herrscht Panik; es werden dringend Funker gebraucht. Ach, Con …« Sie legte ihrer Freundin den Arm um die Schulter. »Hoffentlich sehen wir uns bald da drüben wieder. Und pass mir auf Henry auf, ja?«

»Natürlich«, versicherte Connie ihr, als Venetia ihren Koffer schloss. »Du findest bestimmt bald einen Ersatz.«

»Ja, wahrscheinlich.« Venetia sah Connie an. »Aber es hat Spaß gemacht.«

Es klopfte an der Tür. »Miss Burroughs, der Wagen wartet unten auf Sie«, erklang eine Stimme.

»Zeit zu gehen. Viel Glück, Con«, verabschiedete sich Venetia und nahm ihren Koffer. »War schön mit dir.«

»Gleichfalls. Verlier nicht den Glauben an dich«, rief Connie ihr nach.

»Ich versuch's«, versprach Venetia und öffnete die Tür. »Aber ich weiß, dass ich da draußen sterben werde.« Sie zuckte mit den Achseln. »*À bientôt.*«

9

»Sie haben Ihre Ausbildung abgeschlossen und sind bereit, nach Frankreich aufzubrechen. Wie fühlen Sie sich?«

Connie saß im Londoner Hauptquartier der Sektion F Vera Atkins gegenüber, die sie hinter ihrem Schreibtisch hervor musterte.

»Eine bessere Vorbereitung könnte ich mir kaum vorstellen«, sagte Connie. Diese Antwort drückte nicht einmal einen Bruchteil ihrer Gedanken und Gefühle aus. Nach dem Monat in Schottland war sie nach Beaulieu in Hampshire verlegt worden, zu einem weiteren requirierten Landsitz, wo man ihre Spionagefähigkeiten verfeinerte. Man hatte ihr beigebracht, die Uniformen der Deutschen und der Vichy-Miliz auseinanderzuhalten und worauf sie bei der Rekrutierung von französischen Bürgern für ihr geplantes Netzwerk achten musste. Außerdem hatte man ihr eingeschärft, nie etwas aufzuschreiben.

»Ich glaube, ich werde mich besser fühlen, wenn ich tatsächlich im Einsatz bin«, erklärte sie.

»Das hören wir gern«, lobte Miss Atkins sie. »Beim nächsten Vollmond werden Sie ausgeflogen. Vermutlich freut es Sie zu erfahren, dass Sie nicht mit dem Fallschirm abspringen müssen, sondern mit einer Lysander hinübergebracht und sicher auf französischem Boden abgesetzt werden.«

»Danke.« Darüber war Connie tatsächlich erleichtert.

»Ihnen bleiben noch ein paar Tage zum Ausruhen und Entspannen. Ich habe Ihnen für die Zeit, die Sie auf Ihren Flug warten, im Fawley Court, einer behaglichen, von der FANY geführten Pension, ein Zimmer gebucht. Jetzt wäre der geeignete Zeitpunkt für Briefe an Ihre Lieben, die ich in den nächsten Wochen, wenn Sie weg sind, an sie weiterleiten kann.«

»Was soll ich in den Briefen schreiben, Miss Atkins?«, fragte Connie.

»Ich rate allen meinen Mädchen, sich kurz zu fassen und sich um einen positiven Tonfall zu bemühen. Schreiben Sie, alles sei in Ordnung, es gehe Ihnen gut. Ich hole die Briefe am Nachmittag Ihrer Abreise ab. Die genaue Uhrzeit erfahren Sie am fraglichen Tag. Am Flugplatz informiere ich Sie über Ihren neuen Kodenamen, den Sie uns von der Sektion F und anderen Agenten gegenüber verwenden. Außerdem werden Sie informiert, welchem Netzwerk Sie sich nach Ihrer Ankunft in Frankreich anschließen sollen. Bevor Sie gehen, Constance, würde Mr Buckmaster Sie noch gern sehen.«

Connie folgte Miss Atkins zu Maurice Buckmasters Büro.

»Constance, meine Liebe!« Buckmaster sprang von seinem Stuhl hinter dem Schreibtisch auf und empfing sie mit offenen Armen. »Bereit?«, fragte er.

»Soweit das überhaupt möglich ist, ja, Sir«, antwortete Connie.

»Das höre ich gern. Sie waren ja die Musterschülerin Ihres Kurses. Bestimmt machen Sie Sektion F alle Ehre«, schwärmte er.

»Offen gestanden, Sir, bin ich einfach nur froh, wenn ich endlich in Frankreich eintreffe.«

»Das kann ich verstehen. Versuchen Sie, sich nicht zu viele Gedanken zu machen, meine Liebe. Gestern Abend habe ich mich mit einer SOE-Agentin unterhalten, die gerade von ihrem ersten Einsatz zurück ist, und sie meint, das Schlimmste sei die kilometerlange Radelei jeden Tag gewesen. Sie behauptet, sie hätte Oberschenkel wie ein Elefant bekommen!«

Sie schmunzelten beide.

»Noch Fragen, Constance?«

»Eigentlich nur eine, Sir: Gibt es Nachrichten von Venetia? Ich weiß, dass sie vor ein paar Tagen abgeflogen ist.«

»Nein.« Buckmasters Miene verdüsterte sich. »Noch nicht. Aber machen Sie sich keine Sorgen. Es dauert oft eine Weile, bis ein Funker seine ersten Funksprüche absetzen kann. Außerdem hat es in ihrer Region in letzter Zeit Probleme gegeben. Jedenfalls …« Er ging zu seinem Schreibtisch zurück, öffnete eine Schublade, holte eine kleine Schachtel heraus und reichte sie ihr. »Ein Geschenk für Sie, das Ihnen Glück bringen soll.«

»Danke, Sir.«

»Machen Sie's auf«, wies er sie an. »Das gebe ich allen meinen Mädchen zum Abschied. Es ist sehr nützlich, und in der Not können Sie es immer verkaufen.«

Connie nahm eine kleine silberne Puderdose aus der Schachtel.

»Gefällt sie Ihnen?«, erkundigte er sich.

»Sie ist sehr hübsch. Danke, Sir.«

»Meine Mädchen sollen immer auf ihr Äußeres achten, auch im Einsatz. Bleibt mir nur noch zu sagen, dass ich mich für Ihren bisherigen Fleiß bedanken möchte, Constance. Zweifelsohne werde ich in den kommenden Wochen von Ihren Aktivitäten hören. Gott behüte Sie und *bonne chance.*«

Am Abend des siebzehnten Juni fuhr Connie mit Vera Atkins von London zum Tangmere Airfield in Sussex. Im Hangar setzten sie sich an einen kleinen Tisch im hinteren Teil, wo Vera Connie ein Blatt Papier reichte.

»Bitte prägen Sie sich in den nächsten zwanzig Minuten

alles ein, was hier steht. Ihr Kodename ist ›Lavender‹. Sie benutzen ihn, wann immer Sie während eines Einsatzes mit uns oder anderen Agenten in Kontakt treten, egal, ob mit Briten oder Franzosen. Sie schließen sich dem ›Scientist‹-Netzwerk an, das hauptsächlich in und um Paris agiert. Wenn Sie in Vieux-Briollay in Frankreich landen, werden Sie von einem Empfangskomitee erwartet, das Ihre Weiterreise organisiert. Dort bekommen Sie Kontaktdaten von Ihrem Organisator, Funker und anderen Mitgliedern Ihrer Gruppe.«

»Ja, Miss Atkins.«

»Ich muss Sie warnen, Constance, dass wir in letzter Zeit Kommunikationsprobleme mit Ihrem Netzwerk hatten«, fuhr Miss Atkins fort. »Ihr Empfangskomitee in Frankreich kann Ihnen vermutlich genauere Informationen darüber geben, als ich es im Moment vermag. Mit Ihrer Intelligenz und Ihrem gesunden Menschenverstand kommen Sie bestimmt zurecht.« Miss Atkins legte einen kleinen Lederkoffer auf den Tisch. »Hier drin ist alles, was Sie brauchen. Ausweispapiere auf Ihren Namen Constance Chapelle, die als Lehrerin in Paris arbeitet. Sie haben Verwandte in Südfrankreich, von wo Sie ursprünglich stammen. Das geben Sie als Grund an, falls Sie jemals die Vichy-Linie überqueren müssen.«

Miss Atkins holte ein Röhrchen mit einer einzelnen Tablette hervor.

»Ihre C-Pille. Die kommt in den Absatz Ihres Schuhs.«

Connie zog den präparierten Schuh aus und nahm den Absatz ab.

Miss Atkins legte die Pille in den Hohlraum. »Wir wollen hoffen, dass Sie sie nie brauchen.«

»Ja«, pflichtete Constance ihr bei, die wusste, dass die harmlos wirkende Pille eine tödliche Dosis Blausäure für den Fall enthielt, dass sie verhaftet und gefoltert wurde.

»Bereit?«, fragte Miss Atkins.

»Ja.«

»Dann bringe ich Sie jetzt an Bord der Lizzy.«

Sie gingen zu dem kleinen Flugzeug, das schwarz lackiert war, damit man es in der Nacht nicht sah. Am Fuß der Stufen blieb Miss Atkins stehen. »Fast hätte ich es vergessen«, sagte sie und nahm einen Umschlag aus ihrer Jackentasche. »Für Sie.«

Sie reichte Connie das Kuvert, die es öffnete und die Worte in dem Brief darin las.

»Gute Nachrichten, was?«, bemerkte Miss Atkins.

Connie schlug die Hand vor den Mund, und Tränen traten ihr in die Augen. »Miss Atkins, Lawrence lebt! Er lebt!«

»Ja, meine Liebe. Sein Schiff ist vor drei Tagen in Portsmouth angekommen. Er hat eine schlimme Verletzung an der Brust und ein gebrochenes Bein, aber die Ärzte sagen, er sei guter Dinge und mache gesundheitliche Fortschritte.«

»Sie meinen, er ist *hier*? Lawrence ist in England?«, wiederholte sie ungläubig.

»Ja, meine Liebe, er ist zu Hause. Ist das nicht schön?«

Connie warf einen Blick auf das Datum des Telegramms, das ihr mitteilte, dass ihr Mann am Leben sei und mit dem Schiff nach Hause gebracht würde. 20. Mai, das war fast einen Monat her.

»Ich dachte mir, das sind gute Nachrichten zum Mitnehmen. Ein Anreiz, sicher zurückzukehren. Aber jetzt wird es Zeit, an Bord zu gehen«, sagte Miss Atkins und nahm Connie das Telegramm aus der Hand. Als die Propeller der Maschine sich zu drehen begannen, reichte Vera Atkins Connie die Hand. »Auf Wiedersehen, Constance, und viel Glück.«

Connie stieg benommen die Stufen hinauf und betrat das enge Innere der Maschine. Als sie den Sicherheitsgurt anlegte, versuchte sie zu verarbeiten, was sie soeben erfahren hatte. Ihr

Mann war nicht nur am Leben, sondern *hier*, im sicheren England. Vielleicht nur ein paar Fahrstunden von ihr entfernt.

Und sie hatten es ihr nicht gesagt …

Wie hatten sie ihr verschweigen können, dass Lawrence nach Hause zurückkam? Connie biss sich auf die Lippe, um die Tränen zurückzuhalten, damit die unbequeme Schutzbrille nicht anlief.

Sie wusste nur zu gut, warum sie es ihr nicht mitgeteilt hatten: Ihnen war klar gewesen, dass sie dann höchstwahrscheinlich einen Rückzieher gemacht hätte.

Doch jetzt, da zwei andere Leute in Overalls und Schutzbrillen in die Maschine kletterten und die Tür sich hinter ihnen schloss, gab es kein Zurück mehr. Die Sektion F hatte sie bewusst im Unklaren gelassen und ihr in allerletzter Minute den für sie einzigen wichtigen Anreiz für eine wohlbehaltene Rückkehr gegeben.

»Wie soll ich das ertragen?«, murmelte sie, als das Flugzeug aus dem Hangar in die Mondnacht hinausrollte.

»Connie? Bist du das?«, versuchte eine Stimme neben ihr den Motorenlärm zu übertönen, eine Stimme, die sie kannte.

»James!«, rief sie erfreut aus.

Als die Maschine sich in den Nachthimmel erhob, wurde jede weitere Unterhaltung unmöglich. Connie wehrte sich nicht, als James ihre Hand ergriff und drückte, während sie durchs Fenster auf die pechschwarze englische Landschaft unter ihnen starrte.

»Auf Wiedersehen, Lawrence, mein Schatz«, flüsterte sie. »Ich schwöre dir, ich komme so schnell wie möglich nach Hause, in deine Arme.«

10

Die Lysander setzte, geleitet von kleinen Taschenlampen in unsichtbaren Händen auf dem Boden, sanft auf einem Feld auf. Der Pilot wandte sich zu ihnen um und reckte den Daumen in die Höhe. »Die Luft scheint rein zu sein. Auf Wiedersehen, die Herrschaften. Viel Glück«, fügte er hinzu, als sie französischen Boden betraten.

»*Bienvenue*«, begrüßte ein Mann sie, der mit einem Ranzen an ihnen vorbei die Stufen zu der Maschine hinaufhastete, den Ranzen hineinwarf, die Tür schloss und zu seinen neuen Rekruten zurückkehrte.

Kurz darauf startete die Lysander bereits wieder zum Rückflug. Connie hätte sich den Mut gewünscht hineinzuspringen.

»Folgen Sie mir«, wies der Mann, der den Ranzen in die Maschine geworfen hatte, sie an. »Machen Sie schnell, vor ein paar Minuten habe ich einen Lastwagen der Deutschen vorbeifahren sehen. Möglicherweise haben sie die Landung gehört.«

Die drei Agenten rannten, angeführt von dem Mann, über das Feld. James bildete die Nachhut. Es war eine schöne französische Nacht, klar und warm, in der Connie das Gefühl von etwas Vertrautem im Unbekannten hatte. Frankreich roch genau so, wie sie es in Erinnerung hatte: nach Kiefernholz, so ganz anders als das feuchte England. Diese Luft hätte Connie überall wiedererkannt.

Am Ende öffnete ihr Anführer die Tür zu einer Holzhütte

in einem dichten Wald. Im Innern befanden sich Pritschen mit darübergebreiteten Decken, und in einer Ecke stand ein Gaskocher, den er mit einem Streichholz anzündete.

»Wir müssen bis zum Morgen hierbleiben, bis die Ausgangssperre vorbei ist. Dann schicken wir Sie vom Bahnhof in Vieux-Briollay – das liegt mit dem Fahrrad zwanzig Minuten von hier – zu Ihren jeweiligen Zielen. Bitte machen Sie es sich so bequem wie möglich. Legen Sie Ihre Overalls in die Ecke da drüben. Sie bleiben hier«, erklärte er. »Während Sie damit beschäftigt sind, koche ich uns einen Kaffee.«

Connie schlüpfte aus dem Overall und beobachtete, wie James und der andere Mann, den sie noch nie gesehen hatte, es ihr gleichtaten. Sie setzten sich auf ihre Pritschen, und der Anführer der Gruppe reichte ihnen allen eine große Tasse Kaffee.

»Leider haben wir keine Milch. Ich weiß, dass ihr Engländer die mögt«, bemerkte er.

Connie war froh über das starke Gebräu.

»Ich heiße Stefan«, verkündete ihr Anführer. »Und Sie müssen ›Lavender‹ sein, Madame, da Sie die einzige Frau in der Gruppe sind.«

»Ich bin ›Trespass‹«, stellte sich James vor.

»›Pragmatist‹«, erklärte der Unbekannte.

»Ich heiße Sie im Namen Frankreichs hier willkommen. So dringend wie im Augenblick haben wir noch nie ausgebildete britische Agenten gebraucht«, sagte Stefan. »Viele Ihrer Kollegen sind in den vergangenen Tagen, besonders in Paris, verhaftet worden. Wir wissen nicht so genau, was mit ihnen passiert ist, vermuten aber, dass sich ein Verräter unter ihnen befindet, der es der Gestapo ermöglicht, so gezielt zuzuschlagen. Ich kann Ihnen nur raten, niemandem zu vertrauen«, schärfte er ihnen ein. »Versuchen Sie jetzt zu schlafen, solange Sie es noch können. Ich halte Wache und wecke Sie, wenn nötig. Gute Nacht.«

Stefan trat vor die Hütte, zündete sich eine Zigarette an und schloss die Tür hinter sich. Die drei Agenten machten es sich auf ihren Pritschen so bequem wie möglich.

»Gute Nacht, Leute«, sagte James. »Schlaft gut.«

»Ich bezweifle, dass ich ein Auge zutun werde«, entgegnete der Pragmatist, doch schon bald hörte Connie Schnarchen von der anderen Seite der Hütte.

»Connie?«, fragte James.

»Ja?«

»Das ist es jetzt, oder?«

»Ja«, antwortete Connie, die vom Kaffee und von der Aufregung einen sauren Magen hatte.

Am Ende musste Connie ebenfalls eingeschlafen sein, da bereits Licht durch das kleine Fenster hereindrang, als James sie wach rüttelte.

»Aufwachen«, sagte James. »Sie warten draußen auf uns.«

Sie hatte voll bekleidet geschlafen, so dass sie nur ihre Strümpfe und Schuhe anziehen musste. Draußen standen Stefan und eine Frau.

»Guten Morgen, Lavender«, begrüßte Stefan sie. »Sind Sie bereit zum Aufbruch?«

»Ja, aber …«, Connie sah sich im Wald um, »… kann ich hier irgendwo …?« Sie merkte, wie sie rot wurde.

»Hier gibt es keine Toiletten. Bitte suchen Sie sich einen Platz zwischen den Bäumen«, antwortete Stefan und wandte sich James zu.

Connie verschwand hinter einem Baum. Als sie zurückkehrte, waren James und der andere Agent gerade dabei, sich mit der Frau auf die Räder zu schwingen.

»Viel Glück«, flüsterte Connie James zu. »Ich hoffe, wir sehen uns bald wieder.«

»Bis dahin werde ich mich bemühen, möglichst viele Deutsche in die Luft zu jagen, damit wir alle wieder nach Hause können.«

»Die Einstellung lobe ich mir«, sagte Connie mit einem tapferen Lächeln, als er den anderen hinterherradelte.

»Wir warten, bis sie ein paar Kilometer weg sind«, erklärte Stefan. »Zu viele Radler, die gleichzeitig aus dem Wald kommen, erregen Aufmerksamkeit. Kaffee?«

»Danke.« Connie setzte sich auf die Stufe zur Hütte und schaute hinauf zur Sonne, deren Licht durch die Bäume fiel und den Boden sprenkelte.

»Lavender, ich werde Ihnen jetzt die nächsten Schritte erklären.« Stefan reichte ihr den Kaffee, setzte sich neben sie und zündete sich eine Zigarette an. »Man hat Ihnen vermutlich gesagt, dass Sie sich dem Scientist-Netzwerk anschließen sollen, unserer größten Organisation, die sowohl in als auch außerhalb von Paris operiert.«

»Ja«, bestätigte Connie.

»Leider wurden mehrere Mitglieder der Gruppe von der Gestapo verhaftet, darunter auch ihr Anführer Prosper.«

»Ja, das hat man mir gesagt, und dass ich von Ihnen weitere Informationen erhalten würde«, bestätigte Connie und nahm einen Schluck Kaffee.

»Wir haben auch keine Nachricht von Prospers Funker, was möglicherweise bedeutet, dass er ebenfalls verhaftet wurde.« Stefan trat seine Zigarette aus. »Vor drei Tagen wurde mir mitgeteilt, dass sie Sie erwarten und am Gare Montparnasse vom Zug abholen, aber ich kann Ihnen im Moment nicht sagen, wer dort sein wird.« Stefan zündete sich die nächste Zigarette an. »Gegenwärtig wäre es für mich zu gefährlich, Sie zu begleiten – die Zentrale hat uns geraten, im Hintergrund zu bleiben, bis wir mehr über die Situation wissen –, also werden Sie allein fahren müssen.«

»Verstehe.« Connie schloss die Hände fester um ihre Tasse.

»Da Sie der Gestapo noch nicht bekannt sind, fallen Sie während der Fahrt vermutlich nicht auf. Frauen werden an Sicherheitskontrollen weit weniger häufig angehalten als Männer«, versicherte er ihr. »Wir müssen jemanden nach Paris schicken, den die Deutschen noch nicht kennen, um mehr zu erfahren. Sind Sie dazu bereit?«

»Natürlich.«

»Sie werden in der Bahnhofshalle vor dem *tabac* erwartet. Kaufen Sie dort eine Packung Gauloises, und tun Sie so, als würde sie Ihnen aus der Hand fallen. Heben Sie sie wieder auf und zünden Sie eine Zigarette hiermit an.« Stefan gab ihr eine Schachtel Streichhölzer. »Dann kommt ein Mann auf Sie zu, der Sie zu einem unserer Safe Houses bringt.«

»Und wenn er nicht auftaucht?«, fragte Connie.

»Dann wissen Sie, dass etwas nicht stimmt. Kennen Sie sich in Paris aus?«

»Ja, ich habe an der Sorbonne studiert.«

»Somit dürfte es Ihnen keine Probleme bereiten, diese Adresse zu finden.« Stefan reichte ihr einen Zettel.

»Apartment siebzehn in der Rue de Rennes einundzwanzig«, las Connie vor. »Die kenne ich gut.«

»Wunderbar. Sie gehen an dem Gebäude vorbei, bis zum Ende der Straße, und auf der anderen Seite wieder zurück. Falls Sie auf der Straße oder in einem Lastwagen in der Nähe Gestapo-Leute sehen, wissen Sie, dass die Deutschen über das Safe House Bescheid wissen. Haben Sie das alles verstanden?«

»Ja. Und wenn ich vor dem Haus keine Leute von der Gestapo entdecke?«, fragte Connie.

»Gehen Sie in den dritten Stock, wo sich das Apartment befindet. Sie klopfen zuerst zweimal, dann dreimal. Anschließend sollte jemand an die Tür kommen. Sagen Sie der Person, dass Ihr Helfer nicht gekommen ist, um Sie abzuholen, und Stefan Sie geschickt hat.«

»Gut.« Connie prägte sich die Adresse auf dem Zettel ein, den Stefan ihr aus der Hand nahm und mit einem Streichholz anzündete. »Und wo soll ich mich hinwenden, wenn niemand da ist?«

»Apartment siebzehn ist vierundzwanzig Stunden am Tag besetzt. Wenn niemand reagiert, wissen Sie, dass das Scientist-Netzwerk aufgeflogen ist und alle untergetaucht sind. Dann wäre es zu gefährlich, Kontakt mit irgendjemandem davon aufzunehmen.« Stefan zog an seiner Zigarette. »Die letzte Möglichkeit ist ein Freund von mir. Er gehört nicht unmittelbar einer Gruppe oder der SOE an, aber seine Loyalität unserer Sache gegenüber steht außer Zweifel. Ich weiß, dass er Ihnen beistehen wird. Sie gehen zu dieser Adresse.« Stefan nahm einen weiteren Zettel aus seiner Tasche und reichte ihn ihr. »Und fragen nach ›Hero‹.«

Connie las auch diese Adresse. »Rue de Varenne. Meine Familie hatte früher Freunde dort.«

»Dann muss Ihre Familie sich in der besseren Gesellschaft bewegt haben. Wie Sie wissen, handelt es sich um eines der wohlhabendsten Viertel von Paris.« Stefan hob eine Augenbraue.

»Und wenn Hero auch nicht da sein sollte …? Fahre ich dann mit dem Zug wieder hierher zurück?«

»Madame …« Stefan drückte die Zigarette auf dem Boden aus. »Dann sind Sie auf sich allein gestellt. Sie quartieren sich in einer nahe gelegenen *pension* ein und warten, bis Hero zurückkommt. Wir müssen jetzt los. Und vergessen Sie nicht: Nach der Sperrstunde dürfen Sie in Paris nicht mehr auf der Straße sein. Das ist die gefährlichste Zeit.«

Während er die Kaffeetassen in die Hütte brachte, warf Connie einen Blick auf die uralten Fahrräder, mit denen sie zum Bahnhof radeln würden.

»Wer ist Ihr Freund Hero?«, fragte Connie, als sie aufstieg, den Koffer wackelig zwischen Korb und Lenker geklemmt.

»Darüber sind keine Fragen erlaubt. Aber er weiß bestimmt, was passiert ist, und kann für Sie den Kontakt zu einer sicheren Untergruppe des Scientist-Netzwerks herstellen. Dort müssen Sie selbst eine sichere Möglichkeit finden, London so schnell wie möglich über die Situation in Paris zu informieren. Vorausgesetzt, Sie treiben in der Stadt noch einen Funker auf«, fügte Stefan grimmig hinzu.

Die Fahrradfahrt zum Bahnhof verlief zum Glück ohne Zwischenfälle. Vieux-Briollay sah ziemlich genau so aus, wie Connie die Gegend aus der Zeit vor dem Krieg in Erinnerung hatte, nur dass jetzt eine Hakenkreuzfahne am Rathaus wehte.

Stefan erwarb die Fahrkarte für Connie und gab sie ihr. Dabei wanderte sein Blick immer wieder nervös über den Bahnsteig.

»Ich muss Sie jetzt verlassen. Auf Wiedersehen, Madame«, sagte er und küsste sie auf beide Wangen, als wäre sie eine Verwandte. »Melden Sie sich«, fügte er hinzu und schlenderte, nachdem er wieder eine Zigarette angezündet hatte, davon.

Der Zug traf um Punkt elf Uhr ein. Buckmaster hatte einmal gescherzt, der einzige Vorteil der deutschen Besetzung sei die Pünktlichkeit der französischen Verkehrsmittel. Connie bestieg den Zug und verstaute ihren Koffer in der Ablage über ihr. Als ihr Magen knurrte, schloss sie die Augen in der Hoffnung, dass das Rattern der Räder sie beruhigen würde. Bei jedem Halt öffnete sie sie wieder, um die neu Eingestiegenen zu begutachten.

In Le Mans hatte sie Zeit, am Bahnsteig ein trockenes Gebäckstück zu erstehen. Von der Bank aus, auf die sie sich setzte, um auf ihren Zug nach Paris zu warten, sah sie zum ersten Mal einen deutschen Offizier, der mit dem Bahnhofsvorsteher plauderte.

Am Nachmittag fuhr ihr Zug schließlich im Pariser Gare Montparnasse ein. Als Connie mit den anderen Fahrgästen den Bahnsteig entlangging, bereitete sie sich innerlich darauf vor, den ersten Kontrollpunkt der Miliz zu passieren. Einige ihrer Mitreisenden wurden aufgehalten, ihre Koffer auf Tischen geöffnet. Connie klopfte das Herz bis zum Hals, doch keiner der französischen Polizisten würdigte sie eines Blickes.

Hocherfreut darüber, dass sie ohne Zwischenfälle an ihnen vorbeigekommen war, sah Connie sich nach dem *tabac* um, an dem sie sich mit dem Helfer treffen sollte. Im Bahnhof wimmelte es von Arbeitern, die nach Hause wollten. Am Ende entdeckte sie den Kiosk in einer Ecke. Wie von Stefan instruiert erwarb sie dort eine Packung Gauloises und ließ sie auf den Boden fallen.

Sie hob die Packung auf, nahm eine Zigarette heraus und zündete sie mit Stefans Streichhölzern an. Dabei blickte sie sich um, ob sich jemand aus der Menge löste und sich ihr näherte.

Connie rauchte die ganze Zigarette, ohne dass jemand aufgetaucht wäre. Sie trat sie aus, sah auf ihre Uhr und seufzte, als wäre sie versetzt worden. Zehn Minuten später nahm sie eine weitere Zigarette aus der Packung und verwendete wieder dieselbe Streichholzschachtel. Auch diese Zigarette rauchte sie ganz.

Nach der dritten wusste Connie, dass niemand kommen würde.

»Tja, dann Plan B«, murmelte sie, verließ den Bahnhof und betrat zum ersten Mal die Straßen des besetzten Paris. Zur Rue de Rennes war es nicht weit. Als sie auf den ersten Blick keine allzugroßen Veränderungen in der Stadt entdecken konnte, die sie kannte und liebte, wurde sie ruhiger. An jenem lauen Sommerabend konnte man auf den belebten Straßen fast den Eindruck gewinnen, dass sich nichts verändert hatte.

Als Connie die Rue de Rennes erreichte, brach schon die Dämmerung herein. Nachdem sie die Hausnummer gefunden hatte, die sie suchte, ging sie, auf mögliche Gefahren achtend, auf der anderen Straßenseite daran vorbei. Am Ende der Straße überquerte sie diese und kehrte zurück. Mit ihrem Koffer kam sie sich ziemlich auffällig vor.

Schließlich bewegte sie sich schnurstracks zu der prächtigen Eingangstür und drückte ohne zu zögern die Klinke herunter. Die Tür ließ sich leicht öffnen. Connie durchquerte den mit Marmor gefliesten Eingangsbereich und stieg mit widerhallenden Schritten die Treppe hinauf. Im dritten Stock fand sie die Nummer siebzehn gleich rechts, holte tief Luft und klopfte wie besprochen zuerst zweimal, dann dreimal.

Keine Reaktion. Unsicher, ob sie warten oder noch einmal klopfen sollte, entschied Connie sich mit wild pochendem Herzen dagegen. Man hatte ihr gesagt, dass sie es einmal probieren solle, was bedeutete, dass sie nun so schnell wie möglich verschwinden musste. Es lag auf der Hand, dass Stefans Ängste des Netzwerks wegen begründet waren. Sie wollte gerade wieder die Treppe hinuntergehen, als die Tür zu der Wohnung neben Apartment siebzehn sich einen Spalt weit öffnete.

»Madame!«, flüsterte eine Stimme. »Ihre Freunde sind weg. Die Gestapo war gestern hier. Das Gebäude wird bestimmt überwacht. Gehen Sie lieber nicht vorne raus. Hinten gibt es eine Tür, die auf einen kleinen Hof, zu einem Tor und einem Weg für die Müllmänner führt. Von dort gelangen Sie auf eine andere Straße. Gehen Sie, schnell, Madame!«

Die Tür schloss sich sofort wieder. Connie, die sich an das erinnerte, was sie in der Ausbildung gelernt hatte, schlüpfte aus den Schuhen, damit man ihre Schritte auf der Treppe nicht hörte, und hastete hinunter. Als sie die Tür erreichte, die die Frau ihr beschrieben hatte, öffnete sie sie in der Hoffnung, dass es sich nicht um eine Falle handelte, und sah, dass sie auf einen kleinen Hof ging. Sie zog die Schuhe wieder an, machte das Tor auf, folgte dem schmalen Weg und gelangte auf eine benachbarte Straße. Connie entfernte sich bewusst langsam.

Einen guten Kilometer von Apartment siebzehn entfernt entdeckte Connie, die mittlerweile vor Hunger und Aufregung weiche Knie hatte, ein Café mit Tischen auf dem Gehsteig. Sie setzte sich auf einen leeren Platz und stellte ihren Koffer darunter. Nach einem Blick in die kleine Speisekarte bestellte sie einen Croque Monsieur. Sobald er serviert war, machte sie sich hungrig darüber her und atmete tief ein und aus, um sich zu beruhigen.

Trotz der vielen Leute hatte sie sich in Paris nie einsamer gefühlt. Obwohl sie aus ihrer Zeit an der Sorbonne viele Leute kannte und einige Verwandte aus der Familie ihrer Mutter in der Stadt wohnten, durfte sie keinen Kontakt aufnehmen.

Die Tatsache, dass vertraute Menschen und Hilfe so nah und doch so fern waren, machte die Situation fast unerträglich. Offenbar hatte Stefan recht gehabt mit seiner Vermutung, dass ihr Netzwerk aufgrund der Verhaftungswelle der Gestapo untergetaucht war. Connie leerte ihren Kaffee in dem Wissen, dass sie sich nun nur noch an die letzte Adresse wenden konnte, die Stefan ihr genannt hatte. Sie zahlte, nahm ihren Koffer und ging.

Sie folgte der Straße nach Norden, zuckte jedes Mal nervös zusammen, wenn sie einen Lastwagen heranrumpeln hörte, und erreichte schließlich die Rue de Varenne – einen breiten, baumbestandenen Boulevard mit eleganten Gebäuden. Viele davon wirkten dunkel und still, doch das Haus, zu dem sie wollte, war eindeutig bewohnt. Hinter allen Fenstern brannte Licht, in einem der Räume vorn konnte sie sogar schattenhafte Gestalten erkennen.

Connie holte tief Luft, überquerte die Straße, stieg die Stufen zur Eingangstür hinauf und klingelte.

Wenig später öffnete eine ältere Bedienstete die Tür. Nachdem sie Connie von oben bis unten gemustert hatte, fragte sie ein wenig herablassend: »Ja?«

»Ich bin hier, um mit Hero zu sprechen«, flüsterte Connie. »Bitte sagen Sie ihm, Stefan schickt ihm Grüße.«

Auf das Gesicht der Bediensteten trat ein besorgter Ausdruck. »Bitte, Madame, kommen Sie leise herein. Ich hole ihn.«

»Er ist hier?«, fragte Connie erleichtert.

»Ja, aber …« Die Bedienstete wirkte unsicher. »Einen Augenblick, bitte, Madame.«

Als die Frau durch eine der Türen verschwand, bewunderte Connie die schönen alten Möbel und die elegant geschwungene Treppe, die das Zentrum des Eingangsbereichs bildete. Die Bewohner dieses Hauses gehörten einer Welt des Wohlstands an, die sie gut kannte und in der sie sich wohlfühlte.

Wenig später kam ein groß gewachsener dunkelhaariger Mann mit feinen Gesichtszügen in voller Abendkleidung mit ausgebreiteten Armen auf sie zu. »Guten Abend, meine Liebe!«, begrüßte er sie und drückte die erstaunte Connie an sich. »Was für eine schöne Überraschung!« Während er sie umarmte, flüsterte er ihr ins Ohr: »Wir haben Gäste. Sie könnten Sie draußen gesehen haben.« Laut sagte er: »Wie war die Reise?«

»Lang«, antwortete sie verblüfft.

»Sind Sie Französin?«, fragte er, immer noch dicht an ihrem Ohr.

»Ja, meine Familie kommt aus St. Raphaël«, flüsterte sie zurück.

»Wie heißen Sie?«

»Constance Chapelle. Meine Tante ist die Baroness du Montaine.«

»Die Familie kenne ich.« Er klang erleichtert. »Dann sind Sie meine Cousine zweiten Grades, die mich besucht. Gehen Sie mit Sarah nach oben. Wir unterhalten uns später.« Er löste sich von ihr und sprach normal weiter. »Reisen aus dem Süden sind heute wegen der Sicherheitskontrollen so beschwerlich. Wir sehen uns unten, wenn Sie sich frisch gemacht haben, meine liebste Constance.«

Er öffnete die Tür zum Salon.

Da sah Connie die deutschen Uniformen dahinter.

11

Nachdem Sarah sie nach oben zu einem luxuriösen Zimmer gebracht hatte, ließ sie ihr ein Bad ein. Connie versuchte sich unterdessen ziemlich aufgewühlt in einem Sessel sitzend zu erklären, was sie unten gesehen hatte. Sie hatte sich viele Szenarien ausgemalt und diese sogar während ihrer Ausbildung durchgespielt. Doch auf die Idee, dass sie ihre erste Nacht im besetzten Paris bei einem Fest mit dem Feind verbringen würde, war sie nie gekommen.

Sarah geleitete sie ins Bad, wo Connie sich nach zwei Tagen ohne Möglichkeit, sich zu waschen, eine Weile im heißen Wasser entspannte. Als sie der Wanne widerwillig entstieg, gestattete sie sich ein Schmunzeln über die Ironie des Schicksals, das sie hierhergeführt hatte.

Sarah erwartete sie in ihrem Zimmer auf der Chaiselongue am Fußende des Betts und deutete auf den Platz neben sich. »Bitte setzen Sie sich, Constance.«

Connie tat ihr den Gefallen.

»Édouard, den Sie unten kennengelernt haben, wollte, dass ich mit Ihnen spreche, bevor Sie ihm beim Abendessen Gesellschaft leisten. Wir haben nicht viel Zeit, also hören Sie sich das, was ich Ihnen zu sagen habe, bitte aufmerksam an. Ich heiße Sarah Bonnay und arbeite seit vielen Jahren für die Familie de la Martinières. Édouard hat mich gebeten, Ihnen zu erklären, was jetzt geschieht.«

Connie bedankte sich nervös.

»Ich höre die Angst in Ihrer Stimme, Constance, und ich kann sie verstehen. Aber glauben Sie mir, Sie können von Glück sagen, dass Sie in diesen schwierigen Zeiten in sichere Hände gelangt sind«, tröstete Sarah sie. »Allerdings bringt Ihr unerwartetes Erscheinen uns alle in Gefahr. Niemand konnte wissen, dass wir heute ... Gäste haben. Wir müssen die Situation irgendwie in den Griff bekommen. Constance, an Ihrem ersten Abend in Paris müssen Sie die Vorstellung Ihres Lebens geben. Édouard wird Sie als seine Cousine aus dem Süden vorstellen. Er sagt, Sie haben Verwandte dort?«

»Ja, meine Tante, die Baroness du Montaine, besitzt ein Château in St. Raphaël.«

»Und er hat ein Anwesen in Gassin ganz in der Nähe«, erklärte Sarah. »Es ist also denkbar, dass die Montaines und die de la Martinières verwandt sind. Falls jemand fragt, erzählen Sie beim Abendessen folgende Geschichte: Sie sind nach Paris gekommen, um Cousin und Cousine zu besuchen und sie über den Tod Ihres gemeinsamen Onkels Albert zu informieren.«

»Verstehe.«

»Constance, überlassen Sie Édouard das Reden«, fuhr Sarah fort. »Sagen Sie von sich aus so wenig wie möglich. Seien Sie einfach Sie selbst, das ist das Einfachste.«

»Ich tue, was ich kann.«

Sarah musterte sie. »Sie dürften in etwa die gleiche Größe wie die verstorbene Emilie de la Martinières, Édouards Mutter, haben, die vor vier Jahren, vor dem Krieg, gestorben ist. Manchmal könnte man sie fast beneiden ...« Sie seufzte. »Ich bringe Ihnen eines ihrer Kleider. Wenn Sie möchten, frisiere ich Ihnen die Haare. Je hübscher, charmanter und ahnungsloser Sie erscheinen, desto weniger Gefahr besteht für uns alle. Haben Sie verstanden, Constance?«

»Ja.«

»Beeilen Sie sich nun bitte, und gesellen Sie sich so rasch wie möglich zu den Gästen im Salon. Ich erkläre Édouard, was wir besprochen haben, wenn er seine jüngere Schwester Sophia von oben holt. Geben Sie Ihr Bestes. Die Leute, die sich heute hier versammelt haben, dürfen nichts ahnen. Sonst …« Sarah erhob sich seufzend von der Chaiselongue, »… ist alles verloren für die de la Martinières.«

»Ich verspreche, mein Möglichstes zu tun«, presste Connie hervor.

»Wir beten alle, dass Ihnen das gelingt.«

Zwanzig Minuten später stand Connie vor der Tür zum Salon. Sie schickte ein kurzes Gebet zum Himmel, bevor sie sie öffnete und eintrat.

»Constance, *ma cousine*!« Édouard löste sich aus der Menge der Gäste und begrüßte sie mit Wangenküsschen. »Haben Sie sich ein wenig von den Strapazen der Reise erholt? Sie sehen blendend aus.«

»Ja«, antwortete Connie, die wusste, dass sie äußerlich einen sehr guten Eindruck machte. Sarah hatte sie gekämmt, ihr beim Schminken assistiert und in ein prächtiges, von Monsieur Dior entworfenes Abendkleid geholfen. Geborgte Diamanten an Ohren und Hals vervollständigten das Bild.

»Kommen Sie, ich stelle Sie meinen Freunden vor.« Édouard reichte Connie seinen Arm und führte sie zu den Gästen, deren Uniformen sie in der Ausbildung zu identifizieren gelernt hatte.

»Hans, darf ich Ihnen meine liebe Cousine Constance Chapelle vorstellen, die uns mit einem Besuch in Paris beehrt? Constance, Kommandant Hans Leidinger.«

Constance sah, wie der imposante Mann in der Uniform eines hochrangigen Offiziers der Abwehr sie fixierte.

»Fräulein Chapelle, es freut mich, ein weiteres charmantes Mitglied von Édouards Familie kennenzulernen.«

»Oberst Falk von Wehndorf.« Édouard hatte sich bereits dem nächsten Mann zugewandt, der die Montur der gefürchteten Gestapo trug.

Von Wehndorf, der das Idealbild des blonden arischen Mannes verkörperte, ließ den Blick mit unverhohlenem Interesse über Connies Körper wandern. Statt ihre Hand zu schütteln, die sie ihm hinhielt, küsste er diese und musterte sie mit seinen hellen blauen Augen einen Moment eindringlich, bevor er in fließendem Französisch fragte: »Fräulein Chapelle, wo hat Ihr Cousin Édouard Sie nur bisher versteckt?«

Connie spürte Panik in sich aufsteigen.

»Oberst von Wehndorf…«

»Bitte, wir sind hier alle Freunde. Nennen Sie mich Falk – wenn ich Constance zu Ihnen sagen darf?«, schlug er vor.

»Natürlich.« Connie schenkte ihm ihr, wie sie hoffte, bezauberndstes Lächeln. »Er hat mich nicht versteckt gehalten, ich lebe im Süden und komme nur selten nach Paris, weil ich die Fahrt ziemlich beschwerlich finde.«

»Wo genau im Süden?«

Doch Édouard stellte sie bereits einem Mann in SS-Uniform vor.

»Entschuldigen Sie mich.« Connie wandte sich Kommandant Choltitz zu.

»À bientôt, Fräulein Constance«, hörte sie Falk mit leiser Stimme hinter sich sagen.

Édouard drückte ihr ein Glas Champagner in die Hand und stellte sie drei weiteren deutschen Offizieren und einem hochrangigen Angehörigen der französischen Miliz vor. Anschließend lernte sie zwei Franzosen, einen Anwalt und einen Professor kennen, dessen Frau Lilian die einzige andere Frau im Raum war. Nervös trank Connie einen großen Schluck Champagner und betete, dass Édouard sie an den Tisch mit ihren Landsleuten setzen würde.

»Mesdames et Messieurs, wenn Sie bitte zum Esszimmer durchgehen würden. Ich hole unterdessen meine Schwester«, erklärte Édouard und schritt zur Salontür.

Connie schloss sich auf dem Weg zum Esszimmer so unauffällig wie möglich dem französischen Professor und seiner Frau an. Sarah zeigte ihr ihren Platz bei Tisch. Connie setzte sich und stellte erleichtert fest, dass der Professor auf der einen Seite saß und der Anwalt, der noch hinter seinem Stuhl stand, neben ihr platziert war. Als der Anwalt sich niederlassen wollte, flüsterte Sarah ihm etwas ins Ohr, worauf er auf die andere Seite des Tischs wechselte. Dafür nahm Falk von Wehndorf, der deutsche Gestapo-Offizier, neben Connie Platz.

»Fräulein Constance, ich hoffe, Sie haben nichts dagegen, dass ich gebeten habe, beim Essen neben Ihnen sitzen zu dürfen«, erklärte er lächelnd. »Ich habe nicht oft das Vergnügen, eine so reizende Tischdame zu haben. Lassen Sie uns noch ein Glas Champagner trinken.« Falk gab Sarah ein Zeichen, die mit der Flasche heraneilte, als Édouard das Esszimmer betrat.

Bei ihm untergehakt war eine schöne junge Frau: Sophia, Édouards Schwester. Die zierliche, fast schon püppchenhaft wirkende Sophia trug ein nachtblaues Abendkleid, das ihre cremefarbene, makellose Haut und ihre intensiv blauen Augen gut zur Geltung brachte. Ihre blonden Haare waren zu einem Nackenknoten gefasst, an ihrem Schwanenhals prangte eine Kette aus blauen Saphiren.

Als Édouard sie zum Tisch geleitete, fiel Connie auf, dass Sophia die Hand ausstreckte und mit ihren schmalen Fingern die Rückenlehne des Stuhls ertastete, bevor sie sich setzte und die versammelten Gäste mit einem Lächeln bedachte.

»Guten Abend. Was für eine Freude, Sie alle wieder bei uns begrüßen zu dürfen.«

Sie sprach mit leiser, wohlklingender Stimme, im makellosen Französisch der Aristokratie.

Die Anwesenden erwiderten ihre Begrüßung.

»Und Cousine Constance … Sie sind sicher bei uns angekommen.« Sophias türkisblaue Augen wandten sich Connie nicht zu.

»Ja, es freut mich, Sie wohlbehalten anzutreffen«, sagte Connie ihrerseits.

Sophias leerer Blick wanderte in ihre Richtung, und sie schenkte Connie ein strahlendes Lächeln. »Es gibt sicher viel zu erzählen.«

Connie beobachtete, dass Sophia, wenn sie mit ihrem Tischnachbarn redete, auch diesen nicht ansah.

Plötzlich wurde ihr klar, dass Sophia de la Martinières blind war.

Nun bemerkte Édouard, der von Constance aus gesehen am anderen Ende, inmitten von Deutschen, saß, die Änderung der Tischordnung.

»Zunächst ein Toast. Dieses Essen findet anlässlich des fünfunddreißigsten Geburtstags unseres Gastes und Freundes Falk von Wehndorf statt.« Die Anwesenden hoben ihre Gläser. »Auf Sie, Falk.«

»Auf Falk!«, fielen alle ein.

Falk deutete eine Verbeugung an. »Und auf unseren Gastgeber Édouard de la Martinières, der mir zu einem unerwarteten Geburtstagsgeschenk verholfen hat.« Sein Blick fiel auf Connie. »Auf Fräulein Constance aus dem Süden, die uns heute Abend mit ihrer Gegenwart beehrt.«

Connie bemühte sich, ruhig zu bleiben, als alle sie ansahen. Nie im Leben hätte sie erwartet, dass ihre Ankunft in Paris von

Nazi-Offizieren mit einem Toast bedacht werden würde. Weil sie wusste, dass sie die Kontrolle behalten musste, nahm sie nur einen kleinen Schluck Champagner. Dann servierte Sarah zum Glück den ersten Gang, und die Anwesenden wandten sich dem Essen zu.

Wenn Connie später an ihren ersten Abend im besetzten Paris dachte, war sie überzeugt, dass sie einen Schutzengel gehabt hatte. Der Professor zu ihrer Linken lehrte an der Sorbonne, was ihr die Möglichkeit verschaffte, unter den aufmerksamen Blicken von Falk wahrheitsgemäß über ihre Zeit dort zu berichten. Das Gespräch verlieh ihrer Tarnung Glaubwürdigkeit. Sie stellte fest, dass Édouard sie voller Anerkennung beobachtete, während es ihr gelang, neugierigen Fragen von Falk auszuweichen und ihn mit ihrem Charme und ihrem Lächeln abzulenken.

Als die deutschen Offiziere sich am Ende des Abends verabschiedeten, küsste Falk erneut ihre Hand. »Fräulein, ich habe Ihre Gesellschaft sehr genossen. Sie haben bewiesen, dass Sie nicht nur schön, sondern auch intelligent sind.« Er nickte anerkennend. »Und ich mag kluge Frauen. Wie lange werden Sie in Paris bleiben?«

»Das weiß ich noch nicht.«

»Constance bleibt bei uns, solange sie mag«, sprang Édouard ihr bei, der die Gäste zur Tür begleitete, um ihnen eine gute Nacht zu wünschen.

»Dann hoffe ich, Sie wiederzusehen. Und zwar bald. Heil Hitler!« Mit einem letzten Blick seiner hellen blauen Augen auf Connie folgte Falk den anderen hinaus. Édouard verschloss und verriegelte die Tür höchstpersönlich.

Als alle weg waren, bekam Connie weiche Knie. Édouard stützte sie und legte ihr tröstend einen Arm um die Schulter.

»Kommen Sie, Constance«, sagte er und brachte sie in den hinteren Teil des Hauses. »Sie sind sicher erschöpft. Gönnen wir uns einen Brandy vor dem Schlafengehen.« Er gab Sarah, die im Flur wartete, ein Zeichen. »Bitte bringen Sie ein Tablett ins Wohnzimmer.«

Connie setzte sich zum Umfallen müde aufs Sofa, dann brachte Sarah das Tablett mit dem Brandy herein. Sobald sein Glas gefüllt war und Sarah den Raum verlassen hatte, prostete Édouard Connie zu. »Gratuliere, Constance. Sie waren großartig.« Nun sah sie ihn zum ersten Mal richtig lächeln.

»Danke.« Sie hob matt das Brandyglas an die Lippen.

»Jetzt kann ich Sie eigentlich nur noch in unserer Familie willkommen heißen«, sagte Édouard.

Sie schmunzelten beide. Und als die schreckliche Anspannung des Abends schließlich ganz von ihnen abfiel, lachten sie, bis ihnen die Tränen kamen, über ihre gelungene Inszenierung.

»Constance, Sie können sich gar nicht vorstellen, wie Sie mich durch Ihr plötzliches Auftauchen erschreckt haben. Ich dachte, jetzt ist alles aus. Ein Haus voll mit hochrangigen Angehörigen der Miliz, der Gestapo und der Abwehr, und wie aus dem Nichts taucht eine SOE-Agentin hier auf!«

»Ich konnte es kaum glauben, als ich ihre Uniformen im Salon gesehen habe.« Bei der Erinnerung schüttelte Connie entsetzt den Kopf.

»Warum sie da waren, erkläre ich Ihnen morgen«, versprach Édouard. »Jetzt möchte ich mich noch ganz herzlich dafür bedanken, dass Sie die Herausforderung angenommen und eine wunderbare Vorstellung gegeben haben. Natürlich war auch Glück dabei. Ihr Hintergrund hat es leicht gemacht, Sie als Mitglied unserer Familie auszugeben.«

»Während der SOE-Ausbildung hat man mich mehrfach

darauf hingewiesen, dass mein Französisch mich als Angehörige des Großbürgertums entlarvt, was nicht zu meiner Tarnung als Pariser Schullehrerin passt. Deshalb habe ich mich bemüht, meine gestelzte Ausdrucksweise abzulegen«, gestand sie schmunzelnd.

»Gerade Ihre Herkunft hat uns heute Abend gerettet. Sie scheinen einen Bewunderer zu haben.« Plötzlich wurde Édouard ernst. »Er ist einer der wenigen Nazis in meinem Bekanntenkreis, die dem Adel entstammen. Aber lassen Sie sich nicht täuschen. Falk von Wehndorf ist einer der gefährlichsten Männer in der gegenwärtigen Verwaltung von Paris und geht erbarmunglos gegen Verräter vor. Er ist verantwortlich für die Verhaftung zahlreicher Mitglieder des Netzwerks, dem Sie sich anschließen sollten.«

Connie bekam eine Gänsehaut. »Er ist gebildet und scheint Frankreich zu mögen.«

»Er schätzt die Geschichte, Kultur und Kultiviertheit unseres Landes, möchte es aber für sich und Deutschland. Das macht ihn so gefährlich. Und er liebt, wie wir heute Abend gesehen haben, die französischen Frauen.« Édouard hob die Augenbrauen. »Wenn er Sie begehrt … Egal, über die Zukunft unterhalten wir uns morgen.« Édouard stellte sein Glas ab, stand auf und legte ihr die Hand auf die Schulter. »Heute Abend ist für Sie nur wichtig zu wissen, dass Sie bei uns sicher sind und ungestört schlafen können.« Édouard bot ihr seinen Arm an. »Wollen wir uns zurückziehen?«

»Ja.« Connie erhob sich, ein Gähnen unterdrückend, ebenfalls, und gemeinsam stiegen sie die Treppe hinauf.

»Gute Nacht, Cousine Constance.«

»Gute Nacht, Édouard.«

Oben legte Connie Schmuck und Kleidung ab, schlüpfte in das große, bequeme Bett und schlief sofort ein.

Am folgenden Morgen schreckte Connie desorientiert aus dem Schlaf auf. Als ihr bewusst wurde, wo sie sich befand, sank sie mit einem Seufzen in die weichen Kissen zurück. Ein Blick auf die Uhr sagte ihr, dass es nach zehn war. Sie war entsetzt. Noch nie zuvor hatte sie so lange geschlafen. Connie stand auf, öffnete ihren Koffer und zog die schlichte Bluse und den Rock an, die Sektion F als passend für ihre Schullehrerinnengarderobe erachtete. Nachdem sie vor dem Spiegel hastig ihre Haare gerichtet hatte, ging sie nach unten, um Édouard und Sophia zu suchen.

»Der Comte hält sich in der Bibliothek auf, Madame«, erklärte ihr Sarah, der sie im Eingangsbereich begegnete. »Ich soll Ihnen sagen, dass Sie sich zu ihm gesellen möchten. Darf ich Ihnen das Frühstück auf einem Tablett servieren?«

»Nur einen Kaffee, danke sehr«, antwortete Connie, die noch von dem üppigen Essen am Vorabend satt war. In diesem Haus spürte man die Lebensmittelrationierung offenbar nicht. Sie folgte Sarah zur Bibliothekstür und klopfte.

Édouard saß in einem bequemen Ledersessel zwischen Bücherregalen, die vom Boden bis zur Decke reichten. Als sie eintrat, hob er den Blick von seiner Zeitung.

»Guten Morgen, Constance, setzen Sie sich doch bitte.« Er deutete auf einen Sessel auf der anderen Seite des Kamins.

Sie bedankte sich und nahm Platz. »Was für eine wunderbare Bibliothek.« Sie sah sich bewundernd um.

»Ein Erbe meines Vaters, aber sie ist auch meine Leidenschaft. Wenn irgend möglich, möchte ich die Sammlung vergrößern. So viele Bücher sind in Europa von den Nazis verbrannt worden, das verleiht ihr noch größeren Wert.« Édouard, der müde und ernst wirkte, stieß einen tiefen Seufzer aus und erhob sich. Als Connie im Tageslicht die feinen Falten in seinem Gesicht entdeckte, wurde ihr klar, dass er Mitte dreißig sein musste.

»Schildern Sie mir jetzt bitte die genauen Umstände, die Sie gestern Abend zu mir geführt haben, Constance.«

Connie erklärte, dass der Helfer, der sie am Gare Montparnasse hätte erwarten sollen, nicht erschienen und sie deshalb zu der Adresse in der Rue de Rennes gegangen war, die Stefan ihr gegeben hatte.

»Wissen Sie, ob Sie beim Betreten des Gebäudes beobachtet wurden?«, fragte Édouard.

»Ich habe keine Uniformierten bemerkt. Als ich gehen wollte, hat die Frau aus der Nachbarwohnung mir zugeflüstert, dass die Gestapo in Nummer siebzehn gewesen ist und die Bewohner festgenommen hat. Sie hat mir geraten, das Haus durch die hintere Tür zu verlassen.«

»Hat sie Ihr Gesicht gesehen?«

»Wenn, nur ganz kurz.«

»Hoffentlich kann sie den Mund halten. Bis jetzt scheint das Glück Ihnen hold gewesen zu sein, Constance. Apartment siebzehn war einer der wichtigsten Unterschlupfe für das Scientist-Netzwerk. Wie die Nachbarin ganz richtig gesagt hat, wurde in der Nacht vor Ihrem Auftauchen eine Razzia durchgeführt. Die Verhaftungswelle ist noch nicht zu Ende. Mit ziemlicher Sicherheit stand das Apartment zu dem Zeitpunkt, als Sie dort eintrafen, noch unter Beobachtung, weil die Deutschen Agenten abfangen wollten, die von der Razzia nichts mitbekommen hatten. Wir können nur hoffen, dass niemand Sie beim Betreten des Hauses beobachtet hat. Vielleicht haben sie Sie für die Freundin einer Hausbewohnerin gehalten.«

»Stefan hat gesagt, ich sei die Einzige, die er nach Paris schicken könne, weil mein Gesicht nicht bekannt sei und mein Name auf keiner Gestapo-Liste stehe.«

»Er hat recht. Ein Vorteil, den wir nutzen müssen.« Édouard strich sich nachdenklich übers Kinn, als Sarah Kaffee und

Kekse brachte. »Sie können von Glück sagen, dass Stefan zu Ihrem Empfangskomitee gehörte. Er ist ein gewiefter Maquisard und kennt mich über andere Kanäle als Ihre Organisation. Da er wusste, dass es in Paris Schwierigkeiten gibt, hat er mich als letzte Zuflucht genannt. Das Problem ist …«

»Ja?« Connie wusste nicht so recht, wie Édouard ins Bild passte.

»Meiner …«, Édouard suchte nach dem richtigen Wort, »… Stellung wegen darf ich auf keinen Fall mit der SOE oder der Résistance in Verbindung gebracht werden. Sie wären genau der Beweis, nach dem die Deutschen suchen: eine britische SOE-Agentin, die mit mir in meiner Bibliothek Kaffee trinkt.«

»Es tut mir wirklich leid, dass ich Sie in diese schwierige Situation gebracht habe, Édouard.«

»Constance, bitte, ich mache Ihnen keine Vorwürfe. Stefan musste jemanden nach Paris schicken, um herauszufinden, wie ernst die Lage sich hier gestaltet. Und ich kann Ihnen versichern, dass sie noch schlimmer ist, als er vermutet.«

»Stefan hat mich gebeten, London so schnell wie möglich zu informieren.«

»Nicht nötig. Obwohl ich nicht für die britische Regierung arbeite, kenne ich die Topleute ihres Geheimdienstes; wir tauschen Informationen aus. Ich habe London heute Morgen über die Vorgänge informiert«, erklärte Édouard. »Stefan wird sehr bald davon erfahren. Sowohl Prosper, der Kopf des Scientist-Netzwerks, als auch sein Funker sind verhaftet. Alle anderen Mitglieder von Scientist konnten, so weit möglich, aus Paris fliehen oder verbergen sich in der Stadt, bis sie andere Anweisungen erhalten. Meine liebe Constance, im Augenblick gibt es hier einfach kein Netzwerk, dem Sie sich anschließen könnten.«

»Dann werde ich also einem anderen Netzwerk außerhalb von Paris zugewiesen?«, fragte Connie.

»Unter normalen Umständen würde genau das geschehen«, pflichtete Édouard ihr bei. »Doch durch Zufall sind Sie gestern Abend einigen der mächtigsten Deutschen in Paris begegnet.« Er stellte seine Kaffeetasse ab und beugte sich zu ihr vor. »Überlegen Sie einmal, Constance: Sie werden einem anderen Netzwerk zugewiesen und beginnen erfolgreich mit der Mission, für die Sie ausgebildet wurden. Und dann – *pouf!*« Er breitete die Arme aus. »Sie werden verhaftet und zur Befragung ins Hauptquartier der Gestapo gebracht. Dort kommt dann einer der Männer, denen Sie gestern Abend vorgestellt wurden, beispielsweise Oberst Falk, herein, um Sie zu befragen. Und wen sieht er da, gefesselt auf dem Stuhl? Keine andere als die Cousine seines guten Freundes Comte de la Martinières, die Falk ein paar Wochen zuvor bei einem Essen kennengelernt hat. Was denkt er da wohl? Glaubt er, dass sein Freund Édouard nichts von den Aktivitäten seiner Cousine weiß? Zumindest würde er beginnen, sich stärker für den Comte zu interessieren, sich die anderen französischen Gäste genauer anzusehen und sich möglicherweise zu fragen, ob sie den Deutschen und der Vichy-Regierung wirklich so loyal gegenüberstehen, wie sie behaupten.«

»Verstehe«, sagte Connie. »Aber wie lässt sich das Problem lösen? Mit wem arbeiten Sie zusammen, Édouard?«

»Constance, das muss Sie nicht interessieren. Es ist sogar besser, wenn Sie nichts darüber wissen. Alles, was ich tue, dient der Befreiung meines Heimatlandes von den Nazis und der Vichy-Marionettenregierung unserer schwachen Landsleute, die allem zustimmen, was die Deutschen sagen, um die eigene Haut zu retten. Ich habe vier Jahre gebraucht, ihr Vertrauen zu gewinnen. Mein Wohlstand und ihre Gier haben mir dabei geholfen. Vergessen Sie nie, welche Überwindung mich das kostet, Constance. Jedes Mal, wenn einer von ihnen meine Schwelle überschreitet, würde ich am liebsten die Waffe zücken und ihn erschießen.«

Seine Miene wurde hart. Er hatte die Hände so fest ineinander verschränkt, dass die Knöchel weiß hervortraten.

»Stattdessen lade ich sie in mein Haus ein, serviere ihnen Wein aus meinem Keller, lasse auf dem Schwarzmarkt das beste Fleisch und den besten Käse für sie besorgen und mache höflich Konversation mit ihnen. Warum, fragen Sie?«

Connie schwieg, weil sie wusste, dass das eine rhetorische Frage war.

»Ich tue es, weil ich hin und wieder nach einem Gläschen Brandy zu viel von einem betrunkenen Deutschen eine kleine Information erhalte. Manchmal ermöglicht es mir diese Information, Leute, die sich in Gefahr befinden, zu warnen und so vielleicht Leben zu retten. Aus diesem Grund ertrage ich die Deutschen in meinem Haus.«

Connie begann zu begreifen.

»Deshalb«, fuhr Édouard fort, »darf es nie auch nur den kleinsten Hinweis auf meine Verbindung zu irgendeiner der Organisationen geben, die die Nazis auslöschen wollen. Das würde nicht nur zum Tod vieler mutiger Männer und Frauen führen, die mit mir zusammenarbeiten, sondern möglicherweise auch zum Verlust wertvoller Informationen. Ich mache mir weniger Sorgen um mein eigenes Leben, Constance, als um das von Sophia. Da sie mit mir in diesem Haus lebt, muss sie mein Doppelleben mitmachen. Wenn ich aufflöge, würde sie mit mir angeklagt werden. Also …« Édouard erhob sich, trat ans Fenster und sah hinaus in den Garten, den die Sonne in helles Licht tauchte. »Aus all diesen Gründen fürchte ich, dass Sie Ihre Laufbahn als britische Agentin nicht fortsetzen können.«

Die Wochen der Ausbildung, der mentalen und *emotionalen* Vorbereitung, konnten doch nicht umsonst gewesen sein?, dachte Connie.

»Verstehe. Und was wollen Sie nun mit mir machen?«, erkundigte sie sich schließlich.

»Das ist eine sehr gute Frage, Constance. Ich habe London bereits informiert, dass Sie bei mir sind. Dort müssen sofort alle Berichte über Ihre Ankunft in Frankreich vernichtet werden. Die wenigen, die von Ihrem Eintreffen hier wissen, werden informiert; mit ihnen dürfen Sie jedoch keinen Kontakt aufnehmen. Bitte bringen Sie mir Ihre Papiere, die wir gemeinsam im Kamin verbrennen. Und übergeben Sie mir außerdem Ihren Koffer, den ich für Sie vernichte. Es werden bereits neue Papiere für Sie vorbereitet. Ab sofort sind Sie einfach nur Constance Chapelle aus St. Raphaël und für die, die Sie schon kennengelernt haben, meine Cousine.«

»Was jetzt?«, fragte sie. »Werde ich nach England zurückgeschickt?«

»Noch nicht. Das wäre zu gefährlich. Ich kann nicht riskieren, dass Sie gefasst werden. Constance, ich fürchte, in den kommenden Wochen werden Sie die Rolle von gestern Abend weiterspielen müssen und als unser Gast in diesem Haus bleiben. Vielleicht können Sie irgendwann in den Süden, nach St. Raphaël, fahren, von wo aus wir versuchen würden, Sie nach England zurückzubringen. Aber vorerst sitzen Sie, nicht durch Ihre Schuld, hier mit uns in der Falle.«

»London hat dieser Vorgehensweise zugestimmt?«, fragte Connie ungläubig.

»Ihnen ist nichts anderes übriggeblieben.« Édouards Miene wurde sanfter. »Ich kann Ihren Wunsch verstehen, Ihrem Land zu dienen, und Ihre Enttäuschung darüber, dass Sie zur Untätigkeit verdammt sind. Aber glauben Sie mir, es hat seinen

Sinn. Außerdem …«, er zuckte mit den Achseln, »… gibt es andere Möglichkeiten, uns zu helfen. Sie sind eine schöne Frau, die einen ausgesprochen mächtigen Mann sehr beeindruckt hat. Falk ist regelmäßiger Gast in diesem Haus. Man weiß nie, was er Ihnen vielleicht einmal verrät.«

Connie erschauderte.

»Sophia hat ihre Schneiderin informiert, die bald hier sein wird. Sie brauchen eine Garderobe, die einer Frau aus den Familien der Montaines und der de la Martinières angemessen ist. Sophia freut es, eine Gefährtin im Haus zu haben. Aufgrund ihres … Zustands verlässt sie das Haus nur selten. Sie ist einsam, und unsere Mutter fehlt ihr sehr. Sie könnten ihr Gesellschaft leisten«, schlug Édouard vor.

»Ist das Leiden angeboren?«, fragte Connie.

»Bei ihrer Geburt konnte Sophia noch ein wenig sehen, weswegen meine Eltern ihre Schwäche nicht sofort bemerkten. Ihre Sehkraft wurde nach und nach schwächer. Als sie das Ausmaß des Problems erkannten, war es schon zu spät, und die Ärzte konnten ihr nicht mehr helfen. Sophia hat sich mit ihrer Behinderung abgefunden. Sie kann schreiben, Gott sei Dank hat sie das vor ihrer Erblindung gelernt. Ihre Gedichte sind sehr anrührend.«

»Wie alt war sie, als sie das Augenlicht ganz verlor?«

»Sieben. Erstaunlich, wie sehr das ihre anderen Sinne geschärft hat. Sie hat ein ausgezeichnetes Gehör und erkennt die Menschen normalerweise am Schritt. Sophia liest gern; ich lasse gerade Bücher aus dieser und meiner Bibliothek in Gassin in Brailleschrift übertragen. Sie liebt die englischen Romantiker, besonders Byron und Keats. Und sie kann zeichnen. Sie ertastet ihr Motiv und schafft es irgendwie, seine Form und Farbe aufs Papier zu übertragen. Sie ist künstlerisch begabt und das Wertvollste, was ich besitze.«

»Und sehr hübsch«, fügte Connie hinzu.

»Ja. Ist es nicht traurig, dass Sophia sich nicht selbst im Spiegel sehen kann? Männer, die sie kennenlernen, ohne etwas über ihre Behinderung zu wissen … Ich merke, welche Wirkung sie auf sie hat. Sie ist einfach großartig.«

»Ja, das stimmt.«

»Holen Sie jetzt Ihren Koffer und Ihre Papiere«, wies Édouard sie an. »Ich bin unruhig, solange sie sich hier befinden.«

Connie ging nach oben. Zehn Minuten später sah sie, wie ihre Identität in Flammen aufging. Den Inhalt ihres Koffers steckte Édouard in einen Sack. Dann deutete er auf ihre Schuhe.

»Die auch, Constance. Wir wissen beide, was sich im Absatz des einen verbirgt.«

»Aber ich habe nur diese Schuhe.«

»Sie bekommen neue«, versprach er.

Als Connie in Strümpfen in der Bibliothek stand, fühlte sie sich schrecklich wehrlos. Nun hatte sie nichts mehr als die Kleidung, die sie am Leib trug.

Édouard entfernte geschickt die Geldscheine, die im Futter des Koffers eingenäht waren, und reichte sie ihr. »Ein geringer Lohn der Briten und Franzosen für Ihre Mühen. Sophia und ich sorgen für Ihr leibliches Wohl, solange Sie hier sind. Selbstverständlich bekommen Sie nur das Beste. Sophia wartet oben auf Sie, um Sie ihrer Schneiderin vorzustellen. Noch eins …« Édouard verharrte an der Tür. »Es ist unwahrscheinlich, dass jemand versucht, Kontakt mit Ihnen aufzunehmen. Nur wenige Angehörige Ihrer Organisation wissen, dass Sie hier sind. Aber falls Ihr Aufenthaltsort doch bekannt werden sollte, dürfen Sie auf keinen Fall auf Nachrichten antworten. Haben Sie das verstanden?«

»Ja.«

»Sonst wäre das alles hier vergebens, und Sie würden viele Menschen in Gefahr bringen«, erklärte ihr Édouard mit eindringlichem Blick.

»Verstehe.«

»Gut. Gehen Sie jetzt bitte hinauf zu Sophia.«

12

Constance hielt sich nun seit einem Monat bei den de la Martinières auf und war mit eleganter Kleidung, Seidenstrümpfen und weichen Lederschuhen ausgestattet, wie sie sie seit Ausbruch des Krieges nicht mehr gesehen hatte. Connie seufzte über die bittere Ironie ihrer Situaton. Sie lebte wie eine Prinzessin in einem Haushalt, in dem Geld keine Rolle zu spielen schien und sie vom Personal bedient wurde. Doch der Luxus konnte Connie nicht darüber hinwegtäuschen, dass sie letztlich eine Gefangene war. Sie sehnte sich nicht nur nach Lawrence, sondern quälte sich auch mit Gedanken an die tapferen Männer und Frauen, die mit ihr ausgebildet worden waren und sich jetzt in der Not bewähren mussten. Ihr schlechtes Gewissen ließ ihr keine Ruhe. In ihrem goldenen Käfig hatte Connie Angst, den Verstand zu verlieren.

Connies einziger Lichtblick war Sophia, die, durch ihre Blindheit besonders sensibel, sofort am Tonfall merkte, wenn Connie niedergeschlagen war.

Sophia, mit ihren fünfundzwanzig Jahren genauso alt wie Connie, wollte alles über Connies Leben in England erfahren. Aufgrund ihrer Behinderung war sie nie aus Frankreich herausgekommen. An einem heißen Julinachmittag beschrieb Connie ihr das düstere, aber auch schöne Hochmoor von Yorkshire und Blackmoor Hall, das Anwesen von Lawrences Familie.

Ein paar Tage zuvor hatte Connie Sophia an einem milden

Sommerabend bei Sonnenuntergang gestanden, wie sehr ihr Mann ihr fehle. Daraufhin hatte Sophia ihr Fragen über Lawrence gestellt und sie getröstet.

Hinterher hatte Connie überlegt, ob sie zu viel erzählt hatte. Woher sollte sie wissen, ob die de la Martinières sie nicht als potenzielles Tauschobjekt für die Nazis sahen? Doch sie brauchte jemanden, mit dem sie reden konnte.

Und dann war zwei Tage zuvor Oberst Falk von Wehndorf unangemeldet vor der Tür gestanden. Sarah hatte Connie geholt, die mit Sophia in der Bibliothek saß.

»Besuch für Sie, Madame Constance«, hatte Sarah ihr mit einem warnenden Blick mitgeteilt.

Connie hatte genickt und war nervös in den Salon zu Falk gegangen.

»Fräulein Constance! Heute sind Sie noch hübscher als neulich.« Wieder hatte er ihr die Hand geküsst.

»Danke, Oberst, ich ...«

»Den Vornamen, bitte«, war Falk ihr ins Wort gefallen. »Ich bin gerade zum Hauptquartier unterwegs und habe mir gedacht, ich würde gern der charmanten Cousine von Édouard einen Besuch abstatten und mich erkundigen, ob es ihr in Paris gefällt. Es sieht ganz so aus.«

»Es ist jedenfalls eine schöne Abwechslung zu meinem ländlichen Leben im Süden«, hatte Connie steif geantwortet.

»Ich wollte fragen, ob ich Sie später, nach meinem Termin, zum Abendessen und Tanzen in einen Klub einladen darf?«

Connie hatte ein flaues Gefühl im Magen bekommen. »Ich ...«

In dem Moment hatte Édouard, der offenbar von Sarah über das Auftauchen des Offiziers informiert war, den Raum betreten.

»Falk! Was für eine angenehme Überraschung«, hatte er ihn begrüßt und ihm herzlich die Hand geschüttelt.

»Ich habe Ihre Cousine gerade gefragt, ob sie mir später die Freude machen würde, mich zu begleiten«, hatte Falk erklärt.

»Leider sind wir schon bei einer Verwandten in der Nähe von Versailles zum Abendessen eingeladen.« Édouard hatte Connie zugenickt. »Meine Liebe, Sie waren zu lange nicht mehr in Paris. Alle scheinen sich um Sie zu reißen. Aber vielleicht möchten Sie ja Falks freundliche Einladung ein andermal annehmen?«

»Ich fühle mich geehrt, dass Sie mich gefragt haben, Herr Falk.« Connie hatte sich ein Lächeln abgerungen.

»Fräulein, die Ehre ist ganz meinerseits. Dann also ein andermal, Édouard.«

Falk hatte die Hacken zusammengeschlagen und den Arm so ausgestreckt, wie Connie es bis dahin nur aus Wochenschauen kannte. »Heil Hitler! Ich darf mich verabschieden?«

»Sehen wir uns am Samstagabend in der Oper?«, hatte Édouard an der Tür zu Falk gesagt.

»Sie haben eine Loge?«, hatte Falk gefragt, ohne den Blick von Connie zu wenden.

»Ja. Möchten Sie uns Gesellschaft leisten, Herr Falk?«, hatte Édouard ihm angeboten.

»Gern. Bis dann, Fräulein Constance.« Er hatte sich verbeugt und ihre Hand geküsst.

Als er das Haus verlassen hatte, war Connie in einen Sessel gesunken.

»Tut mir leid, Constance, aber unser guter Oberst scheint eine Schwäche für meine schöne Cousine zu haben.« Édouard hatte ihre Hände genommen. »Ich habe die Oper vorgeschlagen, weil Sie dort nicht allein mit ihm sind.«

»Ach, Édouard …« Connie hatte seufzend den Kopf geschüttelt.

»Ich weiß, meine Liebe. Es ist ein schreckliches Spiel. Leider waren wir nicht geistesgegenwärtig genug an dem Abend, an dem Sie Falk kennengelernt haben, einen südfranzösischen Verlobten für Sie zu erfinden. Jetzt ist es zu spät. Sie müssen irgendwie mit der Situation fertigwerden.«

Vor der Oper wimmelte es von gut gekleideten Menschen, darunter hochrangige Deutsche, Vertreter der Vichy-Regierung und des Pariser Großbürgertums. Die französische Miliz stand am Eingang Wache.

Es war ein sehr warmer Juliabend, und Connie fühlte sich in ihrem eng anliegenden smaragdgrünen Kleid wie ein Hühnchen im Ofen. Sie sah hinüber zum Ritz, wo sie sich oft mit ihrer Tante zum Tee getroffen hatte. Nun hingen statt der Trikolore Nazifahnen an den Masten. Connie schloss kurz die Augen, als sie spürte, wie sich ihr der Hals zuschnürte. Obwohl das Leben sich an jenem Abend ganz normal präsentierte, trog der Eindruck – es handelte sich um eine grimmige Parodie der Normalität. Nichts war wie immer.

Während Édouard auf dem Weg zu ihrer Loge Freunde begrüßte, führte Connie Sophia die Freitreppe hinauf.

»Ich freue mich sehr auf diesen Abend«, bemerkte Sophia mit einem strahlenden Lächeln, als Connie sie zu einem bequemen, samtgepolsterten Stuhl brachte. »Trotz Wagner.« Sie rümpfte die Nase. »Leider lieben die Leute, die unser Land regieren, seine Musik. Mir persönlich ist Puccini lieber.«

Falk traf als Nächster in der Loge ein.

»Fräulein Constance.« Er begrüßte sie mit dem üblichen Handkuss. »Das Kleid ist wunderschön. Die französischen Damen werden ihrem Ruf als die elegantesten der Welt gerecht. Davon könnten sich die Frauen in unserem Land ein Beispiel nehmen.«

Er nahm gerade ein Glas Champagner vom Tablett, als die

Tür sich öffnete und Édouard eintrat. Connie starrte seinen Begleiter, das genaue Ebenbild von Falk, an.

Falk verzog spöttisch den Mund, als er Connies Verblüffung bemerkte.

»Nein, Fräulein, Sie sehen nicht doppelt, und Sie haben nicht zu viel Champagner getrunken. Darf ich Ihnen meinen Zwillingsbruder Frederik vorstellen?«

»Madame, erfreut, Ihre Bekanntschaft zu machen.« Frederik reichte Connie die Hand.

Als die Brüder nebeneinanderstanden, fiel Connie auf, dass sie zwar in Statur und Knochenbau identisch waren, Frederiks Augen jedoch im Gegensatz zu denen Falks warm wirkten.

»Und das«, erklärte Édouard, »ist meine Schwester Sophia.«

Als Frederik sich Sophia zuwandte, blieb ihm der Mund offen stehen.

Sophia gab ihm die Hand. »Oberst von Wehndorf, freut mich, Ihre Bekanntschaft zu machen.«

Frederik ergriff sie stumm und hielt sie deutlich zu lange. Am Ende presste Frederik ein »Höchst erfreut, Mademoiselle« hervor. Dann ließ er ihre Hand zögernd los, und auf Sophias Gesicht trat ein seliges Lächeln. Édouard fiel das nicht auf, weil er durch die Ankunft zweier anderer Gäste abgelenkt war, und Falk hatte nur Augen für Connie.

»Wer ist denn der Ältere von Ihnen beiden?«, fragte Connie.

»Leider bin ich der Jüngere«, antwortete Falk. »Ich bin eine Stunde nach meinem großen Bruder zur Welt gekommen. Fast hätte ich es nicht geschafft; vermutlich hat er meiner Mutter alle Kraft geraubt!« Falks Blick verriet Connie, dass die Brüder sich nicht leiden konnten. »Was meinst du, Frederik?«

»Tut mir leid, ich habe nicht gehört, was du gesagt hast, Bruder.« Frederik riss sich widerwillig vom Anblick Sophias los.

»Ach, nichts. Nur dass du mir bei der Geburt zuvorgekommen bist. Wie bei so vielem.« Falk lachte über seine bissige Bemerkung.

»Und das wirst du mir nie verzeihen, stimmt's?« Frederik klopfte seinem Bruder freundschaftlich auf die Schulter.

»Wann sind Sie nach Paris gekommen, Frederik?«, erkundigte sich Sophia. »Es wundert mich, dass wir uns noch nicht begegnet sind.«

»Mein großer Bruder hatte Wichtigeres zu tun, als sich nur um eine Stadt zu kümmern«, mischte Falk sich ein. »Er untersteht direkt der höchsten Führung, ist Intellektueller und uns normal Sterblichen in der Gestapo weit überlegen.«

»Ich bin als Emissär nach Paris geschickt worden«, bestätigte Frederik. »Der Führer ist wegen der in letzter Zeit so erfolgreichen Sabotage der Résistance besorgt.«

»Kurz: Frederik ist hier, weil er glaubt, dass wir von der Gestapo unsere Arbeit nicht gut genug machen.«

»Aber nein, Falk«, unterbrach Frederik ihn verlegen. »Diese Leute sind klug und gut organisiert. Sie schlagen uns immer wieder ein Schnippchen.«

»Bruder, wir haben gerade unseren bislang erfolgreichsten Schlag gegen Résistance und SOE geführt«, erklärte Falk. »Das Scientist-Netzwerk ist zerschlagen und kann vorerst keinen Schaden mehr anrichten.«

»Gratuliere«, sagte Frederik. »Ich bin nur hier, um mir einen Überblick über die Geheimdiensttätigkeit zu verschaffen und festzustellen, wie wir weiterhin Unruhestifter bekämpfen können.«

Als die Lichter ausgingen, nahmen alle Platz. Frederik sicherte sich den Sitz neben Sophia, Connie fand sich zwischen den Brüdern wieder.

»Mögen Sie Wagner, Fräulein Chapelle?«, erkundigte sich Falk, leerte sein Glas und stellte es aufs Tablett zurück.

»Ich weiß nicht viel über diesen Komponisten, freue mich aber, ihn kennenzulernen«, antwortete Connie diplomatisch.

»Ich hoffe, dass Sie, Fräulein Sophia und Édouard uns nach der Oper beim Essen Gesellschaft leisten«, erklärte Falk. »Ich erachte es als meine Pflicht, meinem Bruder die schönsten Seiten von Paris zu zeigen.«

Connie blieb eine Antwort erspart, weil die Ouvertüre zur *Walküre* begann.

Connie, die Wagners Musik immer schon schwülstig gefunden hatte, verbrachte den größten Teil der Zeit damit, diskret das Publikum zu beobachten. Ihr war es peinlich, in der Öffentlichkeit in Gesellschaft des Feindes gesehen zu werden, aber was sollte sie machen? Dem höheren Zweck zuliebe musste sie ihre Abneigung gegen Falk überwinden, als dieser die Hand auf ihr mit Seidenstoff bedecktes Knie legte.

Frederik hingegen, dessen Blick nicht auf die Bühne, sondern auf Sophia gerichtet war, wirkte überglücklich.

Nach der schier endlosen Aufführung nahm Édouard Falks und Frederiks Einladung zum Abendessen in einem Klub an. Draußen wartete eine schwarze Gestapo-Limousine auf sie.

Als Édouard sich zu den Frauen auf den Rücksitz setzen wollte, traf ihn etwas am Nacken.

»*Traître! Traître!*«, kreischte eine Frauenstimme.

Der Chauffeur schloss hastig die Tür, als es faule Eier auf den Wagen hagelte, und fuhr los. Connie hörte Schüsse. Édouard zog seufzend ein Taschentuch hervor und wischte das stinkende Ei, so gut er konnte, von der Schulter seiner schwarzen Smokingjacke.

Auf der anderen Seite klammerte Sophia sich, das Gesicht schreckverzerrt, an ihn.

»Schweine!«, zischte Falk auf dem Vordersitz. »Die Verantwortlichen werden zur Strecke gebracht und von mir persönlich befragt.«

»Kein Problem, Falk«, versicherte Édouard ihm hastig. »Das waren nur Eier, keine Gewehrkugeln. Ein verbitterter Patriot, der noch überzeugt werden muss.«

»Je eher, desto besser«, knurrte Falk.

Während Édouard sich im Klub in die Toilette zurückzog, um sich zu säubern, führte Frederik Sophia die Stufen hinunter. »Sie zittern ja«, stellte er fest.

»Ich kann Gewalttätigkeit nicht ausstehen«, gestand Sophia.

»Wie die meisten von uns«, pflichtete er ihr bei, drückte ihre Hand und geleitete sie zu ihrem Tisch. Als sie sich setzte, legte er die Hände auf ihre Schultern und flüsterte ihr ins Ohr: »Keine Sorge, Mademoiselle Sophia. In meiner Gesellschaft können Sie sich sicher fühlen.«

Beim Tanzen wanderten Falks Hände über Connies Rücken. Jedes Mal, wenn seine Finger ihre nackte Haut berührten, bekam Connie eine Gänsehaut. Diese Finger, das wusste sie von Édouard, zögerten nicht, den Abzug einer Waffe zu betätigen. Sie roch Falks abgestandenen Alkoholatem an ihrer Wange, als er versuchte, sich mit seinen Lippen den ihren zu nähern.

»Constance, Sie spüren bestimmt, wie sehr ich Sie begehre. Bitte sagen Sie Ja«, stöhnte er, die Nase an ihrem Hals.

Connie, die ihn widerlich fand, unterdrückte nur mit Mühe den Impuls, sich ihm zu entwinden. Bei seiner Berührung wäre sie auf jeden Fall zusammengezuckt, egal, welcher Nationalität er angehörte. Sie musterte die anderen Französinnen, die in dem Klub mit Deutschen tanzten, keine so teuer gekleidet wie sie. Ihrem Aussehen nach zu urteilen waren manche von ihnen wenig mehr als gewöhnliche Prostituierte. Aber durfte sie wirklich auf sie herabblicken …?

Auf der anderen Seite der Tanzfläche sah sie Sophia mit Frederik. Sophia schmiegte sich lächelnd in seine Arme und legte den Kopf an seine Brust. Ihrer Körpersprache wohnte eine – Connie suchte nach dem richtigen Wort – *Vertrautheit* inne, eine tiefe innere Verbundenheit, als würden sie sich schon lange kennen.

»Nächste Woche könnte es uns gelingen, den Fängen Ihres wachsamen Cousins zu entkommen«, bemerkte Falk mit einem Blick auf Édouard, der jede ihrer Bewegungen vom Tisch aus beobachtete. »Dann wären wir endlich allein.«

»Vielleicht«, sagte Connie, die sich fragte, wie lange sie diesem Mann, der es gewohnt war, sich zu holen, was er wollte, noch ausweichen konnte. »Entschuldigen Sie mich, ich muss mir kurz die Nase pudern«, sagte sie, als das Musikstück zu Ende war.

Falk verneigte sich und verließ mit ihr die Tanzfläche.

Als Connie von der Toilette zum Tisch zurückkehrte, hörte sie, wie Falk und Édouard miteinander redeten.

»Meinem Freund wäre ein Renoir lieber, aber wenn das nicht geht, mag er auch einen Monet.«

»Ich werde wie immer mein Möglichstes versuchen, Falk. Ach, Constance. Sie wirken müde«, begrüßte Édouard sie, als sie sich zu ihnen an den Tisch setzte.

»Ja, ich bin tatsächlich ein wenig müde«, bestätigte sie.

»Wir brechen auf, sobald es uns gelingt, Sophia und Frederik von der Tanzfläche zu holen«, erklärte Édouard.

»Ja.« Falk nahm grinsend einen großen Schluck Brandy. »Offenbar haben die Männer meiner Familie eine Schwäche für die Frauen der Ihren.«

Ein Wagen der Gestapo setzte sie vor dem Haus in der Rue de Varenne ab. Connie und Sophia schwiegen auf der Heimfahrt;

Édouard bemühte sich vergebens, ein Gespräch in Gang zu bringen. Als Sarah die Tür öffnete, verabschiedete sich Connie mit einem kurzen »Gute Nacht« von den Geschwistern und ging in Richtung Treppe.

»Constance.« Édouard hielt sie auf. »Bitte leisten Sie mir in der Bibliothek noch Gesellschaft bei einem Brandy.«

Das war keine Bitte, sondern ein Befehl. Während Sarah die vor Glück strahlende Sophia hinaufbrachte, folgte Connie Édouard in die Bibliothek.

»Für mich bitte keinen Brandy«, sagte sie, als Édouard sich ein Glas einschenkte.

»Was ist los, meine Liebe? Sie scheinen ziemlich aus der Fassung zu sein. Sind die faulen Eier schuld? Oder Falks Avancen?«

Connie sank in einen Sessel und legte die Finger an die Stirn. Tränen traten ihr in die Augen, und sie schüttelte verzweifelt den Kopf. »Ich weiß nicht, ob ich das ertrage. Ich verrate alles, was mir beigebracht wurde und woran ich glaube. Ich lebe eine Lüge!«

»Constance, bitte beruhigen Sie sich. Ich kann Sie verstehen. Außenstehende würden vermutlich annehmen, dass Sie den Krieg im Luxus verbringen. Doch das, was wir drei erleben – Sie durch Zufall, ich aufgrund meiner Überzeugung und Sophia als meine Schwester –, ist eine Qual für die Seele«, stellte Édouard fest.

»Verzeihen Sie, Édouard, aber Sie wissen wenigstens, *wofür* Sie es tun! Wogegen ich keinerlei Beweis dafür habe, dass das, was Sie sagen, stimmt! Ich bin eine ausgebildete Agentin der britischen Regierung und hier, um die beiden Länder, die ich liebe, zu verteidigen, nicht zum Tanzen und Essen und Plaudern mit deutschen Offizieren! Édouard, dieses ›Verräter‹ heute Abend war das Beschämendste, was ich je gehört habe.«

Connie wischte sich die Tränen ab. »Vielleicht wird die Frau unseretwegen sterben!«

»Möglich«, bestätigte Édouard. »Vielleicht aber auch nicht. Unter Umständen werde ich nach heute Abend in der Lage sein, ein Dutzend Männer und Frauen zu warnen, die sich morgen Abend in einem Safe House nicht weit von hier treffen wollen, und von deren Treffen die Nazis wissen. Und die können dann nicht nur sich selbst, sondern auch die anderen mutigen Menschen retten, die zu Hunderten für das Netzwerk arbeiten.«

Connie sah ihn überrascht an. »Wie das?«

»Sie gehören zu einer Untergruppe des Scientist-Netzwerks, ihre Namen wurden den bei der letzten Verhaftungswelle gefassten Agenten durch Folter entlockt. Während Sie auf der Toilette waren, hat Falk mir das höchstpersönlich mitgeteilt. Er ist sehr stolz auf diesen Coup. Ich kenne ihn gut – nach zu viel Brandy wird er immer redselig. Er ist arrogant und will mir demonstrieren, wie effektiv er seine Arbeit verrichtet. Leider …«, Édouard seufzte, »… ist er tatsächlich ziemlich gut.«

Connie versuchte ihm zu glauben.

»Bitte, Édouard, ich flehe Sie an, sagen Sie mir, für wen Sie tätig sind, damit ich sicher sein kann, mein Land nicht zu verraten.«

»Nein.« Édouard schüttelte den Kopf. »Das geht nicht. Sie müssen mir einfach glauben. Vielleicht wird Ihnen eine andere Quelle früher, als Sie denken, alles bestätigen. Unseren Freund Falk werden wir jedenfalls noch öfter sehen. Wenn er sich mit neuen Festnahmen brüstet, bin ich tatsächlich ein Verräter. Doch wenn das Safe House bei der Razzia der Gestapo leer ist, sage ich vermutlich die Wahrheit, Constance …« Wieder seufzte Édouard, »… Ich kann verstehen, dass es schwer für

Sie ist, diesen Weg weiterzugehen. Aber ich kann Ihnen nur noch einmal versichern, dass wir auf derselben Seite stehen.«

»Wenn Sie mir sagen könnten, für wen Sie arbeiten«, versuchte sie es noch einmal.

»Soll ich damit Ihr Leben und das vieler anderer aufs Spiel setzen?« Édouard schüttelte den Kopf. »Nein, Constance, nicht einmal Sophia kennt die Einzelheiten, und so muss es auch bleiben. Der Einsatz scheint sich zu erhöhen. Ich kenne Falks Bruder Frederik. Er gehört der SS und dem Nachrichtendienst SD an und untersteht direkt der allerhöchsten Führung. Falls er ebenfalls zu einem regelmäßigen Gast in diesem Haus werden sollte, müssen wir noch vorsichtiger sein als bisher.«

»Er scheint hingerissen zu sein von Sophia«, bemerkte Connie. »Leider ist es umgekehrt offenbar genauso.«

»Wie bereits erwähnt, entstammen die Brüder einer preussischen Adelsfamilie. Sie sind gebildet und kultiviert und, wie ich heute Abend beobachten konnte, sehr verschieden. Frederik ist der Intellektuelle, der Denker. Wenn er auf der richtigen Seite stünde, könnte ich ihn glatt mögen.«

Kurzes Schweigen.

»Sophia«, fuhr Édouard schließlich fort, »ist sehr naiv. Sie wurde vor der Welt beschützt, zuerst von unseren Eltern und dann von mir. Sie weiß nicht viel über Männer und die Liebe. Wir können nur hoffen, dass Herr Frederik bald nach Deutschland zurückkehrt. Mir ist nicht entgangen, wie sehr sie sich zueinander hingezogen fühlen.«

»Und was soll ich mit Falk machen?«, fragte Connie. »Édouard, ich bin eine verheiratete Frau!«

Édouard wölbte die Hände um den Brandyschwenker. »Wir haben gerade festgestellt, dass wir manchmal eine Lüge leben müssen. Constance, vielleicht stellen Sie sich einfach folgende Frage: Wenn ich der Kopf des Netzwerks wäre, dem Sie ursprünglich zugewiesen wurden, und ich Ihnen befehlen würde, die Beziehung mit Falk weiter zu pflegen, in der Hoffnung, dass er Ihnen das eine oder andere verrät, was unseren Leuten im Kampf hilft, würden Sie sich dann weigern, mir zu gehorchen?«

Connie wich Édouards Blick aus.

»Nach allem, was wir besprochen haben: nein«, antwortete sie nach kurzem Zögern.

»Sie sollten sich innerlich von Falk distanzieren und jedes Mal, wenn Sie sich am liebsten aus seiner Umarmung lösen würden, daran denken, dass Sie einer Sache dienen, die wichtiger ist als Sie selbst. Ich muss das vierundzwanzig Stunden am Tag tun.«

»Macht es Ihnen denn nichts aus, wenn Ihre Landsleute Sie für einen Verräter halten?«

»Doch, natürlich, Constance. Aber darum geht es nicht. Ich denke an all die Franzosen, die in Gefängnissen gefoltert und misshandelt werden oder sogar sterben. Sie sind mir wichtiger als mein Ruf. Verglichen mit dem ihren ist mein Los ein ziemlich leichtes. Doch jetzt muss ich Sie allein lassen. Auf mich wartet viel Arbeit.«

Er stand auf, bedachte sie mit einem kurzen Lächeln und verließ den Raum.

13

Obwohl Connie sich nicht sicher sein konnte, dass es Édouard gewesen war, der die mutmaßlichen Verräter vor einer drohenden Verhaftung durch die Deutschen gewarnt hatte, bestätigten doch Falk und Frederik einige Tage später beim Abendessen die Geschichte. Falk war außer sich vor Wut, vermutlich auch deshalb, weil sein Bruder seinen Misserfolg hautnah miterlebte. Die Feindseligkeit, die Falk gegenüber Frederik an den Tag legte, war fast mit Händen zu greifen – Geschwisterrivalität in ihrer reinsten Form. Frederik hatte es weiter gebracht als Falk und war diesem auf allen Ebenen überlegen. Connie fragte sich, ob Falks legendäre Brutalität gegenüber Verhafteten durch seine Frustration über das Gefühl genährt wurde, immer nur zweite Wahl zu sein.

»Die Résistance wird von Tag zu Tag dreister«, knurrte Falk, während sie die Suppe aßen. »Erst gestern ist in Le Mans ein deutscher Konvoi angegriffen worden. Die Offiziere wurden ermordet und die Waffen gestohlen.«

»Sie sind in der Tat gut organisiert«, pflichtete Frederik ihm bei.

»Es liegt auf der Hand, dass sie Insiderinformationen erhalten. Die Résistance scheint genau zu wissen, wo und wann sie zuschlagen kann. Wir müssen die Schwachstelle finden, Bruder«, forderte Falk.

»Wenn irgendjemand dazu in der Lage ist, dann du«, erklärte Frederik.

Falk ging an jenem Abend früher, weil er noch etwas im Hauptquartier der Gestapo zu erledigen hatte. Dass sein Ärger über die Résistance ihn beschäftigte und seine Avancen Connie gegenüber deshalb weniger heftig ausfielen als sonst, war nur ein geringer Ausgleich dafür, dass sie sich zwei Stunden lang anhören musste, wie er vorzugehen gedachte. Frederik sagte, er wolle noch ein wenig bleiben, Connie hingegen zog sich in ihr Zimmer zurück, als er mit Édouard und Sophia den Salon aufsuchte. Oben schloss sie, erschöpft von der inneren Anspannung, die das andauernde Täuschungsmanöver mit sich brachte, die Tür hinter sich. Obwohl sie im Zentrum einer Stadt lebte, die momentan im Blickpunkt der Welt stand, hatte sie sich nie einsamer gefühlt. Da die Nazis schon Monate zuvor Radios verboten hatten, als sie feststellten, dass die Alliierten sie für die Kommunikation mit ihren Agenten nutzten, und Connie nur noch die Propagandablätter der Vichy-Regierung lesen konnte, fühlte sie sich von der Welt abgeschnitten. Sie hatte keine Ahnung, wie die Alliierten sich schlugen und ob die erhoffte Invasion, die bei ihrem Abflug nach Frankreich angekündigt worden war, nach wie vor stattfinden sollte.

Édouard weigerte sich, über solche Themen zu sprechen; wenn Connie am Morgen mit Sophia frühstückte, war er oft schon aus dem Haus. Wohin er ging oder wen er traf, wusste sie nicht. Wenn Sektion F von Édouard erfahren hatte, wo sie sich aufhielt, versuchte sie doch sicher, Kontakt mit ihr aufzunehmen, dachte Connie. Und ließ sie, die immerhin eine Ausbildung zum Töten erhalten hatte, nicht untätig hinter dieser Fassade des sinnlosen Luxus warten …

»Ach, Lawrence, ich wünschte, du könntest mir raten, was ich tun soll«, seufzte sie in ihrer Verzweiflung und fragte sich schon zum hundertsten Mal, ob sie ihn je wiedersehen würde.

Ein wenig ruhiger wurde Connie im August, als die Bombenangriffe der Alliierten an Intensität zunahmen. Der Keller war, entsprechend den Bedürfnissen der de la Martinières, mit bequemen Betten, einem Gaskocher zum Kaffeekochen und Gesellschaftsspielen gegen die Langeweile ausgestattet worden. Immerhin, dachte Connie, die ein Buch las, während das Haus über ihnen von Angriffen erschüttert wurde, ließen die schrecklichen Geräusche der Zerstörung darauf schließen, dass die ersehnte Invasion unmittelbar bevorstand. Ihr konnte sie nicht schnell genug kommen, denn sie würde sie auf die eine oder andere Weise aus dem surrealen Szenario erlösen, in dem sie sich befand.

Der August war, wie immer in Paris, unangenehm schwül. Nur selten wehte ein kühles Lüftchen. Connie, die sich inzwischen mit Sophia angefreundet hatte, verbrachte die Nachmittage mit ihr im Garten. Wie Édouard richtig festgestellt hatte, besaß Sophia bemerkenswerte künstlerische Fähigkeiten. Connie gab ihr eine Blume oder eine Frucht, die Sophia eine Weile mit ihren schmalen Fingern erforschte. Gleichzeitig beschrieb Connie ihr Form und Farbe des Objekts. Dann griff Sophia zu Holzkohlestift und Skizzenblock, und eine halbe Stunde später war auf dem Papier eine Zitrone oder ein wohlgeformter Pfirsich zu sehen.

»Wie ist es geworden?«, fragte Sophia dann. »Habe ich Form und Struktur richtig getroffen?«

Connies Antwort lautete stets: »Ja, Sophia, das hast du.«

An einem besonders schwülen Augustnachmittag, an dem Connie das Gefühl hatte, den Verstand zu verlieren, wenn die dicken, dunklen Wolken über ihnen sich nicht endlich entluden, wirkte Sophia gereizt.

»Was ist los?«, fragte Connie und fächelte sich mit einem Buch Luft zu.

»Ich habe das Gefühl, schon seit Wochen die gleichen Früchte zu zeichnen. Fallen dir denn keine anderen ein? In unserem Château in Gassin haben wir einen Obstgarten mit unterschiedlichen Sorten, aber leider weiß ich nicht mehr welche.«

Connie, die ihr alle ihr bekannten Früchte beschrieben hatte, nickte. »Ich werde darüber nachdenken«, versprach sie erleichtert, als sie die ersten kühlen Regentropfen auf der Haut spürte. »Ein Gewitter zieht auf. Gehen wir hinein.«

Nachdem Connie Sophia im Haus Sarah übergeben hatte, damit Sophia sich umziehen konnte, suchte Connie die Bibliothek auf. Dort lauschte sie vom Fenster aus eine Weile dem Donner, froh darüber, dass dieses Geräusch natürlichen Ursprungs war und nicht von Flugzeugen stammte, die von der baldigen Zerstörung kündeten. Während das Gewitter sich austobte, suchte Connie die Regale von Édouards Bibliothek nach Anregungen für Sophia ab.

Da betrat Édouard mit ungewohnt angespannter Miene den Raum.

»Constance.« Er begrüßte sie mit einem müden Lächeln. »Kann ich Ihnen helfen?«

»Ich suche nach einem Buch mit Abbildungen von Früchten. Ihre Schwester ist es leid, immer nur Orangen und Zitronen zu zeichnen.«

»Ich glaube, da kann ich Ihnen helfen … das Buch habe ich erst vor ein paar Wochen erworben.« Er zog einen dünnen Band aus einem Regal. »Hier.«

Connie bedankte sich. »*Die Herkunft französischer Obstsorten,* Band zwei«, las sie laut vor.

»Darin müssten ausreichend Anregungen enthalten sein. Allerdings bezweifle ich, dass sich in Paris gegenwärtig viele der beschriebenen Früchte finden lassen.«

Connie blätterte in dem Buch, in dem das Obst in Wort und Bild beschrieben war. »Beeindruckend«, lautete ihr Kommentar.

»Ja, und sehr alt. Das Buch wurde im achtzehnten Jahrhundert gedruckt. Mein Vater hat den ersten Band für die Bibliothek in unserem Château in Gassin erworben. Zufällig hat ein befreundeter Händler vor ein paar Wochen den zweiten Band hier in Paris entdeckt. Zusammen sind sie ausgesprochen wertvoll. Nicht dass ich Bücher aus diesem Grund sammeln würde – ich liebe sie um ihrer Schönheit willen.«

»Dieses ist tatsächlich wunderschön«, pflichtete Connie ihm bei und ließ die Finger über den feinen grünen Leineneinband gleiten. »Über zweihundert Jahre alt und fast unberührt.«

»Den Band werde ich bei meinem nächsten Besuch in unser Château mitnehmen«, erklärte Édouard. »Zusammen bilden sie das perfekte Nachschlagewerk für unseren dortigen Obstgarten. Sie können das Buch jederzeit benutzen. Ich weiß, dass Sie sorgsam damit umgehen. Wenn Sie mich jetzt entschuldigen würden, Constance, ich muss noch etliches erledigen.«

Als der August in den September überging, fiel Connie auf, dass Sophia oft geistesabwesend war. Normalerweise lauschte sie aufmerksam, wenn Connie ihr etwas vorlas, und bat diese, Sätze, die sie beim ersten Mal nicht verstand, zu wiederholen; doch jetzt schien sie mit den Gedanken anderswo zu sein. Beim Zeichnen stellte Connie den gleichen Mangel an Konzentration fest. Sophias Stift verharrte über dem leeren Blatt Papier, nachdem Connie ihr ausführlich eine Damaszenerpflaume beschrieben hatte.

Dafür machte sie nun Notizen in ein kleines, ledergebundenes Buch. Connie beobachtete fasziniert, wie Sophias Hände die Größe der Seite und die Position des Stifts zu bestimmen versuchten. Doch wenn Connie fragte, ob sie das, was sie geschrieben hatte, lesen dürfe, sagte Sophia nein.

Eines Septembernachmittags in der Bibliothek, in der aufgrund der ungewöhnlich kühlen Temperatur das erste Kaminfeuer der Saison brannte, sagte Sophia unvermittelt mit verträumtem Gesichtsausdruck: »Constance, du kannst so gut Dinge beschreiben. Kannst du mir auch erklären, wie sich Liebe anfühlt?«

Connie, die gerade die Teetasse an den Mund führen wollte, hielt in der Bewegung inne.

Sie nahm einen Schluck und stellte sie ab. »Das ist schwierig. Ich glaube, das Gefühl ist für jeden Menschen anders.«

»Dann beschreib mir, wie es sich für *dich* anfühlt«, bat Sophia sie.

»Oje.« Connie überlegte. »Lawrence hat für mich die Welt erhellt. Noch der trübste Tag war in seiner Gesellschaft voller Sonne, ein ganz normaler Spaziergang übers Moor verwandelte sich in etwas Magisches, wenn er an meiner Seite war.« Als Connie an die ersten Tage ihrer Liebe dachte, schnürte sich ihr die Kehle zu. »Ich habe mich nach seiner Berührung gesehnt, die ich gleichzeitig erregend und beruhigend fand. Er gab mir das Gefühl, etwas ganz Besonderes zu sein, und Sicherheit, als müsste ich vor nichts mehr Angst haben. Die Stunden, die wir nicht zusammen waren, erschienen mir endlos. Und in seiner Gesellschaft vergingen sie in Windeseile. Er hat mich zum Leben erweckt, Sophia, ich … Entschuldige.« Connie wischte sich mit einem Taschentuch die Tränen ab.

»Ach, Constance.« Sophias Hände waren ineinander verschlungen, und auch ihre Augen wurden feucht. »Darf ich dir etwas sagen?«

»Natürlich«, antwortete Connie, die versuchte, sich zusammenzureißen.

»Du beschreibst diese Gefühle so anschaulich. Jetzt weiß ich sicher, dass es Liebe ist. Constance, bitte, ich muss mich jemandem anvertrauen, sonst verliere ich noch den Verstand! Aber bitte verrate meinem Bruder nichts! Versprichst du mir das?«

»Wenn du mich darum bittest.« Connie ahnte, was Sophia ihr gestehen wollte.

Sophia holte tief Luft. »Seit ein paar Wochen weiß ich, dass ich Frederik von Wehndorf liebe. Und er erwidert meine Liebe! Jetzt ist es heraus, Gott sei Dank.« Sophia lachte erleichtert; ihre Wangen röteten sich.

»Sophia …«

»Ich weiß, was du sagen wirst, Constance. Dass es unmöglich ist, dass unsere Liebe nicht sein darf. Ich habe mich wirklich dagegen gewehrt, mir immer wieder klargemacht, dass wir nicht zusammen sein können, aber mein Herz will einfach nicht hören. Frederik geht es genauso. Wir können uns nicht gegen unsere Gefühle wehren und nicht ohne einander leben.«

Connie sah Sophia entsetzt an. »Trotzdem muss dir klar sein, dass jede Beziehung mit ihm jetzt und in Zukunft unmöglich ist. Sophia, Frederick ist ein hochrangiger Nazioffizier. Wenn der Krieg im Lauf des nächsten Jahres ein Ende findet und die Alliierten siegen, wird Frederik mit ziemlicher Sicherheit festgenommen, möglicherweise sogar zum Tod verurteilt.«

»Und wenn die Deutschen siegen?«

»Das tun sie nicht. Egal, wie dieser unselige Krieg ausgeht, zwei Menschen der gegnerischen Parteien können danach nicht zusammenleben. Das wäre undenkbar.«

»Das wissen wir. Aber Frederik hat schon Pläne für die Zeit nach dem Krieg.«

»Ihr plant ernsthaft eine gemeinsame Zukunft?« Connies Kiefer verkrampfte sich. »Aber wie? Und wo?«

»Constance, wer gezwungen ist, einem Diktator beim Aufbau eines Regimes zu helfen, glaubt nicht notwendigerweise daran.«

Connie schüttelte verzweifelt den Kopf. »Sophia, heißt das, Frederik hat dir eingeredet, dass er eigentlich nicht an die Sache der Nazis glaubt? Der Mann ist mitverantwortlich für das Leid, das unsere Länder gegenwärtig erdulden müssen. Von deinem Bruder weiß ich, dass Frederik der SS, dieser fürchterlichen Elitetruppe angehört. Er …«

»Frederik lebt genau wie wir eine Lüge!«, fiel Sophia ihr ins Wort. »Er ist ein gebildeter, kultivierter Mann und gläubiger Christ. Er hängt nicht der Ideologie seines Führers an. Aber was soll er machen?« Sophia seufzte. »Wenn er das offen sagen würde, wäre er schon längst nicht mehr am Leben.«

Arme, verblendete Sophia! Die Frau war nicht nur im physischen Sinn blind …

»Ich kann fast nicht glauben, was du mir erzählst. Und du solltest auch nicht so gutgläubig sein. Begreifst du denn nicht, was dieser Mann zu tun versucht? Er benutzt dich, Sophia. Im schlimmsten Fall hegt er einen Verdacht gegen Édouard und will ihn mit deiner Hilfe überführen!«

»Du täuschst dich, Constance!«, widersprach Sophia. »Du kennst Frederik nicht, du weißt nicht, worüber wir uns unterhalten, wenn wir allein sind. Er ist ein guter Mensch und ich vertraue ihm! Wenn der Krieg vorbei ist, gehen wir von hier weg.«

»Sophia, es wird keinen Ort geben, an dem Frederik sich verbergen kann.« Am liebsten hätte Connie sie ob ihrer Naivität laut angeschrien. »Sie werden ihn bis ans Ende der Welt verfolgen und ihn für seine Verbrechen zur Rechenschaft ziehen.«

»Wir werden einen Ort finden, an dem wir zusammen sein können.«

Mit ihrem Schmollmund erinnerte Sophia Connie an ein verwöhntes Kind. Sophias Plan war so abwegig, dass Connie nicht wusste, ob sie laut lachen oder vor Wut schreien sollte. Sie versuchte es mit einem anderen Ansatz.

»Sophia«, sagte sie sanft, »ich verstehe, dass du starke Gefühle für Frederik hegst. Aber wie du selbst schon gesagt hast, ist es die erste Liebe für dich. Vielleicht siehst du in ein paar Wochen klarer. Möglicherweise ist es nur eine Schwärmerei …«

»Bitte nicht in diesem gönnerhaften Tonfall, Constance. Ich mag blind sein, aber ich bin eine erwachsene Frau und kenne meine Gefühle. Frederik muss für ein paar Wochen nach Deutschland, doch er ist bald wieder bei mir. Bitte ruf Sarah, damit sie mich nach oben bringt«, wies sie Connie in herrischem Tonfall an. »Ich bin müde und möchte mich ausruhen.«

Als Connie den Raum verließ, wurde ihr zum ersten Mal bewusst, dass sich hinter Sophias sanftem, verletzlichem Äußeren eine Frau verbarg, die bisher immer bekommen hatte, was sie wollte.

14

In den folgenden Tagen grübelte Connie viele Stunden, ob sie Édouard von Sophias Eröffnung erzählen sollte. Wenn sie das tat, verriet sie die einzige Freundin, die sie im Moment hatte. Sagte sie jedoch nichts, brachte sie möglicherweise Édouard, Sophia und sich selbst in Gefahr.

Nach ihrem Geständnis ging Sophia zu Connie auf Distanz, weswegen diese sich angewöhnte, an den Nachmittagen einen kleinen Spaziergang über die Pont de la Concorde zu den Tuilerien zu machen, um der klaustrophobischen Atmosphäre des Hauses wenigstens zeitweilig zu entrinnen. Auf dem Rückweg von einem dieser Spaziergänge kam ihr beim Überqueren der Brücke eine vertraute Gestalt auf dem Fahrrad entgegen. Connie blieb vor Schreck stehen, als sie die grünen Augen erkannte, doch die Frau fuhr weiter.

Venetia …

Connie verkniff es sich, sich nach ihr umzudrehen, und ging weiter zum Haus der de la Martinières. Venetias Erscheinungsbild hatte sich grundlegend verändert. Ihre langen schwarzen Haare waren nun zu einem Bob geschnitten, und ihre Kleidung wirkte anders als früher, als Venetia gern im Mittelpunkt gestanden hatte, nämlich unauffällig.

Am folgenden Tag machte Connie ihren Spaziergang zur gleichen Uhrzeit und setzte sich auf eine Bank, um sich am prächtig bunten Herbstlaub zu erfreuen. Vielleicht wohnte Venetia in der Nähe … Connie sehnte sich danach, sie aus der

Nähe zu sehen, jemanden zu umarmen, den sie aus der Vergangenheit kannte.

Eine Woche lang wiederholte sie den Spaziergang jeden Tag um die gleiche Zeit, ohne Venetia noch einmal zu begegnen.

Inzwischen kam Frederik weit häufiger zu den de la Martinières als Falk. Wenn er unangemeldet klopfte, schien Sophia, die ihn mit unverhohlener Freude an der Tür zum Salon empfing, nie überrascht zu sein. Connie konnte nur hoffen, dass Édouard mitbekam, was sich da vor seiner Nase abspielte, aber er war häufig nicht da, und wenn, wirkte er müde und geistesabwesend. Connie behielt ihre Befürchtungen für sich und gesellte sich so oft wie möglich zu den Liebenden im Salon. Sophia gab ihr dann ziemlich deutlich zu verstehen, dass sie nicht willkommen war, und so zog Connie sich nach fünfzehn Minuten bemühter Konversation zurück.

Zum Glück hatte sie in Sarah, der Frau, die sich seit Sophias Geburt um diese kümmerte und fast wie eine zweite Mutter für sie war, eine Verbündete. Oft trat Sarah, wenn Connie vor der Salontür stand, zu ihr.

»Bitte, Madame, haben Sie Vertrauen. Ich sorge schon dafür, dass Mademoiselle Sophia nichts geschieht.«

Dann zog Connie sich dankbar von ihrem Wachposten zurück.

Obwohl sich am Alltag des Hauses nichts änderte, beschleunigte sich der Puls des Lebens darin. An einem Tag war Édouard erst in den frühen Morgenstunden heimgekehrt und leistete Connie beim Frühstück im Esszimmer Gesellschaft.

»Ich muss in den Süden, etwas erledigen«, verkündete Édouard müde, als sie mit dem Frühstück fertig waren, stand auf, ging zur Tür und blieb dort stehen. »Falls jemand nach mir fragen sollte: Ich bin in unserem Château und komme am Donnerstag zurück. Constance, bitte haben Sie ein Auge auf meine Schwester, wenn unerwartet Gäste kommen.« Damit verabschiedete er sich.

Ein weiterer langer Tag lag vor Connie. Da Sophia noch nicht auf war, nahm sie in der Bibliothek einen Band von Jane Austen aus dem Regal – Bücher wurden immer mehr zu ihrer einzigen Fluchtmöglichkeit, und sie ging ganz in den Figuren auf, über die sie las. Als sie die Bibliothek vor dem Mittagessen verließ, um sich frisch zu machen, entdeckte Connie einen Brief auf dem Fußabstreifer. Sie hob ihn auf und stellte zu ihrer Überraschung fest, dass er an sie gerichtet war.

Sie eilte die Treppe hinauf in ihr Zimmer, schloss die Tür hinter sich und riss das Kuvert auf.

Liebe Constance,
wie ich höre, hältst Du Dich gegenwärtig in Paris auf. Zufällig bin ich auch hier. Deine Tante, eine alte Bekannte meiner Familie, hat mich gebeten, mich nach Deinem Wohlergehen zu erkundigen. Ich logiere im Ritz; es wäre mir ein Vergnügen, Dich heute Nachmittag um drei Uhr im dortigen Salon zu treffen. Ich freue mich schon darauf, mit Dir über unsere gemeinsame Schulzeit zu plaudern.
V.

Venetia.

Connie drückte den Brief in einer Mischung aus Sehnsucht nach Venetia und Gewissensbissen wegen ihres Versprechens Édouard gegenüber an die Brust.

Das Mittagessen nahm sie allein ein, weil Sophia angeblicher Kopfschmerzen wegen in ihrem Zimmer blieb.

Anschließend kleidete Connie sich zum Ausgehen an und

sank dann wieder aufs Bett, von wo aus sie zusah, wie die Zeiger der Uhr auf halb drei vorrückten. Schließlich setzte sie ihren Hut auf, steckte die Nadeln hinein und verließ das Haus.

Fünfzehn Minuten später betrat sie das Ritz und schritt zielsicher auf den *salon de thé* zu, in dem sie schon oft gewesen war. In dem Raum wimmelte es von angeregt plaudernden, teuer gekleideten Frauen. Zum Glück waren nirgends deutsche Uniformen zu sehen. Zehn Minuten vergingen, in denen Connie eingehend die Speisekarte studierte. Vielleicht war es eine Falle, vielleicht wurde sie beobachtet, vielleicht zeugte Édouards Anspannung davon, dass etwas im Gang war, vielleicht hatten sie ihn verhaftet, und sie war die Nächste …

»Schätzchen! Du bist hübscher denn je!«

Venetia trug Pelz und dickes Make-up und war nicht mehr als die Frau wiederzuerkennen, die drei Wochen zuvor auf der Brücke an ihr vorbeigeradelt war.

Als Venetia Connie zur Begrüßung umarmte, flüsterte sie ihr ins Ohr: »Nenn mich Isobel, ich wohne in St. Raphaël, ganz bei dir in der Nähe.« Dann löste sie sich von ihr und setzte sich neben Connie. »Wie gefallen dir meine Haare?«, fragte sie. »Hab sie mir vor Kurzem schneiden lassen. Wird allmählich Zeit, erwachsen zu werden!«

»Der Schnitt steht dir gut … Isobel«, antwortete Connie.

»Wollen wir bestellen? Ich war den ganzen Vormittag beim Einkaufen und habe einen Bärenhunger. Zur Feier des Wiedersehens vielleicht ein Gläschen Champagner?«

»Natürlich«, sagte Connie und winkte einen Kellner heran. Als sie bestellte, fiel ihr auf, dass Venetia den Kopf gesenkt hielt, während sie in ihrer Handtasche nach Zigaretten kramte, die sie erst herausnahm, nachdem der Kellner sich entfernt hatte.

»Zigarette?« Sie bot Connie eine Gauloise an.

»Danke.«

»Wie gefällt's dir in Paris?«, fragte Venetia, zündete die Zigarette für Connie an und nahm einen langen Zug an der ihren.

»Sehr gut, danke. Und dir?«

»Das Leben hier ist jedenfalls deutlich hektischer als das im Süden, stimmt's?«

Als der Champagner serviert wurde, trank Venetia sehr undamenhaft sofort das halbe Glas. Connie fiel auf, dass ihre Hand mit der Zigarette zitterte. Als Venetia schließlich Pelzjacke und Hut ablegte, bemerkte Connie ihre hervorstehenden Schulterblätter unter der Bluse, ihr ausgezehrtes Gesicht und die dunklen Ringe unter den Augen, die das Make-up nicht verbergen konnte. Venetia wirkte zehn Jahre älter als bei ihrer letzten Begegnung.

Die folgende halbe Stunde verbrachten sie mit einer absurden Unterhaltung über Connies Tante in St. Raphaël und imaginäre Schulfreundinnen, an die sie sich beide »erinnerten«. Als der Tee serviert wurde, stürzte Venetia sich auf die winzigen Sandwiches und Gebäckstücke, als hätte sie seit Wochen nichts gegessen. Connie lehnte sich mit schlechtem Gewissen zurück und beobachtete, wie Venetias Augen, durch den schweren Pony halb verdeckt, nervös hin und her huschten.

»Köstlich«, schwärmte Venetia. »Ich habe noch einen Termin bei meiner Schneiderin in der Rue de Cambon. Möchtest du mich begleiten? Unterwegs könnten wir weiter in Erinnerungen schwelgen.«

»Gern«, antwortete Connie.

»Wir treffen uns im Foyer. Während du die Rechnung kommen lässt, pudere ich mir die Nase.«

Venetia entfernte sich, und Connie winkte den Kellner heran. Nachdem sie den größten Teil des Geldes von Sektion F für den Champagner und das Gebäck hingeblättert hatte, ging Connie ins Foyer, um dort auf Venetia zu warten. Als sie schließlich erschien, hakte sie sich bei Connie unter, und sie machten sich in Richtung Rue de Cambon auf den Weg.

»Gott sei Dank!«, seufzte Venetia draußen. »Endlich können wir reden. Da drinnen wollte ich das Risiko nicht eingehen. Man kann nie wissen, ob man beobachtet oder belauscht wird. In dieser Stadt haben die Wände tatsächlich Ohren. Das Essen hat mir gutgetan«, fügte sie hinzu. »War die erste richtige Mahlzeit seit Tagen. Wo, um Himmels willen, hast du gesteckt, Connie? Von James weiß ich, dass du mit ihm in der Lizzy nach Frankreich gekommen bist. Und dann hast du dich einfach in Luft aufgelöst!«

»Du hast James gesehen?«, fragte Connie, die sich freute, einen bekannten Namen zu hören.

»Ja, aber vor ein paar Tagen habe ich erfahren, dass er nicht mehr unter uns weilt, der Arme«, antwortete Venetia. »Lang hat er nicht durchgehalten. Tja, das ist nichts Ungewöhnliches.« Sie lachte grimmig.

»Er ist tot?«, flüsterte Connie entsetzt.

»Ja. Bitte verrat mir jetzt, wo du dich versteckt hältst. Und was machst du in dem riesigen Haus in der Rue de Varenne?«

»Venetia, ich …« Connie seufzte, noch ziemlich erschüttert über James' Tod. »Das ist eine lange Geschichte, die ich dir nicht erzählen kann. Ich verstehe sie selbst nicht ganz.«

»Sehr befriedigend ist das nicht, aber wahrscheinlich muss ich es so akzeptieren. Hast du am Ende die Seiten gewechselt? Ein Freund von mir ist dir von den Tuilerien aus nach Hause gefolgt; er sagt, er hätte kurz nach dir einen Nazioffizier hineingehen sehen.«

»Venetia, bitte. Ich kann es dir wirklich nicht erklären.«

»Gehörst du noch zu uns oder nicht? Die Frage dürfte doch eindeutig zu beantworten sein, oder?«, drang Venetia weiter in sie.

»Natürlich! Am Abend meiner Ankunft in Paris ist etwas geschehen, das zu meiner … gegenwärtigen Situation geführt hat. Gerade du, Venetia, müsstest verstehen, dass ich nicht darüber reden darf. Wenn der Mann, der mich an dem Abend gerettet hat, wüsste, dass ich hier bin, würde er das als Verrat interpretieren.«

»Ach was«, murmelte Venetia. »Kontakt mit einer alten Freundin der Familie aufzunehmen ist wohl kaum Verrat.« Venetia zog sie über die Straße, nicht ohne dabei nach rechts und links zu schauen. »Con, ich brauche deine Hilfe. Du weißt bestimmt, dass das Scientist-Netzwerk zerschlagen ist. Im Moment bin ich die einzige übrige Funkerin. Ich darf mich nie zu lange an einem Ort aufhalten, damit die Deutschen meine Signale nicht orten. Vor zwei oder drei Tagen hätten sie mich fast erwischt. Sie haben die Wohnung entdeckt, aus der ich nach einem Tipp zwanzig Minuten zuvor verschwunden war. Mein Funkgerät befindet sich im Moment in einem anderen Safe House, sicher ist es dort nicht. Ich muss einen Ort finden, von dem aus ich dringende Nachrichten nach London und an andere Agenten hier senden kann. Morgen Abend geschehen wichtige Dinge, ich muss die Funksprüche absetzen. Con, weißt du, von wo aus das möglich ist?«

»Sorry, Venetia. Ich kann dir das jetzt nicht erklären, aber im Moment sitze ich in der Falle. Ich habe Anweisung, mit niemandem zu sprechen, der meine Verbindung zu meinem Helfer zurückverfolgen könnte.«

»Gütiger Himmel, Con!«, rief Venetia aus und blieb abrupt stehen. »Du bist als britische Agentin hier! Es ist mir scheißegal, wer dieser ›Helfer‹, über den du nicht reden darfst, ist, oder wie der Mann dein Hirn vernebelt hat. Aber wenn uns das morgen Abend gelingt, bleibt Tausenden von Franzosen das Schicksal erspart, in deutschen Fabriken als Zwangsarbeiter zu schuften. Wir brauchen deine Hilfe! Du kennst sicher einen Ort, an den ich kann«, sagte sie verzweifelt. »Ich *muss* die Nachrichten heute Abend senden.«

Venetia hakte sich zögernd wieder bei Connie unter, und sie gingen schweigend weiter.

Connie kam sich vor, als wäre sie in einem Spinnennetz gefangen, dessen fein gewobene Fäden aus Wahrheiten, Lügen und Täuschungen überall- und nirgendwohin führten. Sie befand sich in einer moralischen Zwickmühle, weil sie nicht mehr wusste, wo ihre Loyalität lag oder wem sie vertrauen sollte.

Das Treffen mit Venetia holte sie zurück zu der Aufgabe, derentwegen sie nach Frankreich geschickt worden war. Und Venetias Hunger und ihre Verzweiflung verstärkten ihre Schuldgefühle und ihre Verwirrung.

»Du könntest in das Haus in der Rue de Varenne kommen, aber das ist nicht sicher«, erklärte Connie. »Wie du weißt, verkehren dort viele Deutsche.«

»Das wäre mir egal«, sagte Venetia. »Oft merken die Schweine nicht, was sich direkt vor ihrer Nase abspielt.«

»Venetia, das ist zu riskant. Und einen anderen Ort kenne ich nicht.«

Insgeheim überlegte Connie, dass Édouard am Abend nicht da wäre und dass eine separate Tür vom Garten in den Keller führte. Die hatte sie im Sommer bei Luftangriffen genutzt, wenn sie draußen gewesen war. Aber was, wenn es am Abend einen Luftangriff gab? Was, wenn jemand Venetia beobachtete, wie sie das Haus betrat oder verließ? Was, wenn einer der Wehndorf-Zwillinge unangemeldet auftauchte, ausgerechnet während Venetia aus dem Keller funkte?

»Con, ich bin mit meinem Latein am Ende. Ich habe keine Kraft mehr, mir Sorgen zu machen«, stellte Venetia seufzend fest. »In Paris existieren im Moment praktisch keine Safe Houses. Es müssen erst wieder welche gefunden werden. Niemand rechnet damit, dass eine britische Agentin vom Keller eines Hauses aus funkt, in dem bekanntermaßen Deutsche ein und aus gehen.« Venetia sah Connie an. »Bist du dir absolut sicher, dass du nicht übergelaufen bist?« Plötzlich musste sie lachen. »Na ja, wenn, bin ich sowieso so gut wie tot.«

Venetia forderte einen Beweis ihrer Loyalität. Connie fügte sich seufzend in das Unvermeidliche. Sie musste ihrer Freundin und ihrem Land beistehen, egal, was das für Folgen hatte.

»Also gut, ich helfe dir.«

Als Connie nach Hause kam, erklärte sie Sarah, sie habe beim letzten Luftangriff ein Buch im Keller vergessen. Sie schloss die Kellertür auf, die über Stufen zum Garten führte, und kehrte in den Salon zu Sophia zurück.

Als Sophia lächelnd ihre feingliedrigen Finger über eine Brailleversion von Byrons Gedichten gleiten ließ, hielt es Connie nicht länger in ihrem Sessel. Um halb sieben Uhr erklärte sie ihr, sie habe Kopfschmerzen und werde das Abendessen in ihrem Zimmer einnehmen.

Um acht Uhr ging sie wieder nach unten, um Sarah mitzuteilen, dass für den Abend keine Gäste erwartet würden und sie nicht mehr gebraucht werde. Sophia befand sich bereits in ihrem Zimmer. Connie lief unruhig in dem ihren auf und ab. Venetia hielt sich mit ziemlicher Sicherheit schon im Keller auf.

Von Gewissensbissen der armen Sophia gegenüber geplagt, die nicht ahnte, dass die Frau, die ihre Familie bei sich beherbergte, sie in Gefahr brachte, wartete Connie die folgende Stunde in schrecklicher Anspannung.

Um zehn Uhr schlich Connie hinunter. Sie wollte gerade

zum Keller, um sich zu vergewissern, dass Venetia weg war, als sie leises Klopfen an der Haustür hörte.

Connies Herz setzte einen Schlag aus, als sie die Tür zum Eingangsbereich aufmachte und sah, dass die Haustür bereits von Sophia geöffnet worden war, die es irgendwie geschafft hatte, allein die Treppe herunterzukommen. Auf der Schwelle stand Frederik, die Arme um Sophia geschlungen. Connie wich in den Schatten zurück und überlegte, was sie tun sollte. Ihr war klar, dass die beiden dieses Treffen geplant hatten, denn zehn Uhr abends war keine übliche Besuchszeit, am allerwenigsten für einen Gentleman, der eine Dame allein aufsuchte. Connie fragte sich, ob sie sich größere Sorgen um Sophias Tugend oder darüber machen sollte, dass sich möglicherweise gleichzeitig eine britische Agentin und ein führender Nazioffizier im Haus aufhielten.

Am Ende gelangte Connie zu dem Schluss, dass es das Beste war, die beiden nicht zu stören. In Sophias Gesellschaft war Frederik beschäftigt.

Nachdem sie sie im Salon hatte verschwinden sehen, hastete Connie in ihr Zimmer. Kerzengerade in einem Ohrensessel am Fenster sitzend wünschte sie sich nichts sehnlicher, als dass die Nacht vorüber wäre und der Morgen anbrechen würde.

Doch dann ermahnte sie sich: Wie konnte sie so egoistisch sein? Venetia und die anderen Agenten setzten sich tagtäglich schrecklichen Gefahren aus. Eine Nacht der geistigen Qual konnte sich damit wohl kaum messen.

Schließlich vernahm Connie Schritte im Flur und das Knarren von Stufen. Als eine der oberen Türen mit einem Klicken ins Schloss fiel, atmete Connie erleichtert auf, weil sie wusste, dass Frederik das Haus verlassen hatte und Sophia ins Bett gegangen war. Connie wunderte sich zwar, dass sie die

Haustüre nicht gehört hatte, aber vermutlich war er hinausgeschlichen.

Die Anspannung fiel von ihr ab, und sie legte sich erschöpft ins Bett, wo sie sofort einschlief – und nicht mitbekam, wie die Haustür leise geschlossen wurde, als über Paris die Sonne aufging.

15

Blackmoor Hall, Yorkshire, 1999

Dicke Schneeflocken fielen vom Himmel, als Sebastian den Taxifahrer bezahlte und Emilies Koffer aus dem Wagen nahm. Blackmoor Hall präsentierte sich Emilie als bedrohlich dunkles gotisches Herrenhaus aus rotem Ziegel. Ein Wasserspeier aus Stein, auf dessen Kopf eine Haube aus Schnee saß und dessen Mund von Wind und Wetter zerfressen war, grinste sie zahnlos vom Bogen über dem Eingang aus an.

Die Umgebung des Hauses ließ sich unmöglich beurteilen; momentan hätte Emilie sich genausogut in Sibirien befinden können. So weit das Auge reichte, sah sie nur weiße, kalte Leere. Sie schauderte unwillkürlich.

»Gerade noch geschafft«, sagte Sebastian. »Hoffentlich kommt der Fahrer gut nach Hause«, fügte er mit einem Blick auf das Taxi hinzu, das sich durch den höher werdenden Schnee zurückkämpftc. »Morgen ist die Straße vielleicht schon unpassierbar.«

»Du meinst, wir könnten eingeschneit werden?«, fragte Emilie, als sie durch den Schnee, der ihr fast bis zum Knie reichte, zur Haustür stapften.

»Ja. Das ist hier fast jeden Winter so. Zum Glück haben wir einen Land Rover und einen Nachbarn mit Traktor.«

»Wenn es in den französischen Alpen schneit, sind die Straßen trotzdem frei«, erklärte Emilie an der Tür.

»Willkommen in England, französische Prinzessin, wo jeder unerwartete Wetterwechsel das Leben zum Stillstand bringen kann«, sagte er schmunzelnd. »Und willkommen in meiner bescheidenen Hütte.«

Sebastian öffnete die Haustür, und sie betraten den Eingangsbereich, der sich nicht deutlicher von dem grellen Weiß draußen hätte unterscheiden können. Alles war in dunklem Holz gehalten: die holzverkleideten Wände, die wuchtige Treppe, sogar der riesige Kamin in der Mitte des Raums hatte eine schwere Mahagoniumrandung. Leider brannte kein Feuer darin, und Emilie spürte im Vergleich zu draußen kaum einen Temperaturunterschied.

Sebastian stellte Emilies Koffer am Fuß der hässlichen Treppe ab. »Im Salon brennt bestimmt ein Feuer. Ich habe Mrs Erskine Bescheid gesagt, dass wir kommen.«

Er führte sie ein Labyrinth aus Fluren entlang, deren Wände mit dunkelgrüner Tapete und Ölgemälden von Jagdgesellschaften bedeckt waren. Am Ende öffnete Sebastian die Tür zu einem riesigen Salon mit kastanienbrauner Tapete nach Entwürfen von William Morris und willkürlich verteilten Bildern.

»Scheiße!«, fluchte er, als sein Blick auf den leeren Kamin fiel, in dem die graue Asche eines früheren Feuers lag. »Das sieht ihr gar nicht ähnlich. Hoffentlich hat sie nicht wieder gekündigt.« Sebastian seufzte. »Keine Panik, Schatz, das Feuer ist im Handumdrehen gemacht.«

Emilie setzte sich vor Kälte bibbernd auf das Kamingitter, während Sebastian geübt das Feuer entfachte. Zähneklappernd wärmte sie sich die Hände daran.

»Tau du erst mal hier auf, während ich uns einen Tee koche und rausfinde, was in meiner Abwesenheit passiert ist.«

»Sebastian …«, rief Emilie ihm nach, als er den Salon verließ, weil sie wissen wollte, wo sich die Toilette befand, doch da schloss sich die schwere Tür bereits hinter ihm. In der Hoffnung, dass er nicht zu lange wegbleiben würde, beobachtete Emilie vom Kamin aus, wie sich das Schneetreiben draußen zu einem Sturm entwickelte und der Schnee sich auf den Fensterbrettern häufte.

Emilie wusste nicht allzu viel über England – sie hatte ein paarmal mit ihrer Mutter Freunde in London besucht –, aber ihre Vorstellung von behaglichen englischen Cottages mit reetgedeckten Dächern in pittoresken Dörfern deckte sich nicht mit diesem abweisenden, eiskalten Haus und seiner Umgebung.

Zwanzig Minuten später war Sebastian immer noch nicht zurück, und die Sache mit der Toilette wurde allmählich dringend. Emilie stand auf und ging hinaus auf den Flur, um Türen zu anderen dunklen Räumen zu öffnen. Am Ende fand sie die Toilette tatsächlich, deren riesiger Holzsitz sie an einen Thron erinnerte. Als sie wieder herauskam, hörte sie laute Stimmen. Die eine kannte sie nicht, die andere gehörte eindeutig Sebastian. Emilie verstand zwar nicht, was sie sagten, aber seine Wut war deutlich zu vernehmen.

Warum hatte sie sich nicht besser über Sebastians Welt in Yorkshire informiert, bevor sie das Flugzeug nach England bestieg? Die zwei Wochen seit seinem Heiratsantrag waren mit so vielen Aktivitäten gefüllt gewesen, dass sie wie im Flug vergingen. Und sie hatten sich eher über die faszinierende Vergangenheit ihrer Vorfahren als über ihre gemeinsame Zukunft unterhalten.

In Paris hatte Emilie ihm alles berichtet, was ihr in Gassin von Jacques erzählt worden war.

»Was für eine Geschichte«, hatte Sebastian geseufzt. »Und das scheint erst der Anfang zu sein. Wann folgt die Fortsetzung?«

»Wenn ich wieder dort bin, um die Bücher aus der Bibliothek einzulagern. Ich glaube, das Erzählen hat Jacques emotional sehr angestrengt«, erklärte Emilie.

»Das kann ich mir vorstellen.« Sebastian hatte sie in den Arm genommen. »Aber durch die Wiedervereinigung unserer Familien haben sich angenehme synergetische Effekte ergeben.«

Emilies Finger wanderten zu der cremefarbenen Perlenkette an ihrem Hals, die früher ihrer Mutter gehört hatte, und sie musste an den Morgen ihres Hochzeitstages denken, als Sebastian sie ihr geschenkt hatte.

»Ich hab sie bei der Auktion für dich zurückgekauft, Schatz«, hatte er erklärt, sie ihr angelegt und sie geküsst. »Macht es dir wirklich nichts aus, dass es nur eine kleine Feier wird? Das ist eigentlich nicht der richtige Rahmen für die Hochzeit der letzten de la Martinières. Bestimmt war bei der Trauung deiner Eltern halb Paris da.«

»Ja, und aus genau diesem Grund freue ich mich, im kleinen Kreis zu heiraten«, hatte Emilie ganz ehrlich geantwortet, der die Vorstellung, im Mittelpunkt des Interesses zu stehen, Unbehagen bereitete.

Nach der eigentlichen Zeremonie, bei der Gerard und ein Pariser Kunsthändlerfreund Sebastians die Trauzeugen gemacht hatten, waren sie alle von Gerard zum Mittagessen eingeladen worden. »Das ist das Mindeste, was Ihre Eltern sich für Sie gewünscht hätten, Emilie«, hatte er erklärt, das Glas auf ihre Gesundheit und ihr Glück erhoben und sie nach ihren Plänen gefragt. Emilie hatte ihm geantwortet, sie wolle in der Zeit, in der das Château renoviert werde, bei Sebastian in England bleiben. Beim Verlassen des Ritz hatte Gerard sie gebeten, ihn auf dem Laufenden zu halten.

»Sie wissen, wo Sie mich finden, wenn Sie Hilfe brauchen, Emilie.«

»Danke, Gerard, sehr freundlich.«

»Und bitte vergessen Sie nicht, Emilie, dass das Château, der Erlös des Pariser Hauses *und* der Name de la Martinières nach wie vor Ihnen gehören, auch wenn Sie verheiratet sind. Ich würde mich gern in naher Zukunft mit Ihnen und Ihrem Mann über Ihre Finanzen unterhalten.«

»Sebastian erklärt mir alles, was ich wissen muss«, hatte Emilie entgegnet. »Er ist einfach wunderbar, Gerard. Ohne ihn hätte ich das alles nicht geschafft.«

»Da stimme ich Ihnen zu, aber trotzdem ist es sinnvoll, auch innerhalb der Ehe Eigenständigkeit zu bewahren. Besonders finanziell«, hatte er hinzugefügt, bevor er sich mit einem Handkuss von Emilie verabschiedete.

Als Emilie bereits zahllose alte Ausgaben von *Horse and Hound* durchgeblättert hatte, betrat Sebastian endlich gleichermaßen wütend und zerknirscht den Raum.

»Tut mir wirklich leid, Schatz. Ich musste noch ein paar Dinge regeln. Möchtest du einen Tee? Ich könnte jedenfalls einen vertragen«, erklärte er seufzend und fuhr sich mit der Hand durchs Haar.

»Was ist denn los?«, fragte Emilie und trat zu ihm.

Er nahm sie in den Arm.

»Ach, nichts Ungewöhnliches, jedenfalls nicht für dieses Haus«, antwortete er. »Ich hatte recht. Mrs Erskine hat gekündigt und geschworen, nie wiederzukommen. Natürlich kommt sie wieder. Das tut sie immer.«

»Warum ist sie gegangen?«

»Das erkläre ich dir bei einer Tasse Tee, Emilie.«

Als sie mit dem heißen Tee bequem auf großen Kissen vor dem Kamin saßen, begann Sebastian seine Geschichte.

»Ich muss dir von meinem Bruder Alex erzählen. Leider ist das keine schöne Geschichte. Ich habe ein schlechtes Gewissen, weil ich dir nichts von ihm gesagt habe, aber ich hielt es bisher nicht für so wichtig.«

»Dann mal raus mit der Sprache«, forderte Emilie ihn auf.

»Okay.« Sebastian nahm einen Schluck Tee. »Du weißt schon, dass unsere Mutter uns damals bei unserer Oma abgeladen hat und einfach verschwunden ist. Alex ist achtzehn Monate jünger als ich, und wir könnten gegensätzlicher nicht sein, ähnlich wie Falk und Frederik aus deiner Geschichte. Wie du weißt, bin ich organisiert, wogegen Alex immer schon ein … Freigeist gewesen ist, ein Suchender, nicht bereit und auch nicht fähig, Routine zu ertragen. Jedenfalls wurden wir beide aufs Internat geschickt, und während es mir dort gefiel, hatte Alex Mühe, sich einzufügen«, erklärte Sebastian. »Am Ende ist er von der Schule geflogen und hat sich seinen Platz an der Uni wegen Trunkenheit am Steuer verscherzt. Mit achtzehn ist er dann ins Ausland gegangen, und wir haben Jahre nichts von ihm gehört.«

»Wo war er?«, fragte Emilie.

»Wir hatten keine Ahnung, bis Oma eines Tages einen Anruf von einem Krankenhaus in Frankreich bekam. Alex hatte sich eine Überdosis Heroin gespritzt und war dem Tod gerade noch mal von der Schippe gesprungen.« Sebastian seufzte. »Oma ist rübergeflogen, um ihn zu holen und in England in eine Entziehungsklinik zu stecken. Der Ehrlichkeit halber muss ich sagen, dass Alex clean nach Hause kam. Aber dann hat er sich noch mal ins Ausland abgesetzt, und wir haben ihn erst wiedergesehen, als Oma gestorben ist. Ich glaube, ich brauche jetzt was Stärkeres. Du auch?«

»Danke, nein.«

Als Sebastian den Raum verließ, stand Emilie auf, um die Vorhänge zu schließen. Draußen schneite es noch immer. Was für eine schreckliche Geschichte, dachte sie und setzte sich wieder vor den Kamin.

Sebastian kehrte mit einem Gin Tonic zurück und ließ sich von Emilie trösten, die ihm über die Haare strich.

»Was ist dann passiert?«, fragte sie.

»Kurz nach Omas Tod, als Alex wieder hier eingezogen war, haben wir uns furchtbar gestritten. Er ist zum Wagen rausgelaufen. Ich habe ihm angeboten, ihn zu chauffieren, weil ich wusste, dass er getrunken hatte, aber er wollte unbedingt selber fahren. Dummerweise bin ich zu ihm ins Auto gestiegen, und an einer gefährlichen Kurve ist er auf die Gegenfahrbahn geraten und frontal mit einem entgegenkommenden Wagen zusammengestoßen. Dabei wurde mein Bruder schwer verletzt. Ich hatte mehr Glück als Verstand und bin mit ein paar gebrochenen Rippen, einem gebrochenen Arm und einem Schleudertrauma davongekommen.«

»Gütiger Himmel!«, murmelte Emilie. »Du Armer.«

»Wie gesagt: Alex hat's schlimmer erwischt.«

»Wie traurig.« Emilie schüttelte den Kopf. »Das hättest du mir schon früher erzählen sollen, Sebastian.«

»Dann hättest du mir vielleicht einen Korb gegeben, solange noch Zeit dazu war.« Er verzog den Mund zu einem spöttischen Lächeln.

»Nein, so war das nicht gemeint!«, versicherte Emilie ihm. »Ich habe von dir gelernt, dass es gut ist, über Probleme zu sprechen.«

»Stimmt«, pflichtete Sebastian ihr bei. »Alex ist ein intelligentes Kerlchen. Viel intelligenter als ich. Er hat sämtliche Prüfungen mühelos bestanden, während ich immer hart arbeiten musste. Alex hätte alles haben können, wenn er nicht so schwierig und unberechenbar gewesen wäre.«

»Intelligente Menschen leiden genauso wie andere, die sich

abmühen müssen. Mein Vater hat immer gesagt, Begabungen sind am besten, wenn man sie in überschaubarem Maß besitzt. Zu viel oder zu wenig bringt Probleme.«

»Dein Vater scheint ein kluger Mann gewesen zu sein. Schade, dass ich ihn nicht kennenlernen konnte.« Sebastian küsste sie auf die Nase und sah sie an. »Tja, das war sie also, die Geschichte von meinem Bruder. Du hast bestimmt Hunger. Komm mit in die Küche, nachsehen, was im Kühlschrank ist. Wenn der Ofen brennt, ist es da wenigstens warm. Und hinterher, würde ich vorschlagen, ziehen wir uns ins eisige Schlafzimmer zurück. Uns fallen sicher Möglichkeiten ein, uns warm zu halten.« Sebastian nahm sie an der Hand. »Lass uns so schnell wie möglich etwas essen und dann nach oben gehen.«

Auf dem kalten Flur zur Küche fragte Emilie: »Und wo ist Alex jetzt?«

»Habe ich das nicht erwähnt?«

»Nein.«

»Hier. Alex wohnt in Blackmoor Hall.«

16

Am nächsten Morgen wachte Emilie nach einer unruhigen Nacht früh auf. Das lag nicht zuletzt an der für sie ungewohnten bitteren Kälte. Sebastian hatte sich wortreich entschuldigt und ihr erklärt, dass die altersschwache Heizung nicht funktioniere, weil jemand vergessen habe, den Öltank zu füllen. Er würde sich so schnell wie möglich darum kümmern.

Emilie wärmte ihre eisigen Zehen an Sebastians Schienbein. Im Zimmer war es dunkel; durch die verschlissenen Damastvorhänge drang kein bisschen Licht. Sie fragte sich, ob es Sebastian etwas ausmachen würde, bei offenen Vorhängen zu schlafen. Emilie war es gewöhnt, im Licht des neuen Tages aufzuwachen.

Sie grübelte über das nach, was Sebastian ihr am Abend über seinen Bruder erzählt hatte. Nach der Eröffnung, dass Alex in Blackmoor Hall lebe, hatte er ihr erklärt, dass er im Rollstuhl sitze, weil bei dem Autounfall sein Rückgrat verletzt worden sei. Er wohne in einer nach seinen Bedürfnissen gestalteten Wohnung im Erdgeschoss des Ostflügels und habe eine Pflegerin, die rund um die Uhr für ihn da sei.

»Natürlich kostet die Pflegerin ein Vermögen, ganz zu schweigen von den Umbauten, die wegen seiner Behinderung nötig waren, aber was bleibt mir anderes übrig?«, hatte Sebastian geseufzt. »Zerbrich dir bitte nicht den Kopf über Alex. Er taucht nur selten im Hauptgebäude auf.«

»Ist es ihm seit dem Unfall gelungen, sich von Drogen und Alkohol fernzuhalten?«, hatte Emilie vorsichtig gefragt.

»Die meiste Zeit schon. Aber wir haben eine ganze Reihe von Pflegerinnen durch, von denen ich zwei entlassen musste, weil mein Bruder sie überredet hat, ihm Alkohol zu besorgen. Alex kann, wenn er möchte, ausgesprochen charmant und überzeugend sein.«

Trotz der Versicherung ihres Mannes, dass Alex in einem anderen Flügel wohne, schauderte Emilie, wenn sie an den Gelähmten dachte, der – egal ob in einer eigenen Wohnung oder nicht – eindeutig unter demselben Dach lebte wie sie.

Sebastian hatte erwähnt, dass Alex ein geschickter Lügner sei. »Glaub ihm kein Wort, Emilie. Mein Bruder ist in der Lage, dir weiszumachen, dass Schwarz Weiß ist und umgekehrt.«

»Schatz?«

Emilie spürte eine warme Hand.

»Ja?«

»Um Himmels willen!«, rief Sebastian aus, als er Emilies Schulter unter all den Lagen ertastete, in die sie sich im Verlauf der Nacht gehüllt hatte. »Du bist ja eingepackt wie ein Weihnachtsgeschenk.« Er lachte. »Komm, lass dich drücken.«

Als Emilie sich in seine herrlich warmen Arme schmiegte und er sie küsste, verflogen alle ihre Ängste.

»Ich habe das Gefühl, heute ist kein Tag für Ausflüge«, bemerkte Sebastian, als sie in der Küche Kaffee tranken und in den Schnee hinausschauten. »Schätze, wir haben fast einen halben Meter Schnee, und es dürfte noch mehr werden. Ich ruf mal meinen Nachbarn Jake an und frage ihn, ob er mit seinem Traktor die Auffahrt freiräumen kann. Unsere Vorräte neigen sich dem Ende zu, ich muss in den Laden im Ort. Wie wär's, wenn du dich im Salon vor den warmen Kamin setzt? Am anderen Ende des Flurs ist eine Bibliothek, da findest du sicher ein Buch, mit dem du dir die Zeit vertreiben kannst.«

»Okay«, sagte Emilie, die den Eindruck hatte, dass ihr keine andere Wahl blieb.

»Ich kümmere mich um Öl für die Zentralheizung. Öl ist schrecklich teuer geworden, und die meiste Wärme verpufft sowieso durch die undichten Fenster.« Er seufzte. »Tut mir leid, Schatz. Ich hab dir ja schon gesagt, dass ich mich in den letzten Monaten nicht richtig um die englische Seite meines Lebens gekümmert habe.«

»Kann ich dir irgendwie helfen?«

»Nein, aber danke fürs Angebot. Im Ort schaue ich auch gleich bei Mrs Erskine, unserer Exhaushälterin, vorbei und versuche, sie zur Rückkehr zu bewegen. Ich versprech dir, in ein paar Tagen läuft alles wieder«, sagte Sebastian, als sie zum Salon gingen. »Du fragst dich jetzt sicher, wo ich dich da hingebracht habe«, fügte er hinzu, während er sich über den Kamin beugte, um ihn zu säubern. »Es wird besser, das verspreche ich dir. Dieser Teil der Welt ist nämlich eigentlich sehr schön.«

»Lass mich das machen.« Emilie kniete neben Sebastian nieder. »Fahr du und erledige, was zu erledigen ist.«

»Bist du sicher? Wir haben leider keine Bediensteten. Ich weiß, dass du Besseres gewöhnt bist.«

»Sebastian …« Emilie wurde rot. »Ich kann mich anpassen.«

»Natürlich, war bloß ein Scherz. Sieh dich ruhig in dem Gemäuer um, auch wenn dir dabei wahrscheinlich das Grausen kommt. Dagegen ist dein altes Château hochmodern!« Sebastian verließ den Raum mit einem gequälten Grinsen.

In zwei von Sebastians dicken Fisherman-Pullovern eingemummt verbrachte Emilie eine Stunde damit, sich Blackmoor Hall anzuschauen. Es lag auf der Hand, dass viele der Zimmer oben jahrelang nicht genutzt worden waren. Dieses Haus hatte anders als das Château mit seinen großen Fenstern, die so viel Licht wie möglich hereinlassen sollten, winzige, um die Kälte abzuhalten. Die düsteren Farben und schweren Mahagonimöbel erinnerten an das Bühnenbild eines edwardianischen Salonstücks.

Als Emilie nach unten zurückkehrte, war ihr klar, dass hier wie beim Château eine Generalsanierung anstand. Sie hatte keine Ahnung, über wie viel Geld Sebastian für dieses Projekt verfügte. Letztlich war ihr das auch egal, weil sie wusste, dass sie finanziell abgesichert war und sie genug Geld für ein unbekümmertes Leben besaßen.

Im Salon fragte Emilie sich wieder, warum sie nie auf die Idee gekommen war, sich vor der Hochzeit nach Sebastians Finanzen zu erkundigen. Nicht dass das ihre Entscheidung beeinflusst hätte, aber als seine Frau wollte sie darüber informiert sein. Vielleicht würde sie das Thema später ansprechen, dachte sie, als sie auf der Auffahrt den Traktor und Sebastian im Land Rover sah.

Da ihr mittags langweilig wurde und sie Hunger bekam, machte sie sich in der Küche mit dem letzten Brot ein Sandwich und setzte sich zum Essen an den Tisch. Sie hörte eine laute Frauenstimme und wie irgendwo im Haus eine Tür zugeschlagen wurde. Dann flog die Küchentür auf, und eine klapperdürre Frau mittleren Alters stürmte herein.

»Ist Mr Carruthers da? Ich muss sofort mit ihm sprechen«, erklärte sie, vor Wut bebend.

»Tut mir leid, Sie haben ihn verpasst. Er ist im Ort.«

»Und wer sind Sie?«

»Ich bin Emilie, Sebastians Frau.«

»Ach. Tja, dann mal viel Glück! Richten Sie ihm einen schönen Gruß von mir aus, ich kündige fristlos. Ich lasse mir die Grobheiten seines Bruders nicht mehr gefallen. Gerade hat er mir eine Tasse mit brühend heißem Kaffee nachgeschmissen. Wenn ich mich nicht rechtzeitig geduckt hätte, müsste ich jetzt wegen schweren Verbrennungen ins Krankenhaus. Ich hab eine Freundin angerufen, die hat einen Wagen mit Vierradantrieb. Sie holt mich im Lauf der nächsten Stunde ab. Ich bleibe keine Sekunde länger in diesem gottverlassenen Haus bei diesem ... *Verrückten*!«

»Verstehe. Das tut mir leid«, sagte Emilie, der auffiel, dass die Frau ein wenig undeutlich sprach. »Darf ich Ihnen etwas zu trinken anbieten? Vielleicht sollten wir noch einmal miteinander reden, bevor Sie gehen. Sebastian kommt sicher bald zurück ...«

»Sie können mich nicht umstimmen«, fiel die Frau ihr ins Wort. »Er hat mich immer wieder überredet, und jedes Mal habe ich es bedauert. Ich kann nur für Sie hoffen, dass Ihr Mann Ihnen nicht seinen Bruder aufhalst. Nach mir werden Sie nämlich niemanden mehr für den Job finden. Sie wissen, dass Mrs Erskine auch das Handtuch geworfen hat?«

»Ja, aber mein Mann sagt, sie kommt bestimmt wieder.«

»Wenn, ist sie ganz schön unterbelichtet. Sie kommt nur, weil sie die Großmutter von den beiden mochte. Ich hab Constance als Kind noch kennengelernt. Sie war eine wunderbare Frau, aber die Jungen haben ihr nur Kummer gemacht. Egal, das ist jetzt nicht mehr mein Problem. Ich packe meine Siebensachen. Er hat sein Mittagessen gekriegt, also müsste er versorgt sein, bis Ihr Mann wiederkommt. Gehen Sie lieber nicht zu ihm. Warten Sie, bis er sich beruhigt hat«, riet sie Emilie.

»Gut.«

Als die Frau die Angst in Emilies Blick bemerkte, wurde sie ein wenig milder. »Keine Sorge, meine Liebe, eigentlich ist Alex ganz in Ordnung, aber hin und wieder packt ihn die

Frustration. Das würde uns allen so gehen, wenn wir leben müssten wie er. Im Grunde seines Herzens ist er ein guter Kerl, und er hat eine schwere Zeit hinter sich. Aber ich bin zu alt, um mich mit so was rumzuärgern. Ich brauche einen pflegeleichten Alten, um den ich mich kümmern kann, keinen aufbrausenden kleinen Jungen, der nicht erwachsen werden will.«

Emilie befürchtete, dass die Frau gehen würde, bevor Sebastian zurückkam. Denn dann wäre sie in diesem düsteren Haus, das sie des Schnees wegen nicht verlassen konnte und in dem ein verrückter Gelähmter wohnte, den sie noch nicht kannte, allein. Im Moment ähnelte ihr Leben einem Horrorfilm. Fast hätte Emilie laut über die absurde Situation gelacht.

»Jedenfalls noch Gratulation zur Hochzeit«, sagte die Frau.

»Danke.«

An der Küchentür drehte sich die Frau um. »Hoffentlich ist Ihnen klar, was Sie sich da aufgehalst haben. Auf Wiedersehen.«

Eine halbe Stunde später sah Emilie vom Salon aus, wie sich langsam ein Wagen näherte und die Frau, mit der sie zuvor gesprochen hatte, durch den Schnee stapfte und ihren Koffer in dem Auto verstaute. Dann wendete der Wagen schlitternd und entfernte sich vom Haus.

Es begann wieder zu schneien. Der Himmel war voll wirbelnder Schneeflocken, eine unüberwindbare Barriere zwischen Emilie und der Außenwelt. Ihr Puls beschleunigte sich. Nun war sie mit dem verrückten Bruder allein in Blackmoor Hall. Was, wenn es so sehr schneite, dass Sebastian nicht zurückkonnte? Um drei Uhr wurde es bereits dunkel … Emilie spürte, dass ihr eine Panikattacke bevorstand. Solche Anfälle kannte sie aus der Jugend, und sie lebte in ständiger Angst davor.

»Ruhig durchatmen«, ermahnte sie sich, als sie merkte, wie die ersten Wellen heranrollten und ihr Atem schneller ging.

Emilie setzte sich auf ein Sofa und ließ den Kopf zwischen die Beine sinken. Sie fühlte sich schwach, sah Sterne und rang nach Luft.

»Bitte, *mon dieu, mon dieu …*«

»Brauchen Sie Hilfe?«, fragte eine tiefe Männerstimme.

Ihr war schwindlig, und ihre Hände und Füße kribbelten. Sie schaffte es nicht, den Kopf zu heben.

»Brauchen Sie Hilfe?«, wiederholte die Männerstimme, jetzt deutlich näher.

Emilie war nicht in der Lage, eine Antwort zu geben.

»Sie sind also Sebs frisch Angetraute aus Frankreich. Verstehen Sie Englisch?«

Emilie gelang ein Nicken.

»Okay. Ich sehe nach, ob ich eine Tüte finden kann, in die Sie hineinatmen können. Versuchen Sie unterdessen zu hecheln.«

Emilie wusste nicht, wie lange es dauerte, bis ihr eine Papiertüte über Mund und Nase gestülpt wurde und die ruhige Stimme von vorher sie anwies, ganz langsam ein- und auszuatmen.

»Wunderbar, Sie machen das wirklich gut. Atmen Sie weiter in die Tüte. Ja, genau, das beruhigt. Bald ist's vorbei«, versicherte die Stimme ihr.

Nach einer Weile beruhigte sich ihr Herzschlag, ihre Hände und Füße fanden den Kontakt zum Rest ihres Körpers wieder, und Emilie nahm die Tüte vom Mund. Mit geschlossenen Augen sank sie erschöpft aufs Sofa zurück.

Als ihr Gehirn wieder zu funktionieren begann, fragte sie sich, wer ihr Retter war. Sie zwang sich, ein Auge zu öffnen, und sah einen Mann, der Sebastian wie aus dem Gesicht geschnitten war. Ein Sebastian in Technicolor – die Augen intensiver braun, darin bernsteinfarbene Tupfen, in den Haaren rotgoldene Strähnen, das Gesicht mit wohlgeformter Nase, vollen Lippen und hohen Wangenknochen unter makelloser Haut.

»Ich bin Alex«, stellte er sich vor. »Erfreut, Sie kennenzulernen.«

Emilie schloss das Auge sofort wieder, weil sie Angst hatte, eine neuerliche Panikattacke zu erleiden.

Eine warme Hand tätschelte die ihre. »Ich weiß, dass Sie im Moment nicht genug Luft haben, um mit mir zu sprechen. Solche Panikattacken kenne ich. Ich habe sie selber erlebt. Was Sie jetzt brauchen, ist ein Drink.«

Der Mann, der so freundlich mit ihr redete, passte überhaupt nicht zu dem Bild, das Sebastian von ihm gezeichnet hatte. Und die Hand, die auf der ihren lag, wirkte beruhigend, nicht bedrohlich. Endlich wagte sie es, die Augen aufzumachen und ihn sich genauer anzusehen.

»Hallo.« Er verzog die vollen Lippen zu einem belustigten Lächeln.

»Hallo«, presste sie hervor.

»Wollen wir Englisch sprechen, oder *préférez-vous français*?«

»*Français, merci.*« Sie war noch zu benommen, um in der Fremdsprache zu denken.

»*D'accord.*«

Er musterte sie.

»Sie sind sehr hübsch«, stellte er auf Französisch fest. »Das hat mein Bruder mir schon gesagt. Und noch viel hübscher, wenn Ihre großen blauen Augen offen sind«, fuhr er in fließendem Französisch fort. »Hier, Ihre Medizin.« Alex zog eine Flasche Whisky aus der Seitentasche seines Rollstuhls. »Der Drache, der gerade abgedampft ist, dachte, ich würde das Versteck nicht kennen. Ich hab der Frau den Stoff aus dem Koffer gemopst, während sie sich bei Ihnen über mich beklagt hat. Sebastian glaubt mir das nicht, aber sie ist Alkoholikerin – sie kippt jeden Tag eine gute Flasche von dem Zeug.« Alex rollte zu einem Schränkchen und öffnete es. Darin kam eine verstaubte Auswahl edwardianischer Gläser zum Vorschein. »Wollen wir uns einen Schluck genehmigen? Allein macht's keinen Spaß.« Er schenkte Whisky in die Gläser, klemmte sie geübt zwischen die Oberschenkel und rollte zu ihr zurück.

»Ich glaube nicht, dass das eine gute Idee ist«, sagte Emilie, als Alex ihr ein Glas reichte.

»Warum nicht? Sie können mit bestem Gewissen behaupten, dass es einem rein medizinischen Zweck dient. Kommen Sie«, drängte er sie. »Jetzt spiele ich mal Krankenschwester. Es tut gut, das verspreche ich Ihnen.«

»Nein, danke.«

»Dann trinke ich auch nichts.« Alex stellte sein Glas auf den Tisch. »Hier ist es eiskalt. Wenn ich Sie schon nicht mit einem Schluck Whisky aufwärmen kann, versuche ich wenigstens, das Feuer zu schüren.«

Emilie beobachtete fasziniert, wie geschickt er ans Werk ging.

»Wo ist Seb?«, erkundigte er sich. »Unterwegs, um die arme alte Mrs Erskine zum x-ten Mal zurückzulocken?«

»Ja, er wollte zu ihr, wenn er im Ort Lebensmittel besorgt«, antwortete Emilie.

»Ich bezweifle, dass er im Laden noch was bekommt. Die Leute haben bestimmt vor dem großen Schnee alles weggekauft. Dies ist die beste Zeit des Jahres für den Ladeninhaber. Da kriegt er sogar noch die uralten Dosen mit Butterbohnen los. Liegt ganz schön viel Schnee«, stellte Alex mit einem Blick nach draußen fest. »Gefällt mir. Und Ihnen?«

Emilie fiel ein, was Sebastian über Alex' Charme und Überzeugungskraft gesagt hatte. »Nicht wirklich, weil ich seit meiner Ankunft nur friere.«

»Das kann ich mir vorstellen. Der Öltank ist seit Wochen leer. Glücklicherweise habe ich ein paar geheime Elektroöfchen, die dafür sorgen, dass mir das Blut nicht in den Adern gefriert. Bitte verraten Sie das Seb nicht, der würde sie sofort konfiszieren. Aber abgesehen von der Tatsache, dass wir in der englischen Version eines Iglus wohnen, mag ich den Schnee tatsächlich.« Alex seufzte. »Ich mag alles, was von der langweiligen Monotonie der Norm abweicht. Und dieses Wetter ist dramatisch.«

»Ja«, pflichtete Emilie ihm matt bei.

Alex schaute zu den beiden Gläsern auf dem Tisch. »Ich finde, wir sollten den Whisky trinken. Wäre schade, ihn wegzuschütten.«

»Nein, danke.«

»Ach so …« Alex hob die Augenbrauen. »Seb hat Ihnen also von meinem Alkohol- und Drogenproblem erzählt?«

»Ja.«

»Früher hatte ich tatsächlich ein Drogenproblem«, gab Alex zu. »Aber ich war nie Alkoholiker. Was allerdings nicht heißt, dass ich mir nicht hin und wieder einen Schluck genehmige. Das tun wir alle. Sie sind Französin; Sie trinken doch sicher von Kindesbeinen an Wein, oder?«

»Ja.«

»Und was hat Sie dazu gebracht, meinen Bruder zu heiraten?«

»Ich …« Emilie war verblüfft über seine Direktheit. »Ich habe mich in ihn verliebt. Die meisten Menschen dürften deswegen heiraten.«

»Es gibt jedenfalls schlechtere Gründe.« Alex nickte. »Ich habe das Gefühl, es ist Zeit, die Verwandtschaft zu begrüßen.«

Die Tür zum Salon ging auf, und Sebastian trat mit vom Schnee nassen Haaren ein.

Emilie sprang schuldbewusst auf. »Hallo, Gott sei Dank bist du wohlbehalten wieder da.«

»Wir haben dich nicht die Auffahrt raufkommen hören«, sagte Alex.

Sebastians Blick fiel auf die Whiskygläser.

»Das liegt daran, dass ich den Wagen am anderen Ende stehen lassen und mit zwei riesigen Einkaufstüten durch die Schneewehen latschen musste. Hast du getrunken?«, fragte er Alex vorwurfsvoll.

»Nein. Obwohl ich zugeben muss, dass ich deine Frau zu einem Whisky verleiten wollte, weil sie sich nicht wohl gefühlt hat«, erklärte Alex.

»Typisch«, sagte Sebastian und wandte sich stirnrunzelnd Emilie zu. »Alles in Ordnung?«

»Jetzt schon wieder, danke«, antwortete sie nervös.

»Alex, ich hatte dich doch gebeten, diesen Teil des Hauses nicht zu betreten«, rügte Sebastian seinen Bruder.

»Meine Pflegerin hat das Weite gesucht. Das wollte ich dir mitteilen.«

»Was? Himmelherrgott, was hast du diesmal wieder angestellt?«, stöhnte Sebastian.

»Ich habe eine Tasse mit ihrem grässlichen Kaffee gegen die Wand geschmissen. Sie war so betrunken, dass sie Salz statt Zucker reingegeben hat«, erklärte Alex. »Und sie dachte, ich ziele auf sie.«

»Jetzt hast du den Bogen wirklich überspannt, Alex«, zischte Sebastian wütend. »Mrs Erskine weigert sich diesmal endgültig wiederzukommen, und das kann ich ihr nicht verdenken. Und was die arme Frau angeht, die abgehauen ist … Das wundert mich angesichts deines Benehmens nicht. Ich habe keine Ahnung, wo ich bei dem Wetter einen Ersatz auftreiben soll.«

»Wie du weißt, bin ich nicht völlig bewegungsunfähig, Seb«, erwiderte Alex. »Ich kann allein essen, mich anziehen, mich waschen und mir den Hintern abwischen. Ich schaffe es sogar, mich am Abend selber ins Bett zu hieven. Und ich habe dir schon soundso oft gesagt, dass ich keine Vollzeitpflegekraft mehr brauche, nur jemanden, der mir im Haushalt hilft.«

»Das stimmt nicht«, widersprach Sebastian verärgert.

»Doch.« Alex wandte sich Emilie zu. »Er behandelt mich wie einen Zweijährigen.« Er deutete auf seinen Rollstuhl. »In dem Ding kann ich ja wohl kaum großen Unfug anstellen, oder?«

Emilie kam sich vor wie eine Zuschauerin bei einem Boxkampf.

»Das trau ich dir trotzdem zu«, konterte Sebastian. »Jedenfalls wirst du in den nächsten Tagen sowieso allein zurechtkommen müssen, weil ich so schnell niemanden für dich finde.«

»Mir macht das nichts aus«, erklärte Alex. »Ich hab dir gesagt, dass die Pflegerinnen Geldverschwendung sind, aber du hörst ja nicht zu. Jetzt lasse ich euch zwei mal lieber allein.« Er lenkte seinen Rollstuhl zur Tür, wo er sich lächelnd zu Emilie umwandte. »Es war mir ein Vergnügen, Sie kennenzulernen. Willkommen in Blackmoor Hall.«

Als die Tür sich hinter ihm schloss, senkte sich Stille über den Raum. Sebastian nahm eines der Gläser und leerte es in einem Zug. »Sorry, Emilie. Wahrscheinlich fragst du dich, wo ich dich hingebracht habe. Er ist ein Albtraum, und ich bin mit meinem Latein am Ende.«

»Das verstehe ich. Mach dir bitte meinetwegen keine Gedanken. Ich helfe dir, so gut ich kann.«

»Das ist lieb von dir, aber im Moment fehlen mir die Ideen. Möchtest du das?« Er deutete auf das andere Whiskyglas.

»Nein, danke.«

Sebastian leerte auch das zweite Glas. »Wir sollten offen miteinander reden, Emilie. Ich habe wirklich das Gefühl, dass ich dich unter Vorspiegelung falscher Tatsachen geheiratet habe. Hier herrscht das absolute Chaos. Wenn du beschließen solltest zu gehen, könnte ich dir das nicht verübeln.« Er sank neben sie aufs Sofa und nahm ihre Hand. »Es tut mir leid.«

»Sebastian, mir wird allmählich bewusst, dass dein Leben nicht so klar strukturiert ist, wie ich dachte«, pflichtete Emilie ihm bei, »doch ich habe dich geheiratet, weil ich dich liebe. Ich bin deine Frau und teile deine Probleme mit dir.«

»Du weißt noch nicht alles«, stöhnte Sebastian.

»Dann sag es mir.«

»Okay.« Er seufzte. »Ich bin pleite. Beim Tod von Oma war nicht mehr viel Geld übrig, aber ich hatte gehofft, dass ich, wenn mein Geschäft erst einmal aufgebaut wäre, dieses Haus renovieren könnte. Dann hatte Alex vor zwei Jahren den Unfall, und die Kosten für seine Pflege haben das letzte Geld aufgefressen. Ich habe Blackmoore Hall beliehen und schaffe kaum die Hypothekenzahlungen. Von der Bank bekomme ich nichts mehr. Der Öltank ist deshalb nicht voll, weil ich kein Geld dafür habe. Es sieht aus, als müsste ich Blackmoor Hall verkaufen. Falls Alex zustimmt. Die Hälfte gehört ihm, und er will hier nicht weg.«

»Sebastian, ich weiß, wie schrecklich es sein kann, wenn man das Familienanwesen veräußern muss. Aber es klingt, als bliebe dir keine andere Wahl. Und Alex auch nicht.«

»Du hast recht. Doch – und das ist der Punkt – bevor wir uns begegnet sind, hatte mein Geschäft gerade angefangen, Geld abzuwerfen. Ich habe ein paar gute Entscheidungen getroffen, und das Ganze hat sich positiv entwickelt. Egal, wahrscheinlich spielt alles, was ich gerade gesagt habe, keine

Rolle mehr. Ich rede über Punkt B, bin im Moment jedoch an Punkt A und weiß nicht, wie ich vom einen zum anderen gelangen soll.« Er zuckte mit den Achseln. »Sosehr ich mir das wünsche: Ich weiß nicht, wie ich dieses Haus halten soll. Was ich mit unserem Mitbewohner mache, ist eine andere Frage. Er wird sich mit Zähnen und Klauen wehren, Blackmoor Hall zu verlassen, und es gehört uns beiden zu gleichen Teilen. Wie du dir vermutlich vorstellen kannst, sind alternative Unterbringungsmöglichkeiten für jemanden wie Alex beschränkt.«

»Du würdest ihn doch nicht im Stich lassen, oder?«, fragte Emilie.

»Natürlich nicht, Emilie!« Plötzlich flackerte Sebastians Zorn wieder auf. »Wofür hältst du mich? Wie du weißt, nehme ich meine Pflichten sehr ernst.«

»Ja«, bestätigte Emilie hastig. »So war's nicht gemeint. Ich frage mich nur, wo er hinkönnte, wenn ihr verkauft.«

»Der Erlös aus dem Verkauf des Hauses würde für viele Jahre bester Betreuung in einer geeigneten Einrichtung reichen. Wie sehr er sich auch sträuben mag, Alex braucht rund um die Uhr Pflege und …«

»Sebastian«, fiel Emilie ihm ins Wort. »Du hast während des ganzen Gesprächs nur von dir gesprochen. Bitte vergiss nicht, dass es nun nicht mehr um ein ›Ich‹, sondern um ein ›Wir‹ geht. Ich bin deine Frau, wir sind Partner, und wir lösen die Probleme hier gemeinsam, genau wie du mir geholfen hast, die meinen in Frankreich zu lösen.«

»Das ist wirklich sehr lieb von dir, Emilie, aber unter den gegebenen Umständen kannst du mir, glaube ich, nicht helfen«, seufzte er.

»Warum sagst du das? Du weißt, dass ich Geld habe. Ich bin deine Frau, dir gehört, was mir gehört. Natürlich stehe ich dir bei. Du sagst, du brauchst eine Überbrückungshilfe, bis dein

Geschäft mehr Geld abwirft. Wenn dir das die Entscheidung erleichtert, dann betrachte mich einfach als Investorin«, schlug sie vor.

Sebastian sah sie erstaunt an. »Emilie, würdest du mir finanziell tatsächlich unter die Arme greifen?«

»Natürlich«, antwortete sie mit einem Achselzucken. »Ich sehe da kein Problem. Du hast mir in den letzten Monaten beigestanden. Jetzt kann ich mich revanchieren.«

»Emilie, du bist ein Engel.« Sebastian schlang die Arme um sie. »Ich habe ein furchtbar schlechtes Gewissen, weil ich dir das alles nicht vor der Hochzeit gestanden habe. Aber ehrlich gesagt, ist mir das ganze Ausmaß der Misere erst gestern bei unserer Ankunft aufgegangen. Und ich gebe zu, dass ich den Kopf zu lange in den Sand gesteckt habe. Beim Überprüfen der Kontoauszüge heute Morgen ist mir die Luft weggeblieben.«

»Mach dir wegen dem Geld keine Gedanken«, tröstete sie ihn. »Sobald du ausgerechnet hast, wie viel du brauchst, lasse ich den Betrag auf dein hiesiges Bankkonto überweisen. Ich glaube, im Moment gibt es dringendere Probleme als Geld. Zum Beispiel die Sache mit dem Öltank.« Emilie hob eine Augenbraue. »Das kann man bestimmt über Kreditkarte abrechnen. Dann müssen wir wenigstens nicht mehr frieren.«

»Ach, Schatz. Du bist so gut zu mir. Ich habe wirklich ein schlechtes Gewissen.«

»Musst du nicht«, sagte Emilie. »Abgesehen von dem Problem mit dem Öl, das sich leicht lösen lässt, wäre da noch dein Bruder. Wir müssen jemanden finden, der sich um ihn kümmert.«

»Ja«, pflichtete Sebastian ihr bei. »Die schnellste Lösung wäre eine Aushilfe von der Arbeitsvermittlung, aber das kostet ein Vermögen …«

»Wir haben uns doch gerade darauf geeinigt, dass die finanzielle Seite keine Rolle spielt«, wiederholte Emilie. »Alex behauptet, er könne für sich selber sorgen. Stimmt das?«

»Ich muss zugeben, dass ich das nie ausprobiert habe«, gestand Sebastian. »Er neigt zu Missgeschicken, Emilie. So, wie ich ihn kenne, kriegt er einen elektrischen Schlag, wenn er eine Dose Bohnen in der Mikrowelle heiß macht oder im Internet Wein bestellt.«

»Er braucht also keine ausgebildete Pflegekraft?«, erkundigte sich Emilie.

»Er nimmt ein paar Tabletten am Morgen, damit sein Kreislauf in Gang kommt, aber es geht eher um die praktischen Bedürfnisse des Alltags.«

»Wenn es uns nicht gelingen sollte, jemanden für ihn aufzutreiben, könnte ich helfen, mich um ihn zu kümmern, jedenfalls fürs Erste«, schlug Emilie vor. »Ich habe meine Mutter gepflegt, die in den letzten Wochen im Rollstuhl saß. Außerdem bin ich als Tierärztin nicht ganz auf den Kopf gefallen, was medizinische Fragen anbelangt.«

»Kann ich mich darauf verlassen, dass du nicht Alex' Charme erliegst?« Sebastian sah zu den leeren Whiskygläsern hinüber.

»Natürlich!« Emilie verkniff es sich zu bemerken, dass Sebastian selbst beide Gläser geleert hatte. »Ich kann verstehen, dass er frustriert ist. Verlässt er jemals das Haus?«

»Selten, aber ich kann mir auch kaum vorstellen, dass Alex sich jeden Mittwoch mit anderen Behinderten zum Kartenspielen trifft. Er ist immer schon ein Einzelgänger gewesen.« Sebastian sank aufs Sofa zurück. »Tja, so ist die Lage: Das Leben deines Mannes ist im Moment ein ziemliches Desaster.«

»Bitte sag das nicht, Sebastian. Viele deiner Probleme sind nicht deine Schuld. Du hast dich bemüht, deinem Bruder zu helfen und sowohl dein Geschäft als auch dieses Haus am Laufen zu halten. Mach dir keine Vorwürfe.«

»Danke, Liebes. Ich weiß deine Unterstützung zu schätzen. Du bist einfach wunderbar.« Sebastian küsste sie sanft auf die Lippen. »Aber jetzt müssen wir beim Heizölhändler anrufen, bevor er schließt, und uns in die lange Schlange der Eingeschneiten und Öllosen einreihen. Gibst du mir deine Kreditkarte? Dann kann ich dem Händler die Nummer telefonisch durchsagen.«

»Klar. Sie ist oben. Ich hole sie.«

Emilie küsste ihn und verließ den Raum. Auf dem Weg hinauf empfand sie so etwas wie Befriedigung. Nun konnte sie ihrem Mann genauso helfen, wie er ihr in den vergangenen Monaten beigestanden hatte. Das war ein angenehmes Gefühl.

17

Eine Woche später begann der Schnee, der drei Tage hintereinander gefallen und dann zu großen glatten Eisflächen gefroren war, bei steigenden Temperaturen zu tauen. Der Heizölhändler hatte tags zuvor geliefert, und als Emilie aufwachte, war die Kälte im Haus nicht mehr ganz so schlimm.

Sebastian hatte über eine Agentur eine Pflegekraft für Alex, dem Emilie seit dem Tag ihrer Panikattacke nicht mehr begegnet war, ausfindig gemacht und sie wissen lassen, wie viel Geld er für die folgenden Monate brauchte, worauf sie ihm den Betrag auf sein Bankkonto überweisen ließ. Seitdem wirkte er sichtlich entspannter.

»Ich finde, wir sollten die Tatsache, dass wir eingeschneit sind, für spontane Flitterwochen nutzen«, hatte er verkündet. »Wir haben Wein im Keller und Essen im Kühlschrank, ein warmes Kaminfeuer und einander. Lass uns die Zeit genießen.«

Sie waren morgens lange im Bett geblieben und anschließend in dicke Mäntel und Stiefel geschlüpft, um im örtlichen Pub das herzhafte englische Essen zu kosten. Auf dem Heimweg hatten sie Schneeballschlachten gemacht und waren erfrischt von der eisigen Luft nach Hause gekommen. Die Abende hatten sie aneinandergekuschelt vor dem Kamin verbracht, wo sie den Wein genossen, den Sebastian aus dem Keller holte, sich unterhielten und sich liebten.

»Gott, bist du schön«, hatte Sebastian gesagt, als er ihren

nackten Körper im Schein des Feuers streichelte. »Was für ein Glück, dass ich dich geheiratet habe.«

Am Morgen des Tages, bevor das Tauwetter begonnen hatte, war Sebastian mit Emilie in das nahe gelegene Moulton gefahren, um die rasch schwindenden Lebensmittelvorräte aufzufüllen. Er hatte darauf bestanden, dass sie den Land Rover nach Hause lenkte, was sie, die weder an Eis und Schnee noch an die linke Straßenseite gewöhnt war, grässlich fand.

»Es ist wichtig, dass du das lernst, Schatz«, hatte Sebastian gesagt, als sie im Schneckentempo nach Hause fuhr. »Wenn ich in London bin, musst du mobil sein.«

Emilie, die Kaffee gekocht hatte, sah sich voller Stolz in der Küche um. Der Raum wirkte viel heimeliger, seit sie die schmutzigen Vorhänge, die traurig an den Fenstern hingen, gewaschen und eine Vase mit Blumen auf den geputzten Kiefernholztisch gestellt hatte. Außerdem hatte sie ein hübsches blau-weißes Geschirr aus einem Schrank genommen und auf dem Sims über dem Herd arrangiert. Als sie mit den Kaffeetassen die Treppe hinaufging, sah sie, dass das Eis draußen in der Sonne schmolz. Sie würde Sebastian vorschlagen, die Küche freundlich gelb zu streichen.

Emilie schlüpfte zu Sebastian ins Bett, reichte ihm eine Tasse und nahm einen Schluck von dem heißen Kaffee.

»Hast du gut geschlafen?«, fragte Sebastian und setzte sich auf.

»Ja. Ich stelle gerade fest, dass ich dieses Haus doch irgendwie mag«, sagte Emilie. »Es ist wie eine alte, ungeliebte Tante, die nur ein bisschen Zuwendung braucht.«

»Vor allen Dingen finanzielle Zuwendung. Aber nun mal ein ganz anderes Thema: Jetzt, wo es taut und du dich hier eingewöhnt hast, muss ich leider ein paar Tage nach London. Kommst du ohne mich zurecht? Alex scheint mit der neuen

Pflegekraft zufrieden zu sein; er stört dich bestimmt nicht. Du könntest mich begleiten, aber ich werde viel arbeiten müssen und keine Zeit für dich haben. Du würdest dich schrecklich langweilen.«

»Wo übernachtest du, wenn du in London bist?«, fragte Emilie.

»Bei einem Freund in der Abstellkammer. Ist nicht gerade das Ritz, aber für die Zeit, die ich dort verbringe, reicht's«, erklärte Sebastian.

»Wie viele Tage wirst du weg sein?«

»Wenn ich morgen früh aufbreche, wahrscheinlich nicht mehr als drei. Ich bin am späten Freitagabend zurück«, versprach er. »Ich lasse dir den Land Rover da, für den Fall, dass das Wetter wieder umschlägt. Zum Bahnhof komme ich auch mit meiner alten Klapperkiste. Das nächste Mal kannst du mich vielleicht nach London begleiten.«

»Gut«, sagte Emilie, die sich keine Gedanken darüber zu machen versuchte, dass Sebastian sie mit dem Wagen, den sie so ungern fuhr, und mit Alex allein ließ. »Ich würde gern die Küche streichen. Ist dir das recht?«

»Natürlich. Ich muss sowieso noch in den Ort. Auf dem Rückweg können wir im Baumarkt Farbe aussuchen.« Sebastian streichelte ihre Wange. »Du bist ein Wunder, Emilie, wirklich.«

Früh am nächsten Morgen brach Sebastian nach London auf. Emilie machte sich, fröhlich vor sich hinsummend, Kaffee und begann, die Küche zu streichen.

Mittags hatte sie bereits die ganze Wand mit dem Kaminvorsprung fertig und ärgerte sich, dass sie Sebastian nicht gebeten hatte, ihr beim Wegschieben der riesigen Anrichte zu helfen. Als sie sich setzte, um ein Sandwich zu verspeisen, hörte sie draußen einen Wagen. Da sie glaubte, dass das der Postbote war, achtete sie nicht weiter darauf. Nach dem Mittagessen wandte sie sich der Wand mit der Spüle zu.

»Hallo«, sagte da eine Stimme auf Französisch.

Als Emilie sich umdrehte, stand Alex an der Küchentür.

»Was machen Sie hier?«, fragte sie, unfreundlicher als beabsichtigt.

»Es ist ja auch mein Haus«, erklärte er höflich. »Ich wollte Ihnen mitteilen, dass die neue Pflegerin das Handtuch geworfen hat.«

»Nein, Alex! Was haben Sie diesmal wieder angestellt?« Emilie stieg von der Leiter.

»Bitte kommen Sie mir jetzt nicht auch noch mit dieser Leier.«

»Was erwarten Sie denn? Ich bin eine Woche hier und habe schon zwei Pflegerinnen flüchten sehen«, entgegnete sie.

»Sie scheinen eine Gehirnwäsche durch meinen Bruder hinter sich zu haben«, stellte Alex traurig fest.

»Nein, keineswegs«, widersprach Emilie auf Englisch.

»Mir gefällt, wie Sie ›keineswegs‹ mit diesem hübschen französischen Akzent sagen«, stellte er grinsend fest.

»Lenken Sie nicht ab.« Emilie wechselte wieder zu Französisch.

»Sorry. Jedenfalls ist sie weg. Wir sind also allein.«

»Ich rufe die Agentur an, damit die einen Ersatz schickt«, erklärte sie.

»Bitte nicht, Emilie. Jedenfalls noch nicht gleich. Ich würde Ihnen und Seb gern beweisen, dass ich in der Lage bin, allein zurechtzukommen. Wenn ich verspreche, mich zu betragen – kein Alkohol, keine Drogen, keine Pubbesuche ...« Alex sah sie voller Verzweiflung an. »Wären Sie dann bereit, mir meinen Wunsch zu erfüllen? Beim ersten Hinweis auf ein Fehlverhalten meinerseits holen Sie einfach Hilfe.« Er schüttelte den

Kopf. »Und wie wenig ich das möchte, können Sie sich gar nicht vorstellen.«

Emilie steckte in der Zwickmühle. Musste sie nicht ihren Mann anrufen und das mit ihm besprechen? Doch dann kam er mit ziemlicher Sicherheit sofort nach Hause. Und weil er sich um seine Geschäfte kümmern musste, war das das Letzte, was er gebrauchen konnte.

Nein, sie war Sebastians Frau und würde sich für ihn mit seinem Bruder auseinandersetzen.

»Na schön«, sagte sie schließlich. »Brauchen Sie irgendetwas?« Sie setzte einen Fuß auf die unterste Sprosse der Leiter, um wieder hinaufzusteigen und sich der schwierigen oberen Ecke zuzuwenden.

»Im Moment nicht, danke.«

»Wenn ja, lassen Sie es mich wissen.« Emilie kletterte hinauf und strich weiter.

»Hübsche Farbe. Gute Wahl«, bemerkte Alex.

»Danke, mir gefällt sie.«

»Mir auch. Weil die Küche faktisch zur Hälfte mir gehört, trifft sich das gut, oder?«

»Ja.«

Schweigen. Dann: »Kann ich helfen?«

Emilie verkniff sich eine mokante Bemerkung. »Ich komme zurecht, danke.«

»Ich kann durchaus mit Pinsel und Farbe umgehen«, erklärte Alex, der ihre Gedanken erriet.

»Okay. An der Spüle liegt ein Roller. Geben Sie Farbe in die Schale.«

Emilie beobachtete aus den Augenwinkeln, wie Alex zur Spüle rollte, den Farbeimer herunterhob und die Farbe geschickt in die Schale goss. »Soll ich dort anfangen?« Er deutete auf eine Stelle links von der Anrichte.

»Wenn Sie wollen«, antwortete Emilie. »Schade, dass ich die Anrichte nicht verschieben kann.«

»Ich helfe Ihnen. Meine Oberkörpermuskulatur ist kräftiger als bei den meisten Menschen mit gesunden Beinen. Zusammen schaffen wir es, sie zu verrücken.«

»Gut.« Emilie stieg von der Leiter herunter und räumte die oberen Fächer aus, während Alex sich mit den unteren beschäftigte. Dann rückten sie die Anrichte gemeinsam von der Wand weg.

»Erzählen Sie mir doch von sich«, bat Alex sie, als sie wieder auf die Leiter stieg und er begann, die Wand mit dem Roller zu bearbeiten.

»Was möchten Sie wissen?«

»Ach, nur ein paar grundsätzliche Dinge: Alter, Dienstgrad und -nummer.«

»Ich bin dreißig Jahre alt und in Paris zur Welt gekommen. Mein Vater war deutlich älter als meine Mutter und ist gestorben, als ich noch ein Kind war. Ich habe Veterinärmedizin studiert und praktiziert, in einem Apartment im Pariser Quartier Marais gewohnt und kurz nach dem Tod meiner Mutter Ihren Bruder kennengelernt. Das wär's dann auch schon.«

»Wie bescheiden«, lautete Alex' Kommentar. »Sie entstammen immerhin einer der großen französischen Adelsfamilien. Der Tod Ihrer Mutter war sogar der englischen *Times* eine Erwähnung wert.«

»Wissen Sie das von Ihrem Bruder?«

»Nein, ich habe mich im Internet über Sie informiert«, gestand er.

»Warum fragen Sie, wenn Sie ohnehin schon alles über mich wissen?«

»Weil es mich interessiert, wie Sie sich selbst darstellen. Schließlich sind wir jetzt verwandt. Offen gestanden sind Sie ganz anders als erwartet. Es wundert mich, dass Sie so gar nicht dem Klischee der verwöhnten, hochnäsigen französischen Prinzessin entsprechen. Die meisten jungen Frauen Ihres Standes würden sich vermutlich nicht für den Beruf der Tierärztin entscheiden, sondern sich eher einen wohlhabenden Ehemann suchen und je nach Saison zwischen Karibik und St. Tropez hin und her jetten.«

»Sie haben soeben treffend das Leben meiner Mutter beschrieben.« Emilie schmunzelte.

»Sehen Sie!« Alex schwenkte triumphierend den Roller. »Sie haben sich für ein Leben entschieden, das sich so ganz und gar von dem Ihrer Mutter unterscheidet. Ich frage mich, warum.« Er rieb sich gespielt nachdenklich das Kinn. »Vielleicht, Emilie, war Ihre Mutter so mit ihrer Schönheit und ihrem gesellschaftlichen Ansehen beschäftigt, dass sie keine Zeit für Sie hatte. Den Glamour ihres Luxuslebens fanden Sie abstoßend, weil Sie immer die zweite Geige spielten. Sie war der Inbegriff der schicken Französin, und vermutlich hatten Sie das Gefühl, ihren Erwartungen niemals gerecht werden zu können. Sie fühlten sich ungeliebt und vernachlässigt. Was heißt, dass Sie sehr wenig Selbstbewusstsein hatten. Deshalb haben Sie Ihre Herkunft verleugnet, genau wie Ihre Mutter Sie Ihrer Ansicht nach verleugnete, und sich für eine völlig andere Art von Leben entschieden.«

Emilie hielt sich verblüfft an der Leiter fest.

Alex fuhr mit seiner messerscharfen Analyse fort. »Als es dann um die Wahl des Berufs ging, haben Sie sich für den der Tierärztin entschieden, in dem Sie sich anders als Ihre Mutter, die niemals fürsorglich gewesen war, um Lebewesen kümmern konnten. Und was Männer anbelangt … Ich bezweifle, dass Sie viele Freunde gehabt haben. Tja, und dann taucht wie aus dem Nichts mein Bruder, der Ritter in glänzender Rüstung, auf, und Sie verlieben sich Hals über Kopf in ihn …«

»*Es reicht!* Stopp! Sie kennen mich doch überhaupt nicht.« Emilie begann so heftig zu zittern, dass die Leiter ins Wanken geriet. Sie kletterte herunter. »Wie können Sie es wagen, so mit mir zu sprechen? Sie wissen nichts über mich! Überhaupt nichts!«

»Aha …« Alex grinste. »Nun habe ich also doch die hochnäsige französische Prinzessin aufgescheucht, die irgendwo in den Tiefen Ihrer Seele schlummert und die Sie so gern verbergen würden.«

»*Es reicht*, sage ich!«

Bevor sie es sich versah, hatte sie Alex eine schallende Ohrfeige gegeben. Sie erstarrte entsetzt. Zum ersten Mal im Leben hatte sie jemanden geschlagen.

»Autsch.« Alex rieb sich die Wange.

»Tut mir leid. Das hätte ich nicht tun dürfen.«

»Schon gut, geschieht mir recht. Ich bin wie immer zu weit gegangen. Bitte, Emilie, verzeihen Sie mir.«

Sie verließ wortlos die Küche und lief, zwei Stufen auf einmal, die Treppe hinauf. In ihrem Zimmer schlug sie keuchend die Tür hinter sich zu, verschloss sie, warf sich aufs Bett und begann laut zu schluchzen. Sie fühlte sich nackt und wehrlos … Wie konnte er glauben, sie zu kennen? Und wie konnte er sie so erniedrigen?

Was war er nur für ein Ungeheuer?

Emilie überlegte, ob sie Sebastian anrufen und ihm sagen solle, dass sie nicht in Blackmoor Hall bleiben könne und nach London kommen würde. Sie würde mit dem Land Rover zum Bahnhof fahren, dort einen Zug besteigen und sich schon wenige Stunden später in seine tröstenden Arme flüchten.

Nein, ermahnte sie sich. Er hatte sie vor Alex gewarnt; sie durfte sich nicht von ihm manipulieren lassen und auch nicht wie ein Kind zu ihrem Mann laufen, der genug um die Ohren hatte. Irgendwie musste sie allein mit der Situation fertigwerden … Alex war nur ein gelangweilter Junge, der gern provozierte. Und wenn er in ihrem Leben mit Sebastian weiter eine Rolle spielte, musste sie sich und ihn im Griff haben.

Erschöpft vor Wut schlief Emilie ein.

Allerdings nicht, ohne sich vorher einzugestehen, dass das, was Alex über sie gesagt hatte, stimmte.

Als sie aufwachte, war es dunkel, und sie fühlte sich benommen und erschöpft. Ein Blick auf die Uhr zeigte ihr, dass es kurz nach sechs war. In der Hoffnung, dass Alex in seinen eigenen Bereich zurückgekehrt war, ging sie nach unten, öffnete die Tür zur Küche und stellte erleichtert fest, dass sie leer war. Als sie den Wasserkessel einschaltete, sah sie, dass die Pinsel gründlich ausgewaschen waren und zum Trocknen neben der Spüle lagen. An der Obstschale auf dem Küchentisch lehnte ein Zettel.

Liebe Emilie,
es tut mir aufrichtig leid, dass ich Sie aus der Fassung gebracht habe. Wie üblich bin ich übers Ziel hinausgeschossen. Könnten wir es noch einmal miteinander versuchen? Ich möchte uns etwas kochen. Kommen Sie doch vorbei, wann immer Sie bereit sind.
Mit besten Grüßen,
Alex

Emilie setzte sich seufzend an den Tisch und überlegte, wie sie reagieren solle. Das war eindeutig ein Friedensangebot. Wenn sie unter demselben Dach leben wollten, mussten sie, auch wenn sie ihn nicht leiden konnte, zu einer Art Waffenstillstand gelangen. Außerdem war nichts von dem, was Alex über sie gesagt hatte, wirklich negativ gewesen, dachte sie, als sie sich einen Tee kochte. Er hatte nur einfach eine Vertrautheit für sich beansprucht, die noch nicht hatte entstehen können. Obwohl er faktisch ein Fremder war, kannte er sie sehr gut … das war es, was sie verunsichert hatte.

Und Emilie wusste nicht, ob Alex tatsächlich körperlich in der Lage war, allein zurechtzukommen. Am folgenden Tag, überlegte sie, während sie einen Schluck von ihrem Tee nahm, würde sie bei der Agentur anrufen und versuchen, eine neue Pflegerin für ihn zu finden. Sebastian hatte ihr seine Nummer hinterlassen. Auf jeden Fall musste sie an diesem Abend noch nach Alex schauen. Allerdings bestand keinerlei Anlass, seine Essenseinladung anzunehmen. Wahrscheinlich gab es sowieso nur Bohnen auf Toast.

Da klingelte das Telefon, und Emilie ging ran.

»Hallo, Schatz, ich bin's.«

»Hallo.« Der Klang seiner Stimme zauberte ein Lächeln auf Emilies Lippen. »Wie geht's? Wie läuft's in London?«

»Viel Arbeit. Bin immer noch dabei, den Papierkram aufzuarbeiten, der sich in den letzten Monaten auf meinem Schreibtisch angesammelt hat. Ich wollte mich nur erkundigen, ob zu Hause alles in Ordnung ist.«

»Ja, hier ist alles okay«, antwortete Emilie nach kurzem Zögern.

»Alex macht keine Probleme?«

»Nein.«

»Du fühlst dich nicht einsam?«

»Du fehlst mir, aber ich komme zurecht. Ich habe angefangen, die Küche zu streichen.«

»Prima. Tja, dann mal gute Nacht. Du hast meine Handynummer, wenn irgendwas sein sollte. Ich rufe dich morgen wieder an.«

»Ja. Arbeite nicht zu viel«, ermahnte sie ihn.

»Muss ich, aber es dient ja einem guten Zweck. Ich liebe dich, Schatz.«

»Ich liebe dich auch.«

Emilie legte auf und wappnete sich innerlich für ihren Besuch bei Alex. Als sie den Flur zum Ostflügel entlangging, fragte sie sich, was sie dort erwartete. Die Tür zu seiner Wohnung stand offen. Emilie holte tief Luft und klopfte.

»Kommen Sie rein! Ich bin in der Küche.«

Emilie drückte die Tür auf und folgte dem Klang von Alex' Stimme in den Wohnbereich, wo sie statt der erwarteten Unordnung ein aufgeräumtes Zimmer vorfand. Die Wände waren in einem angenehmen Grauton gehalten, an den Fenstern hingen cremefarbene Leinenvorhänge. In dem Kamin zwischen zwei vom Boden bis zur Decke reichenden Regalen mit ordentlich sortierten Büchern brannte ein munteres Feuer. Ein bequemes, modernes Sofa nahm die eine Wand ein, darüber gerahmte Schwarz-Weiß-Lithografien. Zu beiden Seiten des Kamins befanden sich zwei elegante, neu bezogene viktorianische Sessel, darüber ein großer Spiegel mit Goldrahmen, und in der Mitte eines hochglanzpolierten Beistelltischs stand eine Vase mit frischen Blumen. Aus verborgenen Lautsprechern erklang klassische Musik.

Die Ordnung und Liebe zum Detail überraschten Emilie, die wusste, wie heruntergekommen der Rest des Hauses war.

»Willkommen in meiner bescheidenen Hütte.« Alex erschien an einer Tür auf der anderen Seite des Raums.

»Wie schön«, entschlüpfte es Emilie. Dieser Raum war genau so, wie sie ihn selbst eingerichtet hätte.

»Danke. Ich denke, wenn ich mein Leben schon eingesperrt verbringen muss, sollte ich mich in meinem Kerker wenigstens wohlfühlen. Finden Sie nicht auch?«

Emilie nickte.

»Emilie, das heute Nachmittag tut mir wirklich leid. Es war unverzeihlich. Ich verspreche Ihnen, so etwas wird nie wieder passieren. Können wir das Ganze bitte vergessen und uns auf die Zukunft konzentrieren?«

»Ja. Und ich möchte mich für die Ohrfeige entschuldigen.«

»Die war unter den gegebenen Umständen verständlich. Ich scheine eine seltene Begabung zu besitzen, Menschen wütend zu machen. Und ich gestehe, dass ich das manchmal durchaus bewusst tue. Das muss an der Langeweile liegen.« Alex seufzte.

»Das heißt, Sie stellen Menschen gern auf die Probe?«, fragte Emilie. »Treiben sie an ihre Grenzen? Sprechen laut aus, was andere nicht zu sagen wagen? Um ihnen den Boden unter den Füßen wegzuziehen, Hemmschwellen zu durchbrechen, die Oberhand zu gewinnen?«

»*Touché*, Madame.« Alex war beeindruckt. »Nach dieser scharfsinnigen Analyse und der Ohrfeige heute Nachmittag würde ich sagen, dass wir quitt sind, oder?« Er streckte ihr die Hand hin.

Emilie ergriff sie und schüttelte sie. »Ja.«

»Sehen Sie? Ich habe Ihre Kampfeslust geweckt, und Sie haben nicht klein beigegeben.«

»Alex …«

»Ja. Genug mit der mentalen Kriegführung. Ich hätte da eine sehr gute Flasche Raspail-Ay, die ich für eine besondere Gelegenheit aufgespart habe. Möchten Sie ein Glas?«

Die Aussicht, wieder den samtweichen Rhône-Wein zu schmecken, den sie so oft mit ihren Eltern getrunken hatte, war verführerisch.

»Nur ein kleines, danke«, sagte sie.

»Gut. Wenn es Sie beruhigt: Ich kann Ihnen versichern, dass ich meinen Alkoholkonsum im Griff habe. Aber mit ein bisschen Wein macht das Leben einfach mehr Spaß. Schließlich haben sich auch unsere Altvorderen das Dasein damit versüßt.« Alex drehte den Rollstuhl herum, um in die Küche zurückzukehren. »Sogar Jesus wurde bejubelt, weil er Wasser in Wein verwandelt hat. Und vom Mittelalter bis in die viktorianische Zeit haben die Menschen morgens eher ein auf Hopfen oder Trauben basierendes alkoholisches Getränk zu sich genommen als wie heute Kaffee. Das Wasser konnten sie nicht trinken, weil sie sonst an Typhus oder irgendeinem ekligen Parasiten gestorben wären. Sie haben dann den ganzen Tag über weitergesoffen, und am Abend waren sie völlig hinüber«, erklärte er schmunzelnd.

»Mag wohl sein.« Emilie schmunzelte ebenfalls.

»Was ist so schlimm daran, die harte Realität ein wenig abzufedern?«, fragte Alex. »Das Leben ist im Wesentlichen ein ziemlich langer und harter Weg auf den Tod zu. Warum sollten wir uns den nicht so angenehm wie möglich gestalten?«

Emilie war Alex in die kleine, moderne, zweckmäßig ausgestattete Küche mit blank geputztem Glas, Edelstahl und weißen Schränken gefolgt. Auf der niedrigen Arbeitsfläche stand die geöffnete, noch unberührte Flasche Wein.

»Aber alles in Maßen, stimmt's?«, sagte sie und sah ihn an.

»Ja. Und das ist mir manchmal nicht so ganz gelungen«, gab Alex zu. »Doch jetzt habe ich mich im Griff. Wie Sie an meiner Wohnung sehen können, bin ich zum Kontrollfreak mutiert. Ich mag alles, auch mich selbst, so, wie es ist.«

»Und wie sieht dieses ›So‹ aus?«

»Gute Frage.« Alex schenkte den Wein ein und reichte Emilie ein Glas. »›So‹ ist einfach ›so‹. Es ist ein schwammiges Wort, das zahlreiche Möglichkeiten beinhaltet. Weil ich in meiner Jugend niemals auch nur in die Nähe eines ›Do‹ gelangt bin, ganz zu schweigen von einem ›Re‹, ›Mi‹ oder ›Fa‹, aus Gründen, über die wir uns ein andermal unterhalten können, geht es in dem ›So‹ meines Lebens für mich darum zu kontrollieren, was ich kann. Dazu gehört auch meine Umgebung.« Alex nahm einen Schluck Wein. »Falls Sie übrigens irgendwann den Eindruck gewinnen sollten, ich hätte zu viel getrunken, können Sie sich sofort aus meinen Klauen befreien und in Ihr edwardianisches Museum fliehen. Sie brauchen also keine Angst zu haben.«

»Ich habe keine Angst vor Ihnen, Alex«, erwiderte Emilie.

»Gut.« Alex hob sein Glas. »Auf Ihre Ehe.«

»Danke.«

»Und auf unser beider Neuanfang. Ich bin davon ausgegangen, dass Sie als Französin eher Britin als Vegetarierin werden würden, und habe Steaks für uns vorbereitet.«

Emilie beobachtete, wie Alex zwei marinierte Sirloinsteaks aus dem Kühlschrank holte, auf einen Teller legte und sich mit dem Rollstuhl zu dem leise vor sich hin brummenden Ofen drehte, um einen Blick hineinzuwerfen.

»Kann ich irgendwie helfen?«, fragte sie.

»Nein, danke. Genießen Sie einfach den Wein. Der Salat ist so weit fertig. Macht es Ihnen etwas aus, wenn wir hier essen? Das Esszimmer finde ich für zwei ein bisschen förmlich.«

»Sie haben ein Esszimmer?«

»Natürlich.« Alex hob eine Augenbraue.

»Nein, das macht mir nichts aus. Wie besorgen Sie sich die Lebensmittel?«

»Noch nie was von Freihauslieferung gehört? Ich gebe telefonisch eine Bestellung auf, und der örtliche Farmladen bringt mir die Sachen.«

»Gut zu wissen«, sagte Emilie, wieder verblüfft über Alex' Einfallsreichtum. »Gibt es etwas, das Sie nicht können?«

»Ich kriege fast alles hin, weswegen es mich ja so frustriert, dass mir ständig irgendwelche Pflegerinnen aufgedrängt werden. Zugegeben, anfangs war ich tatsächlich noch ziemlich hilflos und brauchte die Rund-um-die-Uhr-Hilfe, die Seb für mich organisiert hatte. Im Lauf der letzten zwei Jahre habe ich mich jedoch an meinen Zustand gewöhnt und meine Oberkörpermuskulatur trainiert. Inzwischen kann ich mich allein in den Rollstuhl und wieder heraus hieven. Ja, hin und wieder schätze ich die Entfernung falsch ein und lande mit dem Hintern auf dem Boden, aber zum Glück passiert das immer seltener.« Alex gab das Dressing über den Salat und hob es unter, bevor er die Schüssel auf den Tisch stellte. »Am meisten nervt mich, dass ich für alles so lange brauche. Wenn ich abends im Bett liege und mein Buch im Wohnzimmer vergessen habe, muss ich wieder in den Rollstuhl, hinüberfahren, zurück und noch mal ins Bett. Das Gleiche gilt fürs Duschen und Anziehen. Jede ganz normale Körperfunktion muss geplant werden wie eine Militäraktion. Aber weil der Mensch anpassungsfähig ist, hat mein Gehirn meine ungewöhnlichen Bedürfnisse programmiert, und die routinemäßigen Abläufe funktionieren ganz gut.«

»Glauben Sie, Sie könnten ohne Pflegerin auskommen?«

»Emilie, sehen Sie mich an.« Alex breitete die Arme aus. »Ich koche in meiner ordentlichen Wohnung für Sie. *Ohne fremde Hilfe.* Das habe ich Sebastian immer wieder zu erklären versucht, aber er weigert sich, mir zuzuhören.«

»Vielleicht hat er Angst, dass Ihnen etwas passiert.«

Alex seufzte. »Ich finde, wir sollten uns darauf einigen, nicht mehr über meinen Bruder und seine Motive zu sprechen. Für alle Beteiligten ist es das Beste, wenn dieses Thema ausgeklammert bleibt.«

»Aber Sie können ihm doch wohl nichts vorwerfen? Schließlich hat er viel Geld dafür ausgegeben, es Ihnen hier wohnlich zu machen, während er selbst in einem dringend renovierungsbedürftigen Haus lebt.«

Alex lachte spöttisch. »Wie gesagt: Es ist das Beste, wenn wir nicht über meinen Bruder sprechen. Setzen Sie sich doch. Wir wollen essen.«

Es war bereits halb zwölf, als Emilie sich von Alex verabschiedete und die Tür zur kalten, düsteren Seite des Hauses öffnete, die nach der Helligkeit und der modernen Einrichtung bei Alex noch dunkler wirkte. Auf dem Weg zu ihrem Zimmer fühlte sie sich wie Alice, die soeben das Wunderland verlassen hatte.

Die Heizung in ihrem Bereich hatte sich schon vor Stunden ausgeschaltet, und im Schlafzimmer herrschte Eiseskälte. Emilie zog sich aus, so schnell sie konnte, und schlüpfte unter die Bettdecke. Das Gespräch mit Alex hatte sie als sehr anregend empfunden.

Bei dem ausgezeichneten Rhône-Wein hatten sie sich über Paris unterhalten, wo Alex zwei Jahre gewesen war, über ihre französischen Lieblingsautoren sowie über Musik und Wissenschaft. Emilie war beeindruckt von Alex' enormem kulturellem Wissen.

Auf ihre Bewunderung hatte Alex mit einem Achselzucken reagiert. »Ich hielt mich oft ohne einen Pfennig Geld in Großstädten auf, und die besten Orte, den Tag im Warmen zu verbringen, sind Museen, Kunstgalerien und Bibliotheken. Außerdem habe ich ein Gedächtnis wie ein Elefant. Ich vergesse nichts. Geben Sie also in Zukunft acht, was Sie sagen, Emilie«, warnte er sie.

Nach dem Essen hatte Alex sich geschickt aus dem Rollstuhl aufs Sofa gehievt und dort, abgesehen von den Beinen, die in merkwürdigem Winkel zueinander standen, gewirkt wie jeder andere Mann auch. Zum ersten Mal war ihr seine Größe aufgefallen. Alex hatte ihr bestätigt, dass er über eins neunzig messe, und ihr erklärt, dass ihm das den Vorteil großer Reichweite verschaffe.

Alex war, das musste Emilie zugeben, ein sehr attraktiver Mann, bedeutend attraktiver als sein Bruder. Mit seinem Aussehen und seinem unbestreitbaren Charme und Intellekt hatte er vor seinem Unfall bestimmt zahllose Frauenherzen gebrochen. Trotz seiner gelähmten Beine wirkte er sehr männlich. Er war nicht hilflos, das stand fest.

Emilie versuchte, die negative Beschreibung Sebastians von seinem Bruder mit dem wortgewandten, reifen Mann in Einklang zu bringen, mit dem sie soeben den Abend verbracht hatte. Und musste daran denken, wie ruhig er ihr bei ihrer ersten Begegnung über ihre Panikattacke hinweggeholfen hatte.

Welcher war der *wahre* Alex Carruthers?

Ihr letzter Gedanke vor dem Einschlafen war, wie es wohl für Sebastian gewesen sein musste, mit einem jüngeren Bruder aufzuwachsen, der ihm wie Frederik in Jacques' Geschichte auf allen Ebenen überlegen war.

18

Als Emilie am nächsten Morgen in die Küche ging, um sich einen Kaffee zu kochen, war sie überrascht, Alex dort zu sehen, der bereits die untere Hälfte der Wand hinter der Anrichte gestrichen hatte.

»Guten Morgen, Langschläferin«, begrüßte er sie fröhlich.

Emilie, die noch in Nachthemd, Sebastians Fisherman-Pullover und seinen dicken Socken war, wurde rot.

»Es ist erst halb neun«, verteidigte sie sich, als sie den Wasserkocher einschaltete.

»War ein Scherz. Leider beginnen gelähmte Beine in der Nacht unwillkürlich zu zucken, was bedeutet, dass ich meistens nicht allzu viel Schlaf bekomme. Außerdem prickeln sie in letzter Zeit so seltsam. Vielleicht kehrt das Gefühl wieder. Die Ärzte meinen, es sei ein gutes Zeichen.«

»Das wäre ja toll.« Emilie lehnte sich an die Spüle. »Wie war die ursprüngliche Diagnose?«

»Nerven in der Wirbelsäule verletzt, eher unwahrscheinlich, dass ich meine Beine jemals wieder spüren werde. Bla, bla.«

»Es besteht also die Möglichkeit, dass Sie eines Tages wieder gehen können?«

»So weit haben sie sich nicht aus dem Fenster gelehnt. Wenn Ärzte einem falsche Hoffnungen machen, riskieren sie heutzutage eine Klage, meine Liebe«, erklärte Alex schmunzelnd. »Aber ich habe brav meine Physiotherapiesitzungen im Krankenhaus absolviert und die Übungen zu Hause weitergemacht.«

»Gibt es eine Chance auf vollständige Genesung?«, fragte Emilie noch einmal.

»Das wage ich zu bezweifeln, aber die Hoffnung stirbt zuletzt … Egal. Ich schufte seit Tagesanbruch. Glauben Sie, ich habe mir einen Kaffee verdient?«

»Natürlich.« Emilie nahm eine Kaffeekanne und zwei große Tassen aus dem Küchenschrank.

»Wie Sie sehen, habe ich die obere Hälfte der Wand Ihnen überlassen. Wenn ich versuchen würde, auf die Leiter zu steigen, wäre das eine zirkusreife Leistung.« Alex lachte. »Haben Sie gut geschlafen?«

»Danke. Alex?«, sagte sie, während sie wartete, dass der Kaffee durchlief.

»Ja, Em? Darf ich Sie so nennen? Es klingt irgendwie weicher.«

»Wenn Sie möchten. Ich habe mir gerade gedacht, wie anders Sie gestern Abend waren, als Sebastian Sie mir beschrieben hat.«

»Normalerweise bemühe ich mich, den Vorurteilen meines Bruders gerecht zu werden.« Alex zuckte mit den Achseln.

»Heißt das, dass Sebastian Ihrer Ansicht nach schlechtes Benehmen von Ihnen erwartet?«

»Sie wissen, dass ich nicht über Ihren Mann reden möchte.« Alex drohte ihr spielerisch mit dem Finger. »Und schon gar nicht am frühen Morgen und mit gelber Farbe bekleckert.«

»Warum machen Sie Ihren Pflegerinnen so lange die Hölle heiß, bis sie gehen?«, hakte sie nach.

»Em …« Alex seufzte. »Wir haben uns darauf geeinigt, nicht über dieses Thema zu sprechen. Ich sage nur so viel, dass ich sie, da ich sie nicht will und bei ihrer Auswahl nicht mitreden kann, irgendwie loskriegen muss. Ich bin körperlich nicht in der Lage, Sebastian daran zu hindern, dass er sie mir auf den Hals hetzt. Wie gestern Abend erwähnt bin ich inzwischen durchaus in der Lage, allein zurechtzukommen.«

»Sind Sie sich da absolut sicher?«

»Bitte fangen Sie nicht wieder damit an.« Er runzelte die Stirn. »Gönnerhaftigkeit habe ich mir nach meiner fehlerfreien Vorstellung gestern Abend nicht verdient.«

»Ja, aber ich soll auf Sie aufpassen, und …«

»Em«, fiel Alex ihr ins Wort, »niemand, am allerwenigsten Sie, muss auf mich *aufpassen*. Mein Bruder mag das glauben, aber wie Ihnen in der kurzen Zeit Ihres Aufenthalts vielleicht schon aufgefallen sein dürfte, habe ich die schreckliche Angewohnheit, diese Illusion immer wieder zu zerstören.«

»Ich will ja nur sagen, dass mein Mann es mir, wenn ich seine Anweisungen nicht befolge, Ihnen keine Vollzeitpflegerin besorge und Ihnen etwas passieren sollte, nie verzeihen würde.«

»Ich gebe Ihnen mein Wort, Em, mir passiert nichts. Nun hören Sie endlich auf, sich den Kopf zu zerbrechen, und geben Sie mir einen Kaffee.«

Eine Stunde später zog sich Alex mit der Entschuldigung, er habe zu tun, in seine Wohnung zurück. Emilie strich die obere Hälfte der Wand und widmete sich dann den Stellen, die sie übersehen hatte. Als sie sich die Hände an der Spüle wusch, entdeckte sie durchs Fenster das erste Grün, das zaghaft unter dem schnell schmelzenden Eis hervorlugte. Nach so vielen Tagen im Haus verspürte sie Lust auf einen Spaziergang.

Emilie verließ Blackmoor Hall durch die hintere Tür. Im Sonnenschein schlenderte sie durch das, was im Sommer bestimmt ein hübscher französischer Garten sein würde, dann durch ein Tor in einen Obstgarten. Die Äste der alten Bäume waren kahl und wirkten auf den ersten Blick abgestorben, doch das darunter liegende, nicht eingesammelte Fallobst vom vorhergehenden Sommer zeugte vom Gegenteil.

Vom Rand eines Grastennisplatzes aus, um den sich lange niemand mehr gekümmert hatte, sah Emilie, dass das Gebäude sich in ein sanftes Tal schmiegte. In der Ferne erkannte sie die dunklen Umrisse höherer Gipfel und Felsen. Das Haus war von Weideland umgeben, auf dem, den gefrorenen Köteln auf dem Boden nach zu urteilen, Schafe grasten. Auf einer grasbewachsenen Anhöhe wurde Emilie bewusst, dass dies tatsächlich ein schönes, wenn auch ein wenig karges Fleckchen Erde war.

Später am Nachmittag erledigte sie einige Anrufe nach Frankreich. Mit dem Architekten und den Leuten vom Bau hatte sie vereinbart, in den folgenden Wochen nach Frankreich zu kommen, hauptsächlich, um die Einlagerung der väterlichen Bibliothek vor dem Beginn der eigentlichen Bauarbeiten zu überwachen.

Bei einer Tasse Tee in der Küche überlegte Emilie, ob sie sich revanchieren und Alex ihrerseits zum Essen einladen sollte. Auf jeden Fall wollte sie dem rätselhaften Verhältnis zwischen ihm und ihrem Mann auf den Grund gehen. Und wann war das besser möglich als während Sebastians Abwesenheit?

Als sie an der Tür zu Alex' Wohnung klopfte, stellte sie fest, dass dieser in seinem ordentlich aufgeräumten Büro am Computer arbeitete.

»Entschuldigen Sie, dass ich störe, aber dürfte ich Sie heute Abend bei mir zum Essen einladen? Dann könnten Sie mir auch gleich helfen, die Anrichte wieder zurückzuschieben.«

»Gern.« Er nickte. »Bis später«, fügte er, in seine Arbeit vertieft, hinzu.

»Sehr hübsch«, begrüßte Alex sie, als er später in der Küche erschien. »Dieser türkisfarbene Pullover passt gut zu Ihrem Teint.«

Emilie bedankte sich für das Kompliment. »Schieben wir zuerst die Anrichte zurück? Dann kann ich die Sachen vom Küchentisch nehmen, weil wir den fürs Essen brauchen.«

»Überlassen Sie das mir.«

Alex geriet kaum ins Schwitzen, als er die Anrichte an die Wand rückte. Anschließend räumte er die Teller in den unteren Teil, während sie sich dem oberen widmete.

»Wunderbar!« Emilie schaute sich in der Küche um. »Sieht doch alles gleich viel besser aus.«

»Ein kleines Wunder. Nun wirkt die Küche fast heimelig«, lobte Alex sie. »Sie haben ein Händchen für so was, stimmt's, Emilie?«

»Ich kann finstere Räume nicht ausstehen. Wärme und Helligkeit sind mir wichtig.«

»Da Sie einen großen Teil Ihres Lebens in Südfrankreich verbracht haben, glaube ich Ihnen das gern. Ich habe einen ordentlichen Wein mitgebracht, weil ich weiß, dass der Keller hier fast leer ist. Ach, und was zum Durchlesen.« Alex nahm ein Heft aus der Seitentasche seines Rollstuhls und reichte es ihr. »Ich glaube, es stammt aus Ihrer Familie, deswegen dachte ich mir, dass es Sie vielleicht interessiert. Ich finde die Texte darin ziemlich anrührend, wenn auch ein wenig naiv.«

Während Alex die Flasche öffnete, schlug Emilie das alte, ledergebundene Notizbuch auf und versuchte, das Französisch zu entziffern.

»Gedichte«, stellte Alex fest. »In ziemlich krakeliger Schrift. Ich habe Stunden fürs Entziffern gebraucht. Hier ist meine getippte Version.« Alex gab sie Emilie. »Die Gedichte lesen sich, als wären sie von einem fünfjährigen Kind geschrieben, und manche sind tatsächlich entstanden, als die Verfasserin noch sehr jung war. Ihre späteren Themen besitzen allerdings Potenzial. Sehen Sie den Namen darunter?«

»Sophia de la Martinières!«, rief Emilie verblüfft aus. »Woher haben Sie dieses Notizbuch?«

»Seb hat vor ein paar Wochen ein Buch aus einem Regal der Bibliothek gezogen, irgendetwas über französische Obstsorten, wenn ich mich recht entsinne. Er sagt, dieses Notizbuch sei dabei gewesen. Er hat mir die Gedichte zum Lesen und Entziffern gegeben. Wissen Sie, wer Sophia de la Martinières war?«

»Ja, meine Tante, die Schwester meines Vaters. Er hat nicht oft von ihr gesprochen, aber ich habe bei meinem letzten Frankreichaufenthalt die Anfänge ihrer Geschichte gehört. Sie war blind.«

»Das erklärt die grässliche Schrift.«

»Sie sagen, Sebastian hätte das Heft bei einem Buch über französische Obstsorten gefunden?«

»Ja, behauptet er zumindest.«

»Jacques, der mir von Ihrer Großmutter und Sophia während des Kriegs erzählt hat, sagt, Constance hätte ein Buch zu Hilfe genommen, um Sophia Früchte zu beschreiben. Und Sophia hätte Gedichte verfasst. Vielleicht hat Constance beide Bücher nach dem Krieg nach England mitgenommen.«

»Was für eine rührende Geschichte«, bemerkte Alex.

»Ja. Wissen Sie, wo das Buch über die Obstsorten ist? Ich würde es mir gern anschauen.«

»Ich habe es nicht mehr zu Gesicht bekommen, seit Seb es aus dem Regal in der Bibliothek genommen hat«, antwortete Alex, plötzlich zurückhaltend. »Leider bin ich nicht in der Lage, die oberen Fächer zu überprüfen, also könnte es dort sein.«

»Ich sehe nach, und wenn ich es nicht finde, frage ich

Sebastian danach, sobald er wieder da ist.« Emilie wandte sich den Gedichten zu. »Sie gefallen mir. Unter dieses hat Sophia ihr Alter geschrieben.« Emilie deutete auf die Signatur und die Neun dahinter. »Sie beschreibt darin, was sie gern sehen würde.« Emilie schüttelte traurig den Kopf.

»Dieses mag ich besonders.« Alex suchte es heraus. »›Das Licht hinter dem Fenster‹. Em, was wissen Sie über die Zeit, die meine Großmutter in Frankreich verbracht hat? Das würde mich sehr interessieren.«

Während Emilie Risotto kochte, schilderte sie ihm, was Jacques ihr über Constance erzählt hatte. Alex lauschte aufmerksam.

»So weit kenne ich die Geschichte bis jetzt«, erklärte sie, als sie das Risotto servierte. »Was für ein Zufall, dass Ihre Familie und meine so viele Jahre später wieder verbunden sind.«

»Ja«, pflichtete Alex ihr bei und griff zur Gabel. »Wirklich erstaunlich.«

Emilie, die den leisen Spott in seiner Stimme bemerkte, sah ihn fragend an. »Wie meinen Sie das? Falls Sie glauben, dass Sebastian meine Familie bewusst ausfindig gemacht hat, irren Sie sich. Wir haben uns rein zufällig in Gassin getroffen, als er geschäftlich im Var war. Er hat mich aus der Zeitung erkannt und mir bei unserer ersten Begegnung von der Verbindung unserer Familien erzählt.«

»Dann gibt es da also kein Problem.«

»Nein«, antwortete Emilie mit fester Stimme.

»Gut, wenden wir uns anderen Themen zu«, schlug Alex vor.

Der Rest des Abends gestaltete sich längst nicht so locker wie der zuvor, weil eine gewisse Spannung in der Luft lag. Nach dem Essen kehrte Alex in seinen eigenen Bereich zurück, und Emilie ging mit einer Tasse Kakao nach oben.

Es bestand kein Grund, an der Lauterkeit ihres Mannes zu zweifeln, dachte Emilie, als sie sich mit dem Kakao ins Bett setzte. Egal, wie sie sich begegnet waren, am Ende hatten sie sich ineinander verliebt und geheiratet.

Beim Lesen von Sophias Gedichten fragte sie sich wieder einmal, warum ihr Vater niemals über seine jüngere Schwester gesprochen hatte. Dass sie überhaupt existierte, hatte sie als Kind eher zufällig herausgefunden, weil ihr an der Wand des Pariser Arbeitszimmers ihres Vaters das Bild einer schönen jungen Frau mit bis über die Schulter reichenden blonden Haaren, türkisfarbenen Augen und einer Perserkatze auf dem Schoß aufgefallen war.

»Wer ist das, Papa?«, hatte sie gefragt.

Langes Schweigen. »Das war meine Schwester, deine Tante Sophia, Emilie«, hatte Édouard schließlich geantwortet.

»Sie ist wunderschön.«

»Ja, das war sie.«

»Sie ist tot?«

»Ja.«

»Wie ist sie gestorben, Papa?«

»Darüber möchte ich nicht sprechen, Emilie.«

Emilie glaubte sich zu erinnern, dass er Tränen in den Augen gehabt hatte.

Am folgenden Morgen fuhr Emilie mit dem Land Rover nach Moulton, um die Vorräte für das kommende Wochenende aufzustocken. Sebastian würde am Abend um neun mit dem Zug ankommen und gegen zehn bei ihr sein.

»Wie ist es dir ergangen?«, fragte er, als er nach Hause kam.

»Gut«, antwortete sie und zog ihn in die frisch gestrichene Küche. »Gefällt's dir?«

Sebastian schaute sich um. »Ja, was für ein Unterschied«,

staunte er. »Wie um Himmels willen hast du's geschafft, die Anrichte zu verschieben?«

»Alex hat mir geholfen.«

»Alex?« Sebastians Miene wurde finster. »Was hatte er hier verloren? Er war doch nicht lästig, oder?«

»Nein. Er hat sich gesittet benommen. Es gibt viel zu erzählen, aber das hat bis morgen Zeit. Hast du Hunger? Ich habe Suppe gekocht und frisches Brot gekauft.«

»Prima«, sagte Sebastian und setzte sich. »Und dazu ein Glas Wein, wenn wir welchen haben.«

»Ja.« Emilie schenkte ihm aus der halb leeren Flasche von Alex ein.

»Der ist sehr gut«, bemerkte er. »Bestimmt nicht aus dem Spar im Ort, oder?«

»Nein, den hat Alex mitgebracht. Also …«, fuhr Emilie hastig fort, weil sie nicht den Rest des Abends über seinen Bruder reden wollte. »Wie war's in London?«

»Ich hab dir ja schon am Telefon gesagt, dass ziemliches Chaos herrscht, aber allmählich sehe ich wieder Land. Heute habe ich den größten Teil des Tages damit verbracht, die Kontakte aus meiner Kundendatei aufzufrischen. Wahrscheinlich muss ich nächste Woche nach Frankreich. Der Kunde, dessentwegen ich dort war, als wir uns begegnet sind, hat nach wie vor Interesse. Möglicherweise habe ich einen Picasso für ihn aufgespürt, in einem Château in der Nähe von Menton.«

»Das ist nicht weit von Gassin weg«, stellte Emilie begeistert fest. »Kann ich dich begleiten?«

»Gute Idee, aber es lohnt sich nicht, weil ich nur sehr kurz dort sein werde. Wolltest du nicht in einer Woche sowieso nach Frankreich?«

»Ja. Ich habe ein bisschen Heimweh«, seufzte sie.

»Das kann ich mir vorstellen.« Sebastian nahm ihre Hand.

»Der Start in England war nicht gerade der beste. Ich verspreche dir, Schatz, im Frühjahr wird es hier licht und hell. Außerdem ist es ein schönes Gefühl für mich zu wissen, dass du in Blackmoor Hall auf mich wartest. Die Suppe ist übrigens köstlich. Wenn es nicht schneit, können wir morgen ein bisschen raus. Dann zeige ich dir die Gegend.«

»Gern. Es ist merkwürdig, ohne dich hier zu sein.«

»Ich weiß. Das Leben in England bringt große Veränderungen für dich. Aber wie gesagt: Es ist ja nur für ein paar Monate, höchstens ein Jahr. Dann überlegen wir, wo wir uns endgültig niederlassen. Nach den turbulenten Wochen macht es dir vielleicht Freude, ein bisschen auszuspannen und dich nur um deinen frisch angetrauten Ehegatten zu kümmern.«

»Wenn er denn mal da ist…«

»Emilie«, seufzte Sebastian gereizt, »ich habe dir doch gesagt, dass ich tue, was ich kann. Wir müssen beide Kompromisse machen, bis mein Geschäft wieder läuft.«

Sofort bekam Emilie ein schlechtes Gewissen. »Natürlich. Nach dem durchschlagenden Erfolg mit der Küche könnte ich noch andere Räume freundlicher gestalten. Zum Beispiel unser Schlafzimmer?«

»Gern. Alles, was das alte Gemäuer ein bisschen wohnlicher macht, ist mir recht. Ich muss dich allerdings warnen: Das dürfte eine Sisyphosarbeit werden. Aber ich weiß es zu schätzen, dass du dir das antun möchtest. Ich bin müde. Wollen wir ins Bett gehen?«

»Lass du dir schon mal ein Bad ein, während ich hier unten aufräume«, schlug Emilie vor.

Sebastian bedankte sich und stand auf. »Die letzten Tage waren wirklich hart.«

Emilie hörte, wie Sebastian die Treppe hinaufging, und dann das Ächzen der uralten Rohre, wie er das Wasser einließ. Mit schlechtem Gewissen darüber, dass sie Sebastian noch nichts von der Flucht der letzten Pflegerin erzählt hatte, klopfte Emilie an Alex' Tür.

»Wer ist da?«, fragte eine Stimme von drinnen.

»Emilie. Darf ich reinkommen?«

»Die Tür ist nicht verschlossen.«

Alex, der mit einem Buch in einem Sessel am Kamin saß, begrüßte sie mit einem Lächeln.

»Hallo.«

»Hallo. Ich wollte mich nur vergewissern, dass es Ihnen gut geht.«

»Wie Sie sehen, liege ich sturzbesoffen in meiner Kotze«, spottete er. »Vermutlich haben Sie Seb mitgeteilt, dass ich ohne Aufpasserin bin?«

»Nein, noch nicht. Er ist ziemlich erschöpft, und ich wollte ihm keinen Stress machen. Ich werde ihm morgen sagen, dass Sie keine Vollzeitbetreuung brauchen. Und falls er weiterhin darauf besteht, erkläre ich ihm, dass eine Teilzeitkraft für den Haushalt reicht. Das spart ihm auch Geld.«

»Em, ich …« Alex hob eine Augenbraue. »Egal. Danke, dass Sie sich für mich einsetzen. Das ist mal was Neues in diesem Haus.«

»Sie werden Sebastian überzeugen müssen, dass Sie wirklich nur eine Haushaltshilfe benötigen«, betonte sie.

»Ja. Im Bodenschrubben und Bettenmachen besitze ich tatsächlich kein großes Geschick. Dabei verheddere ich mich gern im Überzug.« Alex schmunzelte. »Aber ich verspreche, dass ich mir Mühe geben werde, ein artiger Junge zu sein. Ich weiß Ihre Unterstützung zu schätzen. Gute Nacht.«

»Gute Nacht.«

Emilie ging das Thema Alex am folgenden Tag in einem gemütlichen Pub im Hochmoor an. Sebastians Miene verfinsterte sich, als sie ihm von der Flucht der letzten Pflegerin erzählte, und so fügte sie hastig hinzu, dass Alex inzwischen viel mehr selbst erledigen könne und sie ihm eine Chance geben sollten.

»Emilie«, seufzte Sebastian, »das Thema hatten wir doch schon. Es ist wirklich nett von dir, dass du ihm hilfst, aber du kennst Alex' Launen nicht. Was, wenn er wieder zu saufen anfängt? Oder wenn ihm was passiert, während er sich aus dem Rollstuhl hievt?

»Dann können wir ihm immer noch mit einer neuen Vollzeitpflegerin drohen. Vielleicht wäre er nicht so frustriert, wenn er mehr Selbständigkeit hätte. Wir könnten ja einen Panikknopf für ihn installieren lassen.«

»Heißt das, du wärst bereit, die Verantwortung für ihn zu übernehmen?« Sebastian trank einen Schluck Bier. »Denn ich werde in den kommenden Monaten keine Zeit haben, mich um meinen Bruder zu kümmern.«

»Bisher hat Alex mich um nichts gebeten. Er hat mir sogar geholfen, die Küche zu streichen, und mir was gekocht.«

»Ach. Dann hat er also die große Charmeoffensive gestartet. Tut mir leid, Emilie …« Sebastian schüttelte den Kopf. »Ich habe tausendmal erlebt, wie geschickt er Menschen manipuliert. Dich scheint er auch schon um den Finger gewickelt zu haben. Wahrscheinlich möchte er, dass du dich um ihn kümmerst. Er hat mir immer schon alles weggenommen«, erklärte er schmollend.

»Also wirklich, Sebastian!« Emilie war schockiert über die Reaktion ihres Mannes. »Manchmal bist du genauso schlimm wie er. Wie kannst du nur auf eine solche Idee kommen? Könnten wir es nicht eine Weile so probieren, wie Alex es vorschlägt? Er sehnt sich nach Unabhängigkeit, und möglicherweise wird der Umgang mit ihm leichter, wenn er sie kriegt. Sollten wir ihm nicht wenigstens die Chance geben, sich zu beweisen?«

Langes Schweigen, bevor Sebastian antwortete: »Na schön, ich gebe mich geschlagen. Aber so, wie ich das sehe, hat er dich schon auf seine Seite gezogen, und ich bin wieder der Böse, wenn ich Nein sage.«

»Danke.« Sie legte tröstend eine Hand auf die seine. »Ich möchte nur, dass das Leben im Haus ein bisschen ruhiger wird. Auch deinetwegen. Haben wir jetzt Zeit, nach Haworth zu fahren? Ich würde mir gern das Pfarrhaus ansehen, in dem die Brontës gelebt haben.«

An jenem Abend ging Emilie, während Sebastian in seinem Arbeitszimmer am Computer saß, zu Alex, der gerade in seiner Küche zu Abend aß.

»Sebastian hat sich auf meinen Vorschlag eingelassen.«

Alex wirkte erleichtert. »Das kommt einem Wunder gleich. Hut ab. Danke, Em.«

»Ich werde in den nächsten Tagen versuchen, eine Haushaltshilfe für Sie zu finden. Wenn Sie bis dahin etwas brauchen sollten, sagen Sie bitte Bescheid.«

»Würden Sie mir eine halbe Stunde Gesellschaft leisten?«, fragte er.

»Das geht nicht. Ich bin gerade dabei, für Sebastian und mich zu kochen.«

»Natürlich.« Alex wandte sich wieder seinem Essen zu. »Dann wünsche ich noch einen schönen Abend.«

»Danke. Gleichfalls.«

Sebastian wartete in der Küche. »Wo warst du? Ich habe dich gerufen.«

»Ich habe nach Alex gesehen. Bei ihm ist alles in Ordnung«, antwortete Emilie.

»Gut.«

Während des Essens war Sebastian sehr schweigsam.

»Was ist, Sebastian?«, fragte Emilie, als sie das Geschirr abräumte. »Stimmt etwas nicht?«

»Nein, es ist nichts. Oder doch. Komm, setz dich.« Sebastian klopfte auf sein Knie.

Emilie nahm darauf Platz und küsste ihn sanft auf die Wange. »Raus mit der Sprache.«

»Das klingt jetzt sicher kindisch, aber ich will dich nicht teilen.«

»Wie meinst du das?«

»Alex hat dich überzeugt, dass er niemanden braucht, der sich um ihn kümmert. Wenn er allein ist, wirst du dich verpflichtet fühlen, wie heute Abend nach ihm zu sehen. Du hängst schon am Haken. Wahrscheinlich beklagt er sich über seinen grausamen Bruder und erzählt dir Schauermärchen über mich.«

»Sebastian, das stimmt nicht. Alex spricht mit mir nicht über dich«, erklärte Emilie.

»Trotzdem ist mir nicht wohl dabei, Emilie. Ich bin nicht immer hier und kann mir vorstellen, zu wie vielen lauschigen Tête-à-Têtes er dich überreden wird. Du glaubst, dass ich übertreibe, aber du weißt nicht, wie er ist. Er wird versuchen, dich mir wegzunehmen.«

»Keine Angst.« Emilie strich Sebastian über die Haare. »Ich liebe dich und will dir nur helfen.«

»Das weiß ich, Schatz. Und ich weiß auch, wie dumm ich mich anhöre, aber Alex manipuliert wirklich gern Menschen. Er darf keinen Keil zwischen uns treiben.«

»Das gelingt ihm nicht«, sagte sie.

»Vielleicht war es doch keine so gute Idee, dich hierherzubringen«, seufzte Sebastian. »Aber unter den gegebenen Umständen hatte ich keine Wahl.«

»Ich – *wir* können uns eine Wohnung in London leisten, Sebastian, und dort zusammen sein …«

»Da ist es wieder, dieses Wörtchen: ›ich‹.« Sebastian verzog das Gesicht. »Mir ist vollkommen klar, dass meine Frau in der Lage wäre, ein kleines Land aufzukaufen, wenn ihr der Sinn danach stünde, aber bitte lass mir meinen Stolz. Ich muss das für uns durchziehen, egal wie hart es für uns beide ist. Kannst du das verstehen?«

»Ja.«

»Tut mir leid, wenn ich in dieser Hinsicht störrisch bin, doch ich möchte nicht, dass jemand auf die Idee kommt, ich hätte dich deines Geldes wegen geheiratet.«

»Ich weiß, dass das nicht der Fall ist.«

»Gut. Wollen wir schlafen gehen?«

Sebastian brach am Montag nach London und Frankreich auf. Da schönes Wetter war, holte Emilie ein altes Fahrrad aus der Scheune und radelte zum Laden im Ort. Dort lehnte sie den Drahtesel an die Mauer, ging hinein und wartete in der Schlange.

»Könnte ich das hier aufhängen?«, fragte sie die Frau hinter der Theke, als sie an der Reihe war, und reichte ihr eine Suchanzeige für eine Putzkraft.

Die Frau nahm den Zettel, las den Text und musterte Emilie interessiert. »Ja, kostet ein Pfund die Woche. Sie sind also die Frau von Mr Carruthers, die er aus Frankreich mitgebracht hat?«

Emilie hatte Mühe, den starken Yorkshire-Akzent der Frau zu verstehen. So viel war allerdings klar: Neuigkeiten sprachen sich in dieser Gegend schnell herum.

»Ja. Ich zahle für zwei Wochen«, erklärte sie und nahm das Geld aus ihrer Tasche.

Die Frau nickte.

»Ich bezweifle, dass sich jemand meldet. An Ihrer Stelle würde ich es im Lokalblatt versuchen.«

»*Merci* für den Tipp. Ich meine, danke.«

Als Emilie zu ihrem Fahrrad zurückgehen wollte, hielt eine Frau sie auf.

»Mrs Carruthers?«

Da sie es nicht gewöhnt war, mit Sebastians Familiennamen angesprochen zu werden, brauchte sie ein paar Sekunden, bis sie reagierte.

»Ja?«

»Ich bin Norma Erskine, war viele Jahre lang Haushälterin in Blackmoor Hall und habe kurz vor Ihrer Ankunft gekündigt.«

»Das hat Sebastian mir erzählt.«

»Er hat mich gebeten zurückzukommen, aber ich mag nicht mehr.«

Emilie musterte die Frau: Sie war klein und rund und hatte lebhafte, freundliche Augen. »Tut mir leid. Alex hat Sie verärgert«, entschuldigte sie sich.

»Hmmm«, lautete die Antwort. »Sie wissen vieles nicht, was in diesem Haus passiert ist, und ich werde es Ihnen auch nicht erzählen. Ich möchte Ihnen nur sagen, dass die Großmutter der Jungs sich im Grab umdrehen würde, wenn sie Bescheid wüsste. Am Ende bin ich nur noch geblieben, weil ich es ihr versprochen hatte. Schön, Sie kennenzulernen. Hoffentlich ist Ihnen klar, was Sie sich da aufgehalst haben. Aber mich geht das ja nichts mehr an.«

»Ich habe schon gemerkt, dass die Situation nicht ganz einfach ist«, erklärte Emilie.

»Das ist eine Untertreibung, glauben Sie mir.« Norma verdrehte die Augen. »Haben Sie sich schon eingewöhnt?«

»Ja, es wird allmählich, danke.«

»Wenn Sie mal Lust auf ein Tässchen Tee haben sollten ... mein Cottage ist das letzte auf der linken Seite des Ortes. Schauen Sie doch mal vorbei, meine Liebe, und berichten Sie, wie es läuft.«

»Danke, sehr freundlich von Ihnen.«

»Dann auf Wiedersehen.«

»Auf Wiedersehen.« Als Emilie aufs Rad stieg, entging ihr Norma Erskines mitleidiger Blick.

In den folgenden Tagen strich sie das Schlafzimmer, das sie mit Sebastian teilte, hellrosa. In Moulton erwarb sie eine warme Bettdecke und Laken, weil ihr das alte Bettzeug zu schwer und kratzig war. Anschließend ersetzte sie die Damastvorhänge durch Voile, damit mehr Licht hereinkam. Dann suchte sie im Haus nach freundlicheren Bildern für die Wände.

An einem Abend hatte sie bei Alex vorbeigeschaut, ihm ihre Handynummer gegeben und ihm gesagt, wenn er etwas brauche, solle er sie anrufen. Aufgrund von Sebastians am Wochenende geäußerten Befürchtungen hatte sie beschlossen, sich von seinem Bruder fernzuhalten, so gut es ging.

Nach den letzten Handgriffen im Schlafzimmer machte Emilie sich in der Küche etwas zu essen. Da klingelte das Telefon.

»Hallo?«

»Hallo, Mrs Erskine?«, fragte eine Frauenstimme.

»Nein, sie ist nicht mehr hier.«

»Oh. Ist Sebastian da?«

»Nein, in Frankreich.«

»Ach, tatsächlich? Dann rufe ich ihn über Handy an. Danke.«

Die Frau am anderen Ende der Leitung legte auf. Emilie wandte sich achselzuckend wieder ihrem Essen zu.

»Ich habe ein sehr nettes Mädchen gefunden, das für Sie sauber machen wird«, teilte Emilie Alex, der am Computer arbeitete, später in der Woche mit.

»Wunderbar.« Alex hob lächelnd den Blick. »Wen?«

»Sie heißt Jo, ist aus dem Ort, macht vor dem Studium ein Jahr Pause und möchte ein bisschen Geld verdienen.«

»Endlich mal jemand unter sechzig.«

»Sie kommt morgen Nachmittag her, um Sie kennenzulernen. Bitte seien Sie nett zu ihr, ja?«, bat sie ihn.

»Natürlich, Em.«

Emilie warf einen Blick auf den Bildschirm seines Computers.

»Was machen Sie da?«

»Ich handle.«

»An der Börse?«

»Ja. Meinem Bruder erzähle ich das lieber nicht, weil der sonst glaubt, ich verzocke mein Geld, und mir den Computer wegnimmt.« Alex streckte die Arme und verschränkte sie hinter dem Kopf. »Lust auf eine Tasse Tee?«

Aus schlechtem Gewissen darüber, dass sie in den vergangenen Tagen Distanz gehalten hatte, nickte sie.

»Ich mach das schon«, sagte sie und ging in die ordentlich aufgeräumte Küche. »Nehmen Sie Zucker?«

»Ein Stück, bitte.«

Während Emilie wartete, dass das Wasser kochte, vergewisserte sie sich, dass der Kühlschrank gefüllt war. So weit, so gut, dachte sie. Alex hielt also Wort und benahm sich. Mit einem erleichterten Seufzen stellte Emilie zwei Tassen, die Kanne, die Zuckerdose und Milch auf ein Tablett.

»Bringen Sie alles ins Wohnzimmer«, bat Alex sie. »Ich kann eine kleine Pause vom Computer gebrauchen.«

»Wie haben Sie das mit den Aktien gelernt?«, fragte sie, als sie den Tee einschenkte und ihm eine Tasse reichte.

»Ich bin Autodidakt«, antwortete Alex. »Das ist die perfekte Methode, Geld zu verdienen, ohne das Haus zu verlassen. Und für schlaflose Nächte, denn irgendwo auf der Welt hat immer eine Börse geöffnet.«

»Machen Sie Profit?«

»Allmählich, ja. Ich handle seit fast achtzehn Monaten; jetzt ist es kein Anfängerglück mehr. Ich habe aus meinen Fehlern gelernt und schlage mich ganz ordentlich.«

»Damit kenne ich mich überhaupt nicht aus«, gestand Emilie.

»Es hält meine grauen Zellen auf Trab, und außerdem beginnt es, sich auszuzahlen. Und wie läuft's bei Ihnen?«, erkundigte sich Alex.

»Sehr gut, danke.«

»Wird Ihnen in Ihrem Mausoleum nicht langweilig?«

»Ich streiche weiter.«

Alex nickte. »Ich hatte gehofft, Sie hin und wieder zu sehen.«

»Ich war beschäftigt.«

»Wollen Sie zum Abendessen bleiben? Ich habe tolle Foie gras vom Farmladen.«

»Ich hab viel zu tun …«

»*Er* hat Ihnen gesagt, dass Sie sich von mir fernhalten sollen?«, fragte Alex.

»Nein, das ist es nicht.«

»Okay.« Er hob seufzend die Hände.

»Tut mir leid.«

»Mein Gott, Emilie. Es ist doch lächerlich, wenn wir in unterschiedlichen Teilen des Hauses essen.«

»Ja«, pflichtete sie ihm nach kurzem Zögern bei.

»Gut. Dann erwarte ich Sie um halb acht. Ich verrate Sie auch nicht«, fügte er mit einem Augenzwinkern hinzu.

Bevor sie am Abend zu Alex ging, wählte sie Sebastians Handynummer, erreichte nur die Mailbox und hinterließ eine kurze Nachricht. Sie hatte ein schlechtes Gewissen, weil sie nichts von dem Essen mit seinem Bruder erwähnte. Von Sebastian hatte sie seit seiner Abreise am Montagmorgen nichts mehr gehört.

»Rein in die gute Stube!« Alex schürte das Feuer im Wohnzimmer. »Gute Nachrichten! Eines der jungen Ölunternehmen, in das ich vor Ewigkeiten investiert habe, ist vor Quebec auf eine Quelle gestoßen.«

»Das freut mich sehr für Sie«, sagte Emilie.

»Danke! Weiß oder rot?« Er deutete auf die beiden Flaschen auf dem Beistelltischchen.

»Rot, bitte«, antwortete Emilie.

»Wo ist Sebastian?«, erkundigte er sich, als er ihr ein Glas reichte.

»In Frankreich.«

»Sie sind also Strohwitwe. Sie sollten ihm vorschlagen, ihn zu begleiten.«

»Das habe ich«, sagte Emilie und setzte sich aufs Sofa. »Aber er meint, er hätte zu viel zu tun. Ich möchte ihn nicht bei der Arbeit stören. Vielleicht nächstes Mal.«

»Haben Sie sich schon mal überlegt, wie Sie sich hier oben in Yorkshire beschäftigen können, während Sie auf die Heimkehr Ihres Gatten warten?«

»Nicht wirklich. Bis jetzt hatte ich genug zu tun, und außerdem ist es ja nur vorübergehend.«

»Ja, bestimmt. Zum Wohl!« Er nahm einen Schluck Wein.

»Und was ist mit Ihnen? Möchten Sie immer hierbleiben?«, fragte Emilie.

»Ja, denn ich liebe dieses Haus.«

»Warum sind Sie dann in jungen Jahren weggerannt?«

»Das ist eine lange Geschichte.« Alex sah sie an. »Eine, die wir unter den gegebenen Umständen lieber ausklammern.«

»Bitte erklären Sie mir wenigstens, warum Sie trotz der offensichtlichen … Animositäten zwischen Ihnen und Ihrem Bruder bereit sind, das Haus mit ihm zu teilen? Und was ist, wenn es Sebastian nicht gelingt, es zu halten? Es müsste dringed renoviert werden …«

»Emilie, ich würde vorschlagen, dass wir uns neutraleren Themen zuwenden. Wir haben eine Übereinkunft getroffen, erinnern Sie sich?«

»Stimmt. Tut mir leid. Offenbar gibt es eine Menge Dinge, die ich nicht weiß.«

»Und ich werde Sie nicht aufklären. Wollen wir essen?«

Nach der köstlichen Foie gras, die Emilie an Frankreich erinnerte, brühte sie Kaffee auf, und sie setzten sich vor den Kamin im Wohnzimmer.

»Fühlen Sie sich hier nie einsam, Alex?«, fragte sie ihn.

»Manchmal schon, aber ich bin eher ein Einzelgänger, also fehlen mir die Menschen nicht so sehr. Und weil ich mich nicht mit Narren abgeben mag, existieren nicht allzu viele Leute, mit denen ich freiwillig zu Abend esse. Sind Sie nicht auch eine Einzelgängerin, Em?«

»Ja«, bestätigte sie. »Ich habe nie viele Freunde gehabt, mich in keinem Kreis richtig wohlgefühlt. Die Mädchen in meiner Pariser Privatschule fand ich verwöhnt und albern. Und an der Universität schienen sich die meisten Leute wegen meines Familiennamens in meiner Gesellschaft unbehaglich zu fühlen.«

»Irgendjemand hat einmal gesagt, bevor man jemand anders lieben könne, müsse man sich selbst lieben. Ich habe den Eindruck, dass wir beide an diesem Problem knabbern.«

»Wie Sie mir einmal so zutreffend erklärt haben, bin ich mir meiner Mutter gegenüber immer wie eine Versagerin vorgekommen. Es fiel mir schwer, mich selbst zu ›lieben‹, wie Sie es ausdrücken«, gestand Emilie.

»Da ich keine Gelegenheit hatte, meine Eltern kennenzulernen, kann ich niemandem die Schuld geben.« Alex zuckte mit den Achseln.

»Ja, das hat Sebastian mir erzählt. Vielleicht liegt es ja gerade daran? Haben Sie je von Ihrer Mutter gehört?«, fragte Emilie.

»Nein, nie.«

»Erinnern Sie sich überhaupt an sie?«

»Ich habe hin und wieder Erinnerungssplitter, die meist durch Gerüche ausgelöst werden. Zum Beispiel muss ich immer an sie denken, wenn ich einen Joint rieche. Möglicherweise ist mein Drogenkonsum tatsächlich darauf zurückzuführen.« Alex grinste. »Die Lust auf Rauschmittel scheint mir im Blut zu liegen.«

»Ich begreife nicht, warum ein Mensch die Kontrolle verlieren möchte.« Emilie schüttelte den Kopf. »Ich hasse es.«

»Emilie, Süchtige wollen durch ihre Sucht nur vor sich selbst weglaufen. Und vor der Realität. Alles, was den Schmerz des Lebens lindert, ist willkommen«, erklärte Alex. »Mit die interessantesten Leute, die ich kenne, sind süchtig. Je intelligenter man ist, desto mehr denkt man nach; je mehr man nachdenkt, desto mehr wird einem klar, wie sinnlos das Leben ist, und desto mehr möchte man dieser Sinnlosigkeit entkommen. Zum Glück habe ich diese Phase hinter mir. Ich gebe nicht mehr anderen Leuten die Schuld für meine Probleme. Das führt zu nichts. Vor ein paar Jahren habe ich aufgehört, mich als Opfer zu sehen, und begonnen, die Verantwortung für mich selbst zu übernehmen. Seitdem ist mir vieles aufgegangen.«

»Ich finde es schrecklich traurig, dass Sie und Sebastian ohne Eltern aufgewachsen sind. Obwohl ich mir als Kind manchmal vorgestellt habe, adoptiert zu sein. Dann konnte ich mir einreden, dass meine richtige Mutter mich geliebt oder zumindest ein wenig gemocht hat. Ich war sehr einsam, obwohl ich in wunderschönen Häusern mit jedem nur erdenklichen Luxus gelebt habe.«

»Die meisten Menschen wünschen sich das, was sie nicht haben können«, bemerkte Alex nüchtern. »Der Tag, an dem man aufwacht und erkennt, dass das ein völlig sinnloser Wunsch ist, und sich bewusst wird, was man tatsächlich hat, beginnt man, den Pfad zu relativer Zufriedenheit zu beschreiten. Das Leben ist eine große Lotterie; die Würfel sind gefallen, und wir müssen das Beste aus dem machen, was wir haben.«

»Sie waren in Therapie?«, fragte Emilie.

»Natürlich.« Alex grinste. »Wer nicht?«

»Ich.« Sie lächelte.

»Gute Entscheidung«, lautete Alex' Kommentar. »Irgendwann ist mir bewusst geworden, dass ich auch danach süchtig wurde, und ich habe damit aufgehört. In solchen Sitzungen wird einem erklärt, warum man so chaotisch ist, dass jemand anders daran schuld ist – eine prima Entschuldigung, sich so schrecklich aufzuführen, wie man will. Ein Psychotherapeut hat mir mal gesagt, ich hätte ein Recht auf meine Wut. Also habe ich sie ein Jahr lang ausgelebt. War toll …«, er seufzte, »… bis mir klar wurde, dass ich damit alle Menschen, die mir wichtig waren, vergrault habe.«

»Ich bin nie aus der Haut gefahren«, gestand Emilie.

»Die Ohrfeige neulich in der Küche war nicht von schlechten Eltern«, erinnerte Alex sie mit einem spöttischen Grinsen.

Emilie wurde rot. »Stimmt.«

»Sorry. Ich wollte nur sagen, dass ein Wutausbruch gelegentlich sehr befreiend sein kann. Aber so was sollte sich nicht zu einem dauerhaften Zustand auswachsen, wie es bei mir der Fall war. Ach, die Menschen …« Alex schüttelte den Kopf. »Was sind wir doch kompliziert.«

»Sie scheinen sich selbst sehr gut zu kennen.«

»Ja, und mir ist klar, dass ich nie aufhören werde, mich selbst zu überraschen. Ich habe mich von einem aggressiven Drogensüchtigen in einen organisierten Kontrollfreak verwandelt, der aus der Fassung gerät, wenn er in seinen Gewohnheiten gestört wird. Vielleicht ist das für mich die einzige Möglichkeit zurechtzukommen. Ich kann nur mich selbst kontrollieren. Und ich will nicht riskieren, wieder in die Sucht zu geraten.«

»Ich muss Ihre Disziplin bewundern«, sagte Emilie. »Alex, darf ich fragen, ob es jemals einen Menschen gegeben hat, dem Sie sich nahe gefühlt haben?«

»Eine Frau, meinen Sie?«

»Ja.«

»Es gibt zahllose Frauen, denen ich körperlich ›nahe‹ gewesen bin, aber ich habe es mit keiner lange ausgehalten. Leider muss ich gestehen, dass ich bisher nie in der Lage war, eine feste Beziehung mit jemandem zu führen.«

»Hätten Sie jetzt gern eine?«

»Mit der richtigen Person, ja. Sogar sehr gern.«

»Nun, vielleicht begegnen Sie ihr eines Tages.«

»Möglich.« Alex sah auf seine Uhr. »Nun muss ich leider so unhöflich sein, Sie rauszuwerfen, weil ich mich meinen Ölaktien widmen muss. Es ist nach Mitternacht, in Asien beginnt der Börsenhandel.«

»Ich habe gar nicht gemerkt, dass es schon so spät ist.« Emilie stand auf. »Danke für die Gesellschaft und das Essen.«

»Es war mir ein Vergnügen, Em.«

»Ich bringe Jo, die Putzhilfe, morgen zu Ihnen.« Emilie blieb an der Tür stehen. »Alex, ich wünschte, Sebastian könnte Sie so sehen.«

»Mein Bruder sieht mich so, wie er will. Und ich reagiere entsprechend. Gute Nacht, Em.«

»Gute Nacht.«

Als Emilie zwanzig Minuten später im Bett lag, dachte sie über den Abend mit Alex nach.

Sie war in seiner Gesellschaft sehr entspannt gewesen, vermutlich deswegen, weil ihr Verhältnis zu ihm nicht mit den Komplexitäten einer Beziehung belastet war. Trotzdem hätte es Sebastian bestimmt nicht gefallen, dass sie so gut miteinander auskamen.

Emilie seufzte. Wenn die Brüder doch nur endlich die Vergangenheit vergeben und vergessen könnten!, dachte sie. Dann wäre das Leben in Blackmoor Hall so viel angenehmer.

19

Am Ende der Woche kam Sebastian erschöpft nach Hause. Als Emilie beim Abendessen mit ihm zu reden versuchte, blieb er distanziert. Später im Bett fragte sie ihn, ob es Probleme gebe.

»Sorry, im Moment ist alles ein bisschen schwierig.«

»Im Geschäft?«, hakte Emilie nach.

»Ja. Ich habe gerade festgestellt, dass die verdammte Bank Überweisungen nicht verbucht hat. Und der Typ in Frankreich, der dachte, er könnte an einen Picasso rankommen, hat sich als Windhund entpuppt. Deswegen habe ich nicht die allerbeste Laune«, brummte er.

»Du weißt, dass ich dir, wenn nötig, unter die Arme greife. Du musst es nur sagen.« Emilie massierte ihm die Schultern; er lag mit dem Rücken zu ihr.

»Danke, Emilie, aber wie du dir denken kannst, will ich nicht bei jedem Engpass zu dir laufen.«

»Bitte, Sebastian, du hast mir geholfen, als ich in Not war. Wenn man jemanden liebt, kann man um Hilfe bitten.«

»Vielleicht ist das bei Frauen anders.« Sebastian zuckte mit den Achseln. »Jedenfalls muss ich jetzt schlafen.«

Den Rest des Wochenendes verkroch Sebastian sich im Arbeitszimmer. Beim Abendessen sprach er kaum mit ihr, und in der Nacht machte er keine Anstalten, sie zu berühren. Als sie am Sonntagabend das Schlafzimmer betrat, war er dabei, seine Reisetasche zu packen.

»Willst du weg?«, fragte sie.

»Ja. Ich fahre morgen nach London.«

»Ich begleite dich.«

»Ich bezweifle, dass das Loch, in dem ich übernachte, deinen Ansprüchen genügen würde.«

»Das ist mir egal«, erklärte sie mit fester Stimme.

»Aber mir nicht.«

»Ich spendiere uns ein Hotelzimmer.«

»Zum letzten Mal: Ich will dein Scheißgeld nicht!«

Emilie fühlte sich, als hätte sie eine Ohrfeige bekommen. Sie wälzte sich schlaflos neben Sebastian im Bett und fragte sich, was sie sagen oder tun solle. Wenn sie doch nur mit jemandem hätte reden können!

Am folgenden Morgen verabschiedete Sebastian sich mit einem kurzen Wangenkuss von ihr und teilte ihr mit, dass er am Freitag zurückkommen würde.

Der graue Regentag, an dem es im Haus feucht roch, spiegelte Emilies Stimmung. Sie dankte Gott, dass sie Mitte der Woche im freundlicheren Frankreich weilen würde.

Als sie sich an das Buch über die französischen Obstsorten erinnerte, das Alex erwähnt hatte, suchte Emilie in den Regalen danach, ohne Erfolg. Stattdessen entdeckte sie einen Band von F. Scott Fitzgerald und setzte sich damit im Salon vor den Kamin.

Nach einer Weile klingelte ihr Handy. Es war Alex.

»Hallo?«

»Hallo«, begrüßte er sie. »Alles in Ordnung?«

»Ja, und bei Ihnen?«

»Dito«, antwortete Alex. »Jo, das Mädchen, das Sie mir besorgt haben, ist nett und fleißig und macht kein großes Trara. Ich mag sie. Danke.«

»Das freut mich.«

Schweigen.

»Ist wirklich alles in Ordnung, Emilie?«

»Ja.«

»Gut. Einen schönen Tag noch.«

»Danke.«

Emilie beendete das Gespräch, stolz darüber, dass sie sich nicht bei ihm ausgeweint hatte.

Zwanzig Minuten später klopfte es an der Tür zum Salon.

»Hallo, Alex.« Sie seufzte.

»Hallo, Em. Sagen Sie es bitte, wenn ich störe. Am Telefon haben Sie geklungen, als ginge es Ihnen nicht gut. Ich möchte mich nur vergewissern, dass alles okay ist.«

»Danke. Sie haben recht«, gab sie zu. »Ich bin tatsächlich ein bisschen niedergeschlagen.«

»Hab ich mir schon gedacht. Wollen Sie darüber reden?«

»Ich … weiß es nicht.« Sie spürte, wie ihr die Tränen kamen.

»Manchmal hilft Reden. Wenn Sie möchten, stelle ich mich Ihnen als Therapeut zur Verfügung. Selbstverständlich völlig neutral. Das wäre mal eine neue Rolle für mich«, versuchte er, sie aufzumuntern. »Vermutlich hat mein Bruder Sie aus der Fassung gebracht. Neulich ist er ohne zu klopfen in meine Wohnung marschiert – das hasse ich – und hat mir die Leviten gelesen, weil ich Sie belästigt habe.«

»Was? Ich habe ihm nichts gesagt, Alex.«

»Das glaube ich Ihnen gern. Er hat einen Grund gebraucht, mich anbrüllen zu können«, erklärte Alex.

»Er war am Wochenende furchtbar angespannt. Ich weiß nicht, was mit ihm los ist.«

»Tja«, seufzte Alex. »Ich könnte natürlich versuchen, Ihnen zu erklären, was für einen Mann Sie geheiratet haben, aber wir haben uns ja darauf geeinigt, dass wir dieses Thema ausklammern. Ich verrate Ihnen nur, dass Sebastian zu abrupten Stimmungsumschwüngen neigt. Und ich hoffe für Sie, dass er sich bald wieder einkriegt.«

»Ich auch.« Emilie hätte Alex gern mehr gefragt, wollte ihn jedoch nicht in die Bredouille bringen und Sebastian nicht hintergehen. »Das Wetter hier hilft auch nicht gerade. Gott sei Dank fliege ich am Mittwoch nach Frankreich.«

»Sie Glückliche. Vielleicht erfahren Sie dort mehr über Sophia und ihre Gedichte.«

»Ich werde Jacques jedenfalls bitten, mir mehr zu erzählen«, versprach Emilie.

»Die Bibliothek im Château, die Sie erwähnt haben, würde ich gern sehen. Alte Bücher sind meine Leidenschaft.«

»Ich muss dafür sorgen, dass sie verpackt und eingelagert werden, bevor die Renovierungsarbeiten beginnen. Davor graut mir«, gestand sie. »Aber es ist wichtig.«

»Ihr Vater wäre bestimmt stolz auf Sie, Em. Schade, dass der große Name der de la Martinières aussterben wird – leider *ist* er das durch Ihre Eheschließung mit meinem Bruder faktisch schon.«

»Nein, Sebastian und ich haben uns darauf geeinigt, dass ich ihn behalte.«

»Aber wenn Sie zusammen ein Kind haben, wird es ›Carruthers‹ heißen, oder?«

»Bis dahin ist es noch ein langer Weg«, meinte Emilie und wechselte das Thema. »Soll Jo, während ich weg bin, im Haus schlafen? Beim Einstellungsgespräch hat sie sich bereit erklärt, das im Bedarfsfall zu machen.«

»Nicht nötig. Sie hat mir für Notfälle ihre Telefonnummer gegeben. Sie können mir vertrauen, Em. Ich komme wirklich allein zurecht.«

»Ich finde es traurig, dass Sie kaum aus dem Haus können, Alex. Fehlt Ihnen das?«

»Manchmal kriege ich tatsächlich einen Hüttenkoller. Aber wenn das Wetter besser ist, kann ich immerhin eine Runde durch das drehen, was von unserem schönen Garten noch übrig ist. Verraten Sie das, was ich Ihnen jetzt sage, bitte nicht Sebastian: Ich spiele mit dem Gedanken, einen behindertengerechten Wagen zu kaufen.«

»Sehr gute Idee. Und wenn ich von Frankreich zurück bin, hieven wir Ihren Rollstuhl in den Kofferraum des Land Rover und machen einen Ausflug. Hätten Sie Lust?«

»Sogar große.« Alex strahlte. »Ach, was würde ich für ein echtes Pint in einem Pub geben.«

»Okay, abgemacht«, sagte Emilie, die sich fragte, warum Sebastian ihm das nie angeboten hatte.

»Ich muss jetzt wieder an meinen Computer«, verkündete Alex und löste die Bremsen seines Rollstuhls. »Mich um die wachsende Familie meiner Ölaktien kümmern. Viel Spaß in Frankreich, Em. Erzählen Sie mir, was Sie Neues über meine Oma erfahren. *Adieu* und *bon voyage.*«

Alex verabschiedete sich mit einem kleinen Winken.

Emilie hatte das von Sebastian empfohlene Taxiunternehmen angerufen und ließ sich zum Leeds Bradford Airport bringen. Als die Maschine abhob und über die graue Industrielandschaft Nordenglands in Richtung Frankreich flog, dachte Emilie an Sebastian, den sie vor ihrer Abreise gern noch erreicht hätte. Doch sein Handy war ständig auf Mailbox umgeschaltet, und bisher hatte er auf keine ihrer Nachrichten reagiert.

Obwohl Alex' Äußerung über die Stimmungsschwankungen seines Bruders sie tröstete, hatte sie bis in die frühen Morgenstunden gegrübelt. Die Hundertachtzig-Grad-Wende vom liebevollen, stets besorgten Gatten zu einem Mann, der nicht einmal auf ihre Anrufe reagierte, war schwer nachzuvollziehen.

In Nizza schien die Märzsonne. Emilie holte den Mietwagen ab und fuhr durch die vertraute Landschaft zum Château.

Dort herrschte hektische Aktivität. Davor stand ein großer Lastwagen, und auf der Treppe wurde Emilie von der aufgeregten Margaux mit einer Umarmung begrüßt. »Madame, ich freue mich sehr, Sie zu sehen.«

»Gleichfalls.« Emilie erwiderte die Umarmung.

»Ich habe mein Möglichstes getan, um auftauchende Fragen zu beantworten, aber ich weiß nicht alles«, erklärte Margaux. »Sie haben schon mit der Bibliothek angefangen.«

»Wie bitte? Sie sollten doch nicht ohne mich beginnen«, rief Emilie aus.

»Das ist meine Schuld, Madame. Sie sind vor drei Stunden gekommen, und ich wollte nicht, dass sie Däumchen drehen.«

»Ist schon in Ordnung«, sagte Emilie hastig. »Jetzt bin ich ja da.«

»Möchten Sie nach der langen Reise etwas trinken?«, erkundigte sich Margaux.

»Ja, einen Tee. Könnten Sie ihn mir bitte in die Bibliothek bringen?«

»Natürlich, Madame.«

Als Emilie die Bibliothek betrat, musste sie feststellen, dass die Regale bereits halb leer waren. In der Luft lag der Staub von Jahrhunderten.

»Hallo«, begrüßte sie die vier oder fünf Leute, die damit beschäftigt waren, die Bücher in wasserdichten Kisten zu verstauen. »Ich bin Emilie de la Martinières.«

»Sehr erfreut, Madame.« Ein kräftiger Mann streckte ihr die raue Hand hin und stellte sich als Gilles vor. »Wie Sie sehen, kommen wir gut voran. Eine schöne Sammlung. Manche der Bücher sind sehr alt.«

Gilles erklärte ihr, dass sie jede Kiste mit der Nummer des dazugehörigen Regals versahen. »So kann man die Bücher später ohne Probleme an ihren ursprünglichen Platz zurückstellen.«

»Gut«, sagte Emilie, die froh war, dass die Leute kompetent wirkten und vorsichtig mit den Büchern umgingen. Zu ihrem Erstaunen entdeckte sie mitten in dem Chaos Margaux' Sohn Anton, der auf dem Boden saß und trotz der Unruhe in ein Buch vertieft war.

»Hallo, Anton«, begrüßte sie ihn.

Der Junge hob erschrocken den Kopf.

»Madame de la Martinières, tut mir leid, meine Mutter hat mir gesagt, ich soll helfen, aber dann war da dieses Buch …«

Emilie warf einen Blick darauf. Es handelte sich um eine alte Ausgabe von Victor Hugos *Die Elenden*, ein Werk, das sie selbst als Kind in dieser Bibliothek gelesen hatte. Ein wenig erinnerte Anton Emilie an eine Figur aus der Geschichte.

»Lies ruhig weiter.« Emilie legte ihm eine Hand auf die Schulter. »Magst du Bücher?«

»Ja, sehr. Hier gefällt's mir. Wenn meine Mutter mich ins Château mitnimmt, sehe ich mir immer in der Bibliothek die Bücher an. Aber ich schwöre Ihnen, Madame, dass ich nie zuvor eines in die Hand genommen habe«, fügte er hastig hinzu.

»Lies das hier zu Hause zu Ende«, schlug Emilie vor. »Ich bin sicher, dass du sorgsam damit umgehst.«

»Wirklich?« Anton strahlte. »Danke, Madame.«

»Bitte sag Emilie zu mir.«

»Anton! Du treibst doch hoffentlich keinen Unfug, oder?« Margaux, die den Tee in die Bibliothek brachte, wirkte besorgt.

»Aber nein.« Emilie nahm Margaux den Tee ab. »Er ist wie Papa und ich ein Bücherwurm. Offenbar ein ziemlich intelligenter«, fügte sie schmunzelnd hinzu. »Er liest *Die Elenden* – harte Kost für ein Kind.«

»Ja!« Margaux' Augen glänzten vor Stolz. »Er ist der Beste in seiner Klasse und will später mal an einer großen Universität Literatur studieren. Wie lange haben Sie vor zu bleiben, Madame? Im Haus sind nur noch die Möbel aus dem Zimmer da, in dem Sie immer schlafen. Wie Sie wissen, haben Jean und Jacques Ihnen eine Übernachtungsmöglichkeit bei sich angeboten.«

»Ja, aber ich werde diese Nacht hier verbringen. Das Bett und der Schrank in meinem Zimmer sind wertlos und kommen am Ende auf den Sperrmüll. Zu Jean und Jacques gehe ich morgen Abend. Sie sind einfach wunderbar, Margaux, danke«, sagte Emilie, als sie die Bibliothek verließen und die ausgeräumte Küche betraten.

»Ich habe Teller, Messer und Gabeln und einen Wasserkocher für Sie hiergelassen«, teilte Margaux ihr mit. »Den Kühlschrank haben sie auch nicht mitgenommen – er ist ziemlich alt. Vielleicht wollen Sie ohnehin einen neuen?«

Plötzlich wurde Emilie das Ausmaß des Unterfangens bewusst, das ihr bisher mit Sebastians Hilfe bewältigbar erschienen war.

»Ja, gute Idee«, pflichtete Emilie ihr bei. »Morgen früh kommen der Architekt und der Bauleiter.«

»Wie lange, glauben Sie, wird alles dauern, Madame?« Margaux wirkte erschöpft.

»Keine Ahnung. Vielleicht ein Jahr? Oder achtzehn Monate?«

»Verstehe. Es ist nur … tut mir leid, Madame, wenn ich Sie darauf anspreche, aber wahrscheinlich werde ich mich in der Zwischenzeit nach einer anderen Beschäftigung umsehen müssen, oder? Hier gibt es ja nichts mehr, worum ich mich kümmern könnte.«

»Margaux«, sagte Emilie mit schlechtem Gewissen darüber, dass sie über dieses Thema nicht schon früher mit ihr gesprochen hatte, »Sie arbeiten jetzt seit über fünfzehn Jahren für unsere Familie. Natürlich zahle ich Ihnen während der Renovierung des Châteaus weiter den Lohn. Sie können ein Auge auf die Arbeiter und das Haus haben, wenn ich in England bin, und mich informieren, falls es Probleme gibt.«

»Madame, das ist sehr freundlich von Ihnen. Ich nehme Ihr Angebot gern an«, erklärte Margaux, sichtlich erleichtert. »Wenn ich auf meinen Lohn verzichten könnte, würde ich das tun, aber Sie wissen, dass ich nicht reich bin. Ich muss für Antons Ausbildung sparen.« Plötzlich nahmen Margaux' Augen einen traurigen Ausdruck an. »Manchmal frage ich mich, was wird, wenn ich nicht mehr da bin.«

»Sie *sind* hier, Margaux«, tröstete Emilie sie mit einem Lächeln. »Bitte machen Sie sich keine Gedanken. Die Zeit der Untätigkeit jetzt werden Sie mehr als wettmachen, wenn die Renovierung abgeschlossen ist und der Schmutz beseitigt werden muss.«

»Ich bewundere Sie. Ihre Eltern wären sehr stolz auf Sie«, sagte Margaux mit feuchten Augen. »So wird das Haus für Frankreich und Ihre Kinder und Kindeskinder bewahrt. Das Essen, das ich für Sie vorbereitet habe, brauchen Sie nur noch aufzuwärmen. Ich muss jetzt leider nach Hause, für Anton und mich kochen.«

»Natürlich. Wir sehen uns vor meiner Abreise. Dann bekommen Sie auch Ihren Lohn. Noch einmal danke für alles.«

Als die Dämmerung hereinbrach, befanden sich alle Bücher in dem abfahrbereiten Lastwagen.

»Madame de la Martinières, wenn Sie bitte hier unterschreiben würden. Damit bestätigen Sie, dass Sie den Inhalt des

Wagens überprüft haben, der aus 24307 Büchern besteht. Ihr Mann hat bei unserem Gespräch letzte Woche eine Versicherungssumme von einundzwanzig Millionen Francs vorgeschlagen«, teilte Gilles ihr mit.

»Ach.« Emilie hob eine Augenbraue. »Ist das nicht ein bisschen hoch?«

»Es handelt sich um eine beeindruckende Sammlung, Madame. Ich an Ihrer Stelle würde sie, wenn die Bände wieder hier sind, von einem Fachmann schätzen lassen. Heutzutage können alte Bücher ein Vermögen wert sein.«

»Ja, natürlich.« Sebastian hatte ihr das ebenfalls geraten, doch sie hatte die Sammlung bisher nie unter finanziellen Gesichtspunkten betrachtet. »Danke für Ihre Hilfe.«

Emilie sah dem Wagen nach, wie er in der Dunkelheit verschwand, und ging dann in die Küche, um den geschmorten Ochsenschwanz zu verzehren, den Margaux für sie zubereitet hatte. Vor ihr befanden sich die Unterlagen aus dem Schreibtisch ihres Vaters, die sie hastig in zwei schwarze Müllsäcke gestopft hatte, bevor der Schreibtisch ein paar Wochen zuvor ins Lager gebracht worden war. Es handelte sich um private und geschäftliche Korrespondenz, die bis in die sechziger Jahre zurückreichte, sowie um Fotos ihrer Eltern in Paris und im Garten des Châteaus.

Außerdem fand sie welche von sich als Baby, Kind und Teenager mit unvorteilhaftem Pony und plumpem, pubertärem Körper. Beim Sichten der Sachen vergaß sie die Zeit und fühlte sich ihrem Vater plötzlich sehr nahe. Als sie die Liebesbriefe las, die ihre Mutter ihm geschrieben hatte, musste sie sogar weinen.

Nun bestand kein Zweifel mehr, dass Valérie ihren Mann geliebt hatte. Emilie wischte sich die Nase mit dem Handrücken ab.

Ihr wurde klar, dass die Distanzierung von ihrer Familie und deren Geschichte ihr den Blick auf ihr gegenwärtiges und zukünftiges Leben verstellt hatte. Natürlich gab es Dinge, die sie nie würde verzeihen können … aber wenn sie wenigstens begriff, *warum* sie geschehen waren, konnte sie sich vielleicht endlich davon befreien.

Es war nach Mitternacht. Emilie hörte ihre Mailbox ab, wieder keine Nachricht von Sebastian. Sie begab sich seufzend in ihr kaltes Schlafzimmer, froh darüber, dass sie ihre Wärmflasche eingepackt hatte.

Im Bett grübelte sie über Sebastians Distanziertheit am Wochenende und sein Schweigen seitdem, weigerte sich aber, sich davon beeindrucken zu lassen. Wenn Sebastian aus irgendeinem Grund aufgehört haben sollte, sie zu lieben, würde sie das irgendwie überleben. Sie war das Alleinsein von Kindesbeinen an gewöhnt.

20

Der folgende Vormittag, an dem Emilie den Architekten und den Bauleiter begrüßte, gestaltete sich hektisch. Nachdem sie sich bei einem Rundgang durchs Gebäude über die Einzelheiten der Renovierung unterhalten hatten, las Emilie schluckend den berichtigten Kostenvoranschlag. Doch der Architekt versicherte ihr, dass die Arbeit angesichts des zu erwartenden Wertzuwachses jeden Centime wert sei.

»In den kommenden Monaten werden wir noch oft miteinander zu tun haben«, erklärte Adrien, der Bauleiter. »Wenn Sie das nächste Mal kommen, dürfen Sie nicht erschrecken. Es wird großes Chaos herrschen und eine ganze Weile dauern, bis Ihr schönes Haus wieder in seinem früheren Glanz erstrahlt.«

Als alle weg waren, ging Emilie noch einmal durchs Gebäude, um den Räumen zu versichern, dass der Prozess der Veränderung, den sie durchlaufen würden, zu ihrem Vorteil war.

Ein paar Stunden zuvor hatte sie Jean angerufen, um sich für den Abend anzumelden. Nun schlenderte sie in die Spülküche zu ihrem Koffer und den beiden schwarzen Müllsäcken und nahm die Papiere und Bilder heraus, die sie noch nicht durchgesehen hatte. Dabei fiel ihr ein vergilbter Umschlag in die Hände, den sie öffnete. Darin befand sich ein Foto des sehr jungen Édouard am Strand, der den Arm schützend um die Schulter eines hübschen blonden Mädchens gelegt hatte. Emilie erkannte die Kleine von dem Porträt im Pariser Arbeitszimmer ihres Vaters. Es war seine Schwester Sophia. In dem Kuvert steckte außerdem eine aus einem Notizbuch gerissene Seite … Als Emilie sie auseinanderfaltete, sah sie die ihr inzwischen vertraute unregelmäßige Kinderschrift.

»*Mon frère …*«

»Mein Bruder«, sagte Emilie leise und machte sich daran, die Krakelschrift zu entziffern. Es handelte sich um ein Lob auf Édouard und war mit Sophia de la Martinières, 14, unterzeichnet.

Weil Emilies Finger von der Kälte steif zu werden begannen, kehrte sie in ihren Sessel am Herd zurück. Das Gedicht zeugte von der Bewunderung der jungen Sophia für ihren Bruder. Warum hatte Édouard nie von ihr erzählt? Was war zwischen ihnen vorgefallen?

Emilie steckte die Seite mit dem Gedicht und das Foto in ihre Handtasche, nahm die Müllsäcke und schloss die Tür des Châteaus zum letzten Mal hinter sich. Als sie den Wagen auf die kiesbedeckte Auffahrt zu Jeans Häuschen lenkte, klingelte ihr Handy. Sie hielt an, denn es war Sebastian.

»Wo warst du? Ich habe mir solche Sorgen gemacht!«, schrie sie ihn fast an.

»Schatz, es tut mir wirklich leid. Ich habe das Ladegerät fürs Handy in Yorkshire vergessen, und der Akku war am Dienstagmorgen leer.«

»Sebastian, das ist keine Entschuldigung! Es gibt noch andere Telefone auf der Welt, mit denen du mich hättest anrufen können!«, herrschte Emilie ihn an.

»Das habe ich! Ich habe am Dienstagabend in Blackmoor Hall angerufen, ohne jemanden zu erreichen, und seitdem bist du in Frankreich.«

»Warum hast du keine Nachricht auf meiner Mailbox hinterlassen?«

»Deine Handynummer war nur auf meinem Handy mit dem leeren Akku gespeichert. Ich hatte deine Nummer also erst wieder, als ich heute Nachmittag nach Yorkshire zurückgekommen bin und mein Handy aufladen konnte.«

»Warum hast du nicht Gerard angerufen? Er weiß meine Nummer.«

»Seine Nummer ist auch auf meinem Handy. Bitte, Emilie …« Sebastian klang müde. »Es tut mir wirklich leid. Bevor du fragst: Ja, ich habe in London versucht, ein anderes Ladegerät aufzutreiben, aber mein Handy ist so alt, dass keiner der Läden in der Gegend mehr ein passendes hatte. Und ich hatte wirklich keine Zeit, woanders zu suchen. Eine unglückliche Verkettung von Zufällen. Eines weiß ich jetzt immerhin: Ein altmodisches Adressbuch aus Papier ist unverzichtbar. Welchen Grund sollte ich denn haben, mich nicht bei dir zu melden?«

Ja, was für einen Grund hätte Sebastian haben können?

»Du kannst dir gar nicht vorstellen, was ich mir für Sorgen gemacht habe. Besonders weil du am Wochenende so … merkwürdig warst«, gestand Emilie. »Ich hatte schon Angst, dass du mich verlassen hast.« Sie war den Tränen nahe.

Sebastian lachte amüsiert. »Dich verlassen? Emilie, ich habe dich doch erst vor ein paar Wochen geheiratet. Wofür hältst du mich? Zugegeben, letztes Wochenende war meine Stimmung ziemlich im Keller. Aber niedergeschlagen ist doch jeder mal, oder?«

»Wahrscheinlich schon.« Emilie biss sich auf die Lippe.

»Hat mein Bruder dich wieder durcheinandergebracht? Ja …« Emilie hörte ihn fast nicken. »Ich wette, das ist es.«

»Nein, Sebastian, Alex redet nicht schlecht über dich.«

»Lüg mich nicht an, Emilie. Ich weiß, wie er ist.« Plötzlich klang Sebastians Stimme hart.

»Er hat nichts gesagt«, wiederholte Emilie, die keinen Streit provozieren wollte. »Du bist jetzt wieder daheim in Yorkshire?«

»Ja. Wie läuft's bei dir?«

»Die Bücher sind weg, und das Château wartet auf die Renovierung.«

»Tut mir leid, dass ich nicht da sein konnte, um dir zu helfen. Ich hatte hier sehr viel zu tun.«

»Das ist doch gut, oder?«

»Nicht so gut, wie es sein könnte, aber … wann kommst du nach Hause?«

»Morgen.«

»Zur Begrüßung koche ich dir was Feines, als Entschuldigung für das Debakel mit dem Handy«, versprach Sebastian. »Es tut mir leid, Emilie, es war nicht meine Schuld. Ich habe wirklich versucht, dich am Dienstagabend zu erreichen.«

»Vergessen wir's, ja?«, schlug sie vor.

»Ja. Und lass es mich wissen, falls ich von hier aus etwas für dich tun kann.«

»Danke, bis jetzt habe ich so weit alles im Griff.«

»Gut, Schatz, bitte melde dich.«

»Und *du*!« Emilie rang sich ein mattes Lächeln ab. »Bis morgen.«

Sie fragte sich, ob sie ihm glauben konnte. Ihr Vater hatte immer gesagt, dass die kompliziertesten Verwicklungen sich oft sehr leicht erklären ließen, doch die vier Tage Schweigen hatten Zweifel in ihr geweckt.

Obwohl Alex nichts Negatives über seinen Bruder gesagt hatte, war er nicht bereit gewesen, sich auf ein Gespräch über ihn einzulassen. Allmählich bekam Emilie das Gefühl, dass es über ihren Mann viel mehr zu erfahren gab, als Alex ihr verriet. Sie ließ den Motor an und fuhr die letzten hundert Meter bis zu Jeans Hütte, wo sie den Wagen abstellte.

Emilie ließ ihre Sachen im Kofferraum und klopfte an der Tür zur *cave*, weil sie wusste, dass Jean oft noch spät arbeitete. Und tatsächlich: Er saß mit seinen Kladden am Tisch.

Jean begrüßte sie mit einem Lächeln. »Emilie! Herzlich willkommen.« Er erhob sich, ging um den Tisch herum und küsste sie auf beide Wangen. »Schön, dass Sie hier sind. Zimmer und Essen sind vorbereitet. Sie sind bestimmt müde.«

»Danke, dass ich hier schlafen darf, Jean. Wo ist Jacques?« Emilie schaute zu der großen Bank im hinteren Teil des Weinkellers, wo Jacques immer die Flaschen einwickelte.

»Ich habe Papa ins Haus geschickt, damit er den Kamin anmacht. Heute Nacht ist es hier drin kalt. Ich möchte nicht, dass er sich erkältet. Er ist nicht mehr der Jüngste und war diesen Winter schon ziemlich oft krank.« Jean seufzte. »Ist im Château alles vorbereitet?«

»Ja, es wird ein völliger Neuanfang.«

»Ich kann Ihnen gar nicht sagen, wie glücklich Papa und ich sind, dass das Château in der Familie de la Martinières bleibt. Dadurch ist nicht nur unser Lebensunterhalt gesichert, sondern auch das Zuhause, das mein Vater und ich so sehr lieben. Papa hätte es wahrscheinlich nicht überlebt, wenn er hätte gehen müssen«, erklärte Jean. »Aber setzen wir uns doch drüben an den Kamin und trinken ein Glas Wein. Der Rosé ist dieses Jahr besonders gut, weil das Wetter in der vergangenen Saison ideal war. Bald werde ich erfahren, ob ich im Winzerwettbewerb eine Auszeichnung für den Rosé bekomme. Es wäre das erste Mal, ich mache mir Hoffnungen.«

Emilie half Jean, die Lichter in der *cave* auszuschalten, bevor sie hinübergingen. Als Jean die Tür zur Küche öffnete, stieg ihnen köstlicher Essensgeruch in die Nase.

»Kommen Sie ins Wohnzimmer. Mein Vater hat bestimmt den Wein entkorkt«, sagte Jean.

Jacques döste in seinem Sessel vor dem Kamin. Nun bemerkte auch Emilie, für die Jeans Vater immer schon sehr alt gewesen war, seinen Verfall. Sie wandte sich Jean zu. »Sollen wir in die Küche gehen und ihn schlafen lassen?«, flüsterte sie.

»Nicht nötig.« Er grinste. »Er ist stocktaub. Setzen Sie sich, Emilie.« Er deutete auf einen Stuhl und nahm die geöffnete Flasche Wein vom Tisch. »Den müssen Sie probieren.«

Emilie nahm das Glas, das er ihr reichte, schwenkte die hellrosafarbene Flüssigkeit darin und erfreute sich an dem üppigen Bouquet.

»Er riecht verführerisch, Jean.«

»Ich habe diesmal mehr Syrah dazugegeben als sonst, und ich glaube, die Mischung ist gut gelungen.«

Emilie trank einen Schluck. »Toll.«

»In der Gegend herrscht starker Wettbewerb, weil alle in neue Technologien investieren. Ich bemühe mich redlich, Schritt zu halten.« Jean zuckte mit den Achseln. »Aber genug vom Geschäft, darüber können wir später reden. Wie läuft's in England? Und in der Ehe?«

Nirgendwo sonst war für Emilie die merkwürdig angespannte, kalte Atmosphäre von Blackmoor Hall so weit weg wie in Jeans behaglichem Häuschen.

»Gut, obwohl ich Zeit brauche, mich an England zu gewöhnen. Sebastian war nicht immer da, weil er beruflich viel um die Ohren hat«, antwortete sie ehrlich.

»Ich weiß, dass er viel unterwegs ist. Letzte Woche habe ich abends einen mir unbekannten Wagen beim Château gesehen und in meiner inoffiziellen Funktion als Sicherheitsdienst, wenn Margaux Feierabend hat, nachgeschaut. Es war Ihr Mann.«

»Ach. Sebastian war letzte Woche hier?«, fragte Emilie erstaunt.

»Ja. Wussten Sie das nicht?«

»Nur dass er sich geschäftlich hier in der Nähe aufhielt. Vielleicht wollte er nachsehen, wie es mit dem Château vorangeht«, erklärte sie hastig.

»Ja, wahrscheinlich. Ich fürchte, ich habe ihn erschreckt. Als ich das Haus betreten habe, war er in der Bibliothek, umgeben von Bücherstapeln.«

»Ach so! Vermutlich wollte er beim Packen helfen«, sagte Emilie erleichtert.

»Er war zwei Tage lang hier, aber ich wollte ihn nicht mehr stören. Er ist Ihr Mann und besitzt das Recht, sich im Château aufzuhalten, wann immer er will.«

»Ja.« Insgeheim fragte Emilie sich jedoch, warum Sebastian ihr nichts von seinem zweitägigen Aufenthalt im Château erzählt hatte. Wieder bekam sie ein flaues Gefühl im Magen. »Es war nett von ihm, dass er sich die Zeit genommen hat, mir mit der Bibliothek zu helfen«, presste sie hervor.

»Ich weiß, dass er Ihnen in einer schwierigen Zeit beigestanden ist.«

»Ja, allerdings.« Emilie wechselte das Thema. »Ich wollte Ihnen etwas zeigen, das ich in dem Haus in Yorkshire entdeckt habe.« Sie nahm den Umschlag mit den Gedichten heraus, den Alex ihr gegeben hatte. »Sie stammen von meiner Tante Sophia de la Martinières. Jacques hat letztes Mal erwähnt, dass sie Gedichte geschrieben hat.« Als sie Jean die Gedichte reichte, öffnete Jacques ein Auge.

»Rührend …«, murmelte Jean, als er sie las. »Papa, möchtest du einen Blick darauf werfen?«

»Ja.« Jacques, der doch nicht ganz so taub zu sein schien, hatte inzwischen beide Augen geöffnet und nahm die Seiten mit zitternden Händen. Beim Lesen kamen ihm die Tränen.

»Sie war so schön … und hat ein so tragisches Ende gefunden … Ich …« Jacques schüttelte bewegt den Kopf.

»Jacques, können Sie mir sagen, wie sie gestorben ist?«, fragte Emilie. »Warum mein Vater nie über sie gesprochen hat? Und warum Constance diese Gedichte in ihrem Haus in Yorkshire aufbewahrte?«

»Emilie ...« Jean legte ihr sanft die Hand auf den Arm. »Die Lektüre scheint Papa ziemlich mitgenommen zu haben. Wollen wir zuerst essen und Papa Zeit geben, seine Gedanken zu ordnen?«

»Natürlich. Entschuldigung, Jacques. Ich möchte nur so viel wie möglich über meine Familie erfahren.«

»Zuerst essen wir«, sagte Jacques, als Jean ihm seinen Gehstock reichte und ihm aufhalf.

Beim Essen war Jacques sehr schweigsam. Jean lenkte das Gespräch bewusst auf das Weingut und seine Pläne für die Modernisierung und Expansion.

»Mit den richtigen Investitionen können wir innerhalb von fünf Jahren Profit erwirtschaften. Es würde mich sehr freuen, wenn ich endlich in der Lage wäre, einen positiven Beitrag zu leisten.«

Als Emilie seinen begeisterten Ausführungen lauschte, wurde ihr bewusst, wie attraktiv er nach wie vor war. Mit seiner glatten, auch nach einem langen Winter noch haselnussbraunen Haut und seinen kastanienbraunen Haaren, die sein Gesicht wellig umrahmten, wirkte er jünger als neununddreißig Jahre. Als Teenager hatte sie eine Weile für ihn geschwärmt.

Als sie Jean beim Abräumen des Geschirrs half, gähnte Jacques.

»Papa, soll ich dir ins Bett helfen?«

»Nein!«, sagte Jacques mit Nachdruck. »Ich will jetzt nicht schlafen. Jean, hol den Armagnac. Ich werde versuchen, Emilie mehr von dem zu berichten, was ich weiß.« Jacques gab ein Geräusch von sich, das irgendwo zwischen einem Ächzen und einem Kichern lag. »Seit Ihrem letzten Aufenthalt hier überlege ich, ob der Rest der Geschichte mit mir ins Grab gehen soll. Aber …«, er zuckte mit den Achseln, »… wie soll man die Gegenwart verstehen, wenn man nichts über die Vergangenheit weiß?«

»Das beginne ich gerade zu begreifen«, pflichtete Emilie ihm bei. »Wie Sie sich bestimmt erinnern, haben Sie mir von Constances erster Zeit in Paris erzählt. Sie hatte sich gerade mit Venetia getroffen und sich bereit erklärt, ihr zu helfen …«

Mein Bruder

Dein starker Arm schützt mich,
Liegt um meine Schulter, führt mich.
Du sorgst für mich und liebst mich.
Siehst du mich, siehst du mich?

Rätselhaft, stark und unerschütterlich,
Beugst du dich über mich
Und liest ein Buch für dich.
Siehst du mich, siehst du mich?

Licht umstrahlet dich,
In deinem sichern Schatten beweg ich mich
Und entwickle mich.
Siehst du mich, siehst du mich?

Eines Tages verlässt du mich
Für ein neues Leben und ahnst doch nicht
meine große Liebe für dich.
Sahst du mich, sahst du mich?

Sophia de la Martinières,
1932, vierzehn Jahre

21

Paris, 1943

Zwei Tage später kam Édouard erschöpft aus dem Süden zurück und teilte Connie, bevor er sich in sein Zimmer zurückzog, mit, dass sie am Abend Gäste haben würden. Sie solle sich um halb sieben im Salon einfinden.

Connie fragte sich, um welche Gäste es sich diesmal handeln würde – und schickte ein stummes Gebet zum Himmel, dass es nicht Falk und Frederik wären, weil sie sich erst allmählich von der Aufregung der Nacht, in der Venetia vom Keller aus gefunkt hatte und Frederik unangekündigt bei ihnen aufgetaucht war, erholte.

Als Sarah am folgenden Morgen zum Einkaufen gegangen war, hatte Connie den Keller wieder verschließen wollen, jedoch den Schlüssel weder im Haus noch draußen gefunden. Immerhin hatte Venetia keine Spuren hinterlassen – kein abgestandener Geruch nach Gauloises und, soweit Connie das beurteilen konnte, keine verschobenen Möbel. Bisher war es auch nicht zu Vergeltungsaktionen gekommen, die erfahrungsgemäß schnell erfolgten. Wenn die Deutschen ein Funksignal aus der Gegend aufgefangen hätten, wären sofortige Hausdurchsuchungen die Folge gewesen, weil bekannt war, dass Funker häufig den Ort wechselten.

Um halb sieben betrat Connie wie gewünscht den Salon. Sarah führte die in ihrem neuen fliederfarbenen Cocktailkleid atemberaubend schöne Sophia herein und zu einem Stuhl.

Connie fiel auf, dass sie plötzlich viel erwachsener wirkte. Nun war sie eine strahlend schöne Frau in der Blüte ihrer Jugend.

Édouard gesellte sich erholt und entspannt, wieder ganz der unbeschwerte Alte, zu ihnen, begrüßte seine Schwester mit einem Kuss, machte ihr ein Kompliment und wandte sich den Gästen zu, der üblichen Mischung aus französischem Großbürgertum, Offiziellen des Vichy-Regimes und Deutschen.

Um halb acht waren alle bis auf Falk da, der von seinem Bruder Frederik ausrichten ließ, er werde später kommen.

»Gestern Nacht ist im STO-Büro in der Rue des Francs-Bourgeois eingebrochen worden«, erklärte Frederik. »Leute von der Résistance haben fünfundsechzigtausend Akten gestohlen. Verständlicherweise freut das meinen Bruder nicht besonders.«

Connie kannte das STO-Programm von ihrer SOE-Ausbildung. Dabei handelte es sich um ein Register junger Franzosen mit mehreren Hunderttausend Namen, von denen immer wieder Gruppen nach Deutschland geschickt wurden, um in Munitionsfabriken oder am Fließband zu arbeiten. Diese Deportationen riefen wachsenden Protest seitens der französischen Bevölkerung hervor und machten die Vichy-Regierung ausgesprochen unbeliebt. Das STO-Programm brachte viele bis dahin gesetzestreue französische Bürger dazu, sich der Résistance anzuschließen. Connie kaschierte ihre Freude über die gelungene Aktion und die Rolle, die Venetia dabei gespielt hatte, Frederik gegenüber mit einem sorgenvollen Ausdruck.

»Natürlich wird es einen Vergeltungsschlag geben«, erklärte ein hochrangiger Vichy-Offizieller. »Wir werden unerbittlich gegen die Rebellen vorgehen, die unser Land spalten wollen.«

Als im Salon Kaffee und Brandy gereicht wurden, klingelte es. Wenig später betrat Falk den Raum.

»Ich muss mich entschuldigen, Édouard. Feinde unseres Regimes haben mich aufgehalten.«

Édouard schenkte ihm einen Brandy ein. Connie fiel auf, wie hart Falks Gesicht wirkte, und dass seine Augen funkelten. Connie straffte die Schultern.

»Fräulein Constance, wie geht es Ihnen?«

»Gut, danke, Falk. Und Ihnen?«

»Sie haben sicher gehört, dass es Probleme mit der Résistance gegeben hat. Die Verantwortlichen kommen nicht ungeschoren davon, das verspreche ich Ihnen. Aber genug von der Arbeit. Jetzt möchte ich mich entspannen.« Er strich Connie über die Wange.

Seine Berührung fühlte sich an wie Eiswasser.

»Fräulein Constance …«

Da eilte Édouard ihr zu Hilfe. »Es gab also Probleme«, unterbrach er Falk.

»Ja. Doch die Übeltäter werden gefasst und ihrer gerechten Strafe zugeführt. Wir haben bereits Informationen von französischen Bürgern, die nicht mit der Résistance kooperieren, und vermuten, dass sie von diesem Viertel aus agiert. Vorgestern Nacht haben wir ein sehr starkes Signal aus dieser Straße aufgefangen. Die Häuser Ihrer Nachbarn wurden sofort durchsucht, ohne dass wir etwas gefunden hätten. Meine Leute wissen natürlich, dass sie Sie nicht behelligen dürfen«, erklärte Falk.

Connie gefror das Blut in den Adern, während Édouard aufrichtig überrascht wirkte. »Woher mag das Signal gekommen sein?«, fragte er. »Für meine Nachbarn lege ich die Hand ins Feuer.«

»Bruder«, mischte Frederik sich plötzlich in ihr Gespräch

ein. »Wenn das vorletzte Nacht war, habe ich vielleicht eine Erklärung. An diesem Abend habe ich Mademoiselle Sophia besucht, die gern Musik hören wollte. Leider funktionierte das Grammophon nicht. Da hat sie erwähnt, dass es im Haus ein Radio gibt. Natürlich verwendet sie es normalerweise nicht, denn sie weiß, dass das verboten ist«, fügte Frederik hastig hinzu. »Aber weil ich ihr eine Freude machen wollte, habe ich es eingeschaltet und einen Sender mit klassischer Musik für sie gesucht.« Frederik seufzte schuldbewusst. »An der Verwirrung könnte also ich schuld sein. Tut mir leid, Falk. Ich kann dir versichern, dass dieses Haus an jenem Abend unter strenger Beobachtung der SS stand und ich nur die Katze habe hereinkommen sehen.«

Édouard reagierte verwirrt auf Frederiks seltsames Geständnis, und Falk musterte seinen Bruder argwöhnisch. »Ich kann wohl kaum meinen Vorgesetzten verhaften, weil er in seinem Bestreben, einer Dame eine Freude zu bereiten, gegen die Vorschriften verstoßen hat«, erklärte er verärgert. »Vergessen wir die Sache. Doch Ihnen, Édouard, würde ich raten, das Radio sofort den Behörden zu übergeben, damit es keine weiteren Missverständnisse mehr gibt.«

»Selbstverständlich, Falk«, versprach Édouard. »In der fraglichen Nacht war ich nicht hier. Sophia, du hättest Herrn Frederik nicht ermutigen dürfen.«

»Die Musik war himmlisch«, erklärte Sophia mit einem verzückten Lächeln. »Mozarts Requiem müsste einen solchen Verstoß gegen die Regeln doch wert sein, oder?«, fragte sie mit entwaffnendem Charme.

Am folgenden Morgen gesellte Édouard sich in der Bibliothek zu Connie.

»Frederik war also in meiner Abwesenheit hier?«, fragte er.

»Ja. Ihre Schwester hat ihn hereingebeten. Ich wusste nichts von ihrer Verabredung.«

»Verstehe.« Édouard verschränkte seufzend die Arme. »Mir ist gestern Abend aufgefallen, dass sich ihre Beziehung vertieft hat. Sie sind sehr ineinander verliebt. Hat Sophia mit Ihnen darüber gesprochen?«

»Ja«, gestand Connie. »Ich habe versucht, ihr klarzumachen, wie aussichtslos diese Beziehung ist. Aber sie lässt nicht mit sich reden.«

»Für Sophia können wir nur hoffen, dass Frederik bald nach Deutschland zurückmuss.« Édouard wandte sich Connie zu. »Sie haben ihnen in der Nacht Gesellschaft geleistet?«

»Nein. Frederik ist gekommen, als ich schon im Bett lag.«

»O nein!«, rief Édouard entsetzt aus. »Sophia hat den Verstand verloren! Einen Mann allein und noch dazu heimlich und spät abends zu empfangen ist undenkbar!«

»Tut mir leid, Édouard. Ich wusste wirklich nicht, was ich machen sollte«, erklärte Connie. »Mir war klar, dass es sich für sie nicht schickt, um diese Uhrzeit mit Frederik allein zu sein, aber ich bin Gast in diesem Haus. Es steht mir nicht zu, ihr Vorschriften zu machen. Am allerwenigsten über einen so hochrangigen deutschen Offizier.«

Édouard sank in einen Sessel. »Reicht es nicht, dass sie unser schönes Land zerstören und seine Schätze gewaltsam an sich bringen? Müssen sie mir auch noch meine Schwester nehmen? Manchmal …«

»Édouard, was ist?«

»Entschuldigen Sie bitte, Constance, ich bin müde und schockiert über das Verhalten meiner Schwester und habe das Gefühl, diesen Krieg schon sehr lange zu führen. Warten wir ab, wann Frederik nach Deutschland zurückkehrt. Wenn das nicht bald geschieht, müssen wir drastischere Maßnahmen ergreifen.«

»Immerhin können wir uns über die Nachricht freuen, dass es der Résistance gelungen ist, die STO-Akten zu entwenden, nicht wahr?«

»Ja. Und das wird nicht die letzte gute Nachricht gewesen sein.«

Édouard verließ die Bibliothek.

In dem Moment wurde Connie klar, dass Édouard de la Martinières etwas mit dem STO-Coup zu tun hatte. Der Gedanke tröstete sie. Doch er änderte nichts an der Tatsache, dass sie in einem nicht von ihr selbst gesponnenen Netz gefangen und zur Passivität verdammt war. Allmählich hatte sie das Gefühl, den Verstand zu verlieren …

Warum hatte Frederik die de la Martinières geschützt, indem er das Radio erwähnte? Konnte es sein, dass Frederik tatsächlich nicht an die Sache der Nazis glaubte? Oder wusste er, dass von diesem Haus aus gefunkt worden war, und wollte der Sache selbst auf den Grund gehen?

Connie stützte den Kopf in die Hände und begann zu weinen. Es wurde immer verworrener. Alle außer ihr schienen zu wissen, was gespielt wurde.

»Lawrence«, flüsterte sie, »hilf mir.«

Beim Mittagessen wirkte Sophia, die Connie in den vergangenen Tagen nur selten zu Gesicht bekommen hatte, müde und blass. Connie beobachtete, wie sie in ihrem Essen herumstocherte, schließlich vom Tisch aufstand und sich entschuldigte.

Zwei Stunden später, als Sophia noch immer nicht aus ihrem Zimmer gekommen war, klopfte Connie an ihrer Tür. Sophia lag mit grauem Gesicht auf dem Bett, ein kaltes Tuch auf der Stirn.

»Meine Liebe, geht es dir nicht gut?« Connie setzte sich auf die Bettkante und nahm Sophias Hand. »Kann ich dir irgendwie helfen?«

»Ich bin nicht krank. Jedenfalls nicht körperlich …« Sophia lächelte matt. »Danke, dass du gekommen bist, Constance. In den letzten Wochen haben wir nicht viel Zeit miteinander verbracht. Du hast mir gefehlt.«

»Jetzt bin ich ja da«, tröstete sie sie.

»Ach, Constance.« Sophia biss sich auf die Lippe. »Frederik hat mir gesagt, dass er bald nach Deutschland zurückmuss. Wie soll ich das ertragen?« Ihre Augen wurden feucht.

»Es muss sein.« Connie drückte Sophias Hand. »Genau wie ich es ohne Lawrence aushalten muss.«

»Ich weiß, du hältst mich für naiv und glaubst, ich hätte keine Ahnung von der Liebe. Du meinst, ich würde schon über Frederik hinwegkommen, weil unsere Liebe keine Zukunft hat. Aber ich bin eine erwachsene Frau und kenne meine Gefühle.«

»Ich versuche nur, dich zu schützen, Sophia«, erklärte Connie. »Ich kann verstehen, wie schwierig alles für dich ist.«

»Constance, ich weiß, dass Frederik und ich zusammen sein werden. Das spüre ich hier drinnen.« Sophia legte eine Hand auf ihr Herz. »Frederik sagt, er wird eine Möglichkeit finden, und ich glaube ihm.«

Connie seufzte. Verglichen mit den Millionen von Toten in den vergangenen vier Jahren konnte man Sophias Romanze durchaus als trivial erachten. Aber Sophia selbst empfand das natürlich anders.

»Wenn Frederik sagt, er findet eine Möglichkeit, schafft er das auch«, tröstete Connie sie, obwohl sie insgeheim hoffte, dass sich das Problem von selbst lösen würde.

In den folgenden Wochen ertönten in den Nächten immer wieder Sirenen, und die Pariser flüchteten in den Untergrund.

Connie hörte von Angriffen der britischen Luftwaffe auf die Fabriken von Peugeot und Michelin außerhalb von Paris. Zu Hause in England hätte sie sich über diese Nachricht gefreut, doch hier konnte sie nur an die vielen französischen Arbeiter denken, die dabei umgekommen waren.

Bei ihrem täglichen Spaziergang in den Tuilerien spürte Connie fast den schwächer werdenden Herzschlag der Stadt und ihrer Bewohner, die allmählich die Hoffnung verloren, dass der Krieg jemals enden würde. Die versprochene Invasion der Alliierten ließ auf sich warten, und auch Connie begann sich zu fragen, ob sie je stattfinden würde.

Als sie sich im aufziehenden Abendnebel auf dieselbe Bank wie immer setzte, sah Connie Venetia sich ihr nähern.

Sie spielten die übliche Farce einer höflichen Begrüßung durch, bevor Venetia neben Connie Platz nahm. Venetia trug ihre »Reiche-Frau-Uniform«, hatte sich diesmal aber nicht die Mühe gemacht, Make-up aufzulegen. Ihre Haut war durchscheinend blass, ihr Gesicht schrecklich schmal.

»Danke, dass ich in den Keller durfte. Hat mir sehr geholfen.« Venetia nahm eine Gauloise aus der Tasche. »Zigarette?«

»Nein, danke.«

»Ich lebe praktisch von den verdammten Dingern. Die lindern den Hunger«, erklärte Venetia und zündete sich eine an.

»Brauchst du Geld für Lebensmittel?«, erkundigte sich Connie.

»Nein, danke. Viel mehr macht mir zu schaffen, dass ich ständig auf der Flucht bin, damit die Deutschen mein Signal nicht auffangen. Da bleibt wenig Zeit, in Ruhe zu essen.«

»Wie läuft's sonst?«, fragte Connie.

»Geht so.« Venetia nahm einen tiefen Zug an ihrer Zigarette. »Ein Schritt vorwärts, zwei zurück. Wenigstens sind unsere Agenten ein bisschen organisierter als bei meiner Ankunft im

Sommer. Aber wir können immer Unterstützung gebrauchen. Mir ist da ein Gedanke gekommen: Wahrscheinlich ist es egal, dass du nicht offiziell im Einsatz bist. Die Leute, mit denen ich zusammenarbeite, könnten dir, denke ich, helfen, Frankreich zu verlassen.«

»Meinst du wirklich?«, fragte Connie erfreut. »Venetia, ich weiß, dass mein Leben verglichen mit deinem ein Spaziergang ist, würde jedoch alles tun, um Frankreich und dieses Haus zu verlassen.«

»Ich habe meinem Netzwerk bereits mitgeteilt, dass du mir unter die Arme gegriffen hast. Komm doch zu unserem nächsten Treffen. Ich kann dir nichts versprechen, und es besteht auch immer das Risiko, dass sich ein Verräter in unseren Reihen befindet, aber eine Hand wäscht die andere. Außerdem sind wir befreundet. Du tust mir leid, weil du in dem Haus eingesperrt bist und diesen Schweinen Gesellschaft leisten musst.«

Als Venetia lächelte, flackerte hinter ihrer Erschöpfung etwas von ihrer früheren Attraktivität auf.

»Der Mann, bei dem du wohnst, dürfte übrigens ein ziemlich hohes Tier in der Résistance sein. Angeblich gibt es in Paris einen sehr wohlhabenden Herrn, der gleich nach Moulin, dem allseits verehrten Kopf der Résistance, kommt. Wenn das dein Beschützer sein sollte, Schätzchen, kann ich verstehen, warum London deine vielversprechende Agentenkarriere auf Eis legen musste, als du unter den Augen der Gestapo bei ihm aufgetaucht bist. Aber jetzt muss ich los.« Venetia stand auf. »Ich sage dir noch, wo und wann das Treffen am Donnerstag stattfindet. Also: Halt die Ohren steif, und bis bald hier.«

22

Am Donnerstag wartete Connie wie vereinbart in den Tuilerien, doch Venetia tauchte nicht auf.

Erst vier Tage später näherte sie sich auf dem Rad, wurde, ohne Connie eines Blicks zu würdigen, kurz langsamer und flüsterte: »Café de la Paix, neuntes Arrondissement, heute Abend neun Uhr.« Dann radelte sie in normaler Geschwindigkeit weiter.

In den folgenden Stunden überlegte Connie, wie sie sich aus dem Haus stehlen könnte. Eines stand fest: Édouard würde sie am Abend nicht ohne Begleitung hinauslassen. Am Ende beschloss sie, nach dem Essen Kopfschmerzen vorzutäuschen und sich in ihr Zimmer zurückzuziehen. Später, wenn Édouard in seinem Arbeitszimmer saß, würde sie das Haus über die Küche und den Keller verlassen, der aufgrund des verlorenen Schlüssels nach wie vor unverschlossen war.

Als sie am Abend vom Tisch aufstanden, klingelte es. Sarah ging an die Tür. Kurz darauf kam sie zurück.

»Oberst Falk von Wehndorf für Sie, Madame Constance. Er wartet im Salon.«

Obwohl Connie eher zum Weinen zumute gewesen wäre, betrat sie den Salon mit einem strahlenden Lächeln.

»Guten Abend, Herr Falk. Wie geht es Ihnen?«

»Gut, aber Sie und Ihre Schönheit haben mir in den letzten Tagen gefehlt. Ich wollte fragen, ob Sie mir später die Freude machen würden, mit mir tanzen zu gehen.«

Als Connie eine Entschuldigung murmeln wollte, schüttelte Falk den Kopf und legte einen Finger an die Lippen.

»Nein, Fräulein, Sie haben mir schon zu oft einen Korb gegeben. Heute Abend dulde ich keinen Widerspruch. Ich hole Sie um zehn Uhr ab.« An der Tür hielt Falk inne. »Ich gehe davon aus, dass ich besonders gute Laune haben werde. Meine Offiziere haben heute Abend eine sehr wichtige Verabredung im Café de la Paix.« Er lächelte. »Bis später, Fräulein.«

Connie sah ihm entsetzt und mit wild klopfendem Herzen nach. Das war der Ort, den Venetia ihr genannt hatte. Sie musste Venetia warnen. Connie hastete nach oben, um ihren Hut zu holen, lief wieder hinunter und zur Tür. Als sie bereits mit einem Fuß über der Schwelle war, packte eine Hand sie am Arm.

»Constance, wo wollen Sie um diese Uhrzeit so eilig hin?«

Sie wandte sich Édouard voller Panik zu. »Es geht um Leben und Tod! Bitte, Sie verstehen das nicht!«

»Kommen Sie, wir unterhalten uns in der Bibliothek. Sagen Sie mir dort, was Sie so aus der Fassung gebracht hat.« Er zog sie in den Eingangsbereich zurück und schloss die Tür hinter ihnen.

»Bitte«, flehte Connie, »ich bin nicht Ihre Gefangene! Sie können mich nicht gegen meinen Willen hier festhalten. Ich muss weg, sonst ist es vielleicht zu spät!«

»Constance, Sie sind in der Tat nicht meine Gefangene, aber ich kann nicht riskieren, Sie hinauszulassen, ohne zu wissen, wohin Sie wollen. Entweder Sie verraten es mir, oder ich sehe mich tatsächlich gezwungen, Sie in Ihrem Zimmer einzusperren. Glauben Sie etwa, Ihre Aktivitäten, zum Beispiel Ihr Treffen mit einer ›Freundin‹ im Ritz, sind mir verborgen geblieben?«, fragte Édouard mit grimmiger Miene. »Ich habe Ihnen mehrfach gesagt, dass niemals eine Verbindung zwischen der Résistance und diesem Haus bekannt werden darf.«

»Ja«, gab Connie, erstaunt darüber, dass er Bescheid wusste, zu. »Die Frau, mit der ich mich im Ritz getroffen habe, ist in England mit mir ausgebildet worden. Sie hat mich um Hilfe gebeten. Wir sind befreundet, ich konnte ihr diese Bitte nicht abschlagen.«

»Und wo wollen Sie jetzt hin?«, wiederholte Édouard.

»Am Nachmittag hat meine Freundin mir mitgeteilt, dass ihr Netzwerk sich heute Abend um neun Uhr im Café de la Paix trifft. Falk weiß davon, das hat er mir gerade gesagt. Die Gestapo wird sie dort erwarten. Ich muss sie warnen, Édouard. Bitte«, flehte Connie, »lassen Sie mich gehen!«

»Nein, Constance! Ihnen dürfte klar sein, dass ich das nicht kann. Wir wissen, welche Folgen Ihre Verhaftung für diesen Haushalt hätte.«

»Aber ich kann nicht untätig hier sitzen, während sie in die tödliche Falle tappt! Tut mir leid, Édouard, ich muss sie warnen.« Connie ging entschlossenen Schrittes zur Tür.

»NEIN!«

Édouard packte sie an der Schulter. Als sie merkte, dass er stärker war als sie, brach sie in Tränen aus.

»Constance, bitte beruhigen Sie sich, sonst bin ich gezwungen, Ihnen eine Ohrfeige zu geben. *Sie* werden das Haus heute Abend nicht verlassen, um sie zu warnen.« Édouard seufzte tief. »Das mache ich.«

»Sie?«

»Ja, ich habe bedeutend mehr Erfahrung in solchen Dingen als Sie.« Er sah auf seine Uhr. »Wann, hat Ihre Freundin gesagt, findet das Treffen statt?«

»Um neun. In einer Stunde.«

»Dann schaffe ich es vielleicht gerade noch rechtzeitig vor

dem Treffen, jemanden zu erreichen, der die Information weitergeben kann.« Édouard lächelte gequält. »Wenn das nicht möglich ist, gehe ich selbst hin. Überlassen Sie das mir. Ich verspreche Ihnen, alles in meiner Macht Stehende zu tun.«

»O Gott, Édouard.« Connie legte den Kopf in die Hände. »Entschuldigen Sie, dass ich Ihr Vertrauen missbraucht habe.«

»Wir unterhalten uns später weiter. Ich muss jetzt los, sonst komme ich zu spät. Falls jemand hier auftauchen sollte …«, er hob die Augenbrauen, »… liege ich mit Migräne im Bett.«

»Édouard! Falk holt mich um zehn Uhr zum Tanzen ab.«

»Dann muss ich bis dahin zurück sein.«

Als Édouard die Bibliothek verließ, sank Connie in einen Sessel. Wenige Minuten später hörte sie, wie die Haustür ins Schloss fiel.

»Bitte, lieber Gott«, betete sie, »lass Édouard rechtzeitig hinkommen.«

Connie wartete am Fenster des Salons auf Édouard. Sie zitterte vor Angst. Die Uhr, die auf dem Kaminsims vor sich hintickte, zeigte kurz nach neun an. Als es klingelte, sprang Connie auf und hastete in den Eingangsbereich, wo Sarah gerade die Tür öffnete.

»Sie sind früh dran, Herr Falk. Ich bin noch nicht fertig«, begrüßte Connie ihn.

Der Mann bedachte sie mit einem ungewohnt herzlichen Lächeln. »Ich bin Frederik. Ist Mademoiselle Sophia da? Sie hat Ihnen vielleicht erzählt, dass ich morgen abreise. Ich möchte mich von ihr verabschieden.«

»Sie hält sich in der Bibliothek auf. Tut mir leid, dass ich Sie für Falk gehalten habe. Ich erwarte ihn später.«

»Sie müssen sich nicht entschuldigen. Das passiert uns ständig.« Er nickte ihr zu und betrat die Bibliothek.

Konnte es noch schlimmer kommen?, fragte Connie sich und setzte sich wieder an das Fenster im Salon.

Es war schon Viertel vor zehn, als Connie endlich Schritte an der Haustür hörte. Als sie sie öffnete, taumelte Édouard ihr in die Arme. Entsetzt sah sie, dass an seiner rechten Schulter Blut durch den Stoff seiner Jacke sickerte.

»Édouard, Sie sind verletzt! Was ist passiert?«, flüsterte sie.

»Ich habe es nicht rechtzeitig geschafft. Als ich die Stufen hinuntergegangen bin, war das Café schon von Gestapo umstellt. Es herrschte Chaos, beide Seiten haben das Feuer eröffnet … Ich weiß nicht, wer mich getroffen hat. Keine Sorge, Constance, es ist nur ein Streifschuss, das verheilt wieder. Leider weiß ich nicht, was aus Ihrer Freundin geworden ist«, sagte er mit schwacher Stimme.

»Édouard, wir haben einen Gast. Man darf Sie nicht sehen.«

Doch es war schon zu spät. Édouards Blick fiel auf Frederik und Sophia, die auf der anderen Seite des Eingangsbereichs standen. Frederik musterte Édouard überrascht.

»Édouard, sind Sie verletzt?«, fragte er.

»Nichts Schlimmes«, antwortete er hastig. »Beim Verlassen eines Lokals bin ich auf der Straße in eine bewaffnete Auseinandersetzung geraten.«

»Was ist passiert, Frederik?«, fragte Sophia. »Édouard, bist du schwer verletzt? Sollen wir dich ins Krankenhaus bringen?«

»Nein, nein«, presste Édouard mit schmerzverzerrtem Gesicht hervor. »Ich gehe nach oben und versorge die Wunde selbst.«

»Ich helfe Ihnen«, sagte Connie.

»Nein, schicken Sie Sarah hinauf. Sie soll mir ein Bad einlassen. Morgen früh sieht die Welt wieder anders aus. Gute Nacht.«

Als er das obere Ende der Treppe erreichte, klingelte es an der Tür.

»Das wird Ihr Bruder sein«, sagte Connie und nahm eilig ihren Mantel vom Haken. »Bitte lassen Sie sich nicht stören, Herr Frederik. Bis später, Sophia.«

Connie begrüßte Falk mit einem strahlenden Lächeln.

»Ich bin fertig. Wollen wir gehen?«

Erstaunt über ihre Begeisterung nickte Falk, hakte Connie bei sich unter und ging mit ihr zum wartenden Wagen. Der Chauffeur öffnete die Tür für Connie, und Falk setzte sich zu ihr auf den Rücksitz. Wie üblich roch er nach Alkohol. Das Hakenkreuz an seiner Uniform drückte ihr ins Fleisch, als er seine Hand auf ihr Knie legte.

»Endlich ein paar Stunden frei! Es war ein hektischer Tag«, seufzte Falk.

»Aber von Erfolg gekrönt?«, erkundigte sich Connie bemüht ruhig.

»Allerdings. Wir haben zwanzig erwischt, leider nicht ohne Gegenwehr, und einen guten Offizier verloren, einen Freund von mir. Ein paar sind natürlich entkommen … Es ist schon interessant zu beobachten, wie gesprächig sie werden, wenn wir sie bearbeiten. Doch darüber sprechen wir morgen.« Er tätschelte ihr Knie. »Jetzt möchte ich mich amüsieren.«

Connie spürte Falks Erregung über seinen Triumph. Als sie den Klub betraten, entschuldigte sie sich, ging in die Toilette, schloss sich in einer Kabine ein, setzte sich auf den Toilettendeckel und ließ den Kopf zwischen die Beine sinken. Sie fühlte sich schrecklich schwach, und ihr Atem ging schnell und flach. Das Spiel schien aus zu sein. Wenn Frederik seinem Bruder erzählte, dass Édouard mit einer Schussverletzung nach Hause gekommen war, schöpfte Falk Verdacht. Möglicherweise hatte Frederik bereits die Gestapo alarmiert.

Und an alldem war sie schuld. Sie hatte Édouards Vertrauen missbraucht und durch ihren Versuch, Venetia zu warnen, seine unter Mühen aufgebaute Tarnung sowie ihn selbst gefährdet.

»O Gott, was habe ich getan?«, stöhnte Connie.

Venetia – gehörte sie zu den wenigen Glücklichen, denen wie Édouard die Flucht gelungen war? Oder saß sie in einer Zelle im Gestapo-Hauptquartier und wartete auf die Folter, der SOE-Agenten und Angehörige der Résistance für gewöhnlich unterzogen wurden, bevor man sie erschoss?

Connie verließ die Kabine, erfrischte sich mit kaltem Wasser aus dem Hahn, zog ihre Lippen nach und redete ihrem Spiegelbild gut zu. Sie wusste, dass Édouard, wenn er nicht schon verhaftet war, so viel Zeit wie möglich zum Genesen brauchte.

Und die würde sie ihm verschaffen …

Édouard lag mit zusammengebissenen Zähnen im Bett. Nach dem Bad hatte Sarah die Wunde für ihn gesäubert, desinfiziert und verbunden.

»Monsieur Édouard«, sagte Sarah, »Sie wissen, dass Sie die Wunde eigentlich im Krankenhaus versorgen lassen müssten. Sie ist ziemlich tief, vielleicht befinden sich noch Reste der Kugel darin.«

»Sarah, Ihnen dürfte klar sein, dass das nicht geht. Hat Frederik das Haus inzwischen verlassen?«

»Nein, er ist nach wie vor mit Mademoiselle Sophia in der Bibliothek.«

Édouard griff nach Sarahs Hand. »Für mich ist es höchstwahrscheinlich aus. Mindestens zwei Gestapo-Offiziere haben mich in dem Café gesehen. Was bedeutet, dass der ganze Haushalt unter Verdacht steht. Ich …« Als Édouard versuchte, sich aufzusetzen, sank er vor Schmerz aufstöhnend in die Kissen zurück. »Sarah, wir haben unser Vorgehen für einen solchen

Fall besprochen. Sie müssen so schnell wie möglich mit Mademoiselle Sophia und Constance zum Château in den Süden. Die Gestapo kann jeden Augenblick hier auftauchen.«

»Monsieur …« Sarah schüttelte den Kopf. »Ich arbeite seit fünfunddreißig Jahren für diese Familie und ziehe den Hut vor Ihrem Mut. Vor zwei Jahren ist mein Mann von diesen Schweinen erschossen worden. Sie wissen, dass ich Sie nicht allein lasse.«

»Sie müssen, Sarah, Sophia zuliebe«, drängte Édouard sie. »Bitte bereiten Sie alles für den Aufbruch vor. Im Sekretär in der Bibliothek sind Geld und Ausweise für Sie alle. Mit ein bisschen Glück schaffen Sie es damit, Paris zu verlassen, doch vor dem Überqueren der Vichy-Linie müssen Sie sich neue Papiere beschaffen. Ich sage Bescheid, dass Sie kommen. Meine Leute werden Ihnen helfen, ich …«

Da klopfte es an der Schlafzimmertür.

»Machen Sie auf. Und tun Sie dann das, was ich Ihnen gesagt habe.«

Sarah öffnete die Tür. Davor standen Frederik und Sophia, die sich bei ihm untergehakt hatte.

»Ihre Schwester wollte Sie sehen, Édouard«, erklärte Frederik. »Wir machen uns Sorgen um Ihre Gesundheit. Dürfen wir hereinkommen?«

»Natürlich.«

»Bruder, was ist passiert?« Sophia tastete voller Angst nach seiner Hand. »Bist du schlimm verletzt?«

»Nein, meine Liebe. Es ist nur eine Fleischwunde. Ich bin in einen Schusswechsel geraten.« Édouard war sich im Klaren darüber, dass jedes Wort, das er sagte, das Todesurteil für ihn selbst und seine Schwester bedeuten konnte. Doch Frederiks sorgenvoller Blick war nicht auf ihn oder die winzigen Kugelsplitter gerichtet, die Sarah aus der Wunde entfernt und in eine Schale aufs Nachtkästchen gelegt hatte, sondern auf Sophia.

»Ich habe gehört, dass heute Nacht in der Stadt Razzien durchgeführt wurden.« Frederik löste den Blick von Sophia und sah Édouard an. »Ich muss jetzt gehen. Édouard, wenn Sie irgendetwas brauchen sollten, können Sie mich direkt über meinen Privatapparat im Gestapo-Hauptquartier erreichen. Ich schreibe Ihnen die Nummer auf.« Frederik nahm Stift und Papier aus der Innentasche seiner Jacke. »Gute Nacht, Sophia«, sagte er. »Pass auf deinen Bruder auf.« Dann küsste er sanft ihre Hand, nickte Édouard zu und verließ den Raum.

Connie war es gelungen, mit einem Lächeln zu Falk zurückzukehren, das genauso falsch war wie das leuchtende Rot ihrer Lippen. Falk aß mit gesundem Appetit, während Connie in ihrem Essen herumstocherte. Er stellte ihr Fragen über ihr Leben vor dem Krieg, ihr Zuhause in St. Raphaël und ihre Pläne für die Zukunft.

»Ich glaube, solange dieser Krieg andauert, ist es für uns alle schwierig, irgendetwas zu planen«, sagte sie, als Falk ihr Weinglas nachfüllte.

»Er wird bald zu Ende sein, meinen Sie nicht?«, fragte Falk mit einem durchdringenden Blick.

»Natürlich«, antwortete Connie hastig. »Aber solange die Franzosen sich wehren, bleibt es gefährlich.«

»Ja, das stimmt. Und Ihr Cousin Édouard? Ein interessanter Mann, finden Sie nicht auch?«

»In der Tat«, bestätigte Connie.

»Er gehört dem französischen Adel an, und die Geschichte seiner Familie reicht Hunderte von Jahren zurück. In seinem Stammbaum wimmelt es von tapferen Männern, die im Kampf für ihr geliebtes Land ihr Leben riskiert haben.«

»In seiner Familie gab es tatsächlich viele tapfere Männer«, pflichtete sie ihm bei.

»Und trotzdem hat Édouard sich auf die Seite Deutschlands geschlagen. Ich habe mich schon oft gefragt, warum ein Mann wie er so etwas tut«, überlegte Falk laut.

»Vielleicht weil er die gleiche Vision von der Zukunft hat wie Sie. Er weiß, dass das alte Frankreich nicht so weiterbestehen kann wie bisher, und hat sich die Überzeugungen des Führers zu eigen gemacht.«

»Natürlich kommen diese Wohlhabenden wie ihm entgegen, doch manch einer zweifelt an seiner Loyalität uns gegenüber…« Falk seufzte. »Sein Name wird mit einer Gruppe von Intellektuellen in Verbindung gebracht, die vom Untergrund aus operiert, und in letzter Zeit auch mit der Résistance. Ich persönlich messe solchen Gerüchten selbstverständlich keine Bedeutung bei.«

»Völlig zurecht. In Paris gerät praktisch jeder irgendwann einmal in Verdacht. Vielleicht sogar ich!« Connie lachte.

»Fräulein, ich kann Ihnen versichern, dass hinsichtlich Ihrer Person keinerlei Zweifel bestehen. Ist Édouard heute Abend zu Hause?«, erkundigte sich Falk. »Vielleicht sollte ich später noch mit ihm sprechen und ihn warnen, dass sein Name im Zusammenhang mit aktuellen Aktivitäten der Résistance gefallen ist. Das bin ich ihm als Freund schuldig. Édouard war mir und meinem Bruder gegenüber immer ein großzügiger Gastgeber.«

»Er ist zu Hause, aber es ist spät. Bestimmt schläft er schon. Außerdem…«, ihren Widerwillen unterdrückend, berührte Connie leicht Falks Unterarm, »… dachte ich, Sie wollen sich heute Abend amüsieren.« Sie legte den Kopf ein wenig schief und lächelte kokett.

»Ja! Sie haben recht. Diese Nacht gehört uns. Lassen Sie uns tanzen.«

Connie schmiegte sich beim Tanzen eng an ihn und erwiderte seine Zärtlichkeiten. Sie spürte seine Erregung, als er sie leidenschaftlich auf die Lippen küsste und seine Zunge schlangengleich in ihren Mund glitt.

»Lass uns an einen Ort gehen, an dem wir ungestört sind«, flüsterte Connie ihm ins Ohr.

»Gern.«

Auf dem Rücksitz des Wagens machte Falk sich sofort daran, Connies Körper zu erforschen. Als sie vor einem Wohnblock nur wenige Minuten vom Gestapo-Hauptquartier in der Avenue Foch entfernt hielten, entließ Falk den Fahrer, zog Connie ins Haus und fuhr mit ihr im Lift in den zweiten Stock. In der Wohnung schob er sie in das dunkle Schlafzimmer.

»Darauf warte ich, seit wir uns kennen!«

Er riss ihr die Kleider vom Leib, schlüpfte aus seiner Jacke, warf sie aufs Bett und öffnete den Reißverschluss seiner Hose. Als er in sie eindrang und grob ihre Brüste knetete, schloss Connie die Augen, um die Tränen zu unterdrücken. In gespielter Leidenschaft und auch, um die Sache zu beschleunigen, hob sie ihm das Becken entgegen, obwohl sie so trocken war, dass sie beinahe vor Schmerz aufgeschrien hätte.

Er stöhnte ihr mit seinem Alkoholatem ins Gesicht, und gerade als sie fürchtete, das Bewusstsein zu verlieren, sank Falk, einen lauten Schrei ausstoßend, auf ihr zusammen.

Nachdem sich seine Atmung beruhigt hatte, stützte er sich auf einen Ellbogen auf. »Für eine französische Aristokratin fickst du nicht schlecht.« Er rollte von ihr herunter und schloss die Augen.

Connie dankte Gott, dass es relativ schnell vorüber gewesen war.

Doch zehn Minuten später war Falk wieder wach, sah sie an,

begann sein Glied zu massieren, packte sie an den Schultern, zog sie übers Bett und auf den Boden, spreizte die Beine und drückte sie dazwischen.

»Herr Falk! Bitte, ich …«

Er schob ihr seinen Penis in den Mund.

»Ihr reichen Franzosen haltet euch für was Besseres.« Während Falk in sie hineinstieß, hielt er Connies Kopf fest wie in einem Schraubstock. »Aber ihr Weiber seid alle gleich: Huren und Nutten!«

In dieser Nacht musste Connie eine ganze Reihe Demütigungen und Hasstiraden gegen Frauen über sich ergehen lassen. Sie weinte und flehte, doch ihre Worte fielen auf taube Ohren. Als er sie schließlich umdrehte und von hinten in sie eindrang, verlor Connie das Bewusstsein.

Beim Aufwachen drang durchs Fenster trübes Licht herein, und sie stellte fest, dass Falk sich nicht mehr im Zimmer befand. Connie sammelte weinend ihre Kleidung ein und bedeckte ihren blutenden, mit blauen Flecken übersäten Körper damit. Ein Blick auf ihre Uhr sagte ihr, dass es kurz nach sechs war. Mit schmerzenden Gliedern öffnete sie die Tür des Schlafzimmers, um das Apartment zu verlassen, und landete im Wohnbereich.

In dem karg eingerichteten Raum entdeckte sie das Foto einer hübschen, etwas molligen, mütterlich wirkenden Frau mit zwei engelsgleichen kleinen Kindern, die Falk wie aus dem Gesicht geschnitten waren.

Connie stolperte ins Bad, wo sie sich übergeben musste. Anschließend wusch sie sich das Gesicht, trank Wasser aus dem Hahn und verließ die Wohnung.

23

Als Connie ins Haus der de la Martinières stolperte, wurde sie von Sarah begrüßt.

»Madame, wir haben auf Sie gewartet. Wo waren Sie? Was ist mit Ihnen passiert?«, fragte sie entsetzt, als sie bemerkte, wie Connie aussah.

Ohne ihr zu antworten, hastete Connie an ihr vorbei und die Treppe hinauf. Im Bad drehte sie die Wasserhähne auf und stieg in die Wanne, wo sie ihren Körper schrubbte, bis er rot und wund war.

Unten klingelte es an der Tür. Es war Frederik.

»Ich muss den Comte sprechen, Madame«, begrüßte er Sarah.

»Er schläft noch.«

Auch Frederik hastete an Sarah vorbei und, immer zwei Stufen auf einmal nehmend, die Treppe hinauf zu Édouard.

Édouard, der nicht gleich wusste, mit welchem der Brüder er es zu tun hatte, starrte ihn mit fiebrigen Augen vom Bett aus an.

»Monsieur le Comte, Édouard, tut mir leid, wenn ich so hereinplatze«, sagte Frederik hastig. »Ich bin gekommen, um Sie und Ihre Familie zu warnen. Mein Bruder hat Sie schon lange im Verdacht, der Résistance anzugehören. Heute Morgen hat er mir in meinem Büro mitgeteilt, dass einer seiner Offiziere Sie gestern Abend bei der Festnahme von Mitgliedern des Psychology-Netzwerks im Café de la Paix erkannt hat. Er kann jeden Augenblick hier auftauchen, um Sie, Ihre Cousine und

Sophia zu verhaften. Bitte, Monsieur, Sie müssen von hier fort. Sie dürfen keine Zeit verlieren.«

Édouard sah Frederik gleichermaßen schockiert und fasziniert an. »Warum verraten Sie mir das? Wieso sollte ich Ihnen vertrauen?«

»Weil Ihnen keine andere Wahl bleibt und ich Ihre Schwester liebe«, antwortete Frederik und trat näher ans Bett. »Ihr Hass auf die Deutschen ist gerechtfertigt, aber bei uns gibt es viele, die nicht anders können, als weiter bei der Sache mitzumachen, an die wir nicht mehr glauben. Und es werden immer mehr. Édouard, genau wie Sie habe ich meinen Einfluss genutzt, um die Zahl der Todesopfer so niedrig wie möglich zu halten. Ich habe Verbindungen zu Ihren Leuten, die darum kämpfen, dass unsere schönen Länder und ihre Geschichte nicht von den Nazis zerstört werden. Doch jetzt ist nicht der richtige Zeitpunkt, sich darüber zu unterhalten. Sie müssen sofort aufstehen und das Haus verlassen.«

Édouard schüttelte den Kopf. »Ich kann nicht, Frederik. Schauen Sie mich an, ich bin zu schwach. Die Frauen sollen fliehen. Ich würde nur auffallen und ihre Flucht behindern.«

»Frederik!« Sophia erschien an der Tür. »Was ist los?«

Frederik ging zu ihr und legte den Arm um sie.

»Keine Angst, Sophia, ich sorge für deine Sicherheit. Ich erkläre deinem Bruder gerade, dass ihr unter Verdacht steht und die Gestapo jeden Augenblick hier sein kann. Du musst dieses Haus auf der Stelle verlassen, Liebes.«

»Sarah hat meine Sachen schon gepackt. Wir sind fertig. Édouard, steh auf und zieh dich an«, forderte Sophia ihren Bruder auf.

»Mein Wagen wartet unten. Ich kann Sie innerhalb von Paris überall hinbringen«, erklärte Frederik. »Aber wir müssen jetzt los.«

»Frederik, Sie riskieren viel«, sagte Édouard und versuchte sich aufzurichten, sank jedoch gleich wieder in die Kissen zurück.

»Für die Menschen, die wir lieben, tun wir alles«, erklärte Frederik, den Arm nach wie vor um Sophia gelegt.

Sophia löste sich von ihm, ging zu Édouard und tastete nach seiner Hand und Stirn.

»Du hast Fieber, aber du musst aufstehen! Himmel, Frederik sagt, sie können jeden Augenblick da sein!«

»Sophia, du siehst doch, dass ich nicht reisen kann«, entgegnete Édouard. »Aber ich werde eine Möglichkeit finden, zu dir zu stoßen. Sarah und Constance begleiten dich, und ich folge euch, so bald es möglich ist. Und jetzt geh!«

»Ich kann dich nicht allein lassen …«

»Tu bitte, was ich dir sage, Sophia! Gott behüte dich, meine geliebte Schwester. Ich bete, dass wir uns bald wiedersehen.« Édouard richtete sich halb auf, um sie auf beide Wangen zu küssen, und gab Frederik ein Zeichen, dass er mit Sophia das Zimmer verlassen solle.

Sarah und Connie erwarteten Frederik und Sophia unten. Frederik führte sie zum Wagen.

Édouard, der unter Schmerzen aufgestanden war, sah ihnen vom Fenster aus nach.

»Wo soll ich Sie hinbringen?«, fragte Frederik, der merkwürdig aussah mit der Chauffeursmütze.

»Zum Gare Montparnasse. Zuerst fahren wir zum Haus meiner Schwester, wo wir uns neue Papiere beschaffen«, antwortete Sarah.

»Und danach?«

Connie brachte Sarah mit einem Blick zum Verstummen.

Sophia, die das nicht sehen konnte, sagte: »Wir wollen zum Château unserer Familie in Gassin.«

Frederik registrierte Connies entsetzten Gesichtsausdruck im Rückspiegel.

»Constance, ich weiß, dass Sie einem Deutschen vermutlich nicht vertrauen können, aber bitte glauben Sie mir, dass auch ich sehr viel riskiere. Es wäre ein Leichtes für mich, Sie alle drei festzunehmen und sofort ins Gestapo-Hauptquartier zu bringen. Ich kann Ihnen versichern, dass meine Aktionen nicht unbemerkt bleiben werden. Möglicherweise bezahle ich mit dem Leben dafür.«

»Ja«, pflichtete Connie ihm bei, deren Nerven der vergangenen Stunden wegen noch immer blank lagen. »Ich muss mich entschuldigen, Frederik. Selbstverständlich weiß ich Ihre Hilfe zu schätzen.«

»Wir sind Zwillingsbrüder, aber ich bin anders als Falk«, versicherte Frederik. »Zweifelsohne wird er mich verdächtigen, Ihnen bei der Flucht geholfen zu haben, und alles in seiner Macht Stehende tun, um andere ebenfalls von meiner mangelnden Loyalität zu überzeugen.«

Am Bahnhof stiegen sie aus. Frederik nahm ihr Gepäck aus dem Kofferraum.

»Viel Glück«, sagte er leise.

Als Sophia ihn berühren wollte, hinderte er sie daran. »Nein, nicht vergessen: Ich bin der Chauffeur. Aber, Liebes, ich schwöre, ich werde dich finden. Bitte verlass Paris jetzt, so schnell du kannst.«

»Frederik, ich liebe dich«, versicherte Sophia ihm zum Abschied.

»Ich liebe dich auch, Sophia. Aus ganzem Herzen«, murmelte Frederik, als er in den Wagen stieg.

Falk traf eine Stunde, nachdem die Frauen aufgebrochen waren, bei den de la Martinières ein. Als niemand auf sein lautes Klopfen reagierte, wies er seine Leute an, die Tür aufzubrechen. Bei der Durchsuchung fanden er und seine Männer das Haus leer vor.

Leise vor sich hinfluchend kehrte Falk ins Hauptquartier zurück.

Als er Frederiks Büro betrat, packte dieser gerade seine Aktentasche für die Reise nach Deutschland.

»Ich wollte eben die de la Martinières verhaften, doch die scheinen ausgeflogen zu sein. Sieht fast so aus, als wären sie gewarnt worden. Wie ist das möglich?«, fragte Falk wütend. »Der Einzige, dem ich von meinem Verdacht erzählt habe, bist du, Bruder.«

Frederik drückte die Schließe seiner Aktentasche zu. »Wirklich? Merkwürdig. Wie du immer sagst: In Paris haben die Wände Ohren.«

Falk beugte sich zu ihm vor. »Ich weiß, dass du sie gewarnt hast – denkst du, ich bin auf den Kopf gefallen? Ich stehe nicht zum ersten Mal wie ein Narr da, obwohl *du* der Verräter bist. Sieh dich vor, großer Bruder. Die anderen kannst du mit deinen klugen Worten und Ideen täuschen, aber ich kenne dich.«

»Dann, Bruder, musst du sagen, was du weißt. Ich verabschiede mich jetzt von dir. Wir sehen uns bestimmt bald wieder.«

Wie immer brachte Frederiks Gelassenheit Falk in Rage. »Du mit deinen Auszeichnungen und Abschlüssen und Plänen für den Führer hältst dich für was Besseres. Aber ich bin loyal.«

An der Tür drehte Frederik sich um.

»Ich halte mich nicht für überlegen, Bruder, du hältst dich für unterlegen.«

»Ich finde sie!«, rief Falk ihm nach, als er den Raum verließ. »Und diese Nutte, die dir den Kopf verdreht hat!«

»Auf Wiedersehen, Falk«, seufzte Frederik, als er in den Aufzug stieg.

In seinem Zorn schlug Falk mit der Faust gegen die Tür des Büros.

Édouard erwachte in der Dunkelheit aus fiebrigem Schlaf und griff nach den Streichhölzern, die er mitgenommen hatte. Er zündete eines an, um einen Blick auf seine Uhr zu werfen, und sah, dass es nach drei war. – Fünf Stunden, seit er die Deutschen im Haus über ihm gehört hatte. Als er seine steifen Glieder streckte, berührten seine Füße die Wand.

Dieser winzige Ziegelhohlraum unter dem Boden, nur durch eine Falltür im Keller zu erreichen, war in der Französischen Revolution als Versteck für seine Vorfahren ausgehoben worden und bot nur für einen oder zwei Menschen Platz. – Obwohl angeblich an einem Abend, als Paris brannte und Aristokraten zu Dutzenden in offenen Wagen zur Guillotine gekarrt wurden, Arnaud de la Martinières, seine Frau und zwei Kinder hier Schutz gefunden hatten.

Édouard ging in die Hocke, entfachte ein weiteres Zündholz und versuchte, die Falltür über ihm zu ertasten. Als er sie gefunden hatte, stemmte er sich mit letzter Kraft dagegen, um sie zu öffnen.

Nachdem er sich aus dem Hohlraum in den Keller gehievt hatte, blieb er kurz vor Schmerzen keuchend auf dem feuchten Steinboden liegen, bevor er sich zu dem Schrank schleppte, in dem Flaschen mit Wasser für Fliegeralarmnächte aufbewahrt wurden, und in großen Schlucken aus einer trank. Als er, gleichzeitig zitternd und schwitzend, seine Schulter begutachtete, stellte er fest, dass gelbliche Wundflüssigkeit durch sein Hemd sickerte. Die Wunde war infiziert; er brauchte dringend einen Arzt. Doch er konnte keinen rufen, weil er wusste, dass die Deutschen das Haus beobachteten. Er saß in der Falle.

Édouard dachte an seine Schwester und betete, dass sie, Sarah und Connie der Gefahr entronnen waren.

Die raue, rissige Kellerdecke verschwamm vor seinen Augen. Ihm blieb nichts anderes übrig, als zu schlafen.

Connie war froh, dass Sarah die Führung übernommen hatte. Als sie im Erste-Klasse-Abteil saßen, schloss sie die Augen, um die Gesichter der beiden deutschen Offiziere ihnen gegenüber nicht mehr sehen zu müssen. Sarah hingegen unterhielt sich höflich mit ihnen. Sophia starrte, während sie durch die Industriegebiete rund um Paris in Richtung Süden fuhren, blind aus dem Fenster. Was machte es schon, ob man lebte oder starb?, dachte Connie, an deren Seele und Körper Falk sich vergangen hatte.

Wie sollte sie Lawrence je wieder in die Augen sehen können? Und wofür das Ganze? Sie hatte sich geopfert, um Édouard diese Nacht der Ruhe zu ermöglichen, in der er Pläne für die Flucht schmieden konnte. Doch Édouard war nach wie vor in Paris, allein und verletzt. Vielleicht befand er sich schon in Falks Fängen, im Hauptquartier der Gestapo.

»Ich habe es versucht, Édouard«, dachte sie.

Connie döste erschöpft vor sich hin, während der Zug durch das flache französische Land ratterte. Bei jedem Halt spürte sie, wie Sarah neben ihr nervös Ausschau hielt nach Gestapo-Leuten, die möglicherweise über ihre Flucht nach Süden unterrichtet waren. Die ihnen gegenüber sitzenden deutschen Offiziere stiegen in Le Mans aus. Obwohl sie nun im Abteil allein waren, sprach Sarah nur im Flüsterton mit ihren Schützlingen.

»Wir steigen in Amiens aus und bleiben bei meiner Schwester, die ganz in der Nähe wohnt. Dort beschaffen wir uns neue Ausweispapiere. Édouard hat gestern Abend in die Wege geleitet, dass wir von einem Freund abgeholt werden, der uns über die Vichy-Linie bringt. Es wäre zu riskant, sie an einem offiziellen Kontrollpunkt zu überqueren. Oberst Falk hat inzwischen bestimmt Alarm geschlagen; man wird nach uns suchen.«

Sophia richtete ihren leeren Blick voller Angst auf Sarah. »Ich dachte, wir fahren zum Château?«

»Das tun wir auch.« Sarah tätschelte ihre Hand. »Keine Sorge, meine Liebe, es ist alles in Ordnung.«

Stunden später, die Nacht brach bereits herein, stiegen die drei Frauen aus. Sarah ging zielsicher durch die schmalen Gassen der kleinen Stadt zur Tür eines Hauses und klopfte.

Die Tür wurde von einer Frau geöffnet, die Sarah ähnlich sah und diese überrascht und erfreut begrüßte.

»Florence«, sagte Sarah. »Gott sei Dank bist du zu Hause!«

»Was machst du hier? Schnell, komm rein.« Florence warf einen Blick auf ihre Begleiterinnen. »Mit deinen Freundinnen.«

Sie führte sie zu einem Tisch in der kleinen Küche und ließ sie kurz allein, um einen Krug Wein sowie Brot und Käse zu holen.

»Wer ist Florence?«, fragte Sophia in herrischem Tonfall.

»Meine Schwester«, antwortete Sarah, deren Augen vor Wiedersehensfreude leuchteten. »Hier bin ich aufgewachsen.«

Connie trank einen Schluck Wein, lauschte, wie die Schwestern sich unterhielten, und zwang sich, Brot und Käse zu essen, während sie sich bemühte, die schrecklichen Bilder der vergangenen Nacht zu verdrängen.

Florence erzählte gerade, wie die Gestapo kurz zuvor junge Männer aus dem Ort zusammengetrieben und in Arbeitslager nach Deutschland gebracht hatte, als Vergeltung dafür, dass die

Résistance eine Eisenbahnbrücke in der Nähe des Ortes in die Luft gesprengt hatte. Sarah berichtete ihrerseits von Paris und Édouard sowie dessen ungewissem Schicksal.

»Wenigstens seid ihr heute Nacht hier bei mir sicher«, sagte Florence und tätschelte die Hand ihrer Schwester. »Aber deine Freundinnen bringe ich lieber im Speicher unter.« Sie sah zu Sophia hinüber, die am Tisch saß, ohne einen Bissen zu essen. »Sie müssen entschuldigen, Mademoiselle de la Martinières, wenn die Unterbringung nicht dem entspricht, was Sie gewöhnt sind.«

»Madame, ich bin Ihnen sehr dankbar, dass Sie uns heute Nacht trotz der Gefahr für Sie Obdach gewähren. Mein Bruder wird sich erkenntlich zeigen, wenn …« Sophia traten Tränen in die Augen.

Sarah legte einen Arm um ihre Schulter. »Sophia, ich kenne Édouard von Kindesbeinen an. Er hat eine Fluchtmöglichkeit gefunden, das spüre ich hier.« Sarah legte die Hand auf ihre Brust.

Später zeigte Sarahs Schwester ihnen den Weg in den Speicher, und Sarah half Sophia auf den steilen Stufen und beim Ausziehen.

»Schlafen Sie gut, meine Liebe.« Sarah küsste Sophia auf die Wange. »Gute Nacht, Madame Constance.«

Als Sarah weg war, zog Connie sich aus, ohne ihren geschundenen Körper zu begutachten, schlüpfte in ihr Nachthemd, kroch in ihr schmales Bett und zog die Quiltdecke zum Schutz gegen die Kälte der Dezembernacht bis unters Kinn.

»Schlaf gut, Sophia«, sagte sie.

»Ich versuche es«, antwortete diese. »Aber mir ist so kalt, und ich muss die ganze Zeit an meinen Bruder denken. Ach, Constance, wie soll ich das ertragen? Nun habe ich Édouard und Frederik am selben Tag verloren.«

Als Connie sie weinen hörte, stand sie auf und ging zu ihr. »Rutsch ein bisschen, ich leg mich zu dir und wärme dich.«

Sophia schmiegte sich in Connies Arme.

»Wir müssen beide fest daran glauben, dass Édouard in Sicherheit ist und eine Möglichkeit findet nachzukommen«, sagte Connie mit einer Überzeugung, die sie nicht empfand. Am Ende schliefen beide Frauen, eng aneinandergeschmiegt, ein.

Édouard sah seine Mutter vor sich stehen. Er war sieben Jahre alt, und sie drängte ihn, Wasser zu trinken, weil er Fieber hatte.

»Maman, du bist hier?«, murmelte er. Da verwandelte sich ihr Gesicht in das von Falk, der eine Naziuniform trug und die Waffe auf seine Brust richtete …

Édouard schreckte aus dem Schlaf hoch und stöhnte auf. Er brauchte unbedingt Wasser; er hatte unerträglichen Durst. Doch als er zu dem Schrank mit den Flaschen wollte, versagte sein Körper ihm den Dienst.

Er verlor immer wieder das Bewusstsein. Irgendwann akzeptierte er, dass er bald sterben würde. Er wünschte sich nur noch, vor seinem Tod zu erfahren, dass seine geliebte Schwester in Sicherheit war.

»Lieber Gott«, röchelte er, »nimm mich, aber lass sie leben …«

Als ein Engel mit rabenschwarzem Haar sich über ihn beugte, ihm ein herrlich kühles Tuch auf die fiebrige Stirn legte und Wasser auf die ausgetrockneten Lippen träufelte, wusste er endgültig, dass er halluzinierte. Etwas scheußlich Schmeckendes wurde ihm mit einem Löffel eingeflößt. Er würgte, schluckte und schlief wieder ein. Irgendwann spürte er, wie der Engel ihn auf ein Bett hievte, und er wurde ruhiger.

Als er aufs Neue erwachte, befand sich die rissige Kellerdecke nach wie vor über ihm, aber wenigstens drehte sie sich nicht und verschwamm auch nicht mehr. Also, dachte Édouard niedergeschlagen, war er noch nicht tot, sondern in der Hoffnungslosigkeit des Lebens gefangen.

»Sind Sie endlich aufgewacht?«, hörte er eine Frauenstimme neben sich.

Als er den Kopf wandte, sah er geradewegs in strahlend grüne Augen. Das dazugehörige blasse Gesicht wurde von pechschwarzen Haaren umrahmt. Das war der Engel, von dem er geträumt hatte. Nein, sie war eine lebendige, atmende Frau, die irgendwie den Weg in den Keller gefunden zu haben schien.

»Wer …«, krächzte Édouard. »Wer sind Sie?«

»Welchen Namen soll ich Ihnen sagen?« Die grünen Augen blitzten belustigt. »Ich habe eine ganze Auswahl zu bieten. Mein offizieller Name hier lautet Claudette Dessally, aber Sie können mich Venetia nennen.«

»Venetia …« Trotz seiner Erschöpfung kam der Name ihm bekannt vor.

»Und Sie, Sir, nehme ich an, sind Édouard, le Comte de la Martinières? Der Eigentümer und im Moment einzige Bewohner dieses Hauses?«

»Ja, aber was machen Sie hier? Ich …«

»Das ist eine lange Geschichte.« Venetia winkte ab. »Darüber reden wir später, wenn Sie sich erholt haben. Im Moment müssen Sie nur wissen, dass Sie dem Tod nahe waren, als ich Sie gefunden habe. Irgendwie – und ich bin nicht gerade bekannt für meine Begabung als Krankenschwester – ist es mir gelungen, Sie am Leben zu halten. Darauf bin ich ziemlich stolz.« Sie erhob sich grinsend, nahm eine Wasserflasche aus dem Schrank und stellte sie neben ihn. »Trinken Sie, so viel Sie können. Ich versuche, auf diesem Gaskocher Suppe warm zu machen. Leider sind meine Kochkünste noch erbärmlicher als meine Fähigkeiten als Krankenschwester!«

Édouard versuchte, sich auf die schlanke junge Frau zu konzentrieren, die vor der Gasflamme kniete, aber ihm fielen die Augen zu.

Als er später wieder aufwachte, saß sie mit einem Buch auf einem Stuhl.

»Hallo …«, begrüßte sie ihn lächelnd. »Ich hoffe, es macht Ihnen nichts aus, dass ich mir das aus der Bibliothek geholt habe. In den letzten Tagen war's hier unten ziemlich langweilig.«

Édouard versuchte, sich aufzusetzen, doch sie hinderte ihn daran. »Keine Sorge. Mich hat niemand gesehen, obwohl das Haus unter Beobachtung steht. Vielleicht tröstet es Sie zu wissen, dass ich für solche Situationen ausgebildet wurde. Und ich bin eine der Besten«, fügte sie stolz hinzu.

»Verraten Sie mir, wer Sie sind? Und wie Sie mich gefunden haben?«

»Ich habe Ihnen schon gesagt, dass ich Venetia heiße. Wenn Sie versprechen, Ihre Suppe zu essen, erkläre ich Ihnen alles. Die Infektion scheint abzuklingen, aber Sie sind noch sehr schwach.« Venetia stand auf, holte den Blechtopf, setzte sich damit aufs Bett und fütterte Édouard.

»Ich weiß«, sagte sie, als dieser das Gesicht verzog. »Sie ist nicht mehr warm. Ich habe sie vorher für Sie gekocht, aber Sie sind eingeschlafen, bevor Sie sie essen konnten.«

Nach ein paar Löffeln winkte Édouard ab, weil sein Magen zu rebellieren drohte.

»Auch recht.« Venetia stellte den Topf auf den Steinfußboden. »Ich kann Erbrochenes nicht leiden, also versuchen wir es lieber später noch mal.«

»Erklären Sie mir jetzt, wie Sie mich gefunden haben?«, bat Édouard erneut.

»Freuen wird Sie das, was ich Ihnen erzähle, bestimmt nicht, aber wenn ich nicht hier aufgekreuzt wäre, würden wir dieses Gespräch nicht führen. Ich bin SOE-Funkerin. Als der größte Teil meines Netzwerks aufgeflogen ist, bin ich an Connie – wir kennen uns von der Ausbildung in England – herangetreten und habe sie angefleht, mich von diesem Keller aus dringende Nachrichten nach London funken zu lassen. Sie sollten dankbar sein, dass ich das getan habe, Édouard, denn es war die Nacht vor der Sache mit dem STO-Büro, die Sie meines Wissens mit organisiert haben.« Venetia hob eine Augenbraue. »Als ich hier war, habe ich den Schlüssel zur Kellertür an mich genommen für den Fall, dass ich mich wieder mal verkriechen müsste. Und nach dem Abend im Café de la Paix, an dem, wie Sie wissen, viele Agenten festgenommen wurden, habe ich mich hier versteckt. Es lag auf der Hand, dass dieses Haus durchsucht worden war. Also bin ich erst, als der Wachposten draußen zum Essen gegangen ist, durch den Garten rein, hab die Kellertür aufgeschlossen und Sie halbtot auf dem Boden gefunden.«

»Verstehe.«

»Bitte nicht auf Connie böse sein«, sagte Venetia. »Sie hat nur versucht zu tun, wofür sie ausgebildet wurde. Und jetzt profitieren Sie ja von ihrer Hilfe für mich.«

Édouard war zu erschöpft, weitere Einzelheiten zu erfragen, und verlagerte, weil ihm die Schulter wehtat, das Gewicht. »Danke, dass Sie mir das Leben gerettet haben.«

»Zum Glück gibt's hier Jod und ein Haus voller Vorräte. Ihre Verletzung heilt gut, aber Sie scheinen auch ziemlich robust zu sein. Vielleicht liegt das an dem feinen Essen, das Sie und Ihre deutschen Freunde sich gegönnt haben. Ich hoffe, es macht Ihnen nichts aus, dass ich gestern Abend den Kühlschrank geplündert und eine köstliche Foie gras rausgenommen habe.«

»Venetia, ich darf Ihnen versichern, dass ich nicht mit dem Feind, den ich in meinem Haus bewirtet habe, befreundet bin«, erklärte Édouard.

»Natürlich. War nur ein Scherz.«

»Ich bin an dem Abend in das Café gegangen, weil Ihre Freundin Constance von einem Gestapo-Offizier erfahren hatte, dass dort eine Razzia stattfinden würde. Sie wollte Sie unbedingt selbst warnen, aber das konnte ich nicht zulassen. Leider bin ich zu spät gekommen und habe mir obendrein eine Kugel eingefangen.«

»Sehen Sie? Sie haben versucht, mir das Leben zu retten, und dafür habe ich das Ihre gerettet. Wir sind quitt«, sagte Venetia und nickte. »Was dagegen, wenn ich rauche?«

»Nein.«

Venetia zündete sich eine Gauloise an.

»Steht das Haus nach wie vor unter Beobachtung?«

»Nein. Sie sind vor ein paar Stunden abgezogen. Die Deutschen haben genug um die Ohren. Sie können es sich nicht leisten, Zeit mit leeren Nestern zu vergeuden. Wo ist Constance übrigens?«, fragte Venetia.

»Sie ist am Morgen nach der Sache im Café mit meiner Schwester und unserer Bediensteten geflüchtet. Ich habe sie nach Süden geschickt, weiß aber nicht, wo sie sich im Moment aufhalten.«

»Wohin wollen sie?«, erkundigte sich Venetia.

Édouard musterte sie argwöhnisch. »Das möchte ich lieber nicht verraten.«

»Also nein!«, rief Venetia entrüstet aus. »Es dürfte doch klar sein, dass wir auf derselben Seite kämpfen. Außerdem weiß ich, wer Sie sind. Die Leute von der Résistance sprechen mit allergrößter Hochachtung von Ihnen. Sehr bedauerlich, dass Ihre Tarnung aufgeflogen ist. Daran bin ich leider nicht ganz unschuldig. Es kommt einem Wunder gleich, dass es Ihnen so lange gelungen ist, sie aufrechtzuerhalten. Ich glaube, Hero …«, Venetia betonte Édouards Kodenamen, »… Sie werden das Land so schnell wie möglich verlassen müssen, denn Sie stehen ganz oben auf der Liste der von der Gestapo Gesuchten.«

»Das geht nicht. Meine Schwester ist blind und deshalb praktisch hilflos. Wenn die Gestapo sie erwischt und unter Druck setzt, um meinen Aufenthaltsort zu erfahren …« Édouard schauderte. »Nicht auszudenken.«

»Sie haben sie in ein Versteck geschickt?«

»Wir hatten kaum Zeit, alles zu besprechen.« Édouard seufzte. »Aber sie wissen, wo sie hinmüssen.«

»Ihre Schwester befindet sich in guten Händen. Constance war die Musterschülerin der SOE-Ausbildung«, tröstete Venetia ihn.

»Ja, Constance ist eine außergewöhnliche Frau«, pflichtete Édouard ihr bei. »Und Sie, Venetia? Wo wollen Sie von hier aus hin?«

»Leider habe ich bei meiner Flucht aus dem Safe House mein Funkgerät zurücklassen müssen. London weiß Bescheid und organisiert gerade ein neues. Man hat mich angewiesen, eine Weile unterzutauchen. Deshalb bin ich jetzt hier bei Ihnen und mache mich als Krankenschwester nützlich«, erklärte sie schmunzelnd.

»Sie sind eine sehr mutige junge Frau. Wir können uns glücklich schätzen, Sie zu haben«, sagte er mit matter Stimme.

»Danke, sehr freundlich, Sir.« Venetia klimperte mit den Wimpern. »Ich tue nur meine Arbeit. Was soll man anderes machen als lachen? Die Welt ist aus den Fugen, und ich versuche, jeden Tag so zu leben, als wäre er mein letzter. Denn das könnte er tatsächlich sein«, fügte sie hinzu. »Ich bemühe mich, alles als großes Abenteuer zu sehen.«

Trotz ihres Lächelns sah Édouard die Trauer in ihrem Blick.

»Schätze, in ein paar Tagen sind Sie kräftig genug, um über Fluchtpläne nachzudenken«, sagte Venetia. »Wenn es Ihnen recht ist, bitte ich meine Leute, Sie aus Frankreich herauszubringen. Aber weil wir erst mal noch hier festsitzen, gehe ich jetzt rauf, hole mir ein neues Buch und mache einen Abstecher zum Klo. Irgendwann könnten Sie auch dran denken, sich zu waschen.« Venetia rümpfte die Nase. »Fürchte, das kann ich Ihnen nicht abnehmen. Brauchen Sie irgendwas, Édouard?«

»Nein, danke, Venetia. Passen Sie da oben auf«, rief er ihr nach, als sie die Treppe zum Haus hinaufstieg.

»Keine Sorge«, rief sie zurück.

Édouard sank erschöpft zurück und dankte seinem Schöpfer dafür, dass diese außergewöhnliche Frau in sein Leben getreten war und ihn gerettet hatte.

24

Am folgenden Morgen verkündete Sarah, dass sie fürs Erste an Ort und Stelle bleiben würden.

»Wir müssen auf die nächste Möglichkeit, den Fluss zu überqueren, warten«, erklärte sie Connie beim Frühstück. »Madame Constance, Ihre neuen Papiere werden Sie als Haushälterin aus der Provence ausweisen. Hätten Sie gern einen bestimmten Namen?«

»Hélène Latour?«, schlug Connie vor, die an eine Nachbarstochter dachte, mit der sie als Kind am Strand von St. Raphaël gespielt hatte.

»Sophia ist Ihre Schwester Claudine. Natürlich …«, Sarah senkte die Stimme, »… muss sie sich verbergen, sobald wir unseren Bestimmungsort erreichen. Es gibt in der Gegend zu viele Leute, die sie erkennen würden.«

»Dort suchen die Deutschen doch bestimmt als Erstes nach uns«, entgegnete Connie. »Falk weiß von dem Château.«

»Édouard sagt, darin gibt es ein sicheres Versteck für Sophia. Natürlich wäre es besser, wenn wir alle das Land sofort verlassen könnten, aber für Sophia mit ihrer Behinderung wäre die Flucht viel zu beschwerlich. Im Château sind wir immerhin unabhängig. Heutzutage sind ja nicht einmal mehr Safe Houses sicher. Die Gestapo zahlt viel Geld für Hinweise auf Nachbarn, die Leute wie uns bei sich unterbringen. Für den Fall, dass sie uns tatsächlich einen Besuch abstatten, möchte ich Ihr und mein Aussehen dem auf den Fotos in unseren

Papieren angleichen.« Sarah zückte eine Flasche mit Bleichmittel auf Wasserstoffperoxidbasis. »Ist das für Sie ein Problem?«, fragte sie schmunzelnd, als sie Connies Gesichtsausdruck sah. »Ich muss mir die Haare rot färben! Und mit Mademoiselle Sophias Kleidung müssen wir uns auch etwas einfallen lassen. Sie ist viel zu fein.«

Connie sah sie verwundert an. »Sarah, Sie sind ja ein richtiger Profi. Wo haben Sie das alles gelernt?«

»Mein Mann war zwei Jahre lang bei den Maquisards, bis die Gestapo ihn erwischt und erschossen hat. Außerdem habe ich dem Comte in vielen gefährlichen Missionen beigestanden. Man lernt schnell, wenn man muss.« Sarah deutete auf die Latrine hinter dem Haus, in der sich ein kleines Waschbecken befand. »Bevor Sie das Bleichmittel anwenden können, müssen Sie die Haare nass machen.«

Connie war beeindruckt, wie viel professioneller Sarah, eine einfache Bedienstete, mit der Situation umging als sie selbst mit ihrer intensiven Ausbildung.

Zwei Tage später, als Connie auf der Straße die dritte deutsche Patrouille in ebenso vielen Stunden gesehen hatte, verkündete Sarah, dass sie in der Nacht aufbrechen würden.

»Ich darf meine Schwester nicht länger in Gefahr bringen«, sagte sie. »Wir haben unsere neuen Ausweise und ziehen weiter. Es ist alles für heute Abend organisiert.«

»Gut.« Connie schaute zu Sophia, die teilnahmslos und in Gedanken versunken am Küchentisch saß, und drückte ihre Hand.

»Heute Abend brechen wir auf, dann bist du bald im Château, von dem du mir so oft erzählt hast«, tröstete sie sie.

Sophia nickte betrübt. Sie trug Bauernkleidung und eine dicke beigefarbene Wolljacke, die sie besonders blass wirken ließ.

Seit ihrer Ankunft hatte Connie sie kaum etwas essen gesehen und sie mehr als einmal zur Außentoilette begleitet, weil sie sich übergeben musste. Connie, die wusste, dass ihnen hinter der Vichy-Linie noch eine lange beschwerliche Reise bevorstand, konnte nur beten, dass Sophia die Strapazen überstand.

Um zehn Uhr abends stiegen Connie, Sarah, Sophia und sechs andere, die am Ufer der Saône warteten, in ein flaches Boot. Connie kletterte als Erste hinein, so dass sie Sophia helfen konnte. Das Boot legte in tiefer Dunkelheit und völligem Schweigen vom Ufer ab, und genauso schweigend stiegen die Passagiere am anderen Ufer aus, um über ein gefrorenes Feld in die Nacht zu verschwinden.

»Nehmen Sie Sophias eine Hand, dann nehme ich die andere«, wies Sarah Connie an. »Sophia, wir müssen jetzt laufen. Man darf uns hier nicht sehen.«

»Wo wollen wir denn hin?«, flüsterte Sophia, als die beiden Frauen sie über das Feld führten. »Es ist so kalt. Ich spüre kaum meine Füße.«

Die rundliche Sarah, die nicht an schnelles Laufen gewöhnt war, gab ihr keine Antwort, weil sie um Atem rang.

Endlich sah Connie in der Ferne ein flackerndes Licht.

Als die Umrisse eines Gebäudes zu erkennen waren, verlangsamten sie ihre Schritte. Das Licht stammte von einer Öllampe an einer Scheune.

»Bis zum Tagesanbruch verstecken wir uns hier.« Sarah öffnete die Scheunentür und nahm die Lampe von dem Nagel, an dem sie hing. Im trüben Innern erkannte Connie aufgestapelte Heuballen.

Sarah schob Sophia zu einem am hinteren Ende der Scheune, auf dem diese sich, von der Anstrengung schwer atmend, niederließ. »Hier ist es immerhin sicher und trocken.«

»Wir sollen die Nacht in einer Scheune verbringen?«, fragte Sophia entsetzt.

Fast hätte Connie laut gelacht. Diese Frau hatte bisher auf Pferdehaarmatratzen und Daunenkissen gebettet geschlafen.

»Ja«, antwortete Sarah. »Ich mache Ihnen ein warmes Bett aus Heu.«

Als es fertig war, legte Sarah sich neben sie.

»Sie müssen auch schlafen, Madame Constance. Wir haben noch eine lange, beschwerliche Reise vor uns. Bevor ich's vergesse: Bitte nehmen Sie das hier, für den Fall, dass mir etwas zustoßen sollte.« Sarah reichte Connie einen Zettel. »Das ist die Adresse des Châteaus. Dort gehen Sie bitte sofort zur *cave*, wo Jacques Benoit uns erwartet. Gute Nacht.«

Connie las die Adresse, prägte sie sich ein und zündete ein Streichholz an, um den Zettel zu verbrennen. Dann vergrub sie sich im Heu und betete, dass der Morgen bald anbrechen möge.

Als Connie erwachte, war Sarahs Heubett bereits leer. Sophia schlief noch tief und fest. Connie trat vor die Scheune und lief nach hinten, um sich zu erleichtern. Da sah sie, wie Sarah mit einem Pferdefuhrwerk auf sie zukam.

»Das ist Pierre, der Bauer von nebenan. Ich konnte ihn überreden, uns zum Bahnhof in Limoges zu bringen. Es wäre zu gefährlich, den Zug von einem näher gelegenen Bahnhof zu nehmen«, erklärte Sarah.

Sie weckten Sophia und halfen ihr auf den Karren. Der Bauer, ein schweigsamer Franzose mit wettergegerbtem Gesicht, fuhr los.

»Die Leute werden immer gieriger«, brummte Sarah. »Obwohl ich ihm erklärt habe, dass unsere Begleiterin blind ist, verlangt er ein Vermögen. Wenigstens ist er vertrauenswürdig.«

Als das Pferdefuhrwerk in der Kälte über den gefrorenen Boden holperte, stellte Connie sich vor, was für eine angenehme Fahrt dies im Hochsommer gewesen wäre. Vier Stunden später hielt der Bauer kurz vor Limoges an und wandte sich zu ihnen um.

»Steigen Sie hier aus; es ist zu gefährlich für mich weiterzufahren.«

Sarah bedankte sich, und die drei kletterten von dem Gefährt, um sich auf den Weg in die Stadtmitte zu machen.

»Ich bin schrecklich müde … und mir ist übel«, jammerte Sophia, die auf beiden Seiten von ihren Begleiterinnen gestützt wurde.

»Es ist nicht mehr weit bis zum Zug nach Marseille«, tröstete Sarah sie.

Nachdem Sarah am Bahnhof die Fahrkarten geholt hatte, bestellten sie in einem Café am Eingang heißen Kaffee und Baguette, das Connie mit Appetit verspeiste, obwohl es hart war. Als Sophia den Kaffee roch, musste sie würgen, und sie schob die Tasse weg. Sarah begleitete sie hinaus und ließ sie auf einer Bank am Bahnsteig Platz nehmen. Dann entfernte sie sich mit Connie ein Stück, damit Sophia nichts hörte.

»Sophia geht es nicht gut«, bemerkte Connie. »Das ist seit Wochen so; es kann also nicht nur an der Reise liegen.«

»Sie haben recht. Das ist nicht das Problem«, bestätigte Sarah. »Leider hat ihr Zustand viel ernstere Gründe. Sehen Sie sie doch an: Sie ist blass, und ihr wird ständig übel … Gerade hat sie den Kaffee weggeschoben, weil sie den Geruch nicht erträgt. Madame, wie deuten Sie das?«

Connie schlug die Hand vor den Mund. »Sie meinen …?«

»Ich meine nicht. Ich *weiß* es. Ihnen dürfte klar sein, bei wie vielen Dingen ich Mademoiselle helfen muss. Sie hat seit Wochen keine Monatsblutung mehr.«

»Sie ist schwanger?«, flüsterte Connie entsetzt.

»Ja. Ich habe keine Ahnung, wann das passiert sein könnte.« Sarah seufzte. »Ich erinnere mich nicht, wann die beiden lange genug allein waren, um … Trotzdem ist es geschehen. Alle Anzeichen sprechen für eine Schwangerschaft.«

Connie wusste genau, wann es passiert war: In der Zeit, in der sie auf sie hätte aufpassen sollen. Sie hätte nicht im Traum gedacht, dass Sophia sich auf so etwas einlassen würde. Sie war doch noch ein Kind …

Nein, rügte Connie sich. Sophia war eine Frau mit allen weiblichen Träumen und Bedürfnissen – und im selben Alter wie Connie. Nur der Haushalt der de la Martinières und sie selbst hatten sie behandelt wie ein Kind. Außerdem – Connie bekam ein flaues Gefühl im Magen – stand fest, dass der Vater des Kindes ein hochrangiger deutscher SS-Offizier war.

»Sarah …«, sagte Connie, »die Umstände könnten kaum ungünstiger sein.«

»Stimmt«, pflichtete Sarah ihr bei. »Ein uneheliches Kind ist schlimm genug, aber wenn irgendjemand herausfindet, wer der Vater ist …«

»Wenigstens weiß es sonst niemand«, tröstete Connie sie, als der Zug in den Bahnhof einfuhr und sie zu Sophia zurückkehrten.

»Madame, Sie werden noch merken, dass es immer jemanden gibt, der etwas weiß«, erklärte Sarah seufzend. »Und dieses Wissen auch weitergibt. Wir müssen uns darauf konzentrieren, Sophia in Sicherheit zu bringen. Dann können wir immer noch überlegen.«

Diesmal reisten die drei Frauen nicht in der ersten, sondern ihrer schlichten Kleidung entsprechend in der dritten Klasse. In dem vollen, schmutzigen Abteil stank es nach Schweiß. Connie seufzte erleichtert, als der Zug endlich losfuhr.

An jeder Haltestelle verkrampfte sich Connies Körper. Weil die Deutschen eine Invasion im Süden des Landes befürchteten, wimmelte es auf den Bahnsteigen von Soldaten. Obwohl der Wagen ungeheizt und unbequem war, gelang es Sarah und Sophia zu schlafen. Connie hingegen wurde jedes Mal, wenn sie die Augen schloss, zusätzlich zu der Angst vor einer Festnahme von den Schrecken der Nacht mit Falk heimgesucht.

An der Station vor Marseille warnte der Schaffner sie, dass die Deutschen im Zug Papiere kontrollierten. Connie, deren Herz wie wild gegen ihre Brust hämmerte, weckte die anderen. Plötzlich lag der Geruch von Angst in der Luft. Connie fragte sich mit einem Blick auf das bunte Völkchen ihrer Mitreisenden, wie viele von ihnen falsche Papiere hatten.

Ein deutscher Offizier betrat das Abteil. Alle Augen waren auf ihn gerichtet, als er die Fahrgäste einen nach dem anderen kontrollierte. Sarah, Sophia und Connie saßen in der letzten Reihe.

»Fräulein, Papiere!«, herrschte er Sarah an.

»Natürlich, Monsieur.« Sie reichte sie ihm mit einem freundlichen Lächeln. Er warf einen Blick darauf.

»Wo sind diese Papiere ausgestellt worden, Fräulein?«

»In der *mairie* meines Heimatortes Chalon.«

Er sah sie sich noch einmal an und schüttelte den Kopf. »Sie sind gefälscht, Fräulein. Es ist nicht der richtige Stempel darauf. Aufstehen!«

Sarah erhob sich, vor Angst bebend. Der Deutsche zog seine Waffe aus dem Holster und drückte sie gegen ihren Leib.

»Monsieur, ich bin eine unbescholtene Bürgerin, ich habe niemandem etwas getan, bitte …«

»*Raus!*«

Als Sarah mit vorgehaltener Waffe abgeführt wurde, blickte sie sich nicht nach Sophia und Connie um, denn wenn die

Deutschen gemerkt hätten, dass sie gemeinsam reisten, wären sie ebenfalls verhaftet worden. Kurz darauf setzte der Zug sich wieder in Bewegung.

Alle starrten Sarahs leeren Platz an. Connie drückte Sophias Hand, damit diese nichts sagte, und sah ihre Mitreisenden achselzuckend an. Die Frau hatte zufällig neben ihnen gesessen, wollte sie ihnen damit signalisieren.

In Marseille stiegen sie aus, um auf den Anschluss nach Toulon zu warten. Connie setzte Sophia auf eine Bank auf dem Bahnsteig.

»Mein Gott, Constance«, flüsterte Sophia. »Wo werden sie Sarah hinbringen? Was wird mit ihr passieren?«

»Ich weiß es nicht, Sophia«, antwortete Connie. »Wir hätten nichts tun können. Zum Glück wissen wir, dass Sarah uns und Édouard nicht verrät, weil sie dir und deiner Familie treu ergeben ist.«

»Constance, ich kenne sie seit meiner Geburt«, klagte Sophia. »Wie soll ich nur ohne sie zurechtkommen?«

»Ich bin ja da.« Connie tätschelte ihre Hand. »Ich passe auf dich auf, das verspreche ich dir.«

Als der Zug nach Toulon eintraf, stieg Connie voller Angst ein. Wenn Sarahs Papiere als gefälscht zu erkennen gewesen waren, galt das auch für die ihren. Nur dem Zufall war es zu verdanken, dass der Deutsche die von Sarah zuerst überprüft und niemand mehr die ihren kontrolliert hatte. Als der Zug durch die Provence in Richtung Côte d'Azur ratterte, wurde Connie klar, dass sie nun auf sich allein gestellt war.

»Wie geht's Ihnen heute?«, erkundigte sich Venetia, als sie Édouard Kaffee ans Bett brachte. »Die Milch ist leider aus. Ich habe alle Dosen aus dem Schrank oben aufgebraucht.«

»Besser, danke, Venetia«, antwortete Édouard.

In den vergangenen beiden Tagen hatte Édouard wenig mehr getan als zu schlafen und zu essen, was immer Venetia ihm brachte. Nun konnte er wieder klar denken und hatte das Gefühl, dass er sich auf dem Weg der Besserung befand.

»Prima«, sagte Venetia. »Ich glaube, es ist Zeit für ein Bad. Danach fühlt man sich wieder wie ein Mensch. Außerdem freut es diejenigen, mit denen man auf engstem Raum zusammenlebt.« Sie rümpfte die Nase.

»Halten Sie es für sicher, wenn ich nach oben gehe?«, fragte Édouard.

»Ja. Das Bad befindet sich an der Rückseite des Gebäudes und hat Fensterläden. Ich habe jeden Abend bei Kerzenschein in der Wanne gelegen. Himmlisch!« Venetia streckte sich lächelnd. »Trinken Sie Ihren Kaffee, dann lasse ich Ihnen Wasser ein.«

Eine Stunde später fühlte sich Édouard nach einem langen Bad tatsächlich erfrischt. Venetia hatte ihm Kleidung aus seinem Zimmer gebracht und seine Wunde frisch verbunden.

»Meine Güte, Édouard, sind Sie groß!«, rief Venetia erstaunt aus, als er die Treppe herunterkam. »Schätze, ich muss das Haus verlassen, denn in der Küche gibt's nur noch Katzenfutter. Und das mag nicht mal ich.«

»Lassen Sie mich gehen«, bat er.

»Unsinn, Édouard. Ich bin es gewöhnt, mich unauffällig zu bewegen, während Sie, Monsieur le Comte, schon wegen Ihrer Größe hervorstechen. Überlassen Sie das mir. Bin bald wieder da.«

Bevor Édouard sie aufhalten konnte, war Venetia zur Kellertür hinaus und kehrte zwanzig Minuten später mit zwei frischen Baguettes zurück. Zum ersten Mal aß er mit gesundem Appetit.

»Ich habe mit meinem Netzwerk Verbindung aufgenommen. Meine Leute überlegen sich einen Plan, wie sie Sie so schnell wie möglich aus Frankreich herausbekommen«, erklärte Venetia. »Hätten Sie Lust auf London? Dort würde man sich über Ihre Gesellschaft und Ihren Bericht freuen. Vorausgesetzt natürlich, wir schaffen es, Sie heil rüberzubringen. Dumm, dass Sie so groß sind. Das macht es sehr schwierig, Sie zu verbergen.«

»Was ist mit meiner Schwester Sophia? Und mit Ihrer Freundin Constance?« Édouard schüttelte den Kopf. »Nein, ich kann nicht einfach fliehen und sie im Stich lassen!«

»Für Ihre Schwester wäre es das Beste, wenn Sie genau das tun«, stellte Venetia fest. »Wie bereits erwähnt, stehen Sie im Moment ganz oben auf der deutschen Fahndungsliste. Außerdem hoffen wir alle, dass Ihr Aufenthalt im Ausland kurz ausfällt. Wir warten tagtäglich auf die Invasion der Alliierten.«

»Im Nachhinein betrachtet hätte ich Sophia doch lieber bei mir in Paris behalten sollen«, seufzte Édouard.

»Die Zeit lässt sich nicht zurückdrehen«, erklärte Venetia. »Es ist mir gelungen, unsere Freunde im Süden zu informieren, dass Ihre Schwester bald eintreffen wird. Sie halten nach ihr Ausschau und helfen ihr, so gut sie können.«

»Danke, Venetia. Ich habe sie nur weggeschickt, weil ich dachte, dass ich ihnen bald folgen könnte.«

»Tja, das geht aber nicht«, entgegnete Venetia. »Draußen habe ich Ihr Gesicht auf einem Handzettel gesehen. In Paris sind Sie bekannt wie ein bunter Hund, Édouard. Sie müssen das Land so schnell wie möglich verlassen.«

»Sie riskieren viel, indem Sie mir beistehen.«

»Auch nicht mehr als sonst.« Venetia hob grinsend die Augenbrauen. »Aber wir müssen von hier weg, bevor uns das Glück verlässt. Wir brechen morgen auf.«

»Ich muss wohl kaum erwähnen, dass ich Ihnen sehr dankbar bin.«

»Angesichts der zahllosen Leben, die Sie in den vergangenen vier Jahren gerettet haben, ›Hero‹, ist es mir eine Ehre, Ihnen zu helfen«, entgegnete Venetia.

Am Bahnhof von Toulon half Connie der erschöpften Sophia aus dem Zug in den strömenden Regen und ging zum Fahrkartenschalter.

»Entschuldigen Sie, Monsieur, können Sie mir sagen, wann der nächste Zug nach Gassin fährt?«

»Morgen früh um zehn.«

»Aha. Können Sie mir ein Hotel empfehlen?«

»Biegen Sie links ab, dann sehen Sie schon eines an der Ecke«, antwortete der Mann unfreundlich und schloss den Schalter.

Connie führte Sophia zu dem Hotel. Als sie es erreichten, waren sie beide bis auf die Knochen nass.

Das Hotel war geheizt, aber schäbig. Connie bekam ein Zimmer für einen Preis, der des Ritz würdig gewesen wäre, und half Sophia nach oben. Eine Stunde später, nachdem sie sich in dem engen Bad gewaschen und ihre Sachen so gut wie möglich getrocknet hatten, ging Connie mit Sophia in das kleine Restaurant.

»Wir sind bald da«, versuchte Connie sie aufzumuntern. »Bitte, Sophia, versuch, etwas zu essen.«

Während sie beide in ihrem Essen herumstocherten, dachte Connie an Sarah, Édouard und Venetia. Sie und Sophia konnten sich glücklich schätzen, in Freiheit, warm und trocken untergebracht zu sein.

Da riss eine Stimme sie aus ihren Gedanken.

»Haben Sie noch einen weiten Weg vor sich, Madame?«, fragte der junge Mann am Nebentisch interessiert und lächelte freundlich.

»Wir wollen zurück nach Hause «, antwortete Connie vorsichtig. »Ein Stück weiter die Küste entlang.«

»Ach, die Côte d'Azur. Für mich gibt es kein schöneres Fleckchen Erde.«

»Da stimme ich Ihnen völlig zu, Monsieur.«

»Haben Sie Verwandte besucht?«, erkundigte sich der Mann.

»Ja«, antwortete Connie, ein Gähnen unterdrückend. »Es war eine lange Fahrt.«

»Heutzutage ist jede Reise beschwerlich. Ich bin Agraringenieur und viel unterwegs.« Der Mann runzelte die Stirn. »Sie reisen ohne Begleitung?«

»Ja, aber wir sind fast am Ziel.« Connie machten die vielen Fragen nervös.

»In diesen schwierigen Zeiten ist das sehr mutig. Besonders weil Ihre Freundin ...« Der junge Mann deutete mit einer Geste geschlossene Augen an.

Connie bekam es mit der Angst zu tun. Wie konnte sie nur ganz offen mit der blinden Schwester eines von der Gestapo Gesuchten in einem Restaurant sitzen?

»Meine Schwester ist nicht blind, nur erschöpft. Komm, Claudine, Zeit fürs Bett. Gute Nacht, Monsieur«, verabschiedete sie sich von dem Mann und ließ Sophia allein aufstehen. Erst im allerletzten Augenblick nahm sie ihren Ellbogen, um sie aus dem Raum zu führen.

»Was war das für ein Mann?«, flüsterte Sophia.

»Keine Ahnung. Ich weiß nicht, ob wir weiter hierbleiben sollen. Ich ...«

Als sie den Fuß auf die unterste Stufe der Treppe setzte, spürte Connie eine Hand auf ihrer Schulter. Sie zuckte erschreckt zusammen. Es war der Mann aus dem Restaurant.

»Madame, ich weiß, wer Sie sind«, sagte er leise. »Keine Angst, von mir haben Sie nichts zu befürchten. Ein Freund hat mir mitgeteilt, dass eine solche junge Frau …«, er deutete auf Sophia, »… hierher unterwegs ist. Ich soll ihr und ihren Mitreisenden helfen. Ich habe Sie bereits im Bahnhof von Marseille gesehen und hätte Sie schon früher angesprochen, doch dann kam die Sache mit Ihrer Freundin im Zug dazwischen. Ich soll Sie bis zum Ende Ihrer Reise begleiten. Sophias Bruder ist mir gut bekannt.«

Connie sah ihn unsicher an.

»Er ist ein ›Hero‹, ein Held, Madame«, fügte der Mann mit einem vielsagenden Blick hinzu.

Als sie Édouards Kodenamen hörte, nickte Connie.

»Danke, Monsieur.«

»Morgen begleite ich Sie zu Mademoiselles Haus. Ich heiße Armand. Gute Nacht.«

»Können wir ihm vertrauen?«, fragte Sophia wenig später im Zimmer.

Wenn bis zum Morgen keine Gestapo-Leute auftauchten, wusste Connie, dass sie es konnten. Doch das sagte sie Sophia lieber nicht.

»Ja. Ich glaube schon. Wahrscheinlich hat Ihr Bruder ihn über seine Kontakte bei der Résistance informiert.«

»Wann Édouard wohl zu uns stoßen wird?«, seufzte Sophia. »Constance, ich muss die ganze Zeit an die arme Sarah denken.«

»Wir können nur hoffen, dass sie nach der Befragung freigelassen wird. Schlaf jetzt, Sophia. Morgen Abend sind wir an einem sicheren Ort.«

Nach einem Frühstück mit frischem Brot und einem noch warmen Croissant sah die Welt schon freundlicher aus. Armand nickte ihnen von der anderen Seite des Restaurants aus zu, erhob sich und schaute auf seine Uhr.

»Es war mir ein Vergnügen, Ihre Bekanntschaft gemacht zu haben, Madame. Ich gehe jetzt zum Bahnhof und nehme den Zug entlang der Küste.« Er verabschiedete sich mit einem Lächeln.

Kurz nachdem Armand weg war, führte Connie Sophia zum Bahnhof. Armand tippte zur Begrüßung an seinen Hut, als sie ihn dort einholten. Connie erwarb zwei Fahrkarten und setzte sich mit Sophia auf eine Bank auf dem Bahnsteig, von wo aus sie Armand, der Zeitung las, beobachtete. Schließlich fuhr der kleine Zug in den Bahnhof ein, und die Wartenden drängten sich auf sehr unbritische Art vor den Türen. Connie sicherte Sophia einen Platz am Fenster und blickte sich nach Armand um, doch der war offenbar in den zweiten Wagen gestiegen.

Die Fahrt nach Gassin dauerte etwas mehr als zwei Stunden. Connie betrachtete die hübschen Küstenorte, die im Hochsommer bestimmt auf eine azurblaue See blickten. Jetzt, Anfang Dezember jedoch, waren die Wellen abweisend grau. Connie, die bis auf die Knochen durchgefroren war, wünschte sich nichts sehnlicher als ein wenig Wärme.

Nach einer Zugfahrt ohne Zwischenfälle stiegen Connie und Sophia wieder bei strömendem Regen am Bahnhof von Gassin aus. Als der Zug und die wenigen Fahrgäste sich vom Bahnsteig entfernt hatten, blieben nur noch sie und ein Eselsgefährt. Wenig später tauchte Armand mit zwei Fahrrädern auf.

Connie sah ihn entgeistert an. »Monsieur, das kann Sophia nicht. Wie wäre es mit dem Eselswagen?«, schlug sie vor.

»Die gute Charlotte bringt die Post den Hügel hinauf nach Gassin«, erklärte Armand mit einem liebevollen Blick auf das Tier. »Ihr Verschwinden würde den Dorfbewohnern auffallen und ihre Aufmerksamkeit auf Sophia lenken.«

»Charlotte kann aber doch bestimmt den Mund halten, oder?«

»Sie ist absolut verschwiegen«, bestätigte er schmunzelnd. »Doch für ihren Herrn, den Postboten, würde ich meine Hand nicht ins Feuer legen. Das Château ist mit dem Fahrrad nur fünf Minuten weg. Sophia wird sich an mir festhalten.«

»Nein!«, rief Sophia entsetzt aus. »Das kann ich nicht.«

»Mademoiselle, es geht nicht anders.« Er sah zu Connie. »Nehmen Sie das.« Armand reichte ihr Sophias Reisetasche, die diese in ihren kleinen Fahrradkorb stellte. »Und helfen Sie Mademoiselle beim Aufsteigen.«

»Bitte nicht!«, stöhnte Sophia ängstlich.

Die völlig durchnässte Connie verlor die Geduld. »Herrgott, Sophia, steig auf, bevor wir uns alle eine Lungenentzündung holen!«

Connies scharfer Tonfall brachte Sophia zum Verstummen.

»Legen Sie die Arme um meine Taille, und halten Sie sich fest«, wies Armand, der mit gespreizten Beinen vor Sophia stand, diese an. »Los geht's!«

Als Armand das Rad schwankend die holprige Straße entlanglenkte, klammerte Sophia sich an ihn, als ginge es um ihr Leben. Connie folgte ihnen. Wenige Minuten später, der Regen ergoss sich in Strömen über Connies weißblonde Haare, bog Armand von der Straße ab und blieb kurz darauf stehen, damit Connie zu ihnen aufschließen konnte.

»Sehen Sie, Mademoiselle, Ihr erster Ausflug mit dem Fahrrad.« Er half Sophia vom Rad, legte es auf den Boden und signalisierte Connie, dass sie es ihm gleichtun solle. »Von hier aus müssen wir zu Fuß weiter, weil der Weg für Räder zu uneben ist. Wir nähern uns dem Château von hinten durch die Weinberge und gehen direkt zur *cave*. Zum Glück ist uns seit dem Bahnhof niemand begegnet«, erklärte er, als er Sophia den schlammigen Weg entlangführte. »Der Regen hilft uns.«

»Sind wir da?«, fragte Sophia.

»Ja, in ein paar Minuten erreichen wir die *cave*«, antwortete er.

»Gott sei Dank«, keuchte Sophia, vor Angst und Erschöpfung zitternd.

»Jacques erwartet Sie«, erklärte Armand.

Der Klang seines Namens schien Sophia neue Kraft zu geben. Ein großes, verputztes Gebäude kam in Sicht; Armand öffnete die hohen Holztüren. Fast hätte Connie vor Erleichterung geweint, als sie dem Regen entkommen waren.

Im Innern befand sich ein riesiger, düsterer Raum, in dem der Geruch von gärenden Trauben hing. An den Seiten lagerten riesige Eichenfässer.

Zwischen zweien trat eine Gestalt hervor und flüsterte: »Sophia? Sind Sie das?«

»Jacques!« Sophia streckte ihre dünnen Arme aus.

Ein groß gewachsener, kräftiger Mann um die dreißig mit sonnengebräuntem Gesicht kam auf sie zu.

»Meine Sophia, Gott sei Dank ist Ihnen nichts passiert!« Der Mann drückte sie an seine breite Brust, und Sophia weinte sich daran aus. Während er ihr über die nassen Haare strich, tröstete er sie mit leiser Stimme. »Ich bin ja da und passe auf Sie auf.«

Nach einer Weile wandte Jacques sich Connie und Armand zu.

»Danke, dass Sie sie nach Hause gebracht haben«, sagte er mit rauer Stimme. »Ich hätte nicht gedacht, dass Sie das schaffen. Hat irgendjemand Sie beobachtet?«

»Jacques, bei dem Regen war kaum die Hand vor Augen zu sehen«, erklärte Armand lachend. »Das Glück war uns gewogen.«

»Gut. Meine Damen, in meinem Häuschen brennt ein Feuer. Sie müssen Ihre nassen Sachen ausziehen.« Jacques löste sich von Sophia und ging zu Armand. »Danke, mein Freund. Das wird Ihnen der Comte nie vergessen.«

»Ich habe nicht viel getan – dieser Dame hier gebührt der Dank.« Armand deutete auf Connie.

»Wo ist Sarah, Sophias Dienstmädchen?«, erkundigte sich Jacques bei Connie.

»Monsieur, ich …«

»Sarah wurde kurz vor Marseille verhaftet«, antwortete Armand für sie.

»Und wer ist sie?«, fragte Jacques mit einem Blick auf Connie.

»Eine gute Freundin des Comte. Aber das wird Ihnen Constance sicher alles noch selbst erzählen.«

»Gut.« Jacques wirkte beruhigt. »Kommen Sie, Sophia, Sie müssen sich aufwärmen. Wir hören voneinander«, sagte er mit einem Nicken in Richtung Armand.

»Ja. Auf bald, Madame Constance.« Armand bedachte sie mit einem freundlichen Lächeln.

Connie bedankte sich für seine Hilfe. »Haben Sie's weit?«

»Solche Fragen stellen wir in Zeiten wie diesen nicht. Ich bin überall zu Hause.« Mit einem letzten Augenzwinkern stellte er den Kragen seiner tropfnassen Jacke hoch und verließ die *cave*.

»Folgen Sie mir.« Jacques nickte Connie zu und führte Sophia durch eine Tür zwischen den riesigen Fässern und einen Gang zu einer anderen Tür. Er öffnete sie und ging ihnen voran in eine ordentlich aufgeräumte Küche und einen winzigen Wohnbereich, in dem ein Holzfeuer im Kamin prasselte.

»Ich hole Ihnen beiden etwas Warmes zum Anziehen von oben. Ihre Sachen sind bestimmt genauso nass wie das, was

Sie am Leib tragen«, erklärte Jacques mit einem Blick auf die Ledertasche, die eine Pfütze auf dem Steinfußboden hinterließ.

»Ach, Constance!«, rief Sophia aus, als sie aus ihrem Mantel schlüpfte. »Noch nie habe ich mich so gefreut, irgendwo angekommen zu sein!«

»Ja, es war eine anstrengende Reise«, pflichtete Connie ihr bei. »Aber jetzt kannst du dich ausruhen.«

Jacques brachte ihnen zwei dicke Flanellhemden und Wollpullover. »Die dürften fürs Erste reichen«, sagte er und gab ihnen Handtücher. »Ich mache uns einen Kaffee und was zu essen, während Sie sich umziehen«, fügte er hinzu, als er den Raum verließ und die Tür hinter sich schloss.

»Warum bringt Jacques uns nicht direkt zum Château?«, fragte Sophia Connie, als diese ihr aus den nassen Kleidern half. »Da steht ein Schrank voller Sachen von mir.«

Connie, die keine Ahnung hatte, wie weit das Château entfernt war oder wie die weiteren Pläne aussahen, zuckte mit den Achseln. »Für ihn war es vermutlich das Wichtigste, dich erst mal trocken und warm zu kriegen.«

»Gott, bin ich froh, hier zu sein. Ich liebe das Château«, erklärte Sophia und tastete nach den Knöpfen an Jacques' Hemd, das ihr bis über die Knie reichte.

»Setz dich an den Kamin, damit deine Haare trocknen«, sagte Connie, zog sich aus und sammelte die nasse Kleidung ein, um sie über der Spüle auszuwringen, bevor sie sie vor dem Feuer aufhängte. Da tauchte Jacques mit dem Kaffee aus der Küche auf und stellte das Tablett auf den Tisch vor ihnen.

Connie nahm schweigend einen Schluck, während sie lauschte, wie Sophia sich bei Jacques nach den Arbeitern des Weinguts erkundigte.

»Leider bin jetzt nur noch ich hier. Alle anderen Männer sind entweder an der Front oder müssen in Deutschland in

Fabriken arbeiten. Ich darf bloß in der *cave* bleiben, weil sie den Schnaps, den ich destilliere, als Treibstoff für ihre Torpedos brauchen. Ein paar Kilometer entfernt befindet sich eine Fabrik, die die Dinger herstellt. Als sie das letzte Mal da waren, habe ich ihnen gesagt, ich hätte keinen Schnaps mehr, weil sie zu viel selber getrunken haben.« Jacques Augen blitzten. »War natürlich gelogen.«

»Ich dachte, im Süden sind nicht so viele Deutsche, und wir sind hier sicher«, sagte Sophia.

»Leider hat sich seit Ihrem letzten Aufenthalt im Château vieles verändert.« Jacques seufzte. »Hier leben alle genauso in ständiger Furcht wie in Paris. Erst vor ein paar Wochen hat es eine öffentliche Hinrichtung auf dem La-Foux-Rennplatz in der Nähe von Saint-Tropez gegeben. Die Deutschen haben vier von den Maquisards erschossen, die Ihr tapferer Freund Armand unterstützt. Es sind schwierige Zeiten; wir müssen sehr vorsichtig sein«, warnte er sie.

»Aber was ist mit dem Château? Und der Haushälterin und den Bediensteten?«, erkundigte sich Sophia.

»Sie sind alle weg«, antwortete Jacques. »Das Château ist seit zwei Jahren unbewohnt.«

»Und wer kümmert sich um uns, wenn wir dort sind?«

»Mademoiselle Sophia ...« Jacques griff nach ihrer Hand. »Sie werden nicht im Château wohnen. Das wäre viel zu gefährlich. Wenn Édouard die Flucht gelungen ist, suchen sie dort zuerst nach ihm. Und wenn sie Sie darin entdecken, werden Sie festgenommen und befragt. Schließlich haben Sie unter demselben Dach wie Ihr Bruder gelebt, der mutig ein Doppelleben führte.«

»Aber ich weiß nichts.« Sophia rang verzweifelt die Hände. »Ich weiß ja nicht einmal, ob mein armer Bruder noch lebt.«

Wieder einmal wurde Connie klar, wie behütet Sophia gewesen war. In den vergangenen vier Jahren hatte sie keinerlei Entbehrungen erleiden müssen und dank der Fürsorge ihres Bruders und des Familienreichtums im gleichen Luxus gelebt wie vor dem Krieg.

»Sophia, meine Liebe, niemand darf Sie sehen. Hat Ihr Bruder Ihnen das nicht gesagt? Er hat Sie nicht zum Château geschickt, damit Sie offen dort leben. Die Deutschen würden Sie sofort verhaften«, erklärte Jacques. »Er hat Sie zu mir gesandt, weil er wie ich weiß, dass es hier für Sie bis zum Ende des Krieges ein sicheres Versteck gibt.«

»Wo befindet sich dieses Versteck?«, fragte Sophia besorgt.

»Das zeige ich Ihnen nach dem Essen. Und Sie, Madame Constance …«, Jacques wandte sich ihr zu, »… Sie wohnen bei mir. Falls irgendjemand auf die Idee kommt zu fragen, geben wir Sie als meine Nichte aus.«

»Wäre es nicht besser, wenn ich nun meiner eigenen Wege ginge?«, schlug Connie vor. »Armand könnte mir helfen, Kontakt zu einem örtlichen Netzwerk aufzunehmen, so dass ich nach England zurückkäme. Ich …«

»Wer würde sich dann um Mademoiselle Sophia kümmern? Ich als Mann kann ihr nicht bei allem behilflich sein.« Er trat verlegen von einem Fuß auf den anderen. »Und weil ihre Anwesenheit nicht bekannt werden darf, kann ich niemanden aus dem Dorf anstellen. Ich vertraue keinem.«

»Constance! Bitte lass mich nicht allein!«, rief Sophia aus. »Ich komme nicht ohne dich zurecht, das weißt du. Bitte bleib bei mir«, flehte sie und tastete nach Connies Hand.

Wieder einmal schwand für Connie jede Hoffnung, sich aus dem Griff der Familie de la Martinières zu befreien. Connie nickte schicksalsergeben. »Natürlich lasse ich dich nicht allein, Sophia.«

»Danke«, sagte sie erleichtert und legte unwillkürlich schützend die Hand auf den Unterleib. Sophia wandte ihre Aufmerksamkeit wieder Jacques zu. »Befindet sich das Versteck hier in Ihrem Häuschen?«

»Nein. Die Deutschen schauen gelegentlich bei mir vorbei, wenn sie Wein für sich oder Schnaps für die Torpedos brauchen.« Jacques stieß einen tiefen Seufzer aus. »Wie gesagt, ich zeige Ihnen das Versteck nach dem Essen.«

Connie freute es zu sehen, dass Sophia ihren Teller mit dem üppigen Bohneneintopf, den Jacques gekocht hatte, leer aß.

»Plötzlich habe ich einen Bärenhunger«, stellte Sophia lächelnd fest. »Das muss an der provenzalischen Luft liegen.«

Connie führte Sophia zu einem Sessel am Kamin.

Sophia gähnte. »Ich bin so müde, Constance. Ich kann kaum noch die Augen offen halten.«

»Dann mach sie einfach zu«, schlug Connie vor.

Als Sophia schlief, half Connie Jacques in der kleinen Küche beim Geschirrspülen. Jacques verstaute die Teller mit ernstem Gesicht in einem kleinen Schrank.

»Das Versteck wird Sophia bestimmt nicht gefallen, auch wenn ich mir Mühe gegeben habe, es so behaglich wie möglich zu gestalten. Es befindet sich unter der Erde und ist kalt; dort gibt es kaum natürliches Licht. Ausnahmsweise ist Sophias Blindheit ein Vorteil«, seufzte Jacques. »Für sehende Menschen wäre es noch schlimmer. Wir können nur hoffen, dass dieser Krieg bald zu Ende ist und Sophia sich wieder frei bewegen kann.«

»Wir alle«, murmelte Connie auf Englisch.

»Sie muss so schnell wie möglich nach unten. Erst gestern haben Gestapo-Leute das Château und die *cave* durchsucht. Aber das Versteck werden sie niemals finden«, versicherte er ihr. »Und Sie, Madame? Wie hat es sich begeben, dass Sie Sophias Zofe wurden?«

»Nun, ich …«

Jacques spürte ihr Zögern. »Madame, meine Familie führt die *cave* der de la Martinières seit zweihundert Jahren. Édouard und ich sind miteinander aufgewachsen. Er war der Bruder, den ich mir immer gewünscht hätte. Wir haben die gleiche Einstellung. Da Sie fürs Erste unter meinem Dach leben werden, sollten Sie mir vertrauen.«

»Ja, gut.« Connie holte tief Luft und berichtete ihm ihre Geschichte.

Jacques hörte ihr aufmerksam zu. »Dann sind Sie also«, fasste er zusammen, nachdem sie geendet hatte, »eine ausgebildete Agentin, deren Fähigkeiten auf Eis liegen. Schade. Aber wenn die Gestapo-Leute Sie bei mir finden sollten, habe ich es wenigstens nicht mit einer Amateurin zu tun. Besteht die Möglichkeit, dass sich ein Foto von Ihnen in ihren Akten befindet?«

»Nein. Außerdem habe ich mir die Haare gefärbt.«

»Gut. Morgen besorge ich Ihnen neue Papiere, die Sie als meine Nichte aus Grimaud ausweisen. Sie helfen mir beim Abfüllen des Weins und führen mir den Haushalt. Können Sie sich mit dieser Tarnung anfreunden?«

Connie fragte sich, wie viele falsche Namen sie in Frankreich noch erhalten würde. »Natürlich, Jacques, tun Sie, was Sie für richtig halten.«

»Sie haben Glück. Ich kann Ihnen das kleine Schlafzimmer oben neben dem meinen anbieten. Leider wird Mademoiselle Sophia nicht den gleichen Luxus genießen, weil wir sie aufgrund ihrer Blindheit nicht schnell genug verstecken könnten, wenn die Gestapo in der Nacht an die Tür klopft. Ich habe ihrem Bruder versprochen, für ihre Sicherheit zu sorgen. Dafür müssen Sie und ich alles in unserer Macht Stehende tun.«

»Ja. Ich fürchte, ich muss Ihnen noch etwas sagen … Sie ist schwanger.«

»Wie das? *Von wem?* Weiß Édouard das?«, rief Jacques entsetzt aus.

»Nein, und mir hat es Sophia auch noch nicht verraten. Ich weiß es von Sarah, ihrem Dienstmädchen. Und das ist noch nicht das Schlimmste.« Connie holte tief Luft. »Der Vater ist ein hochrangiger deutscher SS-Offizier.«

Jacques verschlug es die Sprache.

»Tut mir leid«, sagte Connie.

»Meine kleine Sophia … ist das zu fassen?« Jacques schüttelte den Kopf. »Und ich dachte, sie müsste sich nur vor den Deutschen in Acht nehmen. Wenn bekannt würde, dass der Vater ihres Kindes ein SS-Offizier ist, zöge sie auch noch den Zorn der Franzosen auf sich. Erst vor ein paar Wochen ist eine Frau, die mit einem Deutschen geschlafen hatte, in der Nacht aus ihrem Haus im Ort verschwunden. Ihre Leiche wurde an der Küste angeschwemmt, sie wurde erschlagen.« Jacques schüttelte den Kopf. »Madame, schlimmer hätte es nicht kommen können.«

»Ich weiß. Aber was sollen wir machen?«

»Sind Sie sicher, dass niemand sonst über ihre Liaison mit diesem Offizier und ihre Folgen Bescheid weiß?«

»Ja.«

»Gott sei Dank. Das muss auch so bleiben.«

»Vielleicht sollte ich Ihnen noch sagen, dass Édouard mir einmal gestanden hat, er möge diesen Mann und könne sich unter anderen Umständen vorstellen, mit ihm befreundet zu sein. Frederik hat uns bei der Flucht aus Paris geholfen«, erklärte Connie. »Ich halte ihn für einen guten Menschen.«

»Nein!« Jacques schüttelte heftig den Kopf. »Er ist ein Deutscher, und die schänden unser Land und unsere Frauen!«

»Ich bin grundsätzlich Ihrer Meinung, doch manchmal stimmt die Fassade nicht mit den inneren Überzeugungen überein.« Connie seufzte. »Tja, nun ist es heraus.«

»Dann darf Sophia noch weniger gesehen werden. Ich wage mir nicht vorzustellen, wie es nach dem Krieg mit ihr weitergeht«, sagte Jacques ernst und legte die Hand an die Stirn. »Sie müssen verstehen: Ich liebe sie wie mein eigen Fleisch und Blut und kann den Gedanken nicht ertragen …« Er schauderte. »Der Krieg macht uns alle zu Narren. Und nun zerstört er das Leben einer schönen jungen Frau. Es steht mir nicht zu, Aussagen über ihre Zukunft zu machen, aber als ledige Mutter wird es schwierig für sie. Wir können nur hoffen, dass Édouard seinen Verfolgern entkommt und die Zügel von Sophias Leben wieder in die Hand nimmt. Bis dahin müssen wir beide sie beschützen.«

Später am Abend führte Jacques Sophia wieder in die *cave* mit den riesigen russischen Eichenfässern, die sechs Meter hoch über Connie aufragten.

Jacques blieb vor einem Fass am hinteren Ende der *cave* stehen, kletterte eine kleine Leiter an der Vorderseite hoch und stieg hinein. Sophia und Connie hörten, wie im Innern Bretter entfernt wurden. Nach einer Weile streckte Jacques den Kopf heraus.

»Es wird nicht ganz leicht für Sie sein hineinzuklettern, Mademoiselle Sophia, aber keine Angst, ich helfe Ihnen. Madame Constance, würden Sie sie bitte stützen und ihr dann folgen?«

»Wir steigen in das Weinfass?«, fragte Sophia verwirrt. »Ich muss mich doch nicht etwa in den kommenden Wochen da drin verstecken, oder?«

»Nimm Jacques' Hand, damit er dir über den Rand helfen kann«, wies Connie sie an.

»Und jetzt Sie, Madame Constance«, hallte Jacques' Stimme aus dem Fass wider.

Connie kletterte ihrerseits hinauf und sah, dass im Innern des Fasses drei der Bodenplanken entfernt worden waren. Sophia und Jacques, der eine Lampe in der Hand hielt, standen in dem dunklen Raum unter dem Fass. Connie gesellte sich zu ihnen.

»Folgen Sie mir«, sagte Jacques und nahm Sophias Hand.

Connie, die sich in dem niedrigen Gang bücken musste, dankte Gott dafür, dass Sophia blind und an völlige Finsternis gewöhnt war. Der Tunnel schien kein Ende zu nehmen. Connie, die sonst nicht zu Klaustrophobie neigte, hatte weiche Knie, als Jacques eine Tür aufschloss. Sie betraten einen viereckigen Raum mit einem kleinen vergitterten Fenster hoch oben an einer nackten Ziegelwand. Als Connies Augen sich an die Dunkelheit gewöhnten, erkannte sie ein Bett, einen Stuhl und eine Kommode. Auf dem groben Steinfußboden lag eine Matte.

»Wo sind wir, Jacques?«, fragte Sophia, die sich an seinen Arm klammerte. »Es ist so kalt hier und riecht schrecklich feucht!«

»Wir befinden uns im Keller des Châteaus«, erklärte Jacques. »Der Weinkeller ist nebenan. Sie sind in Sicherheit, Sophia.«

»Heißt das, ich muss hierbleiben? In dieser kalten, modrigen Luft? Und wenn ich mein Zimmer verlassen möchte, muss ich jedes Mal durch diesen langen Tunnel?«, fragte Sophia entsetzt. »Jacques, das geht nicht, *bitte*!«

»Mademoiselle Sophia, solange niemand Sie beim Betreten des Châteaus beobachtet, sehe ich keinen Grund, warum Sie nicht hin und wieder nach oben kommen und einen kleinen Spaziergang in dem ummauerten Garten machen sollten. Aber zu Ihrer eigenen Sicherheit müssen Sie fürs Erste hierbleiben.«

»Und wo kann ich mich waschen?«, fragte Sophia, der Panik nahe.

Jacques öffnete eine Tür. »Hier drin.«

Connie sah ein Waschbecken unter einem Wasserhahn und einen Nachtstuhl in dem Raum. Plötzlich ging die Paraffinlampe in Jacques' Hand aus, und sie standen in völliger Finsternis.

Das also ist Sophias Welt der Dunkelheit, dachte Connie, als Jacques die Lampe wieder anzündete.

»Ich halte es hier unten nicht allein aus!« Sophia rang die Hände.

»Ihnen bleibt keine andere Wahl«, entgegnete Jacques. »Tagsüber werden Sie, wie gesagt, herauskommen können, doch in den Nächten dürfen wir nichts riskieren.«

»Connie!« Sophia tastete nach ihrer Hand. »Bitte, lass mich nicht allein. Bitte!«, rief sie voller Verzweiflung.

Jacques fuhr unerbittlich fort: »Madame Constance, ich zeige Ihnen jetzt, wie Sie das Château von hier aus erreichen. Wer auch immer dieses Versteck ersonnen haben mag: Er besaß Weitblick, denn es hat zwei Ausgänge.«

Er ging zu einer winzigen Tür an der anderen Seite des Raums und drehte den Schlüssel im Schloss. Dahinter sah Connie einen riesigen Weinkeller. Jacques deutete auf eine Treppe.

»Sie führt direkt in den hinteren Teil des Châteaus. Solange Sie nicht die Fensterläden öffnen, können Sie in der Küche Wasser holen und etwas zu essen für Sophia zubereiten. Aber machen Sie niemals den Kamin oder den Herd an. Wir befinden uns in einem Tal, den Rauch würde man oben im Dorf sehen«, warnte er sie.

»Verstehe«, sagte Connie, die es tröstete, dass es einen bequemeren Weg aus dem unterirdischen Raum gab.

»Ich lasse Sie jetzt mit Mademoiselle Sophia allein, damit Sie ihr helfen können, sich für die Nacht fertig zu machen. Morgen begleiten Sie sie ins Château hinauf, wo sie baden und Kleidung holen kann. Ich darf noch einmal wiederholen, dass nachts hinter den Fenstern des Châteaus kein Licht zu sehen sein darf. Das wäre kilometerweit zu erkennen.«

»Verstehe«, sagte Connie.

»Finden Sie allein zurück? Ich lasse Ihnen eine Lampe da«, sagte Jacques, als sie zu Sophia zurückkehrten, die, den Kopf in den Händen, leise vor sich hinweinte.

»Ja.«

Sobald Jacques weg war, setzte Connie sich neben Sophia aufs Bett und nahm ihre Hand.

»Liebste Sophia, bitte versuch, tapfer zu sein. Du musst nur die Nächte hier unten verbringen. Ich finde, das ist ein kleiner Preis für deine Sicherheit.«

»Es ist schrecklich hier! Der Geruch …« Sophia legte seufzend den Kopf an Connies Schulter. »Constance, bleibst du bei mir, bis ich eingeschlafen bin?«

»Aber sicher.«

Während Connie Sophia wiegte wie ein Kind, fragte sie sich, wie es gekommen war, dass sie, die ausgebildete SOE-Agentin, nun Kindermädchen für eine verwöhnte junge Frau spielen musste.

Édouard wartete mit Venetia am Rand eines dichten Waldes vor einem großen Feld. Sie befanden sich irgendwo westlich von Tours, so viel wusste er, obwohl er, nachdem er unterwegs so oft auf allesamt unbequeme Transportmittel umgestiegen war, keine rechte Orientierung mehr besaß. Immerhin hatten sie es bis hierher geschafft.

Da ertönte das tiefe Brummen eines sich nähernden Flugzeugs, und der Mann, der neben Venetia gehockt hatte, hastete mit einer Taschenlampe in der Hand auf das Feld, um dem

Piloten zu signalisieren, dass alles in Ordnung sei. Kurz darauf begann die Maschine den Landeanflug.

»Édouard, sieht ganz so aus, als würden Sie's außer Landes schaffen. Schöne Grüße an *merry old England*, ja?«, sagte Venetia fröhlich.

»Würden Sie gern mitkommen?«, fragte Édouard.

»Wenn alles in Ordnung wäre? Natürlich.« Sie nickte. »Ich habe Mup und Pup – das sind meine Eltern – über ein Jahr nicht gesehen. Aber die Welt ist nun mal nicht in Ordnung, und ich habe hier zu tun.«

»Wie soll ich Ihnen nur danken?«, fragte Édouard, den Venetias Humor, Mut und Energie während seiner Krankheit, seiner Zeit im Keller und der gefährlichen Reise stets erstaunt und aufgemuntert hatten. »Sie werden mir fehlen.«

»Sie mir auch«, gestand sie lächelnd.

»Falls es uns beiden irgendwie gelingen sollte, diesen Krieg zu überleben, würde ich Sie sehr gern wiedersehen, Venetia.«

»Ich Sie auch.« Sie senkte verlegen den Blick.

»Venetia, ich …« Einem plötzlichen Impuls folgend küsste Édouard sie leidenschaftlich auf die Lippen.

Als das Flugzeug landete, löste sie sich aus seiner Umarmung. Édouard sah, dass in ihren Augen Tränen schimmerten. Er hob ihr Kinn ein wenig an. »Verlier nicht den Mut, mein Engel. Und pass auf dich auf, für mich.«

»Nach diesem Kuss werde ich mich noch mehr bemühen. Komm, Zeit zu gehen.«

Sie rannten über das Feld zu der Lysander, die Édouard aus seiner Heimat in die ihre bringen würde.

Bevor er in die Maschine stieg, gab er Venetia ein Päckchen. »Wenn es für dich oder ein anderes Mitglied deiner Organisation eine Möglichkeit geben sollte, das meiner Schwester im Château zu bringen, weiß sie, dass ich in Sicherheit bin.«

»Ich sorge dafür, dass sie es erhält«, versprach Venetia und steckte das Päckchen in ihren Ranzen.

Auf den Stufen zum Flugzeug wandte Édouard sich noch einmal um. »Viel Glück, mein Engel. Ich bete, dass wir uns bald wiedersehen.«

Dann verschwand er in der Maschine. Venetia verfolgte, wie sie sich in die Luft erhob.

»Komm, Claudette, wir müssen hier weg«, sagte ihr Begleiter Tony, packte sie am Arm und zog sie über das Feld.

Venetia blickte wehmütig zum Nachthimmel hinauf. Als der Vollmond das mit Frost überzogene Feld in ein weißes, glitzerndes Märchenland verwandelte, wusste Venetia, dass Édouard de la Martinières der erste Mann war, den sie tatsächlich lieben konnte.

Am folgenden Tag fuhr Venetia, nachdem sie Édouards Päckchen einem Kurier anvertraut hatte, der nach Süden wollte, mit dem Zug zurück nach Paris. Dort angekommen ließ sie in ihrem neuen Safe House erleichtert ihren Ranzen auf den Boden fallen und ging in die Küche, um sich einen Tee zu kochen.

»Guten Abend, Fräulein. Ich freue mich, endlich Ihre Bekanntschaft zu machen.«

Als Venetia sich umwandte, blickte sie in die eisblauen Augen von Oberst Falk von Wehndorf.

Eine Woche später wurde Venetia, nachdem man sie im Gestapo-Hauptquartier befragt und brutal gefoltert hatte, weil sie die gewünschten Informationen nicht preisgeben wollte, hinaus in den Hof geführt.

Der Offizier fesselte sie mit einem verächtlichen Blick an einen Pfosten.

»Nun gib ’nem Mädel schon ’ne letzte Zigarette«, bat sie ihn mit einem schiefen Grinsen.

Er zündete eine Zigarette an und steckte sie ihr in den Mund. Während sie daran zog, dachte sie an ihre Familie jenseits des Kanals.

Und als der Offizier auf sie anlegte, galt Venetias letzter Gedanke dem Kuss von Édouard de la Martinières.

25

Gassin, Südfrankreich, 1999

Jacques' Gesicht war vor Anstrengung grau.

»Genug, Papa. Du musst dich ausruhen«, sagte Jean. »Ich bring dich nach oben.«

»Aber die Geschichte ist noch nicht zu Ende …«

»Schluss, Papa«, beharrte Jean, half Jacques aus dem Sessel und führte ihn zur Tür. »Du kannst morgen weitererzählen.«

Emilie blieb sitzen, starrte ins Feuer und dachte an Venetia, die in ihrem Vater nur wenige Tage vor ihrem Tod möglicherweise die Liebe ihres Lebens gefunden hatte.

Als Jean wiederkam, setzte er sich Emilie gegenüber aufs Kamingitter. »Was für eine Geschichte«, murmelte er.

»Ja. Allmählich denke ich, dass der frühe Tod meiner Tante durch ihre Affäre mit Frederik verursacht wurde.«

»Wir wissen beide, was nach dem Krieg mit französischen Frauen passiert ist, die sich mit dem Feind eingelassen hatten. Sie wurden geteert und gefedert oder von aufgebrachten Nachbarn erschossen«, sagte Jean.

»Warum ausgerechnet Frederik …?«

»Man kann sich nicht aussuchen, in wen man sich verliebt«, stellte Jean mit leiser Stimme fest.

»Und Sophias Baby? Ist das auch gestorben?«

»Wer weiß. Das wird Papa uns sicher noch erzählen«, antwortete Jean. »Aber für mich steht jetzt schon fest, dass Frederik ein guter Mensch war. Papas Geschichte beweist einmal mehr, wie sehr alles dem Zufall unterliegt. Welcher Mensch will schon kämpfen und töten? Sie hatten damals keine andere Wahl, egal, auf welcher Seite sie standen.«

»Was für eine Zeit des Leids und der Entbehrungen …« Emilie schüttelte den Kopf. »Da sieht man das eigene Leben in neuem Licht.«

»Stimmt. Nach zwei Weltkriegen hat die westliche Welt ihre Lektion zum Glück fürs Erste gelernt. Aber es wird immer Kriege geben. Der Mensch braucht Veränderung und schafft es leider nicht, den Frieden zu erhalten. Immerhin bringen die extremen Bedingungen des Krieges manchmal unsere guten Seiten zum Vorschein. Ihr Vater hat mit ziemlicher Sicherheit Constance das Leben gerettet, indem er selbst zu dem Café gegangen ist, um Venetia zu warnen. Und um Édouard zu schützen, hat Constance sich ihrerseits dem schrecklichsten Schicksal unterworfen, das eine Frau erleiden kann. Andererseits kann der Krieg wie bei Falk auch unsere schlechten Eigenschaften fördern. Macht korrumpiert.«

»Gott sei Dank bin ich keine wichtige Person«, erklärte Emilie schmunzelnd.

»Hören Sie auf, Ihr Licht unter den Scheffel zu stellen. Sie sind eine intelligente, schöne Frau und hatten obendrein das Glück, in eine angesehene, einflussreiche Familie hineingeboren zu werden. Aber lassen wir's für heute gut sein. Ich muss morgen wie immer mit den Hühnern raus.«

»Sie haben recht, Jean. Ich kann mich tatsächlich glücklich schätzen. Möglich, dass ich das gerade erst zu würdigen beginne.«

Jean erhob sich. »Bis morgen dann.«

»Schlafen Sie gut, Jean.«

Zwanzig Minuten später lag sie in dem alten Bett, in dem

Constance während ihres Aufenthalts bei Jacques vermutlich geschlafen hatte. Sie hörte, wie Jean die Toilette benutzte und anschließend die Tür zu seinem Zimmer schloss.

Emilie wurde bewusst, dass Jean und sein Vater für sie so etwas wie Familie waren. Mit diesem tröstlichen Gedanken schlief sie ein.

Als sie am folgenden Morgen die Küche betrat, machte Jean ein ernstes Gesicht.

»Papa hat Atemprobleme. Ich habe den Arzt angerufen. Kaffee?«, fragte er.

»Ja, danke. Kann ich irgendwie helfen?«

Jean legte den Arm um sie.

»Nein, er ist einfach alt und schwach. Tut mir leid, Emilie, aber heute wird Papa die Geschichte nicht weitererzählen können.«

»Sie müssen meinen Egoismus entschuldigen. Die Gesundheit Ihres Vaters hat natürlich Vorrang.«

»Immerhin heißt das, dass Sie so bald wie möglich wiederkommen müssen. Sie wissen, dass Sie während der Renovierung des Châteaus gern hier schlafen können.«

»Vielleicht bringe ich nächstes Mal meinen Mann mit«, schlug Emilie vor. »Schließlich ist es die Geschichte seiner Großmutter.«

»Ja. Darf ich es Ihnen überlassen, sich das Frühstück zu machen? Ich muss noch ein paar Dinge erledigen, bevor der Arzt kommt. Hoffentlich muss Papa nicht wieder ins Krankenhaus. Letztes Mal hat er sich dort überhaupt nicht wohlgefühlt. Vor Ihrer Abreise sehen wir uns jedenfalls noch.« Jean nickte und verließ die Küche.

Als Emilie nach dem Frühstück nach oben ging, um ihre Sachen zu packen, hörte sie Jacques im Zimmer neben dem ihren husten. Sie klopfte leise, öffnete die Tür und streckte den Kopf hinein.

»Darf ich reinkommen?«

Jacques winkte sie herein.

Der Anblick seines blassen, ausgemergelten Körpers in dem großen Bett erinnerte sie an ihre Mutter kurz vor ihrem Tod. Emilie setzte sich lächelnd zu ihm. »Ich wollte mich bedanken, dass sie mir die Geschichte meiner Familie während des Kriegs erzählt haben, und hoffe, das Ende zu erfahren, wenn es Ihnen wieder besser geht.«

Jacques öffnete den Mund zu einem Krächzen.

»Bitte nicht sprechen«, bat Emilie ihn.

Jacques packte ihre Hand mit erstaunlicher Kraft, verzog den Mund zu einem Grinsen und nickte ihr zu.

»Auf Wiedersehen, ich wünsche Ihnen gute Besserung.« Emilie drückte ihm einen Kuss auf die papierene Haut seiner Stirn.

Jean war mit dem Arzt bei seinem Vater, als Emilie zum Flughafen aufbrach. Um nicht zu stören, hinterließ sie einen Zettel auf dem Küchentisch, auf dem sie sich bedankte, bevor sie in den Wagen stieg und sich auf den Weg nach Nizza machte. Sie hatte ein schlechtes Gewissen, weil das Erzählen der Geschichte Jacques körperlich und emotional mitgenommen hatte.

Beim Start in Nizza betete Emilie, dass Jacques sich wieder erholen würde, akzeptierte aber, dass sie den Rest der Geschichte möglicherweise niemals erfahren würde. Irgendwo über Nordfrankreich begannen sich ihre Gedanken dann auf ihr neues Zuhause zu richten.

Nach zwei Tagen in ihrer Herzensheimat fiel ihr die Rückkehr nach Blackmoor Hall schwer. Sie musste sich innerlich auf den grauen englischen Himmel und die deprimierende Atmosphäre des Hauses vorbereiten. Und darauf, ihren Mann zu fragen, wieso er zwei Tage im Château verbracht hatte, ohne ihr etwas zu sagen …

Als das Flugzeug sich durch dicke Regenwolken dem Boden näherte, ermahnte Emilie sich zur Ruhe. Sie hatte sich für diesen Mann und dieses Leben entschieden, egal wie schwierig es ihr im Moment erschien. Ein dunkles, kaltes Haus und zwei verfeindete Brüder waren nichts, verglichen mit dem schrecklichen Leid, von dem Jacques ihr am Abend zuvor erzählt hatte.

Als sie Blackmoor Hall erreichte, konnte sie die alte Klapperkiste, mit der Sebastian zum Bahnhof gefahren war, nirgends entdecken, und sie betrat ein leeres Haus. Da es in dem Gemäuer wieder eiskalt war, ging Emilie sofort in den Keller, um die Heizung einzuschalten. Das bedeutete, dass Sebastian nicht hier gewesen war. Merkwürdig, dachte sie, denn bei ihrem Telefonat tags zuvor hatte er behauptet, er rufe von zu Hause aus an …

Vielleicht, überlegte Emilie, war er es ja gewöhnt, ohne Heizung zu wohnen, und hatte einfach vergessen, sie einzuschalten. Als sie jedoch zu ihrem Schlafzimmer hinaufging, fand sie den Raum genau so vor, wie sie ihn zwei Tage vorher verlassen hatte. Und in der Küche war die halbe Flasche Milch, die sie vor ihrer Abreise in den Kühlschrank gestellt hatte, nach wie vor unberührt.

»Hör auf damit!«, rügte Emilie sich selbst. Möglicherweise war Sebastian am Abend zurückgekommen, hatte nur die Nacht hier verbracht und war zurück nach London gefahren. Jedenfalls würde sie einkaufen müssen, damit sie am Abend etwas zu essen hatten.

Gerade als sie die Haustür aufmachen wollte, um noch einmal in den Land Rover zu steigen, tauchte Sebastian in der Auffahrt auf. Emilie blieb unsicher an der Tür stehen.

»Schatz!« Sebastian kam mit ausgebreiteten Armen auf sie zu. »Schön, dass du wieder da bist.« Er küsste sie. »Du hast mir gefehlt.«

»Und du mir, Sebastian. Ich hatte mir schon Sorgen gemacht. Ich …«

Sebastian legte ihr einen Finger auf die Lippen. »Jetzt sind wir ja zusammen.«

Sie verbrachten ein schönes Wochenende damit, sich wieder anzunähern, schliefen miteinander, standen spät auf, kochten, wenn sie Hunger hatten, und machten am Sonntagnachmittag einen Spaziergang über das Anwesen. Im Garten wagten sich bereits die ersten Frühlingsboten hervor.

»Hier draußen gibt es so viel zu tun, dass ich gar nicht weiß, wo ich anfangen soll«, seufzte Sebastian, als sie über den großen Rasen zum Haus zurückkehrten.

»Ich liebe Gartenarbeit«, sagte Emilie. »Ich könnte mein Glück versuchen. Dann wäre ich in deiner Abwesenheit beschäftigt.«

»Ja«, pflichtete Sebastian ihr bei, als sie die Küche betraten. »Tee?«

»Ja, bitte.«

»Sonderlich befriedigend ist der Zustand hier nicht gerade, was?«, fragte Sebastian. »Und ich fürchte, ich werde in den nächsten Monaten viel unterwegs sein.«

»Dann wäre es das Beste, wenn ich tatsächlich mit dir nach London ginge«, erklärte Emilie mit fester Stimme, als er ihr eine große Tasse Tee reichte. »Es ist nicht gut, schon so bald nach der Hochzeit so oft getrennt zu sein. Außerdem finde ich es lächerlich, dass du es mir nicht erlaubst, dir zum Nutzen unserer Beziehung finanziell unter die Arme zu greifen«, fügte sie, erstaunt über ihren Mut, hinzu.

»Du hast recht. Lass uns doch in ein paar Wochen noch mal drüber nachdenken«, sagte Sebastian und küsste sie auf die Nase. »Wir könnten uns nach einer kleinen Wohnung umsehen. In meiner Abstellkammer sehe ich dich, mein Luxusgeschöpf, nämlich nicht«, bemerkte er schmunzelnd.

Emilie hätte ihm gern gesagt, dass es ihr egal sei, wo sie wohnten, beschloss aber, wenn sie ihn schon einmal so weit hatte, überhaupt über ein gemeinsames Leben in London nachzudenken, das Thema fürs Erste ruhen zu lassen.

Im Bett jedoch sprach sie ihn auf seinen Aufenthalt im Château an.

Sebastian sah sie mit einem merkwürdigen Blick an. »Ich hatte dir doch gesagt, dass ich hinfahren würde. Weißt du das nicht mehr?« Er lachte. »Sind das die ersten Anzeichen von Alzheimer? Warum hätte ich dir das verschweigen sollen?«

»Sebastian, ich bin mir sicher, dass du das nicht erwähnt hast«, beharrte Emilie.

»Egal, ist das wichtig? Ich meine, ich würde von dir nicht erwarten, dass du mich um Erlaubnis fragst, wenn du hierherkommen möchtest, Emilie. Ich hatte ein bisschen Luft und dachte mir, ich fahre hin und fange schon mal mit der Bibliothek an. Das ist dir doch recht, oder?«

»Natürlich.«

»Prima. Gute Nacht, Schatz, ich muss morgen früh raus, den ersten Zug kriegen.«

Als Sebastian das Licht ausgeschaltet hatte, überlegte Emilie, wie es ihrem Mann immer wieder gelang, alle seine Handlungen plausibel und sie wie die Dumme erscheinen zu lassen.

Vielleicht täuschte sie sich ja tatsächlich …

Sie schloss seufzend die Augen. Nun, dachte sie, in der Ehe musste man zu Kompromissen bereit sein.

Am folgenden Morgen brach Sebastian um sechs Uhr nach London auf, und Emilie bemühte sich, wieder einzuschlafen. Am Ende gab sie auf und ging nach unten, um Kaffee zu kochen.

Zum ersten Mal seit ihrer Rückkehr nach Yorkshire hörte sie ihre Handynachrichten ab. In einer teilte Jean ihr mit, dass Jacques ins Krankenhaus in Nizza eingeliefert worden sei, die Antibiotika gut anschlügen und er sich rasch erhole. Er würde sie anrufen, sobald Jacques wieder zu Hause sei und sich kräftig genug fühle, den Rest der Geschichte zu erzählen.

Da es ein sonniger Tag war, machte Emilie noch einmal einen Rundgang durch den Garten, um sich zu orientieren, wo sie mit der Arbeit beginnen würde. Es war wichtig, dass sie sich in ihrer Zeit in Blackmoor Hall beschäftigte und etwas Nützliches tat.

Schon bald wurde ihr klar, dass die meisten Arbeiten, die im Garten anstanden, ihre Körperkräfte überstiegen. Die Beete mussten von Unkraut befreit, die Pflanzen zurückgeschnitten und gedüngt werden. Erst im Frühjahr würde sie endgültig beurteilen können, was sich nach Jahren der Vernachlässigung noch retten ließ.

Niedergeschlagen über die Sisyphusarbeit, die sie erwartete, kehrte Emilie ins Haus zurück, um noch einmal Kaffee aufzubrühen. Am Ende kam sie zu dem Schluss, dass sie im Augenblick eigentlich nur versuchen konnte, etwas aus der hübschen Terrasse vor der Küche zu machen, auf die die Morgensonne schien und zwischen deren alten Steinplatten Moos wuchs. Emilie stellte eine Liste der Dinge zusammen, die sie im nahe gelegenen Gartencenter erwerben wollte. Sie war sich sicher, dass sie es mit ein wenig Mühe und neuen Pflanzen schaffen würde, die Terrasse in einen anheimelnden Ort zu verwandeln.

Als sie vom Gartencenter und vom Supermarkt zurück war, beschloss sie, bei Alex vorbeizuschauen. Obwohl sie ihn leiden konnte, verwirrte es sie, dass er sich über Sebastian ausschwieg. Und da die Beziehung zu ihrem Mann gerade halbwegs im Lot war, wollte sie sie nicht gleich wieder in Gefahr bringen.

Um sieben Uhr abends klopfte sie an Alex' Tür.

»Herein.«

Alex aß in der Küche zu Abend. Als sie eintrat, hob er lächelnd den Blick. »Hallo, Fremde.«

»Hallo«, antwortete Emilie verlegen. »Ich wollte mich vergewissern, dass es Ihnen gut geht.«

»Sogar sehr gut, danke. Und Ihnen?«

»Danke.«

»Wunderbar. Leisten Sie mir Gesellschaft?« Alex deutete auf den Shepherd's Pie auf dem Herd. »Ich koche immer zu viel.«

»Nein, danke. Ich habe mir selber was gemacht. Brauchen Sie irgendetwas?«

»Nein, danke.«

»Gut. Dann lasse ich Sie jetzt in Ruhe essen. Sie haben ja meine Handynummer für den Fall, dass es Probleme geben sollte.«

»Ja.«

»Gute Nacht, Alex.« Sie verabschiedete sich mit einem Lächeln.

»Gute Nacht, Emilie.«

In den folgenden Tagen war Emilie damit beschäftigt, die kleine Terrasse zu säubern und die moosbewachsenen Töpfe von verwelkten Pflanzen zu befreien. Fürs Erste bepflanzte sie sie mit Winterstiefmütterchen, in einigen Wochen würden Petunien und Fleißige Lieschen und in den Beeten wohlriechender Lavendel dazukommen.

Weil Jean angerufen hatte, um ihr zu sagen, dass Jacques wieder zu Hause und begierig sei, die Geschichte weiterzuerzählen, buchte Emilie für die folgende Woche einen Flug nach Frankreich. Außerdem fragte sie Jo, die junge Frau, die sie für Alex engagiert hatte, wie ihr die Arbeit gefalle.

»Toll, Mrs Carruthers«, schwärmte sie. »Alex ist furchtbar nett. Und so klug. Ich möchte Russisch studieren; er hilft mir.«

»Er spricht Russisch?«, fragte Emilie erstaunt.

»Ja. Und Japanisch, ein bisschen Chinesisch und Spanisch. Und natürlich Französisch.« Jo seufzte. »Schade, dass er im Rollstuhl sitzt. Aber er beklagt sich nie, Mrs Carruthers. Ich würde das an seiner Stelle bestimmt tun.«

»Ja«, pflichtete Emilie ihr bei. Als sie Jo nachwinkte, die die Auffahrt hinunterradelte, plagten sie Gewissensbisse wegen der Distanz, die sie zu ihrem Schwager hielt.

Emilie war froh, als es Freitag wurde. Sebastian hatte nur einmal angerufen; allmählich fand sie sich damit ab, dass er zu beschäftigt war, um sich zu melden.

Als er nach Hause kam, erzählte er ihr gut gelaunt, dass es ihm gelungen sei, ein Werk eines jungen Künstlers zu verkaufen, wofür er eine beträchtliche Kommission erhalten habe. Emilie fragte ihn, ob er sie in der folgenden Woche nach Frankreich zu Jacques begleiten wolle, doch er sagte, er habe keine Zeit. Anschließend wandte Emilie sich dem Thema Alex zu.

»Er kommt wirklich allein zurecht, Sebastian.«

»Sieht ganz so aus, als hättest du recht, und ich würde mich täuschen«, brummte er.

»So war das nicht gemeint«, versicherte sie ihm hastig.

Sie saßen auf der neu gestalteten Terrasse hinter dem Haus. Als die schwache Yorkshire-Sonne hinter einer Wolke verschwand, stand Emilie fröstelnd auf.

»Ich mache uns was zu essen.«

»Möglicherweise muss ich für ein paar Tage nach Genf und bin nächstes Wochenende nicht zu Hause«, teilte Sebastian ihr mit.

»Ich könnte von Frankreich aus zu dir fahren. Nach Genf ist es von dort aus nicht weit.«

»Das würde mich wirklich freuen, aber es ist keine Vergnügungsreise – ich werde die ganze Zeit in Besprechungen sitzen.«

»Okay«, seufzte sie, weil sie keinen Streit wollte, und ging in die Küche.

Als Sebastian am Montagmorgen aufbrach, blieb Emilie im Bett. Obwohl sie sich größte Mühe gab, sich nicht zu beklagen, Sebastian zu unterstützen und ihn nicht zu sehr in Beschlag zu nehmen, blieb die Tatsache bestehen, dass sie ihn immer seltener sah. Was sollte sie so ganz allein in Yorkshire anfangen? Ihre Tage mit Schönheitsreparaturen an einem Haus zu füllen, das möglicherweise irgendwann verkauft wurde und sowieso nicht ihr gehörte, erschien ihr plötzlich ziemlich sinnlos.

Ihr Beschluss, Alex aus dem Weg zu gehen, hatte zur Folge, dass sie allein blieb. Emilie zog sich seufzend an. Wenn sie wollte, konnte sie den ganzen Tag im Nachthemd herumlaufen, weil niemand sie sah. Ein deprimierender Gedanke.

Emilie fuhr mit dem Fahrrad in den Ort, um Milch und Brot – das, was man in England so Brot nannte – zu kaufen, und anschließend weiter bis zum letzten Cottage auf der linken Seite. Dort lehnte sie ihr Rad an die raue Mauer aus Yorkshire-Steinen und klopfte. Es wurde Zeit, dass sie mehr über die Brüder und ihr merkwürdiges Verhältnis erfuhr.

Beim zweiten Klopfen öffnete Norma Erskine die Tür mit einem freundlichen Lächeln.

»Hallo, meine Liebe, ich hatte mich schon gefragt, wann Sie den Weg zu mir finden würden«, begrüßte sie sie. »Kommen Sie rein. Ich hab gerade Wasser aufgesetzt. Leisten Sie mir Gesellschaft.«

»Danke.« Emilie nahm Platz und sah sich in der blitzblanken Küche um. Die gelben Resopalschränke, der Baby-Belling-Herd und der Electrolux-Kühlschrank mit den typischen abgerundeten Ecken stammten alle noch aus den sechziger Jahren.

»Und, wie behandeln die schrecklichen Zwillinge Sie?«, fragte Norma Erskine.

»Gut, danke«, antwortete Emilie höflich.

»Freut mich zu hören. Dann gehen sie also nicht wie üblich aufeinander los? Vielleicht üben Sie ja einen positiven Einfluss auf sie aus.« Norma gab Emilie eine Tasse und setzte sich ihr gegenüber. »Obwohl es mich wundern würde, wenn es irgendjemandem gelänge, die zwei an die Kandare zu nehmen.«

»Ich weiß nicht so genau, was Sie meinen.«

»Bestimmt ist Ihnen ihr gespanntes Verhältnis aufgefallen. Eigentlich möchte man meinen, dass sie erwachsen sind, aber wahrscheinlich ändern sich die beiden nie.«

»Sie scheinen sich tatsächlich nicht sonderlich zu mögen.«

»Das ist die Untertreibung des Jahres«, seufzte Norma und tätschelte Emilies Hand. »Mir ist klar, dass Sie sich als Ehefrau des einen mit Kritik zurückhalten.«

»Stimmt, die Atmosphäre im Haus ist angespannt. Und da ich die Vorgeschichte nicht kenne, kann ich die Situation nicht richtig einschätzen. Deshalb wollte ich Sie bitten, mir alles zu erklären. Wenn ich weiß, wo das Problem liegt, lässt es sich vielleicht beheben.«

Norma sah sie an. »Das bedeutet leider, dass ich ein paar ziemlich unangenehme Dinge über den Mann sagen muss, den Sie vor noch nicht allzu langer Zeit geheiratet haben. Ich bin mir nicht sicher, ob Sie die hören wollen. Ich kann Sie nicht anlügen, Mrs Carruthers. Wollen Sie wirklich die Wahrheit erfahren?«

»Eigentlich nicht«, antwortete Emilie ehrlich. »Aber sie ist besser als Vermutungen.«

»Alex hat sich nicht dazu geäußert?«

»Nein. Er weigert sich, mit mir über seinen Bruder und die Vergangenheit zu sprechen.«

»Immerhin. Na schön.« Sie schlug sich auf die runden Knie. »Ich hoffe nur, dass ich das Richtige tue. Aber Sie haben mich ja darum gebeten.«

»Ja«, bestätigte Emilie.

»Sie wissen wahrscheinlich, dass die Jungen von ihrer Mum aus der Hippie-Kommune, in der sie in Amerika gelebt hat, hierhergebracht wurden?«

»Ja.« Wieder einmal hatte Emilie Mühe, ihren starken Yorkshire-Akzent zu verstehen.

»Die beiden waren nur achtzehn Monate auseinander. Obwohl Sebastian der Ältere war, hat sich bald herausgestellt, dass der Jüngere das hellere Köpfchen hatte. Alex konnte schon vor seinem vierten Geburtstag lesen und schreiben. Er war ein richtiger Charmebolzen und hat es immer geschafft, mir ein Stück Kuchen abzuluchsen, sogar vor dem Essen!« Norma schmunzelte. »Mit seinen großen braunen Augen hat er ausgesehen wie ein kleiner Engel. Verstehen Sie mich nicht falsch, Mrs Carruthers, Ihr Mann war auch ein süßer Bengel, aber er hatte nicht den Grips von seinem kleinen Bruder. Er war nicht dumm und auch ganz hübsch, doch Alex konnte er einfach nicht das Wasser reichen. Sebastian wollte immer der Bessere sein, aber Alex hat ihn jedes Mal übertrumpft, ohne sich groß anstrengen zu müssen.« Sie schüttelte seufzend den Kopf. »Es hat auch nicht grade geholfen, dass Alex der Augapfel seiner Großmutter war.«

»Das muss ziemlich hart für Sebastian gewesen sein.«

»Allerdings. Als sie älter wurden, ist ihr Verhältnis nicht besser geworden, sondern eher noch schlechter. Wann immer Sebastian Alex in Schwierigkeiten bringen konnte, hat er's getan.«

»Hat Alex sich gewehrt?«

»Nein.« Norma verzog das Gesicht. »Kein einziges Mal. Er hat seinen großen Bruder verehrt und sich von Sebastian immer einreden lassen, dass er schuld ist. Ihr Mann besitzt die Gabe, anderen ein X für ein U vorzumachen.« Sie schüttelte den Kopf. »Die Lage hat sich ein bisschen beruhigt, als Sebastian ins Internat gegangen ist und mit seinen Erfolgen dort prahlen konnte. Aber dann hat Alex ein Stipendium für dieselbe Schule gekriegt, und wir haben alle Großes von ihm erwartet. Nach einer Weile hat Constance – Mrs Carruthers – plötzlich Briefe von der Schule bekommen, weil Alex Schwierigkeiten machte. Hier hat das keiner verstanden, denn der Junge war ein richtiges Lämmchen und ein Bücherwurm und hat sich nichts aus Schlägereien gemacht. Jedenfalls ist er das Jahr drauf von der Schule geflogen. Angeblich hatte er in der neuen Turnhalle Feuer gelegt.«

»Hatte er das tatsächlich?«

»Hat zumindest die Schulleitung behauptet. Alex hat sich ausgeschwiegen, obwohl seine Oma und ich ihm zu entlocken versucht haben, was tatsächlich passiert ist. Ich habe da nämlich einen Verdacht.« Mrs Erskine sah Emilie vielsagend an.

»Jedenfalls musste Alex nun in die hiesige Schule, wo nicht mal ich meine Kinder hingeschickt hätte. Alex hat da überhaupt nicht hingepasst. Trotz der schlechten Lehrer hatte er ausgezeichnete Noten, und am Ende hat ihm die Uni in Cambridge einen Studienplatz angeboten. Seine Oma war ganz aus dem Häuschen, dass ihr Liebling es geschafft hatte. Sebastian dagegen, der Faulpelz mit seiner teuren Ausbildung, konnte am Ende froh sein, dass sie ihn in Sheffield in Kunstgeschichte genommen haben.«

Norma trank einen Schluck Kaffee.

»Der Sommer bevor Alex in Cambridge anfangen sollte, ließ sich gut an. Die Jungs wurden allmählich erwachsen. Alex hatte Geld für ein Auto gespart, und damit sind die beiden hin und wieder zum Pub gefahren. Alex war wahnsinnig stolz auf seinen alten Mini. Eines Abends ist Alex dann nicht nach Hause gekommen, weil er einen Unfall gehabt hatte. Angeblich war er sturzbesoffen gewesen, und die Polizei hatte ihn in die Ausnüchterungszelle gesteckt. Zum Glück wurde niemand ernsthaft verletzt, aber beide Wagen waren Schrott. Alex hat sich eine Anzeige eingehandelt, worauf Cambridge ihn nicht mehr wollte, weil er vorbestraft war.«

»Das ist ja schrecklich! Sebastian meint, Alex hätte ein Alkoholproblem. Vielleicht war das damals der Anfang.«

Norma schüttelte den Kopf. »Zuvor hat Alex meines Wissens nie was getrunken, wenn er noch fahren wollte. Er war so stolz auf seinen Wagen, der sollte auf keinen Fall eine Schramme kriegen. Er schwört immer noch Stein und Bein, dass er an dem Abend nur Orangensaft getrunken hat, aber irgendwie muss der Alkohol ja in sein Blut gekommen sein. Jedenfalls waren seine Träume von der Universität geplatzt. Im Herbst ist er dann mit dem gesamten Geld, das er hier im Tante-Emma-Laden verdient hatte, ins Ausland gegangen und fünf Jahre weggeblieben.«

»Ja, von Sebastian weiß ich, dass er einfach verschwunden ist.«

»Wir hatten keine Ahnung, wo er steckt. Seine Oma war außer sich vor Sorge und hat sich sogar schon gefragt, ob er überhaupt noch lebt. Irgendwann haben wir einen Anruf von einem Krankenhaus in Frankreich gekriegt. Er war kurz vor dem Abnippeln. Ich kenne mich ja mit Drogen nicht aus, aber offenbar gab es nicht viel, was Alex nicht ausprobiert hatte. Constance ist sofort zu ihm geflogen.«

»Sie hat ihn in eine private Entziehungsklinik gebracht, stimmt's?«

»Ja, und er ist ›clean‹, wie es so schön heißt, nach Hause gekommen. Aber kurz darauf ist er wieder verschwunden, und es hat noch mal vier Jahre gedauert, bis er wieder aufgekreuzt ist. Er war nicht mal auf der Beerdigung seiner Oma.« Norma traten Tränen in die Augen. Sie zog ein Taschentuch aus ihrem Ärmel und putzte sich die Nase. »Constance hat vor ihrem Tod ständig gefragt, ob er heimkommt. Wir wussten nicht, wo er war. Sie konnte sich nicht mal von ihrem Jungen verabschieden. Ich glaube, Alex hat es sich selber nie verziehen, dass er nicht da war, denn er hat seine Großmutter geliebt.«

»Das kann ich mir denken.«

»Er behauptet, dass er Briefe nach Hause geschrieben hat, doch die haben wir nie bekommen. Vielleicht war es der Schock über den Verlust von Constance, jedenfalls ist Alex am Ende hiergeblieben und hat sich allmählich gefangen. Er wollte Lehrer werden und war wie ausgewechselt oder, besser gesagt, wie der Junge früher. Sebastian war in London, und ich konnte froh sein, dass Alex sich um alles gekümmert hat, weil ich nicht wusste, wie ich das hätte anstellen sollen. Dann ist plötzlich eines Wochenendes, nicht lange nach Constances Tod, Ihr

Mann aus London aufgetaucht. Sie haben sich schrecklich gestritten, und ich habe gesehen, wie Alex in seinen Wagen ist und den Motor angelassen hat. Bevor er losfahren konnte, ist Sebastian zu ihm eingestiegen. Dann sind sie losgebraust, und kurz darauf kam wieder ein Anruf von einem Krankenhaus. Diesmal hatte es beide Jungs erwischt. Sie wissen sicher, dass Ihr Mann mit leichten Verletzungen davongekommen ist, Alex dagegen hat's schlimm getroffen.«

»Alex war wieder betrunken?«

»Nein, diesmal war's der andere Fahrer. Die Daten des Krankenhauses haben bei der Gerichtsverhandlung belegt, dass Alex nüchtern war. Leider kann er seitdem nicht mehr gehen. Manchmal frage ich mich wirklich, ob der Junge das Pech gepachtet hat. Als Alex aus dem Krankenhaus entlassen wurde, hat Ihr Mann mir sehr deutlich zu verstehen gegeben, dass er sich selber um seinen Bruder kümmert, obwohl ich das gern getan hätte. Er war der Meinung, dass ich genug um die Ohren habe.«

»Warum haben Sie am Ende dem Haus den Rücken gekehrt?«, fragte Emilie.

»Ihr Mann hat sich sehr um seinen Bruder bemüht, aber immer wieder Pflegekräfte eingestellt, denen ich nicht mal guten Tag sagen würde.« Norma rümpfte die Nase. »Alex ging's genauso. Es war fast, als würde Ihr Mann die schlechtesten Pflegerinnen aussuchen, die er auftreiben konnte. Und wenn dann tatsächlich mal eine gute kam, die Alex mochte, hat Sebastian was an ihr auszusetzen gehabt und sie entlassen. Natürlich hat Alex anfangs rund um die Uhr Pflege gebraucht, aber inzwischen ist er stabil. Zufällig weiß ich, dass Ihr Mann für Alex den vollen Pflegesatz bekommt. Vielleicht glaubt er, dass er dieses Geld auch ausgeben muss.« Sie zuckte mit den Achseln.

Sebastian erhielt also Geld für die Pflege von Alex, dachte Emilie.

Norma sah Emilie schuldbewusst an. »Wie gesagt: Ich muss davon ausgehen, dass Ihr Mann nur das Beste für seinen Bruder will. Und er war ja auch oft in London. Dieser ständige Wechsel des Pflegepersonals hat niemandem gutgetan, am allerwenigsten mir. Und die Letzte …« Sie verdrehte die Augen. »Wenn Alex nicht den Kaffee nach ihr geworfen hätte, wär wahrscheinlich ich irgendwann ausgerastet. Sie war die Hälfte der Zeit betrunken. Ich wollte Ihrem Mann das sagen, aber er hat nicht zugehört. Das hat das Fass zum Überlaufen gebracht.«

»Verstehe.«

Norma seufzte. »Und jetzt müssen Sie sich damit auseinandersetzen. Meine Liebe, Sie tun mir wirklich leid.«

»Danke, dass Sie mir das alles erzählt haben. Ich weiß Ihre Offenheit zu schätzen.«

»Hoffentlich verübeln Sie mir nicht, was ich über Ihren Mann gesagt habe. Ich wollte Ihnen die Situation nur schildern, wie sie ist. Im Grunde ihres Herzens sind sie beide gute Menschen«, fügte sie wenig überzeugend hinzu.

Emilie wusste, dass Norma versucht hatte, die Geschichte so diplomatisch wie möglich wiederzugeben.

Als hätte Norma ihre Gedanken erraten, erklärte sie: »Ich habe sie aufwachsen sehen und liebe sie beide, egal was sie anstellen.«

»Danke für den Kaffee.« Emilie stand auf. »Ich muss jetzt nach Hause.«

Als Norma sie zur Tür begleitete, legte sie Emilie die raue Hand auf die Schulter. »Hoffentlich gibt es keinen Unfrieden, weil ich Ihnen Dinge erzählt habe, die Sie besser nicht erfahren hätten.«

»Ich bin Ihnen sogar dankbar.«

»Gut. Und vergessen Sie nicht, meine Liebe: Hier wartet immer ein Tässchen Kaffee auf Sie.«

»Danke«, sagte Emilie und schwang sich aufs Rad.

»Passen Sie auf Alex auf, ja? Er ist sehr verletzlich.«

Emilie nickte und fuhr zurück nach Blackmoor Hall.

26

An jenem Abend setzte sich Emilie an den Kamin im Salon und notierte alles, was Mrs Erskine ihr erzählt hatte, um nichts zu vergessen.

Die Einschätzung der Haushälterin entsprach ihrer eigenen. Dass Sebastian die Fähigkeit besaß, Menschen ein X für ein U vorzumachen und die Dinge so hinzudrehen, wie er sie brauchte, hatte sie selbst schon bemerkt.

War ihr Mann, wie Mrs Erskine angedeutet hatte, ein Lügner, Betrüger und Tyrann, der nur darauf aus war, seinen Bruder zu vernichten? Und war er auch sonst ein schlechter Mensch?

Emilie musste an das Handydebakel denken, als Sebastian sie davon überzeugt hatte, dass ihre Aufregung, weil er sich nicht gemeldet hatte, lächerlich sei. Und obwohl er ihr einzureden versucht hatte, dass er mit ihr über seinen Plan, im Château vorbeizuschauen, gesprochen hatte, wusste sie, dass das nicht stimmte.

Warum wollte er nicht, dass sie ihn nach London oder bei seinen Reisen begleitete, und ließ sie – die Frau, die er kaum einen Monat zuvor geheiratet hatte – allein hier in Yorkshire?

Nein! Sie musste damit aufhören; ihre Phantasie drohte, mit ihr durchzugehen. Ihr Vater hatte das »Nachtkoller« genannt – er trat ein, wenn Körper und Geist müde waren und die Gedanken sich verselbständigten.

Emilie kramte in ihrem Kulturbeutel nach den Schlaftabletten, die ihr der Arzt nach dem Tod ihrer Mutter verschrieben hatte, und schluckte eine. Jetzt musste sie schlafen. Am Morgen würde sie weiter versuchen, der Wahrheit auf den Grund zu gehen.

Am folgenden Abend klopfte Emilie, mit einer Flasche Rotwein unterm Arm, um sechs Uhr an Alex' Tür, nachdem sie den Tag damit verbracht hatte, die Fakten in eine logische Ordnung zu bringen.

»Ich bin am Computer«, hörte sie ihn rufen. »Leider haben einige meiner Kinder aufgrund der katastrophalen Zuckerrohrernte auf Fidschi schmerzliche Verluste erlitten. Kommen Sie rein.«

»Hallo, Alex.« Emilie blieb, fasziniert von den rot und grün blinkenden Zahlen auf dem Bildschirm, an der Tür stehen.

»Hallo«, antwortete er, ohne den Blick vom Monitor zu wenden. »Lange nicht gesehen.«

»Ich habe etwas mitgebracht.« Emilie hielt die Flasche hoch.

Als Alex die Flasche sah, fragte er: »Sicher?«

»Ja.«

»Na, das ist ja mal eine angenehme Überraschung«, sagte er, rollte zurück und drehte sich zu ihr. »Sie, meine ich, nicht der Wein«, fügte er schmunzelnd hinzu.

»Tut mir leid, dass ich mich so lange nicht habe blicken lassen«, entschuldigte sich Emilie.

»Schon in Ordnung. Ich bin's gewöhnt, wie ein Aussätziger behandelt zu werden. Trotzdem freue ich mich sehr, Sie zu sehen, Em. Soll ich die Gläser holen, oder machen Sie das?«

»Ich erledige das schon.«

»Danke.«

Emilie holte einen Flaschenöffner und zwei Gläser aus einem der Küchenschränke und folgte Alex ins Wohnzimmer, wo dieser sich vorbeugte, um das Feuer zu schüren. Sie öffnete die Flasche, schenkte den Wein ein und reichte ihm ein Glas.

»*Santé.*« Emilie trank einen Schluck.

»Raus mit der Sprache.«

»Wie bitte?«

»Sie wollen mir doch was sagen oder mich etwas fragen. Ich bin ganz Ohr.«

»Ja.« Emilie stellte ihr Weinglas auf den Tisch und setzte sich in einen der Sessel am Kamin. »Alex, sind Sie ein notorischer Lügner?«

»Wie meinen?« Er lachte. »Natürlich antworte ich darauf mit einem entschiedenen Nein. Damals, in meiner wilden Drogenzeit, hätte man das vermutlich von mir behaupten können, aber das dürfte Sie nicht überraschen.«

»Tut mir leid, die Frage musste ich stellen, weil ich Sie bitten möchte, mir die Wahrheit zu sagen.«

»Ja, Euer Ehren, die Wahrheit und nichts als die Wahrheit. Em, was ist los?«

»Ich war gestern bei Norma Erskine.«

»Verstehe.« Alex nahm seufzend einen Schluck Wein. »Was hat sie Ihnen erzählt?«

»Ich wollte von ihr etwas über Ihre Kindheit und Jugend erfahren.«

»Und?«

»Sie war um Diskretion bemüht. Aber nach diesem Gespräch habe ich noch einige Fragen an Sie. Ich möchte alles besser verstehen.«

»Okay … Ich glaube, ich weiß, worauf Sie hinauswollen. Auf eine Unterhaltung, die ich bisher bewusst vermieden habe. Sind Sie sicher, dass Sie das möchten? Ich werde die Wahrheit sagen, aber aus meiner Perspektive, und die könnte verzerrt und nicht ganz neutral sein.«

»Dann ist es wahrscheinlich das Beste, wenn ich Ihnen Fragen stelle, die Sie mit Ja oder Nein beantworten können.«

»Emilie, haben Sie je mit dem Gedanken gespielt, Anwältin zu werden? Ich glaube, das würde Ihnen liegen«, spottete er.

»Alex, ich meine es ernst.«

»Euer Ehren, nichts im Leben ist ernst, solange man überhaupt am Leben ist.«

»*Bitte*, Alex.«

»Sorry. Ich werde ab jetzt ausschließlich mit Ja oder Nein antworten und nur weitersprechen, wenn Sie mich ausdrücklich darum bitten. Schießen Sie los.«

Emilie warf einen Blick auf ihre Liste. »Erste Frage: Wurden Sie als Kind von Ihrem Bruder tyrannisiert? Und hat er Sie beschuldigt, wenn er gefragt wurde, wer den Streit oder die Schlägerei vom Zaun gebrochen hatte?«

»Ja.«

»Hat er, als Sie das Stipendium für dieselbe Schule wie Ihr Bruder erhielten, wieder Sie als Sündenbock missbraucht? Hat er beispielsweise das Feuer gelegt, das dazu führte, dass Sie von der Schule flogen?«

Kurzes Zögern, bevor Alex antwortete: »Vermutlich ja. Jedenfalls war's nicht ich, obwohl vier Jungen und ein Lehrer schworen, sie hätten jemanden, der wie ich aussah, aus der Turnhalle rennen sehen, nachdem das Feuer ausgebrochen war. Aus der Ferne konnte man Seb und mich durchaus verwechseln.«

»Warum haben Sie sich nicht verteidigt?«

»Ich dachte, Sie wollen Ja- oder Nein-Antworten?« Alex hob eine Augenbraue. »Ich konnte ja wohl kaum meinen Bruder beschuldigen, oder? Außerdem hätte mir sowieso keiner geglaubt. Seb hatte sich irgendwie den Ruf erworben, durch und durch ehrlich zu sein. Er ist wie Macavity aus den Gedichten von T. S. Eliot. Wenn es brenzlig wurde, hat er sich verdünnisiert. Aber es gibt keine Beweise, dass tatsächlich er es war.«

»Verstehe. Gut, nächste Frage: Haben Sie damals an dem Abend, an dem Sie den Autounfall hatten, Alkohol getrunken?«

»Nicht dass ich wüsste. Ich habe im Pub Orangensaft bestellt wie immer.«

»Könnten Sie sich vorstellen, dass Ihr Bruder den mit Alkohol versetzt hat?«

»Ja.«

»Haben Sie ihn je zur Rede gestellt?«

»Nein. Wie sollte ich das denn beweisen?«

»Glauben Sie, er hat es getan, um Sie am Studium in Cambridge zu hindern?«

»Ja.«

»Sind Sie ins Ausland gegangen, um Ihrem Bruder zu entkommen, der von Neid auf Sie zerfressen war?«

»Ja.«

»An dem Abend des zweiten Unfalls hatten Sie sich zuvor schrecklich gestritten. Ging es darum, dass er Blackmoor Hall verkaufen wollte, Sie aber nicht?«

»Ja.«

»Geben Sie Sebastian die Schuld für den Unfall?«

»Nein. Der hatte nichts mit ihm zu tun.«

»Sind Sie sicher?«

Alex seufzte tief. »Drücken wir's mal so aus: Ich war sehr wütend auf ihn, habe versucht, ihn aus dem Wagen zu bekommen, und wollte, als er sich geweigert hat, wenden und nach Hause fahren. Da kam ein Verrückter um die Ecke gebraust und ist direkt in uns reingekracht. Man kann es so betrachten: Wenn ich mich nicht mit meinem Bruder gestritten hätte, wäre ich nicht dort gewesen. Aber letztlich war es einfach Pech, und ich kann Ihrem Mann nicht die Schuld dafür geben. Nächste Frage.«

»Gibt sich Ihr Bruder Ihrer Ansicht nach seit dem Unfall besonders große Mühe, Ihnen das Leben so schwer wie möglich zu machen? Zum Beispiel indem er Pflegekräfte engagiert, von denen er weiß, dass Sie sie weder brauchen noch mögen? Und indem er die vor die Tür setzt, mit denen Sie gut zurechtkommen?«

»Ja.«

»Tut er das Ihrer Meinung nach nur, weil er es kann, oder steckt etwas anderes dahinter? Schikaniert er Sie, damit Sie dem Hausverkauf zustimmen?«

Schweigen. Alex nahm einen Schluck Wein und sah sie nachdenklich an. »Wahrscheinlich. Das Haus gehört uns beiden, und zum Verkauf braucht er meine Zustimmung. Doch die will ich ihm aus unterschiedlichen Gründen nicht geben. Wäre das alles?«

Emilie warf einen Blick auf ihre Liste. »Ja.«

»Ihnen ist hoffentlich klar, dass mein Bruder auf dieselben Fragen das genaue Gegenteil zur Antwort geben würde?«

»Ja. Aber Sie dürfen nicht vergessen, Alex, dass ich Augen und Ohren und ein Gehirn habe.«

»Arme Em«, sagte Alex. »Sie stecken mitten in einem Katz-und-Maus-Spiel, in dem Sie nicht wissen, wem oder was Sie glauben können.«

»Ersparen Sie mir die Gönnerhaftigkeit, Alex«, rügte Emilie ihn. »Ich versuche lediglich, mir über die Fakten klar zu werden. Inzwischen weiß ich, dass Sie beide nicht so sind, wie Sie auf den ersten Blick erscheinen.«

»Das stimmt allerdings. Tut mir leid, wenn ich gönnerhaft geklungen habe. Sie tun mir tatsächlich leid. Noch Wein?«

Emilie ließ sich nachschenken. »Warum bleiben Sie hier? Sie

behaupten, Sie hätten Geld. Es wäre doch sicher unkomplizierter für Sie beide, wenn Sie sich darauf einigen könnten, das Haus zu verkaufen und getrennte Wege zu gehen?«

»Das wäre die vernünftige Lösung, doch die berücksichtigt nicht die Gefühle. Der sehnlichste Wunsch meiner Großmutter war es, dass wir Brüder uns versöhnen. Sie dachte – leider falsch –, dass sie uns das erleichtert, wenn sie uns Blackmoor Hall gemeinsam vermacht«, erklärte Alex. »Ich habe es wirklich versucht, aber es funktioniert nicht. Offen gestanden geht mir allmählich die Puste aus. Am Ende wird Sebastian die Oberhand gewinnen, das muss ich akzeptieren.«

»Warum will mein Mann das Haus unbedingt verkaufen? Er behauptet, dass er es liebt und irgendwie das für die Sanierung nötige Geld zusammenkratzen möchte.«

»Em, die Frage stellen Sie ihm lieber selber. Ich habe mich jedenfalls um eine Versöhnung bemüht, weil meine Großmutter sich die so sehr gewünscht hätte. Mein Verschwinden hat ihr sehr wehgetan.« Er seufzte. »Dabei habe ich Constance wirklich geliebt.«

»Sie wusste doch sicher, warum Sie gegangen sind?«

»Möglich. Der Fairness halber muss ich sagen, dass mein Bruder nicht für meine Drogensucht verantwortlich war. Die habe ich mir selber zuzuschreiben. Ich wollte den Schmerz über meine Verluste ausblenden und hatte den Punkt erreicht, an dem ich glaubte, dass in meinem Leben nie etwas klappen würde. Egal, was ich schaffte, egal, wie ich mich abmühte: Am Ende ging immer alles schief. Können Sie das nachvollziehen?«

»Ja.«

»Dass ich meiner geliebten Großmutter so wehgetan habe, werde ich mir nie verzeihen können. Meine Bemühungen, mich mit Seb auszusöhnen, sind der Versuch, etwas gutzumachen.«

»Verstehe«, sagte Emilie.

»Hören Sie, Em, dass mein Bruder ein Problem mit mir hat, bedeutet noch lange nicht, dass er keine funktionierende Beziehung führen kann. Ich möchte nicht, dass das, was in der Vergangenheit zwischen uns Brüdern vorgefallen ist, Ihre Einstellung zu ihm beeinflusst. Mich würde es freuen, wenn Sie und Seb glücklich miteinander werden.«

»Wie können Sie ihn, nach allem, was er Ihnen angetan hat, noch mögen?«

»Ich habe gelernt, dass es sehr schwierig ist, wenn man ständig das Gefühl hat, jemandem nicht das Wasser reichen zu können. Gerade Sie sollten das verstehen.«

Sie wurde rot. »Ja, wir haben alle unsere Geheimnisse und Schwächen.«

»*Und* Stärken. Seb besitzt vielleicht nicht meine Intelligenz, aber er ist erstaunlich gewieft und kann sich auf seinen gesunden Menschenverstand verlassen. Bitte geben Sie ihm eine Chance, Em.«

»Das tue ich«, versprach sie ihm.

»Wie wär's jetzt mit etwas zu essen?«, schlug Alex vor. »Ich habe eine frische Lieferung vom Farmladen. Sie könnten mir erzählen, was Sie in Frankreich über die Vergangenheit meiner Großmutter erfahren haben.«

Bei Tisch berichtete Emilie ihm, was sie von Jacques gehört hatte.

»Das überrascht mich nicht«, stellte Alex fest, als sie geendet hatte. »Constance war eine tolle Frau. Ich wünschte, Sie hätten sie kennengelernt.«

»Ja, schade.«

»Es wird nie aufhören wehzutun, aber vielleicht muss es so sein. Der Schock über ihren Verlust hat mich jedenfalls wach gerüttelt und einen besseren Menschen aus mir gemacht.«

Als Emilie sah, dass es bereits nach Mitternacht war, verabschiedete sie sich. »Alex, ich muss gehen. Morgen fahre ich nach Frankreich, um mir den Rest der Geschichte anzuhören. Sobald ich wieder da bin, komme ich zu Ihnen. Danke, dass Sie ehrlich und Sebastian gegenüber fair waren. Gute Nacht.« Sie küsste ihn auf die Wange.

»Gute Nacht, Em.«

Alex sah ihr seufzend nach. Er hätte ihr gern noch mehr gesagt, wusste aber, dass ihm die Hände gebunden waren. Sie musste selbst die Wahrheit über den Mann herausfinden, den sie geheiratet hatte.

Emilie lag innerlich aufgewühlt, jedoch auch befriedigt darüber, dass sie nun die Wahrheit über die Brüder kannte, im Bett. Jetzt fühlte sie sich der Situation besser gewachsen. Sie wusste, dass ihr Mann nicht verrückt war, sondern nur ein unsicherer kleiner Junge, den seit jeher der Neid auf den überlegenen jüngeren Bruder plagte.

Machte ihn das zu einem schlechten Menschen?

Nein …

Sie musste ihm bei der Bewältigung seiner Probleme helfen, ihm das Gefühl geben, geliebt und geschätzt zu werden und aufgehoben zu sein.

Anders als bei Frederik und Falk war nicht unbedingt einer der beiden ganz böse und der andere ganz gut. Die Realität war nie ausschließlich schwarz und weiß.

Emilie schaltete seufzend das Licht aus. Versuchte sie am Ende nur, Entschuldigungen für ihren Mann zu finden, weil sie die Wahrheit nicht ertragen konnte?

Die Wahrheit, dass sie einen schrecklichen Fehler gemacht hatte …?

Als Emilie am folgenden Nachmittag am Château ankam, empfand sie den Anblick der vernagelten Fenster und Türen und der Gerüste als sehr schmerzlich. Sie ging mit dem Architekten zwei Stunden lang durch, was bisher geschehen war, und fuhr dann zur *cave*, wo Jean wie so oft über seinen Kladden saß.

»Emilie, wie schön, Sie wiederzusehen.« Er begrüßte sie mit einem Lächeln und Wangenküsschen.

»Wie geht's Ihrem Vater?«, erkundigte sie sich.

»Mit dem Frühling erwacht er zu neuem Leben. Im Moment ruht er sich aus, damit er heute Abend die Geschichte weitererzählen kann. Ich soll Ihnen ausrichten, dass sie kein glückliches Ende hat.«

»Jean, es geht um meine *Vergangenheit*, nicht um meine Gegenwart oder Zukunft. Ich ertrage das schon.«

Er musterte sie. »Emilie, Sie wirken irgendwie anders, reifer. Entschuldigen Sie, wenn ich das so offen sage.«

»Kein Problem, Jean. Ich glaube, Sie haben recht.«

»Es heißt, man wird erst richtig erwachsen, wenn die Eltern sterben. Vielleicht ist das der Preis der Trauer.«

»Möglich.«

»Können wir uns, während mein Vater sich ausruht, über das Weingut unterhalten, Emilie? Ich würde Ihnen gern meine Pläne für die Vergrößerung darlegen.«

Emilie gab sich Mühe, sich auf die Fakten und Zahlen zu konzentrieren, die Jean ihr vorlegte, obwohl sie sich nicht qualifiziert genug für eigene Anregungen fühlte. Sie kannte sich nicht im Weingeschäft aus, und es war ihr peinlich, dass Jean sie um Erlaubnis für eine Expansion bitten musste.

»Ich vertraue Ihnen, Jean, weil ich weiß, dass Sie alles in Ihrer Macht Stehende tun werden, um die *cave* profitabler zu machen«, sagte sie, als Jean seine Unterlagen beiseiteschob.

»Danke, Emilie. Ich muss meine Ideen trotzdem mit Ihnen besprechen. Ihnen gehören die Weinstöcke und der Weinkeller.«

»Vielleicht sollte ich beides Ihnen überlassen«, überraschte sie sich selbst.

Jean sah sie erstaunt an. »Wollen wir darüber bei einem Glas Rosé reden?«

Sie setzten sich auf die Terrasse hinter dem Häuschen und diskutierten, wie sich Emilies Idee in die Tat umsetzen ließe.

»Ich könnte das Geschäft erwerben, aber den eigentlichen Grund weiterhin pachten, was bedeuten würde, dass, wer auch immer die *cave* nach mir führen wird, sie nicht vom Château ablösen kann«, führte Jean aus. »Viel kann ich Ihnen nicht bieten; ich muss einen Kredit bei der Bank aufnehmen. Es wird schwierig genug, die Zinsen zurückzuzahlen. Doch ich würde Ihnen einen prozentualen Anteil am Gewinn vorschlagen.«

»Das klingt alles sehr vernünftig«, sagte Emilie. »Natürlich muss ich Gerard fragen, was er davon hält, und ihn prüfen lassen, ob irgendwelche Klauseln aus früherer Zeit gegen ein solches Arrangement sprechen. Aber die ließen sich bestimmt beseitigen.«

»Das neue Selbstbewusstsein steht Ihnen gut«, erklärte Jean lachend.

Emilie trank einen Schluck Wein. »Beim Tod meiner Mutter hatte ich schreckliche Angst, mich mit dem Anwesen und den damit verbundenen Fragen zu befassen. Mein erster Impuls war, alles zu verkaufen. Im letzten Jahr habe ich viel gelernt. Möglicherweise steckt mehr in mir, als ich dachte. Entschuldigung, das klang jetzt arrogant.«

»Emilie, ein Teil Ihres Problems bestand bisher darin, dass Sie nicht *genug* Selbstvertrauen hatten. Es würde mich freuen, wenn Sie über meinen Vorschlag nachdenken könnten. Aber jetzt haben Sie sicher Hunger. Lassen Sie uns hineingehen und etwas essen, damit es nicht zu spät wird für das Ende der Geschichte.«

Jacques wirkte deutlich lebhafter als beim letzten Mal.

»Die Frühlingsluft taut meine Knochen auf«, erklärte er schmunzelnd bei frischer Brasse vom Markt. »Sind Sie bereit, Emilie?«, fragte er, als sie es sich im Wohnraum bequem machten. »Ich warne Sie, die Geschichte ist … komplex.«

»Ich bin bereit.«

»Wenn ich mich richtig entsinne, waren Constance und Sophia im Château angekommen, und Édouard hatte nach England fliehen können …«

Paradies

Schimmernder Morgen, süße, reife Beere,
Blauer Nachmittag am Meere.
Ahnung von Frühling, taunasser Rasen,
Frischer Geruch steigt in die Nasen.
Schönheit, wohin man blickt.
Ein Fest für die Sinne, das entzückt.

Dunkle Zelle, Angst vor der Nacht,
Mistral bläst mit aller Macht.
Schnee und Eis in ödem Land,
Bittre Kälte durch eisige Hand.
Die schönen Stunden
An ferne Gestade entschwunden.

Berührung der Wange, langer Kuss,
Den bald ich missen muss.
Sanfter Arm, der mich umfängt,
Das Herz in seine wahre Heimat lenkt.
In schwarzer Verzweiflung Hoffnungsschimmer,
Wo du bist, ist Paradies für immer.

Sophia de la Martinières,
April 1944

27

Gassin, Südfrankreich, 1944

»Da kommt jemand!«, rief Jacques. »Wo ist Sophia?«

»Im Keller. Sie schläft«, antwortete Connie.

»Sagen Sie ihr, dass sie sich still verhalten soll …« Jacques schaute durch den Spion in der Tür zur *cave*. »Warten Sie – es ist Armand!« Mit einem Seufzer der Erleichterung öffnete er die Tür.

Armand lehnte sein Rad an die Mauer und trat ein.

Nach einem Monat nur mit Jacques und Sophia freute Connie sich, sein fröhliches Gesicht zu sehen. Die beiden Männer umarmten sich, dann gingen sie zusammen zu Jacques' Häuschen.

»Setzen Sie sich, mein Freund, und erzählen Sie uns, was es Neues gibt. Wir bekommen hier nichts mit. Constance, könnten Sie uns einen Kaffee machen?«

Connie verließ die beiden nur ungern, weil sie nichts von Armands Bericht verpassen wollte. Ihre gegenwärtige Rolle als Trösterin und Zofe Sophias, die im vergangenen Monat kaum von ihrem Lager im Keller aufgestanden war und so gut wie nichts aß, gestaltete sich von Tag zu Tag schwieriger.

Sie stellte hastig drei Tassen auf ein Tablett, schenkte den Kaffee ein und trug alles in den Wohnbereich.

»Danke, Constance, und Ihnen beiden noch ein gutes Neues Jahr!«, sagte Armand, als er die Tasse vom Tablett nahm.

»Hoffentlich bringt 1944 endlich die Befreiung unseres Landes«, fügte Jacques hinzu.

»Ja, das wäre schön.« Armand holte ein Päckchen aus seinem Ranzen. »Das ist für Mademoiselle Sophia, aber es macht ihr bestimmt nichts aus, wenn Sie es für sie öffnen, Madame. Gute Nachrichten.«

Connie packte es aus. Als ihr Blick auf das verblichene grüne Leinen des Einbands sowie auf den Titel fiel, trat ein Lächeln auf ihre Lippen.

»Band zwei von *Die Herkunft französischer Obstsorten.*« Connie sah Jacques mit leuchtenden Augen an. »Ein Buch aus Édouards Bibliothek in seinem Pariser Haus. Heißt das, er ist in Sicherheit?«

»Ja, Madame«, bestätigte Armand. »Sogar noch von seinem Versteck aus unterstützt er uns in unserem Kampf. Bestimmt muntert es Mademoiselle Sophia auf, wenn sie erfährt, dass ihr Bruder gesund und wohlbehalten ist. Wer weiß? Möglicherweise kehrt er schneller als erwartet zurück. Er hält sich nur fern, um seine Schwester nicht in Gefahr zu bringen.«

»Wissen Sie, wie ihm die Flucht gelungen ist? Er war sehr krank, als wir uns von ihm verabschieden mussten.« Connie drückte das Buch an ihre Brust wie einen Glücksbringer.

»Genaueres weiß ich nicht, Madame. Ich habe nur gehört, dass die britische Agentin, die ihm das Leben gerettet hat, kürzlich von der Gestapo erschossen wurde. Wir leben in gefährlichen Zeiten, aber immerhin ist ›Hero‹ in Sicherheit.«

»Wissen Sie etwas über Sarah?«

»Nein, leider nicht.« Armand schüttelte traurig den Kopf. »Wie so viele ist sie einfach verschwunden. Wie geht es Sophia?«

Jacques und Connie sahen einander an.

»Den Umständen entsprechend«, antwortete Jacques mit rauer Stimme. »Sie sehnt sich nach ihrem Bruder und der Freiheit. Aber was soll man machen, solange dieser Krieg nicht zu Ende ist?«

»Sagen Sie ihr, sie darf die Hoffnung nicht verlieren. Bald ist es vorbei. Die Invasion der Alliierten steht bevor; wir tun alles, um sie voranzutreiben.« Armand versuchte, Connie mit einem Lächeln aufzumuntern. »Ich muss jetzt los.«

Dankbar für die Abwechslung, die er in ihr Einsiedlerleben gebracht hatte, sahen sie ihm nach, wie er davonradelte. Natürlich fühlte Sophia sich im Keller eingesperrt, doch Jacques und Connie waren als ihre Gefängniswärter in ihrem Leben genauso eingeschränkt.

»Wie geht's ihr heute?«, fragte Jacques, als Connie die Kaffeetassen wegräumte.

»Wie immer; ich habe das Gefühl, dass sie aufgibt.«

»Vielleicht muntert sie die Nachricht auf, dass ihr Bruder in Sicherheit ist.« Jacques zuckte mit den Achseln.

»Ich gehe runter und sage es ihr.«

Jacques nickte, und Connie holte aus der Vorratskammer eine Flasche Milch, stellte sie in die Segeltuchtasche, die sie immer für den Transport von Vorräten in den Keller benutzte, und hängte sie um.

»Überreden Sie sie, eine Weile nach oben zu kommen«, bat Jacques sie.

»Ich versuche es.«

Connie kletterte in das Eichenfass, entfernte den falschen Boden, zündete die Öllampe an und ging den Tunnel entlang. Der Weg, der ihr beim ersten Mal noch Angst gemacht hatte, war inzwischen Routine. Als sie die Tür öffnete, sah sie in dem düsteren Licht des kleinen Fensters, dass Sophia noch schlief, obwohl es fast Mittag war.

»Sophia ...« Connie rüttelte sie sanft. »Aufwachen, ich habe gute Nachrichten.«

Sophia streckte sich. Unter ihrem weißen Nachthemd zeichnete sich ihr Bauch nun deutlich ab. »Was ist?«, fragte sie.

»Ein Kurier hat soeben wunderbare Neuigkeiten gebracht. Dein Bruder ist in Sicherheit!«

Sophia setzte sich auf. »Er kommt her? Und holt mich hier weg?«

»Möglicherweise«, log Connie. »Ist es nicht wundervoll zu wissen, dass es ihm gut geht? Er hat uns sein Buch über die Obstsorten geschickt, mit dessen Hilfe du in Paris Skizzen gefertigt hast.«

Sophia zog die Knie an und schlang die Arme darum. »Das waren schöne Zeiten.«

»Sie werden wiederkommen, Sophia, das verspreche ich.«

Sophia richtete den leeren Blick in die Ferne. »Bald erlöst er mich aus dieser Hölle. Er oder Frederik …« Sie packte Connies Hand. »Du kannst dir nicht vorstellen, wie sehr er mir fehlt.«

»Doch, weil auch ich mich nach jemandem sehne.«

»Ja, nach deinem Mann.« Sophia sank aufs Bett zurück. »Ich kann nicht glauben, dass dieser Krieg jemals enden wird. Wahrscheinlich sterbe ich hier unten in diesem Loch.«

Solche Worte hatte Connie in den vergangenen Wochen oft von ihr gehört. Aus Erfahrung wusste sie, dass sie wenig sagen oder tun konnte, um Sophia aufzumuntern.

»Das Frühjahr steht vor der Tür, Sophia, und damit bricht eine neue Zeit an. Daran musst du glauben.«

»Das würde ich gern, aber hier unten, allein in der Nacht, fällt es mir sehr schwer.«

»Du darfst die Hoffnung nicht aufgeben.«

Connie fragte sich, warum Sophia ihr noch nicht gestanden hatte, dass sie schwanger war. Die Veränderungen ihres Körpers konnten ihr doch nicht entgangen sein? Vielleicht hatten Édouard und Sarah die junge Frau so sehr vor der Realität beschützt, dass sie gar nicht wusste, was mit ihr geschah. Connies Schätzung nach würde das Kind in weniger als sechs Monaten zur Welt kommen.

»Sophia«, begann Connie vorsichtig, »du weißt, dass du schon bald ein Kind haben wirst?«

Erst nach einer ganzen Weile antwortete Sophia mit Ja.

»Es ist von Frederik?«

»Natürlich!«, rief Sophia entrüstet aus.

»Dir ist auch klar, dass Schwangere das Kind in ihrem Leib nicht nur mit Nahrung, sondern auch mit frischer Luft und positiver Energie versorgen müssen?«

Wieder Schweigen.

»Wie lange weißt du es schon?«, fragte Sophia schließlich.

»Sarah hat es gleich gemerkt und mir gesagt«, antwortete Connie.

»Natürlich wusste sie Bescheid.« Sophia verlagerte seufzend das Gewicht. »Sie fehlt mir sehr.«

»Das glaube ich dir gern. Ich kann Sarah leider nicht ersetzen.«

»Entschuldige, Constance. Du sorgst wirklich aufopfernd für mich, und dafür bin ich dir dankbar. Das Kind… ich habe mich geschämt, es dir zu gestehen.« Sophia rang die Hände. »Vielleicht wäre es besser, wenn ich sterbe. Was wird mein Bruder sagen, wenn er es erfährt?«

»Er wird Verständnis haben, weil du auch nur ein Mensch bist und das Kind die Frucht deiner Liebe ist«, log Connie. »Sophia, du darfst nicht aufgeben. Du musst kämpfen wie nie zuvor, deinem Kind zuliebe.«

»Édouard wird mir das nie verzeihen. Und wie sollte ich dir sagen, dass ich dich in der Nacht, die mein Bruder nicht zu Hause war, hintergangen habe? Bestimmt hasst du mich jetzt!« Sophia schüttelte verzweifelt den Kopf. »Und trotzdem kümmerst du dich um mich, weil du ein guter Mensch bist und dir keine andere Wahl bleibt. Aber du kannst nicht verstehen, wie es ist, allen zur Last zu fallen. Von frühester Kindheit an konnte ich mich nicht allein bewegen; ich werde nie zu den ganz normalen Dingen des Lebens in der Lage sein. Ich bin auf die Hilfe anderer angewiesen, wenn ich die Treppe hinauf oder zur Toilette gehe oder ein Kleidungsstück anziehen möchte, das ich noch nicht kenne. Ich werde nie wie du einfach vor die Tür treten und die Straße entlanggehen können. Vergib mir meinen Egoismus, Constance.«

Connie legte Sophia tröstend die Hand auf die Schulter. »Das ist wirklich schrecklich.«

»Und dann lerne ich plötzlich diesen Mann kennen«, fuhr Sophia fort, »der in mir nicht die Blinde sieht und mich nicht wie ein hilfloses Kind behandelt. Für Frederik bin ich eine erwachsene Frau; er hört mir zu und liebt mich meiner Persönlichkeit wegen. Doch leider steht er auf der falschen Seite, auf der des Feindes. Ich darf ihn nicht lieben, weil ich damit meine Familie und mein Land verrate. Und jetzt ist er weg, und in meinem Bauch wächst sein Kind heran, eine weitere Bürde für die, die sich um mich kümmern müssen. Constance, du fragst dich, warum ich hier liege und nur noch auf meinen Tod warte? Weil ich weiß, wie viel leichter das Leben für alle ohne mich wäre!«

Connie war schockiert über Sophias Ausbruch. Ihre Worte machten ihr zum ersten Mal den klaren Blick Sophias sowie ihre Schuldgefühle anderen gegenüber bewusst.

»Ohne mich wäre Sarah nicht in diesem Zug gewesen und verhaftet worden. Wahrscheinlich ist sie inzwischen tot.«

Connie suchte nach den richtigen Worten. »Sophia, deine Familie liebt dich, niemand empfindet dich als Last.«

»Und wie vergelte ich ihr diese Liebe? Ich mache ihr

Schande.« Sophia schüttelte den Kopf; Tränen liefen ihr übers Gesicht. »Egal, was du mir erzählst: Das wird mir Édouard nie verzeihen. Wie soll ich es ihm nur sagen?«

»Darüber machen wir uns später Gedanken, Sophia. Im Moment haben du und die Gesundheit deines Kindes Vorrang. Du musst alles in deiner Macht Stehende tun, damit es wohlbehalten das Licht der Welt erblickt. Sophia, willst du dieses Kind?«

Langes Schweigen, bevor Sophia antwortete: »Manchmal denke ich, es wäre das Beste, wenn wir beide sterben. Aber dann fällt mir ein, dass alle Menschen, die mir etwas bedeuten, weg sind, und das Leben in mir das Einzige ist, was mir noch geblieben ist. Es ist Teil von ihm, von Frederik ... Ach, Constance, es ist alles so schwierig. Hasst du mich denn nicht für das, was ich getan habe?«

»Nein, Sophia. Wieso sollte ich dich hassen? Du bist nicht die erste Frau in dieser Lage, und du wirst auch nicht die letzte sein. Natürlich könnte es kaum komplizierter sein, aber du darfst nicht vergessen, dass das unschuldige Leben, das in dir wächst, nichts von alledem weiß. Egal, wie sein Erbe aussieht und was die Zukunft bringt: Du schuldest deinem Kind die Chance auf ein Leben. Es hat schon so viel Tod und Zerstörung gegeben. Neues Leben ist neue Hoffnung, und ein Kind ist ein Geschenk Gottes, Sophia.«

»Du hast recht«, pflichtete Sophia ihr bei. »Danke, Constance, für alles. Ich hoffe, dass ich mich eines Tages erkenntlich zeigen kann.«

»Du könntest mir jetzt den Gefallen tun, nicht hier unten zu bleiben. Sophia, hilf mir, dir und dem Kind zu helfen.«

»Ja.« Sophia seufzte. »Andere müssen viel Schlimmeres erleiden. Ich werde versuchen, Hoffnung zu schöpfen. Vielleicht finden wir, wenn Frederik kommt, eine Lösung.«

Connie sah Sophia verwundert an. »Glaubst du denn, dass er kommt?«

»Das weiß ich«, antwortete Sophia mit fester Stimme. »Er hat es versprochen, und mein Herz sagt mir, dass er sein Versprechen hält.«

»Dann darfst du ihn nicht im Stich lassen.«

In den folgenden Tagen begann Sophia, wieder richtig zu essen, und ging die Stufen zum Château und zum ummauerten Garten hinauf, um mit Connie einen Spaziergang zu machen.

Eines Morgens hielt sie die Nase schnuppernd in die Luft. »Der Frühling steht vor der Tür. Ich kann ihn riechen. Dann wird das Leben wieder angenehmer.«

Im März war der ummauerte Garten voll wilder Mimosen. Ins Château kamen keine Besucher, und Jacques weigerte sich, Connie zum Einkaufen in den Ort fahren zu lassen. Sie lebten in ständiger Angst vor dem Auftauchen der örtlichen Gestapo, obwohl in letzter Zeit lediglich ein Deutscher zu ihnen gekommen war, um hundert Flaschen Wein und zwei Fässer Schnaps für die Torpedofabrik zu bestellen.

»Unser abgeschiedenes Leben sorgt für Sicherheit«, erklärte Jacques eines Abends. »Man kann niemandem vertrauen, und solange Sophia unter meinem Schutz steht, dürfen wir nicht nachlässig werden. Wir müssen die Einsamkeit und Eintönigkeit unseres gemeinsamen Lebens ertragen, bis die Zeiten sich ändern.«

Connie hatte Jacques, hinter dessen wettergegerbtem Bauerngesicht sich ein scharfer Verstand und absolute Loyalität verbargen, in den vergangenen Wochen lieb gewonnen. Viele der Abende verbrachten sie, wenn Sophia bereits im Keller schlief, mit Schachspielen. Außerdem lernte Connie von Jacques den komplexen Vorgang des Kelterns. Sie revanchierte sich mit Erzählungen über ihr Leben in England und Lawrence, der keine Ahnung hatte, wo sie sich aufhielt.

Connie hatte das Gefühl, in ewiger Dunkelheit zu leben, sei es in Sophias Keller oder in den mit Fensterläden verschlossenen Räumen des Châteaus. Hin und wieder führte sie Sophia die Stufen hinauf, setzte sich mit ihr in die Bibliothek von Édouard und seinem Vater, nahm ein Buch aus dem Regal und las Sophia beim flackernden Licht einer Öllampe vor. In einem der Fächer entdeckte Connie den ersten Band von *Die Herkunft französischer Obstsorten*, den sie Jacques zeigte.

»Wunderschön«, schwärmte Jacques, als er die Seiten mit den feinen Farbillustrationen umblätterte. »Édouard hat mir diesen ersten Band gezeigt, den sein Vater erworben hatte. Wenigstens sind *sie* nach Hunderten von Jahren wieder vereint.«

Sophias Bauch wuchs, und ihre Wangen waren von den Nachmittagen unter den schützenden Ästen der Kastanie im ummauerten Garten rosig. Wenn Sophia im Garten saß, hielt Jacques väterlich besorgt Wache.

Eines Abends, als Sophia bereits im Keller war, füllte Jacques einen großen Krug mit Wein und schenkte sich und Connie daraus ein.

»Haben Sie eine Ahnung, wann das Kind zur Welt kommen wird?«, fragte er.

»Meiner Rechnung nach irgendwann im Juni«, antwortete Connie.

»Und was machen wir dann? Kann ein kleines Kind die ersten Wochen seines Lebens in einem kalten, dunklen Keller überstehen? Was ist, wenn es schreit und jemand es hört? Und wie soll Sophia sich um ein Kind kümmern, das sie nicht sieht?«

»Unter normalen Umständen hätte sie ein Kindermädchen. Aber dies sind nun mal keine normalen Umstände.«

»Nein.«

Connie seufzte. »Wahrscheinlich werde ich ihr helfen müssen, obwohl ich keine Ahnung habe, wie man mit kleinen Kindern umgeht.«

»Meinen Sie nicht, dass es das Beste wäre, das Kleine sofort ins Waisenhaus zu bringen, Constance? Dann wüsste abgesehen von Ihnen, mir und Mademoiselle Sophia niemand etwas davon. Welche Zukunft hat es denn?« Jacques schüttelte den Kopf. »Ich wage mir nicht vorzustellen, was passiert, wenn Édouard die Wahrheit erfährt.«

»Das wäre eine Idee, ja. Aber damit möchte ich Sophia im Moment lieber nicht belasten.«

Jacques nickte. »Ich kenne ein von Nonnen geführtes Waisenhaus in Draguignan, das Kinder wie dieses nimmt.«

Connie erwähnte lieber nicht, dass Sophia in den letzten Wochen eine innere Verbindung zu dem Kind in ihrem Bauch hergestellt hatte und es als Teil von Frederik und Symbol ihrer Liebe verstand. »Warten wir's ab.«

Anfang Mai besuchte Armand Jacques und Connie und kostete mit ihnen in dem kleinen Garten den neuen Rosé. Müde erzählte er, wie sich seine Gruppe der Maquisards, deren Basislager sich in den stark bewaldeten Hügeln von La Garde-Freinet befand, auf die Invasion im Süden vorbereitete.

»Die Deutschen sollen glauben, dass der Angriff von Marseille und Toulon aus erfolgen wird, aber die Alliierten haben vor, an den Stränden von Cavalaire und Ramatuelle zu landen. Wir von der Résistance tun alles, um die Deutschen zu verwirren und ihnen das Leben schwerzumachen. Wir kappen Telefonleitungen, sprengen Eisenbahnbrücken und überfallen Waffenkonvois. Inzwischen kämpfen viele Tausend mit uns. Die Briten werfen heimlich Waffen für uns ab, wir sind gut organisiert. Ich habe gehört, dass die Amerikaner den Angriff aus dem Süden, vom Meer her, beginnen wollen. Constance, ich weiß, dass Sie für solche Missionen ausgebildet wurden. Könnten Sie uns helfen? Wir bräuchten einen Kurier nach …«

»Nein, Armand, sie verlässt das Haus nicht«, erklärte Jacques. »Es wäre zu gefährlich für Mademoiselle Sophia, wenn Constance gesehen würde.«

»Könnte ich mich nicht hinten hinausschleichen, Jacques?«, fragte Connie geknickt. »Ich würde gern meinen Beitrag leisten.«

»Ich weiß, Constance, und vielleicht können Sie das irgendwann auch noch. Aber im Moment ist es wichtig, dass Sie bei Mademoiselle Sophia bleiben.« Jacques bedachte sie mit einem warnenden Blick.

»Es gibt andere Möglichkeiten, uns zu helfen«, sagte Armand. »Wir schmuggeln britische Flieger über Korsika aus Frankreich heraus und bräuchten hin und wieder einen Unterschlupf, wo sie auf das Boot warten können. Wären Sie bereit, sie bei sich aufzunehmen?«

Jacques seufzte. »Ich will keine Aufmerksamkeit auf uns lenken.«

»Das ginge doch, Jacques«, widersprach Connie. »Sophia ist weit genug weg von der *cave*, und wir sollten uns bemühen, der Sache zu dienen. So dachte auch Édouard, obwohl er dadurch seine Familie in Gefahr brachte.«

»Ja, Constance, Sie haben recht«, meinte Jacques schließlich. »Gut, wir bringen die Flieger im Speicher unter.«

Armand bedankte sich.

»Constance, Sie können sich um sie kümmern«, sagte Jacques, als er aufstand.

»Natürlich.« Insgeheim beneidete Connie die Flieger um die Aussicht, über Korsika in die Heimat zurückzukehren.

»Einer meiner Leute, vielleicht sogar ich, wird sich mit Ihnen in Verbindung setzen«, erklärte Armand. »Aber jetzt muss ich weiter.«

Die ersten britischen Flieger trafen eine Woche später um drei Uhr morgens ein. Als sie ihren englischen Akzent hörte, kamen Connie, die sie mit Essen und Getränken versorgte, fast die Tränen. Sie würden vierundzwanzig Stunden bei ihnen bleiben, bevor sie mit dem Boot nach Korsika übersetzten. Beide Männer freuten sich, obwohl schwach und erschöpft von der wochenlangen Flucht, auf die Heimat.

»Keine Sorge, meine Liebe«, sagte einer von ihnen zu ihr, als sie sie in den Speicher hinaufbrachte. »Die Nazis werden sich nicht mehr lange in Frankreich halten. Hitler verliert an Macht. Es wird eher Wochen als Monate dauern, bis alles vorbei ist.«

Bevor sie in den frühen Morgenstunden des folgenden Tages aufbrachen, gab Connie einem der Flieger einen Umschlag.

»Könnten Sie den, wenn Sie zu Hause sind, bitte für mich aufgeben?«

»Gern. Das ist ein geringer Lohn für mein erstes richtiges Essen seit Wochen.«

Je näher der Geburtstermin rückte, desto schwerer fiel es Sophia, mit ihrem dicken Bauch die Kellertreppe zu erklimmen. Trotzdem wirkte sie gelassen und sah aus wie das blühende Leben.

Im Château hatte Connie von der früheren Haushälterin Wolle und Stricknadeln gefunden, so dass sie nun nachmittags mit Sophia im ummauerten Garten Jäckchen, Mützchen und Söckchen für das Kleine strickte. Manchmal war sie ein wenig neidisch auf Sophia, weil sie mit Lawrence selbst den Traum gehabt hatte, eine Familie zu gründen. Jetzt konnte sie die Mutterschaft nur mittelbar erleben.

An lauen Abenden saßen sie und Jacques, umgeben von Rebstöcken mit winzigen grünen Beeren, aus denen bald dicke Weintrauben werden würden, im Garten des Häuschens.

»Es ist nicht mehr lange bis zur Weinlese. Ich weiß nicht, ob ich Hilfskräfte auftreibe«, seufzte Jacques. »Im Moment sind alle mit Wichtigerem beschäftigt.«

»Ich helfe Ihnen, so gut ich kann«, erbot sich Connie, die wusste, dass bei der *vendange* normalerweise ein halbes Dutzend Leute von Sonnenauf- bis Sonnenuntergang arbeitete.

»Nett gemeint, Constance, aber ich glaube, Sie werden anderswo dringender gebraucht. Wissen Sie, wie man Kindern auf die Welt hilft?«, fragte Jacques.

»Nein. Das gehörte nicht zu meiner Ausbildung in England«, erklärte sie schmunzelnd. »In Büchern ist immer von viel heißem Wasser und Handtüchern die Rede. Wenn es so weit ist, werde ich schon irgendwie zurechtkommen.«

»Ich habe Angst, dass etwas schiefgeht und Sophia medizinische Hilfe braucht. Was machen wir dann? Wir können sie nicht ins Krankenhaus bringen.«

»Ich werde mein Bestes tun«, versprach Connie.

»Mehr können wir beide nicht tun.«

Immer wieder warteten britische Flieger im Speicher von Jacques' Häuschen auf das Boot nach Korsika. Von ihnen erfuhr Connie, dass die Invasion der Alliierten in der Normandie kurz bevorstand. Die im Süden würde einige Wochen später erfolgen. Jedes Mal gab sie einem der Flieger einen Umschlag für Lawrence mit.

In den Briefen für ihn stand stets das Gleiche:

Schatz, mach Dir keine Sorgen um mich. Ich bin in Sicherheit, mir geht es gut, und ich hoffe, bald nach Hause zu kommen.

Einer von ihnen, dachte Connie, als sie an einem Juniabend den fünften Brief dieser Art schrieb, würde bestimmt den Weg zu Lawrence finden.

Jacques betrat mit sorgenvoller Miene das Wohnzimmer.

»Constance, da draußen schleicht jemand herum. Gehen Sie rauf und sagen Sie den Jungs, dass sie sich ruhig verhalten sollen, während ich nachsehe, wer das ist.«

Jacques nahm seine Jagdflinte vom Haken neben der Tür und verließ das Haus.

Nachdem Connie die Flieger gewarnt hatte, kehrte sie in den Wohnraum zurück, wo Jacques die Waffe auf einen groß gewachsenen, ausgezehrten blonden Mann richtete, der die Hände über den Kopf hob.

»Vorsicht! Ein Deutscher!« Jacques hielt dem Mann den Lauf der Waffe an die Brust. »Setzen! Da drüben.« Er deutete auf den Sessel beim Kamin.

Als der Mann sich setzte, betrachtete Connie seine riesigen Augen in dem schmalen Gesicht, die stumpfen, wirren blonden Haare und das, was von seinem Hemd und seiner Hose noch an seinem dürren Körper hing.

»Constance, ich bin's, Frederik«, krächzte er. »Wahrscheinlich erkennen Sie mich ohne die Uniform nicht.«

Seine Augen waren der einzige verlässliche Hinweis darauf, welcher der Brüder vor ihr stand.

»Sie kennen diesen Mann?«, fragte Jacques Connie ungläubig.

»Ja. Er heißt Frederik von Wehndorf und ist Oberst der SS. Sophia kennt ihn ebenfalls.« Connie warf ihm einen vielsagenden Blick zu.

»Verstehe.« Jacques nickte, senkte jedoch nicht die Waffe, als er sich wieder Frederik zuwandte. »Und was wollen Sie hier?«

»Ich möchte zu Sophia, wie ich es ihr versprochen habe. Ist sie hier?«

Connie und Jacques schwiegen.

»Wie Sie sehen ...«, Frederik deutete auf seine Kleidung, »... bin ich nicht mehr Offizier. Ich werde gesucht. Wenn sie mich finden, bringen sie mich nach Deutschland und erschießen mich.«

Jacques lachte laut auf. »Meinen Sie wirklich, dass wir Ihnen das glauben? Woher sollen wir wissen, dass das kein Trick ist? Ihr Deutschen lügt doch wie gedruckt.«

»Ich habe keine Beweise; ich kann Ihnen nur *meine* Wahrheit sagen.« Frederik wandte sich Connie zu. »Nachdem ich Sie, Sophia und die Bedienstete zum Gare Montparnasse gebracht hatte, bin ich nicht nach Deutschland gereist, weil mir klar war, dass mein Bruder Falk nicht eher ruhen würde, als bis ich vor Gericht gestellt würde, weil ich Ihnen zur Flucht verholfen habe. Es ist nicht das erste Mal, dass er an meiner Loyalität zweifelt. Ich scheine viele Feinde und keine Freunde zu haben.«

»Wohin wollen Sie, Frederik?«, fragte Connie.

»Mein einziger Gedanke galt Sophia. Ich wollte hierherkommen und sie sehen, wie ich es ihr versprochen habe«, antwortete Frederik. »Nachdem ich Paris verlassen hatte, bin ich in die Pyrenäen geflohen, wo ich Ziegen gemolken und Hühner gefüttert habe, bis ich das Gefühl hatte, durch Frankreich reisen und meine Sophia suchen zu können.« Frederik zuckte mit den Achseln. »Ich bin schon vor vielen Wochen aufgebrochen.«

»Es war bestimmt nicht leicht, sich hierher durchzuschlagen«, bemerkte Jacques, der ihm nach wie vor nicht traute.

»Der Wunsch, Sophia wiederzusehen, hat mich beflügelt. Aber ich weiß, dass mein Glück endlich ist. Es gibt einen Menschen, der mich so lange jagt, bis er mich hat. Egal, ich werde sowieso bald sterben, ob durch französische oder deutsche Hand. Ich wollte nur noch ein letztes Mal Sophia sehen. Bitte, Constance, sagen Sie mir wenigstens, ob es ihr gut geht. Ob sie lebt.«

Frederik traten Tränen in die Augen.

Er hatte sein Leben aufs Spiel gesetzt, um die Frau, die er liebte, noch einmal zu sehen, statt einfach zu fliehen und die eigene Haut zu retten. Egal, welchem Land er angehörte, welcher politischen Überzeugung er anhing und was er in den vergangenen Jahren getan haben mochte: Er war ein Mensch, der Mitleid verdiente, dachte Connie.

»Ja, es geht ihr gut«, antwortete Connie.

Jacques warf ihr einen warnenden Blick zu, den Connie ignorierte.

»Haben Sie Hunger? Vermutlich haben Sie in den vergangenen Wochen nicht allzu viel gegessen.«

»Constance, wenn Sie etwas erübrigen könnten, wäre ich sehr dankbar, aber sagen Sie mir bitte zuerst: Ist Sophia hier? Kann ich sie sehen?«

»Ich mache Ihnen erst mal etwas zu essen, dann reden wir weiter. Jacques, Sie können die Waffe weglegen. Frederik tut uns nichts, darauf gebe ich Ihnen mein Wort. Gehen Sie hinauf in den Speicher und sagen Sie unseren Freunden Bescheid, dass sie keine Angst haben müssen. Ein Verwandter ist zu Besuch gekommen; sie sollen sich aber lieber nicht blicken lassen.«

»Wenn Sie meinen«, sagte Jacques und senkte zögernd die Waffe.

»Ja.« Connie, die das Gefühl genoss, ausnahmsweise genau

zu wissen, was sie tat, nickte. »Frederik, wir unterhalten uns in der Küche weiter, während ich etwas zu essen für Sie herrichte.«

Frederik schleppte sich in die Küche.

Connie schloss die Tür hinter ihnen und signalisierte ihm, dass er auf dem Holzstuhl an dem kleinen Tisch Platz nehmen solle.

»Constance, bitte«, fragte er noch einmal, »ist sie hier?«

»Ja.«

»Dem Himmel sei Dank.« Frederik legte den Kopf in die Hände und begann zu weinen. »Wenn ich im Graben geschlafen oder im Müll nach etwas Essbarem gesucht habe, ist mir durch den Kopf gegangen, dass sie tot sein könnte. Ich …« Frederik wischte sich die Nase am Ärmel ab und schüttelte den Kopf. »Entschuldigen Sie, Constance, ich kann verstehen, dass Sie kein Mitleid für mich empfinden, aber Sie ahnen nicht, durch welche Hölle ich gegangen bin, um sie zu finden.«

»Hier, trinken Sie das.« Connie stellte ein Glas Wein auf den Tisch und legte ihm die Hand auf die Schulter. »Es wundert mich, dass Sie es lebend hierher geschafft haben.«

»Sowohl die Franzosen als auch die Deutschen spüren, dass etwas in der Luft liegt. Das hat mir geholfen. In Frankreich herrscht Chaos, die Résistance wird immer stärker. Wir – *sie* …«, korrigierte Frederik sich sofort, »… haben Mühe, sie unter Kontrolle zu halten. Vielleicht ist Frankreich einfach nur der letzte Ort, an dem man mich vermutet. Doch einer weiß bestimmt, wo ich mich aufhalte …«

»Essen Sie.« Connie stellte ihm einen Teller mit einer dicken Scheibe Brot und etwas Käse hin.

»Wurde das Château durchsucht?«, fragte Frederik, als er das Essen hinunterschlang.

»Ja, sie haben nichts gefunden. Jacques und ich haben sehr darauf geachtet, dass das Château unbewohnt wirkt und Sophia in ihrem Versteck bleibt. Sie ahnen nicht, dass sie hier ist.«

»Und Édouard? Ist er auch da?«

»Nein. Er weiß, dass seine Anwesenheit seine Schwester in große Gefahr bringen würde.«

»Ich darf auch nicht lange bleiben. Mir ist klar, dass jede Sekunde, die ich hier bin, das Risiko für Sie erhöht.« Frederik spülte Brot und Käse mit großen Schlucken Wein hinunter. »Würden Sie mich jetzt zu Sophia bringen? Bitte, Constance.«

»Ja. Folgen Sie mir.«

Connie führte Frederik in die *cave*, in das Fass und durch den Gang.

»Arme Sophia«, stöhnte er, als er mit dem Kopf gegen die Decke stieß. »Wie hält sie das nur aus? Spürt sie je die Wärme der Sonne auf ihrem Gesicht?«

»Ihr bleibt keine andere Wahl, als sich in ihr Schicksal zu fügen.« Connie erreichte die Tür. »Sie ist da drin; kann sein, dass sie schläft. Ich gehe zuerst hinein, damit sie nicht erschrickt. Und, Frederik …«, sie wandte sich ihm zu, »bitte erschrecken Sie auch nicht.«

Connie klopfte dreimal an der Tür, bevor sie sie leise öffnete. Sophia saß auf dem Stuhl an dem kleinen Fenster, ein in Braille-Schrift gedrucktes Buch auf dem Schoß.

»Constance?« Sie hob den Blick.

»Ja.« Sie ging zu Sophia und legte ihr sanft die Hand auf die Schulter. »Keine Angst, Besuch für dich. Ich glaube, du wirst dich freuen.«

»Sophia, ich bin's, Frederik.«

»Frederik?«, flüsterte sie. »Bist du das wirklich?«

»Ja, Sophia.«

Als Sophia die Hände nach ihm ausstreckte, fiel das Buch zu Boden.

Connie beobachtete von der Tür aus, wie Frederik Sophia in die Arme schloss, bevor sie mit Tränen in den Augen den Raum verließ.

28

Connie hielt in Jacques' Wohnzimmer Wache. Als die Flieger um zwei Uhr morgens aufbrachen, gesellte sich Jacques gähnend zu ihr.

»Wenigstens ein Teil unserer Sorgen ist aus dem Haus. Und was ist mit dem anderen?« Er deutete nach unten. »Ist er noch bei ihr?«

»Ja.«

»Sind Sie bei ihnen gewesen?«

»Einmal. Ich habe sie reden hören.«

»Entschuldigen Sie meine Frage, Constance, aber können Sie ihm wirklich vertrauen?«

»Ja. Sehen Sie ihn sich doch an. Er ist seit Wochen auf der Flucht. Und wir wären jetzt nicht hier, wenn er uns in Paris nicht geholfen hätte. Er liebt Sophia über alles.«

»Was ist, wenn jemand ihm gefolgt ist?«

»Natürlich ist das gut möglich …«

»Constance! Nach allem, was Sie mir über seinen Bruder erzählt haben, ist das nicht nur möglich, sondern höchst wahrscheinlich.«

»Da unten sind die beiden doch sicher. Außerdem weiß Frederik, dass er so schnell wie möglich verschwinden muss. Ihnen das zu verwehren, was gut und gern ihre letzten gemeinsamen Stunden sein könnten, wäre grausam. Bitte, Jacques, lassen Sie ihnen das. Sie haben sich bestimmt viel zu erzählen.«

»Er muss bald hier weg. Wenn bekannt werden sollte, dass

wir einem Nazi Unterschlupf gewährt haben, ist das mein Ende.«

»Bitte, Jacques, er macht sich morgen auf den Weg.«

Sophia lag mit Frederik auf der schmalen Pritsche, die kaum breit genug für sie allein war, und streichelte sein Gesicht, seinen Nacken und seine Haare. Er war so erschöpft, dass er immer wieder einschlief.

»Was sollen wir tun?«, fragte sie ihn. »Es muss doch einen Ort geben, an den wir fliehen können.«

Frederik strich sanft über ihren Bauch, in dem sein Kind heranwuchs. »Du musst hierbleiben, bis unser Kind auf der Welt ist. Du hast keine andere Wahl. Ich verschwinde morgen und suche mir mit Gottes Hilfe bis zum Ende des Krieges einen Unterschlupf. Es wird nicht mehr lange dauern, das verspreche ich dir.«

»Das höre ich nun schon seit Jahren, aber es nimmt kein Ende«, seufzte Sophia.

»Doch, Sophia, der Krieg wird enden, daran musst du glauben«, widersprach Frederik ihr. »Und wenn er vorbei ist und ich einen Ort gefunden habe, an dem wir leben können, hole ich dich und unser Kind.«

»Bitte geh nicht fort! Ohne dich halte ich es hier nicht länger aus, *bitte* …« Sie vergrub das Gesicht an seiner warmen Brust.

»Nur noch ein paar Monate. Du musst stark bleiben für unser Kind. Eines Tages werden wir ihm vom Mut seiner Mutter erzählen können.« Frederik küsste zärtlich ihre Stirn, ihre Nase und ihre Lippen. »Sophia, ich habe dir schon einmal versprochen, zu dir zu kommen, und mein Versprechen gehalten. Ich werde dich auch in Zukunft nicht im Stich lassen. Bitte glaub mir das.«

»Ja. Aber lass uns über fröhlichere Dinge sprechen. Erzähl mir von deiner Kindheit.«

»Ich bin in Ostpreußen aufgewachsen, in dem kleinen Ort Charlottenruhe.« Bei dem Gedanken daran schloss Frederik lächelnd die Augen. »Unsere Familie lebte in einem wunderschönen Schloss, umgeben von fruchtbarem Land, das uns gehörte und das wir bewirtschafteten. Ostpreußen war als die Kornkammer der Region bekannt, und der Ackerbau machte die Menschen, die dort lebten, wohlhabend. Ich hatte eine sehr schöne Kindheit, mir fehlte es an nichts, ich wurde von meinen Eltern geliebt und erhielt die beste Ausbildung, die man sich wünschen kann. Der einzige Wermutstropfen war mein Bruder, der mich von Anfang an nicht leiden konnte.«

»Zwei Brüder, nur eine Stunde auseinander, in ein und derselben Familie aufgewachsen und trotzdem so verschieden«, stellte Sophia fest und strich über ihren Bauch. »Ich kann nur hoffen, dass unser Kleines hier drin nach seinem Vater und nicht nach seinem Onkel kommt. Was hast du nach der Schule gemacht?«

»Falk ist sofort zum Militär, während ich in Dresden Politikwissenschaften und Philosophie studiert habe. Es war eine interessante Zeit – der Führer war gerade an die Macht gekommen. Nach Jahren der Armut nach dem Ersten Weltkrieg hat Hitler Reformen auf den Weg gebracht, die den Deutschen einen besseren Lebensstandard sicherten. Wie andere junge Politikinteressierte bin auch ich von der allgemeinen Euphorie angesteckt worden. Wahrscheinlich wirst du das jetzt nicht glauben, Sophia, aber in den ersten Jahren, die Hitler an der Macht war, hat er viele Veränderungen zum Besseren angestoßen, und seine Idee, unser Land zu einer starken internationalen Wirtschaftsmacht zu machen, klang verführerisch. Ich bin bei einer seiner Versammlungen in Nürnberg gewesen; die

Atmosphäre war unglaublich. Der Führer besaß Charisma, wir hingen an seinen Lippen. Er hat uns Hoffnung gemacht, und dafür haben wir ihn verehrt. Ich bin wie meine Freunde sofort Mitglied seiner Partei geworden.«

»Wann hat sich deine Einstellung geändert?«, fragte Sophia.

Frederik versuchte, es ihr zu erklären. »Du und ich, wir können uns nicht vorstellen, wie es ist, wenn Millionen von Menschen einem lauschen, wenn man das Objekt hysterischer Verehrung ist. Man fühlt sich bestimmt allmächtig, wie ein Gott.«

»Ja, wahrscheinlich.«

»Ich fand schon vor Beginn des Krieges entsetzlich, was er den Juden in Deutschland antat und wie er gegen Glaubensgemeinschaften vorging. Wie du weißt, bin ich Christ, eine Tatsache, die ich zu meiner eigenen Sicherheit verheimlichen musste. Damals war ich bereits für den Geheimdienst vorgesehen. Wenn ich Nein gesagt hätte, wäre ich erschossen worden.«

»Frederik, wie schrecklich«, stöhnte Sophia.

»Mein Leid ist nichts, verglichen mit dem dreizehnjähriger Jungen, die für eine Sache töten mussten, von der sie nichts verstanden! Auch ich habe durch meine Entscheidungen Menschen in den Tod geschickt. Du ahnst nicht, was für furchtbare Dinge ich getan habe… Gott möge mir vergeben. Und du, Sophia, wie kannst du mir je vergeben? Wie kann ich mir selbst vergeben?«

»Frederik, bitte …«

»Du hast recht: genug davon«, murmelte er und küsste sie. »Hier unten bei dir fühle ich mich endlich sicher. In deinen Armen würde ich glücklich sterben.«

Frederik blickte zu dem Schatten hinauf, den die Öllampe an die Decke warf. »Diese Nacht werde ich niemals vergessen. Jetzt ist mir klar, dass das Paradies nicht der Garten Eden der

Bibel ist und auch nicht darin besteht, Reichtum, Macht und Status zu erringen. Das sind rein äußerliche Dinge, die nichts bedeuten. Denn hier in diesem feuchten, dunklen Keller, dem Tod geweiht, in deinen Armen, empfinde ich tiefen inneren Frieden. Meine Seele weilt im Paradies, weil ich bei dir bin.«

Wenige Stunden später ging die Sonne über dem Château der de la Martinières auf, und die Menschen oben erwarteten den Tagesanbruch nervös, die unten in Angst.

In London wurde Édouard de la Martinières beim ersten Licht des Tages von leisem Brummen geweckt, das allmählich zu ohrenbetäubendem Lärm anschwoll. Als er ans Fenster trat, sah er unzählige Flugzeuge über der Hauptstadt. Es war der sechste Juni 1944, D-Day.

Um sieben Uhr hörte Connie zaghaftes Klopfen an der Küchentür. Als sie sie öffnete, stand Frederik davor.

»Ich muss Sie bald verlassen, Constance. Dürfte ich Sie um eine Tasse Kaffee und etwas Brot bitten? Es könnte das letzte Essen sein, das ich lange Zeit bekomme.«

»Natürlich«, sagte Connie. »Bestimmt finden wir auch frische Kleidung für Sie. Sie sind ungefähr so groß wie Jacques.«

»Sehr freundlich, Constance. Sophia bittet Sie, zu ihr zu kommen. Sie sagt, es gebe hier einen Garten. In dem würde sie sich gern von mir verabschieden.«

»Aber ja.« Connie deutete auf den Wasserkessel auf dem Herd und das Brot vom Vorabend. »Waschen können Sie sich vor der Küchentür. Ich bringe Ihnen die Kleider.«

Da Jacques in den Ort geradelt war, um frisches Brot zu besorgen, ging Connie an seinen Schrank, ohne ihn fragen zu können, nahm Kleidung heraus und brachte sie Frederik.

»Nehmen Sie, was passt. Ich helfe Sophia inzwischen in den Garten und komme dann wieder zu Ihnen. Außerdem sehe ich nach, ob wir ein paar Francs für Sie erübrigen können.«

»Constance, Sie sind ein Engel. Ich werde Ihnen nie vergessen, was Sie für Sophia und mich getan haben. Danke.«

Fünfzehn Minuten später klopfte Connie an der Tür von Sophias Kellerversteck. Sophia erwartete sie bereits.

»Frederik sagt, du würdest dich gern im Garten von ihm verabschieden.«

»Ja. Es könnte lange dauern, bis wir uns wiedersehen. Ich würde unsere letzten Minuten gern so verbringen, als wären wir beide frei und könnten gehen, wohin wir wollen.«

»Gut, aber bitte versteckt euch, wenn jemand kommen sollte.«

»Ja. Constance, würdest du mich bitte kämmen?«, bat sie sie.

Nachdem Connie in dem trüben Licht ihr Möglichstes getan hatte, führte sie sie nach oben in den ummauerten Garten und zu dem Tisch unter der Kastanie.

»Ich bringe dir Frederik«, sagte Connie.

»Danke. Es ist ein wunderschöner Morgen«, stellte Sophia fest, die die Wärme auf ihrem Gesicht und den Duft von Lavendel genoss.

»Ja, das stimmt«, pflichtete Connie ihr bei und ging los, um Frederik zu holen.

»Sophia.«

»Du bist schon da?« Sophia breitete lächelnd die Arme aus. »Sind wir allein?«

»Ja.«

»Frederik, halt mich fest, uns bleibt nicht mehr viel Zeit.«

Als er die Arme um sie schlang, atmete sie seinen Geruch ein, der sich deutlich von dem zuvor im Keller unterschied, zog die vertrauten Linien seines Gesichts nach und ließ die Finger über den rauen Stoff einer Jacke gleiten, die sie nicht kannte. »Du hast dich gewaschen, und Constance hat dir frische Kleidung gegeben, stimmt's?«

»Ja, das war sehr freundlich.«

»Musst du bald gehen? Vielleicht können wir noch eine Weile hier sitzen.« Sie tastete nach seinen Händen. Er drückte die ihren fester als sonst, und seine Finger erschienen ihr weniger schwielig als zuvor, vermutlich weil er sich gewaschen hatte.

»Wie soll ich dich erreichen, wenn du weg bist?«, fragte sie.

»Ich melde mich bei dir. Wenn du mir verrätst, wo dein Bruder sich versteckt, lasse ich dir über ihn eine Botschaft zukommen.«

»Frederik, ich habe dir doch gesagt, dass ich nicht weiß, wo er ist. Er bleibt mir, um mich zu schützen, fern.«

»Du weißt wirklich nicht, wo er ist?«

»Nein!« Sie schüttelte den Kopf. »Warum halten wir uns in den letzten kostbaren Minuten, die uns bleiben, mit solchen Themen auf? Frederik, lass uns von unseren Plänen für die Zukunft sprechen. Wir sollten uns auf einen Namen für das Kind einigen.«

»Wie wär's mit Falk, wie sein Onkel?«, fragte da eine andere Stimme.

Sophia, die nicht begriff, was los war, tastete nach Frederik. »Wo bist du, Frederik? Was ist?«

Frederik sah seinen Bruder an, der von dem Stuhl neben Sophia aufgestanden war und eine Pistole auf ihn richtete.

»Du bist mir also gefolgt, Falk«, stellte Frederik fest.

»Ja.«

»Sind deine Gestapo-Freunde auch hier? Warten sie am Eingang zum Château, um mich nach Deutschland zu bringen?«, fragte Frederik müde.

»Nein.« Falk schüttelte den Kopf. »Diesen Spaß wollte ich mir allein gönnen. Außerdem sollst du eine letzte Gelegenheit erhalten, alles zu erklären. Immerhin bist du mein Bruder. Das ist das Mindeste, was ich für dich tun kann.«

»Sehr freundlich von dir. Wie hast du mich gefunden?«

»Ich bin nicht auf den Kopf gefallen. Man ist dir in den letzten Wochen gefolgt«, teilte Falk ihm mit. »Ich wusste, dass du mich irgendwann zu den anderen führen würdest. Zum Beispiel zu der jungen Dame hier. Leider will sie mir nicht verraten, wo ihr Bruder sich versteckt, obwohl sie bestimmt weiß, wo er ist.«

»Monsieur, das stimmt nicht!«, widersprach Sophia.

»Fräulein, selbst eine Nutte wie Sie …«, Falk deutete auf ihren Bauch, »… kann nicht erwarten, dass ich ihr das abkaufe.« Er wandte sich wieder Frederik zu. »Du weißt, dass ich einen Haftbefehl gegen dich in der Tasche habe. Es wäre schade, wenn ich dich erschießen müsste, um deine Freundin zum Reden zu bringen.«

»Vermutlich freust du dich seit unserer Kindheit auf diesen Moment«, sagte Frederik traurig. »Wenn es Sophia nicht gäbe, die ich liebe, wäre es mir egal, wenn du mich erschießt. Verschonst du sie und das Kind, wenn ich dich freiwillig nach Deutschland begleite, wo du dich mit deinem Fang brüsten kannst? Ich schwöre dir beim Leben unserer Mutter, dass Sophia nicht weiß, wo Édouard de la Martinières sich aufhält. Könnten wir uns darauf einigen?«

Falk lachte verächtlich. »Ach, Bruder, was bist du doch für ein Träumer! Die Gedichte, die du als Junge gelesen hast – romantischer Quatsch! Und dann noch dein Glaube an Gott, dein vielgerühmter Intellekt und dein Philosophiestudium … Trotz alledem erkennst du nicht, wie das Leben wirklich ist. Es ist kalt und hart und grausam. Wir haben diese Seele nicht, von der du immer redest, und sind nicht besser als die Ameisen, die auf der Erde herumkrabbeln. Der Stärkere frisst den Schwächeren, und jeder kämpft für sich allein. Meinst du denn, dein kleines Leben – oder das ihre – ist wichtig? Glaubst du tatsächlich, dass die *Liebe* alles besiegt? Du bist blind, Frederik, bist es immer schon gewesen. Es wird Zeit, dass ich dir zeige, wie die Realität aussieht.«

Falk richtete die Waffe auf Sophia.

»*Das* ist die ›Realität‹!«

Frederik sprang schützend vor Sophia, als ein Schuss die Stille durchdrang.

Und ein zweiter.

Frederik, der unverletzt geblieben war, drehte sich zu Sophia um. Da sank Falk tödlich getroffen zu Boden, die Waffe glitt ihm aus den Fingern. Frederik kniete neben ihm nieder.

»Du hast gewonnen«, presste Falk mit seinem letzten Atemzug hervor.

In den Bäumen zwitscherten die Vögel, sonst herrschte völlige Stille im Garten.

Nachdem Frederik seinem Bruder die Augen geschlossen und ihn auf die Stirn geküsst hatte, hob er den Blick.

Connie stand hinter Falk, Jacques' Jagdflinte auf die Stelle gerichtet, wo dieser kurz zuvor noch gestanden hatte.

»Danke«, formte Frederik, Tränen in den Augen, mit den Lippen.

»Er hat es nicht besser verdient«, erklärte sie. »Es war an der Zeit, endlich das, was ich in der Ausbildung gelernt habe, anzuwenden. Habe ich das Richtige getan?«, fragte sie unsicher.

Frederik sah noch einmal seinen toten Bruder an und wandte sich dann Sophia zu, die aschfahl geworden war.

»Ja«, antwortete er. »Das haben Sie. Danke.«

Da stieß Jacques zu ihnen. »Geben Sie mir das Gewehr,

Constance.« Er nahm es ihr vorsichtig aus der zitternden Hand, legte den Arm um ihre Schultern und führte sie zu dem Stuhl neben Sophia.

»Ist er tot?«, fragte Jacques Frederik und nickte in Richtung Falk.

»Ja.«

»Ich wusste gar nicht, dass Sie so gut schießen können, Constance«, sagte Jacques, als er sich über Falks Leiche beugte.

»Ich habe das Töten gelernt«, erklärte Connie.

»Er war Ihr Bruder?«, fragte Jacques.

»Ja, mein Zwillingsbruder.«

»Wahrscheinlich wissen seine Leute, dass er hier ist.«

»Das bezweifle ich. Er wollte den Ruhm für meine Festnahme ganz für sich.«

»Sicher ist das nicht«, widersprach Jacques. »Frederik, Sie müssen sofort von hier verschwinden. Wenn jemand zufällig am Château vorbeigekommen ist, hat er die Schüsse gehört. Mademoiselle Sophia, gehen Sie nach unten und bleiben Sie fürs Erste dort, während wir unser weiteres Vorgehen überlegen. Constance bringt Sie hin«, fügte er hinzu.

»Danke«, sagte Sophia, als Connie ihr aufhalf.

Frederik erhob sich und wandte sich Connie zu. »Ich möchte nicht, dass Ihnen die Schuld für seinen Tod gegeben wird. Falk war hinter mir her, deshalb hätte ich dem Ganzen ein Ende bereiten müssen. Wenn jemand Sie fragen sollte, sagen Sie bitte, dass ich ihn erschossen habe.«

»Nein, Frederik, ich habe ihn nicht nur umgebracht, um Sophia und Sie zu retten.« Connie richtete den Blick in die Ferne. »Ich hatte meine eigenen Gründe. Jetzt kann ich sicher sein, dass keine andere Frau mehr das erdulden muss, was er mir angetan hat.« Sie sah Frederik an. »Ich wünsche mir seinen Tod schon seit Monaten.«

»Wir müssen die Leiche so schnell wie möglich beseitigen, Frederik«, bemerkte Jacques. »Bitte helfen Sie mir beim Ausheben einer Grube.«

»Natürlich.«

»Am besten vergraben wir ihn gleich hier im Garten. So gehen wir kein Risiko ein, gesehen zu werden. Ich hole Schaufeln. Ziehen Sie Ihren Bruder aus, dann kann ich seine Kleidung verbrennen«, bat Jacques Frederik. »Constance, wenn Sie Sophia in den Keller gebracht haben, gehen Sie in die Küche und nehmen sich einen Brandy – der beruhigt. Hier werden Sie nicht mehr gebraucht.«

Nachdem Connie die vor Angst bebende Sophia in den Keller begleitet und ihr versichert hatte, dass Frederik noch einmal zu ihr kommen würde, um sich zu verabschieden, folgte sie seinem Rat. Der Brandy half tatsächlich, obwohl sie trotz der Wärme des Junitags weiter zitterte.

Eine halbe Stunde später gesellte sich Jacques zu ihr. »Falk ist vergraben, seine Uniform verbrannt. Und Frederik verabschiedet sich im Keller von Sophia, bevor er endgültig aufbricht.«

»Danke, Jacques.«

»Nein, Constance, wir müssen Ihnen danken«, entgegnete Jacques. »Ich hole jetzt Proviant für Frederik. Wenn er weg ist, reden wir weiter.«

»Auf Wiedersehen, Liebes«, sagte Frederik und drückte Sophia an sich. »Ich melde mich bei dir, das verspreche ich dir, aber jetzt musst du an deine eigene Sicherheit und die unseres Kindes denken. Jacques und Constance werden dir helfen und dich beschützen – sie sind gute Menschen.«

»Ja.« Sophia zog weinend den Siegelring vom kleinen Finger ihrer rechten Hand. »Hier, nimm den. Er trägt das Wappen der de la Martinières.«

»Dann gebe ich dir den meinen mit unserem Familienwappen.«

Sophia streckte ihm die Hand entgegen, und Frederik steckte ihr den Ring an.

Er lächelte gequält. »Wir tauschen die Ringe an diesem schrecklichen Ort, an diesem schrecklichen Tag. Ich hätte es mir anders gewünscht, aber es ist besser als nichts. Trage diesen Ring, Sophia, und vergiss nie, wie sehr ich dich liebe. Du wirst immer in meinem Herzen sein.«

»Und du in meinem.«

»Ich muss los.«

»Ja.«

Frederik löste sich widerstrebend von ihr, küsste sie ein letztes Mal und ging zur Tür. »Egal, was passiert: Bitte sag unserem Kind, dass sein Vater seine Mutter sehr geliebt hat. Auf Wiedersehen, Sophia.«

»Auf Wiedersehen«, flüsterte sie. »Gott sei mit dir.«

Als Frederik weg war, ging Connie in den Keller, um Sophia zu trösten. Sie fand sie keuchend übers Bett gebeugt vor.

»O Gott!«, rief Sophia aus. »Ich dachte schon, du kommst nicht mehr. Das Kind …« Sophia stieß einen Schrei aus, als eine Wehe ihren Körper durchzuckte. »Hilf mir, Constance, bitte, hilf mir!«

Als die Befreiung Frankreichs mit der Landung der Alliierten in der Normandie begann, hallten die ersten Schreie eines Neugeborenen durch den Keller.

29

Drei Monate später

Als Édouard de la Martinières an einem lauen Abend Ende September bei Sonnenuntergang den ummauerten Garten des Châteaus betrat, sah er eine Frau mit einem Kind im Arm unter einer Eiche sitzen.

»Hallo«, begrüßte er sie in fragendem Tonfall.

Die Frau hob erstaunt den Blick.

»Édouard!«

Sie stand, das Kind in den Armen, auf.

»Sie müssen entschuldigen, Constance, Ihre Haarfarbe ... Sie sehen ganz anders aus als früher. Einen kurzen Moment habe ich Sie für Sophia gehalten.« Er lächelte.

»Nein ... Sie sind hier? Édouard, Sie hätten Bescheid geben sollen.«

»Ich wollte nicht, dass meine Anwesenheit bekannt wird«, erklärte er. »Obwohl Paris befreit ist und de Gaulle alles unter Kontrolle hat, wird es dauern, bis sich die Lage in ganz Frankreich normalisiert.«

»Nach der Invasion der Alliierten an unserer Küste sind die Deutschen geflohen«, sagte Connie. »Weiß Jacques, dass Sie hier sind?«

»Nein, er war weder in der *cave* noch in seinem Haus, aber ich habe bemerkt, dass die Fensterläden des Châteaus offen stehen. Ich bin gekommen, um Sophia und Sarah zu sehen.«

»Es ist wunderbar, endlich frei leben zu können«, erklärte Connie.

»Ist Sophia drinnen?«, fragte Édouard.

»Nein, Édouard. Bitte … Setzen Sie sich doch. Es gibt viel zu berichten.«

»Es scheint so.« Édouard deutete auf das Kind.

Connie, die nicht auf seinen Besuch vorbereitet war, wusste nicht, wo sie anfangen sollte. »Édouard, es ist nicht so, wie Sie denken.«

»Nun, dann hole ich uns einen Rosé aus der *cave*. Bin gleich wieder da.«

Connie sah Édouard nach, wie er durch die Tür des ummauerten Gartens verschwand. In den vergangenen Wochen hatte sie diesen Moment herbeigesehnt, jedoch auch Angst davor gehabt. Jetzt, da er tatsächlich da war, fragte sie sich, wie sie ihm alles erklären sollte.

Wenig später kehrte er mit einem Krug Wein und zwei Gläsern zurück.

»Bevor wir weiterreden, möchte ich auf das Ende der Hölle trinken. Frankreich ist fast befreit, und der Rest der Welt wird bald folgen.« Édouard stieß mit ihr an.

»Auf den Neuanfang«, murmelte Connie. »Ich kann kaum glauben, dass es bald ganz vorbei sein wird.«

»Ja, auf den Neuanfang.« Édouard trank einen Schluck Rosé. »Aber sagen Sie mir jetzt, wo Sarah ist.«

Connie erzählte ihm von ihrer Verhaftung während der Fahrt in den Süden Frankreichs. »Wir haben in den letzten Wochen Nachforschungen angestellt und vermuten, dass sie in ein deutsches Arbeitslager geschickt wurde. Mehr wissen wir im Moment nicht.«

»Hoffentlich finden wir noch mehr heraus. Seit der Invasion im Norden und im Süden ist der neue Mut der Franzosen deutlich zu spüren. Wir können nur beten, dass die Deutschen bald offiziell kapitulieren. Es wird viele Jahre dauern, bis sich Land und Leute von der Verwüstung und den zahllosen Verlusten erholt haben. Doch jetzt, Constance, erklären Sie mir bitte … *das.*« Édouard deutete auf das Kind. »Ich muss schon sagen, ich bin schockiert. Wie …? Und wer ist der Vater?«

Connie holte tief Luft. »Es ist nicht mein Kind. Ich kümmere mich nur darum.«

»Wem gehört es dann?«

»Édouard, die Kleine ist Ihre Nichte, die Tochter von Sophia.«

Er starrte Connie an, als hätte sie den Verstand verloren. »Nein! Das kann nicht sein! Sophia …« Édouard schüttelte den Kopf. »Nein«, wiederholte er. »Das ist undenkbar!«

»Ich kann Ihre Reaktion verstehen. Mir ist es genauso gegangen, als ich es erfahren habe. Aber ich habe geholfen, dieses Kind auf die Welt zu bringen. Die Wehen haben am D-Day eingesetzt, weshalb sie Victoria heißt.«

Édouard versuchte diese Neuigkeit zu verarbeiten.

»Ich kann Ihren Schock verstehen. Tut mir leid, dass ich es Ihnen sagen musste. Wir haben Sophia immer alle wie ein Kind behandelt. Aber sie war genauso alt wie ich, eine erwachsene Frau. Eine Frau, die sich verliebt hatte«, fügte Connie hinzu.

Édouard sah Connie an. »Warum sprechen Sie von Sophia in der Vergangenheit, als wäre sie nicht mehr hier? Wo ist sie? Constance, heraus mit der Sprache!«

»Sophia ist tot, Édouard. Sie ist ein paar Tage nach Victorias Geburt gestorben. Die Wehen waren lang und heftig, es ist uns trotz aller Bemühungen nicht gelungen, die Blutung zu stoppen. Wir konnten sie nicht ins Krankenhaus bringen. Jacques hat einen Arzt geholt, der alles in seiner Macht Stehende für sie getan hat, doch sie war nicht mehr zu retten.«

Connie brach die Stimme. »Entschuldigung, Édouard. Ich hatte große Angst vor diesem Gespräch.«

Nach einer Schocksekunde entrang sich seiner Brust ein markerschütternder Schrei.

»*Nein! Nein!* Das kann nicht sein!« Édouard stand auf, packte Constance an den Schultern und schüttelte sie. »Das ist eine infame Lüge, ein Albtraum!«

»Tut mir leid, es ist die Wahrheit«, widersprach Connie und drückte das Kind schützend an sich.

»Édouard, hören Sie auf! Sie haben keinerlei Grund, Constance Vorwürfe zu machen, sondern sollten ihr dankbar sein!«

Jacques durchquerte den Garten mit schnellen Schritten und zog Édouard von Connie weg. »Édouard, diese Frau hat Ihre Schwester gerettet und ihr Leben für sie riskiert, sogar für sie *getötet*! Kein Kummer der Welt rechtfertigt ein solches Benehmen Ihrerseits.«

»Jacques …« Édouard sah seinen alten Freund ungläubig an. »Bitte sagen Sie mir, dass das alles nicht wahr ist«, flehte er ihn an.

»Leider ist es wahr, Édouard. Sophia ist vor drei Monaten gestorben«, bestätigte Jacques. »Wir haben Ihnen das mitzuteilen versucht, aber seit der Invasion der Alliierten herrscht völliges Chaos. Es wundert mich nicht, dass Sie die Nachricht nicht erhalten haben.«

»Mein Gott! Sophia … meine Sophia!«

Édouard begann zu schluchzen. Jacques legte tröstend den Arm um ihn.

»Daran bin *ich* schuld! Wenn Frankreich mir nicht wichtiger gewesen wäre als sie, würde Sophia noch leben. Warum habe ich sie geopfert und nicht mich?«

»Ihr Tod ist tatsächlich schrecklich«, pflichtete Jacques ihm mit leiser Stimme bei, »aber Sie dürfen sich keine Vorwürfe machen. Sophia hat Sie abgöttisch geliebt, und sie war sehr stolz auf Sie und Ihren Beitrag zur Befreiung Frankreichs.«

»Jacques, ich habe monatelang im sicheren London gesessen, während sie hier allein gelitten hat. Ich dachte, ich müsste ihr fernbleiben, um sie nicht in Gefahr zu bringen. Und jetzt ist sie tot!«

»Sophia wurde nicht Opfer der Gestapo, sondern ist bei der Geburt ihres Kindes gestorben. Egal, ob Sie da gewesen wären oder nicht: Sie hätten mit ziemlicher Sicherheit nichts für sie tun können.«

Plötzlich hörte Édouard zu weinen auf.

»Wer ist der Vater?«

Jacques sah hilfesuchend Connie an, die aufstand und vorsichtig einen Schritt auf ihn zutrat.

»Frederik von Wehndorf. Tut mir leid, Édouard.«

Schweigen, dann wankte Édouard zu dem Stuhl und sank darauf.

»Sie haben selbst gesagt, Frederik sei ein guter Mensch, Édouard«, erinnerte Connie ihn. »Er hat uns bei der Flucht aus Paris geholfen und viel riskiert, um anderen, wie zum Beispiel Ihnen, beizustehen. Egal, in welcher Uniform er steckte: Er hat Ihre Schwester sehr geliebt.«

»Ihre Liebe war deutlich zu sehen«, pflichtete Jacques ihr bei.

»Sie kannten ihn?«, fragte Édouard erstaunt.

»Ja, er ist hierhergekommen, um Sophia wiederzusehen«, erklärte Jacques. »Immerhin hat sie vor ihrem Tod noch ein paar Stunden mit ihm erleben dürfen. Da wäre noch etwas anderes. Falk …«

»Nein! Entschuldigung.« Édouard erhob sich und stolperte zur Tür des ummauerten Gartens. »Ich muss jetzt allein sein.«

Nachdem Connie Victoria am Abend das letzte Fläschchen für den Tag gegeben und sie in ihr luftiges Kinderzimmer im Château gebracht hatte, hörte sie Schritte auf der Treppe. Édouard kam mit aschfahlem Gesicht und vom Weinen geröteten Augen zu ihr.

»Constance, ich muss mich vielmals für das entschuldigen, was vorhin im Garten passiert ist. Das war unverzeihlich.«

»Machen Sie sich darüber keine Gedanken«, sagte Connie, die froh war, dass Édouard sich beruhigt hatte. »Möchten Sie Ihre Nichte sehen?«, fragte sie. »Sie ist ein hübsches kleines Ding, Sophia wie aus dem Gesicht geschnitten.«

»Nein … nein! Das ertrage ich nicht.«

Édouard wandte sich ab und entfernte sich.

In den folgenden Tagen bekam Connie Édouard, der im großen Schlafzimmer des Châteaus Quartier bezogen hatte, nur selten zu Gesicht. In der Nacht hörte sie ihn durch die Flure geistern, und wenn sie morgens aufstand, war er bereits aus dem Haus. Wenn sie bei Tagesanbruch Victoria fütterte, entdeckte sie ihn vom Fenster des Châteaus aus, wie er mit hängenden Schultern durch die Weinberge wanderte. Er blieb oft den ganzen Tag weg, kehrte erst in der Dunkelheit zurück und verschwand dann sofort in seinem Zimmer.

»Er trauert, Constance. Lassen Sie ihn. Er braucht Zeit«, riet Jacques ihr.

Obwohl Connie ihn verstehen konnte, verlor sie, als die Tage verstrichen und Édouard nicht aus seiner Verzweiflung auftauchte, die Geduld. Sie wollte endlich nach Hause. Jetzt, da Paris befreit war, konnte sie ungehindert reisen, zu ihrem Mann zurückkehren und zum ersten Mal seit vier Jahren wieder ihr eigenes Leben führen.

Doch solange Édouard seinen Kummer nicht überwand und

sich nicht seiner Nichte zuwenden wollte, konnte sie Victoria nicht im Stich lassen. Sie hatte sie als Erste im Arm gehalten und kümmerte sich seit ihrer Geburt um sie, weil Sophia in den wenigen Tagen, die ihr danach noch geblieben waren, selbst dazu zu schwach gewesen war.

Connie betrachtete Victorias engelsgleiches Gesicht, das winzige Abbild ihrer Mutter. Sie hatte sich Sorgen gemacht, dass die Kleine Sophias Blindheit geerbt haben könnte, stellte aber zu ihrer Erleichterung fest, dass Victoria mit ihren hübschen blauen Augen fasziniert alles beobachtete, was sich bewegte. Erst kürzlich hatte sie zum ersten Mal gelächelt, und wenn Connie sie nun aus dem Bettchen hob, strahlte sie. Connie graute vor dem Tag, an dem sie von ihr Abschied nehmen musste. Sie war praktisch die Mutter der Kleinen, und die grenzenlose Liebe, die sie für Victoria empfand, machte ihr Angst.

Connie konnte nur hoffen, dass sie mit Lawrence schon bald eigene Kinder haben würde.

Nach einer Woche, in der Édouard sich völlig von ihnen zurückzog, beschloss Connie, ihr Anliegen vorzubringen. Als sie eines Morgens wieder Édouards Schritte auf dem Treppenabsatz hörte, hielt sie ihn auf.

»Édouard, wir müssen reden.«

Er wandte sich zu ihr um. »Worüber?«

»Der Krieg ist praktisch zu Ende. Ich habe einen Mann und ein Leben in England, zu dem ich zurück möchte.«

»Dann gehen Sie.« Er zuckte mit den Achseln.

»Édouard, warten Sie! Was ist mit Victoria? Jemand muss sich um sie kümmern, wenn ich nicht mehr da bin. Vielleicht möchten Sie ein Kindermädchen engagieren? Ich könnte Ihnen helfen, eine passende Kraft zu finden.«

»Constance, dieses Kind interessiert mich nicht«, herrschte er sie an. »Das Mädchen und sein Bastardvater sind schuld, dass Sophia nicht mehr unter uns weilt.«

Connie war entsetzt über seine Kälte. »Édouard, wie können Sie das sagen? Die Kleine hat niemanden darum gebeten, auf diese Welt zu kommen. Sie als ihr Onkel sind verantwortlich für sie!«

»Nein! Warum organisieren Sie nicht etwas für sie, Constance? Vielleicht gibt es in der Gegend ein Waisenhaus, das sie nimmt.« Er seufzte. »Sie wollen uns ja offenbar so schnell wie möglich verlassen. Je eher dieses Kind aus dem Haus ist, desto besser. Bitte verfahren Sie so, wie Sie es für richtig halten. Ich trage selbstverständlich sämtliche Kosten.«

Constance starrte Édouard mit offenem Mund nach, wie er die Treppe hinunterging.

»Wie kann er so entsetzliche Dinge sagen?«, fragte Connie Jacques.

»Er trauert. Nicht nur wegen Sophia, sondern wegen all der anderen Dinge, die er im Krieg verloren hat. Die Kleine ist ein willkommener Sündenbock für ihn. Natürlich weiß er, dass das Kind nicht schuld ist. Er ist ein integrer Mensch, der sich noch nie zuvor um Verantwortung gedrückt hat. Er braucht einfach noch ein bisschen Zeit. Es kommt alles wieder ins Lot, Constance, das weiß ich.«

»Jacques, ich habe keine Zeit mehr«, erklärte Connie verzweifelt. »Auf mich warten Menschen, die ich liebe und gern wiedersehen würde. Dass ich sofort nach England zurückreisen könnte, wenn ich mich nicht um Victoria kümmern müsste, lässt mir keine Ruhe. Trotzdem liebe ich Victoria, und ich kann sie nicht im Stich lassen. Wie kommt Édouard nur auf die Idee, sie ins Waisenhaus zu stecken?« Connies Augen wurden feucht, als ihr Blick auf die fröhlich auf ihrer Decke im Gras vor sich hin glucksende Victoria fiel.

»Es hilft nicht gerade, dass die Kleine ihrer Mutter so ähnlich sieht«, seufzte Jacques. »Constance, ich verspreche Ihnen, Édouard wird noch klar werden, dass dieses Kind genau das ist, was ihm in Zukunft Hoffnung und Freude schenken kann. Aber im Moment steckt er so tief in seinem Kummer, dass er nichts anderes sieht.«

»Was raten Sie mir, Jacques? Ich muss nach Hause! Ich kann nicht mehr länger warten.«

»Ich rede mit Édouard. Vielleicht kann ich ihn zur Vernunft bringen und ihn von seinem Selbstmitleid befreien.«

»Ja, es ist tatsächlich Selbstmitleid«, pflichtete Connie ihm bei. »Wir haben alle gelitten.«

»Wie gesagt: Normalerweise ist Édouard nicht so ichbezogen. Ich spreche mit ihm.«

Am Abend verfolgte Connie von Jacques' Häuschen aus, wie dieser Édouard durch die Weinberge entgegenging. Wenn Édouard auf jemanden hörte, dann auf ihn. Er war ihre letzte Hoffnung.

Nachdem sie Victoria in den Tragekorb gelegt hatte, der für ihre Besuche bei Jacques bereitstand, wartete Connie gespannt auf seine Rückkehr. Als er zurückkam, erkannte sie sofort, dass er schlechte Nachrichten brachte.

»Nein, Constance. Er ist verbittert und voller Hass … völlig verändert. Ich bin mit meinem Latein am Ende, obwohl ich nach wie vor glaube, dass Édouard irgendwann ein Einsehen haben wird. Aber Sie möchten nach Hause, das kann ich verstehen. Sie haben dieser Familie so viel gegeben und dürfen kein schlechtes Gewissen haben, wenn Sie zu Ihren Lieben wollen. Vielleicht wäre das Waisenhaus …«

»Nein!« Connie schüttelte den Kopf. »Ich würde Victoria niemals weggeben! Das könnte ich mir selbst nicht verzeihen.«

»Constance, ich weiß nicht, wie Sie sich ein Waisenhaus vorstellen. Das, von dem ich spreche, ist sauber, und die Nonnen sind freundlich. Mit ziemlich hoher Wahrscheinlichkeit würde ein hübsches Mädchen wie Victoria sofort eine geeignete Familie finden«, erklärte Jacques weit überzeugter, als er eigentlich war. »Sie sind nicht für Victoria verantwortlich und müssen endlich an sich selbst denken.«

Connie sah Victoria an. »Wer ist dann für sie verantwortlich?«

Jacques legte seine Hand auf die ihre. »Der Krieg fordert viele Opfer. Das betrifft nicht nur die tapferen Soldaten, die für ihr Land kämpfen, sondern auch Menschen wie Sophia und ihre Tochter oder Édouard. Vielleicht wird er nie mehr der Alte, denn obwohl er einen Sündenbock für Sophias Tod sucht, gibt er sich letztlich selbst die Schuld. Sie haben genug für die Familie getan, meine Liebe. Ich kann Sie dafür nur bewundern. Fahren Sie nach Hause.«

»Was ist mit Victorias Vater?«, fragte Connie. »Frederik würde sich doch sicher um sie kümmern, wenn er wüsste, dass Sophia tot ist und Édouard sich weigert, das Kind aufzuziehen.«

»Ja, bestimmt, aber wie wollen Sie ihn finden? Er könnte überall sein, vielleicht sogar tot wie Sophia.« Jacques schüttelte den Kopf. »Constance, es herrscht Chaos, in Frankreich wimmelt es von Entwurzelten. Die Suche wäre aussichtslos.«

»Sie haben recht. Es gibt keine Lösung.«

»Morgen fahre ich nach Draguignan und frage die Nonnen, ob sie bereit wären, Victoria bei sich aufzunehmen«, erklärte Jacques. »Glauben Sie mir, ich mache mir auch etwas aus ihr. Ich würde niemals vorschlagen, sie an einen Ort zu bringen, wo sie nicht gut versorgt ist. Es wird Zeit, dass Ihnen diese Last abgenommen wird. Wenn Édouard im Moment nicht dazu in der Lage ist, muss ich es eben tun.«

In jener Nacht wälzte Connie sich schlaflos im Bett herum, weil sie nicht mehr wusste, was richtig und falsch war. Der Krieg hatte alles auf den Kopf gestellt, und es fiel ihr schwer, an ihrer Einstellung zur Moral festzuhalten.

Dann kam ihr eine Idee. Was, wenn sie Victoria mit nach England nahm …?

Sie stand auf und lief aufgeregt im Zimmer auf und ab.

Nein, das war absurd … Wenn sie Jahre, nachdem sie ihren Mann das letzte Mal gesehen hatte, mit einem Kleinkind nach Hause kam, würde Lawrence ihr die Geschichte mit ziemlicher Sicherheit nicht glauben. Oder annehmen, dass das Kind ihr gehörte.

Egal, was Lawrence glaubte: Ihn nach einer vierjährigen Trennung mit einem Kind zu konfrontieren würde ihrer Beziehung mit Sicherheit schaden. Und es wäre ihm gegenüber nicht fair.

Connie kroch niedergeschlagen ins Bett zurück, um noch einmal über Jacques' Worte nachzudenken. Sie wusste, dass ihr nicht nur ihret-, sondern auch Lawrence' wegen keine andere Wahl blieb, als das Unvermeidliche zu akzeptieren. Jacques hatte recht: Kriege forderten Opfer. Und die, die sie und ihr Mann gebracht hatten, reichten für ein ganzes Leben.

Am folgenden Abend kehrte Jacques von seinem Besuch im Waisenhaus zurück.

»Sie nehmen sie, Constance«, teilte er ihr im ummauerten Garten mit. »Sie sind zwar voll, aber gegen eine Spende finden sie ein Plätzchen für sie. Édouard kommt dafür auf.«

Connie nickte traurig. »Wann bringen Sie sie hin?«

»Ich denke, es ist das Beste für alle Beteiligten, wenn Victoria uns so schnell wie möglich verlässt. Ich werde Édouard heute Abend um das Geld bitten und ihm eine letzte Gelegenheit geben, es sich anders zu überlegen.« Jacques verzog das Gesicht. »Wenn er es nicht tut, bringe ich Victoria morgen früh hin.«

»Ich begleite Sie.«

»Halten Sie das für eine gute Idee?«

»Es ist alles keine gute Idee, aber wenn ich mit eigenen Augen sehe, dass Victoria ordentlich versorgt ist, kann ich ruhiger schlafen.«

»Wie Sie meinen. Wenn Édouard es sich nicht anders überlegt, fahren wir morgen Vormittag.«

Am Abend legte Connie Victoria in ihr Bettchen und sah ihr ein letztes Mal beim Einschlafen zu.

»Liebes, es tut mir so leid«, flüsterte Connie.

»Édouard lässt sich nicht umstimmen.« Am folgenden Morgen schüttelte Jacques enttäuscht den Kopf. »Ich habe ihn um das Geld gebeten, und er hat es mir kommentarlos gegeben. Bitte machen Sie sich und das Kind bereit.«

Connie, die in der schlaflosen Nacht Victorias Sachen gepackt hatte, holte die Kleine aus dem Kinderzimmer. Als sie mit ihr hinunterging, betete sie um Rettung in allerletzter Minute, dass Édouard aus dem Haus oder dem Garten auftauchen und sehen möge, wie sie Victoria wegbrachten. Doch er ließ sich nicht blicken.

Vor dem Häuschen stand ein alter Citroën.

»Ich habe das Benzin für einen dringenden Anlass aufgespart«, erklärte Jacques. »Es reicht, um hin- und wieder zurückzukommen.«

Connie saß mit Victoria auf dem Arm vorne neben Jaques. Die sonst so friedliche Kleine schrie den ganzen Weg nach Draguignan.

Als sie das Kloster erreichten, nahm Jacques die Tasche aus dem Kofferraum, die Connie für Victoria gepackt hatte, und ging ihnen voran. Während eine Nonne sie in einen Warteraum führte, brüllte Victoria sich auf Connies Arm die Seele aus dem Leib.

»Ruhig, Victoria!« Connie sah Jacques an. »Meinen Sie, sie ahnt etwas?«

»Nein, Constance, ich glaube, sie mag keine Autos«, scherzte Jacques, um die Anspannung zu lockern.

Wenig später betrat eine Nonne in gestärkter weißer Tracht den Raum.

»Guten Tag, Monsieur.« Sie nickte Jacques zu, dann wanderte ihr Blick zu Connie und Victoria. »Das Kind und seine Mutter?«

»Nein.« Connie schüttelte den Kopf. »Ich bin nicht Victorias Mutter.«

Die Nonne nickte nur kurz, als glaubte sie ihr nicht, und streckte die Arme nach Victoria aus. »Geben Sie sie mir.«

Connie holte tief Luft und reichte ihr Victoria. Die Kleine weinte noch lauter.

»Schreit sie immer so?«, erkundigte sich die Nonne stirnrunzelnd.

»Eigentlich ist sie ein sehr ruhiges Kind«, versicherte Connie ihr.

»Gut, wir kümmern uns um Victoria. Monsieur?« Die Nonne sah Jacques an, der sich beeilte, ihr einen Umschlag zu geben.

»Danke.« Die Nonne schob das Geld in ihre große Tasche. »Hoffentlich finden wir bald eine geeignete Familie für sie.

Leicht wird das nicht in diesen unruhigen Zeiten, in denen kaum jemand das Geld für einen zusätzlichen Esser hat. Aber sie ist ein hübsches Mädchen, nur ein bisschen laut. Wenn Sie mich entschuldigen würden. Ich muss zurück zu den anderen Kindern. Sie finden den Weg hinaus bestimmt selbst.«

Die Nonne ging mit Victoria auf dem Arm zur Tür. Connie wollte aufstehen und ihr folgen, doch Jacques hielt sie zurück, legte den Arm um ihre Schultern und führte sie hinaus zum Wagen.

So, wie Victoria bei der Hinfahrt geweint hatte, schluchzte Connie nun bei der Heimfahrt.

Schließlich stellte Jacques den Wagen vor der *cave* ab und tätschelte tröstend Connies Knie.

»Ich mag sie auch, Constance. Aber es ist das Beste so. Wenn Sie das tröstet: Kleine Kinder erinnern sich später nicht mehr, wer sich in den ersten Monaten um sie gekümmert hat. Bitte quälen Sie sich nicht. Victoria ist fort, und Sie können endlich nach Hause. Sie müssen in die Zukunft blicken und an Ihre Rückkehr in die Heimat und zu dem Mann, den Sie lieben, denken.«

Zwei Tage später, nachdem sie ihre wenigen Habseligkeiten gepackt hatte, ging Connie die Treppe des Châteaus hinunter, um sich von Jacques mit dem allerletzten Rest Benzin zum Bahnhof von Gassin bringen zu lassen. Zuvor öffnete sie die Tür zur Bibliothek, weil sie den zweiten Band von *Die Herkunft französischer Obstsorten* ins Regal zurückstellen und Sophias Notizheft auf Édouards Schreibtisch legen wollte, damit er darin lesen und begreifen würde, wie sehr seine Schwester Frederik geliebt hatte.

Die Fensterläden des dunklen Raums waren geschlossen.

Als sie einen öffnen wollte, begrüßte Édouard sie von einem

Ledersessel aus: »Hallo, Constance. Tut mir leid, wenn ich Sie erschreckt habe«, fügte er hinzu, als sie zusammenzuckte.

»Ich muss mich entschuldigen, dass ich Sie störe. Ich wollte vor meiner Abreise dieses Buch zurückbringen«, erklärte sie. »Und das Notizheft mit Sophias Gedichten. Vielleicht wollen Sie sie lesen. Sie sind wirklich rührend.«

»Nein. Nehmen Sie beides nach England mit, als Erinnerung an das, was hier geschehen ist.«

»Ich gehe jetzt, Édouard. Danke für Ihre Hilfe in Frankreich«, sagte sie leise und wandte sich zur Tür.

»Constance?«

»Ja?«

»Jacques hat mir erzählt, wie Sie Sophia das Leben gerettet haben, als Falk von Wehndorf seinem Bruder hierher gefolgt ist. Dafür wollte ich Ihnen danken.«

»Ich habe getan, was ich musste, Édouard.«

»Ihre Freundin Venetia hat mir das Leben gerettet und durch ihren Mut das eigene verloren«, fügte er traurig hinzu. »In London habe ich gehört, dass sie von der Gestapo erschossen wurde.«

»Venetia ist tot? O nein!« Wann nur würden die schlechten Nachrichten endlich aufhören?

»Sie war eine wunderbare Frau. Ich werde sie nie vergessen. In letzter Zeit denke ich manchmal, dass es besser gewesen wäre, mit den Menschen zu sterben, die ich geliebt habe.«

»Offenbar war das weder Ihnen noch mir vom Schicksal beschieden«, bemerkte Connie. »Nun liegt es an uns, die Zukunft in ihrem Namen aufzubauen.«

»Ja. Aber es gibt Dinge, die ich nicht vergeben und vergessen kann. Tut mir leid, Constance.«

Da sie nicht wusste, was sie darauf erwidern sollte, verließ sie die Bibliothek schweigend und schloss die Tür hinter sich.

Édouard de la Martinières blieb in der Vergangenheit zurück, während sie die ersten zaghaften Schritte in die Zukunft wagte.

Drei Tage später fuhr der Zug beladen mit müden Kriegsheimkehrern in den Bahnhof von York ein. Connie hatte ein Telegramm nach Blackmoor Hall geschickt, um den Haushalt von ihrer baldigen Rückkehr in Kenntnis zu setzen, wusste jedoch nicht, ob es angekommen und ob Lawrence überhaupt dort war. Connie trat leicht fröstelnd in die englische Herbstluft hinaus.

Würde er sie abholen?

Sie ließ den Blick über die Menschen schweifen, die auf ihre Angehörigen warteten. Nach fünfzehn Minuten erfolgloser Suche beschloss sie, den Bahnhof zu verlassen und zu dem Bus zu gehen, der sie übers Hochmoor nach Blackmoor Hall bringen würde. Da entdeckte sie eine einsame Gestalt am Ende des jetzt leeren Bahnsteigs. Seine Haare waren vor der Zeit ergraut, und er hielt einen Gehstock in der rechten Hand.

»Lawrence!«, rief sie.

Beim Klang ihrer Stimme drehte er sich erstaunt um. Sie lief zu ihm und warf sich in seine Arme.

»Liebes! Tut mir leid, ich habe dich nicht erkannt! Deine Haare …«, murmelte Lawrence und betrachtete sie verwundert.

»Ich habe diese Farbe jetzt schon so lange, dass ich sie gar nicht mehr wahrnehme.«

»Weißt du was?« Er musterte sie grinsend. »Sie steht dir gut. Damit siehst du aus wie ein Filmstar.«

»Wohl kaum«, seufzte Connie mit einem Blick auf die verknitterte Kleidung, die sie die ganze Fahrt über getragen hatte.

»Wie geht's dir?«, fragten beide gleichzeitig und mussten lachen.

»Ich bin sehr müde«, gestand Connie, »aber schrecklich froh, wieder daheim zu sein. Es gibt so viel zu erzählen, dass ich gar nicht weiß, wo ich beginnen soll.«

»Den Anfang kannst du im Wagen machen. Ich habe alle Benzinmarken zusammengekratzt, damit ich dich mit dem Auto nach Hause fahren kann.«

»Nach Hause …«, wiederholte Connie mit leiser Stimme.

Lawrence drückte sie fest an sich, bevor er ihre Tasche nahm und sie unterhakte.

»Ja, Schatz. Ich bringe dich nach Hause.«

Drei Monate später erhielt Connie einen Brief von Sektion F, in dem sie gebeten wurde, zu Maurice Buckmaster nach London zu fahren.

Er begrüßte sie gut gelaunt, als sie sein Büro in der Baker Street betrat, und schüttelte ihr herzlich die Hand.

»Constance Chapelle, die verhinderte Agentin. Nehmen Sie Platz, meine Liebe.«

Connie tat ihm den Gefallen, während Buckmaster sich wie üblich auf die Kante seines Schreibtisches setzte. »Na, Constance, freuen Sie sich, wieder im guten alten England zu sein?«

»Ja, Sir, sogar sehr«, antwortete sie.

»Ich darf Ihnen offiziell mitteilen, dass Sie aus dem Kriegsdienst entlassen sind.«

»Ja, Sir.«

»Ich muss mich entschuldigen, dass wir Sie nach Ihrer Ankunft in Frankreich wie eine heiße Kartoffel haben fallen lassen. Leider sind Sie bei einem der einflussreichsten und wichtigsten Mitglieder von de Gaulles Französischem Komitee der Nationalen Befreiung gelandet. Der Befehl, Sie nicht zu aktivieren, kam von ganz oben. Wir konnten nicht riskieren, dass ›Hero‹

auffliegt. Jedenfalls bin ich froh, dass Sie wohlbehalten wieder da sind.«

»Danke, Sir.«

»Von den vierzig jungen Frauen, die wir hinübergeschickt haben, sind vierzehn leider nicht zurückgekehrt, unter ihnen Ihre Freundin Venetia.« Buckmaster seufzte.

»Ich weiß«, sagte Connie ernst.

»Die hohe Zahl der Überlebenden zeugt von der Qualität der Agenten. Ich hatte mit weniger Rückkehrern gerechnet«, gestand er. »Wirklich schade um Venetia. Bei ihrer Abreise nach Frankreich hatten wir alle Sorge wegen ihres Draufgängertums, aber am Ende hat sie sich als eine unserer besten und mutigsten Agentinnen erwiesen. Im Moment wird diskutiert, ob ihr posthum eine Auszeichnung wegen besonderer Tapferkeit verliehen werden soll.«

»Das freut mich sehr, Sir. Niemand hätte sie mehr verdient.«

»Gott sei Dank ist Frankreich endlich befreit. Die SOE hat dabei eine wichtige Rolle gespielt. Schade, dass Sie keine Gelegenheit zum aktiven Einsatz hatten, Connie. Unter dem Schutz der de la Martinières haben Sie vermutlich besser gespeist als ich hier.« Er schmunzelte. »Am Ende haben Sie sogar in ihrem schönen Château in Südfrankreich residiert?«

»Ja, Sir, aber ...«

Connie verstummte. Während der Zugfahrt von York nach London hatte sie überlegt, ob sie ihm alles erzählen sollte. Doch Venetia, Sophia und so viele andere waren tot, während sie weiterlebte, egal, welche Narben ihre Erlebnisse hinterlassen hatten.

»Ja, Constance?«

»Nichts, Sir.«

»Dann bleibt mir nur noch, Ihnen zu Ihrer sicheren Heimkehr zu gratulieren. Und danke im Namen der britischen

Regierung für Ihre Bereitschaft, Ihr Leben für unser Land zu riskieren.« Buckmaster erhob sich und reichte ihr die Hand. »Sie können Ihrem Schöpfer für den ruhigen Krieg danken.«

»Ja, Sir«, sagte Connie, stand ebenfalls auf und ging zur Tür.

30

Gassin, Südfrankreich, 1999

Jean holte eine Flasche Armagnac und drei Gläser aus der Küche, während Jacques sich schnäuzte und die Tränen wegwischte. Emilie versuchte unterdessen, ihre Gedanken zu ordnen.

»Alles okay, Emilie?«, erkundigte sich Jean, als er ihr ein Glas reichte.

»Ja, danke.«

»Papa, möchtest du einen Armagnac?«, wandte er sich an Jacques.

Jacques nickte.

Emilie nahm einen großen Schluck, bevor sie die Frage stellte, die ihr auf den Nägeln brannte: »Jacques, was ist aus Sophias und Frederiks Kind geworden?«

Jacques richtete den Blick schweigend in die Ferne.

»Wenn ich wüsste, wer Victoria ist, wäre ich nicht mehr die letzte de la Martinières.«

Als Jacques sich weiter ausschwieg, antwortete Jean für ihn: »Emilie, höchstwahrscheinlich weiß niemand, wer das Baby adoptiert hat. Nach dem Krieg gab es so viele Waisen, es herrschte völliges Durcheinander. Außerdem hätte Victoria ihre Herkunft nicht mit einer Geburtsurkunde belegen können. Stimmt's, Papa?«

»Ja.«

»Die Mutter des Kindes war zwar eine de la Martinières«, führte Jean den Gedanken fort, »Victoria jedoch unehelich. Somit hat sie keinerlei Anspruch auf das Anwesen.«

»Das interessiert mich nicht«, versicherte Emilie. »Mir wäre nur wichtig zu wissen, ob ich noch Verwandte habe, in deren Adern das Blut der de la Martinières fließt. Möglicherweise hat Victoria Kinder … Gott, wie viele Fragen sich daraus ergeben. Jacques, bitte beantworten Sie mir Folgendes: Hat Frederik sein Versprechen gehalten und noch einmal versucht, Sophia zu sehen?«

»Ja. Ein Jahr nach Kriegsende ist er hier bei mir aufgetaucht. Ich musste ihm mitteilen, dass Sophia nicht mehr lebt.«

»Haben Sie Frederik gesagt, dass er eine Tochter hat?«

Jacques schüttelte den Kopf und hob zitternd die Hand an die Stirn. »Ich wusste nicht, wie ich ihm das erklären soll. Also habe ich ihm erzählt, dass das Kind ebenfalls gestorben sei. Ich hatte das Gefühl, dass das das Beste für alle Beteiligten ist«, gestand er mit leiser Stimme.

»Papa, bestimmt war das richtig«, tröstete Jean ihn. »Wenn Frederik Sophia tatsächlich so sehr liebte, wie du behauptest, hätte er sicher nichts unversucht gelassen, ihr Kind aufzuspüren. Und wenn Victoria sich bereits in eine Familie eingelebt hatte, die nichts von ihrem Nazivater wusste, war es so für sie besser.«

»Ich musste die Kleine schützen …« Jacques bekreuzigte sich. »Gott möge mir die schreckliche Lüge vergeben. Frederik war am Boden zerstört.«

»Das kann ich mir vorstellen«, bemerkte Jean.

»Jacques, wo ist Sophia begraben?«, erkundigte sich Emilie.

»Auf dem Friedhof von Gassin. Sie hat erst nach Kriegsende einen Grabstein bekommen, weil wir keine Aufmerksamkeit erregen wollten. Selbst noch im Tod mussten wir Sophia verbergen.«

»Weißt du, wo Frederik ist, Papa?«, fragte Jean. »Wenn er noch am Leben ist, muss er inzwischen über achtzig sein.«

»Er lebt unter neuem Namen in der Schweiz. Als er schließlich nach Hause zurückkehrte, war sein Besitz an die Polen gegangen, weil Ostpreußen inzwischen unter polnischer Verwaltung stand. Die Russen hatten seine Eltern erschossen. Wie so viele musste auch er nach dem Krieg ganz von vorn anfangen. Später habe ich erfahren, dass Frederik vor Kriegsbeginn zahlreichen Menschen zur Flucht verholfen hatte. Viele von ihnen wollten sich für seine Unterstützung revanchieren. Sie haben ihm geholfen, ein neues Leben aufzubauen.« Jacques schmunzelte. »Wisst ihr was? Am Ende ist er Uhrmacher in Basel geworden. Und in seiner Freizeit Laienprediger. Aus seinen Briefen habe ich viel über das Vergeben gelernt, und ich bin stolz, ihn als meinen Freund bezeichnen zu können. Ich habe Édouard oft gesagt, er soll Kontakt zu Frederik aufnehmen. Sie waren sich nicht unähnlich und haben in einer furchtbaren Zeit das getan, was in Ihrer Macht stand. Ich dachte, sie könnten sich gegenseitig über den Verlust der Frau hinwegtrösten, die sie beide geliebt hatten. Aber das schien leider nicht möglich zu sein.«

»Hörst du noch von Frederik?«, wollte Jean wissen.

»Ja, er schreibt manchmal, aber ich habe seit über einem Jahr keine Nachricht von ihm. Vielleicht ist er krank. Wie ich …« Jacques zuckte mit den Achseln. »Er hat nie geheiratet. Sophia war die Liebe seines Lebens. Für ihn gab es keine andere.«

»Und mein Vater …« Für Emilie war dies der schmerzlichste Teil der Geschichte. »Ich kann es fast nicht glauben, dass er das Kind seiner Schwester im Stich gelassen hat. Er war so ein herzensguter Mensch.«

»Ja, das stimmt, aber er hatte seine Schwester ihr ganzes Leben lang vergöttert und von der Außenwelt abgeschottet.

Der Gedanke, dass sie ihre Unschuld an einen anderen Mann, noch dazu an einen deutschen Offizier, verloren hatte, war zu viel für ihn. Er konnte es nicht ertragen, durch die Frucht dieser Liaison tagtäglich daran erinnert zu werden, musste er doch das Gefühl haben, sie nicht genug beschützt zu haben. Sie dürfen ihm keine Vorwürfe machen, Emilie. Sie können nicht nachvollziehen, wie das damals war …«

»Papa«, sagte Jean, als er das müde Gesicht seines Vaters sah. »Ich glaube, für heute ist es genug. Emilie kann morgen früh weiterfragen. Komm.« Er hielt Jacques den Arm hin.

»Édouard hat alles für sein Land gegeben«, erklärte Jacques beim Aufstehen. »Er war durch und durch Franzose. Sie können stolz auf ihn sein. Doch der Krieg hat uns alle verändert, Emilie.«

Emilie starrte nachdenklich ins Feuer, während Jean seinen Vater nach oben brachte.

»Wie fühlen Sie sich?«, erkundigte sich Jean, als er zu ihr zurückkam.

»Eine schreckliche Geschichte, die viel Stoff zum Nachdenken bietet.«

»Ja. Schwer zu glauben, dass das alles erst fünfundfünfzig Jahre her ist«, seufzte Jean.

»Ihr Vater weiß, wo sich das Kind von Sophia und Frederik befindet, Jean, da bin ich mir sicher«, erklärte Emilie.

»Mag sein. Aber wenn, hat er seine Gründe, warum er es Ihnen nicht verraten möchte. Und die müssen Sie respektieren.«

»Gut. Vorbei ist vorbei. Wollen wir hoffen, dass wir etwas aus der Vergangenheit gelernt haben. Die Welt dreht sich weiter.«

»Stimmt, aber für die Kriegsgeneration meines Vaters ist es nicht so leicht. Wir können die Geschehnisse damals logisch analysieren, doch die, die sie selbst erlebt haben, sind nicht in der Lage, sie so emotionslos und distanziert zu betrachten.« Jean tätschelte Emilies Hand. »Ich glaube, es wird auch für uns Zeit, ins Bett zu gehen.«

Zu ihrer eigenen Überraschung schlief Emilie sofort ein. Allerdings wachte sie am folgenden Morgen früh auf. Sie zog sich an und schlenderte hinüber zum Château, um noch einmal die Ruhe dort zu genießen, bevor die Bauarbeiter eintrafen. Emilie öffnete die Tür zu dem ummauerten Garten und ging zu dem kleinen Holzkreuz, das Frederik nach dem Krieg für seinen Zwillingsbruder Falk errichtet und das sie immer für das Grab eines Haustiers gehalten hatte. Bei dem Gedanken, dass unter ihr Falks Knochen ruhten, bekam sie eine Gänsehaut. Wie hatte es an einem so schönen Ort nur so viel Hass und Gewalt geben können?

Wenn nur Sebastian *und* Alex die Geschichte ihrer mutigen Großmutter gehört hätten, die für ihre Taten kein Lob erhalten und nicht einmal ihrer Familie davon erzählt hatte! Sie war eine bemerkenswerte Frau gewesen und dennoch wie so viele in dieser Zeit unbeachtet geblieben. Doch von ihren Enkeln war der eine von Neid auf den anderen zerfressen … Erst im Wissen um die Vergangenheit begann Emilie die Ironie der Situation zu begreifen. Bestimmt war sie auch Constance nicht entgangen.

Emilie hatte als Einzelkind keine Erfahrung mit Geschwisterrivalität. Aber Jacques' Ausführungen hatten ihr vor Augen geführt, welche Macht sie besitzen konnte.

Als Emilie den ummauerten Garten verließ, musste sie an den schrecklichen Keller denken, den sie und Sebastian an jenem ersten Nachmittag entdeckt hatten. Dort hatte Sophia praktisch als Gefangene gelebt und ein Kind zur Welt gebracht, und am Ende war sie auch da gestorben. Wieder einmal wurde Emilie bewusst, wie glücklich sie sich schätzen konnte.

Auf der Auffahrt des Châteaus kam ihr Anton, der Sohn von Margaux, auf dem Fahrrad entgegen. Er begrüßte sie mit einem schüchternen Lächeln.

»Wie geht's, Anton?«, fragte sie ihn.

»Gut, danke, Madame. Maman sagt, ich soll Ihnen das zurückbringen.« Anton zog ein Buch aus seinem Korb. »Danke, dass Sie es mir geliehen haben. Es hat mir sehr gut gefallen.«

»Erstaunlich, dass du es so schnell gelesen hast. Ich habe Monate dazu gebraucht«, gestand sie.

»Ich lese sehr schnell, manchmal bis tief in die Nacht. Ich liebe Bücher.« Er zuckte mit den Achseln. »Leider habe ich in der Leihbücherei schon fast alles halbwegs Interessante durch.«

»Dann musst du, wenn die Bibliothek wieder eingeräumt ist, kommen und dir etwas ausleihen. Hier wird dir der Lesestoff wahrscheinlich nie ausgehen.«

»Danke, Madame.«

»Wie geht es deiner Mutter?«, erkundigte sich Emilie.

»Ich soll Ihnen Grüße ausrichten. Sie möchten sie anrufen, wenn Sie irgendetwas brauchen. Ich glaube, sie wird froh sein, wenn alles wieder beim Alten ist.«

»Das geht uns allen so. Auf Wiedersehen, Anton.«

»Auf Wiedersehen, Madame Emilie.«

Emilie brühte sich bei Jean und Jacques einen Kaffee auf und ging dann hinüber zur *cave*, wo Jacques wie üblich Flaschen einwickelte, während Jean am Tisch Papierkram erledigte. Weil sie die beiden nicht stören wollte, trat sie mit dem Kaffee hinaus in den Garten. Die Frage, wo Victoria am Ende gelandet war, interessierte sie brennend. Und von Frederik, dem Vater des Kindes und Geliebten Sophias, hatte Jacques behauptet, dass er noch lebe …

In ihrem Kopf formte sich eine Idee heraus, die sie Jean und Jacques beim Mittagessen unterbreitete.

»Warum nicht?«, meinte Jean. »Papa, was hältst du davon, wenn Emilie zu Frederik in die Schweiz fährt?«

»Ich weiß nicht so recht.« Jacques wirkte nicht begeistert über ihren Einfall.

»Das schadet doch niemandem, Papa. Wenn Emilie ihm Sophias Gedichte gibt, hat er wenigstens eine greifbare Erinnerung an sie.«

»Sagen Sie mir die Adresse, Jacques?«, bat sie ihn.

»Ich schau mal, ob ich sie finde«, antwortete Jacques zurückhaltend. »Vielleicht ist er ja schon gestorben.«

»Wenn ich die Adresse hätte, könnte ich das herausfinden.«

»Verraten Sie ihm, dass ich ihn damals wegen dem Baby angelogen habe?«, fragte Jacques.

Emilie sah Jean ratsuchend an.

»Papa, wenn Frederik wirklich so ist, wie du ihn beschreibst, hat er bestimmt Verständnis dafür, dass du ihm die Geburt seiner Tochter verheimlicht hast. Du wolltest das Kind ja nur schützen.«

»Wird er auch verstehen, dass ich ihm damit die Möglichkeit genommen habe, seine Tochter kennenzulernen?«, murmelte Jacques.

»Ich denke schon«, antwortete Jean. »Papa, falls du weißt, wer und wo sie ist, wäre meiner Ansicht nach jetzt der geeignete Zeitpunkt, es uns zu verraten. Emilie hat ein Recht darauf. Schließlich handelt es sich um ihre Familie.«

»Nein! Jean, du verstehst das nicht. Ich …«

»Jacques …« Emilie legte ihm eine Hand auf den Arm. »Bitte regen Sie sich nicht auf. Sie haben bestimmt Ihre Gründe. Beantworten Sie mir nur eine Frage: Wissen Sie, wo sie ist?«

Jacques zögerte.

»Ja, ich weiß es«, gab er schließlich zu. »Nun ist es heraus. Ich habe das Versprechen gebrochen, das ich mir selbst vor so vielen Jahren gegeben habe.« Er schüttelte traurig den Kopf.

»Papa, es ist wirklich lange her«, sagte Jean. »Du kannst Sophias Tochter nicht mehr in Gefahr bringen.«

»Genug!« Jacques schlug mit der Faust auf den Tisch, erhob sich schwerfällig und packte seinen Gehstock. »Du verstehst das nicht. Ich brauche Zeit zum Nachdenken.«

Jean und Emilie blickten ihm nach, wie er das Häuschen in beachtlicher Geschwindigkeit verließ.

»Wir hätten ihm keinen Druck machen dürfen, Jean«, bemerkte Emilie schuldbewusst. »Er ist ziemlich aus der Fassung.«

»Vielleicht tut es ihm gut, das Geheimnis endlich loszuwerden«, meinte Jean. »Ich muss jetzt wieder an die Arbeit. Kann ich Sie heute Nachmittag allein lassen?«

»Natürlich. Gehen Sie ruhig zurück in die *cave*. Ich räume hier schon auf.«

Als Jean weg war, spülte Emilie das Geschirr und griff dann zum Handy. Sie sah, dass Sebastian ein paarmal angerufen hatte, doch nun war es an ihr, nicht zu reagieren. Die Geschichte vom Vorabend beschäftigte sie auf unterschiedlichen Ebenen und verstärkte ihre Kritik an Sebastians Verhalten seinem Bruder gegenüber eher, als dass sie sie minderte.

Weil sie das Gefühl hatte, frische Luft zu brauchen, ging Emilie im Weinberg spazieren. Dabei schoss ihr ein Gedanke durch den Kopf.

Jacques hatte immer wieder betont, wie niedergeschlagen Constance darüber gewesen war, das Baby weggeben zu müssen. Emilie konnte sehr gut verstehen, warum sie die Kleine nicht mit nach England genommen hatte. In den Zeiten vor verlässlichen Vaterschaftstests hätte ihr Mann immer Zweifel gehegt, egal, wie oft Constance ihm versicherte, dass Victoria nicht ihr Kind war.

Victoria …

Emilie setzte sich auf den Boden. Was, wenn Constance ihrem Mann in Yorkshire von dem Baby in dem Waisenhaus erzählt hatte? Und was, wenn Lawrence sich einverstanden erklärt hatte, nach Frankreich zu fahren und es zu adoptieren?

Emilie war sich ziemlich sicher, dass Sebastian einmal den Namen seiner Mutter erwähnt hatte … Sie versuchte, sich zu erinnern, ohne Erfolg. Emilie griff zum Handy, ohne zu wissen, welchen der Brüder sie anrufen und fragen sollte.

Zuerst wählte sie die Nummer ihres Mannes, erreichte jedoch nur seine Mailbox. Also versuchte sie es bei Alex, der sofort ranging.

»Alex? Ich bin's, Emilie.«

»Emilie! Freut mich, von Ihnen zu hören. Wie geht's?«, erkundigte er sich.

»Danke, gut.« Emilie kam gleich zur Sache. »Alex, wie hieß Ihre Mutter mit Vornamen?«

»Victoria. Warum?«

Emilie schlug die Hand vor den Mund.

»Ich … Das ist eine lange Geschichte, Alex. Ich erkläre Ihnen alles, wenn ich wieder in Yorkshire bin. Ganz herzlichen Dank. Auf Wiedersehen.«

Emilie beendete das Gespräch.

Victoria war also die Mutter von Sebastian und Alex.

Was bedeutete, dass sie mit einem Cousin verheiratet war …

»Nein!«, rief sie laut aus, legte sich flach hin, so dass ihr Kopf auf dem harten, steinigen Boden ruhte, und versuchte nachzudenken.

Was, wenn Constance Sebastian kurz vor ihrem Tod erzählt hatte, dass seine Mutter Victoria adoptiert war? Und letztlich eine de la Martinières? Und wenn Constance ihm gegenüber das Buch mit den französischen Obstsorten und die Gedichte von Sophia erwähnt hatte? Wenn Constance das getan hatte, damit die Brüder Anspruch auf das Erbe der de la Martinières erheben konnten?

Vielleicht hatte Sebastian Nachforschungen angestellt und herausgefunden, wer die de la Martinières waren. Und als er aus der Zeitung vom Tod von Emilies Mutter erfahren hatte, war er möglicherweise auf die Idee gekommen, dass ihm ein Teil des Erbes zustand.

Doch für einen unehelichen Spross wie ihn wäre es, wie Jacques völlig richtig erkannt hatte, ein langer, mühsamer Weg durch die Instanzen gewesen. Wie viel leichter und bequemer war es da doch, einfach die anerkannte Erbin zu heiraten! Und diese irgendwann zu überreden, dass sie das Château und ihr Bankkonto auf ihrer beider Namen umschreiben ließ.

Emilie erschrak, eher über ihre nüchterne Analyse der Fakten als über Sebastians mögliche Durchtriebenheit. Es passte alles so gut, aber sie hatte keinerlei Beweis dafür, dass ihre Mutmaßungen stimmten. War es Sebastian außerdem zuzutrauen, dass er wissentlich seine Cousine geheiratet hatte?

Emilie wunderte sich über ihre Naivität. Selbst wenn sie sich alles nur zusammenreimte, musste sie sich fragen, wie sie Sebastian hatte heiraten können, ohne mehr über ihn zu wissen.

Vielleicht, dachte sie, lag es daran, dass er ihr in einer schwierigen Situation zur Seite gestanden war. Der Sebastian, den sie von Frankreich kannte, hätte nicht liebevoller sein können. Hatte er ihr alles nur vorgespielt?

Emilie setzte sich auf und schüttelte den Kopf. Selbst wenn sie sich im Hinblick auf Sebastians Motive täuschte, blieb die Tatsache, dass sie unglücklich war. Sie konnte ihrem Mann nicht mehr vertrauen.

Emilie kehrte erschöpft zu Jean und Jacques zurück.

»Wo waren Sie denn, Emilie? Es ist fast dunkel«, fragte Jean, der in der Küche das Abendessen zubereitete, besorgt.

»Ich wollte ein bisschen an die frische Luft, nachdenken.«

»Sie sehen sehr blass aus, Emilie.«

»Ich muss so bald wie möglich mit Ihrem Vater sprechen.«

»Hier, trinken Sie erst mal.« Jean reichte ihr ein Glas Wein. »Mein Vater ist oben in seinem Zimmer und möchte nicht gestört werden. Das strengt ihn alles sehr an. Sie verlangen von ihm, ein mehr als fünfzig Jahre altes Geheimnis preiszugeben. Er braucht Zeit zum Nachdenken. Bitte haben Sie Geduld mit ihm.«

»Ich *muss* es wissen, bevor ich nach England zurückfahre.«

»Warum, Emilie? Wieso sollte das, was Papa Ihnen sagen kann, etwas mit Ihrem gegenwärtigen Leben zu tun haben?«

»Jean, würden Sie ihn bitte einfach fragen, ob ich mit ihm sprechen kann?«, flehte sie ihn an.

»Emilie, so beruhigen Sie sich doch. Wir kennen uns seit vielen Jahren. Erklären Sie mir, was Sie so aus der Fassung bringt. Kommen Sie, setzen wir uns.« Jean ging ihr voran ins Wohnzimmer und schob sie sanft in einen Sessel.

»Ach, Jean.« Emilie vergrub das Gesicht in den Händen. »Vielleicht verliere ich den Verstand.«

»Das bezweifle ich. Sie sind die vernünftigste Frau, die ich kenne. Also, ich höre.«

Emilie holte tief Luft und begann mit dem Tag, als sie Sebastian in Gassin begegnet war. Sie erzählte die Geschichte ihrer Liebe und erwähnte auch das bizarre Verhalten ihres Mannes in letzter Zeit sowie sein angespanntes Verhältnis zu seinem Bruder und die merkwürdige Atmosphäre in Yorkshire. Jean stellte ihr eine Schale mit köstlichem Kanincheneintopf hin, die sie leerte, während sie weiterredete. Schließlich erklärte sie Jean ihren Verdacht, dass Victoria die Mutter von Alex und Sebastian war.

»Was, wenn Sebastian mich nur geheiratet hat, um auf unkomplizierte Weise an das zu gelangen, worauf er seiner Ansicht nach sowieso ein Recht hat?«

»Emilie, wir haben außer einem Vornamen keinerlei Fakten, die belegen, dass etwas an Ihrer Theorie dran ist.«

»Bin ich wahnsinnig, so etwas von meinem Mann anzunehmen?«, fragte Emilie traurig.

»Jedenfalls können wir mit ziemlicher Sicherheit sagen, dass Sebastian nicht rein zufällig hier aufgetaucht ist, obwohl er Ihnen weismachen wollte, dass er beruflich in der Gegend zu tun hatte«, antwortete Jean. »Sie sagen, er hätte die Verbindung seiner Großmutter zu Ihrer Familie sofort erwähnt. Dass seine Mutter Victoria heißt, lässt Ihre Vermutung tatsächlich plausibel erscheinen. Wollen Sie wissen, was ich denke?«

»Natürlich.«

»Ich habe den Eindruck, dass Sie sich mit der falschen Frage beschäftigen. Egal ob Sebastian ein Motiv für die Heirat mit Ihnen hatte oder nicht: Sie sind unglücklich. Und Ihr Mann scheint nicht gerade … seriös zu sein.«

»Alex meint, Sebastians Schwächen hätten ausschließlich mit ihm zu tun«, erwiderte Emilie.

»Ein mildes Urteil. Vermutlich möchte er Ihre Beziehung zu Ihrem Mann nicht gefährden. Dieser Alex scheint sehr vernünftig zu sein. Haben Sie am Ende den falschen Bruder geheiratet?«, fragte Jean mit einem Augenzwinkern.

»Alex ist sehr klug, ja«, pflichtete sie ihm bei.

»Verstehe.« Jean nickte. »Sie haben diesen Mann geheiratet, sich für ihn entschieden und möchten, dass die Beziehung mit ihm funktioniert. Aber wenn Sie nach Hause fahren, werden Sie ihn mit Ihren Ängsten konfrontieren müssen.«

»Er wird mich wieder anlügen!«

»Sie haben Ihre Frage soeben selbst beantwortet. Emilie, wie können Sie sich Hoffnungen auf eine funktionierende Beziehung mit Ihrem Mann machen, wenn Sie das Gefühl haben, nie die Wahrheit von ihm zu hören?«

»Wir sind erst so kurz verheiratet, Jean. Ich kann doch nicht jetzt schon das Handtuch werfen!«

»Normalerweise folgen Sie nicht Ihrem Herzen, sondern Ihrem Verstand, Emilie. Zum ersten Mal im Leben haben Sie auf Ihr Gefühl gehört, und Sie sollten sich jetzt keine Vorwürfe machen. Gut möglich, dass es doch noch klappt. Vorausgesetzt, Sie können ihm die Wahrheit entlocken.«

»Ich werde mich besser fühlen, wenn ich mit Jacques gesprochen habe. Dass er so gar nicht mit der Sprache herausrücken will, deutet doch darauf hin, dass er jemanden schützen möchte, oder?«

»Ich verspreche Ihnen, morgen mit Papa zu reden«, sagte Jean. »Wenn Sie sich jetzt beruhigen.«

»Sie verstehen sich so gut mit Ihrem Vater. Das ist etwas ganz Besonderes.«

»Was ist so besonders daran, dass man dem Menschen, der immer für einen da war, hilft, wenn er einen braucht? Wie Sie, Emilie, bin ich erst spät in das Leben meines Vaters getreten, und meine Mutter ist jung gestorben. Vielleicht weil meine Eltern bei meiner Geburt nicht mehr die Jüngsten waren, habe ich etwas von der Moral früherer Generationen übernommen. Und die unterscheidet sich deutlich von der unserer Altersgenossen, die ein wenig die Orientierung verloren zu haben scheinen.«

»Schon merkwürdig, dass unsere Väter sich beide erst spät zur Heirat entschlossen haben. Ob das etwas mit ihren Erfahrungen im Krieg zu tun hatte?«

»Möglich. Sie haben die dunkle Seite des Menschen kennengelernt und vermutlich lange gebraucht, um wieder an die Liebe glauben zu können.« Er gähnte. »Aber es ist spät, Zeit fürs Bett.«

»Ja.«

Sie standen auf.

»Danke fürs Zuhören. Tut mir leid, dass ich Sie mit meinen Problemen gelangweilt habe.«

»Emilie, Sie haben mich nicht gelangweilt. Wir sind doch fast Verwandte.«

»Ja, das stimmt.«

Am folgenden Morgen stand Emilie wieder früh auf, weil sie wusste, dass ihr bis zum Abflug nur noch ein paar Stunden blieben.

Endlich kam Jacques zum Frühstück in die Küche. Er nickte Emilie zu, als sie ihm den Kaffee reichte.

»Gut geschlafen?«, erkundigte sie sich.

»Überhaupt nicht«, antwortete er und hob die Tasse an die Lippen.

»Haben Sie Jean heute schon gesehen?«

»Ja. Er sagt, Sie hätten sich einen Grund ausgedacht, warum ich Ihnen nicht verraten will, wer Ihre Cousine ist.«

»Jacques, bitte. Ich muss wissen, ob ich recht habe. Sie verstehen doch, warum, oder?«

»Ja.« Er musste lachen. »Sie sind eine sehr kluge junge Frau, Emilie, und haben sich eine interessante Geschichte zusammengezimmert. Constance hat ihr einziges Kind tatsächlich nach dem kleinen Mädchen benannt, das sie in Frankreich zurücklassen musste.«

»Aber ihre Tochter war nicht Sophias Kind?«

»Nein. Constance hat Victoria nicht adoptiert«, antwortete

Jacques. »Und obwohl ich Ihrem Mann nicht über den Weg traue, kann ich Ihnen versichern, dass er Sie nicht geheiratet hat, weil er sich für einen unehelichen Spross der de la Martinières und einen potenziellen Erben hält.«

»Gott sei Dank!«, rief Emilie aus. »Danke, Jacques.«

»Freut mich, dass ich Sie wenigstens in dieser Hinsicht beruhigen kann«, sagte er und nahm einen Schluck Kaffee.

»Jacques, würden Sie mir bitte verraten, wer Victoria ist?«

Jacques sah sie an. »Ich kann verstehen, dass Sie das erfahren wollen. Aber es ist nicht Ihr Leben, das durch eine solche Eröffnung auf den Kopf gestellt würde, sondern das von ihr und ihrer Familie. Wenn ich beschließe, den Mund aufzumachen, werde ich zuerst mit ihr reden, nicht mit Ihnen. Können Sie das nachvollziehen?«

Emilie senkte beschämt den Blick. »Ja. Tut mir leid.«

»Sie müssen sich nicht entschuldigen, Emilie. Ich kann Sie verstehen.«

Da betrat Jean die Küche. »Mein Vater hat Ihnen gesagt, dass Ihre Vermutung nicht stimmt?«, fragte er.

»Ja.«

»Dann sind Sie wahrscheinlich erleichtert.«

»Ja, natürlich.« Sie erhob sich, verlegen darüber, dass sie ihren Mann vorschnell verdächtigt hatte. »Ich muss gehen«, sagte sie, weil sie plötzlich das Gefühl hatte, Zeit für sich zu brauchen. Am Flughafen von Nizza konnte sie ungestört nachdenken. »Wenn Sie mich entschuldigen würden.«

Sie verließ die Küche, um ihre Tasche zu holen.

»Diesen Mann zu heiraten war ein Fehler, und das weiß sie auch«, flüsterte Jacques, als sie den Raum verlassen hatte. »Er mag zwar kein de la Martinières sein, aber er ist hinter etwas her.«

»Stimmt. Nach dem Tod ihrer Mutter war es nicht verwunderlich, dass sie sich in die erstbesten tröstenden Arme geworfen hat«, stellte Jean fest.

»Immerhin hat sie im vergangenen Jahr schnell dazugelernt.«

»Stimmt«, pflichtete Jean ihm bei. »Sie wirkt sehr viel reifer.«

»Ich weiß, dass du dir Sorgen um sie machst. Aber sie ist ein kluges Mädchen und hat wie ihr Vater einen gesunden Menschenverstand. Sie wird die richtige Entscheidung treffen und am Ende dort landen, wo sie hingehört.«

»Wenn ich mir da nur auch so sicher wäre«, seufzte Jean.

»Ich weiß es«, erklärte Jacques.

Emilie betrat die Küche mit blassem Gesicht. »Noch einmal danke für Ihre Gastfreundschaft.«

»Sie wissen ja, dass Sie immer hier übernachten können«, sagte Jean.

»Danke.« Emilie stellte ihre Tasche ab. »Jacques, tut mir leid, dass ich Sie gedrängt habe. Ich verspreche Ihnen, nie wieder danach zu fragen.« Als sie sich zu ihm hinunterbeugte, um sich mit einem Wangenkuss von ihm zu verabschieden, ergriff er ihre Hände.

»Ihr Vater wäre stolz auf Sie. Haben Sie Vertrauen zu sich selbst, Emilie. Gott segne Sie.«

»Ich komme bald, um zu sehen, wie es mit dem Château vorangeht. Auf Wiedersehen, Jacques.«

Jean trug ihr die Tasche zum Wagen.

»Halten Sie uns auf dem Laufenden, Emilie«, bat er sie, als er den Kofferraumdeckel schloss. »Sie wissen, dass wir immer für Sie da sind.«

Sie nickte. »Danke für alles.«

31

Während der Fahrt zum Flughafen fasste Emilie einen Beschluss: Sie würde nicht nach Yorkshire zurückkehren und dort warten, bis Sebastian nach Hause kam, sondern nach London fliegen und in seine Galerie gehen.

Als sie ihr Ticket nach Heathrow zahlte, überlegte Emilie kurz, ob sie Sebastian warnen sollte. Doch vielleicht war es besser, ihn zu überraschen. Die Maschine kam um halb drei Uhr nachmittags in London an, also blieb genug Zeit, bis die Galerie schloss. Sie würde Sebastian sagen, dass sie sich nach ihm gesehnt habe.

Im Flugzeug besserte sich ihre Stimmung. Immerhin versuchte sie nun aktiv, die Kluft zu schließen, die sich zwischen ihnen aufgetan hatte. Sie musste Sebastian über sein Verhältnis zu Alex befragen und herausfinden, warum er so wenig Lust zeigte, seine Frau bei sich in London zu haben.

Nach der Landung in Heathrow stieg Emilie in ein Taxi und ließ sich in Sebastians Galerie in der Fulham Road bringen. Da sie nun doch ein schlechtes Gewissen bekam, weil sie ihren Mann unangemeldet überfiel, versuchte sie, ihn über Handy zu erreichen. Eine Blechstimme teilte ihr mit, dass sein Handy ausgeschaltet sei.

Zwanzig Minuten später erreichte sie die Arté-Galerie. Sie zahlte den Taxifahrer und warf einen Blick ins Schaufenster. Die Werke darin waren modern, wie Sebastian gesagt hatte, und die Galerie wirkte sehr schick. Als sie die Tür öffnete, begrüßte eine attraktive, gertenschlanke Blondine sie.

»Guten Tag, Madam, wollen Sie sich umsehen?«

»Ist der Inhaber der Galerie da?«, fragte Emilie nervös.

»Ja, er ist in seinem Büro. Kann ich Ihnen irgendwie helfen?«

»Nein, danke. Würden Sie ihm bitte sagen, dass Emilie de la Martinières ihn sprechen möchte?«

»Natürlich, Madam.«

Die junge Frau entfernte sich. Wenig später trat ein elegant gekleideter Mann mittleren Alters durch die Tür am hinteren Ende der Galerie.

»Madam de la Martinières, erfreut, Sie kennenzulernen. Ich habe von dem Matisse-Verkauf letztes Jahr gehört. Wie kann ich Ihnen helfen?«

»Ich …« Emilie war verwirrt. »Sind Sie der Inhaber?«

»Ja, mein Name ist Jonathan Maxwell.« Er reichte ihr die Hand und musterte sie interessiert. »Sie wirken überrascht.«

»Vielleicht habe ich die falsche Adresse. Ich dachte, diese Galerie gehört Sebastian Carruthers.«

»Sebastian? Nein.« Jonathan schmunzelte. »Was hat er Ihnen erzählt? Sebastian ist Agent und betreut ein paar Künstler, deren Werke ich gelegentlich hier ausstelle. Ich habe ihn eine ganze Weile nicht gesehen. Im Moment konzentriert er sich, glaube ich, darauf, französische Künstler für seine Kunden aufzutun. Hat nicht er Ihren unsignierten Matisse entdeckt?«

»Ja.« Emilie war froh, dass wenigstens etwas von dem, was Sebastian ihr erzählt hatte, stimmte.

»Ein richtiger Glücksfall. Sie wollen vermutlich mit Sebastian sprechen?«

»Ja.«

»Ich suche Ihnen seine Telefonnummer heraus«, bot Jonathan ihr an.

»Danke. Sie haben nicht zufällig auch die Adresse seines Büros?«

»›Büro‹ ist übertrieben. Er arbeitet von der Wohnung aus, die er sich mit seiner Freundin Bella teilt. Sie gehört zum Stamm der Künstlerinnen, die er betreut.« Jonathan deutete auf eine große Leinwand mit leuchtend rotem Mohn. »Ich habe die Adresse. Dorthin schicke ich die Schecks, wenn ich eines ihrer Bilder verkaufe. Sie sollten telefonisch einen Termin mit ihm vereinbaren.«

Emilie bekam ein flaues Gefühl im Magen.

»Geben Sie sie mir trotzdem«, bat sie gespielt gut gelaunt. »Bellas Bilder gefallen mir sehr. Vielleicht kann er mir noch andere zeigen.«

»Sie arbeitet in ihrer Wohnung in der Nähe der Tower Bridge. Die entspricht nicht gerade dem Klischee vom Dachstübchen in Paris; das Mädel hat Riesenglück ...« Jonathan sah Emilie vielsagend an. »Ich hole Ihnen die Adresse.«

Da Emilie merkte, dass sie kurz vor einer Panikattacke stand, atmete sie ein paarmal tief durch, während sie auf ihn wartete.

»Hier.« Jonathan reichte ihr einen Umschlag, auf den er Adresse und Telefonnummer notiert hatte. »Wie gesagt: Wahrscheinlich ist es das Beste, wenn Sie vorher anrufen.«

»Natürlich. Danke für Ihre Hilfe.«

»Gern geschehen. Ich gebe Ihnen auch meine Karte«, erklärte Jonathan. »Für den Fall, dass ich irgendwann selbst etwas für Sie tun kann ... Auf Wiedersehen, Madame de la Martinières.«

»Auf Wiedersehen.« Emilie wandte sich zum Gehen.

»Ach, und sagen Sie bitte Sebastian, dass ich ihm den Kopf waschen werde, weil er sich Ihnen gegenüber als Inhaber dieser Galerie ausgegeben hat. Er ist wirklich ein netter Kerl, nimmt es aber mit der Wahrheit nicht immer so genau.«

»Ja, mache ich.«

Als Emilie die Galerie verließ, warf sie einen Blick auf den Umschlag, den sie in ihrer zitternden Hand hielt. Bevor sie es sich anders überlegen konnte, winkte sie ein Taxi heran, nannte dem Fahrer die Adresse und stieg ein. Im Wagen spürte sie, wie Panik in ihr aufstieg. Sie nahm eine Papiertüte aus ihrer Reisetasche, in der sich ein angebissenes Croissant vom Flughafen in Nizza befand, und begann verstohlen hineinzuatmen.

»Alles in Ordnung, meine Liebe?«, erkundigte sich der Fahrer.

»*Oui* – ja, danke.«

»Mein Sohn hat früher auch Panikattacken gehabt«, erzählte er mit einem Blick in den Rückspiegel. »Einfach tief durchatmen, dann geht's schneller vorbei.«

»Danke.«

»Haben Sie sich über etwas aufgeregt?«

»Ja«, antwortete Emilie, der die Tränen kamen.

»Hier.« Der Fahrer reichte ihr eine Packung Papiertaschentücher. »Kommt sicher wieder in Ordnung. Für eine hübsche Frau wie Sie kann das Leben doch gar nicht so schlimm sein, oder?«

Vierzig quälende Minuten später lenkte der Fahrer den Wagen in eine schmale, kopfsteingepflasterte Straße zwischen zwei hohen Gebäuden.

»Früher haben Sie hier den Tee aus Indien gelagert. Hätte nie gedacht, dass da mal teure Wohnungen entstehen – die Apartments kosten Millionen. Macht sechsunddreißig Pfund, meine Liebe.«

Emilie zahlte, stieg mit wackeligen Knien und wild klopfendem Herzen aus und ging zur Tür des Gebäudes. Nach einem letzten Blick auf den Umschlag mit der Adresse holte sie tief Luft und klingelte bei Nummer neun.

»Hallo?«

»Hallo, sind Sie Bella Roseman-Boyd?«

»Ja?«

»Ich komme von der Arté-Galerie in der Fulham Road. Jonathan schickt mich. Ich interessiere mich für Ihre Arbeiten«, log Emilie.

»Wirklich?«, fragte die Stimme. »Warum hat er mir nicht Bescheid gesagt? Ich erwarte niemanden.«

»Ich habe ihm erklärt, dass ich gleich zu Ihnen fahren würde, weil ich morgen nach Frankreich zurückmuss und vor meiner Abreise gern Ihre Bilder sehen möchte. Rufen Sie ihn ruhig an. Er kann Ihnen das bestätigen.«

Kurzes Schweigen.

»Kommen Sie rauf.«

Sie betätigte den Summer. Emilie fuhr mit dem großen Lift in den dritten Stock, trat in den Flur und sah, dass die Tür zu Nummer neun offen stand. Emilie nahm all ihren Mut zusammen und klopfte.

»Kommen Sie rein, ich wische mir nur schnell die Farbe ab«, rief eine Stimme.

Emilie betrat einen großen Raum mit tollem Blick auf die Themse. Die eine Hälfte diente als Bellas Atelier, die andere wurde von Sofas und einer Küche eingenommen.

»Hallo«, begrüßte sie eine atemberaubend schöne, schlanke junge Frau mit pechschwarzen Haaren in knallenger ausgewaschener Jeans und T-Shirt mit Farbflecken. »Wie, sagten Sie, war noch mal Ihr Name?«

»Ich heiße Emilie. Störe ich?«

»Nein, ich bin allein«, antwortete Bella. »Emilie, freut mich sehr, dass Sie eigens hergekommen sind, um meine Sachen anzuschauen. Ich würde Ihnen ja einen Tee anbieten, aber ich habe keine Milch mehr. Offen gestanden gibt's auch nicht sonderlich viel zu sehen. In letzter Zeit habe ich hauptsächlich Auftragsarbeiten gemacht.« Sie lächelte, und dabei kamen regelmäßige weiße Zähne zum Vorschein.

»Wer vertritt Sie?«

»Sebastian Carruthers. Den kennen Sie bestimmt nicht. Schauen Sie sich ruhig an, was ich habe.«

»Dürfte ich zuvor Ihre Toilette benutzen?«, fragte Emilie.

»Klar. Den Flur lang auf der rechten Seite«, antwortete Bella.

»Danke.«

Emilie folgte ihrer Wegbeschreibung. Am Ende des Flurs befanden sich drei Türen, alle offen. Hinter der einen verbarg sich ein großes, ungemachtes Doppelbett. Emilies Blick fiel auf Sebastians Reisetasche, die auf einem Stuhl lag, und auf sein rosafarbenes Lieblingshemd sowie Damenunterwäsche auf dem Boden.

Im nächsten Raum befanden sich Bücher, Bilder, ein Staubsauger und ein Kleiderständer. In dieser »Abstellkammer« war mit Sicherheit nicht genug Platz für ein Bett, dachte Emilie grimmig, betrat das Bad und verschloss die Tür hinter sich. Auf der Ablage über dem Waschbecken entdeckte sie Sebastians Kulturbeutel mit seinem Rasierzeug und Aftershave. Seine blaue Zahnbürste lag auf dem Waschbeckenrand.

Emilie setzte sich auf den Toilettendeckel und versuchte zu überlegen. Obwohl sie am liebsten schreiend aus der Wohnung gerannt wäre, wusste sie, dass sie die Gelegenheit nutzen und Bella so viele Informationen wie möglich entlocken musste, um für das Gespräch mit Sebastian gerüstet zu sein. Sie erhob sich, betätigte die Spülung und kehrte zu Bella zurück.

»Die Sonne steht schon tief, ich habe keine Milch für den Tee und Lust auf ein Glas Wein. Leisten Sie mir Gesellschaft?«, fragte Bella.

»Gern, danke.«

»Schauen Sie sich ruhig im Atelier um«, forderte Bella sie auf, als sie in den Küchenbereich ging.

Emilie stellte fest, dass Bella eine sehr talentierte Künstlerin war. Ihre Bilder besaßen in einem Maß Leben und Energie, das sich nicht durch ein Kunststudium erwerben ließ.

»Setzen Sie sich doch.« Bella deutete auf das Ledersofa. »Ich male schon den ganzen Tag, da ist es schön, mal ein bisschen zu sitzen. Und, wie finden Sie's?«, fragte sie und nickte in Richtung der Staffelei, auf der ein Bild mit riesigen lilafarbenen Iris stand. »Natürlich bin ich ausgesprochen selbstkritisch, aber ich habe das Gefühl, dass es gut wird.«

»Es gefällt mir sehr«, antwortete Emilie und setzte sich.

»Leider kann ich es Ihnen nicht überlassen, weil es eine Auftragsarbeit für einen Typen aus der City ist, den Sebastian kennt. Aber wenn Sie wollen, male ich ein Ähnliches für Sie. Allerdings nicht in den nächsten drei Monaten, da bin ich ausgebucht.«

»Ich hätte definitiv Interesse«, erklärte Emilie. »Was wollen Sie dafür?«

»Darum kümmert sich Sebastian. Das müssten Sie mit ihm besprechen. Ich glaube, normalerweise liegt der Preis so zwischen fünf- und zwanzigtausend. Kommt auf die Größe an.«

»Eigentlich schade, dass Sie Ihren Agenten bezahlen müssen, wenn wir uns direkt auf einen Preis verständigen könnten«, sagte Emilie.

Bella nickte. »Agenten sind richtige Aasgeier, aber bei mir bleibt's sozusagen in der Familie.«

»Wie meinen Sie das? Ist Sebastian mit Ihnen verwandt?«

»Nein. Er ist eher – wie heißt das auf Französisch? – *mon amour*«, erklärte Bella.

»Ach so, ja.« Emilie tat so, als würde sie sich erinnern. »Monsieur Jonathan hat, glaube ich, erwähnt, dass er Ihr Freund ist.«

»So würde ich das nicht ausdrücken«, erwiderte Bella schmunzelnd. »Seb und ich sind seit Jahren irgendwie zusammen. Wir kennen uns seit einer Ewigkeit, seit meiner Finissage in St. Martins. Er schläft bei mir, wenn er in der Stadt ist. Es ist alles ganz relaxed. Noch Wein?«

»Gerne.«

Bella schenkte ihnen nach.

»Unter uns: Als er kürzlich geheiratet hat, dachte ich, unser kleines Arrangement wäre zu Ende, doch anscheinend habe ich mich getäuscht. Aber ich schweife ab.« Sie nahm einen Schluck Wein.

»Stört es Sie denn nicht, dass er verheiratet ist?«, fragte Emilie.

»Meiner Meinung nach ist das Leben zu kurz, um Menschen aneinanderzuketten. Seb und ich haben eine Beziehung, die gut funktioniert und die uns beiden passt. Er weiß, dass ich auch mit anderen schlafe.« Sie zuckte mit den Achseln. »Ich bin nicht der eifersüchtige Typ. Mich wundert es sowieso, dass er geheiratet hat. Ich habe ihn nicht nach den Einzelheiten gefragt und kenne nicht mal den Namen seiner Frau, weil das einfach nicht unser Stil ist, aber ich glaube, sie hat Geld. Ein paar Wochen nach der Hochzeit hat er mir eine tolle Diamanthalskette von Cartier geschenkt.« Bellas Hand wanderte zu dem Solitär an ihrem Schwanenhals. »Er hat im Haus seiner Frau einen Matisse entdeckt und für dessen Verkauf eine beachtliche Kommission bekommen. Davon hat er sich einen Porsche gekauft, mit dem er in London rumdüst. Es sei ihm gegönnt.« Bella seufzte. »Bisher hatte er immer nur Schulden. Er kann einfach nicht mit Geld umgehen und gibt sofort alles aus. Trotzdem schafft er's irgendwie, sich durchzuschlagen.«

»Sie sind also finanziell nicht von ihm abhängig?«

»Gott bewahre, nein …« Bella verdrehte die Augen. »Das

wäre eine Katastrophe! Wenn überhaupt, ist es umgekehrt. Ich habe das Glück, die Tochter wohlhabender Eltern zu sein, die mich und meine Ambitionen als Künstlerin subventionieren. In der Kunstwelt hochzukommen ist nämlich, wie Sie sich sicher vorstellen können, gar nicht so leicht. In den letzten Monaten habe ich allerdings mit meinen Bildern so viel verdient, dass ich ihren monatlichen Scheck nicht brauche. Das ist ein kleiner Triumph für mich.«

»Verstehe. Vielleicht kann ich Sie auf Ihrem Weg in die finanzielle Unabhängigkeit unterstützen. Ich würde Ihnen gern einen Auftrag geben, Bella. Stellen Sie doch bitte für mich den Kontakt zu Sebastian her, damit wir über den Preis reden können. Sehen Sie ihn bald wieder?«

»Heute Abend trifft er sich mit einem potenziellen Kunden, und danach kommt er nach Hause. Wenn Sie mir Ihre Nummer geben, sage ich ihm, dass er Sie anrufen soll. Ich weiß, dass er morgen Abend in seine Bruchbude in Yorkshire und zu seiner Frau zurückmuss. Soll mir recht sein – so habe ich das Wochenende für mich. Ich hole einen Zettel für die Nummer.«

»Danke.«

»Würde es Ihnen was ausmachen, wenn wir Jonathan Maxwell und die Galerie da raushalten? Könnte gut sein, dass er einen Anteil erwartet, weil er uns zusammengebracht hat«, erklärte Bella. »Wenn Sie nichts sagen, erwähne ich auch nichts davon, dass Sie bei mir waren, und wir können Ihnen einen besseren Preis machen.«

»Kein Problem.«

Bella suchte in einer Küchenschublade nach einem Blatt Papier.

»Hier.«

Nach kurzem Zögern schrieb Emilie ihren vollen Namen,

ihre Telefonnummer und ihre Adresse in Frankreich auf den Zettel und legte ihn auf den Tisch. »Das Treffen mit Ihnen war sehr… erhellend, Bella. Ich wünsche Ihnen viel Glück und Erfolg für die Zukunft. Sie haben Talent.«

»Danke.« Bella begleitete Emilie zur Tür. »War schön, Sie kennenzulernen. Es würde mich freuen, Sie bald wiederzusehen.«

»Ja.« Emilie legte Bella die Hand auf den Unterarm. »Passen Sie auf sich auf.«

32

Es war fast Mitternacht, als Emilie Blackmoor Hall erreichte. Sie hatte vom Bahnhof in York aus ein Taxi genommen und den Land Rover am Flughafen gelassen. Den konnte Sebastian ihretwegen selbst abholen.

Es freute sie zu sehen, dass in Alex' Teil des Gebäudes noch Licht brannte, weil sie am nächsten Morgen schon früh die Segel streichen und sich von ihm verabschieden wollte.

Sie klopfte an seiner Tür.

»Kommen Sie rein, Em«, rief er. »Sie sind spät dran. Haben Sie den Flug verpasst?« Er saß mit einem Buch auf dem Sofa.

»Nein. Ich war in London.«

»Was ist passiert?«, fragte er besorgt.

»Ich wollte Ihnen sagen, dass ich morgen nach Frankreich zurückfliege und mich, so schnell es geht, von Sebastian scheiden lasse.«

»Aha. Gibt's einen bestimmten Grund?«

»Ich habe heute in London seine langjährige Geliebte kennengelernt und mit eigenen Augen die Bettenaufteilung gesehen.«

»Verstehe. Soll ich uns den Brandy holen?«

»Ich mach das schon.«

Emilie marschierte in die Küche und kehrte mit der Flasche und zwei Gläsern zurück. »Wussten Sie von ihr?«, fragte sie, als sie den Brandy einschenkte und ihm ein Glas reichte.

»Ja.«

»War Ihnen auch klar, dass die Geschichte nach unserer Heirat weiterging?«

»Ich habe es mir gedacht, als er so oft nach London gefahren ist und Sie nicht mitgenommen hat, war mir aber nicht sicher.«

»Warum haben Sie nichts gesagt, Alex? Ich dachte, wir sind Freunde!«

»Emilie, bitte, das ist nicht fair! Sebastian hat mich Ihnen doch als Lügner und Betrüger beschrieben, der ihm nur Böses will. Glauben Sie, Sie hätten mir geglaubt?«

»Nein.« Emilie nahm einen großen Schluck Brandy. »Sie haben recht. Sorry.« Sie legte die Finger an die Stirn. »Es war ein anstrengender Tag.«

»Sie sind wirklich Weltmeister im Untertreiben.« Alex lachte spöttisch. »Weiß Sebastian, dass Sie seiner Freundin einen Besuch abgestattet haben?«

»Seit London ist mein Handy aus, also kann ich Ihnen das nicht beantworten.«

»Haben Sie Bella verraten, wer Sie sind?«

Emilie sah Alex erstaunt an. Dass er sogar ihren Namen kannte … »Nein. Ich habe gesagt, dass ich ihr einen Auftrag erteilen will, und sie hat mich gebeten, meinen Namen, meine Adresse und meine Telefonnummer aufzuschreiben. Das habe ich getan. Sie hat versprochen, ihm den Zettel zu geben, wenn er … nach Hause kommt.«

»Super, Em!« Ihm kamen vor Lachen die Tränen. »Sorry, falsche Reaktion. Das war ein Meisterstück. Und so typisch für Sie: subtil, elegant, einfach perfekt. Können Sie sich Sebs Gesicht vorstellen, wenn Bella ihm den Zettel mit Ihrem Namen und Ihrer Telefonnummer gibt?«

»Alex«, seufzte Emilie. »Das ist mir egal. Ich will nur so bald wie möglich dieses Haus verlassen und nach Frankreich zurück.«

»Ja, natürlich. Wie Sie sich vielleicht denken können, befinde ich mich seit Ihrer Ankunft hier in der Zwickmühle. Ich habe geglaubt, endlich hätte Seb jemanden gefunden, den er lieben kann.«

»Falls er überhaupt jemanden außer sich selbst lieben kann, dann Bella. Sie ist schön und hat Talent. Wenn sie nicht die Geliebte meines Mannes wäre, würde ich ernsthaft überlegen, mir etwas von ihr malen zu lassen.« Emilie brachte ihr erstes, wenn auch grimmiges Lächeln an jenem Tag zustande. »Kennen Sie sie?«

»Ja. Vor Ihrer Hochzeit ist sie manchmal am Wochenende hierhergekommen.« Alex musterte sie. »Em, Sie sind wirklich erstaunlich. Wie schaffen Sie das nur alles?«

»Ganz einfach.« Sie zuckte mit den Achseln. »Sebastian ist nicht mehr der Mann, in den ich mich einmal verliebt habe. Die Gefühle, die ich in Frankreich für ihn hatte, sind verschwunden.«

»Hut ab, obwohl ich Ihnen nicht so ganz glaube. Am liebsten würde ich Seb eigenhändig erwürgen, dass er jemanden wie Sie ziehen lässt.«

»Danke.« Sie senkte verlegen den Blick. »Eine Frage hätte ich noch, bevor ich mich verabschiede.«

»Und zwar?«

»Warum hat Ihr Bruder mich *geheiratet*? Was erhofft er sich von mir, das er nicht von Bella bekommen kann? Sie stammt doch auch aus einer wohlhabenden Familie.« Emilie schüttelte den Kopf. »Ich begreife das nicht.«

»Tja, Em …« Alex seufzte. »Die Antwort liegt wie so oft auf der Hand. Sie haben Sie sogar schon gesehen.«

»Habe ich das?«

»Ja, aber höchstwahrscheinlich nicht gemerkt. Soll ich Sie wirklich aufklären?«

»Ja! Morgen reise ich ab. Meine Ehe ist gescheitert.«

»Na schön.« Alex nickte. »Aber erwarten Sie ab sofort keinerlei Rücksicht mehr.«

»Soll mir recht sein.«

»Gut. Kommen Sie mit.«

Alex schaltete das Licht in dem kleinen Büro ein, in dem Sebastian arbeitete, wenn er zu Hause war, fuhr zum Bücherregal, schob die Hand unter ein Buch und zog einen Schlüssel hervor. Dann rollte er zu Sebastians Schreibtisch und schloss eine Schublade auf, aus der er eine Mappe nahm und Emilie reichte.

»Beweisstück A. Nicht anschauen, bis ich Ihnen die anderen vorlege.« Alex fuhr Sebastians Computer hoch und gab das Passwort ein.

»Woher kennen Sie sein Passwort?«

»Wenn Sie mit jemandem zusammenwohnen, der darauf aus ist, Ihnen das Leben zur Hölle zu machen, wissen Sie solche Dinge. Besonders wenn Sie so wenig zu tun haben wie ich«, fügte er hinzu. »Außerdem kenne ich meinen Bruder in- und auswendig. Man muss kein Genie sein, um sein Passwort zu erraten.«

»Heißt es zufällig ›Matisse‹?«

»Gute Arbeit, Sherlock.« Alex grinste. »Seb gibt sich wenig bis gar keine Mühe, seine Spuren zu verwischen, weil er von seinen Fähigkeiten als Lügner überzeugt ist.« Alex druckte einige Seiten aus und reichte sie Emilie. »Beweisstück B.« Er deutete auf ein Ölgemälde seiner Großmutter an der Wand. »Würden Sie das bitte für mich runternehmen?«

Emilie tat, wie ihr aufgetragen. Dahinter kam ein kleiner Safe zum Vorschein.

»Wenn er die Zahlenkombination nicht verändert hat, was

ich bezweifle, ist sie der Geburtstag meiner Großmutter.« Alex streckte sich nach dem Zahlenschloss an der Vorderseite des Safes und drehte es vorsichtig. »Hoffentlich hat Seb das, was ich Ihnen zeigen möchte, nicht herausgenommen«, sagte er, als er in den Safe griff. Kurz darauf zog er einen wattierten Umschlag und ein kleineres weißes Kuvert heraus. »Beweisstücke C und D«, erklärte er, als er den Safe zumachte und Emilie bedeutete, das Bild wieder an Ort und Stelle zu hängen. »Ich würde vorschlagen, dass wir zu mir gehen, für den Fall, dass der Beschuldigte gerade auf der Autobahn hierherrast, um seine Ehe zu retten oder besser gesagt seinen Hals aus der Schlinge zu ziehen. Außerdem ist es bei mir deutlich wärmer.«

Nachdem Alex den Computer heruntergefahren und den Drucker ausgeschaltet hatte, verließen sie das Arbeitszimmer. In seinem Bereich bat Alex Emilie, die vier Beweisstücke nebeneinander auf das Beistelltischchen zu legen. »Okay, Em.« Er sah sie an. »Ich fürchte, das wird jetzt unangenehm.«

»Das ist mir egal, Alex. Ich möchte die Wahrheit erfahren.«

»Gut. Werfen Sie einen Blick in die Mappe.«

Als Emilie sie aufschlug, erkannte sie ihr eigenes und das Gesicht ihrer Mutter – Fotos aus französischen Zeitungen, die über den Tod ihrer Mutter berichteten und Emilie als Alleinerbin nannten.

»Öffnen Sie nun bitte den Umschlag aus dem Safe und holen Sie heraus, was sich darin befindet. Vorsicht, alt.«

Emilie nahm ein Buch heraus. »*Die Herkunft französischer Obstsorten*. Von Jacques weiß ich, dass mein Vater den Band Constance zur Erinnerung an Frankreich mitgegeben hat. Das Buch, das Sie in der hiesigen Bibliothek nicht finden konnten.«

»Genau. Schlagen Sie es bitte vorsichtig auf und lesen Sie, was auf der ersten Seite steht.«

»Édouard de la Martinières. 1943. Und?«

»Moment. Ich muss noch etwas holen.« Er verließ den Wohnbereich, kehrte kurze Zeit später zurück und reichte ihr ein Kuvert. »Ein Brief meiner Großmutter an mich. Sie hat ihn kurz vor ihrem Tod bei ihrem Anwalt hinterlegt. Wahrscheinlich um sicher zu sein, dass Seb ihn nicht unterschlägt. Kann man ihr nicht verdenken, was?« Er lachte.

Emilie begann zu lesen.

Blackmoor Hall, 20. März 1996

Lieber Alex,
ich schreibe Dir diesen Brief in der Hoffnung, dass Du eines Tages nach Blackmoor Hall heimkehrst, obwohl ich mich inzwischen damit abgefunden habe, dass das möglicherweise nicht mehr zu meinen Lebzeiten geschieht.

Mein lieber Enkel, jetzt begreife ich, warum Du das Gefühl hattest, von hier wegzumüssen. Ich möchte mich entschuldigen, dass ich nicht erkannt habe, was mit Dir passiert. Ich fürchte, ich habe Dich im Stich gelassen, als Du mich gebraucht hättest. Aber ich konnte einfach nicht glauben, dass Dein Bruder, den ich ebenfalls aus tiefstem Herzen liebe, darauf aus ist, Dich systematisch zu vernichten.

Mein lieber Junge, hoffentlich kannst Du mir meine Zweifel an Dir vergeben. Dein Bruder hat mich oft genug an der Nase herumgeführt. Er ist längst nicht so intelligent wie Du, aber dafür ein äußerst gewiefter Lügner. Vielleicht hatte ich als Eure Großmutter und letztlich Mutter ein schlechtes Gewissen, dass ich Dich immer mehr geliebt habe als ihn. Wie sollte man Dich, diesen kleinen Engel, auch nicht lieben können?

Philip Larkin wünscht seinem eben zur Welt gekommenen Patenkind in einem Gedicht – »Normalität« – alles, was nötig ist, aber von nichts zu viel oder zu wenig. Jetzt begreife ich, was er meint. Denn Deine Begabungen, Alex, waren Dein Verderben. Verzeih, ich schweife ab.

Du kannst Dir denken, dass ich um Deine Heimkehr vor meinem Tod bete, denn ich muss eine Entscheidung über mein geliebtes Blackmoor Hall treffen. Wie Dir bekannt ist, befindet es sich seit über hundertfünfzig Jahren im Besitz der Familie Deines Großvaters. Da ich weder eine Ahnung habe, wo Du Dich aufhältst, noch, wie viel es kosten wird, das Haus zu renovieren, weiß ich nicht, was ich damit tun soll. Ich habe beschlossen, es Euch beiden gemeinsam zu vermachen, in der Hoffnung, dass Euch das näherbringt. Vielleicht wird dieser sentimentale Wunsch einer alten Frau die gegenteilige Wirkung haben. Ich kann nur hoffen, dass Blackmoor Hall sich für Euch nicht als Last erweist. Falls ja, habt Ihr meinen Segen, es zu verkaufen.

Dir hinterlasse ich außerdem ein Buch – ich weiß, wie sehr Du alte Bücher liebst –, das für mich eher emotionalen als finanziellen Wert besitzt. Ein Freund hat es mir vor vielen Jahren während des Kriegs in Frankreich geschenkt. In diesem Umschlag befindet sich auch ein Notizheft mit Gedichten seiner Schwester Sophia, die ich sehr mochte. Der Name des Eigentümers vorne in dem Buch kann Dir, wenn Du möchtest, helfen, mehr über das herauszufinden, was Deine Großmutter während des Kriegs in Frankreich erlebt hat. Ich habe zu meinen Lebzeiten nichts darüber erzählt, finde aber, dass es eine interessante Geschichte ist. Vielleicht bekommst Du mit ihrer Hilfe eine bessere Meinung von der Frau, die sich nach Kräften um Dich bemüht, dabei aber leider fatale Fehler begangen hat. Das Buch und die Gedichte sind, wo sie immer waren – oben im dritten Fach von links in der Bibliothek. Nimm sie heraus, wenn Du möchtest.

Abgesehen davon hinterlasse ich Dir die Hälfte dessen, was ich besitze, insgesamt 50 000 Pfund. Ich kann nur hoffen, dass Du, lieber Alex, eines Tages nach Hause kommst und mir vergibst. Egal, welche Fehler Sebastian hat: Ich musste auch ihn lieben. Kannst Du das verstehen?

Deine Dich liebende Großmutter Constance X

»Ein schöner Brief.«

»Ja«, pflichtete Alex ihr bei. »Em, ich habe Oma mindestens drei- oder viermal Briefe mit meiner Adresse in Italien geschrieben. Vermutlich hat Sebastian den Postboten abgefangen, meine Schrift erkannt und die Briefe verschwinden lassen. So musste Oma denken, ich hätte mir nicht die Mühe gemacht, ihr mitzuteilen, wo ich bin.«

»Das würde mich nicht wundern«, sagte Emilie. »Danke, dass ich den Brief lesen durfte. Aber welchen Bezug hat er zu den anderen Dingen, die Sie mir gezeigt haben?«

»Bitte lesen Sie nun, was sonst noch in der Mappe steht.«

Als Emilie das tat, machte sie große Augen.

»Sie sehen also, dass Oma sich zumindest in einer Hinsicht getäuscht hat: Das Buch, das sie mir hinterlassen hat, besitzt nicht nur ›emotionalen‹ Wert.«

»Ja.«

»Als ich nach dem Unfall aus dem Krankenhaus und nach Hause kam, habe ich in der Bibliothek nach dem Buch gesucht und den dummen Fehler gemacht, Seb zu bitten, dass er es für mich vom Regal holt. Zu dem Zeitpunkt habe ich mich sehr um eine Annäherung bemüht. Als er mich fragte, ob er es ein paar Tage ausleihen könne, habe ich ja gesagt. Obwohl ich ihn immer wieder gebeten habe, es mir zurückzugeben, hat er das nicht getan. Deshalb habe ich Verdacht geschöpft und mich im Internet über das Buch informiert. Ich wusste, dass es, wenn er es nicht schon verkauft hatte, im Safe liegen würde. Da war es dann auch.«

»Warum hat er es noch nicht verkauft?«, fragte Emilie. »Und

wieso haben Sie es nicht nachdrücklicher zurückverlangt, wenn Sie wissen, wie wertvoll es ist?«

»Weil mir klar war, dass Seb es nicht verkaufen würde. Ich kenne meinen Bruder gut genug, um über seine Geldgier Bescheid zu wissen. Er würde sich nie mit etwas zufriedengeben, von dem er weiß, dass sich noch mehr herausschlagen lässt. Lesen Sie laut vor, was ich Ihnen ausgedruckt habe.«

Emilie tat ihm den Gefallen.

VERZEICHNIS ANTIQUARISCHER BÜCHER

Die Herkunft französischer Obstsorten
Von Christophe Pierre Beaumont. 1756. 2 Bände.

Wohl das beste und seltenste Buch über Früchte. Mit Illustrationen von 15 Arten von Obstbäumen. Inspiriert durch eine Duchamel-Publikation aus den 1730er Jahren mit dem Titel *Anatomie de la Poire*, Illustrationen von Guillaume Jean Gardinier und François Joseph Fortier. Beaumont wollte darin Heilkraft und Nährwert fruchttragender Bäume bekannt machen. In dem Werk werden fünfzehn Arten von Früchten beschrieben: Mandeln, Aprikosen, eine Berberis, Kirschen, Quitten, Feigen, Erdbeeren, Stachelbeeren, Äpfel, eine Maulbeere, Birnen, Pfirsiche, Pflaumen, Trauben und Himbeeren. Alle Farbabbildungen mit Samen, Blatt, Blüte, Frucht und manchmal auch Querschnitt.

Eigentümer: Vermutlich befinden sich beide Bände in einer Privatsammlung in Gassin, Frankreich.

Wert: Etwa fünf Millionen Pfund.

Emilie hob den Blick. »Ich verstehe immer noch nicht.«

»Gut, dann erkläre ich es Ihnen. Ich habe einen Antiquar in London gefragt, den ich kenne. Seiner Meinung nach sind die beiden Bände getrennt jeweils etwa eine Million Pfund wert, zusammen jedoch das Fünffache. Verstehen Sie jetzt, Emilie?«

Endlich fiel der Groschen.

»Sebastian hat in der Bibliothek meines Vaters nach dem ersten Band gesucht«, stellte sie nüchtern fest.

»Ja.«

»Nun ergibt alles einen Sinn. Deshalb war Sebastian vor ein paar Wochen in Frankreich. Mein Freund Jean, der den Weinkeller des Châteaus führt, hat ihn in der Bibliothek überrascht, wie er die Regale durchgegangen ist. Kein Wunder, dass er an dem Wochenende so schlecht gelaunt nach Yorkshire zurückgekommen ist. Er hatte den ersten Band nicht gefunden.«

»Immerhin etwas«, bemerkte Alex.

»So weit ist mir alles klar. Aber ich verstehe nicht, warum er so weit gegangen ist, mich zu heiraten.«

»Vielleicht wollte Seb sich, nachdem er den ersten Band vor Renovierungsbeginn und Einlagerung der Bibliothek nicht gefunden hatte, zeitlich unbeschränkten Zugang verschaffen«, mutmaßte Alex. »Ihrem Ehemann kann man den Zutritt schließlich nicht verwehren.«

»Stimmt. Und ich habe ihm blind vertraut.«

»Em, sind Sie in der Verfassung, den letzten Umschlag zu öffnen?« Alex deutete darauf. »Ich habe das Gefühl, dass das der schlimmste für Sie wird.«

»Ja, keine Sorge«, antwortete Emilie, nahm das Kuvert und riss es auf. Darin befand sich der neue Schlüssel zum Château, um den Sebastian sie einmal gebeten hatte. Und der alte, rostige, der damals verschwunden war.

»O Gott«, murmelte sie, Tränen in den Augen. »Dann ist *er*

also damals ins Château eingebrochen! Und dann hat er noch die Kaltschnäuzigkeit besessen wiederzukommen und mich zu *trösten*! Wie konnte er nur, Alex?«

»Wie gesagt: Er wollte unbeschränkten Zugang. Tut mir wirklich leid, Em. Allerdings muss ich ihm zugutehalten, dass er am Anfang ziemlich in Sie verguckt war. Als er das erste Mal von Frankreich zurückgekommen ist, hat er mir von Ihnen vorgeschwärmt. Vielleicht waren seine Absichten doch nicht so unehrenhaft, und er dachte, die Ehe würde funktionieren. Aber dann hat Bella wieder gelockt, und er konnte nicht widerstehen. In den letzten zehn Jahren ist er immer wieder zu ihr zurückgekehrt.«

»Bitte versuchen Sie nicht, Entschuldigungen für ihn zu finden, Alex«, herrschte sie ihn an. »Er hat kein Mitleid verdient. Abgesehen von allem, was er mir sonst angetan hat, würde ich, wenn von Liebe die Rede ist, erwarten, dass diese sich auf einen einzigen Menschen beschränkt.« Sie wischte sich energisch die Tränen aus dem Gesicht.

»Das würde ich auch«, pflichtete Alex ihr bei. »Tut mir leid, dass ausgerechnet ich Ihnen die Augen öffnen musste. Bitte hassen Sie mich nicht dafür, ja? Ich verachte meinen Bruder für das, was er Ihnen angetan hat.«

»Wieso sollte ich Sie hassen? Ich habe Sie doch gebeten, mir alles zu erzählen.«

»Danke. Übrigens sollten Sie das Buch behalten. Nehmen Sie es nach Frankreich mit und stellen Sie es zurück in die Bibliothek des Châteaus.«

»Aber mein Vater hat es Ihrer Großmutter geschenkt, und die hat es wiederum Ihnen vermacht, also gehört es Ihnen.«

»Unter normalen Umständen, ja. Aber in der jetzigen Situation ist es wahrscheinlich das Beste, wenn Sie es mitnehmen, damit es nicht verschwindet«, schlug er vor. »Nur interessehalber: Wissen Sie, wo sich der andere Band befindet? Offenbar nicht in der Bibliothek Ihres Vaters.«

»Sie kennen die Bibliothek nicht«, widersprach Emilie. »Sie ist riesig, umfasst über zwanzigtausend Bände. Sebastian hätte vermutlich mehr als ein paar Tage gebraucht, um sie nach dem Band abzusuchen.«

»Die hatte er auch. Seine Reise nach Frankreich diente nur einer letzten Vergewisserung vor der Einlagerung der Bücher. Sebastian hatte schon zuvor genug Zeit mit Ihnen im Château verbracht.«

»Stimmt.« Emilies Gedanken wanderten zurück zu den Tagen, als sie Sebastian kennengelernt hatte. Und zu den Büchern über Obstbäume, die nach dem angeblichen Einbruch im Regal ein wenig vorgestanden waren. Er hatte also von Anfang an danach gesucht.

Sie schüttelte den Kopf über ihre eigene Naivität und Sebastians Durchtriebenheit. »Die gute Nachricht ist jedenfalls, dass er den Band, soweit wir wissen, bisher nicht gefunden hat. Ich werde mich selbst danach umsehen, wenn die Bibliothek nach der Renovierung wieder an Ort und Stelle ist. Immerhin kenne ich nun die Wahrheit. Jetzt muss ich mich auf die Zukunft konzentrieren.«

»Emilie, Sie sind wirklich eine bemerkenswerte Frau«, stellte Alex bewundernd fest.

»Nein.« Emilie stieß einen Seufzer aus, der sich in ein Gähnen verwandelte. »Ich bin lediglich pragmatisch und habe mich von falscher Liebe blenden lassen. Zum ersten Mal in meinem Leben habe ich jemandem blind vertraut, und es ist schiefgegangen. Außerdem weiß Sebastian nicht alles über mich.«

Alex sah sie fragend an.

»Zum Beispiel habe ich ihm vor der Hochzeit nicht gestanden, dass ich keine Kinder bekommen kann.«

»Hat Seb Sie denn danach gefragt?«

»Nein. Aber das bedeutet nicht, dass ich nicht moralisch dazu verpflichtet gewesen wäre. Ich hätte es ihm sagen müssen, doch an damals zu denken ...«, Emilie schwieg kurz, »... habe ich einfach nicht geschafft.«

»Verstehe. Darf ich fragen, weshalb Sie sich so sicher sind? Sie müssen nicht antworten.«

Emilie schenkte sich einen zweiten Brandy ein, um sich Mut anzutrinken. »Mit dreizehn«, begann sie, »wurde ich sehr krank. Mein Vater war im Château, ich mit meiner Mutter zu Hause in Paris, wo sie von einer Einladung zur anderen flatterte. Eine unserer Bediensteten hat sie darauf hingewiesen, dass ich krank aussehe, und ihr geraten, den Arzt zu rufen. Sie hat einen kurzen Blick auf mich geworfen, mir die Hand auf die Stirn gelegt und gesagt, das würde schon wieder vergehen. Dann ist sie zur nächsten Abendeinladung.« Emilie nahm einen weiteren Schluck Brandy und versuchte sich zu sammeln, bevor sie weitersprach. »In den folgenden Tagen hat sich mein Zustand verschlechtert. Am Ende hat meine Mutter dann doch einen Arzt kommen lassen, einen alten Freund von ihr, der eine Lebensmittelvergiftung diagnostizierte. Er hat mir Tabletten gegeben und sich verabschiedet. Tags darauf habe ich das Bewusstsein verloren. Meine Mutter war unterwegs, deshalb hat die Bedienstete die Sanitäter gerufen, die mich ins Krankenhaus brachten. Dort wurde eine starke Unterleibsentzündung festgestellt. Zur Entschuldigung des Arztes muss ich sagen, dass solche Erkrankungen bei Teenagern nur selten auftreten. Kein Wunder, dass er sie nicht erkannt hat. Anfangs lässt sich so etwas gut behandeln, aber später kann sie zu Unfruchtbarkeit führen.«

»Em, wie schrecklich.«

»Alex, Sie sind der erste Mensch, dem ich das erzähle. Bisher war ich nie in der Lage, es laut auszusprechen. Ich …« Sie begann zu schluchzen.

»Em, Emilie … Liebes …«

Er legte den Arm um sie und zog sie zu sich aufs Sofa. Sie schmiegte sich weinend an seine Brust, während er ihr sanft über die Haare strich.

»Wie konnte meine Mutter nur übersehen, wie krank ich war?«

»Em, ich weiß es nicht.« Er drückte ihr ein Taschentuch in die Hand.

»Tut mir leid«, schniefte sie. »Sonst bin ich nicht so.«

»Der Schmerz ist Teil von Ihnen. Es hilft, ihn herauszulassen.«

»Als man mir damals gesagt hat, dass ich keine Kinder mehr bekommen kann, habe ich mir einzureden versucht, dass das nicht schlimm ist. Aber das ist es doch, Alex! Mit jedem Jahr wird es schlimmer, weil ich allmählich merke, dass ich die eine Aufgabe, derentwegen wir Menschen auf Erden sind, nicht erfüllen kann!«

»Sind Sie absolut sicher, dass es nicht geht?«, fragte er.

»Die Methoden, die heutzutage bei unfruchtbaren Frauen angewendet werden, nützen bei mir nichts. Ich kann selbst keine Eier produzieren, und mein Unterleib ist nicht stabil genug, um die anderer Frauen auszutragen.«

»Sie könnten ein Kind adoptieren«, schlug Alex vor.

»Ja, das wäre möglich.« Emilie putzte sich die Nase.

»Ich habe das auch schon überlegt, weil ich mich genausowenig fortpflanzen kann wie Sie. Die Einzelheiten erspare ich Ihnen. Die Ausstattung funktioniert zwar, aber aufgrund des Unfalls kann ich nicht zum Samenerguss kommen. Ich hätte gern Kinder. Wir sind schon ein Pärchen, was?«, meinte er schmunzelnd.

»Ja.« Emilie löste sich aus seiner Umarmung. »Bevor ich gehe, möchte ich mich noch dafür entschuldigen, dass ich an Ihnen gezweifelt habe. Sie sind der aufrichtigste und mutigste Mensch, den ich kenne.«

»Ich fürchte, da spricht der Brandy. Diese Adjektive treffen nicht auf mich zu.«

»O doch. Sie sind das Einzige, was mir von England fehlen wird.«

»Oje. Hören Sie auf, sonst werde ich noch rot.« Alex streichelte lächelnd ihre Wange. »Wenn wir schon dabei sind, einander Komplimente zu machen, und weil wir uns vermutlich nie wiedersehen werden, möchte ich Ihnen sagen, dass ich unter anderen Umständen …« Er seufzte tief. »Sie werden mir fehlen, Em. Wirklich. Gehen Sie jetzt lieber; es ist drei Uhr morgens. Vergessen Sie das Buch nicht, und bitte lassen Sie es mich wissen, falls Sie über den ersten Band stolpern sollten. Ich schreibe Ihnen meine E-Mail-Adresse auf. Halten Sie mich auf dem Laufenden.«

»Was werden Sie Sebastian sagen?«, fragte Emilie.

»Wenn er erwähnt, dass das Buch – *mein* Buch – fehlt, ist das für mich nur wieder die gleiche Geschichte, die er mir seit zwei Jahren erzählt.« Alex zuckte grinsend mit den Achseln. »Was soll ich sagen? Seine Lüge ist wahr geworden. Das Buch ist tatsächlich verschwunden.«

»Was ist, wenn er glaubt, Sie hätten es genommen? Und Ihnen deshalb das Leben noch schwerer macht?«

»Em, das soll nicht Ihre Sorge sein. Sie haben im Moment genug um die Ohren. Ich komme schon zurecht.« Alex bedachte sie mit einem Lächeln. »Und jetzt ab ins Bett.«

Sie stand auf und nahm das Buch, die Mappe und die Ausdrucke vom Tisch. »Ich weiß nicht, wie ich Ihnen danken soll, Alex. Bitte passen Sie auf sich auf.« Sie beugte sich zu ihm hinunter, um ihn auf die Wange zu küssen. Einem plötzlichen Impuls folgend, schloss sie die Arme um ihn und drückte ihn fest an sich. »*Bonsoir, mon ami.*«

»*Adieu, mon amour*«, flüsterte Alex, als sie die Tür schloss.

33

Emilie machte sich nicht die Mühe, ins Bett zu gehen, weil sie fürchtete, dass Sebastian irgendwann auftauchen würde. Bei Tagesanbruch bestellte sie ein Taxi, stopfte ihre Sachen in einen Koffer und überlegte, ob sie ihrem Mann eine Nachricht hinterlassen solle. Am Ende entschied sie sich dagegen und schrieb stattdessen eine für Alex, notierte ihre E-Mail-Adresse darauf und schob den Zettel unter seiner Tür durch.

Als das Taxi sie zum letzten Mal von Blackmoor Hall wegbrachte, galt ihre Sorge Alex, denn höchstwahrscheinlich würde Sebastian seine Wut wieder an ihm auslassen.

Im Flugzeug schloss Emilie die Augen und versuchte zu vergessen. Nach ihrer Ankunft in Nizza checkte sie in einem Hotel beim Flughafen ein, sank aufs Bett und schlief sofort ein.

Sie erwachte in der Dämmerung, fühlte sich wackelig und hatte Kopfschmerzen von dem Brandy. Als ihr einfiel, dass sie seit dem Croissant am Morgen des vergangenen Tages nichts mehr gegessen hatte, bestellte sie einen Hamburger aufs Zimmer. Nachdem sie ihn heruntergewürgt hatte, sank sie erneut aufs Bett. Plötzlich wurde ihr klar, dass sie im Moment faktisch ohne Bleibe war. Ihre Wohnung in Paris war bis Ende Juni vermietet, das Château wurde renoviert.

Emilie beschloss, eine weitere Nacht in dem Hotel zu verbringen und am folgenden Morgen nach Gassin zu fahren. Sie ging davon aus, dass Jean nichts dagegen hätte, sie noch ein paar Tage bei sich unterzubringen, bis sie wusste, wie es weitergehen würde. Vielleicht konnte sie sich in der Nähe ein *gîte* mieten – dann wäre sie immerhin vor Ort, um die Sanierungsarbeiten zu überwachen.

Ob Sebastian bereits in Yorkshire war? Sie wusste, dass sie Gerard so schnell wie möglich um den Namen eines guten Scheidungsanwalts bitten musste. Wenigstens war sie noch nicht so lange verheiratet, dass der Papierkram schon Probleme bereitet hätte, und offiziell waren auch ihre Finanzen getrennt. Emilie fiel die Diamanthalskette ein, die Sebastian Bella geschenkt hatte, nachdem er einen Scheck über zwanzigtausend Pfund von Emilie erhalten hatte, und der Porsche, und ihr wurde übel.

Gern wäre sie so gelassen wie Alex gewesen, aber wie er ganz richtig gesagt hatte, war es gut, die Wut herauszulassen. Außerdem überraschte es sie, dass sie nun nichts mehr von der leidenschaftlichen Liebe spürte, die sie anfangs für Sebastian empfunden hatte. Möglicherweise war das niemals die »Liebe« gewesen, die Constance Sophia vor so vielen Jahren in Paris beschrieben hatte. Jedenfalls nicht die dauerhafte, die einen durch alle Höhen und Tiefen des Lebens trägt.

Sebastian hatte sie wie der Mistral hinweggefegt. War sie ihm gegenüber jemals sie selbst gewesen? Ihr wurde bewusst, dass sie den größten Teil des Jahres versucht hatte, ihm alles recht zu machen, weil sie so dankbar für ihn und seine Zuneigung war. Es hatte viele Momente gegeben, in denen sie ihm hätte widersprechen sollen, doch Sebastian hielt von Anfang an das Heft in der Hand. Sie hatten immer gemacht, was *er* wollte, und sie hatte sich seinem Willen gebeugt und ihm alles geglaubt.

Nein, dachte Emilie, das war keine Liebe.

Emilie fragte sich, ob der Brandy schuld war, dass sie Alex

erzählt hatte, was ihr in der Jugend von ihrer Mutter angetan worden war.

Inzwischen empfand sie ihre jahrelangen Versuche, das mangelnde Interesse ihrer Mutter auszublenden, als surreal. Sie hatte zugelassen, dass ihre Verbitterung wuchs und ihr Vertrauen in andere Menschen erstickte. Doch in den vergangenen Wochen hatte Alex ihr gezeigt, dass es sinnlos war zu hassen oder im Zorn zurückzublicken. Das schadete einem nur selbst.

Wie klug und liebenswert Alex war! Emilie rief sich ins Gedächtnis, wie sie sich in seinen Armen ausgeweint hatte. Das war angenehm und tröstlich gewesen. Wieso hatte sie es *ihm* erzählen können, nicht aber ihrem Mann?

Emilie ermahnte sich, die englische Episode ein für alle Mal zu beenden. Sie musste versuchen zu vergeben, zu vergessen und sich der Zukunft zuzuwenden.

»Emilie? Lange nicht gesehen!«, begrüßte Jean sie in der *cave*.

»Ich habe es einfach nicht länger ohne euch ausgehalten«, erwiderte sie spöttisch und merkte, dass jemand sie von dem Tisch aus musterte, an dem gewöhnlich Jacques saß.

»Hallo, Anton. Verdienst du dir ein paar Centimes für Bücher?«

»Anton bleibt die nächsten Tage bei uns, weil seine Maman im Krankenhaus ist«, erklärte Jean.

»Margaux? Ich wusste gar nicht, dass sie krank ist. Was fehlt ihr denn?«, fragte Emilie besorgt.

»Keine Sorge, sie erholt sich wieder.« Jean bedachte sie mit einem warnenden Blick. »In der Zwischenzeit bringe ich Anton alles über Wein bei. Papa sitzt im Garten. Wollen Sie ihn nicht begrüßen? Ich komme gleich nach.«

Jacques wirkte weit weniger müde als noch zwei Tage zuvor, begrüßte sie mit einem Lächeln und streckte ihr die knotige Hand entgegen.

»Ich dachte mir schon, dass Sie bald wiederkommen. Ich frage nicht, warum, aber wenn Sie es mir erzählen wollen, höre ich es mir gern an.«

»Danke, Jacques.« Sie nahm an dem kleinen Tisch neben ihm Platz. »Was ist los mit Margaux?«

»Ist der Junge bei Jean in der *cave*?«

»Ja.«

»Dann kann ich es ja sagen. Sie ist sehr krank, wahrscheinlich schon länger. Letzte Woche hat sie sich über Bauch- und Rückenschmerzen beklagt und ist am Tag Ihrer Abreise zum Arzt gegangen. Der hat sie sofort ins Krankenhaus eingewiesen, wo Eierstockkrebs im fortgeschrittenen Stadium festgestellt wurde. Sie wird heute operiert; die Aussichten sind sehr schlecht. Der Junge weiß das alles nicht.«

»Nein, Jacques!«, rief Emilie aus. »Nicht Margaux! Sie war wie eine Mutter für mich, als ich nach dem Tod meines Vaters hierhergekommen bin.«

»Ja, sie ist ein guter Mensch. Wir dürfen die Hoffnung noch nicht aufgeben.«

»Ich besuche sie in den nächsten Tagen im Krankenhaus«, versprach sie.

»Darüber freut sie sich bestimmt. Und Sie, Emilie? Wie sehen Ihre Pläne aus?«

»Im Moment habe ich keine Ahnung«, antwortete Emilie und schüttelte traurig den Kopf.

In den folgenden Tagen schlief und aß Emilie, überwachte die Renovierungsarbeiten und fuhr mit Anton nach Nizza, um seine Mutter im Krankenhaus zu besuchen. Die Operation hatte nichts genützt, Margaux ging es sehr schlecht.

Als Anton im Bett lag – er schlief fürs Erste auf einer Matratze in dem winzigen Arbeitszimmer unten –, besprachen Emilie, Jean und Jacques, was mit ihm geschehen würde, wenn seine Mutter sich nicht mehr erholte.

»Sein Vater ist tot. Was ist mit seinen anderen Verwandten?«, fragte Jean.

»Ich glaube, es gibt eine Tante in Grasse«, antwortete Jacques. »Die sollten wir informieren.«

»Ich bin der Patenonkel des Jungen«, meinte Jean. »Vielleicht sollten wir ihm anbieten, bei uns zu bleiben?«

»Vorübergehend ginge das, aber Jungen brauchen eine Frau, die sich um sie kümmert«, widersprach Jacques. »Hier sind nur Männer.«

»Anton ist fast dreizehn. Wahrscheinlich hat er selbst Vorstellungen über sein weiteres Leben«, meinte Jean.

»Apropos weiteres Leben«, mischte sich Emilie ein. »Ich habe gehört, dass ganz in der Nähe ein *gîte* frei ist. Es befindet sich auf dem Grund der Familie Bournasse. Ich will es mir morgen ansehen. So wie Madame es mir am Telefon beschrieben hat, scheint es genau das Richtige für mich zu sein.«

»Sie wissen, dass es keine Eile hat mit dem Ausziehen«, versicherte Jean ihr.

»Das ist sehr nett von Ihnen, aber ich muss allmählich Pläne machen.«

Nach dem Essen zog Jacques sich zurück, und Jean und Emilie räumten das Geschirr ab.

»Hat Ihr Vater noch etwas davon erwähnt, ob er bereit ist, die Identität von Sophias Baby preiszugeben?«, fragte sie.

»Nein, und ich habe ihn auch nicht gedrängt. Im Moment geht es ihm sehr gut, das möchte ich nicht gefährden.«

»Ich muss ihn wirklich bewundern«, lobte Emilie ihn. »Noch vor Kurzem hätte ich gedacht, dass wir uns bald von ihm verabschieden müssen, und jetzt scheint es Margaux zu sein. Heute Nachmittag hat sie ziemlich schlecht ausgesehen. Anton ist sehr tapfer.«

»Er ist ein ungewöhnlicher Junge. Leider ist sein Verhältnis zu seiner Mutter, weil er seinen Vater so früh verloren hat, ausgesprochen eng. Morgen Nachmittag bringe ich Papa nach Nizza, weil er mit Margaux sprechen möchte. Würden Sie in der Zeit auf Anton aufpassen?«

»Natürlich. Er kann mich zum *gîte* begleiten. Ich hätte nicht gedacht, dass Jacques eine Sterbenskranke im Hospital besuchen würde.«

»Mein Vater wird uns am Ende noch alle überleben, Emilie«, scherzte Jean.

Emilie und Anton wussten sofort, dass das *gîte* das Richtige für Emilie war. Es befand sich nur zehn Gehminuten vom Château entfernt, lag inmitten der Weinberge, war hübsch im provenzalischen Stil eingerichtet und hatte einen Holzofen, der sie wärmen würde, wenn in ein paar Monaten der Winter kam.

»Es hat zwei zusätzliche Zimmer«, rief Anton begeistert aus. »Könnte ich hin und wieder zu Ihnen kommen, falls Maman … länger fortbleiben muss?«

»Natürlich«, antwortete sie lächelnd. »Wann immer du willst. Findest du auch, dass ich es nehmen soll?«

»Ja! Es gibt hier sogar Internetanschluss«, schwärmte er.

Nachdem Emilie sich mit Madame Bournasse auf einen Preis geeinigt hatte, führte sie Anton zur Feier des Tages ins Le Pescadou in Gassin aus.

Anton genoss den fantastischen Ausblick. »Hoffentlich muss ich nicht von hier weg«, sagte er traurig. »Hier bin ich glücklich.«

»Wieso solltest du?«, fragte Emilie, als der Kellner die ofenfrische Pizza servierte.

Anton sah sie mit seinen großen blauen Augen an. »Weil meine Mutter im Sterben liegt. Und wenn sie nicht mehr ist, muss ich wahrscheinlich zu meiner Tante in Grasse.«

»Ach, Anton.« Emilie drückte seinen Arm. »Du darfst die Hoffnung nicht aufgeben. Vielleicht erholt sie sich wieder.«

»Nein. Ich bin nicht dumm, Emilie. Es ist nett, dass Sie mir alle etwas vorzumachen versuchen, aber ich spüre die Wahrheit hier drin.« Er legte die Hand auf seine schmale Brust. »Ich mag meine Tante und meine Cousins nicht besonders. Sie interessieren sich nur für Fußball und hänseln mich, weil ich lieber lese und lerne.«

»Bitte versuch noch nicht darüber nachzudenken. Wenn wirklich der schlimmste Fall eintreten sollte …«, Emilie gab ihm gegenüber das erste Mal offen zu, dass das durchaus passieren konnte, »… gibt es sicher noch eine andere Lösung.«

»Das hoffe ich«, sagte er leise.

Einige Tage später zog Emilie mit Hilfe von Anton bei Jean und Jacques aus und in ihr neues Zuhause. Anton war zu ihrem Schatten geworden, weil Margaux, der es immer schlechter ging, ihrem Sohn den Anblick ersparen wollte und ihm gesagt hatte, er brauche sie nicht jeden Tag zu besuchen. Sie war so mit Morphium vollgepumpt, dass sie kaum noch etwas mitbekam. Sie wussten alle, dass es nur noch eine Frage der Zeit war.

»Würde es Ihnen etwas ausmachen, wenn ich Sie hin und wieder besuche?«, fragte Anton Emilie, als diese ihren Laptop anschloss, um zu überprüfen, ob der Internetanschluss funktionierte.

»Aber nein, Anton. Du kannst mich jederzeit besuchen«, antwortete sie lächelnd. »Wie wär's jetzt mit einem Tee?«

Später am Abend, als sie Anton zu Jean und Jacques zurückgebracht hatte, überprüfte Emilie ihre E-Mails. Sie hatte Angst vor einer von Sebastian, fand jedoch eine von Alex.

An: edlmartinieres@orange.fr
Von: aecarruthers@blackhall.co.uk

Liebste Em,
ich hoffe, Frankreich tut Ihrer armen, gequälten Seele gut. Ich wollte Ihnen berichten, was sich nach Ihrer Abreise hier ereignet hat. Gut möglich, dass Sie lachen müssen. Sebastian kam ein paar Stunden, nachdem Sie weggefahren waren, ganz aufgeregt hier an und erklärte mir, dass alles ein großes Missverständnis sei. (Ich war versucht, nicht nur die Aussagen seiner Geliebten zu erwähnen, sondern auch, dass der Anblick seiner Kleidung im Schlafzimmer Ihren Argwohn geweckt haben könnte, hielt mich aber zurück.) Er fragte, wo Sie seien. Ich tat wieder einmal so, als wüsste ich von nichts, und sagte, ich hätte Sie am frühen Morgen abfahren hören. Er murmelte, dass Sie bestimmt wiederkommen würden, wenn Sie sich beruhigt hätten, und ging zurück ins Haupthaus. Ein paar Stunden blieb alles ruhig, dann hörte ich plötzlich einen Schrei und laute Schritte auf dem Flur zu mir.

Ich wappnete mich innerlich, weil ich wusste, dass er gleich hereinstürmen würde, um zu erfahren, wer an seinem Safe gewesen sei und sein Buch gestohlen habe. »Was für ein Buch meinst du?«, fragte ich ihn. »Das, das ich mir vor Ewigkeiten von dir geborgt habe«, antwortete er.

»Ach«, sagte ich, »du meinst *mein* Buch? Hast du nicht gesagt, das hättest du verlegt? Das hatte ich ganz vergessen.«

Ich runzelte die Stirn. »Du hast also die ganze Zeit gewusst, wo es ist?«

Sie hätten sein Gesicht sehen sollen, Emilie! Da hatte er sich doch glatt in seinen eigenen Lügen verheddert!

Dann durchsuchte er (ich lüge nicht) meine Wohnung und beschuldigte mich, es genommen zu haben. Was ich angesichts der Tatsache, dass es ohnehin mir gehört, für ziemlich dreist hielt. Nachdem er alles auf den Kopf gestellt hatte – die arme Jo war ziemlich verärgert über das Durcheinander –, versuchte er es mit einer anderen Taktik.

»Schau, Alex«, begann er in dem aufrichtigen Tonfall, den er immer verwendet, wenn er einen hereinlegen möchte. »Ich wollte dir das erst sagen, wenn ich ganz sicher bin. Kürzlich habe ich entdeckt, dass dieses Buch ausgesprochen wertvoll ist.«

»Wirklich?«, fragte ich. »Was für eine Überraschung!«

»Ja, sogar sehr wertvoll.«

»Na, was für ein Glück! Wie viel ist es denn wert? Wie ist das möglich?«

»Ungefähr eine halbe Million Pfund«, antwortete er. (Ha!) Wenn ich es zufällig irgendwo habe, solle ich doch bitte gut darauf aufpassen, weil er – hier beugte er sich verschwörerisch zu mir herunter – möglicherweise wisse, wie sich aus dieser halben Million eine ganze machen lasse!!

»Gütiger Himmel«, rief ich aus.

Daraufhin erklärte er mir, dass es einen zweiten Band gebe und er Nachforschungen über den Ort angestellt habe, an dem dieser sich befinde. Er stehe kurz davor, ihn aufzuspüren; die beiden Bände zusammen seien sehr viel wert. Wenn es ihm gelinge, den zweiten Band zu finden, könnten wir doch als die ehrlichen Brüder, die wir seien, den Erlös teilen?

Ich lauschte aufmerksam und sagte schließlich: »Das klingt wunderbar, Seb. Da wäre nur ein kleines Problem. Ich habe das Buch nicht. Ich habe mein Eigentum nicht an mich gebracht und weiß nicht, wo es ist. Wer könnte es genommen haben?«

Wir überlegten eine Weile gemeinsam, bis der Groschen fiel.

»Emilie.«

»Sie muss es gewesen sein«, pflichtete ich ihm bei.

Da stand er auf und lief wie ein Wahnsinniger im Zimmer auf und ab. Wie um alles in der Welt, fragte er, konnte sie das herausgefunden haben? Wenn sie es uns gestohlen habe, müsse er – er korrigierte sich sofort – *ich* sofort die Polizei benachrichtigen.

Ich wies ihn darauf hin, dass es, wenn tatsächlich Sie die Schuldige wären, ziemlich schwierig zu beweisen wäre, da ja in dem Buch der Name Ihres Vaters stehe.

Das nahm ihm den Wind aus den Segeln, bis er sich mir plötzlich mit erleichterter Miene zuwandte. »Alex, du hast doch diesen Brief von unserer Großmutter, in dem sie das Buch dir vermacht.«

Meines Wissens habe ich ihm diesen Brief niemals gezeigt, den mir der Anwalt meiner Oma nach meiner Heimkehr aushändigte.

»Was für ein Brief?«, fragte ich. »Ich weiß nichts von einem Brief.«

»Der Brief, von dem du mir erzählt hast.«

»Ach so, der«, sagte ich und kratzte mich am Kopf. »Ich glaube, den habe ich zerrissen.«

Der entsetzte Gesichtsausdruck meines Bruders war fast schon komisch, bevor er mit einem mörderischen Blick hinausstürmte und die Tür hinter sich zuschlug.

Ich weiß, dass ein wütender Seb ein gefährlicher Seb ist, noch gefährlicher als sonst. Also ergriff ich Maßnahmen, die Ihnen, Em, angesichts der Tatsache, dass es lediglich um ein Buch geht, möglicherweise übertrieben erscheinen mögen, und ließ das Schloss auswechseln. Jetzt sitze ich in einem Hochsicherheitsgefängnis, das einer *Mona Lisa* würdig wäre. Ich habe eine Gegensprechanlage an der äußeren und der inneren Tür anbringen lassen, dazu eine Reihe von Schlössern und Riegeln. Das mag dramatisch klingen, aber ich möchte in der Nacht ruhig schlafen können.

An jenem Nachmittag verließ Seb das Haus. Das traf sich gut, weil so die Installation meines Sicherheitssystems ungestört erfolgen konnte, aber es wurde a) noch keiner Prüfung unterzogen, weswegen ich mich schon ärgere, so viel Geld dafür ausgegeben zu haben, und er ist b) möglicherweise auf dem Weg nach Frankreich zu Ihnen.

Liebste Em, ich habe keine Ahnung, wie es Ihnen geht und wo Sie im Moment wohnen, und wahrscheinlich übertreibe ich aus Sorge um Sie, aber weiß er, wo Ihre Bibliothek eingelagert ist? Ich traue ihm zu, dass er sie noch einmal aufsucht. Da er Ihr Mann ist, hätte er freien Zugang. Falls er tatsächlich bei Ihnen in Frankreich auftauchen sollte, treffen Sie sich bitte nicht allein mit ihm.

Wahrscheinlich übertreibe ich wirklich – wir wissen beide, dass Sebastian nicht gewalttätig ist, jedenfalls nicht mehr seit der Zeit damals mit mir –, aber ich möchte Sie bitten, auf der Hut zu sein. Schließlich geht es um sehr viel Geld.

Das Durcheinander mit meinem Bruder hat mich – insbesondere, da ich im Moment faktisch in einem Gefängnis sitze – dazu gebracht, über meine Zukunft nachzudenken. Vielleicht war die Tatsache, dass Sie mir den Brief meiner Großmutter vorgelesen haben, der Auslöser … jedenfalls bin ich zu einigen wichtigen Beschlüssen gelangt, die ich Ihnen irgendwann gern mitteilen würde, jedoch noch nicht heute. Sie haben momentan genug Sorgen. Übrigens ›vermache‹ ich Ihnen hiermit offiziell das Buch – verfahren Sie mit Band eins, falls Sie ihn finden sollten, und Band zwei, wie Sie wollen. Ich kann Ihnen versichern, dass ich das Geld nicht brauche – zum Glück machen sich die neuen »Kinder«, die ich mir zugelegt habe, alle außergewöhnlich gut.

Ich hoffe auf eine Antwort von Ihnen, erstens, weil ich gern wüsste, ob Sie meine Warnung wegen Seb erhalten haben, und zweitens, weil ich gern von Ihnen hören würde.

Hier im Haus ist es ohne Sie sehr still.

Mit besten Grüßen, alles Liebe,

Alex x

Emilie griff entsetzt zum Handy und rief bei dem Unternehmen an, das die Bücher eingelagert hatte, um den Leuten dort mitzuteilen, dass sie sich scheiden lassen wolle und ihrem Mann keinesfalls Zugang zu den Dingen aus dem Château gewährt werden dürfe, am allerwenigsten zu den Büchern. Der zweite Anruf ging an Jean. Sie bat ihn, Sebastian, falls er bei ihm auftauchen sollte, zu sagen, dass er sie nicht gesehen habe.

»Das hatte ich mir schon gedacht, Emilie«, erklärte Jean.

Anschließend machte Emilie sich daran, Alex' E-Mail zu beantworten. Sie bedankte sich für seine Warnung, entschuldigte sich für ihre späte Antwort und teilte ihm mit, dass Sebastian bisher nicht gesichtet worden sei. Des Weiteren schrieb sie ihm, dass sie gern mehr über seine Zukunftspläne erfahren würde, und verabschiedete sich mit einem Kuss.

Inzwischen war es dunkel. Emilie schenkte sich ein Glas Wein ein und begann rastlos im *gîte* auf und ab zu laufen.

Alex machte sich Sorgen um sie, und sie machte sich Sorgen um ihn.

Mehr als Sorgen …

Gleich nach dem Abendessen legte Emilie sich ins Bett. Die neue Matratze, die deutlich weicher war als die gewohnte aus Pferdehaar, ließ sie nicht einschlafen.

Was, wenn Sebastian nach Blackmoor Hall zurückkehrte und es ihm gelang, sich trotz Alex' Sicherheitsmaßnahmen Zugang zu seiner Wohnung zu verschaffen?

Nein, ermahnte sie sich selbst. Alex war nur der Bruder ihres Exmannes und sie nicht für ihn verantwortlich.

Aber … Emilie stand auf und lief wieder hin und her. Er fehlte ihr.

Plötzlich hielt Emilie inne, weil ihr einfiel, was Jean gesagt hatte.

»Sieht fast so aus, als hätten Sie sich den falschen Bruder ausgesucht …«

Sie war müde und bildete sich Gefühle ein, die nicht existierten.

Emilie legte sich wieder ins Bett und schloss die Augen.

34

Zwei Tage später erhielt sie einen Anruf von Jean.

»Ich habe leider schlechte Nachrichten. Margaux ist heute in den frühen Morgenstunden gestorben. Ich weiß nicht, wie ich es Anton sagen soll. Bis jetzt ist er sehr tapfer gewesen, aber …«

»Ich komme sofort«, versprach Emilie.

»Anton macht einen Spaziergang«, teilte Jean Emilie mit, als diese bei ihm eintraf.

»Haben Sie es ihm gesagt?«

»Ja. Er ist ganz ruhig geblieben. Ich habe die Tante in Grasse angerufen, die ihn zu sich nehmen würde, aber darüber ist Anton nicht glücklich.«

»Wir müssen ihm irgendwie helfen«, erklärte Emilie.

»Er mag Sie sehr«, bemerkte Jean.

»Und ich ihn. Er könnte eine Weile bei mir bleiben, aber …«

»Verstehe.« Jean nickte.

»Ich gehe zu ihm«, sagte Emilie und stand auf.

Als sie zwischen den Rebstöcken hindurchlief, fragte Emilie sich, was sie eben mit dem Aber gemeint hatte. Sie war reich, allein, besaß ein riesiges Haus und hatte im Moment die Zeit, sich um den Jungen zu kümmern, der ihr in den vergangenen Wochen ans Herz gewachsen war. Damit, dass sie nach den Erfahrungen mit Sebastian noch einmal heiraten würde, rechnete sie nicht. Und sie könnte niemals selbst Kinder haben.

Plötzlich wurde Emilie klar, was sich hinter dem Aber verbarg: Sie hatte Angst vor der Verantwortung, davor, für jemanden da sein zu müssen, der sie brauchte und der immer, anders als bei ihrer Mutter, an erster Stelle stand.

Würde sie so werden wie ihre Mutter?

Davor fürchtete sich Emilie am meisten.

»Der Junge braucht mich. Er braucht *mich* ...«

Wäre sie dieser Aufgabe gewachsen?

Natürlich. Sie war wie ihr Vater – das behaupteten alle. Und Édouard hatte ihr oft genug gesagt, dass die Freude darüber, gebraucht zu werden, viel schöner sei, als selbst etwas zu bekommen.

Mit einem Mal wurde Emilie klar, dass *sie* sich geehrt fühlen durfte, wenn Anton bei ihr bleiben wollte, nicht umgekehrt.

Sie suchte zwischen den Rebstöcken nach ihm. Schließlich entdeckte sie ihn, wie er mit hängenden Schultern zum Château hinüberblickte. Da stand ihr Entschluss fest. Sie ging mit ausgestreckten Armen auf ihn zu.

Als er ihre Schritte hörte, drehte er sich um und versuchte, seine Tränen wegzuwischen.

»Anton, es tut mir sehr leid.« Sie nahm ihn in die Arme, und nach ein paar Sekunden brachte er den Mut auf, ihre Umarmung zu erwidern.

»Ich kann dir kaum tröstende Worte sagen, Anton, weil mir klar ist, wie sehr du sie geliebt hast.«

»Jacques hat mir heute Morgen erklärt, dass der Tod ein Teil des Lebens ist. Ich weiß, dass ich das irgendwie akzeptieren muss, bin mir aber nicht sicher, ob ich das schon schaffe.«

»Jacques ist ein sehr kluger Mann«, sagte Emilie. »Anton, vielleicht ist jetzt nicht der richtige Zeitpunkt, das zu besprechen, aber wie wäre es, wenn du, wenigstens eine Weile, zu mir ins *gîte* kommst und mir Gesellschaft leistest? Hier ist es ziemlich einsam. Ich könnte einen Mann im Haus gebrauchen.«

Er sah sie erstaunt an. »Echt?«

»Ja. Lässt du es dir durch den Kopf gehen?«

»Emilie, darüber muss ich nicht nachdenken! Ich verspreche Ihnen, dass ich Ihnen nicht zur Last falle, und ich kann mich nützlich machen«, bot Anton ihr an.

»Ja, das kannst du. Schließlich sind wir beide Waisen, stimmt's?«

»Und wenn es mir am Ende so gut gefällt, dass ich nicht mehr gehen will …?«

»Vielleicht …«, Emilie drückte ihn lächelnd an sich, »… musst du das auch gar nicht.«

An: edlmartinieres@orange.fr.
Von: aecarruthers@blackhall.co.uk

Dienstag

Liebste Em,
was für eine Erleichterung, von Ihnen zu hören! Nicht dass ich Sie-wissen-schon-wer zugetraut hätte, sich sofort mit einer Pistole auf den Weg nach Frankreich zu machen, um *mein* wertvolles Buch zurückzufordern. Er ist und bleibt ein Feigling. Auch hier ist er bisher nicht wieder aufgetaucht, was bedeutet, dass ich in meinem Mona-Lisa-Turm auf seine Rückkehr warte. Ich vermute, dass er Schadensbegrenzung betreibt und der guten Bella seine unsterbliche Liebe erklärt hat. (Sorry.) Jedenfalls ist es in Blackmoor Hall, wie Sie sich vielleicht vorstellen können, sehr einsam. Es heißt schon etwas, wenn man zugeben muss, dass einem die Beschimpfungen des Bruders fehlen. Deshalb fühle ich mich in meinen Plänen bestätigt, die ich in meiner letzten Mail erwähnt habe. Wie Sie wissen, machen sich meine »Kinder« gut – sogar so gut, dass ich sie dem höchsten

Bieter gegen eine Mitgift in beträchtlicher Höhe überlassen habe. (BITTE ERZÄHLEN SIE DAS UM HIMMELS WILLEN NICHT IHREM FAST-EXEHEMANN!) Der Betrag reicht, um mir ein Leben lang Foie gras leisten zu können. Und sogar noch für eine Bleibe, die weniger abgeschieden ist als diese hier, so dass ich hin und wieder mit meinen Mitmenschen in Kontakt treten kann. Im Moment informiere ich mich über Erdgeschosswohnungen im Zentrum von York, einer sehr hübschen Stadt mit einer noch hübscheren Kathedrale.

Möglicherweise überrascht Sie meine Kehrtwendung, weil ich Ihnen doch gesagt hatte, dass ich auf jeden Fall in Blackmoor Hall bleiben möchte. Leider hat der gemeinsame Besitz dieses Hauses nichts als Kummer gebracht. Der letzte Wunsch meiner Großmutter nach einer Aussöhnung zwischen Seb und mir hat sich bedauerlicherweise nicht erfüllt und wird es auch nie. Also habe ich uns beiden zuliebe beschlossen, einem Verkauf von Blackmoor Hall zuzustimmen. Ich habe, glaube ich, bisher noch nicht erwähnt, dass Seb seinen Teil des Hauses mit einer hohen Summe beliehen hat. Vermutlich will die Bank das Geld so bald wie möglich zurück, weswegen er so dringend verkaufen möchte. Natürlich wird er entzückt sein, wenn ich ihm meine Entscheidung mitteile. Alles in allem, denke ich, ist es an der Zeit, einen Schlussstrich unter die Vergangenheit zu ziehen und sich der Zukunft zuzuwenden.

Em, ich sollte außerdem erwähnen, dass ich jeden Penny für die Renovierung meiner Wohnung aus der eigenen Tasche bezahlt habe. Genauso wie sämtliche Kosten für meinen Haushalt. Das Gericht hat mir eine hohe Entschädigung von der Versicherung des Fahrers zugesprochen, der mich in den Rollstuhl gebracht hat. Ich verrate Ihnen das nur, damit Ihnen klar ist, dass ich meinem Bruder nie auf der Tasche gelegen bin. Sie sollten auch noch wissen, dass ich anfangs angeboten habe, das Geld von der Entschädigung in die Renovierung von Blackmoor Hall zu stecken. Erst als mir bewusst wurde, dass es bis unter die Dachrinne beliehen ist, habe ich einen Rückzieher gemacht. Komischerweise kann er mich seitdem noch weniger leiden als früher.

Was halten Sie von meinem Plan, in die Zukunft zu blicken? Ich habe mich erst zu achtzig Prozent dazu durchgerungen, glaube aber, dass es der richtige Weg ist.

Seit Sie weg sind, Em, fühle ich mich schrecklich einsam. Und nach dem Verkauf meiner »Kinder« hänge ich in der Luft. Natürlich könnte es sein, dass ich neue adoptiere …

Teilen Sie mir doch bitte, wenn Sie Zeit haben sollten, mit, was Sie von meinen Ideen halten – ich würde mich sehr freuen, von Ihnen zu hören.

Sie fehlen mir.

Alex xx

Emilie hatte keine Zeit, sofort zu antworten, weil sie und Anton zu Margaux' Beisetzung mussten. Doch in der schönen mittelalterlichen Kirche Saint-Laurent in Gassin, in der sie Antons Hand fest in der ihren hielt, musste sie immerzu an die E-Mail von Alex denken.

Sie fehlen mir.

Nach der Trauerfeier kamen viele Leute aus der Gegend mit zu Jean und Jacques, wo sie den neuen Jahrgang der *cave* kosteten und für gut befanden.

Als die letzten Trauergäste gegangen waren, sah Emilie, dass Anton allein und ziemlich mitgenommen herumstand.

»Fang doch schon mal mit dem Packen an. Wir fahren bald nach Hause«, forderte Emilie ihn mit sanfter Stimme auf.

Antons Miene hellte sich ein wenig auf. »Ja, das mache ich.«

Als er nach oben schlich, tröstete sich Emilie damit, dass er nach diesem schrecklichen Tag immerhin das Gefühl haben konnte, einen neuen Lebensabschnitt zu beginnen.

Jean betrat die Küche. »Emilie, mein Vater lässt fragen, ob Sie zu uns in den Garten kommen wollen, solange Anton einpackt.«

»Natürlich.« Sie folgte Jean hinaus.

Jacques saß auf demselben Stuhl wie schon den ganzen Nachmittag.

»Setzen Sie sich, Emilie«, sagte er ernst. »Ich möchte mit Ihnen reden. Jean, bleib du auch da.«

Jean schenkte ihnen allen ein frisches Glas Wein ein und setzte sich neben Emilie.

»Ich bin zu dem Schluss gekommen, dass nun der richtige Zeitpunkt gekommen ist, Ihnen zu sagen, wer Sophias Tochter ist. Und ich hoffe, dass Sie, wenn Sie es wissen, begreifen, warum ich bis jetzt gewartet habe.« Jacques räusperte sich.

»Nachdem Constance und ich Victoria ins Waisenhaus gebracht hatten und Constance nach England abgereist war, habe ich Édouard angefleht, es sich noch einmal zu überlegen«, begann Jacques. »Doch er ließ sich nicht erweichen und ist einige Tage später nach Paris zurückgekehrt. Ich hatte schreckliche Gewissensbisse, weil ich wusste, dass Sophia de la Martinières' Kind nur wenige Kilometer entfernt im Waisenhaus war. Obwohl ich mir immer wieder einzureden versuchte, dass ich nicht für Victoria verantwortlich war, konnte ich sie nicht vergessen. Sie war mir ans Herz gewachsen. Nach zwei Wochen innerem Kampf beschloss ich, noch einmal zu dem Waisenhaus zu fahren, um nachzusehen, ob Victoria bereits adoptiert worden war. Wenn ja, war es Gottes Wille, und ich würde nicht nach ihr suchen. Aber natürlich war sie noch da.« Jacques schüttelte den Kopf. »Victoria war inzwischen über vier Monate alt. Als sie mich sah, leuchteten ihre Augen; sie erkannte mich sofort. Sie lächelte … Emilie, sie lächelte mich an.« Jacques legte den Kopf in die Hände. »Da war es um mich geschehen.«

Er schwieg eine Weile, und Jean legte tröstend den Arm um ihn.

»Auf der Heimfahrt habe ich überlegt, was ich tun könnte. Natürlich wäre es eine Möglichkeit gewesen, sie selbst zu adoptieren, doch das hielt ich nicht für die richtige Lösung. Männer hatten damals nicht die geringste Ahnung, wie man mit Babys umgeht, und Victoria brauchte die liebenden Hände einer Mutter. Ich habe mir den Kopf darüber zerbrochen, wer aus der Gegend sie nehmen könnte. Am Ende fiel mir eine geeignete Person ein. Sie hatte bereits ein Kind – ich kannte sie, weil ihr Mann vor dem Krieg während der Weinlese für mich gearbeitet hatte. Als ich sie besuchte, erfuhr ich, dass ihr Mann noch nicht aus dem Krieg zurück war und sie nichts von ihm gehört hatte. Sie und das Kind waren, wie so viele nach dem Krieg, kurz vor dem Verhungern. Aber sie war ein guter Mensch und eine fürsorgliche Mutter. Ich fragte sie, ob sie bereit wäre, ein Mädchen zu adoptieren. Anfangs weigerte sie sich natürlich, weil sie kaum ihr eigenes Kind satt bekam, doch als ich ihr eine beträchtliche Summe Geld bot, sagte sie Ja.«

»Papa, woher hattest du das Geld?«, fragte Jean. »Ich weiß, dass du nach dem Krieg bettelarm warst.«

»Ja, das stimmt.« Jacques sah Emilie an. »Ihr Vater hatte mir vor seiner Abreise nach Paris und nach Constances Rückkehr nach England etwas gegeben. Vielleicht um Abbitte zu leisten dafür, dass er das Kind nicht bei sich aufgenommen hatte. Ich habe damit einen Schwarzmarkthändler aufgesucht und ihn gebeten, mir seinen Wert zu nennen, weil ich Geld für die Frau brauchte, die bereit war, Victoria zu adoptieren.«

»Was hat mein Vater Ihnen gegeben, Jacques?«, fragte Emilie.

»Ein Buch, von dem er wusste, dass ich es liebte, ein sehr altes Buch mit wunderschönen Abbildungen. Er hatte den zweiten Band dazu gefunden und das Set komplettiert – Emilie, Sie erinnern sich bestimmt, dass er es uns durch den Kurier Armand bringen ließ, als Beweis für seine geglückte Flucht. Und dass Édouard es Constance nach England mitgegeben hatte?«

»Ja«, antwortete Emilie. »*Die Herkunft französischer Obstsorten.*«

»Genau«, bestätigte Jacques. »Mir war klar, dass mein Buch, Band eins, sehr selten und sehr alt war. Ich konnte dafür genug Geld für die Frau bekommen, die Sophias Baby bei sich aufnahm. Bitte vergeben Sie mir, Emilie. Ich hätte das Geschenk Ihres Vaters nicht verkaufen dürfen. Aber es hat seiner Nichte eine Zukunft ermöglicht.«

»Jacques, ich könnte mir keinen besseren Verwendungszweck für das Buch vorstellen«, versicherte Emilie.

»Wie viel hast du dafür bekommen?«, erkundigte sich Jean.

»Zehntausend Francs«, antwortete Jacques. »Was damals, als so viele hungerten, ein Vermögen war. Ich habe der Frau sofort tausend Francs gegeben und ihr gesagt, dass sie jährlich weitere fünfhundert erhalten würde, bis das Mädchen sechzehn wäre. Ich konnte nicht riskieren, ihr gleich das ganze Geld zu geben, weil ich sichergehen wollte, dass sie sich ordentlich um die Kleine kümmert. Die Frau wusste nichts über die Herkunft des Kindes, dafür habe ich gesorgt. Sie hat mich gefragt, ob sie Victoria den Namen ihrer Mutter geben darf.«

»Und du hast Ja gesagt?«, fragte Jean.

»Ja. Meine Entscheidung hat sich als Glücksgriff erwiesen. Als die Kleine fünf Jahre alt war, wollte die Frau kein Geld mehr für sie. Ihr Mann war wieder da, und sie mussten nicht mehr hungern. Sie sagte, weil sie das Kind wie ihr eigenes liebe, hätte sie ein schlechtes Gewissen, wenn sie etwas verlange. Ich war sehr froh, dass ich die richtige Frau ausgewählt hatte. Emilie, das Kind Ihrer Tante hätte kein besseres Zuhause finden können.«

»Danke, auch im Namen meiner Tante und meines Vaters. Jacques, verraten Sie mir nun, wer das Kind ist? Wie es heißt?«

»Ihr Name ist …«

Jacques schluckte.

»Ihr Name ist Margaux.«

35

Die drei sannen über das nach, was Jacques erzählt hatte.

»Emilie, begreifen Sie nun, warum ich die Identität des Kindes nicht preisgeben wollte?«, fragte Jacques. »Wenn ich es getan hätte, wäre Margaux' Leben aus den Fugen geraten. Sie hat über fünfzehn Jahre lang als Haushälterin im Château gearbeitet. Nach dem Tod Ihres Vaters ist die frühere Haushälterin, an die Sie sich vielleicht noch erinnern, in Rente gegangen. Inzwischen war ich mit Margaux' Mutter befreundet, und ich habe Ihrer Mutter Margaux als Nachfolgerin vorgeschlagen.«

»Jetzt verstehe ich, warum du nichts sagen wolltest, Papa«, bemerkte Jean. »Wie hätte Margaux wohl auf die Eröffnung reagiert, dass sie so viele Jahre für die de la Martinières gearbeitet hatte, obwohl sie letztlich eine von ihnen war?«

»Genau«, pflichtete Jacques ihm bei. »Und nun hat Margaux uns verlassen, und Anton ist bei Ihnen gelandet...« Jacques nickte Emilie zu. »Deshalb musste ich es Ihnen sagen. Der Junge, der gerade seine Sachen packt, um Sie zu begleiten, ist Ihr Großcousin.«

Endlich begriff Emilie, warum Anton ihr immer schon so vertraut vorgekommen war... In ihrer beider Adern floss De-la-Martinières-Blut. Kein Wunder, dass sie an jenem Tag, als sie ihn in der Bibliothek inmitten der Bücher erblickte, eine Gänsehaut bekommen hatte. Ironie des Schicksals: Er sah nicht seiner Großmutter ähnlich, sondern seinem Großonkel Édouard.

»Emilie«, fuhr Jacques fort, »ich überlasse es Ihnen, ob Sie Anton über seine Herkunft aufklären. Man könnte argumentieren, dass sie jetzt keine Rolle mehr spielt und ihn nur belastet, aber Anton Duvall ist der einzige andere lebende Spross der de la Martinières.«

»Egal, ob Anton der Sohn meiner Haushälterin oder blutsverwandt mit mir ist: An meinem Beschluss, ihm ein Zuhause zu geben, ändert sich nichts«, erklärte Emilie und tätschelte das Knie des alten Mannes. »Jacques, ich möchte Ihnen zwei Dinge mitteilen: Erstens, dass ich mir keine bessere Möglichkeit hätte vorstellen können, das Geschenk meines Vaters zu nutzen, als damit die Sicherheit seiner Nichte zu erkaufen. Und zweitens: Ich freue mich sehr, dass Sie mir die Wahrheit anvertraut haben. Dass Anton mit mir verwandt ist, erachte ich als einen zusätzlichen Pluspunkt. Ich habe mich sofort zu ihm hingezogen gefühlt. Jacques, Sie haben mich gerade sehr glücklich gemacht. Ich hoffe, dass ich mich irgendwann revanchieren kann.«

»Emilie …« Jacques streckte beide Hände nach ihr aus, und sie ergriff sie. »Margaux' Tod hat mich aus meinem Dilemma erlöst. Anton hat nun ein Zuhause, und Sie werden ihm eine mitfühlende Mutter sein. Édouard hat sein Mitgefühl wie viele seiner Landsleute im Krieg verloren. Bitte versprechen Sie mir, das Ihre nicht zu verlieren.«

»Das verspreche ich Ihnen«, sagte Emilie mit fester Stimme.

»Das Leben ist zu kurz für Hass und blinden Eifer. Gute Dinge sollte man mit beiden Händen festhalten.«

»Auch das werde ich tun«, versicherte ihm Emilie.

»Können wir gehen?«, fragte Anton, der mit einem kleinen Koffer den Garten betrat. »Es wäre gut, wenn wir vor Einbruch der Dunkelheit nach Hause kommen.«

»Ja.« Emilie stand auf und reichte Anton die Hand. »Wir fahren, bevor es dunkel wird.«

Als Anton sich in seinem neuen Zimmer eingerichtet hatte und im Bett lag, spürte Emilie Euphorie in sich aufsteigen. Sie würde ein andermal entscheiden, ob und wann sie ihm von seiner Vergangenheit erzählte. Im Moment war es für ihn am wichtigsten, dass er sich geliebt fühlte. Außerdem bestand, wenn sie es ihm gleich sagte, die Gefahr, dass der sensible Junge glaubte, sie sei nur bereit, ihn bei sich aufzunehmen, weil sie miteinander verwandt waren. Zwischen ihnen musste erst Vertrauen entstehen.

Sie fuhr den Computer hoch und las die E-Mail von Alex noch einmal.

»Du fehlst mir auch«, erklärte sie ihrem Laptop, während sie im Wohnzimmer auf und ab ging. »Und zwar sehr«, fügte sie hinzu.

Sie blieb stehen. Machte sie sich gerade lächerlich?

Vielleicht. Die Beziehung zu Alex war unter sehr schwierigen Bedingungen entstanden. Trotzdem verschwanden die Schmetterlinge im Bauch, die sich immer meldeten, wenn sie an ihn dachte, nicht.

Sie lief weiter hin und her. Natürlich konnte es eine Katastrophe werden … aber warum nicht? Nichts war für immer, das hatte sie in den vergangenen Monaten gelernt. Das Leben konnte sich von einer Sekunde auf die andere ändern und bot einem keine zweite Chance. Man musste nehmen, was kam, versuchen, das Gute zu erkennen und das Böse zu vermeiden. Genau wie Jacques gesagt hatte …

Emilie ließ sich aufs Sofa fallen. Darüber würde sie morgen nachdenken. Wenn sie im kalten Licht des Morgens noch immer so fühlte wie jetzt, würde sie die E-Mail schreiben. Mit diesem Gedanken stand sie auf und ging ins Bett.

An: aecarruthers@blackhall.co.uk
Von: eldmartinieres@orange.fr

Donnerstag

Lieber Alex,
danke für die E-Mail. Erstens: Ich weiß, was aus Band eins des Buches geworden ist! Er befindet sich nicht mehr im Besitz der de la Martinières, aber das ist eine lange Geschichte, die ich Ihnen persönlich erzählen möchte. Ich verrate Ihnen vorerst nur, dass das Buch einer Verwandten Sicherheit erkauft hat und ich mir keinen besseren Verwendungszweck dafür denken kann. Es freut mich, dass Sebastians Suche von Anfang an aussichtslos war und der Erlös aus dem Verkauf des Buchs einem höheren Zweck dienen konnte als seiner Gier.

Zweitens scheine ich ein Kind adoptiert zu haben, einen dreizehnjährigen Jungen namens Anton, und auch das ist eine ziemlich lange und komplizierte Geschichte.

Drittens: Würden Sie es im Hinblick auf Ihre Zukunft als nützlich erachten, wenn Sie Zeit erhielten, in Ruhe darüber nachzudenken? Mein *gîte* ist klein, doch alle Räume befinden sich auf einer Ebene, und ich verfüge über ein Gästezimmer. Zwar sind hier mehr Rebstöcke als Menschen, aber ich hoffe, dass Anton und ich Ihnen als Gesellschaft genügen.

Lassen Sie mich wissen, ob Sie kommen können. Dann wären wir drei Waisen!

Sie fehlen mir auch.

E xxx

An: edlmartinieres@orange.fr
Von: aecarruthers@blackhall.co.uk

Liebste Em,
danke für die Einladung. Komme nächsten Montag um 13.40 Uhr am Flughafen von Nizza an. Bitte sagen Sie Bescheid, wenn Sie mich (und meinen Rollstuhl!) nicht abholen können. Ansonsten freue ich mich schon sehr auf Sie und natürlich auch auf Anton.

A xxx

PS: Gott sei Dank werden Sie mir nicht mehr lange fehlen. Jetzt muss ich mich nur noch darauf freuen, Sie zu sehen.

Das Leben in mir

Blindes Mühen, dich zu schützen,
Wissend, dass du in mir lebst.
Kind der Liebe, vollkommne Seele.
Du wirst alles sein, wonach du strebst.

Ich muss dir meinen Körper geben,
Neues Leben wächst darin heran.
Einst werden wir in Freiheit leben,
Kein Verstecken wird's mehr geben.

Kind der Liebe bist du,
Die geleuchtet wie die helle Sonne.
Vom Vater erzähl ich dir,
Keine Angst, du kleine Wonne.

Die Kraft, die dich geformt,
Kann ich nicht erkennen,
Doch spür ich dich in mir,
Mein Kind darf ich dich nennen.

Sophia de la Martinières
Mai 1944

Epilog

Ein Jahr später

Emilie schloss die Eingangstür des Châteaus auf und öffnete sie weit. Anton half ihr, Alex' Rollstuhl über die Schwelle und in den Eingangsbereich zu schieben, der abgesehen von einer Leiter an der Wand leer war.

»Wow«, rief Anton mit einem Blick an die Decke aus. »Jetzt wirkt alles viel größer.«

»Das macht die frische weiße Farbe«, erklärte Emilie, betrachtete den Boden und nickte anerkennend. »Sie haben den Marmor sehr schön restauriert. Es wäre schade gewesen, wenn man ihn nicht hätte retten können.«

»Ja«, pflichtete Alex ihr bei und blickte in Richtung Treppe. »Ich fürchte nur, dass der Treppenlift nicht ganz zur Eleganz des übrigen Ambientes passt.«

»Deswegen bist du hier.« Emilie zwinkerte Anton zu. »Wollen wir's ihm zeigen?«

»Ja!«, antwortete Anton aufgeregt. »Folge mir.«

Er führte Alex durch hallende Flure an Räumen vorbei, in denen Chaos herrschte – es würde noch einige Monate dauern, bis die Innenarbeiten beendet wären –, in den hinteren Teil des Hauses und in den Vorraum zur Küche. Dort schob er Alex' Rollstuhl vor eine Tür und drückte auf einen Knopf, worauf die Tür leise aufglitt.

Alex schaute hinein. »Ein Aufzug.«

»Genau, Monsieur Detektiv«, bestätigte Anton schmunzelnd. »Mein neues Lieblingsspielzeug. Wollen wir ihn ausprobieren?«

Als sie einstiegen und Anton die Tür per Knopfdruck schloss, wanderte Alex' Blick zu Emilie. »Danke«, formte er mit den Lippen.

»Du musst dich nicht bedanken. Das Ding habe ich für mich einbauen lassen, wenn ich mal zu alt bin, die Treppe hochzugehen«, erklärte sie lachend. »Und für den Fall, dass du eine Weile bleiben willst.«

Der Satz war zu ihrem Standardscherz geworden. Alex war ein Jahr zuvor nach Frankreich gekommen, und obwohl sie keine Pläne für die Zukunft schmiedeten, hatten sie nicht vor, jemals wieder getrennte Wege zu gehen. Sie nahmen jeden Tag, wie er kam, und hatten beide nicht das Gefühl, dass sie einen Trauschein brauchten, wussten jedoch, dass ihre Bindung umso stärker wurde, je mehr Zeit sie miteinander verbrachten.

Alex und Anton hatten sich auf Anhieb verstanden. Der wissbegierige Anton hing an Alex' Lippen; sie profitierten beide von der Beziehung. Ihre merkwürdige kleine Familie mochte auf Außenstehende seltsam wirken, aber die drei waren miteinander glücklich und zufrieden.

Anton wusste nach wie vor nichts von seiner Herkunft, doch schon bald sollte er adoptiert werden, damit er den Familiennamen de la Martinières tragen und eines Tages das Château erben konnte. Möglicherweise würden sich Emilie und Alex zu einer Heirat entschließen, doch für Emilie hatte das keine Eile. Sie fühlte sich in dem Leben, wie es war, wohl.

Anton öffnete strahlend die Türen des Aufzugs.

»Gütiger Himmel!«, rief Alex aus. »Hier könnte man ein Partyzelt und einen Parkplatz für zweihundert Leute unterbringen«, scherzte er, als Emilie Anton signalisierte, dass er nach links abbiegen solle.

»Ich denke, das nehmen wir«, erklärte Emilie, als Anton Alex durch das schöne alte Schlafzimmer ihrer Eltern und in den Vorraum schob. Früher Valéries Ankleidezimmer, war es nun zu einem behindertengerechten Bad mit allem Drum und Dran umgebaut und ermöglichte Alex Unabhängigkeit.

»Es ist noch nicht fertig. Wahrscheinlich möchtest du dir die Fliesen selber aussuchen«, sagte Emilie.

»Es ist wunderbar, Schatz, danke.« Alex war gerührt.

»Wir müssen uns das Bad nicht teilen«, erklärte sie. »Mein Ankleideraum und Bad sind da drüben.« Sie zeigte hinüber, während Alex in die Mitte des Schlafzimmers zurückrollte. »Gefällt dir die Aussicht?«, fragte sie.

»Sie ist atemberaubend.« Alex schaute durch die hohen Fenster über den Garten und den Weinberg zum Hügel von Gassin hinüber. »Ist lange her, dass ich das letzte Mal was von oben gesehen habe«, murmelte er.

»Alex, komm, ich zeig dir mein Zimmer«, sagte Anton. »Emilie meint, ich kann mir die Farbe aussuchen, solange es nicht schwarz ist.«

Emilie blickte den beiden lächelnd nach, wie sie den Raum verließen, in dem zwei Jahre zuvor ihre Mutter gestorben war. Sie musste an ihren Vater denken, dessen Verluste ihn dazu gebracht hatten, sich von anderen abzuwenden. In ihrer Kindheit war er die meiste Zeit in der Bibliothek gewesen.

Allmählich begann sie, ihre Mutter zu verstehen. Durch die Lektüre von Valéries Briefen an Édouard war Emilie klar geworden, wie sehr diese ihren Vater geliebt hatte. Vermutlich hatte sie immer um die Liebe und Aufmerksamkeit dieses Mannes kämpfen müssen, der seelisch zu beschädigt war, um beides geben zu können. Im Nachhinein wurde Emilie bewusst, dass Valérie einen großen Teil ihres Ehelebens allein in Paris verbracht hatte.

Dass Sophias Enkel wieder in den Schoß der Familie zurückkehrte und Emilie Anton aus reinem Mitgefühl bei sich aufgenommen hatte, glich wenigstens einen Teil des vergangenen Unrechts aus. Der Kreis hatte sich geschlossen; es war ein neuer Anfang.

Emilie folgte Alex und Anton. Beim Verlassen des Raums stellte sie fest, dass das einsame, wütende kleine Mädchen, das zwei Jahre zuvor über dem leblosen Körper der Mutter geweint hatte, endlich erwachsen geworden war.

»Jetzt, wo ich mein neues Bad gesehen habe, kann ich es gar nicht mehr erwarten, hier einzuziehen«, sagte Alex später, als er die Seiten seines Rollstuhls herunterklappte und sich neben Emilie aufs Bett hievte.

»Der Bauleiter sagt, es dauert höchstens noch drei Monate, was heißt, dass wir im Herbst einziehen und unser erstes Weihnachtsfest hier feiern können«, erklärte Emilie.

»Übrigens habe ich eine E-Mail von meinem Anwalt erhalten. Seb hat einen Käufer für Blackmoor Hall gefunden. Sicher ist er ganz aus dem Häuschen. Und genauso sicher wird er versuchen, mich um meinen Anteil am Erlös zu bringen.« Alex hob die Augenbrauen. »Mein Anwalt sagt, das Haus sei mit über dreihunderfünfzigtausend Pfund beliehen.« Er schüttelte den Kopf. »Ich prophezeie dir, alles Geld, das er aus dem Verkauf erhält, wird innerhalb eines Jahres weg sein. Immerhin kennt Bella ihn lange genug. Sie muss ihn wirklich lieben, wenn sie es mit ihm aushält. Hast du was Neues vom Scheidungsanwalt gehört?«

»Nein, nur dass Sebastian noch absurdere Forderungen stellt«, antwortete Emilie. »Natürlich wird er nicht bekommen, was er will, aber ich hätte gute Lust, ihn auszuzahlen, damit ich ihn los bin und die Anwaltskosten nicht in astronomische Höhen steigen.«

»Meine Anwesenheit war vermutlich nicht gerade förderlich«, seufzte Alex. »Am Ende wird es Sebastian gelingen, jede Schuld von sich zu weisen und dich als Flittchen und mich als Schurken hinzustellen, der ihm die Frau weggeschnappt hat.«

»Bestimmt.« Emilie schwieg kurz. »Alex, ich muss dir noch etwas sagen. Ich habe jemanden eingeladen. Er kommt morgen. Anfangs fand ich es eine gute Idee, aber jetzt… bin ich nervös«, gestand sie.

»Dann erzähl mal lieber«, ermutigte Alex sie.

Jacques döste vor dem Kamin, als er einen Wagen vor dem Häuschen halten hörte. Es war ein langer, kalter Winter gewesen, und wieder einmal litt er unter Bronchitis. Wie jedes Jahr fragte er sich, ob er den nächsten Sommer noch erleben würde.

Als er hörte, wie die Tür aufging, fiel ihm ein, dass Emilie jemanden zum Mittagessen mitbringen wollte.

Jean betrat das Wohnzimmer zuerst. »Papa, bist du wach?«

»Ja.« Jacques öffnete die Augen.

»Papa…« Jean nahm seine Hand. »Emilie hat dir jemanden mitgebracht.«

»Hallo, Jacques«, begrüßte Emilie ihn, als sie ihren Gast ins Zimmer führte.

Jacques starrte diesen Gast, einen groß gewachsenen, eleganten alten Herrn, der sich kerzengerade hielt, an.

»Jacques«, sprach der Mann ihn an. »Erinnern Sie sich an mich?«

Sein Französisch hatte einen starken Akzent.

Obwohl er Jacques bekannt vorkam, konnte dieser sein Gesicht nicht einordnen.

»Es ist über fünfzig Jahre her, dass wir das letzte Mal zusammen in diesem Raum standen«, half der Mann ihm auf die Sprünge.

Jacques starrte die immer noch intensiven blauen Augen an. Und erkannte endlich, wer der Mann war.

»Frederik?«

»Ja, Jacques.«

»Mein Gott, ist das zu fassen?«

Jacques ließ die Hand seines Sohnes los und bestand darauf, allein aufzustehen. Die beiden Männer sahen einander ein paar Sekunden lang, bevor Jacques die Hände ausstreckte und sie sich umarmten.

Alex stieß mit Anton erst nach dem Essen dazu, weil Emilie ihn darum gebeten hatte. Er hatte sich kürzlich einen behindertengerechten Wagen gekauft, den er mit den Armen bedienen konnte, wodurch er etwas unabhängiger wurde. Allerdings benutzte er das Auto nur für kurze Fahrten und in Gesellschaft von Emilie oder Anton.

Anton hob den Rollstuhl aus dem hinteren Teil des Wagens und schob ihn zur Fahrerseite. »Wen will Emilie mir vorstellen?«, fragte er, als er Alex aus dem Auto in den Rollstuhl half.

»Das soll sie dir selbst sagen«, antwortete Alex.

Als die beiden die Küche betraten, sah Anton Emilie, Jean, Jacques und einen zweiten alten Mann am Tisch Kaffee trinken.

»Hallo«, begrüßte Anton sie verlegen.

Emilie stand auf, trat zu ihm und legte einen Arm um seine Schulter.

»Anton«, sagte sie und beobachtete, wie Frederiks Augen beim Anblick des Jungen feucht wurden. »Das ist dein Großvater Frederik. Wenn du möchtest, kann er dir die Geschichte deiner Familie erzählen …«

Dank

Mein Dank geht an Jeremy Trevathan, Catherine Richards und das Team von Pan Macmillan. An Jonathan Lloyd, Lucia Rae und Melissa Pimentel von Curtis Brown. An Olivia Riley, meine persönliche Assistentin, Jacquelyn Heslop, Susan Grix und Richard Jemmett. An Susan Boyd, Sam Gurney, Helene Ruhn, Rita Kalagate, Almuth Andreae, Johanna Castillo und Judith Curr – alles Freunde und unersetzliche Ratgeber, im Persönlichen wie im Beruflichen.

An Damien und Anne Rey-Brot sowie ihre Freunde und Familie im Le Pescadou in Gassin, Tony Bourne und Monsieur Chapelle von der Domaine du Bourriane, dessen Familienname, Château und *cave* von Constance und den anderen Figuren geborgt wurden, bevor ich überhaupt wusste, dass eine solche Familie mit einem so schönen Zuhause in der Realität existierte. Letzten August bin ich unversehens in meine eigene Geschichte gestolpert; es war ein magisches Erlebnis. Dank Ihnen allen für die Details, zu denen Sie mir verholfen haben. Eventuelle Fehler gehen auf mein Konto, nicht auf Ihres. Auch an Jan Goessing, dem ich eine anschauliche Zusammenfassung der deutschen Vorkriegsgeschichte verdanke, und Marcus Tyers, Naomi Ritchie und Emily Jenkins vom St. Mary's Bookshop in Stamford, die freundlicherweise zwei sehr alte und wertvolle französische Bücher für mich aufspürten, denen ich meine fiktionalen alten Bände nachempfinden konnte.

Dank allen meinen ausländischen Verlegern, die mich in

ihre Heimat eingeladen und mich mit offenen Armen empfangen haben. Reisen und fremde Kulturen nähren meine Phantasie und geben mir Anregungen für künftige Geschichten und Schauplätze.

Und natürlich der »Family«, deren Unterstützung und Ermutigung im vergangenen hektischen Jahr von unschätzbarem Wert waren. Meinen Kindern: Harry für intelligente redaktionelle Vorschläge und seine Vorträge; Bella für die ersten Diskussionen über die Handlung und die Namen von zwei Hauptfiguren; Leonora für das Gedicht, das sie als »Sophia« für mich geschrieben hat; Kit dafür, dass er der beste Amazon-Kunde des Haushalts ist … im Sportbereich! Meiner Mutter Janet, »Opa Johnson«, meiner Schwester Georgia und meinem Mann Stephen, der einfach unwerfend ist.

Und schließlich allen Leserinnen und Lesern der Welt, die ihr hart verdientes Geld für eines meiner Bücher ausgeben. Ohne euch wäre ich eine Schriftstellerin ohne Publikum. Ich fühle mich geehrt, dass ihr meine Geschichten lest. Danke.

Lucinda Riley, Mai 2012

Inspiration zu *Der Lavendelgarten*

Vor zwei Jahren war ich mit meiner Familie auf dem Rückweg von unserem Haus an der Côte d'Azur nach England, als wir beschlossen, eine Nacht in der Provence zu verbringen. Im Rhônetal kamen wir an Weinbergen und alten Dörfern mit ruhigen Plätzen vorbei, wo Cafés wunderbare *charcuterie* und noch besseren Wein anboten.

Abseits der Hauptstraßen fuhren wir immer weiter auf schmalen, gewundenen Wegen durch die Weinberge, und mit der Zeit fragte ich mich, ob wir uns verfahren hatten. Es kam uns vor, als wären wir am Ende der Welt gelandet. Dann tauchte vor uns plötzlich das prächtigste Château auf, das ich je gesehen hatte. Später, als wir umhüllt von Lavendelduft im Innenhof des Châteaus ein Glas Rosé aus der dortigen *cave* tranken, blickte ich zu den riesigen alten Fenstern hinauf, in denen sich das Licht der sinkenden Sonne spiegelte. In dem Moment wurde mir klar, dass mein neuer Roman, *Der Lavendelgarten*, hier spielen würde.

Ich fuhr in dem Wissen nach Hause, dass dies der entscheidende Moment der Inspiration gewesen war – ich muss immer den Ort der Handlung vor meinem inneren Auge sehen, bevor ich mit dem Schreiben anfangen kann. Im darauffolgenden Januar begann ich dann tatsächlich mit dem Buch. Ich beschloss, »mein« Château in den pittoresken mittelalterlichen Ort Gassin ganz in der Nähe unseres Hauses zu verlegen. Dann tat ich, was ich beim Schreiben immer tue: Ich ließ mich in die

Geschichte fallen und überließ es meinen Figuren, mich durch die Handlung zu führen. Bei diesem Buch fiel das besonders leicht, denn es spielt an einem Ort, den ich sehr gut kenne, und die SOE-Frauen haben mich seit jeher fasziniert. Ich beschreibe gern starke Frauenfiguren – und die Geschichte dieser Frauen, die sich schrecklichen Gefahren aussetzten, möglicherweise sogar dem Tod in Frankreich ins Auge blickten, statt zu Hause Socken zu stricken und auf Nachricht von ihren Lieben an der Front zu warten, hat mich ganz besonders berührt.

Als ich den ersten Entwurf fertiggestellt hatte und wusste, welche Fakten ich noch recherchieren muss, kam mir der Zufall zu Hilfe: Freunde in Gassin zeigten mir ein altes Château mit einem Weinberg, der sich seit einhundertsechzig Jahren kaum verändert hatte. Man stellte mich dem achtzigjährigen Eigentümer vor, und ich wäre fast in Ohnmacht gefallen, als ich erfuhr, dass er »Chapelle« heißt, der Deckname von Connie in meiner Geschichte. Er führte mich zwei Stunden durch die riesige *cave*, die voll mit zehn Meter hohen Eichenfässern war. Ich hatte das Gefühl, in die Zeit einzutauchen, in der mein Buch spielt.

Nun, als ich diese Zeilen schreibe, sind wir wieder einmal am Ende des Sommers auf dem Rückweg nach Hause. In zwei Tagen erscheint *Der Lavendelgarten* in England. Und das feiern wir im Château de Massillan, zwei Jahre, nachdem ich es zum ersten Mal sah …

PS: In dem Roman tritt eine meiner Lieblingsfiguren aus *Das Orchideenhaus* auf. Es war, als würde mich eine alte Freundin beim Schreiben des Buches begleiten. Leider wusste ich, was am Ende mit ihr passieren würde. Als sich ihr Schicksal vollendete, musste ich weinen wie ein kleines Kind.

Bibliografie

Der vorliegende Roman ist ein fiktionales Werk mit historischem Hintergrund. Die Quellen, die ich für Recherchen über die Zeit und das Umfeld meiner Figuren verwendet habe, sind im Folgenden aufgeführt:

Aubrac, Lucie, *Outwitting the Gestapo* (Bison Books, 1994)

Cobb, Matthew, *The Resistance: The French Fight Against the Nazis* (Pocket Books, 2009)

Escott, Squadron Leader Beryl E., *The Heroines of SOE: F Section: Britain's Secret Women in France* (The History Press, 2010)

Fallada, Hans, *Jeder stirbt für sich allein* (Aufbau, 2011)

Funder, Anna, *All That I Am* (Viking, 2011)

Helm, Sarah, *A Life in Secrets: The Story of Vera Atkins and the Lost Agents of SOE* (Abacus, 2006)

Gould, John Van Wyck, *The Last Dog in France* (Author-House, 2006)

Lucinda Riley im Gespräch zu *Der Lavendelgarten*

1. Ihre Romane ähneln sich insofern, als ihre Handlung stets auf zwei Zeitebenen spielt. Wie gelingt es Ihnen, die Fäden in der Hand zu halten und die beiden Handlungsstränge am Ende so geschickt zusammenzuführen?
Ich habe kein geschriebenes Konzept und beginne immer mit einem Ort und einem bestimmten Ereignis, von denen aus sich die Story entwickelt. Ich weiß nie, wie es am nächsten Tag weitergehen wird, und lasse mich von den Figuren leiten. Manchmal – besonders bei den Szenen der »Vergangenheit« – habe ich sogar das Gefühl, dass mir die Geschichte erzählt wird. Bislang habe ich nie ein Problem mit der Handlung gehabt. Am Ende scheint sie sich jedes Mal von selbst aufzulösen.

2. **Der Lavendelgarten** *spielt hauptsächlich in einem Château in Südfrankreich. Waren Sie an einem Ort, der Sie dazu angeregt hat?*
Zur Beschreibung des »Château de la Martinières« wurde ich inspiriert, als mein Mann und ich von unserem Haus in Südfrankreich nach England zurückfuhren. Wir übernachteten in einem wunderschönen Château, und als ich in dem herrlichen Hof voller Lavendel saß, erklärte ich meinem Mann, dass ich die Handlung meines neuen Buchs dort ansiedeln wolle. Das fiktionale Château befindet sich in der Ortschaft Gassin, das liegt in der Nähe unseres Sommerhauses.

3. Der Lavendelgarten *spielt auf zwei Zeitebenen, die »gegenwärtige« kurz vor Beginn des einundzwanzigsten Jahrhunderts, die andere während des Zweiten Weltkriegs. Wie haben Sie den historischen Hintergrund recherchiert?*

Bei all meinen Büchern recherchiere ich zuerst die historische Ebene, bevor ich mit dem Schreiben beginne, und zwar, indem ich alles lese, was mir zu dem fraglichen Ort und der fraglichen Zeit in die Finger kommt, weil ich nie weiß, wohin sich die Geschichte am Ende entwickelt. Obwohl ich großen Wert darauf lege, dass die historischen Fakten stimmen, bin ich in erster Linie Geschichtenerzählerin, nicht Historikerin. Nachdem ich *Der Lavendelgarten* beendet hatte, begegnete ich einem wundervollen alten Herrn, Monsieur Chapelle von der Domaine du Bourriane, dessen Familiennamen ich wie sein Château und sein Weingut in meinem Buch erwähnt hatte, ohne zu ahnen, dass eine solche Familie mit einem so wunderbaren Zuhause tatsächlich existierte. Solchermaßen in meine eigene Geschichte hineinzustolpern war eine magische Erfahrung, die ich übrigens nicht das erste Mal gemacht habe.

4. Ihre Romane scheinen stets darum zu kreisen, dass die Heldin ihre Vergangenheit ergründen muss, um ihre Geschichte zu verstehen und in die Zukunft blicken zu können. Warum?

Gerade in diesem Buch – das sich mit einem in der Erinnerung nach wie vor sehr präsenten und ausgesprochen schmerzhaften Krieg beschäftigt – ist die Basis der Versuch, die eigene Vergangenheit zu begreifen und zu verarbeiten, um zufrieden in der Gegenwart leben und in die Zukunft schauen zu können. Ich glaube fest daran, dass Verzeihung und damit einhergehend Erlösung immer möglich sind.

5. *Emilie, die Protagonistin von* Der Lavendelgarten*, muss eine Reihe emotionaler Hindernisse überwinden. Würden Sie uns etwas über die Figur und den Weg sagen, den sie zurücklegen muss, um endlich frei zu sein?*
Emilies Mutter wünschte sich einen männlichen Erben, an den sie das Familienanwesen weitergeben könnte. Weil Emilie ein Mädchen war, konnte Valérie kein Interesse für sie aufbringen. Aus diesem Grund wuchs die schüchterne Emilie mit einem Mangel an Selbstbewusstsein auf. Auf ihre extravagante Mutter, die stets die Aufmerksamkeit aller auf sich ziehen wollte, reagierte sie mit einem diametral entgegengesetzten Leben. Der Roman verfolgt Emilies Geschichte, wie sie zu verstehen und zu akzeptieren versucht, woher ihr Schmerz stammt und wie sie ihn am Ende überwindet.

6. Kriege scheinen in Ihren Romanen eine wichtige Rolle zu spielen. Warum siedeln so viele Schriftsteller ihre Geschichten Ihrer Meinung nach in solch schwierigen Zeiten an?
Dramatische Umstände fördern die besten und die schlechtesten Eigenschaften in jedem zutage. Sowohl der Erste als auch der Zweite Weltkrieg ereigneten sich in den letzten einhundert Jahren. Die meisten heute lebenden Menschen haben Verwandte, deren Leben in irgendeiner Weise dadurch beeinflusst wurde, sei es nun, weil sie einen geliebten Menschen verloren, oder einfach nur, weil sie einen Soldaten küssten. Inzwischen befinden wir uns in der glücklichen Lage, uns eingehender mit Dingen beschäftigen zu können, die sich hinter verschlossenen Türen abspielten. Meine Lektüre von Texten über die von Winston Churchill initiierte SOE, die Special Operations Executive, hat mir die Augen für vieles geöffnet. Von meinen Leserinnen bekomme ich immer wieder Briefe, in denen sie mir schreiben, wie sehr sie die Männer und Frauen bewundern,

die bereit waren, sich einer so harten Ausbildung zu unterziehen, ihr Leben zu riskieren und nach Frankreich zu gehen. Im Lauf meiner Recherchen habe ich herausgefunden, dass von den vierzig Frauen, die nach Frankreich aufbrachen, lediglich sechsundzwanzig zurückkehrten. Sie blieben nicht zu Hause und strickten Socken, sondern wagten sich an die Front und setzten sich unglaublichen Gefahren aus. Die Lebenserwartung von SOE-Agenten betrug im Schnitt sechs Wochen.

7. Die Figuren in Ihren Romanen wirken liebenswert, haben lebensnahe Stärken und Schwächen. Nehmen Sie sich reale Personen zum Vorbild?
Nein, so kann man das nicht sagen. In einer Figur kommen immer die Eigenschaften von mehreren Menschen zusammen, die ich kenne – auch von mir. Aber vor allen Dingen ist die Figur sie selbst.

8. Ein weiterer für die Handlung wichtiger Ort befindet sich in Yorkshire: ein düsteres altes Gemäuer. Existiert dafür ein reales Vorbild?
Ja. »Blackmoor Hall« ist eine Kombination sämtlicher kalten alten Gebäude in Yorkshire, in denen ich jemals gewesen bin!

9. Haben Sie eine Lieblingsfigur in Der Lavendelgarten?
Ich bin sozusagen in Emilies Haut geschlüpft und habe mit ihr das Leben im Château geführt. Es hat mir großen Spaß gemacht, die Renovierung zu beschreiben. Auch die starke, stoische Connie mag ich sehr.

10. Venetia kennen wir bereits aus Das Orchideenhaus. *Warum haben Sie beschlossen, sie auch in diesem Roman auftauchen zu lassen?*

In *Das Orchideenhaus* erwähnt Venetia, dass sie sich an einer Geheimoperation im Krieg beteiligt, und verschwindet dann. So kam ich auf die Idee, sie für die SOE zu rekrutieren. Es hat mich gefreut, sie wieder begrüßen zu können. Ich habe ihre Figur immer gemocht, und es fühlte sich an, als würde mich beim Schreiben dieses Romans eine alte Freundin begleiten.

LUCINDA RILEY

Der Engelsbaum

Roman

Viele Jahre sind vergangen, seit Greta Marchmont das Herrenhaus verließ, in dem sie einst eine Heimat gefunden hatte. Nun kehrt sie zurück nach Marchmont Hall in den verschneiten Bergen von Wales. Doch sie hat keinerlei Erinnerung an ihre Vergangenheit, denn seit einem tragischen Unfall leidet sie an Amnesie. Bei einem Spaziergang durch die winterliche Landschaft macht sie aber eine verstörende Entdeckung: Sie stößt auf ein Grab im Wald, und die verwitterte Inschrift auf dem Stein verrät ihr, dass hier ein kleiner Junge begraben ist – ihr eigener Sohn! Greta ist entschlossen herauszufinden, was sich in ihrem früheren Leben ereignet hat. Dabei kommt jedoch eine Wahrheit ans Licht, die so schockierend ist, dass Greta allen Mut braucht, um ihr ins Gesicht zu blicken – damit sie schließlich wahren Frieden finden kann …

Kapitel 1

David Marchmont, der den Wagen bei heftigem Schneefall die schmale vereiste Straße entlangsteuerte, blickte zu seiner Beifahrerin hinüber.

»Es ist nicht mehr weit, Greta. Sieht so aus, als würden wir's gerade noch rechtzeitig schaffen. Morgen früh ist diese Straße wahrscheinlich unpassierbar. Kommt dir irgendetwas bekannt vor?«, fragte er vorsichtig.

Greta wandte sich ihm zu. Ihre elfenbeinfarbene Haut hatte trotz ihrer achtundfünfzig Jahre keine Falten, und aus ihrem Gesicht leuchteten riesige blaue Augen, in denen weder Erregung noch Wut zu erkennen war. Das Feuer in ihnen war lange erloschen; sie wirkten so ausdruckslos und unschuldig wie die einer Porzellanpuppe.

»Mir ist klar, dass ich einmal hier gelebt habe, aber ich erinnere mich nicht daran. Tut mir leid, David.«

»Kein Problem«, tröstete er sie und wünschte sich gleichzeitig, den ersten grässlichen Anblick seines Elternhauses nach dem Brand – er hatte immer noch den beißenden Geruch von verkohltem Holz und Rauch in der Nase – aus seinem Gedächtnis löschen zu können. »Marchmont ist fast vollständig renoviert.«

»Ja, David, ich weiß. Das hast du mir letzte Woche, als du zum Abendessen bei mir warst, erzählt. Es gab Lammkoteletts, und wir haben eine Flasche Sancerre getrunken. Du hast gesagt, dass wir im Haupthaus schlafen würden.«

»Genau«, bestätigte David, der verstehen konnte, dass Greta

sich an Details der Gegenwart klammerte, weil die Vergangenheit vor ihrem Unfall für sie nicht zugänglich war. Während er den Wagen über die glatte, leicht ansteigende Straße lenkte, auf der die Reifen kaum Halt fanden, überlegte er, ob es eine gute Idee gewesen war, Greta zu Weihnachten herzubringen. Es hatte ihn überrascht, dass sie nach jahrelangen erfolglosen Bemühungen seinerseits, sie aus ihrer Wohnung in Mayfair zu locken, seine Einladung nun angenommen hatte.

Nach drei Jahren umfassender Renovierungsarbeiten hatte er das Gefühl gehabt, dass es der richtige Moment sei, sie mitzunehmen. Und zu seiner Verwunderung schien sie dieses Gefühl zu teilen. Immerhin konnte er ihr ein warmes, gemütliches Haus bieten. Ob Wärme angesichts der Umstände auch auf der emotionalen Ebene möglich war, wusste er nicht …

»Es wird schon dunkel«, bemerkte Greta. »Und dabei ist es erst kurz nach drei.«

»Ja, hoffentlich ist es, wenn wir ankommen, noch hell genug, um Marchmont zu sehen.«

»Wo ich früher gewohnt habe.«

»Ja.«

»Mit Owen, meinem Mann, deinem Onkel.«

»Ja.«

David war klar, dass Greta die Details der Vergangenheit, an die sie sich nicht mehr erinnerte, einfach auswendig gelernt hatte wie für eine Prüfung. Und er war ihr Lehrer gewesen, dem die Ärzte geraten hatten, die traumatischen Ereignisse unerwähnt zu lassen, jedoch Namen, Daten und Orte zu nennen, die ihr möglicherweise den Schlüssel liefern konnten. Wenn sie sich bei seinen Besuchen unterhielten, glaubte er manchmal, ein kurzes Flackern in ihren Augen zu sehen, aber er war sich nicht sicher, ob das etwas mit seinen Schilderungen zu tun hatte oder tatsächlich mit ihrem Gedächtnis. Nach all den Jahren sprachen die Ärzte – die einmal prognostiziert hatten, dass

Gretas Erinnerung allmählich wiederkehren würde, weil auf den zahlreichen CT-Aufnahmen ihres Gehirns seit dem Unfall nichts Auffälliges zu erkennen war – nun von »selektiver Amnesie«, verursacht durch traumatische Ereignisse. Ihrer Ansicht nach *sträubte* Greta sich gegen die Erinnerung.

David lenkte den Wagen vorsichtig um eine gefährliche Kurve. Wenig später würden die Tore von Marchmont in Sicht kommen. Obwohl er juristisch der Eigentümer war und ein Vermögen für die Instandsetzung des Hauses ausgegeben hatte, fungierte er letztlich nur als eine Art Verwalter. Nach dem fast vollständigen Abschluss der Renovierungsarbeiten waren Gretas Enkelin Ava und ihr Mann Simon, auf die das Anwesen bei seinem Tod übergehen würde, vom Gate Lodge ins Haupthaus Marchmont Hall gezogen. Einen günstigeren Zeitpunkt hätte es kaum geben können, weil sie in ein paar Wochen ihr erstes Kind erwarteten. Vielleicht, dachte David, ließen sich die Jahre einer Familiengeschichte mit so vielen tragischen Wendungen durch ein neues, unschuldiges Leben endlich auslöschen.

Noch komplizierter wurde alles dadurch, dass sich auch *nach* Gretas Gedächtnisverlust noch Dinge ereignet hatten … Dinge, vor denen er sie aus Angst vor der möglichen Wirkung auf sie geschützt hatte. Wie sollte sie mit dem Ende der Geschichte fertigwerden, wenn sie sich nicht an die Anfänge erinnerte …?

Was bedeutete, dass er, Ava und Simon bei Gesprächen mit Greta einen Eiertanz aufführten. Obwohl sie ihrem Gedächtnis auf die Sprünge helfen wollten, mussten sie gleichzeitig immer aufpassen, was sie in ihrer Gegenwart sagten.

»Siehst du's schon, Greta?«, fragte David, als er den Wagen durch das Tor steuerte und Marchmont in Sicht kam.

Das Haus, dessen Grundstein bereits in elisabethanischer Zeit gelegt worden war, erhob sich vor Hügeln, die sanft zu den Black Mountains anstiegen. Darunter mäanderte der River Usk durch das breite Tal, zu dessen beiden Seiten die Felder von frisch gefallenem Schnee glitzerten. Die rötlichen Ziegel des alten Gemäuers wurden an der Front von Dreifachgiebeln gekrönt, und in den längs unterteilten Fenstern spiegelten sich die letzten rosigen Strahlen der Wintersonne.

Das alte knochentrockene Holz im Innern und der Dachstuhl waren schnell den gierigen Flammen zum Opfer gefallen, doch die Außenmauern hatten dem Feuer getrotzt. Das lag, wie die Leute von der Feuerwehr ihm erklärten, zum Teil an dem glücklichen Umstand, dass etwa eine Stunde nach Ausbruch des Brandes ein heftiger Regenschauer niedergegangen war. Die Natur hatte Marchmont Hall vor der völligen Zerstörung bewahrt, so war immerhin etwas übrig geblieben, das man wieder aufbauen konnte.

»David, es ist noch viel schöner als auf den Fotos, die du mir gezeigt hast«, flüsterte Greta. »Verschneit sieht es aus wie auf einer Weihnachtskarte.«

Als David den Wagen direkt vor der Eingangstür abstellte, nahm er durch ein Fenster den Schein der eingeschalteten Lampen sowie die glitzernden Lichter eines Weihnachtsbaums wahr. Die Atmosphäre unterschied sich so sehr von seiner Erinnerung an sein kaltes, strenges Elternhaus, dass ihn plötzlich ein Gefühl der Euphorie überkam. Vielleicht hatten die Flammen tatsächlich die Vergangenheit weggebrannt, im übertragenen wie im eigentlichen Sinn. Wäre nur seine Mutter noch am Leben gewesen, um diese bemerkenswerte Verwandlung zu sehen!

»Ja, ich finde es auch hübsch«, pflichtete er ihr bei, während er die Autotür öffnete, worauf sich eine kleine Schneelawine vom Dach löste. »Lass uns reingehen. Koffer und Geschenke hole ich später.«

David lief um den Wagen herum und machte die Beifahrertür auf. Beim Aussteigen versanken Gretas Füße mitsamt Slippern knöcheltief im Schnee. Als sie zuerst den Blick zum Haus hob und dann auf ihre Füße im Schnee senkte, regte sich plötzlich eine Erinnerung in ihr.

Hier war ich schon mal …

Sie blieb, erschrocken darüber, dass tatsächlich etwas mit ihrem Gedächtnis passierte, stehen und versuchte verzweifelt, diesen Erinnerungssplitter festzuhalten. Ohne Erfolg.

»Komm, Greta, hier draußen holst du dir den Tod«, sagte David und streckte ihr den Arm hin.

Nach einer herzlichen Begrüßung durch die Haushälterin Mary, die seit über vierzig Jahren in Marchmont arbeitete, brachte David Greta in ihr Zimmer, wo sie sich ein wenig hinlegte. Er konnte sich vorstellen, dass der Stress der Entscheidung, zum ersten Mal seit Jahren ihr Zuhause zu verlassen, sowie die lange Fahrt von London sie körperlich wie geistig erschöpft hatten.

Dann ging er zu Mary, die gerade den Teig für Mince Pies ausrollte, in die völlig neu eingerichtete Küche. David ließ den Blick stolz über die glänzenden Granitarbeitsflächen und die modernen Einbauschränke wandern. Die Küche war Davids einziges Zugeständnis an die Moderne. Bei allen anderen Räumen hatte sich die Renovierung an den ursprünglichen Plänen orientiert, eine Herkulesaufgabe, zu deren Lösung wochenlange Recherchen in Bibliotheksarchiven und eigene Fotos nötig gewesen waren. David hatte Heerscharen örtlicher Handwerker angeheuert, die alles, von den Fliesenböden bis zu den Möbeln, dem Marchmont von früher so ähnlich wie möglich gestalteten.

»Hallo, Master David«, begrüßte Mary ihn mit einem Lächeln. »Jack hat vor zehn Minuten angerufen. Wegen des Schnees hat der Zug Verspätung. In einer Stunde müsste Jack mit Tor da sein. Er hat den Land Rover genommen, also dürften sie kein Problem mit dem Herkommen haben.«

»Gut. Na, wie gefällt dir dein neues Reich?«, erkundigte er sich.

»Toll. Alles ist noch so schön und frisch«, antwortete Mary in ihrem weichen walisischen Tonfall. »Kaum zu glauben, dass es ein und dasselbe Haus ist. Ich hab's jetzt in der Küche so warm, dass ich selten das Feuer im Kamin anzünden muss.«

»Und deine Wohnung ist auch gemütlich?«, fragte David. Nach dem Tod ihres Mannes Huw einige Jahre zuvor hatte sie sich in ihrem Cottage einsam gefühlt, weshalb David vom Architekten im geräumigen Speicher eine Wohnung für Mary hatte einbauen lassen. Nach allem, was passiert war, beruhigte es ihn, jemanden im Haus zu haben, wenn Ava und Simon einmal verreisen mussten.

»Ja, danke. Von da oben hat man einen wunderbaren Blick übers Tal. Wie geht's Greta? Erstaunlich, dass sie mitgekommen ist. Hätte nicht gedacht, dass ich das noch erleben würde. Wie findet sie's hier?«

»Sie hat sich noch nicht dazu geäußert«, antwortete David, der nicht wusste, ob Mary Gretas Reaktion auf die Renovierung oder ihre Rückkehr nach all den Jahren meinte. »Im Moment ruht sie sich aus.«

»Ich hab sie in ihrem alten Zimmer untergebracht, um ihrem Gedächtnis auf die Sprünge zu helfen. Obwohl alles jetzt so anders ausschaut, dass ich's selber kaum glauben kann«, meinte sie schmunzelnd. »Meinen Sie, sie erkennt mich wirklich nicht? Wir haben doch damals in Marchmont viel miteinander erlebt.«

»Das darfst du dir nicht zu sehr zu Herzen nehmen, Mary. Sie ist auch bei uns so.«

»Vielleicht ist es das Beste, wenn sie sich nicht an alles erinnert.«

»Ja«, pflichtete David ihr seufzend bei. »So oder so: Es wird ein ziemlich merkwürdiges Weihnachten werden.«

»Das können Sie laut sagen. Ich denk die ganze Zeit, gleich kommt irgendwo Ihre Mutter ums Eck, bis mir einfällt, dass sie nicht mehr bei uns ist.« Mary schluckte. »Aber für Sie als ihren Sohn muss es ja noch viel schlimmer sein, Master David.«

»Wir werden wohl alle Zeit brauchen, um uns an die neue Situation zu gewöhnen. Wenigstens haben wir Ava und Simon und bald auch ihren Nachwuchs, die uns über unseren Kummer hinweghelfen können.« David legte tröstend den Arm um Marys Schulter. »Darf ich jetzt einen von deinen köstlichen Mince Pies probieren?«

Lucinda Riley

wurde in Irland geboren und verbrachte als Kind mehrere Jahre in Fernost. Sie liebt es zu reisen und ist nach wie vor den Orten ihrer Kindheit sehr verbunden. Nach einer Karriere als Theater- und Fernsehschauspielerin konzentriert sich Lucinda Riley heute ganz auf das Schreiben – und das mit sensationellem Erfolg: Seit ihrem gefeierten Roman »Das Orchideenhaus« stürmte jedes ihrer Bücher die internationalen Bestsellerlisten. Lucinda Riley lebt mit ihrem Mann und ihren vier Kindern an der englischen Küste in North Norfolk und in West Cork, Irland.
Mehr zur Autorin unter www.lucinda-riley.de